WILLIAM FAULKNER
DIE FREISTATT
REQUIEM FÜR EINE NONNE

William Faulkner

Die Freistatt

ROMAN

AUS DEM AMERIKANISCHEN
VON HANS WOLLSCHLÄGER

Requiem
für eine Nonne

ROMAN IN SZENEN

AUS DEM AMERIKANISCHEN
VON ROBERT SCHNORR

VERLAG VOLK UND WELT

BERLIN

Mit einem Vorwort von André Malraux zu „Die Freistatt",
erstmals erschienen 1933 bei Editions Gallimard, Paris

Anmerkungen am Schluß des Bandes

ISBN 3-353-00055-0

1. Auflage
Lizenzausgabe des Verlages Volk und Welt, Berlin 1986
für die Deutsche Demokratische Republik
L. N. 302, 410/140/86
Die Freistatt; Copyright © 1973 by Diogenes Verlag AG Zürich.
Alle deutschen Rechte vorbehalten. Originalausgabe: *Sanctuary*,
erschienen bei Cape and Smith, New York 1931
Requiem für eine Nonne; Copyright © 1956 by Fretz & Wasmuth
Verlag AG Zürich. Alle deutschen Rechte vorbehalten.
Originalausgabe: *Requiem for a Nun*, erschienen bei Random House, New
York 1951
Printed in the German Democratic Republic
Einbandentwurf: Werner Klemke
Satz, Druck und Einband: Karl-Marx-Werk Pößneck V 15/30
LSV 7330
Bestell-Nr. 648 650 1

01180

Die Freistatt

VORWORT

Faulkner weiß genau, daß es Detektive eigentlich gar nicht gibt; er weiß, daß die Polizei nicht auf Psychologie und Scharfsinn angewiesen ist, sondern auf die Denunziation, und daß es durchaus nicht Moustachu und Tapinois sind, die bescheidenen Denker des Quai des Orfèvres, die den flüchtigen Mörder hinter Gitter bringen, sondern die Polizisten der Garnis; denn man braucht ja in der Tat nur die Memoiren der Polizeichefs zu lesen, um zu sehen, daß psychologische Inspiration nicht gerade zu den starken Seiten dieser Herrschaften gehört und daß eine Polizei ‚gut‘ erst dann ist, wenn sie es wirklich verstanden hat, ihre Spitzel zu organisieren. Faulkner weiß auch, daß der Gangster in erster Linie Alkoholhändler ist. Atmosphärisch ist *Die Freistatt* also ein Kriminalroman ohne ‚Kriminaler‘, ein Gangsterroman mit schmutzigen, manchmal feigen, ohnmächtigen Gangstern. Aber auf diese Weise gewinnt der Autor eine Wildheit, die vom Milieu gerechtfertigt ist, und die Möglichkeit, ohne auch nur im geringsten den Bereich des Wahrscheinlichen zu verlasssen, Notzucht, Lynchjustiz, Mord und alle erdenkliche Brutalität akzeptabel zu machen, die die Handlungsverwicklung auf dem ganzen Buch lasten läßt.

Ohne Zweifel ist es ein Irrtum, in der technischen Verwicklung, der Suche nach dem Verbrecher, das Wesentliche des Kriminalromans zu sehen. Für sich genommen, käme dieser Verwicklung kein höherer Rang zu als dem Schachspiel – künstlerisch wäre er gleich Null. Ihre Bedeutung besteht vielmehr darin, daß sie das wirksamste Mittel ist, einen ethischen oder poetischen Sachverhalt in seiner ganzen Intensität zu übersetzen. Ihren Wert macht das aus, was sie multipliziert.

Was multipliziert sie hier? Eine ungleiche Welt, mächtig, wild persönlich, gelegentlich nicht ohne Vulgarität. Eine Welt, worin der Mensch nur als Zertretener existiert. Es gibt keinen spezifisch Faulknerschen ‚Menschen‘, weder in wertmäßiger noch gar in psychologischer Hinsicht, trotz der inneren Monologe seiner ersten Bücher. Aber es gibt bei ihm stets ein einzigartiges Schicksal, das hoch aufgerichtet hinter all den verschiedenen und ähnlichen Wesen steht wie der Tod hinter einem Krankensaal für Unheilbare. Eine lastende Bedrückung reibt, unablässig verletzend, seine Gestalten auf, ohne daß einer von ihnen Linderung gelänge; sie bleibt hinter ihnen, immer und immer gleich, und befiehlt ihnen, statt sich von ihnen befehlen zu lassen.

Eine solche Welt ist langezeit Geschichtenstoff gewesen; und selbst wenn das Echo in Amerika uns nicht bereitwillig wiederholte, daß der Alkohol zur persönlichen Geschichte von Herrn Faulkner gehört, die Übereinstimmung zwischen seiner Welt und der Edgar Poes oder Hoffmanns wäre evident. Ähnlich das psychoanalytische Material, Haß,

Pferde, Särge, ähnlich die Bedrückungen. Was Faulkner von Poe trennt, ist die Auffassung vom Kunstwerk, ist, exakter gesagt, die Tatsache, daß es für Poe ein Kunstwerk gab und daß dieses den Vorrang hatte vor dem Ausdruckswillen – ohne Zweifel ist es dies, was ihn einstweilen am meisten von uns trennt. Er schuf Objekte. Die Erzählung, einmal beendet, nahm für ihn das unabhängige und begrenzte Eigenleben des Bildes auf der Staffelei an.

Ich sehe im Schwächerwerden der Bedeutung, die man den Objekten beimißt, das Hauptelement der Verwandlung unserer Kunst. In der Malerei ist es offensichtlich, daß ein Bild von Picasso immer weniger als Gemälde erscheint und immer mehr als Markstein einer Entdeckung, als Wegezeichen für den Pfad eines verkrampften Genies. In der Literatur ist die Herrschaft des Romans bezeichnend, denn von allen Kunstformen (und ich vergesse durchaus auch nicht die der Musik) stellt der Roman die am wenigsten reglementierbare dar: in ihm findet sich der Bereich des Willens wie nirgends sonst begrenzt. Wie sehr *Die Brüder Karamasow* und die *Verlorenen Illusionen* Dostojewski und Balzac beherrschen, kann man übrigens sofort sehen, wenn man diese Bücher nach den so gelähmten schönen Romanen Flauberts liest. Und das Wesentliche ist nicht, daß der Künstler beherrscht wird, sondern daß er seit fünfzig Jahren mehr und mehr das wählt, was ihn beherrscht, und daß er dementsprechend die Mittel seiner Kunst einsetzt. Gewisse große Romane waren für ihren Autor zuerst die Erschaffung der einzigen Sache, die ihn zu unterjochen vermochte. Und wie Lawrence sich in die Sexualität hüllte, so flüchtete sich denn Faulkner in das Unabänderliche.

Eine taube, zuweilen hochtrabend epische Macht schaltet sich bei ihm ein, sobald es ihm gelingt, einer seiner Gestalten und dem Unabänderlichen die Stirn zu bieten. Und vielleicht ist das Unabänderliche sein einziges wahres Thema, und vielleicht handelt es sich für ihn niemals um etwas anderes, als es dahin zu bringen, den Menschen zu

9

erdrücken. Ich wäre nicht im mindesten erstaunt, wenn ich erführe, daß er seine Szenen oft erdacht hat, noch bevor er seine Gestalten imaginierte: daß das Werk für ihn keine Geschichte war, deren Ablauf tragische Situationen zeitigt, sondern daß es vielmehr, ganz im Gegenteil, aus dem Drama geboren wurde, aus dem Gegensatz oder der Erdrückung unbekannter Gestalten, und daß die Phantasie nur dazu diente, Gestalten logisch in diese zuvor konzipierte Situation einzuführen. So quillt, sei's aus voll nachempfundener Sklavenohnmacht (das junge Mädchen im Haus der Gangster), sei's aus dem unabänderlichen Absurden heraus (die Vergewaltigung mit dem Maiskolben, der verbrannte Unschuldige, Popeye auf der Flucht, doch stupide verurteilt für ein Delikt, das er nicht begangen hat; in *Als ich im Sterben lag* der Bauer, der sein krankes Knie in Zement legt, der herrliche Monolog des Hasses), bei Faulkner die gespannte Exaltation, die seine Kraft ausmacht, und es ist die Widersinnigkeit, die seinen fast komischen Nebengestalten (etwa der Bordellmutter mit ihren Hunden) eine Intensität verleiht, vergleichbar der von Saltykow-Stschedrin. Ich würde nicht sagen, von Dickens; denn selbst diese Gestalten noch umwebt die Empfindung, die den eigentümlichen Wert von Faulkners Werk ausmacht: der Haß. Es handelt sich hier nicht um den Kampf gegen die eigenen Werte, um die Passion fürs Schicksalhafte, wodurch fast alle großen Künstler, von Baudelaire bis zu Nietzsche, dem Halbblinden, der das Licht besingt, das Wesentliche ihrer selbst ausdrücken; es handelt sich um jenen psychologischen Zustand, auf dem fast die gesamte tragische Kunst beruht und der noch nie studiert worden ist, weil er nicht zur Ästhetik gehört: die Faszination. Genauso wie der Opiumsüchtige erst nach der Droge in sein Universum findet, so findet auch der tragische Künstler den Ausdruck für das seine erst in diesem ganz besonderen Zustand, dessen Andauern ein Hinweis auf die Notwendigkeit ist. Doch nicht um sich davon zu befreien, drückt der tragische Dichter aus, was ihn fasziniert (das Objekt der Faszination erscheint dann im nachfolgenden Werk), sondern um dessen Natur zu verwandeln; denn indem er ihm mit anderen Elementen Ausdruck gibt, schafft er ihm Eingang ins Universum der gestalteten und beherrschten Dinge. Er verteidigt sich gegen die Herzensangst nicht, indem er sie selbst zum Ausdruck bringt, sondern indem er etwas anderes mit ihr ausdrückt und sie so in das Universum wiedereinführt. Die tiefste Faszination, die des Künstlers, holt ihre Kraft aus dem Umstand, daß sie gleichzeitig Schrecken ist und die Möglichkeit, ihn begreifend zu gestalten.

Die *Freistatt* – das ist der Einbruch der griechischen Tragödie in den Kriminalroman.

André Malraux

ERSTES KAPITEL

Hinter dem Schirm der Büsche, die um die Quelle standen, beobachtete Popeye, wie der Mann trank. Ein dünner Weg führte von der Straße zur Quelle herüber. Popeye beobachtete, wie der Mann – ein hochgewachsener, hagerer Mann, hutlos, in abgetragenen grauen Flanellhosen, einen Tweedrock über dem Arm – auftauchte auf dem Weg und niederkniete, um aus der Quelle zu trinken.

Die Quelle sprudelte an der Wurzel einer Rotbuche und floß auf quirlig gewelltem Sand dahin. Sie war von dichtem Rohr- und Dornenwuchs umgeben, von Zypressen und Fieberbäumen, in denen ursprungslos gebrochenes Sonnenlicht lag. Irgendwo, versteckt und heimlich, doch ganz in der Nähe, sang ein Vogel drei Töne und verstummte.

An der Quelle beugte der trinkende Mann das Gesicht über die gebrochenen und mannigfachen Spiegelungen seines Trinkens. Als er sich erhob, sah er unter ihnen das zertrümmerte Widerbild von Popeyes Strohhut, obwohl er keinen Laut vernommen hatte.

Er sah einen Mann unter Mittelgröße, der ihn über die Quelle hin anblickte, die Hände in den Rocktaschen, eine Zigarette schief über dem Kinn. Sein Anzug war schwarz, der Rock knapp, hochtailliert. Seine Hosen waren einmal umgeschlagen und klebten von Schmutz über schmutzverklebten Schuhen. Sein Gesicht hatte eine sonderbare, blutlose Farbe, ganz als sehe man es in elektrischem Licht; vor der sonnigen Stille, in seinem schief sitzenden Strohhut und mit den leicht abgewinkelten Armen wirkte er böse unergründlich wie gestanztes Konservenblech.

Hinter ihm sang wieder der Vogel, drei Takte in monotoner Wiederholung: ein Laut, bedeutungslos und tief in der atemholenden und friedvollen Folgestille, die das Fleckchen abzusondern schien von allem und aus der einen Augenblick später das Geräusch eines die Straße langfahrenden Autos kam und erstarb.

Der trinkende Mann kniete neben der Quelle. „Sie haben eine Pistole in der Tasche da, nehme ich an", sagte er.

Über die Quelle weg sah es aus, als betrachte ihn Popeye mit zwei Knöpfen aus weichem schwarzen Gummi. „Das frag ich Sie", sagte Popeye. „Was ist das in Ihrer Tasche da?"

Der andere Mann hatte den Rock noch immer über dem Arm. Er hob die freie Hand und näherte sie dem Rock, aus dessen einer Tasche ein zerknautschter Filzhut, aus dessen anderer ein Buch hervorsah. „In welcher Tasche?" sagte er.

„Nicht zeigen", sagte Popeye. „Erzählen Sie's mir."

Die Hand des anderen Mannes hielt inne. „Ist ein Buch."

„Was für ein Buch?" sagte Popeye.

„Einfach ein Buch. Was Leute so lesen. Manche Leute tun das."

„Lesen Sie Bücher?" sagte Popeye.

Die Hand des anderen Mannes war wie erstarrt über dem

Rock. Über die Quelle weg blickten sie einander an. Die Zigarette kräuselte ihren blassen Flaum vor Popeyes Gesicht, und die eine Seite seines Gesichts war schielend verzogen vor dem Rauch wie eine Maske, in die gleichzeitig zweierlei Ausdruck geschnitzt ist.

Popeye zog aus seiner Hüfttasche ein verschmutztes Taschentuch und breitete es über seine Hacken. Dann hockte er sich hin und sah den Mann über die Quelle weg an. Das war etwa um vier Uhr an einem Nachmittag im Mai. Sie hockten da und sahen einander über die Quelle weg an, zwei Stunden lang. Hin und wieder sang der Vogel hinten im Sumpf, als sei er von einem Uhrwerk getrieben; zweimal noch kam das Geräusch unsichtbarer Autos auf der Landstraße heran und erstarb wieder. Und wieder sang der Vogel.

„Natürlich wissen Sie auch den Namen nicht", sagte der Mann über die Quelle hinüber. „Ich glaube fast, Sie kennen überhaupt keine Vögel, wenn sie nicht grad in einer Hotelhalle im Käfig singen oder auf dem Teller vier Dollar kosten." Popeye sagte nichts. Er hockte da in seinem knappen schwarzen Anzug, dessen rechte Rocktasche schwer und kompakt an seiner Flanke niederhing, drehte und rollte Zigaretten in seinen kleinen Puppenhänden und spuckte in die Quelle. Seine Haut war von toter, dunkler Blässe. Seine Nase zeigte eine schwache Adlerkrümmung, und er hatte überhaupt kein Kinn. Sein Gesicht wirkte wie zerlaufen, wie das Gesicht einer Wachspuppe, die man zu nah an ein heißes Feuer gesetzt und da vergessen hat. Über seine Weste lief eine Platinkette wie ein Spinngewebe. „Hören Sie", sagte der andere Mann. „Mein Name ist Horace Benbow. Ich bin Rechtsanwalt in Kinston. Früher hab ich drüben in Jefferson gewohnt; dahin war ich jetzt grad unterwegs. Jeder hier im Lande kann Ihnen sagen, daß ich harmlos bin. Wenn es sich um Whiskey handelt, ist es mir jedenfalls egal, wieviel davon Sie alle brennen, verkaufen oder kaufen. Ich hab hier nur angehalten, um einen Schluck Wasser

14

zu trinken. Ich will in die Stadt, nach Jefferson, nichts weiter."

Popeyes Augen waren wie Gummiknöpfe, die der Berührung nachgeben und dann wieder vorspringen würden, den quirligen Schmier des Daumens auf sich.

„Ich möchte noch vor Dunkelheit in Jefferson sein", sagte Benbow. „Sie können mich hier nicht einfach so festhalten."

Ohne die Zigarette zu entfernen, spuckte Popeye daran vorbei in die Quelle.

„Sie können mich nicht einfach so festhalten", sagte Benbow. „Wenn ich nun aufspringe und weglaufe?"

Popeye richtete die Augen auf Benbow, wie Gummi. „Wollen Sie weglaufen?"

„Nein", sagte Benbow.

Popeye nahm die Augen weg. „Gut, dann tun Sie's auch nicht."

Benbow hörte den Vogel wieder und versuchte, sich des einheimischen Namens zu erinnern. Auf der unsichtbaren Landstraße kam ein weiteres Wagengeräusch heran und erstarb. Zwischen ihnen und ihm war die Sonne fast untergegangen. Popeye zog eine Dollaruhr aus der Hosentasche, warf einen Blick darauf und steckte sie wieder in die Tasche zurück, lose wie ein Geldstück.

Wo der Weg von der Quelle auf die kleine sandige Straße stieß, war kürzlich ein Baum gefällt worden und blockierte sie. Sie kletterten über den Baum und gingen weiter, die Landstraße jetzt hinter sich. Im Sand liefen zwei flache parallele Vertiefungen, doch Hufspuren waren nicht zu sehen. Wo der Bach von der Quelle quer darüber sickerte, erkannte Benbow die Abdrücke von Autoreifen. Vor ihm ging Popeye, den knappen Anzug und steifen Hut vollständig zerknittert, wie bei einer neumodischen Stehlampe.

Der Sand hörte auf. Die Straße stieg an und bog aus dem Dschungel. Es war fast dunkel. Popeye blickte kurz über die Schulter zurück. „Nicht so langsam, Meister", sagte er.

„Warum sind wir nicht direkt den Berg rauf gegangen?"
sagte Benbow.

„Durch die ganzen Bäume?" sagte Popeye. Sein Hut
zuckte matt böse schimmernd im Zwielicht, als er den Berg
hinunter blickte, wo der Dschungel schon wie ein See aus
Tinte lag. „Ach du guter Gott."

Es war fast dunkel. Popeyes Schritt hatte sich verlangsamt. Er ging jetzt neben Benbow, und Benbow konnte das
fortwährende Zucken seines Hutes von Seite zu Seite sehen, wenn Popeye sich in einer Art kriecherischer Ge-
ducktheit umblickte. Der Hut reichte Benbow grad bis ans
Kinn.

Da schoß auf einmal ein Etwas, ein Schatten, geformt
von Geschwindigkeit, auf sie zu und an ihnen vorbei, ein
Sausen von Luft traf mitten in ihre Gesichter, aus lautlosem
Gefieder straffer Schwingen, und Benbow fühlte, wie Popeyes ganzer Körper ihn ansprang und seine Hand sich in
seinen Rock krallte. „Bloß eine Eule", sagte Benbow.
„Nichts als eine Eule." Dann sagte er: „Der wird hier Ang-
lervogel genannt, dieser Carolina-Zaunkönig. Genau, das
ist der Name. Der mir da hinten nicht einfallen wollte",
während Popeye sich gekrümmt an ihn drängte, die Hand
um die Tasche gekrampft und durch die Zähne zischend
wie eine Katze. Er riecht schwarz, dachte Benbow; er riecht
wie das schwarze Zeug, das der Bovary aus dem Mund lief
und runter auf ihren Brautschleier, als sie ihr den Kopf hoben.

Einen Augenblick später ragte über einer schwarzen, gezackten Masse von Bäumen das Haus in klobiger Wucht vor
dem blassenden Himmel auf.

Das Haus war eine ausgeweidete Ruine, die sich hager
und starr aus einem Hain unausgeputzter Zedern erhob.
Sie war ein Wahrzeichen der Gegend, bekannt als das Alte
Franzosenhaus, gebaut noch vor dem Bürgerkrieg; ein
Pflanzerhaus, mitten in einen Trakt Land gesetzt, zwischen

Baumwollfelder, Gärten und Rasenflächen, die lange schon wieder zum Dschungel geworden waren, fünfzig Jahre lang Stück für Stück abgetragen von den Leuten der Nachbarschaft, die Feuerholz brauchten, oder mit heimlichem und immer wieder aufflackerndem Optimismus nach dem Gold durchwühlt, das der Erbauer angeblich irgendwo auf dem Gelände vergraben hatte, als Grant auf seinem Vicksburg-Feldzug durch das County kam.

Drei Männer saßen auf Stühlen am einen Ende der Veranda. In den Tiefen der offenen Halle zeigte sich ein schwaches Licht. Die Halle ging durch das ganze Haus. Popeye stieg die Stufen hinauf, während die drei Männer ihn und seinen Begleiter ansahen. „Hier ist der Professor", sagte er, ohne stehen zu bleiben. Er betrat das Haus, die Halle. Er ging weiter, durchquerte die hintere Veranda, wandte sich und betrat den Raum, wo das Licht war. Es war die Küche. Eine Frau stand am Herd. Sie trug ein verschossenes Kattunkleid. Um ihre nackten Knöchel flappten abgetragene grobe Männerschuhe, unzugeschnürt, wenn sie sich bewegte. Sie blickte sich nach Popeye um und sah dann wieder auf den Herd, auf dem eine Pfanne Fleisch zischte.

Popeye stand in der Tür. Der Hut war ihm schief ins Gesicht gerutscht. Er nahm eine Zigarette aus der Tasche, ohne das Päckchen hervorzuziehen, und kniff und mürbte sie und steckte sie in den Mund und riß auf dem Daumennagel ein Streichholz an. „Da ist ein Kerl draußen", sagte er.

Die Frau sah sich nicht um. Sie wendete das Fleisch. „Was erzählst du das mir?" sagte sie. „Ich bedien Lees Kunden nicht."

„Ist ein Professor", sagte Popeye.

Die Frau drehte sich um, eine Eisengabel in der Hand. Hinter dem Herd, im Schatten, stand eine Holzkiste. „Ein was?"

„Professor", sagte Popeye. „Er hat ein Buch dabei."

17

„Was will der hier?"

„Weiß ich nicht. Hab vergessen, ihn zu fragen. Vielleicht das Buch lesen."

„Und er ist hierher gekommen?"

„Ich hab ihn bei der Quelle gefunden."

„Hat er versucht, das Haus zu finden, hier?"

„Weiß ich nicht", sagte Popeye. „Hab vergessen, ihn zu fragen." Die Frau sah ihn immer noch an. „Ich schaff ihn mit dem Laster nach Jefferson", sagte Popeye. „Da will er hin, hat er gesagt."

„Warum erzählst du mir das?" sagte die Frau.

„Du kochst. Er wird essen wollen."

„Ja", sagte die Frau. Sie wandte sich wieder zum Herd. „Ich koche. Ich koche für Gauner, Schmarotzer und Schwachköpfe. Jawohl, ich koche."

In der Tür beobachtete Popeye sie, gekräuselten Zigarettenrauch vor dem Gesicht. Seine Hände steckten in den Taschen. „Du kannst es ja sein lassen. Ich bring dich gleich Sonntag nach Memphis zurück. Da kannst du wieder auf den Strich gehn." Er beobachtete ihren Rücken. „Du wirst fett hier. Das faule Leben auf dem Lande. Denen auf der Manuel Street werd ich's nicht erzählen."

Die Frau fuhr herum, die Gabel in der Hand. „Du Schwein", sagte sie.

„Klar", sagte Popeye. „Ich werd ihnen nicht erzählen, daß Ruby Lamar aufs Land raus ist, ein Paar von Lee Goodwins alten Latschen trägt und sich selber ihr Brennholz hackt. Nee. Ich werd ihnen sagen, Lee Goodwin ist schwer reich."

„Du Schwein", sagte die Frau. „Du Schwein."

„Klar", sagte Popeye. Dann wandte er den Kopf. Auf der Veranda gab es ein schlurfendes Geräusch, dann trat ein Mann herein. Er ging gebeugt, im Overall. Er war barfuß; es waren seine nackten Füße gewesen, die sie gehört hatten. Er hatte einen sonnverbrannten Haarschopf, verdreckt und struppig. Seine Augen waren blaß und wild; sein kurzer weicher Bart hatte die Farbe schmutzigen Goldes.

„Ich will ein Hund sein, wenn das nicht 'n Fall ist", sagte er.

„Was willst du?" sagte die Frau. Der Mann im Overall antwortete nicht. Im Vorbeigehen sah er Popeye mit einem Blick an, heimlich zugleich und wachsam, als wolle er über einen Witz lachen und warte nur noch auf den richtigen Moment dafür. Er durchquerte die Küche mit breitbeinigem, bärenhaftem Gang, entfernte – immer noch mit jener Miene wachsamer und vergnügter Heimlichkeit, obschon ganz offen vor ihren Augen – ein loses Brett im Boden und holte einen Gallonenkrug hervor. Popeye beobachtete ihn, die Zeigefinger in der Weste, den Rauch der Zigarette (er hatte sie aufgeraucht, ohne sie auch nur einmal mit der Hand zu berühren) gekräuselt vor dem Gesicht. Sein Ausdruck war wild, beinahe unheilvoll; nachdenklich, als er den Mann im Overall beobachtete, wie er mit einer Art wachsamer Schüchternheit wieder den Raum durchquerte, den Krug plump hinter dem Schenkel verborgen; er beobachtete Popeye mit dem gleichen Ausdruck der Wachsamkeit und Frohsinnsbereitschaft, bis er den Raum verließ. Wieder hörten sie seine nackten Füße auf der Veranda.

„Klar", sagte Popeye. „Ich werd ihnen nicht erzählen in der Manuel Street, daß Ruby Lamar für einen Stummen kocht und einen Schwachkopf auch."

„Du Schwein", sagte die Frau. „Du Schwein."

ZWEITES KAPITEL

Als die Frau mit einer großen flachen Schüssel Fleisch das Eßzimmer betrat, saßen Popeye und der Mann, der den Krug aus der Küche geholt hatte, sowie der Fremde bereits an einem Tisch, der aus drei rohen, auf zwei Böcke genagelten Bohlen bestand. Im Licht der Lampe, die auf dem Tisch stand, wirkte ihr Gesicht mürrisch, aber nicht alt; ihre

19

Augen waren kalt. Benbow, der sie beobachtete, sah sie nicht ein einzigesmal zu ihm herüberblicken, als sie die Schüssel auf den Tisch stellte und einen Moment lang noch mit jenem verschleierten Blick dastand, mit dem Frauen einen Eßtisch einer letzten Prüfung unterziehen, dann in eine Ecke des Raums hinüberging, sich dort über eine offene Packkiste beugte und einen weiteren Teller mit Messer und Gabel hervorholte, den sie zum Tisch trug und Benbow mit einer gewissen abrupten, doch nicht überstürzten Endgültigkeit vorsetzte, wobei ihr Ärmel seine Schulter streifte.

Während sie das tat, kam Goodwin herein. Er trug ebenfalls schmuddelige Arbeitshosen, den sogenannten Overall. Er hatte ein hageres, wettergegerbtes Gesicht; die Kinnbakken bedeckten schwarze Stoppeln; sein Haar war an den Schläfen grau. Er führte am Arm einen alten Mann mit langem weißen, um den Mund besabberten Bart. Benbow sah zu, wie Goodwin den alten Mann auf einen Stuhl setzte, wo er dann gehorsam mit der zögernd kriecherischen Gier eines Mannes saß, dem nur noch eine einzige Lust im Leben geblieben ist und den die Welt nur noch durch einen einzigen Sinn erreichen kann; denn er war blind sowohl als auch taub: ein gedrungener alter Mensch mit kahlem Schädel und einem runden, voll fleischigen, rosigen Gesicht, in dem die kataraktkranken Augen aussahen wie zwei Schleimklumpen. Benbow sah zu, wie er einen dreckigen Lappen aus der Tasche zog und in den Lappen einen fast farblosen Brocken spuckte, von etwas, das einmal Kautabak gewesen war, und den Lappen dann zusammenlegte und wieder in die Tasche steckte. Die Frau füllte ihm aus der Schüssel den Teller. Die anderen aßen bereits, schweigend und stetig, doch der alte Mann saß nur erst da, den Kopf über den Teller gebeugt, mit schwach zitterndem Bart. Er tastete mit schüchterner, tatteriger Hand nach dem Teller, fand ein kleines Stück Fleisch und fing an, daran zu saugen, bis die Frau zurückkam und ihm auf die Finger klopfte. Da legte er das Fleisch wieder auf den Teller, und Benbow sah zu, wie sie ihm das Essen auf dem Teller kleinschnitt, Fleisch, Brot und alles, und dann Sorghum darübergoß. Dann hörte Benbow auf hinzusehen. Als die Mahlzeit beendet war, führte Goodwin den alten Mann wieder hinaus. Benbow sah die beiden durch die Tür verschwinden und hörte sie durch die Halle gehen.

Die Männer kehrten auf die Veranda zurück. Die Frau deckte den Tisch ab und trug das Geschirr in die Küche. Sie setzte es auf dem Tisch ab und ging zu der Kiste hinter dem Herd und stand eine Zeitlang darüber. Dann kam sie zurück und tat ihr eigenes Abendessen auf einen Teller und setzte sich an den Tisch und aß und zündete sich eine Zigarette an der Lampe an und wusch das Geschirr ab und stellte es weg. Dann ging sie zurück durch die Halle. Auf die Veranda trat sie nicht hinaus. Sie blieb hinter der Tür stehen und lauschte den allgemeinen Reden, lauschte den Reden des Fremden und den dicken, weichen Lauten des Krugs, wenn sie ihn herumgehen ließen. „So ein Narr", sagte die Frau. „Was will er bloß . . ." Sie lauschte der Stimme des Fremden: einer frischen, leicht fremdländischen Stimme, der Stimme eines Mannes, der viel vom Reden hält und von anderm nicht viel. „Jedenfalls nicht vom Trinken", sagte die Frau, still hinter der Tür. „Er sollte lieber machen, daß er weiterkommt, wo er hingehört und wo seine Weiber für ihn sorgen können."

Sie lauschte ihm. „Von meinem Fenster aus konnt ich die Weinlaube sehen und im Winter auch die Hängematte. Aber im Winter war's eben bloß die Hängematte. Deswegen wissen wir, daß die Natur eine Sie ist: wegen dieser Verschwörung zwischen weiblichem Fleisch und weiblicher Jahreszeit. Jedes Frühjahr konnt ich denn auch wieder beobachten, wie das alte Gärungsmittel, das da in der Hängematte lag, zu neuer Wirkung kam: das grün umrankte Versprechen neuer Unruhe. Was Trauben für Blüten haben, ja. Viel nicht: ein wildes und wachsähnliches Bluten,

weniger eigentlich der Blüten als der Blätter, die die Hängematte immer mehr verhüllten, bis dann im späten Mai ihre
– Klein-Belles – Stimme im Zwielicht wie das Murmeln
der wilden Reben selber war. Sie sagte nie, ‚Horace, das ist
Louis oder Paul oder Wasweißichwer‘, sondern immer, ‚Es
ist bloß Horace‘. Bloß, verstehn Sie; in einem weißen Kleidchen im Zwielicht, und beide werweißwie ehrbar und sehr
wachsam und ein bißchen ungeduldig. Ich hätt mich ihrem
Fleisch nicht fremder fühlen können, wenn ich’s selber gezeugt hätte.

Heute morgen also – nein; das war vor vier Tagen; es
war Donnerstag, wie sie von der Schule heimkam, und
heute haben wir Dienstag –, also, da sag ich, ‚Du, Schätzchen, wenn du ihn aber im Zug getroffen hast, dann gehört
er wahrscheinlich zur Eisenbahn. Du kannst ihn der Eisenbahn nicht einfach wegnehmen; das ist verboten, genauso
wie bei den Porzellandingern an den Telegrafenmasten.‘

‚Denk bloß nicht, du bist was Besseres als er. Er geht nach
Tulane.‘

‚Aber im Zug, Schätzchen‘, sag ich.

‚Ich hab schon an schlimmeren Orten welche getroffen als
im Zug.‘

‚Ich weiß‘, sag ich. ‚Hab ich auch schon. Aber die bringt
man nicht mit nach Hause, verstehst du. Über die tritt man
einfach weg und geht weiter. Man macht sich nicht die
Schuhe schmutzig, verstehst du.‘

Wir saßen im Wohnzimmer grade; es war kurz vorm Essen; bloß wir zwei im Haus um die Zeit. Belle war in die
Stadt gegangen.

‚Was geht das dich überhaupt an, wer mich besuchen
kommt? Du bist nicht mein Vater. Du bist bloß – bloß . . .‘

‚Was?‘ sag ich. ‚Bloß was?‘

‚Dann sag’s doch Mutter! Petz es ihr. Das machst du ja sowieso. Petz es ihr doch!‘

‚Aber im Zug, Schätzchen‘, sag ich. ‚Wenn er in einem
Hotel in dein Zimmer gekommen wär, würd ich ihn glatt

umbringen. Aber im Zug – ich bin empört. Komm, wir schicken ihn weg und fangen nochmal ganz von vorne an.'

‚Du bist mir der Rechte, dich groß aufzuplustern, wenn man wen im Zug getroffen hat! Du bist mir grad der Rechte! Du Schlappschwanz! Du Schlappschwanz von einer Garnele!'"

„Der hat doch 'ne Macke", sagte die Frau, reglos hinter der Tür. Die Stimme des Fremden ging weiter, sich überschlagend, hastig und wirr.

„Aber dann rief sie sofort ‚Nein! Nein!', und ich hielt sie in den Armen, und sie klammerte sich an mich. ‚Das hab ich nicht gemeint! Horace! Horace!' Und ich roch die verdorbenen Blumen, die zarten toten Blumen und Tränen, und dann sah ich ihr Gesicht im Spiegel. Es war ein Spiegel hinter ihr, und hinter mir war auch einer, und sie betrachtete sich in dem hinter mir und hatte den anderen ganz vergessen, in dem ich ihr Gesicht sehen konnte, sehen konnte, wie sie meinen Hinterkopf betrachtete, in reiner Heuchelei. Ja, deswegen ist die Natur eine Sie und der Fortschritt ein Er; die Natur hat die Weinlaube geschaffen, aber der Fortschritt erfand den Spiegel."

„Er ist irre", sagte die Frau hinter der Tür und lauschte.

„Aber das war es nicht ganz. Ich dachte, vielleicht hatte's der Frühling gemacht, daß ich so durcheinander war, oder vielleicht auch weil ich schon dreiundvierzig Jahre alt bin. Ich dachte, vielleicht würd alles gut, wenn ich nur einen Hügel hätte, auf dem ich ein Weilchen liegen könnte – es war eben das Land. Flach und fruchtbar und sumpfig, ganz als könnten schon die Winde allein Geld daraus ziehen. So etwa, wie wenn man ohne alles Erstaunen feststellte, daß man die Blätter von den Bäumen einfach umwechseln könnte, auf der Bank, in Bargeld. Dieses Delta. Fünftausend Quadratmeilen, und ohne jede Erhebung außer den paar Erdhaufen, die sich die Indianer aufschütteten, um drauf zu stehen, wenn der Fluß über die Ufer kam.

Darum dachte ich, es wär bloß einfach ein Hügel, was ich brauchte; es war nicht Klein-Belle, was mich so weit gebracht hatte. Wissen Sie vielleicht, was es war?«

»Also der ist wirklich –", sagte die Frau hinter der Tür. „Lee sollte nicht zulassen, daß so einer ..."

Benbow hatte nicht auf Antwort gewartet. „Es war ein Fetzen Taschentuch mit Rouge drauf. Ich wußte schon, bevor ich in Belles Zimmer kam, daß ich's finden würde. Und da war es auch, hinter den Spiegel gestopft: ein Taschentuch, an dem sie sich die überschüssige Schminke abgewischt hatte beim Anziehn, einfach hinter den Rahmen gesteckt dann. Ich tat's in den Wäschebeutel, nahm meinen Hut und ging weg. Ein Lastwagen hatte mich schon mitgenommen, als ich merkte, daß ich kein Geld bei mir hatte. Das gehörte auch dazu, verstehn Sie; einen Scheck konnte ich nicht einlösen. Ich konnte auch nicht einfach aussteigen und in die Stadt zurückgehn und mir Geld holen. Ich konnte's nicht. So bin ich denn seither zu Fuß gegangen oder hab mich mitnehmen lassen, die ganze Zeit. Eine Nacht hab ich auf einem Haufen Sägemehl in einer Mühle geschlafen, eine Nacht in einer Negerhütte, eine Nacht im Güterwaggon auf einem Abstellgleis. Ich wollte nur einfach einen Hügel, wo ich drauf liegen konnte, verstehn Sie. Dann wäre alles gut gewesen. Wenn man seine eigene Frau heiratet, dann geht man immerhin von der gleichen Startlinie ins Rennen ... wenn auch vielleicht nur mit Ach und Krach. Aber wenn man die Frau von jemand anders heiratet, dann startet man vielleicht zehn Jahre hinterher – und von jemand anderm seiner Linie und seinem Ach und Krach. Ich wollte bloß einen Hügel, um ein Weilchen drauf zu liegen."

„So ein Irrer", sagte die Frau. „So ein armer Irrer." Sie stand hinter der Tür. Popeye kam von hinten durch die Halle. Er ging ohne ein Wort an ihr vorbei und auf die Veranda.

„Los, kommt", sagte er. „Laden wir auf." Sie hörte die drei

fortgehen. Sie stand da. Dann hörte sie, wie der Fremde schwankend von seinem Stuhl aufstand und durch die Veranda kam. Dann sah sie ihn, in schwachem Umriß vor dem Himmel, der kleineren Dunkelheit: einen dünnen Mann in formlosen Kleidern; einen Kopf mit dünn werdendem und verschnittenem Haar und ziemlich betrunken. „Die geben ihm nicht mal richtig zu essen", sagte die Frau.

Sie stand bewegungslos, leicht angelehnt an die Wand, als er auf sie zutrat und sie ansah. „Gefällt Ihnen das denn, so ein Leben hier?" sagte er. „Warum machen Sie das? Sie sind doch noch jung; Sie könnten ins Stadtleben zurück und sich verbessern, ohne daß es Sie mehr kosten würde als einen Wimpernschlag." Sie bewegte sich nicht, blieb leicht an die Wand gelehnt, die Arme verschränkt. „Was für Angst der arme Irre hat", sagte sie.

„Verstehn Sie", sagte er, „ich habe keinen Mut: hab nie welchen mitgekriegt. Die Maschine ist da, komplett; aber sie will nicht laufen." Seine Hand tastete über ihre Wange. „Sie sind noch jung." Sie bewegte sich nicht, als sie die Hand auf ihrem Gesicht fühlte, die Berührung ihres Fleisches, ganz als versuche er, Gestalt und Lage ihrer Knochen zu erfahren und des Fleisches Festigkeit. „Sie haben Ihr ganzes Leben noch vor sich, praktisch. Wie alt sind Sie? Sie sind noch nicht über dreißig." Seine Stimme war nicht laut, fast ein Flüstern.

Als sie sprach, senkte sie ihre Stimme nicht im geringsten. Sie hatte sich nicht bewegt, die Arme immer noch über der Brust verschränkt. „Warum haben Sie Ihre Frau verlassen?" sagte sie.

„Weil sie Garnelen aß", sagte er. „Ich konnte einfach nicht mehr . . . Sehn Sie, es war Freitag, und ich mußte immer daran denken, wie ich am Nachmittag zum Bahnhof gehn würde und die Kiste Garnelen vom Zug abholen und dann nach Hause laufen damit, immer hundert Schritte zählen und dann in die andere Hand überwechseln, und das . . ."

„Haben Sie das jeden Tag gemacht?" sagte die Frau.

„Nein. Bloß am Freitag. Aber ich hab's zehn Jahre lang gemacht, seit wir verheiratet sind. Und ich kann Garnelen immer noch nicht riechen. Das Heimtragen, dagegen hätt ich
gar nicht so viel. Ich könnt's aushalten. Die Sache ist nur,
das Paket tropft. Den ganzen Weg nach Hause tropft und
tropft es, bis ich nach einer Weile mir selber zum Bahnhof
folge und daneben stehe und zusehe, wie Horace Benbow
die Kiste vom Zug holt und sich auf den Heimweg macht
damit und alle hundert Schritte wechselt, und ich folge ihm
und denke, hier ruht Horace Benbow in einer verblassenden Reihe kleiner stinkender Flecke auf einem Gehsteig in
Mississippi."

„Oh", sagte die Frau. Sie atmete ruhig, die Arme verschränkt. Sie bewegte sich; er machte ihr Platz und folgte
ihr durch die Halle. Sie gingen in die Küche, wo eine
Lampe brannte. „Sie müssen schon entschuldigen, wie ich
aussehe", sagte die Frau. Sie ging zu der Kiste hinter dem
Herd und zog sie vor und stand darüber, die Hände in den
Schoß ihres Kleides vergraben. Benbow stand mitten im
Raum. »Ich muß ihn in der Kiste halten, damit die Ratten
nicht drankommen", sagte sie.

„Wen?" sagte Benbow. „Was ist denn da drin?" Er trat näher, so daß er in die Kiste blicken konnte. Sie enthielt ein
schlafendes Kind, noch kein Jahr alt. Er sah still nieder auf
das winzige Gesicht.

„Oh", sagte er. „Sie haben einen Sohn." Sie blickten auf
das winzige, schlafende Gesicht des Kindes nieder. Von
draußen kam ein Geräusch; Füße kamen zur hinteren Veranda. Die Frau schob die Kiste mit dem Knie in die Ecke
zurück, als Goodwin eintrat.

„Geht alles in Ordnung", sagte Goodwin. „Tommy wird
Ihnen den Weg zum Lastwagen zeigen." Er ging weiter, ins
Haus.

Benbow sah die Frau an. Ihre Hände waren immer noch
in ihr Kleid vergraben. „Vielen Dank für das Abendessen",
sagte er. „Eines Tages, vielleicht . . ." Er sah sie an; sie be-

26

obachtete ihn, mit einem Gesicht, nicht mürrisch so sehr wie kalt, immer noch. „Vielleicht kann ich etwas für Sie tun in Jefferson. Ihnen was schicken, was Sie brauchen . . ."

Sie zog, wie jäh verwandelt, mit einem Ruck die Hände aus den Falten ihres Kleides; verbarg sie ebenso jäh und krampfhaft wieder. „Das ewige Geschirrspülen und Waschen . . . Sie könnten mir vielleicht einen Nagelreiniger schicken", sagte sie.

Hintereinander gingen Tommy und Benbow vom Haus den Hügelabhang hinunter, der lange aufgegebenen Straße nach. Benbow blickte zurück. Die hagere Ruine des Hauses ragte gegen den Himmel auf, über der wüst verworrenen Zedernmasse, lichtlos, öde und unergründlich. Die Straße war eine ausgefressene Schramme, zu tief für eine Straße und zu gerade für einen Graben, ausgehöhlt von Winterhochwassern und zugestopft von Farnen, verrotteten Blättern und Zweigen. Benbow folgte Tommy auf einem schwachen Pfad, wo Füße die faulende Vegetation in den Lehm getreten hatten. Zu ihren Häupten dünnte sich eine Bogenhecke von Bäumen gegen den Himmel.

Das Gefälle wuchs; der Weg machte eine Biegung. „Ungefähr hier war das mit der Eule", sagte Benbow.

Tommy vor ihm lachte grell auf. „Ist ihm auch ganz schön in die Knochen gefahren, was?" sagte er.

„Ja", sagte Benbow. Er folgte Tommys vager Gestalt und gab sich Mühe, vorsichtig zu gehen, vorsichtig zu reden, mit der schwerfälligen Teilnahme des Betrunkenen.

„Ich will ein Hund sein, wenn der nicht den dicksten Schiß hat, den ich bei 'nem Weißen je gesehn hab", sagte Tommy. „Ist mal hier den Weg raufgekommen zur Veranda, und da kommt der Hund unterm Haus her und läuft ihm entgegen und schnüffelt ihm um die Hacken rum, wie Hunde das so machen, und ich will selber 'n Hund sein, wenn der nicht hochgeht, wie wenn's 'ne Mokassinschlange wär, und er wär barfuß, und reißt die kleine Automatische

27

raus und pustet dem Tier die Luft weg, also da gab's nichts. Will verdammt sein, wenn's nicht stimmt."

„Wem gehörte der Hund denn?" sagte Horace.

„War meiner", sagte Tommy. Er lachte schadenfroh. „Und bloß so 'n alter Köter, der keiner Fliege mehr was getan hätte, auch wenn er drangekommen wär."

Die Straße fiel steiler ab und lief dann langsam ebener; Benbows Füße wisperten in Sand, als er vorsichtig weiterschritt. Vor dem bleichen Sand konnte er Tommy jetzt sehen, in schlurfend schlendernder Bewegung, wie ein Maultier dahinstapft in Sand, ohne ersichtliche Mühe; mit jedem Schaufelschlag seiner Zehen ließen die nackten Füße den Sand hinter sich zischen in schwachen sprühenden Schwaden.

Der massige Schatten des gefällten Baums klumpte über der Straße. Tommy stieg über ihn weg, und Benbow folgte, immer noch vorsichtig, achtsam, zerrte sich durch ein Gewirr von Blätterwerk, das unverwelkt war noch, grün roch noch immer. „Auch so einer von ...", sagte Tommy. Er drehte sich um. „Schaffen Sie's?"

„Geht schon", sagte Horace. Er gewann das Gleichgewicht wieder. Tommy ging weiter.

„Auch so einer von Popeyes Einfällen", sagte Tommy. „Blöder Quatsch, die Straße so zu blockieren. Fein, wie er das hingekriegt hat, was? Jetzt könn' wir 'ne Meile weit laufen, um zu den Lastern zu kommen. Dabei hab ich ihm noch gesagt, daß die Leute hier schon vier Jahre jetzt rauskommen, um bei Lee zu kaufen, und noch keinmal hat's Ärger gegeben für Lee. Mal ganz abgesehen, wie wir seine Karre hier wieder rauskriegen sollen, so'n Mordskasten wie das ist. Aber dem war ja nicht zu helfen. 'n Hund will ich sein, wenn der nicht vor seinem eigenen Schatten Dünnschiß kriegt."

„Ich wär auch ein bißchen bange", sagte Benbow. „Wenn sein Schatten meiner wäre."

Tommy gluckste, unterdrückt. Die Straße war jetzt ein

schwarzer Tunnel, gewölbt über der unfaßbaren Toten-
blässe des Sands. „Hier ungefähr bog der Weg zur Quelle
ab", dachte Benbow und versuchte zu erkennen, wo der
Weg die Dschungelwand zerschnitt. Sie schritten weiter.

„Wer fährt denn den Lastwagen?" sagte Benbow. „Noch
mehr so Burschen aus Memphis?"

„Klar", sagte Tommy. „Ist Popeye seiner."

„Wieso bleiben diese Kerls in Memphis nicht in Memphis
und lassen euch in Frieden euern Schnaps kochen hier?"

„Da steckt eben das Geld", sagte Tommy. „Dies bißchen
Geplemper hier, von wegen mal 'n paar Liter und halbe
Gallonen, da ist doch nichts drin. Lee macht das auch bloß
so nebenher, um mal 'n Extradollar zu verdienen oder
zweie. Groß rein in die Sache und raus damit und weg so
schnell wie möglich, da sitzen die Moneten."

„Oh", sagte Benbow. „Also ich glaube, ich würde lieber
verhungern als den Mann dauernd um mich rum haben."

Tommy gluckste. „Popeye ist in Ordnung. Ist bloß ein
bißchen komisch." Er ging weiter, gestaltlos in der zum
Schweigen gebrachten Blässe der Straße, der sandigen
Straße. „Ich will ein Hund sein, wenn der nicht 'n Fall ist.
Stimmt's?"

„Ja", sagte Benbow. „Mit allem dran."

Der Lastwagen wartete, wo der Weg, wieder Lehm, zur
Schotter-Landstraße anzusteigen begann. Zwei Männer saßen auf der Stoßstange und rauchten Zigaretten; zu ihren
Häupten dünnten die Bäume sich gegen den Sternenhim-
mel der Nachmitternacht.

„Ihr habt euch ja Zeit gelassen", sagte einer der Männer.
„Oder etwa nicht? Ich wollte um diese Zeit schon das halbe
Stück geschafft haben zur Stadt. Hab da 'ne Frau, die auf
mich wartet."

„Klar", sagte der andere Mann. „Und auf'm Rücken wartet
sie, was?" Der erste Mann stieß ein Schimpfwort gegen ihn
aus.

„Wir haben so schnell gemacht, wie wir konnten", sagte

Tommy. „Warum hängt ihr Kerls auch keine Laterne aus? Wenn wir beide, er und ich, nun von der Polente gewesen wärn, dann hätten wir euch gehabt, klar?"

„Ach, rutsch mir doch 'n Buckel runter, Filzkopp", sagte der erste Mann. Sie schnippten ihre Zigaretten weg und stiegen in den Lastwagen. Tommy gluckste, unterdrückt. Benbow drehte sich um und streckte die Hand aus.

„Wiedersehn", sagte er. „Und besten Dank, Mister – –"

„Mein Name ist Tommy", sagte der andere. Seine lasche, verschwielte Hand fummelte sich in Benbows und schüttelte sie einmal feierlich und fummelte sich weg. Er stand da, eine gedrungene, formlose Gestalt vor der matten Blässe der Straße, während Benbow den Fuß nach der Stufe hob. Er strauchelte, fing sich aber wieder.

„Geben Sie acht, Doktor", sagte eine Stimme aus dem Führerhaus des Lasters. Benbow stieg ein. Der zweite Mann legte ein Jagdgewehr hinter sich auf die Sitzlehne. Der Lastwagen setzte sich in Bewegung, wühlte sich beängstigend den ausgelaugten Abhang hinauf und in die beschotterte Landstraße und nahm Richtung auf Jefferson und Memphis.

DRITTES KAPITEL

Am nächsten Nachmittag war Benbow bei seiner Schwester. Sie wohnte auf dem Lande, vier Meilen von Jefferson, im Haus der Familie ihres Mannes. Sie war Witwe, mit einem Jungen, zehn Jahre alt, und lebte in dem großen Haus mit ihrem Sohn und der Großtante ihres Mannes: einer Frau von neunzig, die an den Rollstuhl gefesselt war und allgemein Miss Jenny genannt wurde. Benbow stand bei ihr am Fenster und sah hinaus, wo seine Schwester mit einem jungen Mann im Garten ging. Seine Schwester war seit zehn Jahren Witwe.

„Warum hat sie eigentlich nie wieder geheiratet?" sagte Benbow.

„Gute Frage", sagte Miss Jenny. „Eine junge Frau braucht einen Mann."

„Aber nicht den da", sagte Benbow. Er betrachtete die beiden Leute. Der Mann trug Flanellhosen und einen blauen Rock; ein breiter, dicklicher junger Mann mit großspurigem, unklar akademischem Gehaben. „Sie scheint Kinder zu mögen. Vielleicht weil sie jetzt selber eins hat. Wer ist denn der Typ da? Derselbe wie im letzten Herbst?"

„Gowan Stevens", sagte Miss Jenny. „Du solltest dich eigentlich noch an ihn erinnern."

„Ach ja", sagte Benbow. „Jetzt weiß ich wieder. Letzten Oktober." Da war er auf der Heimfahrt durch Jefferson gekommen und über Nacht bei seiner Schwester abgestiegen. Durch dasselbe Fenster hatten Miss Jenny und er dieselben beiden Leute im selben Garten gehen sehen, wo um die Zeit die späten, leuchtenden, staubduftigen Oktoberblumen blühten. Damals hatte Stevens Braun getragen, und damals war er noch neu gewesen für Horace.

„Er kommt erst heraus zu uns, seit er wieder aus Virginia daheim ist, letztes Frühjahr", sagte Miss Jenny. „Der Junge damals war dieser Jones; Herschell. Ja. Herschell."

„Ah", sagte Benbow. „Virginischer Landadel – oder bloß ein ‚Zugereister' ohne Vermögen?"

„Schule, Universität. Deswegen war er dort. Du erinnerst dich nicht an ihn, weil er noch in den Windeln lag, als du von Jefferson weggingst."

„Das laß du ja Belle nicht hören", sagte Benbow. Er beobachtete die beiden. Sie näherten sich dem Haus und verschwanden dahinter. Einen Augenblick später kamen sie die Treppe herauf und ins Zimmer. Stevens zeigte sein dickes, selbstbewußtes Gesicht unter den glatten Haaren. Miss Jenny gab ihm die Hand, und er beugte sich füllig darüber und küßte sie.

„Jeden Tag jünger und hübscher", sagte er. „Grad eben noch hab ich zu Narcissa gesagt, wenn Sie aus dem Stuhl da

31

aufstünden und mein Mädchen würden, hätte sie gar keine Chancen."

„Das werde ich dann morgen tun", sagte Miss Jenny. „Narcissa . . .."

Narcissa war eine üppige Frau, mit dunklem Haar und breitem, stumpfsinnig heiterem Gesicht. Sie trug ihr gewöhnliches weißes Kleid. „Horace, das ist Gowan Stevens", sagte sie. „Mein Bruder, Gowan."

„Angenehm, Sir", sagte Stevens. Er begrüßte Benbow mit einem raschen, harten, heftig festen Händedruck. Im selben Augenblick kam der Junge herein, Benbow Sartoris, Benbows Neffe. „Ich hab schon von Ihnen gehört", sagte Stevens.

„Gowan ist auf der Uni in Virginia gewesen", sagte der Junge.

„Ah", sagte Benbow. „Von der hab ich auch schon gehört."

„Danke", sagte Stevens. „Aber es kann ja nicht jeder nach Harvard."

„Dank zurück", sagte Benbow. „Ich war in Oxford."

„Horace erzählt Leuten immer, er war in Oxford, damit sie glauben, er meint die Staatsuniversität, und er sie dann aufklären kann", sagte Miss Jenny.

„Gowan ist auch oft in Oxford", sagte der Junge. „Er hat eine Flamme da. Mit der geht er zum Tanzen. Stimmt's, Gowan?"

„Stimmt, Bruderherz", sagte Stevens. „Eine Rothaarige."

„Halt den Mund, Bory", sagte Narcissa. Sie sah ihren Bruder an. „Wie geht es Belle und Klein-Belle?" Sie wollte noch etwas anderes sagen, brach aber ab. Doch sie sah ihren Bruder weiter an, mit ernstem und dringendem Blick.

„Wenn du weiter nur darauf lauerst, daß er von Belle fortläuft, dann wird er's noch tun", sagte Miss Jenny. „Eines Tages wird er's tun. Aber selbst dann wäre Narcissa nicht zufrieden", sagte sie. „Manche Frauen wollen partout nicht, daß ein Mann eine bestimmte Frau heiratet. Aber alle kriegen sie die Wut, wenn er auf und davon geht und sie sitzen läßt."

„Jetzt halt du den Mund", sagte Narcissa.

„Zu Befehl", sagte Miss Jenny. „Horace zerrt jetzt schon eine ganze Zeit am Halfter. Aber du solltest es lieber doch nicht übertreiben, Horace; es könnte am andern Ende vielleicht nicht fest genug gemacht sein."

Durch die Halle drang der Ton einer kleinen Glocke. Stevens und Benbow traten beide zugleich hinter Miss Jennys Rollstuhl. „Wenn Sie mir gestatten würden, Sir?" sagte Benbow. „Da ich ja hier der Gast zu sein scheine."

„Also wirklich, Horace!" sagte Miss Jenny. „Narcissa, schick doch mal jemand auf den Boden und laß die Duellpistolen aus der Kiste holen, ja?" Sie wandte sich zu dem Jungen. „Und du gehst schon vor und sagst, daß die Musik anfangen soll und zwei Rosen bereitgehalten werden."

„Was für eine Musik denn?" sagte der Junge.

„Rosen stehn auf dem Tisch", sagte Narcissa. „Gowan hat sie geschickt. Kommt jetzt zum Essen."

Durch das Fenster beobachteten Benbow und Miss Jenny, wie die beiden im Garten gingen, Narcissa immer noch in Weiß, Stevens in Flanellhosen und blauem Rock. „Der Gentleman aus Virginia, der uns an dem Abend beim Essen erzählte, wie man ihm beigebracht hat, wie ein Gentleman zu trinken. Man setze einen Käfer in Alkohol, und man hat einen Skarabäus; man setze einen Mississippier in Alkohol, und man hat einen Gentleman – – –"

„Gowan Stevens", sagte Miss Jenny. Sie sahen, wie die beiden hinter dem Haus verschwanden. Es dauerte einige Zeit, bis Benbow sie durch die Halle kommen hörte. Als sie eintraten, war der Junge an Stevens' Stelle.

„Er wollte nicht bleiben", sagte Narcissa. „Er fährt nach Oxford. Freitag abend soll da ein Ball sein an der Universität. Er hat eine Verabredung mit einer jungen Dame."

„Dort dürfte er ja ein weites Feld finden, um sich als Gentleman zu betätigen", sagte Horace. „Im Trinken und auch sonst. Deswegen fährt er wahrscheinlich auch so vorzeitig hin."

„Er geht auf einen Ball, mit einer alten Freundin", sagte der Junge. „Samstag will er nach Starkville, zum Baseballspiel. Er sagte, er nähme mich gerne mit, aber ihr würdet mich ja doch nicht lassen."

VIERTES KAPITEL

Städter, die nach dem Abendessen noch ein paar Runden durchs Universitätsgelände drehten, oder ein zerstreutes und gedankenversunkenes Fakultätsmitglied oder ein Kandidat fürs Magisterdiplom, alle konnten sie Temple sehen, wie sie, einen hastig an sich gerafften Mantel unter dem Arm und die langen Beine blondhell im Laufen, als hurtige Silhouette vor den erleuchteten Fenstern des ‚Hennenstalls', wie das Internat der Studentinnen genannt wurde, hinhuschte und im Schatten der Bibliotheksmauer verschwand, und vielleicht sahen sie abschließend noch ein wirbelndes Blitzen von Schlüpfern oder sonst etwas, wenn sie in das Auto sprang, das mit laufendem Motor an dem jeweiligen Abend dort wartete. Die Autos gehörten Jungens aus der Stadt. Studenten der Universität durften sich keinen Wagen halten, und die Männer – hutlos, in Knickerbockern und hellen Pullovern – blickten auf die Stadtjungens, die Hüte trugen, steif auf pomadige Köpfe gestülpt, und ein wenig zu enge Jacken und ein wenig zu weite Hosen, mit Überlegenheit und Wut herab.

So war das an Wochentagen. Jeden zweiten Samstag aber, an den Tanzabenden des Literaturklubs oder gelegentlich der drei offiziellen Jahresbälle, lungerten die Stadtjungens mit ihren allesamt gleichen Hüten und hochgeschlagenen Kragen in Posen kampflustiger Lässigkeit auf dem Gelände herum und sahen zu, wie Temple auf schwarzen Kommilitonenarmen in die Turnhalle einzog und auf einem glitzernden Wirbel von Musik in wirbelndem Glitzern verschwand, mit ihrem delikaten schmalen Kopf und dem frech bemalten Mund und sanften Kinn und mit den Augen, die leer nach rechts und links blickten, kühl, raubgierig und verschwiegen.

Später, wenn die Musik hinter dem Glas jaulte und jammerte, sahen sie ihr durch die Fenster zu, wie sie in schnellem Wechsel aus einem Paar schwarzer Ärmel ins nächste glitt, wie ihre schmalen Hüften drängten und sich längten im Zwischenraum und ihre Füße die rhythmische Lücke mit Musik ausfüllten. Hin und wieder duckten sich die Jungens, um aus flachen Flaschen einen Schluck zu nehmen und sich Zigaretten anzuzünden; dann standen sie wieder aufrecht da, reglos vorm Licht, und die vermummten Köpfe, mit ihren Hüten und hochgeschlagenen Kragen, wirkten wie Schwarzblechschnitte, in einer Reihe ans Fensterbrett genagelt.

Es waren immer drei oder vier von ihnen dort, wenn die Band schließlich *Home, Sweet Home* spielte; sie hingen unweit des Ausgangs herum, die Gesichter kalt und streitlustig, ein wenig abgespannt vom Mangel an Schlaf, und beobachteten die Paare, die darin auftauchten, in blasser Nachmahd von Bewegung und Lärm. Drei von ihnen sahen Temple und Gowan Stevens in die frostkalte Ahnung des dämmernden Frühlingsmorgens herauskommen. Ihr Gesicht war ganz bleich, überstäubt von kurz vorher noch aufgetragenem Puder, ihr Haar ein strähnig erschlafftes Gelock. Ihre Augen, ganz Pupille jetzt, ruhten einen leeren Moment lang auf ihnen. Dann hob sie zu einer matten Geste die Hand, doch ob sie ihnen galt oder nicht, hätte keiner sagen können. Sie antworteten nicht, kein Zucken in ihren kalten Augen. Sie beobachteten Gowan, wie er seinen Arm unter den ihren schlüpfen ließ, und die flüchtige Enthüllung von Flanke und Schenkel, als sie in seinen Wagen stieg. Es war ein langer, niedriger Roadster mit einem Blendlicht.

„Wer ist der Dreckskerl?" sagte einer.

„Mein Vater, der ist Richter", sagte der zweite bitter, in trällerndem Falsett.

„Mist. Haun wir ab in die Stadt."

Sie zogen los. Einmal brüllten sie einen vorbeikommenden Wagen an, er hielt aber nicht. Auf der Brücke über den Bahneinschnitt blieben sie stehen und tranken aus einer Flasche. Der letzte machte Anstalten, sie über das Geländer zu werfen. Der zweite ergriff seinen Arm.

„Gib sie mal mir", sagte er. Vorsichtig zerschlug er die Flasche und streute die Scherben über die Straße. Sie sahen ihm zu.

„Und sowas will auf'n Uni-Ball", sagte der erste. „Ach du armes Würstchen."

„Mein Vater, der ist Richter", sagte der andere und drückte die gezackten Scherben aufrecht in die Straße.

„Da kommt 'ne Karre", sagte der dritte.

Der Wagen hatte drei Scheinwerfer. Die Jungens lehnten am Geländer, schrägten die Hüte gegen das Licht und sahen Temple und Gowan vorbeifahren. Temples Kopf war tief und nahe. Der Wagen fuhr langsam.

„Armes Würstchen", sagte der erste.

„So? Bin ich das?" sagte der zweite. Er zog etwas aus der Tasche, schlug es aus und schwenkte das zarte, schwach parfümierte Gewebe vor ihren Gesichtern. „Bin ich das?"

„Du kannst uns viel erzählen."

„Doc hat das Höschen in Memphis ergattert", sagte der dritte. „Bei irgend 'ner miesen Hure."

„Du bist ein dreckiger Lügner", sagte Doc.

Sie sahen dem Lichtkegel nach, dem kleiner werdenden rubinroten Schlußlicht, bis beides vorm Hennenstall anhielt. Die Scheinwerfer gingen aus. Nach einer Weile schlug die Wagentür. Die Scheinwerfer kamen wieder; der Wagen glitt davon. Er näherte sich erneut. Sie lehnten nebeneinander am Geländer, die Hüte gegen den gleißenden Schein geschrägt. Das zerbrochene Glas warf schimmernde

Funkelpunkte. Der Wagen fuhr an den Rand und hielt bei ihnen an.

„Die Herren wollen zur Stadt?" sagte Gowan und öffnete die Tür. Sie lehnten am Geländer, dann sagte der erste mürrisch: „Sehr verbunden", und sie stiegen ein, die beiden anderen auf den Notsitz, der erste vorn neben Gowan.

„Ziehn Sie mal etwas rüber hier", sagte er. „Da vorn hat jemand 'ne Flasche zerdeppert."

„Danke", sagte Gowan. Der Wagen fuhr an. „Sehn sich die Herren das Spiel an morgen in Starkville?"

Die beiden auf dem Notsitz gaben keine Antwort.

„Weiß noch nicht", sagte der erste. „Glaube aber nicht."

„Ich bin fremd hier", sagte Gowan. „Mir ist der Stoff ausgegangen heute nacht, und morgen früh gleich hab ich 'ne Verabredung. Können die Herren mir vielleicht sagen, wo sich jetzt noch 'ne Flasche auftreiben läßt?"

„Reichlich spät schon", sagte der erste. Er drehte sich zu den anderen um. „Weißt du jemand, bei dem er zu so nachtschlafender Zeit noch was kriegt, Doc?"

„Luke vielleicht", sagte der dritte.

„Wo wohnt der?" sagte Gowan.

„Fahrn Sie zu", sagte der erste. „Ich zeig Ihnen." Sie überquerten den Platz und fuhren etwa eine halbe Meile aus der Stadt hinaus.

„Das ist doch die Straße nach Taylor, nicht?" sagte Gowan.

„Ja", sagte der erste.

„Die muß ich dann nehmen morgen früh", sagte Gowan. „Muß noch vor dem Sonderzug dasein. Die Herren wollen sich das Spiel also nicht ansehn, sagen Sie?"

„Ich glaube nicht", sagte der erste. „Halten Sie hier." Eine steile Böschung stieg auf vor ihnen, von verkrüppelten Schwarzeichen bestanden. „Ihr wartet hier", sagte der erste. Gowan schaltete die Scheinwerfer aus. Sie konnten den andern die Böschung hinaufklettern hören.

„Ist das gutes Zeug, was Luke hat?" sagte Gowan.

„Es geht. Nicht schlechter als was es sonst so gibt, würd ich meinen", sagte der dritte.

„Sie brauchen's ja nicht zu trinken, wenn's Ihnen nicht paßt", sagte Doc. Gowan drehte sich feist zu ihm herum und sah ihn an.

„So gut wie das, was Sie heute nacht hatten, ist's allemal", sagte der dritte.

„Das mußten Sie ja auch nicht trinken", sagte Doc.

„Anscheinend können die hier keinen guten Schnaps brennen, jedenfalls nicht wie auf der Schule bei uns", sagte Gowan.

„Wo sind Sie denn her?"

„Virgin – äh, Jefferson. Bin in Virginia zur Schule gegangen. Da lernt man richtig trinken, sag ich Ihnen."

Die andern beiden sagten nichts. Der erste kehrte zurück, vor sich hangab ein winziges Erdgerinsel. Er trug ein Einmachglas in der Hand. Gowan hob es gegen den Himmel. Es war leicht trüb, sah unschuldig aus. Er entfernte den Deckel und hielt es hin.

„Zum Wohl."

Der erste nahm es und reichte es den beiden auf dem Notsitz.

„Trinkt ihr."

Der dritte trank, aber Doc lehnte ab. Gowan trank.

„Ach, du lieber Gott", sagte er, „Wie kriegt ihr Burschen dieses Zeug bloß runter?"

„Bei uns in Virginia trinkt man keinen Fusel", sagte Doc. Gowan drehte sich auf dem Sitz und sah ihn an.

„Halt die Klappe, Doc", sagte der dritte. „Achten Sie nicht auf ihn", sagte er. „Dem liegt schon die ganze Nacht was im Magen."

„Dreckskerl", sagte Doc.

„Meinen Sie etwa mich?" sagte Gowan.

„Aber bestimmt nicht", sagte der dritte. „Doc ist in Ordnung. Komm, mach schon, Doc. Trink einen Schluck."

„Du kannst mich kreuzweise", sagte Doc. „Gib her."

Sie fuhren zur Stadt zurück. „Die Bude hat sicher offen", sagte der erste. „Am Bahnhof."

Es war eine Kneipe mit Restauration. Sie war leer bis auf einen Mann in schmutziger Schürze. Sie gingen nach hinten und setzten sich in eine Nische mit Tisch und vier Stühlen. Der Mann brachte vier Gläser und Coca-Colas. „Kann ich etwas Zucker haben und Wasser und eine Zitrone, Chef?" sagte Gowan. Der Mann brachte es ihm. Die andern sahen Gowan zu, wie er sich einen *whiskey-sour* machte. „Ich hab gelernt, ihn auf die Art zu trinken", sagte er. Sie sahen ihm zu, wie er trank. „Hat nicht besonders viel Zunder, für meinen Geschmack", sagte er und schenkte sich aus dem Einmachglas zu. Und trank.

„Also einen guten Zug haben Sie", sagte der dritte.

„Bin ja auch auf 'ner guten Schule gewesen." Der Raum hatte ein hohes Fenster. Der Himmel dahinter war bleicher, frischer jetzt. „Nur nicht schüchtern, die Herren, auf einem Bein kann man nicht stehen", sagte er und füllte erneut sein Glas. Die andern bedienten sich zurückhaltend. „Bei uns auf der Schule hieß es: lieber untern Tisch als kneifen", sagte er. Sie sahen ihm zu, wie er auch dieses Glas trank. Sie sahen plötzlich Schweiß auf seinen Nasenflügeln perlen.

„Jetzt ist aber auch bei ihm Schluß", sagte Doc.

„Wer sagt das?" sagte Gowan. Er goß sich das Glas einen Zoll hoch voll. „Wenn wir bloß anständigen Stoff hätten. In meiner Gegend kenne ich einen Mann, Goodwin heißt er, der macht . . ."

„Sowas nennt man 'n Drink auf der Schule, seht euch das an", sagte Doc.

Gowan sah ihn an. „So, meinen Sie? Dann passen Sie mal auf." Er goß weiter ein. Sie sahen den Schnaps steigen.

„Machen Sie keine Sachen, Mensch", sagte der dritte. Gowan füllte das Glas bis zum Rand, hob es und leerte es, ohne abzusetzen. Er entsann sich noch, daß er das Glas dann sorgfältig hingesetzt hatte; dann nahm er zugleich wahr, daß er sich im Freien befand, in frostiger grauer Frische, und daß eine Lokomotive auf einem Seitengleis schnaufte, an der Spitze einer dunklen Kette von Waggons, und daß er irgendwem zu erzählen versuchte, daß er trinken gelernt habe wie ein Gentleman. Er versuchte es ihnen immer noch zu erzählen, an einem beengten dunklen Ort, wo es nach Ammoniak roch und Kreosot und wo er sich in ein Becken erbrach, versuchte ihnen zu erzählen, daß er um sechs Uhr dreißig in Taylor sein müsse, wenn der Sonderzug ankam. Der Krampfanfall legte sich; er fühlte äußerste Mattigkeit, Schwäche, ein Verlangen, sich hinzulegen, dem mit Gewalt widerstanden wurde, und im Flackerschein eines Streichholzes lehnte er sich gegen die Wand und bohrte den Blick langsam in einen Namen, der dort mit Bleistift geschrieben stand. Er schloß das eine Auge, stützte sich gegen die Wand, schwankend und sabbernd, und las den Namen. Dann sah er wieder die andern an, kopfschüttelnd.

„Mädchenname ... Mädchen, was ich kenne. Gutes Mädchen. Guter Kerl. Hab 'ne Verabredung mit ihr, nehm sie mit nach Stark ... Starkville. Ohne Anstandswauwau, versteht ihr?" Hingelehnt dort, sabbernd, stammelnd, schlief er ein.

Sofort begann er sich aus dem Schlaf zu kämpfen. Es war ihm so, als tue er's unmittelbar, doch merkte er auch, daß unentwegt Zeit verstrich, und er wußte, daß die Zeit in seinem dringenden Bedürfnis zu erwachen eine wichtige Rolle spielte; daß es ihm sonst leid tun würde. Eine ganze Weile ging hin in dem Bewußtsein, daß seine Augen offen waren, und in der Erwartung, daß die Sehkraft ihnen wiederkehre. Dann sah er wieder, doch ohne sogleich zu wissen, daß er wach war.

Er lag ganz still. Er hatte das Gefühl, als wäre durch den Ausbruch aus dem Schlaf der Zweck erreicht worden, zu dem er sich geweckt hatte. Er lag in zusammengekrümmter Haltung unter einem niedrigen Baldachin und starrte, bar jeden Sinns und Empfindens, die Fassade eines ihm unbekannten Gebäudes an, über dem kleine Wölkchen trieben, rosig im Sonnenlicht. Dann beendeten seine Bauchmuskeln den Brechkrampf, durch den er das Bewußtsein verloren hatte, und er raffte sich schwerfällig auf und kroch in den Fußraum des Wagens, und sein Kopf schlug dabei an die Tür. Der Schlag brachte ihn ganz wieder zu sich, und er öffnete die Tür und fiel fast hinaus auf den Boden und schleppte sich hoch und hielt in taumelndem Lauf auf das Stationsgebäude zu. Er stürzte. Auf Händen und Knien starrte er auf das leere Seitengleis und hinauf in den sonnenerfüllten Himmel, ungläubig und voller Verzweiflung. Er kam wieder auf die Füße und lief weiter, in seinem verdreckten Smoking, mit geplatztem Kragen und verwüstetem Haar. Ich hab schlapp gemacht, dachte er in einem Anfall wie von Wut, ich hab schlapp gemacht. *Ich hab schlapp gemacht.*

Der Bahnsteig lag verlassen, bis auf einen Neger mit Besen. „Große Gott, diese weiße Leute", sagte er.

„Der Zug", sagte Gowan, „der Sonderzug. Der da auf dem Gleis stand drüben."

„Is weg schon. Vor ers' fünf Minute." Den Besen in Händen, erstarrt in der Bewegung des Fegens, sah er Gowan nach, wie er zum Wagen zurücklief und hineintaumelte.

Das Einmachglas lag auf dem Boden. Er stieß es beiseite und ließ den Motor an. Er wußte, daß er dringend etwas in den Magen haben mußte, aber es war keine Zeit. Sein Blick fiel nieder auf das Einmachglas. Sein Inneres wand sich in kaltem Schauer, doch er hob das Glas und trank und schluckte gierig und würgte das Zeug herunter und stieß sich eine Zigarette in den Mund, um den Brechreiz zu überwinden. Im selben Augenblick fast fühlte er sich besser.

Er überquerte den Platz im Vierzigmeilentempo. Es war sechs Uhr fünfzehn. Er nahm die Straße nach Taylor und steigerte die Geschwindigkeit. Er trank abermals aus dem

41

Einmachglas, ohne mit dem Tempo herunterzugehen. Als er Taylor erreichte, verließ der Zug eben den Bahnhof. Er kam mit kreischenden Bremsen zwischen zwei Lieferwagen zum Stehen, als der letzte Waggon vorbeizog. Das Schlußabteil öffnete sich; Temple sprang herunter und lief noch ein paar Schritte neben dem Waggon her, während ein Beamter sich herausbeugte und die Faust nach ihr schüttelte.

Gowan war ausgestiegen. Sie drehte sich um und kam auf ihn zu, mit schnellen Schritten. Dann stutzte sie, blieb stehen, lief wieder weiter und starrte ihn an, das wilde Gesicht und Haar, den ruinierten Kragen, das Hemd.

„Du bist betrunken", sagte sie. „Du Schwein. Du dreckiges Schwein."

„Hab 'ne tolle Nacht hinter mir. Du hast ja keine Ahnung."

Sie blickte sich um, nach dem öde gelben Stationsgebäude, den Männern im Overall, die lässig kauten und sie beobachteten, die Geleise hinunter nach dem immer kleiner werdenden Zug, nach den vier Dampfstößen, die fast schon verflogen waren, als der Pfiff der Maschine zurückkam. „Du dreckiges Schwein", sagte sie. „In dem Aufzug kannst du nirgends hingehen. Du hast ja nichtmal die Sachen gewechselt." Am Wagen blieb sie abermals stehen. „Was ist denn das da hinter dir?"

„Meine Feldflasche", sagte Gowan. „Steig ein."

Sie sah ihn an, mit frechrotem Mund, die Augen wachsam und kalt unter dem randlosen Hütchen, unter einem gelockten Wisch roten Haars. Sie blickte wieder zur Station zurück, die grell und häßlich lag im frischen Morgen. Sie sprang in den Wagen, zog die Beine an sich auf den Sitz. „Mach schon, daß wir hier wegkommen." Er startete und wendete. „Du solltest mich lieber nach Oxford zurückbringen", sagte sie. Sie blickte zurück zum Bahnhof. Er lag jetzt im Schatten, im Schatten einer hoch treibenden Wolke. „Das solltest du lieber", sagte sie.

Um zwei Uhr am Nachmittag, als sie mit zügigem Tempo durch eine hohe, leise rauschende Fichteneinöde fuhren, warf Gowan den Wagen scharf herum und bog von der Schotterstraße auf einen schmalen Feldweg ab, der zwischen erodierten Böschungen auf eine mit Zypressen und Fieberbäumen bestandene Senke hinunterführte. Er trug ein billiges blaues Arbeitshemd unter der Smokingjacke. Seine Augen waren blutunterlaufen und geschwollen, die Backen mit blauen Stoppeln bedeckt, und als sie ihn ansah, festgestemmt und sich anklammernd, weil der Wagen schlug und schlingerte in den ausgefahrenen Geleisen, dachte Temple: Sein Bart ist gewachsen, seit wir aus Dumfries weg sind. Es war Haarwasser, was er getrunken hat. Er hat sich im Dumfries eine Flasche Haarwasser gekauft und sie ausgetrunken.

Es spürte ihre Blicke und sah sie an. „Nun werd du bloß nicht komisch, du. Es dauert keine Minute, schnell mal zu Goodwin rauf und 'ne Flasche holen. Keine zehn Minuten dauert das. Ich hab gesagt, ich bring dich nach Starkville, noch bevor der Zug ankommt, und das mach ich auch. Glaubst du's etwa nicht?"

Sie sagte nichts, dachte nur an den wimpelgeschmückten Zug, der schon in Starkville war; an die bunt wimmelnden Tribünen; die Band, das gähnende Blitzen der Tuba; das grüne Baseballfeld, getüpfelt mit Spielern, die sich duckten und kurze gellende Schreie von sich gaben, wie Sumpfvögel, die ein Alligator aufstört, unsicher noch, woher die Gefahr drohte, reglos, im Gleichgewicht, und kurze sinnleere Schreie zur gegenseitigen Ermutigung klagend, wachsam und verloren.

„Und sowas versucht, mir auf die unschuldige Tour zu kommen. Glaub doch ja nicht, ich hätte die letzte Nacht für nichts und wieder nichts mit ein paar von deinen Pomadenjünglingen verbracht. Oder bildest du dir ein, ich hab denen meinen Schnaps eingetrichtert, bloß weil ich so 'n gutes Herz hab? Du hast ja wirklich Nerven, das muß ich sa-

gen. Glaubst, du kannst die Woche durch mit jedem Lack-
affen poussieren, der einen Ford hat, und mich dann am
Samstag zum Narren halten, was? Meinst du denn, ich hab
im Pissoir deinen Namen nicht gelesen an der Wand? Na,
was sagst du nun?"

Sie sagte nichts, sondern hielt sich nur fest, da der Wagen viel zu schnell fuhr und von einer Böschung zur anderen schleuderte. Er sah sie immer noch an und gab sich
keine Mühe, ihn zu lenken.

„Bei Gott, die Frau möcht ich sehen, die mit mir sowas . . ." Der Fahrweg verflachte sich in Sand, vollkommen
überwölbt, vollkommen umwandet von einem Dschungel
aus Rohr- und Dornenwuchs. Der Wagen schleuderte von
Seite zu Seite in den lockeren Rinnen.

Sie sah den Baum, der die Straße blockierte, doch sie
stemmte sich nur von neuem fest. Er schien ihr das logi-
sche und katastrophale Ende der Kette von Umständen zu
sein, in die sie verwickelt worden war. Sie saß da und sah
starr und still mit an, wie Gowan, der offensichtlich stur geradeaus blickte, mit zwanzig Stundenmeilen in den Baum
hineinfuhr. Der Wagen schlug auf, prallte zurück, fuhr
dann wieder in den Baum und legte sich auf die Seite.

Sie spürte, wie sie durch die Luft flog, im Bewußtsein
nur einen betäubenden Stoß an der Schulter und das Bild
zweier Männer, die aus dem Rohrgestrüpp am Wegrand
herüberspähten. Sie taumelte auf die Füße, den Kopf zurückgewandt, und sah sie auf den Fahrweg treten, der eine
in einem Anzug von knappem Schwarz, einen Strohhut
auf, im Mund eine Zigarette, der andere barhäuptig, im
Overall, ein Jagdgewehr in Händen, das bärtige Gesicht erstarrt in trägem Staunen. Immer noch laufend, wurden ihre
Knochen zu Wasser, und sie fiel flach aufs Gesicht, immer
noch laufend.

Ohne innezuhalten, warf sie sich herum und setzte sich
auf, und ihr offener Mund formte eine lautlose Klage hinter dem ihr ausgegangenen Atem her. Der Mann im Overall

sah sie immer noch an, und auch sein Mund stand offen, unschuldig staunend inmitten eines kurzen weichen Barts. Der andere Mann beugte sich über den umgestürzten Wagen; sein knapper Rock spannte sich in scharfer Falte über seinen Schultern. Dann starb der Motor ab, und nur das in die Luft ragende Vorderrad drehte sich leer noch weiter, langsam und immer langsamer.

FÜNFTES KAPITEL

Der Mann im Overall war auch barfuß. Er stapfte vor Temple und Gowan her, das Jagdgewehr schwingend in der Hand, die Schaufelfüße offenbar mühelos im Sand, in den Temple fast bis zum Knöchel einsank bei jedem Schritt. Von Zeit zu Zeit blickte er sich über die Schulter nach ihnen um, nach Gowans blutigem Gesicht und befleckter Kleidung, nach Temple, die sich schwankend auf ihren hohen Absätzen quälte.

„Ganz schön mühsam, das Laufen hier, was?" sagte er. „Wenn sie die hochhackigen Dinger auszieht, kommt sie besser voran."

„Meinen Sie?" sagte Temple. Sie blieb stehen und hielt sich an Gowan fest, um erst das eine Bein zu heben, dann das andere, und streifte die Slipper ab. Der Mann sah ihr zu, sah die Slipper an.

„Also ich will doch verdammt sein, wenn ich in eins von den Dingern auch bloß zwei Finger kriege", sagte er. „Kann ich mal sehen?" Sie gab ihm einen. Er drehte ihn langsam in der Hand. „Mich laust der Affe", sagte er. Wieder sah er Temple an mit seinem bleichen, leeren Blick. Sein Haar wuchs unschuldig und strohig, auf dem Scheitel gebleicht, sich dunkelnd um Ohren und Nacken in schlumpigen Ringeln. „Ganz schön groß auch, die Figur", sagte er. „Bei den dünnen Beinen, die sie hat. Was wiegt sie denn?" Temple streckte die Hand aus. Er gab ihr langsam den Schuh zurück, sah sie an, ihren Bauch, ihre Hüften. „Und auch noch nie aus den Fugen gewesen, was?"

„Los", sagte Gowan, „machen wir, daß wir weiterkommen. Wir müssen sehn, daß wir einen Wagen kriegen und bis Abend wieder in Jefferson sind."

Als der Sand aufhörte, setzte Temple sich hin und zog sich die Slipper wieder an. Sie merkte, wie der Mann auf ihre hochgewinkelten Schenkel starrte, und riß den Rock darüber und sprang auf. „Worauf warten Sie noch?" sagte sie, „gehn Sie weiter. Oder wissen Sie den Weg nicht?"

Das Haus kam in Sicht, über dem Zedernhain, hinter dessen schwarzen Lücken ein Obstgarten mit Apfelbäumen im sonnigen Nachmittag prunkte. Es stand auf einer verkommenen Rasenfläche, umgeben von verwahrlosten Ländereien und verfallenen Nebengebäuden. Doch nirgends war irgendein Zeichen von Landwirtschaft zu sehen – Pflug oder Gerät; nirgends zeigte sich ein bebautes Feld – alles nur eine hagere, wettergefleckte Ruine in einem trüb finsteren Hain, durch den mit murmelndem Trauerlaut der Wind strich. Temple blieb stehen.

„Da will ich nicht mit hin", sagte sie. „Gehn Sie allein und holen Sie den Wagen", wies sie den Mann an. „Wir werden hier warten."

„Er hat gesagt, Sie solln beide mitkommen zum Haus", sagte der Mann.

„Wer?" sagte Temple. „Glaubt dieser schwarze Kerl etwa, er kann mir Befehle erteilen?"

„Ach, komm schon", sagte Gowan. „Wir schaun kurz bei Goodwin rein und holen uns von ihm einen Wagen. Es wird langsam spät. Mrs. Goodwin ist doch auch hier, oder?"

„Schon möglich", sagte der Mann.

„Also los", sagte Gowan. Sie gingen weiter, auf das Haus zu. Der Mann stieg zur Veranda hinauf und stellte das Jagdgewehr gleich hinter die Tür.

„Irgendwo wird sie schon stecken", sagte er. Wieder sah er Temple an. „Ist kein Grund, daß Ihre Frau sich fürchten

46

muß", sagte er. „Lee wird Sie in die Stadt bringen, denk ich."

Temple sah ihn an. Sie sahen sich nüchtern beide an, wie zwei Kinder oder zwei Hunde. „Wie heißen Sie?"

„Mein Name ist Tommy", sagte er. „Bloß keine Bange nicht."

Die Halle, durchs ganze Haus, stand offen. Temple trat ein.

„Wo willst du hin?" sagte Gowan. „Wieso wartest du nicht hier draußen?" Sie gab keine Antwort. Sie ging weiter durch die Halle. Hinter sich konnte sie Gowans Stimme hören und die des Mannes, der Tommy hieß. Die hintere Veranda lag im Sonnenlicht, ein Ausschnitt Sonnenlicht, umrahmt von der Tür. Jenseits gewahrte sie einen unkrautverwucherten Abhang und eine riesige Scheune, krumm wie ein Katzenrücken, still in der sonnigen Öde. Rechts von der Tür sah sie die Ecke entweder eines gesonderten Gebäudes oder eines anderen Hausflügels. Doch sie vernahm keinen Laut, außer den Stimmen von der Vorderseite.

Sie ging weiter, langsam. Dann blieb sie stehen. Auf dem Viereck Sonnenlicht, umrahmt von der Tür, lag der Schatten eines Männerkopfes, und sie wirbelte halb herum, wie gehetzt, wollte laufen. Aber der Schatten trug keinen Hut, und so wandte sie sich wieder und ging auf Zehenspitzen zur Tür und lugte um die Ecke. Ein Mann saß da in einem Korbstuhl, im Sonnenlicht, die Rückseite seines kahlen, weiß umkranzten Kopfes ihr zugewandt, die Hände gekreuzt über einem rohen Stock. Sie trat auf die hintere Veranda hinaus.

„Guten Tag", sagte sie. Der Mann bewegte sich nicht. Sie trat noch einen Schritt näher, dann blickte sie rasch über die Schulter zurück. Aus dem Augenwinkel dachte sie einen Rauchfaden gesehen zu haben, der aus der Tür des Nebenraums gekommen war, wo die Veranda ein L bildete, aber er war verschwunden. Auf einer Leine zwischen zwei Pfosten vor dieser Tür hingen drei viereckige Tücher, feucht und schlaff, als seien sie eben erst gewaschen worden, und ein Frauenunterkleid aus verschossener rosa Seide. Es war so oft schon gewaschen worden, daß die Spitze daran aussah, als sei der Stoff selber am Rand nur zerfasert und ausgefranst. Es trug einen Flicken aus blassem Kattun, sauber aufgenäht. Temple sah wieder auf den alten Mann.

Einen Augenblick meinte sie, daß seine Augen geschlossen wären, dann glaubte sie, er habe überhaupt keine Augen, denn zwischen den Lidern steckten zwei starre Objekte, dreckig gelblich wie Murmeln aus Ton. „Gowan", flüsterte sie, rief dann klagend „Gowan" und wandte sich, um fortzulaufen, den Kopf noch rückwärts, grad als eine Stimme hinter der Tür, wo sie den Rauch zu sehen vermeint hatte, sie ansprach:

„Er kann Sie nicht hören. Was wollen Sie denn?"

Sie wirbelte wieder herum, und ohne ein Stocken im Schritt, die Augen noch immer starr auf dem alten Mann, lief sie von der Veranda nach draußen und landete auf Händen und Knien in einem Abfallhaufen aus Asche und Konservendosen und ausgebleichten Knochen und sah Popeye sie beobachten von der Ecke des Hauses, die Hände in den Taschen und das Kräuseln einer schiefen Zigarette vor dem Gesicht. Immer noch ohne innezuhalten, arbeitete sie sich wieder zur Veranda hinauf und sprang in die Küche, wo eine Frau saß, an einem Tisch, eine brennende Zigarette in der Hand, den Blick auf der Tür.

SECHSTES KAPITEL

Popeye ging weiter ums Haus. Gowan lehnte über dem Geländer der Veranda und betupfte sich zimperlich die blutige Nase. Der barfüßige Mann hockte auf seinen Hakken an der Mauer.

„Heiliger Himmel", sagte Popeye, „wieso schaffst du ihn

hier nicht wieder weg und wäschst ihn ab? Soll er etwa den ganzen Tag hier rumsitzen, so wie er aussieht? Wie 'ne Sau, der man die Gurgel durchgeschnitten hat." Er schnippte die Zigarette ins Unkraut, setzte sich auf die oberste Stufe und fing an, sich die lehmigen Schuhe abzukratzen, mit einem Platinfedermesser, das an seiner Uhrkette hing.

Der barfüßige Mann stand auf.

„Sie sagten doch vorhin was von . . .", sagte Gowan.

„Pssst!" sagte der andere. Er zog die Brauen zusammen und blinzelte Gowan zu, mit einer Kopfbewegung zu Popeyes Rücken hinüber.

„Und dann machst du, daß du wieder runter an die Straße kommst", sagte Popeye. „Verstanden?"

„Ich dachte, du wolltest mich grad ablösen und selber aufpassen", sagte der Mann.

„Laß das Denken", sagte Popeye und kratzte an den Umschlägen seiner Hose. „Bist vierzig Jahre ohne ausgekommen. Tu, was ich dir gesagt hab."

Als sie die hintere Veranda erreichten, sagte der barfüßige Mann: „Der kann einfach keinen Menschen riechen – komischer Kerl, was? Ich will ein Hund sein, wenn der nicht mehr zu bieten hat als 'n ganzer Zirkus. Duldet nicht, daß jemand was trinkt hier, außer Lee. Trinkt selber auch keinen Tropfen, und wenn er mich mal erwischt, daß ich 'n Schluck zur Brust nehme, dann läuft er an, daß man denkt, er kriegt 'n Schlaganfall."

„Er sagte, Sie wären vierzig Jahre alt", sagte Gowan.

„Na, ganz soviel sind's nicht", sagte der andere.

„Wie alt sind Sie denn? Dreißig?"

„Weiß ich nicht. Sind jedenfalls nicht soviel, wie er gesagt hat." Der alte Mann saß im Stuhl, in der Sonne. „Das ist bloß Pap", sagte der Mann. Der azurene Schatten der Zedern hatte des alten Mannes Füße erreicht. Er ging ihm schon bis zu den Knien. Seine Hand kam hervor und umtastete die Knie, tastete in den Schatten, und wurde still, bis zum Gelenk im Schatten. Dann stand er auf und ergriff den

Stuhl, und mit dem Stock vor sich hertappend trug er ihn in schlurfender Hast direkt zu ihnen herüber, so daß sie rasch beiseite treten mußten. Er zog den Stuhl ins volle Sonnenlicht und setzte sich wieder nieder, das Gesicht zur Sonne erhoben, die Hände gekreuzt auf dem Stock. „Das ist Pap", sagte der Mann. „Blind und auch noch taub. Lieber will ich ein Hund sein als sowas, wo man nichtmal mehr sehn kann, was man sich achter die Kusen schiebt."

Auf einem Brett zwischen zwei Pfosten standen ein Zinkeimer, eine Blechschüssel, ein kaputter Teller mit einem Klumpen Schmierseife. „Zum Teufel mit allem Wasser", sagte Gowan. „Was ist nun mit dem Schnaps?"

„Also wenn Sie mich fragen, dann hatten Sie vorhin schon zuviel getankt. Ich will ein Hund sein, wenn Sie nicht stockvoll in den Baum gefahren sind mit Ihrer Karre."

„Kommen Sie schon. Haben Sie denn nicht irgendwo was versteckt hier draußen?"

„In der Scheune könnte noch 'n bißchen was sein. Aber passen Sie ja auf, daß er uns nicht hört, sonst findet er's und schüttet's aus." Er ging zur Tür zurück und spähte die Halle hinauf. Dann verließen sie die Veranda und gingen zur Scheune hinüber, quer über ein Gelände, das einmal ein Küchengarten gewesen war, überwuchert jetzt von Zedern- und Schwarzeichensaftlingen. Zweimal blickte der Mann über die Schulter zurück. Beim zweitenmal sagte er:

„Da drüben ist Ihre Frau, will wohl irgendwas."

Temple stand in der Küchentür. „Gowan", rief sie.

„Winken Sie ihr bloß, daß sie still ist", sagte der Mann. „Wenn sie nicht den Mund hält, hört er uns." Gowan wedelte mit der Hand. Sie gingen weiter und betraten die Scheune. Neben dem Eingang führte eine rohe Leiter in die Höhe. „Warten Sie lieber, bis ich oben bin", sagte der Mann. „Das Ding ist ziemlich verrottet; trägt uns vielleicht nicht beide."

„Wieso reparieren Sie's dann nicht? Sie brauchen die Leiter doch jeden Tag, oder nicht?"

„Bis jetzt hat sie immer noch ganz gut gehalten", sagte der andere. Er stieg hinauf. Dann folgte Gowan ihm, durch die Falltür, in gelb durchstreiftes Dunkel, wo die Strahlen der Sonne durch die zerbröckelten Wände und Dachschindeln drangen. „Bleiben Sie genau hinter mir", sagte der Mann. „Sonst treten Sie auf ein morsches Brett und sind unten, bevor Sie aua sagen können." Er ging mit vorsichtigen Schritten auf eine Ecke zu und kramte dort einen irdenen Krug aus einem faulenden Haufen Heu hervor. „Da sucht er wenigstens nicht danach", sagte er. „Hat Bange, sich seine feinen Mädchenhände zu ruinieren."

Sie tranken. „Ich hab Sie doch öfter schon hier draußen gesehen", sagte der Mann. „Bloß der Name fällt mir nicht mehr ein."

„Ich heiße Stevens. Kaufe schon seit drei Jahren Schnaps bei Lee. Wann kommt der denn eigentlich? Wir müssen weiter in die Stadt."

„Ist bestimmt bald da. Ich hab Sie schon gesehen. Aus Jefferson ist noch so einer hier gewesen, abends, vor drei bis vier Tagen. Weiß den Namen aber auch nicht mehr. Mann, war das ein Schwätzer. Hat in einer Tour erzählt, von wegen daß er seiner Frau durchgebrannt ist. Na, nehmen wir noch einen", sagte er; dann brach er ab und hockte sich langsam hin, den Krug in den ausgestreckten Händen, den Kopf lauschend geneigt. Im nächsten Augenblick ertönte die Stimme wieder, vom Vorplatz unten.

„Du."

Der Mann sah Gowan an. Sein Unterkiefer fiel in einen Ausdruck blöder Freude. Was er noch an Zähnen hatte, stand fleckig und schartig schadhaft in seinem weichen, lohbraunen Bart.

„Du, bist du da oben?" sagte die Stimme.

„Hörn Sie ihn?" flüsterte der Mann, zuckend vor stiller Freude. „Du nennt er mich. Mein Name ist Tommy."

„Komm schon", sagte die Stimme. „Ich weiß doch, du bist da oben."

„Schätze, wir sollten doch lieber mal", sagte Tommy. „Sonst kriegt der's fertig und schießt mal kurz durch die Decke."

„Um Gottes willen", sagte Gowan, „wieso haben Sie mir nicht . . . Hier", brüllte er, „wir kommen schon!"

Popeye stand in der Tür, die Zeigefinger in der Weste. Die Sonne war untergegangen. Als sie niedergestiegen waren und in der Tür erschienen, trat Temple aus der hinteren Veranda. Sie stutzte, beobachtete sie, dann kam sie den Hügel herunter. Sie begann zu laufen.

„Hatt ich dir nicht gesagt, du sollst wieder runter an die Straße?" sagte Popeye.

„Wir sind hier bloß 'n Minütchen rüber gegangen, er und ich", sagte Tommy.

„Hab ich gesagt, du sollst wieder an die Straße, oder hab ich's nicht?"

„Ja-ah", sagte Tommy. „Das hast du gesagt." Popeye wandte sich ab, ohne für Gowan auch nur einen Blick zu haben. Tommy folgte. Sein Rücken zuckte immer noch vor heimlicher Freude. Temple traf Popeye auf halbem Weg zum Haus. Ohne im Laufen innezuhalten, schien sie zu stocken. Selbst ihr flatternder Mantel überholte sie nicht, doch einen durchaus merklichen Moment lang sah sie Popeye mit einer Grimasse klammer, zähnezeigender Koketterie ins Gesicht. Er hielt nicht an; das geckenhafte Wiegen seines schmalen Rückens kam nicht ins Stocken. Temple lief wieder. Sie lief an Tommy vorbei und packte Gowans Arm.

„Gowan, ich hab Angst. Sie hat gesagt, ich soll . . . Du hast schon wieder getrunken; du hast dir noch nicht einmal das Blut abgewaschen . . . Sie sagt, wir sollen sehn, daß wir hier wegkommen . . ." Ihr Blick war ganz schwarz, ihr Gesicht klein und leer in der Dämmerung. Sie sah zum Haus hinüber. Popeye bog eben um die Ecke. „Sie muß das ganze Stück zu Fuß gehn zur Quelle, wenn sie Wasser braucht; sie . . . sie haben ein allerliebstes kleines Baby, in einer Ki-

52

ste hinter dem Herd. Gowan, sie hat gesagt, ich soll lieber nicht mehr hier sein, wenn es dunkel ist. Sie sagt, ich soll ihn bitten. Er hat einen Wagen. Sie sagt, sie glaubt zwar nicht ..."

„Wen bitten?" sagte Gowan. Tommy sah sich nach ihnen um. Dann ging er weiter.

„Den Schwarzen. Sie sagt, sie glaubt zwar nicht, daß er's macht, aber möglich wär's schon. Komm." Sie gingen auf das Haus zu. Ein Pfad führte rundum zur Vorderseite. Zwischen dem Pfad und dem Haus war der Wagen geparkt, im hohen Unkraut. Temple sah Gowan noch einmal fest an, die Hand auf der Tür des Wagens. „Es würde ihn überhaupt keine Zeit kosten, mit dem da. Ich kenn einen Jungen zuhause, der hat so einen. Er fährt glatt seine achtzig. Braucht uns doch bloß in irgendeine Stadt zu bringen, das wäre alles; sie hat mich nämlich gefragt, ob wir verheiratet wären, und ich mußte ja sagen. Bloß irgendwo an die Bahn. Vielleicht gibt es ja noch ein nähere Station als Jefferson", flüsterte sie und starrte ihn an und strich mit der Hand über die Kante der Tür.

„Ach", sagte Gowan, „und bitten, das soll jetzt wohl ich? Meinst du das? Du bist ja total verrückt. Denkst du denn, dieser Affe macht das? Lieber bleib ich 'ne ganze Woche hier, als daß ich mit dem irgendwo hinfahre."

„Sie hat es aber gesagt. Sie hat gesagt, ich soll hier nicht bleiben."

„Du hast 'n Knall. Komm schon."

„Du willst also nicht? Du willst ihn nicht bitten?"

„Nein. Warte, bis Lee kommt, sag ich dir. Der besorgt uns einen Wagen."

Sie gingen weiter auf dem Pfad. Popeye lehnte an einem Pfosten und zündete sich eine Zigarette an. Temple lief die gebrochenen Stufen hinauf. „Sagen Sie mal", sagte sie, „hätten Sie nicht Lust, uns in die Stadt zu fahren?"

Er wandte den Kopf, die Zigarette im Mund, das Streichholz zwischen den hohlen Händen. Temples Mund war in der kriecherischen Grimasse erstarrt. Popeye führte die Zigarette ans Streichholz. „Nein", sagte er.

„Och, kommen Sie", sagte Temple. „Seien Sie kein Spielverderber. Es kostet Sie doch überhaupt keine Zeit, in dem Packard da. Also, wie wär's? Sie kriegen es auch bezahlt."

Popeye inhalierte. Er schnippte das Streichholz ins Unkraut. Er sagte, mit seiner sanften, kalten Stimme: „Schaff mir deine Hure vom Hals, Jack."

Gowan setzte sich schwerfällig in Bewegung, wie ein plumpes, gutmütiges Pferd, das plötzlich die Sporen fühlt. „Also hörn Sie mal", sagte er. Popeye stieß den Rauch aus; der Rauch schoß in zwei dünnen Strahlen nieder. „Ich muß doch sehr bitten", sagte Gowan. „Wissen Sie überhaupt, mit wem Sie reden?" Er setzte die schwerfällige Bewegung fort, unsicher, als könne er sie weder beenden noch durchführen. „Ich muß doch sehr bitten." Popeye wandte den Kopf und sah Gowan an. Dann hörte er auf, ihn anzusehen, und Temple sagte plötzlich:

„In welchen Bach sind Sie denn gefallen mit dem Anzug da? Müssen Sie sich den nachts abrasieren?" Dann bewegte sie sich auf die Tür zu; Gowans Hand an der Taille, den Kopf zurückgewandt, mit klappernden Absätzen. Popeye lehnte reglos an dem Pfosten, den Kopf im Profil über die Schulter gedreht.

„Willst du etwa...", zischte Gowan.

„Sie gemeines Stück!" schrie Temple. „Sie gemeines altes Stück!"

Gowan schob sie ins Haus. „Willst du ihn noch so weit bringen, daß er dir den Kopf abreißt, verdammt nochmal?" sagte er.

„Du hast Angst vor ihm!" sagte Temple. „Du hast Angst!"

„Halt den Mund!" sagte Gowan. Er begann sie zu schütteln. Ihre Füße scharrten auf dem nackten Boden, als führten sie einen plumpen Tanz auf, und ineinander verklammert taumelten sie gegen die Wand. „Paß bloß auf, du", sagte er, „du bringst das ganze Zeug wieder in mir hoch."

Sie machte sich frei, lief. Er lehnte an der Wand und sah ihre Silhouette zur Hintertür hinauslaufen.

Sie lief in die Küche. Es war dunkel dort, bis auf eine Ritze Licht an der Feuerungsklappe des Herds. Sie wirbelte herum und lief zur Tür hinaus und sah Gowan den Hügel hinuntergehen, der Scheune zu. Jetzt trinkt er noch mehr, dachte sie; jetzt läßt er sich ganz vollaufen. Das ist jetzt schon das drittemal heute. Die Dämmerung in der Halle war weiter gewachsen. Sie stand auf Zehenspitzen, lauschte, dachte, ich hab Hunger. Ich hab den ganzen Tag noch nichts gegessen; sie dachte an die Schule, die erleuchteten Fenster, die langsamen Paare, die dem Klang der Abendessenglocke zuschlenderten, und an ihren Vater, wie er daheim auf der Veranda saß, die Füße auf dem Geländer, und einem Neger beim Rasenmähen zusah. Sie bewegte sich still auf Zehenspitzen. In der Ecke hinter der Tür lehnte das Jagdgewehr, und sie zwängte sich daneben in die Ecke und begann zu weinen.

Im nächsten Augenblick hielt sie inne und den Atem an. Etwas bewegte sich jenseits der Wand, an der sie lehnte. Es durchquerte den Raum mit winzigen, stolpernden Lauten, vor sich ein trockenes Tappen. Es kam in die Halle, und sie schrie und fühlte, wie ihre Lungen sich leerten, noch lange nachdem alle Luft hinausgepreßt war, und wie ihr Zwerchfell arbeitete, noch lange nachdem ihre Brust sich geleert, und sie sah den alten Mann die Halle hinuntergehen in breitbeinigem, schlurfendem Trott, den Stock in der einen Hand und den Ellbogen des andern Arms spitz abgewinkelt von der Leibesmitte. Sie lief los, lief an ihm vorbei – einer dämmrig undeutlichen, spreizbeinigen Gestalt am Rand der Veranda – und lief weiter in die Küche und schoß in die Ecke hinter dem Herd. Kauernd zog sie die Kiste heraus und zog sie vor sich. Ihre Hand berührte das Gesicht des Kindes, dann schlang sie die Arme um die Kiste, umklammerte sie und starrte darüber weg auf die bleiche Tür und versuchte zu beten. Doch keine einzige Be-

zeichnung für den himmlischen Vater wollte ihr mehr einfallen, und so fing sie an und sagte „Mein Vater, der ist
Richter", vor sich hin, „mein Vater, der ist Richter", wieder
und immer wieder, bis Goodwin mit leichtem Schritt in
den Raum kam. Er riß ein Streichholz an und hielt es hoch
und sah auf sie nieder, bis die Flamme seine Finger erreichte.

„Na sowas", sagte er. Sie hörte zweimal seinen leichten,
raschen Schritt, dann berührte seine Hand ihre Wange, und
er zog sie am Genick hinter der Kiste hervor, wie ein kleines Kätzchen. „Was machen denn Sie hier in meinem
Haus?" sagte er.

SIEBENTES KAPITEL

Irgendwo jenseits der von Lampenlicht erhellten Halle
konnte sie die Stimmen hören – ein Wort, hin und wieder
ein Lachen: das rauhe, spöttische Lachen eines Mannes, der
sich von Jugend wie Alter gleich leicht erheitern läßt, und
sie durchschnitten, Wort und Lachen, scharf das Prasseln
des brutzelnden Fleisches auf dem Herd, an dem die Frau
stand. Einmal hörte sie zwei von ihnen die Halle herunterkommen, in ihren schweren Schuhen, und einen Augenblick später das Klappern der Schöpfkelle im Zinkeimer
und ein Fluchen der Stimme, die gelacht hatte. Fest in den
Mantel gewickelt, spähte sie mit der weiten, verlegenen
Neugier eines Kindes um die Tür und erblickte Gowan sowie einen zweiten Mann, der Khakihosen trug. Er trinkt
schon wieder, dachte sie. Viermal war er jetzt betrunken,
seit wir von Taylor weg sind.

„Ist er Ihr Bruder?" sagte sie.

„Wer?" sagte die Frau. „Mein was?" Sie wendete das
Fleisch in der zischenden Schmorpfanne.

„Ich dachte, Ihr jüngerer Burder wäre vielleicht hier."

„O Gott", sagte die Frau. Sie wendete das Fleisch mit
einer Drahtgabel. „Das hoff ich nicht."

„Wo ist denn Ihr Bruder?" sagte Temple und spähte um die Tür. „Ich habe selber vier Brüder. Zwei sind Rechtsanwalt, und einer ist bei der Zeitung. Der andere geht noch auf die Universität. Gale. Mein Vater, der ist Richter. Richter Drake in Jackson." Sie dachte an ihren Vater, wie er daheim auf der Veranda saß, im Leinenanzug, einen Palmblattfächer in der Hand, und dem Neger beim Rasenmähen zusah.

Die Frau machte den Backofen auf und sah hinein. „Kein Mensch hat Sie gebeten, hier rauszukommen. Ich hab Sie auch nicht gebeten zu bleiben. Ich hab Ihnen gesagt, verschwinden Sie, solang es noch hell ist."

„Aber wie hätt ich denn können? Ich hab ihn ja gefragt. Gowan wollte nicht, darum mußt ich ihn selber bitten."

Die Frau schloß den Backofen wieder und drehte sich um und sah Temple an, den Rücken zur Lampe. „Wie Sie gekonnt hätten? Wissen Sie, wie ich mein Wasser kriege? Ich hol's mir zu Fuß. Eine ganze Meile weit. Sechsmal am Tag. Rechnen Sie sich das mal zusammen. Und nicht weil ich wo bin, wo ich Angst hab zu bleiben." Sie ging an den Tisch und nahm ein Päckchen Zigaretten und schüttelte sich eine heraus.

„Kann ich auch eine haben?" sagte Temple. Die Frau stieß das Päckchen über den Tisch. Sie nahm den Zylinder von der Lampe und zündete sich ihre an der Dochtflamme an. Temple nahm das Päckchen und stand da und lauschte, wie Gowan und der andere Mann ins Haus zurück gingen. „Es sind so viele", sagte sie in klagendem Ton und starrte auf die Zigarette nieder, die in ihren Fingern langsam zerbröckelte. „Aber vielleicht, bei so vielen..." Die Frau war wieder zum Herd gegangen. Sie wendete das Fleisch. „Gowan ist schon wieder dabei, sich zu betrinken. Dreimal schon war er heute stockvoll. Er war betrunken, wie ich in Taylor vom Zug absprang, und ich bin doch auf Bewährung, und ich hab ihm gesagt, was passiert, und auch versucht, daß ich ihn so weit kriege, daß er das Glas wegkippt, und wie wir

57

dann bei dem kleinen Kramladen gehalten sind, ein Hemd für ihn kaufen, da hat er sich wieder betrunken. Und wir hatten doch noch nichts gegessen und machten deshalb Station in Dumfries, und er ging da auch ins Restaurant, aber mir war alles so auf den Magen geschlagen, daß ich nichts essen konnte, und dann konnt ich ihn überhaupt nicht finden, bis er schließlich aus einer andern Straße kam, und da hab ich die Flasche genau gefühlt in seiner Tasche, bevor er mir die Hand wegschlug. Er war auch andauernd am reden, ich hätte sein Feuerzeug, und dann, wie er's verloren hatte und ich ihm sagte, er hätte's verloren, da schwor er, er hätte überhaupt keins besessen, überhaupt nie."

Das Fleisch zischte und prasselte in der Pfanne. „Dreimal hintereinander war er stockvoll", sagte Temple. „Dreimal hintereinander an einem Tag. Buddy – das ist Hubert, mein jüngster Bruder – hat gesagt, wenn er mich mal mit einem Betrunkenen erwischt, dann haut er mich windelweich. Und jetzt geh ich mit einem, der dreimal an einem Tag total betrunken ist." Die Hüfte an den Tisch gelehnt, mit der Hand die Zigarette zermahlend, begann sie zu lachen. „Finden Sie das nicht auch komisch?" sagte sie. Dann hielt sie den Atem an, und das Lachen brach ab, und sie konnte das schwache Rinnen in der Lampe hören und das Fleisch in der Pfanne und das Zischen des Kessels auf dem Herd und die Stimmen, die rauhen, schroffen, sinnleeren männlichen Laute aus dem Haus. „Und für die alle müssen Sie jeden Abend kochen. All die Männer, die hier essen, das ganze Haus voll abends, im Dunkeln..." Sie ließ die zermahlene Zigarette fallen. „Darf ich das Baby mal nehmen? Ich weiß, wie man's hält; ich mach's gut." Sie lief zur Kiste hinüber, bückte sich und hob das schlafende Kind heraus. Es schlug die Augen auf, wimmernd. „Na, na, Temple ist doch da." Sie wiegte es, hielt es hoch und unbeholfen in ihren dünnen Armen. „Hören Sie", sagte sie, den Blick auf dem Rücken der Frau, „wollen Sie ihn nicht einmal fragen? Ihren Mann, meine ich. Er kann doch ein Auto beschaffen und mich irgendwo hinbringen. Würden Sie das machen? Würden Sie ihn bitten?" Das Kind hatte zu wimmern aufgehört. Seine bleifarbenen Lider zeigten eine dünne Linie Augapfel. „Ich habe keine Angst", sagte Temple. „In Wirklichkeit kommen solche Sachen doch gar nicht vor. Hab ich recht? Das sind alles doch ganz normale Leute, wie andere auch. Ihr seid ganz wie andere Leute auch. Mit einem kleinen Baby. Und mein Vater, der ist außerdem Ririchter. Der Gou-gouverneur kommt zum E-essen zu uns – – Was für ein liebes kleines Bibabutzebaby", plapperte sie und hob das Kind an ihr Gesicht; „wenn die bösen Männer Temple was tun wollen, dann sagen wir's den Soldaten vom Onkel Gouverneur, nicht wahr?"

„Wie was für Leute?" sagte die Frau und wendete das Fleisch. „Glauben Sie denn, Lee hat nichts besseres zu tun, als hinter jeder von euch herzulaufen, euch billigen kleinen . . ." Sie öffnete die Feuerungsklappe und warf ihre Zigarette hinein und schlug die Klappe zu. Beim Hätscheln des Kindes war Temple der Hut auf den Hinterkopf gerutscht und saß nun liederlich schief auf ihren geronnenen Locken. „Weshalb sind Sie hergekommen?"

„Gowan ist schuld. Ich hab ihn gebeten. Das Baseballspiel hatten wir sowieso schon verpaßt, aber ich hab ihn gebeten, wenn er mich bloß noch nach Starkville bringt, bevor der Sonderzug wieder abfährt, dann weiß keiner, daß ich gar nicht drin war, weil, die Leute, die mich haben abspringen sehn, die sagen bestimmt nichts. Aber er wollte nicht. Er sagte, wir halten hier bloß mal kurz an und holen noch etwas Whiskey, und dabei war er schon stockbetrunken um die Zeit. Hatte wieder getrunken, wie wir von Taylor abfuhren, und ich bin doch auf Bewährung, und wenn Daddy das erfährt, trifft ihn der Schlag. Aber er wollte einfach nicht hören. Hat wieder weitergetrunken, während ich am betteln war, er soll mich doch irgendwo in eine Stadt bringen und da rauslassen."

„Auf Bewährung?" sagte die Frau.

„Weil ich nachts heimlich ausgerückt bin. Das lag daran, daß doch nur die Stadtjungens ein Auto haben dürfen, und wenn man mal am Freitag oder Samstag oder Sonntag mit einem Stadtjungen verabredet war, dann wollen die Jungens von der Schule nicht mehr mit einem ausgehen, weil sie kein Auto haben dürfen. Und deswegen mußt ich eben heimlich raus. Und das hat ein Mädchen, was mich nicht leiden konnte, dem Dekan gepetzt, weil ich nämlich mal mit einem Jungen aus war, den sie mochte, und er sie dann nie mehr eingeladen hat. Deswegen mußt ich einfach."

„Wenn Sie nicht ausgerückt wären, hätten Sie nicht Auto fahren können", sagte die Frau. „Meinen Sie das? Und jetzt, wo Sie einmal zu oft ausgerückt sind, geht das Gejammere los."

„Gowan ist kein Junge aus der Stadt. Er ist aus Jefferson. Er ist in Virginia auf die Uni gegangen. Er war andauernd am reden, daß sie ihm da beigebracht hätten, wie ein Gentleman zu trinken, und ich hab gebettelt, er soll mich doch bloß irgendwo rauslassen und mir etwas Geld leihen für eine Fahrkarte, weil, ich hatte bloß noch zwei Dollar, aber er . . ."

„Oh, eure Sorte kenn ich", sagte die Frau. „Die anständigen Mädchen. Zu gut, um was mit gewöhnlichen Leuten zu tun zu haben. Mit den halbwüchsigen Jungens rückt ihr nachts aus, aber laßt bloß mal einen Mann daherkommen." Sie wendete das Fleisch. „Was ihr kriegen könnt, das nehmt ihr; aber geben tut ihr nichts dafür. ,Ich bin ein anständiges Mädchen; ich mach sowas nicht.' Ihr rückt mit den grünen Jungens aus und vergeudet ihr Benzin und eßt euch satt auf ihre Kosten, aber wenn euch ein Mann bloß mal von der Seite ansieht, fallt ihr sofort in Ohnmacht, weil euer Vater, der Richter, und eure vier Brüder vielleicht was dagegen haben. Und wenn ihr aber mal in der Klemme steckt, zu wem kommt ihr dann heulend angelaufen? Zu uns, zu den Leuten, die nicht gut genug sind, dem Herrn Richter seine allmächtigen Schuhe zuzubinden." Über das Kind weg starrte Temple auf den Rücken der Frau, das Gesicht wie eine schmale fahle Maske unter dem schiefen Hut.

„Mein Bruder hat einfach gesagt, er bringt Frank um. Nicht bloß, ich krieg 'ne Tracht Prügel, wenn er mich mit ihm erwischt; er hat gesagt, er bringt ihn um, den gottverdammten Hurensohn in seinem gelben Flitzer, und mein Vater hat meinen Bruder fertiggemacht und gesagt, 'n Weilchen ist immer noch er hier der Herr in der Familie, und dann hat er mich ins Haus getrieben und eingesperrt und ist runter zur Brücke, um auf Frank zu warten. Ich war aber kein Feigling. Ich bin an der Dachrinne runtergeklettert und Frank entgegengelaufen und hab ihm alles erzählt. Ich hab ihn gebeten, er soll doch bloß weg, aber er sagte, wir gehn beide. Wie wir dann zurückkamen in seinem kleinen Wagen, da wußte ich, es war das letztemal gewesen. Ich wußte es, und ich hab ihn wieder gebeten, er soll doch bloß abhauen, aber er sagte, er fährt mich jetzt heim, meinen Koffer holen, und wir reden mit Vater. Er war auch kein Feigling. Mein Vater saß vor dem Haus auf der Veranda. Er sagte ‚Steig aus‘, und ich bin ausgestiegen und hab Frank gebettelt, er soll weiterfahren, aber er ist auch ausgestiegen, und wir sind den Weg hochgekommen, und Vater langte hinter die Tür und nahm sein Gewehr. Ich hab mich vor Frank gestellt, und mein Vater sagte ‚Willst du auch was abkriegen?‘, und ich hab versucht, vor Frank zu bleiben, aber Frank schob mich hinter sich und hielt mich, und Vater schoß ihn nieder und sagte ‚Jetzt bück dich hin und leck deinen Dreck, du Hure.‘“

„Das hat man mich auch genannt“, flüsterte Temple und hielt das schlafende Kind in den hohen dünnen Armen, den Blick starr auf dem Rücken der Frau.

„Aber ihr anständigen Weibchen. Für euch ist das alles ein billiges Vergnügen. Gebt selber nichts von euch her, und wenn's euch dann mal erwischt hat ... Wissen Sie eigentlich, wo Sie jetzt hier reingeraten sind?“ Sie sah über die Schulter herüber, die Gabel in der Hand. „Bilden Sie sich etwa ein, das sind hier grüne Jungens? Jungens, die auch nur einen Furz darauf geben, ob's Ihnen paßt oder nicht? Ich will Ihnen mal sagen, in wem sein Haus Sie hier sind, ohne daß Sie einer drum gebeten hat; vor wem Sie erwarten, daß er alles stehn und liegen läßt und Sie dahin zurückschafft, wo Sie von vornherein hätten bleiben sollen. Als er Soldat auf den Philippinen war, hat er einmal einen andern Soldaten umgebracht, wegen einem von diesen Niggerweibern, und ist daraufhin ins Zuchthaus gekommen, nach Leavenworth. Dann brach der Krieg aus, und sie ließen ihn raus, daß er mitgeht. Er bekam zweimal einen Orden, und wie alles vorbei war, steckten sie ihn wieder nach Leavenworth, bis der Anwalt sich hinter einen Kongreßabgeordneten klemmte und der ihn freigekriegt hat. Da konnt ich dann wieder aufhörn, auf den Strich zu gehn ..."

„Auf den Strich?" flüsterte Temple, das Kind in den Armen, und sah dabei selber nicht anders aus als ein langbeiniges, verlängertes Kind in ihrem knappen Kleidchen und dem hochgeschobenen Hut.

„Jawohl, Milchgesicht!" sagte die Frau. „Wie, glauben Sie denn, hab ich sonst den Rechtsanwalt bezahlt? Und das ist die Sorte Mann, von dem Sie sich einbilden, es interessiert ihn auch nur so viel" – mit der Gabel in der Hand kam sie auf Temple zu und schnippte ihr mit den Fingern leis und böse ins Gesicht –, „was mit Ihnen passiert. Und Sie, Sie kleines Flittchen und Puppengesicht, Sie denken, Sie können in kein Zimmer kommen, wo ein Mann drin ist, ohne daß Sie ihn ..." Unter dem verschossenen Kleid hob sich tief und voll ihre Brust. Die Hände auf den Hüften, sah sie Temple an, mit kalten, flammenden Augen. „Ein Mann? Sie haben doch noch nie einen richtigen Mann gesehen. Sie wissen doch überhaupt nicht, was das ist, von einem richtigen Mann begehrt werden. Und danken Sie Ihren Sternen, daß Sie das noch nie erlebt haben und auch nie erleben werden, denn sonst würden Sie auf einmal merken, was das kleine Milchgesicht da wert ist und der ganze Rest, von dem Sie sich einbilden, daß Sie ihn sich bewahren müssen, während Sie imgrunde bloß Angst davor haben. Und wenn er bloß Manns genug ist, daß er Sie 'ne Hure nennt, dann werden Sie schon ja, ja sagen und nackt im Kot und Dreck vor ihm kriechen, daß er Sie bloß so nennt . . . Geben Sie mir das Baby." Temple hielt das Kind und starrte die Frau an, und ihr Mund bewegte sich, als sage sie ja, ja, ja. Die Frau warf die Gabel auf den Tisch. „Lassen Sie los", sagte sie und hob das Kind. Es öffnete die Augen und klagte. Die Frau zog einen Stuhl vor und setzte sich hin, das Kind auf dem Schoß. „Geben Sie mir mal eine von den Windeln von der Leine drüben?" sagte sie. Temple stand in der Tür, ihre Lippen bewegten sich noch immer. „Sie haben Angst, da rauszugehn, was?" sagte die Frau. Sie stand auf.

„Nein", sagte Temple. „Ich hol sie . . ."

„Ich hol sie mir schon selbst." Die ungeschnürten groben Schuhe schlurften durch die Küche. Sie kam zurück und zog einen anderen Stuhl zum Herd und hängte die beiden übrigen Tücher und das Unterkleid darauf und setzte sich wieder und nahm das Kind quer auf den Schoß. Es klagte. „Still", sagte sie, „still jetzt", und ihr Gesicht nahm im Lampenschein einen heiteren, nachdenklichen Ausdruck an. Sie wechselte die Windeln und legte das Kind in die Kiste zurück. Dann nahm sie eine große flache Schüssel aus einem Schrank, der mit zwei Stücken Jutesack verhängt war, und ergriff die Gabel und kam und sah Temple wieder ins Gesicht.

„Hören Sie zu. Wenn ich Ihnen einen Wagen besorge, werden Sie dann hier verschwinden?" sagte sie. Temple starrte sie an und bewegte den Mund, als erprobe sie Worte, schmecke sie ab. „Werden Sie hier hinten rausgehn und einsteigen und losfahren und nie wiederkommen?"

„Ja", flüsterte Temple, „wohin Sie wollen. Irgendwohin."

Ohne, wie es schien, überhaupt auch nur die kalten Augen zu bewegen, maß die Frau Temple von oben bis unten. Temple spürte, wie all ihre Muskeln schrumpften wie abgeschnittene Reben in der Mittagssonne. „Sie armes kleines schlappes Närrchen", sagte die Frau mit ihrer kalten, gedämpften Stimme. „Sie haben nur wieder ein Spielchen getrieben."

„Bestimmt nicht. Bestimmt nicht."

„Jedenfalls haben Sie jetzt was zu erzählen, wenn Sie nach Hause kommen. Oder?" Gesicht zu Gesicht, waren ihre Stimmen wie Schatten auf zwei nahen kahlen Wänden. „Nur wieder ein Spielchen."

„Alles, was Sie wollen. Wenn ich nur hier wegkomme. Irgendwohin."

„Es ist nicht Lee, der mir Sorge macht. Glauben Sie etwa, der ist wie ein Köter hinter jeder heißen kleinen Petze her, die hier rumstreunt? Sie sind's, um Sie mach ich mir Sorge."

„Ja. Ich werde weggehn, irgendwohin."

„Ich kenn Ihre Sorte genau. Ich hab sie gesehn. Alle laufen weg, das ja, aber nicht zu schnell. Nicht so schnell, daß Sie nicht einen richtigen Mann noch erkennen können, wenn Sie ihn sehn. Oder bilden Sie sich ein, Sie haben den einzigen auf der Welt?"

„Gowan", flüsterte Temple, „Gowan."

„Ich hab wie eine Sklavin geschuftet für den Mann", flüsterte die Frau, die Lippen fast reglos, mit ihrer stillen, leidenschaftslosen Stimme. Es war, als sage sie ein Kuchenrezept auf. „Ich hab Nachtschicht gemacht als Kellnerin, daß ich ihn sonntags im Gefängnis besuchen konnte. Ich hab zwei Jahre in einem einzigen Zimmer gelebt und auf einem Gasbrenner gekocht, weil ich's ihm versprochen hatte. Ich hab ihn belogen und angeschafft, um ihn aus dem Gefängnis zu kriegen, und wie ich ihm erzählt hab, auf welche Art, hat er mich geschlagen. Und jetzt müssen Sie hier aufkreuzen, wo keiner Sie braucht. Kein Mensch hat Sie gebeten, hier aufzukreuzen. Kein Mensch hier schert sich drum, ob Sie Angst haben oder nicht. Angst? Sie haben ja nichtmal den Mumm, richtig bange zu sein, genauso wenig wie sich zu verlieben."

„Ich will auch bezahlen", flüsterte Temple. „Alles, was Sie sagen. Mein Vater wird es mir geben." Die Frau musterte sie kalt, mit unbewegtem Gesicht, so starr wie vorher beim Sprechen. „Ich schicke Ihnen Sachen zum Anziehn. Ich hab einen neuen Pelzmantel. Ich hab ihn erst seit Weihnachten getragen. Er ist so gut wie neu."

Die Frau lachte. Ihr Mund lachte, ohne Laut, ohne eine Bewegung ihres Gesichts. „Sachen? Ich hab mal drei Pelzmäntel gehabt. Einen davon hab ich einer Frau auf der Straße geschenkt, vor einer Kneipe. Sachen zum Anziehen? Ach Gott." Sie wandte sich plötzlich um. „Ich werde einen Wagen besorgen. Sie verschwinden hier, und kommen Sie mir ja nie wieder. Hörn Sie?"

„Ja", flüsterte Temple. Reglos, bleich, wie eine Schlafwandlerin sah sie zu, wie die Frau das Fleisch auf die Schüssel tat und den Saft darüber goß. Aus dem Backofen zog sie ein Pfannenblech mit Biskuits und tat sie auf einen Teller. „Kann ich Ihnen helfen?" flüsterte Temple. Die Frau sagte nichts. Sie nahm die beiden Teller und ging hinaus. Temple ging zum Tisch und nahm eine Zigarette aus dem Päckchen und stand da und starrte trüb auf die Lampe. Eine Seite des Zylinders war geschwärzt. Darüber hin lief ein Riß in dünnem Silberbogen. Die Lampe war aus Blech, mit einem schmutzigen Fettmantel am Hals. Irgendwie hat sie ihre doch an der Lampe angezündet, dachte Temple, die Zigarette in der Hand, und starrte in die ungleichmäßige Flamme. Die Frau kehrte zurück. Sie nahm einen Zipfel ihres Rocks auf und hob die rußige Kaffeekanne vom Herd.

„Kann ich die nehmen?" sagte Temple.

„Nein. Gehn Sie und essen Sie zu Abend." Sie verschwand wieder.

Temple stand am Tisch, die Zigarette in der Hand. Der Herdschatten fiel auf die Kiste, in der das Kind lag. Von der klumpigen Bettfüllung hob es sich nur durch eine Reihe bleicher, in weichen, schmalen Rundungen verlaufender Schatten ab, und sie ging hin und stand über der Kiste und blickte hinab auf das kittgraue Gesicht mit den bläulichen Lidern. Ein dünnes Schattenzischeln dunkelte den Kopf und lag feucht auf der Stirn; ein dünnes Ärmchen, hochgeworfen, mit eingekrümmter Hand, lag an der Wange. Temple beugte sich über die Kiste.

„Es wird sterben", flüsterte Temple. Gebeugt ragte ihr Schatten hoch die Wand hinan, ihr Mantel formlos, ihr schiefer Hut monströs über einer monströs quellenden Fülle Haars. „Armes kleines Baby", flüsterte sie, „armes kleines Baby." Die Männerstimmen wurden lauter. Sie hörte Fußgetrampel in der Halle, ein Scharren von Stühlen, und über allem die Stimme des Mannes, der gelacht hatte, wieder lachend. Sie wandte sich um, wieder reglos, und beobachtete die Tür. Die Frau trat ein.

„Gehn Sie und essen Sie zu Abend", sagte sie.

„Den Wagen", sagte Temple. „Ich könnte jetzt weg, während sie essen."

„Welchen Wagen?" sagte die Frau. „Gehn Sie und essen Sie. Keiner wird Ihnen was tun."

„Ich hab keinen Hunger. Ich hab zwar noch nichts gegessen heute. Aber ich hab überhaupt keinen Hunger."

„Gehn Sie und essen Sie zu Abend", sagte sie.

„Ich werd warten und essen, wenn Sie's auch tun."

„Gehn Sie und essen Sie zu Abend. Ich muß hier ja auch irgendwann mal fertig werden heute."

ACHTES KAPITEL

Temple betrat das Eßzimmer von der Küche her, das Gesicht in einem kriecherischen, treuherzigen Ausdruck erstarrt; sie war so gut wie blind, als sie eintrat, den Mantel fest um sich gezogen, den Hut hochgeschoben und liederlich schief auf dem Hinterkopf. Nach einem Augenblick sah sie Tommy. Sie ging geradeaus auf ihn zu, als hätte sie die ganze Zeit schon nach ihm Ausschau gehalten. Etwas schob sich dazwischen: ein harter Unterarm; sie versuchte ihm auszuweichen, den Blick auf Tommy.

„Hier", sagte Gowan über den Tisch, und sein Stuhl scharrte zurück, „du kommst hier rüber."

„Halt dich raus, Bruderherz", sagte der Mann, der sie angehalten hatte und in dem sie dann den Lacher von vorhin erkannte; „du bist besoffen. Komm her, Kleine." Sein harter Unterarm griff um ihre Taille. Sie warf sich dagegen, grinste starr zu Tommy hinüber. „Rück eins runter, Tommy", sagte der Mann. „Hast du keine Manieren, du Matschkopp?" Tommy wieherte und kratschte mit seinem Stuhl über den Boden, einen Platz weiter. Der Mann zog sie am Handgelenk an sich. Auf der anderen Seite stand Gowan auf, stützte sich auf den Tisch. Sie begann sich zu sträuben, immer noch zu Tommy hinübergrinsend, klaubte an den Fingern des Mannes.

„Hör auf, Van", sagte Goodwin.

„Schön auf meinen Schoß hier", sagte Van.

„Laß sie in Ruhe", sagte Goodwin.

„Wer will mich dazu wohl zwingen?" sagte Van. „Wer ist dazu groß genug?"

„Laß sie in Ruhe", sagte Goodwin. Dann war sie frei. Sie begann langsam zurückzuweichen. Hinter ihr trat die Frau, die eben mit einer Schüssel hereinkam, zur Seite. Immer noch die schmerzende, starre Grimasse des Lächelns auf dem Gesicht, wich Temple rückwärts aus dem Zimmer. In der Halle wirbelte sie herum und lief los. Sie lief durch die Veranda und hinunter und hinaus ins Unkraut und hastete weiter. Sie lief zum Weg hinüber und darauf fünfzig Yards weit durch die Dunkelheit; dann wirbelte sie, ohne innezuhalten, wieder herum und lief zurück zum Haus und sprang zur Veranda hinauf und kauerte sich gegen die Tür, grad als jemand die Halle hoch kam. Es war Tommy.

„Ach, hier sind Sie", sagte er. Er hielt ihr linkisch etwas hin. „Hier", sagte er.

„Was ist das?" flüsterte sie.

„Bloß bißchen was zu essen. Ich wette, Sie haben noch nichts in den Magen gekriegt seit heut morgen."

„Nein. Nicht mal da", flüsterte sie.

„Dann essen Sie mal schnell 'ne Kleinigkeit, und Sie fühlen sich gleich besser", sagte er und drängte ihr den Teller hin. „Bleiben Sie ruhig hier sitzen und essen Sie ein bißchen, da tut Ihnen keiner was. Diese verdammten Kerls."

Temple beugte sich um den Türpfosten, vorbei an seiner undeutlichen Gestalt, das Gesicht bleich wie ein kleiner Geist im Widerschein des Lichts, das aus dem Eßzimmer fiel. „Mrs. . . . Mrs. . . .", flüsterte sie.

„Sie ist in der Küche. Wolln Sie, daß ich Sie hinbringe?" Im Eßzimmer scharrte ein Stuhl. Ein Wimpernzucken später sah Tommy Temple bereits auf dem Pfad draußen, das Körperchen spärlich und reglos für einen Augenblick, als warte sie darauf, daß irgendein noch zaudernder Teil von ihr nachkomme und sie einhole. Dann war sie wie ein Schatten um die Hausecke verschwunden. Er stand in der Tür, den Teller mit Essen in der Hand. Dann wandte den Kopf und sah durch die Halle, eben noch rechtzeitig, um sie drüben durchs Dunkel huschen zu sehen, der Küche zu. „Diese verdammten Kerls."

Er stand noch da, als die andern auf die Veranda zurückkehrten.

„Er hat einen Teller mit Fraß", sagte Van. „Versucht's auf die Tour, sich sein Teil zu ergattern."

„Mein was?" sagte Tommy.

„Hörn Sie mal", sagte Gowan.

Van schlug Tommy den Teller aus der Hand. Er drehte sich um zu Gowan. „Paßt Ihnen was nicht?"

„Allerdings", sagte Gowan, „ganz und gar nicht."

„Und was wolln Sie machen dagegen?" sagte Van.

„Van", sagte Goodwin.

„Meinen Sie vielleicht, Sie sind groß genug, daß Ihnen was nicht passen kann?" sagte Van.

„Ich bin es", sagte Goodwin.

Als Van nach hinten zur Küche ging, folgte ihm Tommy. Er blieb an der Tür stehen und hörte Van in der Küche.

„Komm, wir gehn 'n bißchen spazieren, Kleine", sagte Van.

„Mach, daß du hier rauskommst, Van", sagte die Frau.

„Komm schon, bloß 'n bißchen spazieren", sagte Van. „Ich bin 'n guter Kerl. Ruby kann's dir bestätigen."

„Mach, daß du hier rauskommst", sagte die Frau. „Oder willst du, daß ich Lee rufe?" Van stand gegen das Licht, in Khakihemd und -hosen, eine Zigarette hinter dem Ohr vor der weichglatten Schweifung seines blonden Haars. Temple war hinter den Stuhl zurückgewichen, auf dem die Frau am Tisch saß, den Mund ein wenig offen, die Augen ganz schwarz.

Als Tommy mit dem Krug auf die Veranda zurückkam, sagte er zu Goodwin: „Warum hörn die Kerls nicht auf, das Mädchen zu belästigen?"

„Wer belästigt sie?"

„Van. Sie hat Angst. Warum wird sie nicht in Ruhe gelassen?"

„Das geht dich nichts an. Du hältst dich da raus. Verstanden?"

„Die Kerls sollten aufhörn, sie zu belästigen", sagte Tommy. Er hockte sich an die Wand. Sie tranken, ließen den Krug herüber und hinüber gehen, redeten. Mit der Oberfläche seiner Aufmerksamkeit lauschte er ihnen, lauschte hingerissen Vans großspurigen und stupiden Erzählungen vom Leben in der Stadt, und hin und wieder lachte er wiehernd auf und trank, wenn die Reihe an ihn kam. Van und Gowan bestritten das Gespräch, und Tommy lauschte ihnen. „Die zwei beiden da geben sich's aber nicht schlecht", flüsterte er Goodwin zu, auf einem Stuhl neben ihm. „Ganz schön ran gehn die, hörst du?" Sie sprachen sehr laut; Goodwin erhob sich schnell und leicht aus seinem Stuhl, seine Füße trafen mit leichtem Schlag den Boden; Tommy sah Van stehen und Gowan sich an der Lehne seines Stuhls aufrecht halten.

„Ich hab damit ja nicht gemeint . . .", sagte Van.

„Dann sag's auch nicht", sagte Goodwin.

Gowan sagte irgend etwas. Dieser verdammte Kerl, dachte Tommy. Kann nicht mal mehr reden.

„Und Sie halten den Mund", sagte Goodwin.

„Der denkt – denkt wohl, er kann über meine –, kann so reden über meine . . .", sagte Gowan. Er wollte sich aufraffen, schwankte gegen den Stuhl. Der Stuhl fiel um. Gowan stolperte an die Wand.

„Bei Gott, ich werde . . .", sagte Van. „. . . Gent – gentleman aus Virgi-ginia; ich scher mich einen – einen Dreck um . . .", sagte Gowan. Goodwin schleuderte ihn mit einem flachen Schlag seines Arms zur Seite und packte Van. Gowan fiel gegen die Wand.

„Wenn ich sag, setz dich, dann mein ich das auch", sagte Goodwin.

Danach hielten sie eine Weile Ruhe. Goodwin kehrte zu seinem Stuhl zurück. Sie begannen wieder zu reden, ließen den Krug herumgehen, und Tommy lauschte ihnen. Doch bald fingen seine Gedanken wieder an, um Temple zu kreisen. Er spürte, wie seine Füße auf dem Boden rutschten und sein ganzer Körper in heftiger Unruhe zuckte. „Sie sollten das Mädchen zufrieden lassen", flüsterte er Goodwin zu. „Sie sollten aufhören, sie zu belästigen."

„Das geht dich nichts an", sagte Goodwin. „Soll doch verdammtnochmal jeder von ihnen sie . . ."

„Sie sollten aufhörn, sie zu belästigen."

Popeye kam aus der Tür. Er zündete sich eine Zigarette an. Tommy sah, wie sein Gesicht aufleuchtete zwischen seinen Händen, wie die Wangen saugten; er folgte mit dem Blick dem kleinen Kometen des Streichholtes ins Unkraut. Der auch, sagte er. Gleich zwei auf einmal; und sein Körper krümmte sich langsam, zuckend. Armes Geschöpfchen. Ich will ein Hund sein, wenn mir nicht ganz danach ist, zur

Scheune runter zu gehen und da zu bleiben; ein Hund will ich sein, wenn's mir nicht . . . Er stand auf, seine Füße machten kein Geräusch auf der Veranda. Er trat auf den Pfad hinunter und ging ums Haus. Im Fenster dort war Licht. Das wird doch nie gebraucht da, von keinem, sagte er und blieb stehen. Dann sagte er: Das ist's, wo sie übernachten soll, und er trat ans Fenster und sah hinein. Der Schieberahmen war herunter. Über eine fehlende Scheibe war eine verrostete Blechplatte genagelt.

Temple saß auf dem Bett, die Beine unter sich gezogen, aufrecht, die Hände im Schoß, den Hut schief auf dem Hinterkopf. Sie sah ganz winzig aus, ihre Haltung eine wahre Schmach für Muskeln und Gewebe von mehr als siebzehn Jahren und eher vereinbar mit acht oder zehn, die Ellbogen dicht an den Seiten, das Gesicht starr auf die Tür gerichtet, gegen die ein Stuhl gekeilt war. Es gab nichts in dem Zimmer außer dem Bett, mit seiner verblichenen Flickendecke, und dem Stuhl. Die Wände waren einmal verputzt gewesen, aber der Putz hatte Risse und Löcher bekommen und war stellenweise abgefallen, und darunter zeigte sich das Lattenwerk und verschimmeltes Stoffgefetz. An der Wand hing ein Regenmantel und eine khakiüberzogene Feldflasche.

Temples Kopf begann sich zu bewegen. Er wandte sich langsam, als folge sie jemandes Gang jenseits der Mauer. Er drehte sich bis zur qualvollen Verrenkung, obwohl kein anderer Muskel sich mitbewegte, wie bei einer der mit Bonbons gefüllten Osterpuppen aus Papiermaché, und wurde wieder reglos in dieser verrenkten Stellung. Dann wandte er sich zurück, langsam, als halte er Schritt mit unsichtbaren Füßen jenseits der Wand, zurück zu dem Stuhl an der Tür, und wurde für einen Augenblick dort reglos. Dann starrte sie geradeaus, und Tommy sah, wie sie eine winzige Uhr aus dem Strumpf zog und einen Blick darauf warf. Die Uhr in der Hand, hob sie den Kopf und sah genau zu ihm herüber, die Augen still und leer wie zwei Löcher. Nach einer Weile blickte sie wieder auf die Uhr und steckte sie dann in den Strumpf zurück.

Sie stand vom Bett auf und legte ihren Mantel ab und stand reglos da, pfeilgleich in ihrem knappen Kleid, den Kopf gesenkt, die Hände vor sich gefaltet. Sie setzte sich wieder aufs Bett. Sie saß dort, die Beine fest zusammen, den Kopf gesenkt. Sie hob den Kopf und sah sich im Zimmer um. Tommy konnte die Stimmen von der dunklen Veranda hören. Sie stiegen wieder an, dann sanken sie ab zu gleichförmigem Murmeln.

Temple sprang auf die Füße. Sie knöpfte ihr Kleid auf, die Arme dünn und hoch gewölbt, ihr Schatten ein fratzenhaftes Widerbild ihrer Bewegungen. Sie schlüpfte hinaus, ein wenig gebückt, streichholzdünn in ihrer spärlichen Unterwäsche. Ihr Kopf tauchte auf, den Blick auf dem Stuhl an der Tür, Sie warf das Kleid von sich, und ihre Hand langte nach dem Mantel. Sie raffte ihn hastig auf und schlug ihn um sich, täppisch nach den Ärmeln tastend. Dann, den Mantel vor der Brust zusammengekrampft, wirbelte sie herum und blickte direkt in Tommys Augen und wirbelte wieder herum und lief und warf sich auf den Stuhl. „Diese verdammten Kerls", flüsterte Tommy, „diese verdammten Kerls." Er konnte sie auf der vorderen Veranda hören, und sein Körper fing wieder an, langsam zu zucken, in heftiger Unlust. „Diese verdammten Kerls."

Als er wieder in das Zimmer sah, bewegte sich Temple auf ihn zu, den Mantel fest um sich gezogen. Sie nahm den Regenmantel vom Nagel und zog ihn über ihren eigenen Mantel und knöpfte ihn zu. Sie hob die Feldflasche herunter und kehrte zum Bett zurück. Sie legte die Feldflasche aufs Bett und nahm ihr Kleid vom Boden auf und bürstete es mit der Hand und faltete es sorgsam und legte es auf das Bett. Dann schlug sie die Decke zurück, und die Matratze kam zum Vorschein. Es gab weder Bettuch noch Kissen, und als sie die Matratze berührte, kam das leise, trockene Knistern von Liesch.

Sie zog die Slipper ab und setzte sie auf das Bett und schlüpfte unter die Decke. Tommy konnte die Matratze knarren und rascheln hören. Sie legte sich nicht sogleich nieder. Sie saß aufrecht, ganz still, das Hütchen luderhaft schief auf dem Hinterkopf. Dann rückte sie Feldflasche, Kleid und Slipper neben ihren Kopf und zog sich den Regenmantel fest um die Beine und legte sich lang und zog die Decke über sich hoch. Dann setzte sie sich wieder auf und nahm den Hut ab und schüttelte ihr Haar aus und legte den Hut zu den anderen Sachen und war im Begriff, sich wieder auszustrecken. Doch wieder hielt sie inne. Sie öffnete den Regenmantel und zog irgendwo eine Puderdose hervor, und indem sie ihre Bewegungen in dem winzigen Spiegel kontrollierte, lockerte und flockte sie ihr Haar mit den Fingern und puderte sich das Gesicht; dann steckte sie die Dose wieder weg und sah wieder auf die Uhr und knöpfte den Regenmantel zu. Sie holte ihre Sachen eine nach der andern unter die Decke und streckte sich aus und zog die Decke ans Kinn. Die Stimmen waren für einen Augenblick still geworden, und in der Stille konnte Tommy das leise, stetige Rascheln des Lieschens in der Matratze hören, auf der Temple lag, die Hände gekreuzt auf der Brust und die Beine starr ausgestreckt, verklemmt und sittsam, wie ein Grabbild auf einem alten Sarkophag.

Die Stimmen waren still; er hatte sie vollkommen vergessen, bis er Goodwin sagen hörte: „Schluß jetzt. Hör auf damit!" Ein Stuhl krachte um; er hörte den leichten Aufschlag von Goodwins Füßen; der Stuhl polterte über die Veranda, als sei er mit einem Tritt zur Seite gestoßen worden, und kauernd, die Ellbogen ein wenig gespreizt, in gedrungener, bärenhafter Wachsamkeit, hörte Tommy trockene, leichte Laute wie von Billardbällen. „Tommy", sagte Goodwin.

Wenn nötig, konnte sich Tommy mit der plumpen, blitzartigen Schnelligkeit von Dachsen oder Waschbären bewegen. Er war noch rechtzeitig um das Haus herum und auf der Veranda, um mitzubekommen, wie Gowan gegen die Wand krachte, daran heruntersank und in voller Länge von der Veranda ins Unkraut kippte, und Popeye in der Tür stehen zu sehen, den Kopf vorgestreckt. „Da, pack ihn dir!" sagte Goodwin. Tommy stürzte sich mit einem seitlichen Sprung auf Popeye.

„Ich hab ihn – aua!" sagte er, als Popeye ihm wild ins Gesicht schlug; „das könnte dir so passen, was? Halt still, Kerl."

Popeye gab auf. „Herr mein Heiland. Da läßt du sie hier die ganze Nacht rumsitzen und das gottverdammte Zeug saufen; ich hab's dir ja gesagt. Herr mein Heiland."

Goodwin und Van waren ein einziger Schatten, verbissen, lautlos und wütend wild. „Laß los!" brüllte Van. „Ich bring den . . ." Tommy sprang zu ihnen. Sie drückten Van gegen die Wand und hielten ihn fest, bis er sich nicht mehr bewegte.

„Hast du ihn?" sagte Goodwin.

„Ja-ah. Ich hab ihn. Halt still, Kerl. Genug gedroschen jetzt."

„Bei Gott, ich bring . . ."

„Na, na; weswegen willst du ihn denn umbringen? Auffressen kannst du ihn doch nicht, oder? Willst du vielleicht, daß Mr. Popeye anfängt und uns allen mit seiner Automatischen die Kutteln durchpustet?"

Dann war es vorüber, vorbei wie ein wilder Stoß schwarzen Winds, und eine friedliche Leere blieb zurück, in der sie sich still bewegten. Sie hoben Gowan aus dem Unkraut auf, mit leise gesprochenen, freundlichen Weisungen füreinander. Sie trugen ihn in die Halle, wo die Frau stand, und zu der Tür des Zimmers, in dem Temple war.

„Sie hat abgesperrt", sagte Van. Er hieb gegen die Tür, heftig und laut. „Mach auf", brüllte er. „Wir bringen dir 'nen Kunden."

„Schnauze", sagte Goodwin. „Die Tür hat gar kein Schloß. Stoß sie auf."

„Gemacht", sagte Van, „ich werd sie schon aufstoßen." Er trat dagegen. Der Stuhl bog sich und prallte ins Zimmer zurück. Van stieß die Tür auf, und sie traten ein, trugen Gowans Beine. Van trat den Stuhl quer durch den Raum. Dann sah er Temple stehen, in der Ecke hinter dem Bett. Das Haar hing ihm strähnig um das Gesicht, lang wie das eines Mädchens. Er schleuderte es mit einem Ruck seines Kopfes nach hinten. Sein Kinn war blutig, und bedachtsam spie er Blut auf den Boden.

„Geh weiter", sagte Goodwin, der Gowans Schultern trug, „leg ihn aufs Bett." Sie schwangen Gowan aufs Bett. Sein blutiger Kopf hing über die Kante. Van gab ihm einen Stoß und rammte ihn in die Matratze. Gowan stöhnte auf, hob die Hand. Van schlug ihm mit der flachen Hand über das Gesicht.

„Lieg ja still, du ..."

„Laß das", sagte Goodwin. Er packte Vans Hand. Einen Augenblick lang funkelten sie einander an.

„Ich hab gesagt, laß das", sagte Goodwin. „Und jetzt mach, daß du hier rauskommst."

„Muß beschü-schützen ..." murmelte Gowan, „... Mämädchen. Gentleman au-aus Virgi-ginia mu-muß beschützen ..."

„Mach, daß du hier rauskommst jetzt", sagte Goodwin.

Die Frau stand in der Tür neben Tommy, den Türrahmen im Rücken. Unter einem billigen Mantel fiel ihr das Nachthemd bis auf die Füße nieder.

Van hob Temples Kleid vom Boden auf. „Van", sagte Goodwin. „Ich hab gesagt, du sollst raus."

„Hab's gehört", sagte Van. Er schüttelte das Kleid aus. Dann sah er in die Ecke hinüber, wo Temple stand, die Arme gekreuzt, die Hände um die Schultern geklammert. Goodwin bewegte sich auf Van zu. Van ließ das Kleid fallen und ging um das Bett. Popeye erschien in der Tür, eine Zigarette in den Fingern. Neben der Frau zog Tommy den Atem zischend durch seine schadhaften Zähne.

Er sah, wie Van den Regenmantel vor Temples Brust packte und auseinander riß. Dann sprang Goodwin zwischen sie; er sah, wie Van sich im Herumfahren duckte und Temple an dem zerrissenen Regenmantel fingerte. Van und Goodwin waren jetzt mitten im Zimmer und schlugen aufeinander ein; dann sah er Popeye auf Temple zugehen. Aus dem Augenwinkel nahm er wahr, daß Van auf dem Boden lag und Goodwin über ihm stand, ein wenig gebückt, den Blick auf Popeyes Rücken.

„Popeye", sagte Goodwin. Popeye ging weiter, Zigarettenrauch in dünner Rückspur über der Schulter, den Kopf ein wenig gedreht, als blicke er gar nicht in die Richtung, in die er ging, die Zigarette schief hängend im Mund, als liege der irgendwo unter der Kante seiner Kinnlade. „Rühr sie nicht an", sagte Goodwin.

Popeye blieb vor Temple stehen, das Gesicht ein wenig zur Seite gewandt. Seine rechte Hand steckte in seiner Rocktasche. Unter dem Regenmantel auf Temples Brust sah Tommy die Bewegung der anderen Hand, die dem Mantel einen Schatten von Bewegung mitteilte.

„Nimm die Hand da weg", sagte Goodwin, „ein bißchen plötzlich."

Popeye zog die Hand zurück. Er drehte sich um, die Hände in den Rocktaschen, und sah Goodwin an. Er durchquerte das Zimmer, Goodwin immer im Auge. Dann kehrte er ihm den Rücken und ging zur Tür hinaus.

„Hier, Tommy", sagte Goodwin ruhig, „faß mit an." Sie hoben Van auf und trugen ihn hinaus. Die Frau trat beiseite. Sie lehnte an der Wand und hielt ihren Mantel zusammen. Am andern Ende des Zimmers stand Temple, in die Ecke gedrückt, und fingerte an dem zerrissenen Regenmantel. Gowan fing an zu schnarchen.

Goodwin kehrte zurück. „Du gehst besser auch wieder ins Bett", sagte er. Die Frau rührte sich nicht. Er legte ihr die Hand auf die Schulter. „Ruby."

„Während du den Spaß zu Ende bringst, den Van sich erlauben wollte und den du Van nicht erlauben wolltest, was? Du armer Narr. Du armer Narr."

„Komm jetzt", sagte er, die Hand auf ihrer Schulter. „Geh wieder ins Bett."

„Aber komm du bloß nicht nach. Mach dir gar nicht erst die Mühe, nachzukommen. Mir ist nicht danach. Du schuldest mir nichts. Glaub das bloß nicht."

Goodwin nahm ihre Handgelenke und zog sie gleichmäßig auseinander. Langsam und gleichmäßig führte er sie zu beiden Seiten um ihren Körper herum auf den Rücken und hielt sie dort mit seiner einen Hand fest. Mit der anderen öffnete er den Mantel. Das Nachthemd war aus verschossenem rosa Krepp, mit Spitze gesäumt, gewaschen und gewaschen, bis sie wie bei dem Unterkleid auf der Leine nur noch eine zerfaserte und ausgefranste Masse bildete.

„Ah", sagte er. „In Besuchskleidung."

„Wer ist denn schuld, wenn es das einzige ist, was ich habe? Wer ist daran denn schuld? Ich bestimmt nicht. Ich hab mal schon nach einer einzigen Nacht so Sachen weggeschenkt, an Niggerdienstmädchen. Aber glaubst du vielleicht, irgendeine Niggerin würde das hier noch annehmen und mir nicht ins Gesicht lachen?"

Er ließ den Mantel wieder fallen. Er gab ihre Hände frei, und sie zog den Mantel zusammen. Die Hand auf ihrer Schulter, begann er sie zur Tür zu schieben. „Geh schon", sagte er. Ihre Schulter gab nach. Sie allein bewegte sich, während ihr Körper sich in den Hüften drehte und das Gesicht zurückgewandt blieb und ihn ansah. „Geh schon", sagte er. Aber allein ihr Rumpf fügte sich, Hüften und Kopf berührten noch immer die Wand. Er drehte sich um und durchquerte das Zimmer und ging um das Bett herum, rasch, und packte Temple am Regenmantel vorn, mit einer Hand. Er begann sie zu schütteln. An dem zusammengekrallten Knäuel Mantel hielt er sie hoch und schüttelte sie, und ihr schmaler Körper schlotterte lautlos in dem losen

77

Gewand, und ihre Schultern und Schenkel schlugen gegen die Mauer. „Du kleine Närrin!" sagte er. „Du kleine Närrin!" Ihre Augen waren ganz weit, fast schwarz; das Lampenlicht lag auf ihrem Gesicht, und zwei winzige Spiegelbilder seines Gesichts lagen in ihren Pupillen, wie Erbsen in zwei Tintenfässern.

Er gab sie frei. Sie sank ganz langsam zu Boden, den Regenmantel raschelnd um sich. Er fing sie auf und begann sie wieder zu schütteln und sah dabei über die Schulter zurück nach der Frau. „Nimm mal die Lampe", sagte er. Die Frau rührte sich nicht. Ihr Kopf war ein wenig gesenkt; sie schien über die beiden nachzudenken. Goodwin fuhr mit dem andern Arm unter Temples Knie. Sie fühlte sich niederstürzen, dann lag sie neben Gowan auf dem Bett, auf dem Rücken, wippend im Liesch, dessen Schnattern erstarb. Sie sah, wie er quer durchs Zimmer ging und die Lampe vom Kaminsims nahm. Die Frau hatte den Kopf gewandt und folgte ihm ebenfalls mit den Augen, und ihr Gesicht bekam ein verschärftes Profil im Schein der sich nähernden Lampe. „Nun geh schon", sagte er. Sie wandte sich ab, ihr Gesicht wandte sich um in den Schatten; der Lichtschein lag jetzt auf ihrem Rücken und auf seiner Hand, auf ihrer Schulter. Sein Schatten löschte den Raum völlig aus; sein Arm, eine zurücklangende Silhouette, zog die Türe zu. Gowan schnarchte; jeder Atemzug erstickte in einem chaotischen Zusammenfallen seiner Brust, so tief, als würde sie sich nie wieder heben.

Tommy stand vor der Tür, in der Halle.

„Sind die andern schon runter zum Lastwagen?" sagte Goodwin.

„Noch nicht", sagte Tommy.

„Dann geh lieber und kümmere dich drum", sagte Goodwin. Sie gingen weiter. Tommy sah sie in ein anderes Zimmer treten. Dann ging er in die Küche, lautlos auf seinen bloßen Füßen, den Hals noch ein wenig gereckt vom Lauschen. In der Küche saß Popeye, rittlings auf einem Stuhl, und rauchte. Van stand am Tisch, vor einer Spiegelscherbe, und kämmte sich das Haar mit einem Taschenkamm. Auf dem Tisch lag ein nasses, blutfleckiges Tuch sowie eine brennende Zigarette. Tommy hockte sich vor die Tür, in die Dunkelheit.

Er saß noch dort, als Goodwin mit dem Regenmantel herauskam. Goodwin betrat die Küche, ohne ihn zu bemerken. „Wo ist Tommy?" sagte er. Tommy hörte Popeye irgend etwas antworten, dann tauchte Goodwin mit Van hinter sich wieder auf, den Regenmantel jetzt über dem Arm. „Also dann los", sagte Goodwin. „Sehn wir zu, daß wir das Zeug hier wegkriegen."

Tommys blasse Augen begannen schwach zu glühen wie die einer Katze. Die Frau konnte sie sehen in der Dunkelheit, als er hinter Popeye her ins Zimmer kroch und während Popeye über dem Bett stand, auf dem Temple lag. Sie glühten plötzlich aus der Dunkelheit zu ihr hinüber, dann gingen sie weg, und sie konnte ihn neben sich atmen hören; und wieder glühten sie auf, in einer Weise, wild zugleich und fragend und traurig, und gingen dann wieder weg, und er kroch hinter Popeye aus dem Raum.

Er sah Popeye zur Küche zurückkehren, aber er folgte nicht sogleich. Er hielt an der Hallentür inne und hockte sich dort hin. Sein Körper begann wieder zu zucken, in empörter Unentschiedenheit, seine nackten Füße raschelten in schwacher, ruckender Bewegung auf dem Boden, als er von Seite zu Seite schwang, die Hände in die Flanken gekrampft. Und Lee auch, sagte er. Und Lee auch. Diese verdammten Kerls. Diese verdammten Kerls. Zweimal stahl er sich in die Veranda vor, bis er den Schatten von Popeyes Hut auf dem Küchenboden sehen konnte, dann kehrte er in die Halle zurück und an die Tür, hinter der Temple lag und Gowan schnarchte. Beim drittenmal roch er Popeyes Zigarette. Wenn er damit man durchkommt, sagte er. Und Lee auch, sagte er und ruckte von Seite zu Seite, in dumpfem, quälendem Schmerz. Und Lee auch.

Als Goodwin den Hang heraufkam und zur hinteren Veranda herein, hockte Tommy wieder draußen vor der Tür. „Was, zum Teufel..." sagte Goodwin. „Wieso kommst du denn nicht? Ich such dich jetzt schon seit zehn Minuten." Er starrte Tommy wild an, dann sah er in die Küche. „Kann's losgehn?" sagte er. Popeye erschien in der Tür. Goodwin sah Tommy abermals an. „Was hast du gemacht?"

Popeye sah Tommy an. Tommy stand jetzt, rieb sich den Rist mit dem andern Fuß, sah Popeye an.

„Was machst du hier?" sagte Popeye.

„Och, nichts", sagte Tommy.

„Spionierst du mir hinterher?"

„Ich lauf keinem nach", sagte Tommy mürrisch.

„Na schön, möcht ich dir auch nicht raten", sagte Popeye.

„Kommt jetzt", sagte Goodwin. „Van wartet." Sie gingen los. Tommy folgte ihnen. Einmal noch warf er einen Blick zum Haus zurück, dann schlenderte er ihnen nach. Von Zeit zu Zeit spürte er, wie jene heftige Welle brandend über ihn wegging, als wäre sein Blut auf einmal zu heiß, und wie sie dann zu jenem warmen, unglücklichen Gefühl erstarb, das ihn bei Geigenmusik befiel. „Diese verdammten Kerls", flüsterte er. „Diese verdammten Kerls."

NEUNTES KAPITEL

Das Zimmer war dunkel, die Frau stand drinnen hinter der Tür, an die Wand gelehnt, in dem billigen Mantel, dem spitzenbesetzten Kreppnachthemd, gleich hinter der schloßlosen Tür. Sie konnte hören, wie Gowan im Bett schnarchte und wie die anderen Männer sich umherbewegten, auf der Veranda und in der Halle und in der Küche, und wie sie redeten, ununterscheidbar in ihren Stimmen durch die Tür. Nach einer Weile wurden sie still. Dann hörte sie überhaupt nichts mehr, außer nur Gowan, wie er würgte und schnarchte und stöhnte durch seine zerschlagene Nase.

Sie hörte die Tür aufgehen. Der Mann kam herein, ohne Versuch, sich still zu verhalten. Er trat ein, ging kaum einen Fußbreit an ihr vorüber. Sie wußte, es war Goodwin, noch bevor er sprach. Er trat ans Bett. „Ich brauche den Regenmantel", sagte er. „Setzen Sie sich auf und ziehn Sie ihn aus." Die Frau konnte den Liesch in der Matratze hören, als Temple sich aufsetzte und Goodwin ihr den Regenmantel auszog. Dann kam er zurück durchs Zimmer und ging hinaus.

Sie stand gleich hinter der Tür. Sie konnte sie alle erkennen, an der Art, wie sie atmeten. Dann, ohne die Tür aufgehen gehört, gespürt zu haben, begann sie etwas zu riechen: die Brillantine, die Popeye für sein Haar benutzte. Sie sah von Popeye nicht das geringste, als er eintrat und an ihr vorüberkam; sie wußte gar nicht, daß er schon eingetreten war; sie wartete noch auf ihn; bis Tommy hereinkam, hinter Popeye her. Tommy kroch in das Zimmer, ebenfalls ohne jeden Laut; sie hätte von seinem Eintreten kaum mehr bemerkt als von dem Popeyes, wären nicht seine Augen gewesen. Sie glühten, brusthoch, wie in tiefem Fragen, dann verschwanden sie, und da konnte die Frau ihn dann spüren, hocken spüren neben sich; sie wußte, daß auch er zum Bett hinübersah, über dem Popeye stand in der Dunkelheit, auf dem Temple lag und Gowan schnarchte und würgte und schnarchte. Die Frau stand gleich hinter der Tür.

Sie konnte kein Geräusch hören, das vom Liesch der Matratze gekommen wäre, und so blieb sie reglos an der Tür, neben sich Tommy, hockend, das Gesicht dem unsichtbaren Bett zugewandt. Dann roch sie die Brillantine wieder. Oder vielmehr fühlte sie Tommy sich von ihr wegbewegen, ohne einen Laut, ganz als ob das heimliche Räumen seines Platzes sie leis und kalt anwehe in der schwarzen Stille; ohne ihn zu sehen oder zu hören, wußte sie, daß er wieder aus dem Zimmer gekrochen war, hinter Popeye her. Sie hörte sie die Halle hinuntergehen; der letzte Laut starb aus dem Haus.

Sie ging zum Bett. Temple rührte sich nicht, bis die Frau nach ihr tastete. Da begann sie sich zu wehren. Die Frau fand Temples Mund und legte die Hand darauf, obwohl Temple nicht zu schreien versucht hatte. Sie lag auf der Lieschmatratze und warf und wendete den Körper von Seite zu Seite und drehte den Kopf hin und her und hielt sich den Mantel über der Brust zusammen; doch dabei gab sie keinen Laut von sich.

„Du Närrin!" sagte die Frau in dünnem, wildem Flüstern. „Ich bin es. Bloß ich."

Temple hörte auf, den Kopf zu drehen, doch immer noch warf sie sich von Seite zu Seite unter der Hand der Frau. „Ich sag's meinem Vater wieder!" sagte sie. „Ich sag's alles meinem Vater wieder."

Die Frau hielt sie fest. „Stehn Sie auf", sagte sie. Temple hörte auf, sich zu wehren. Sie lag still, starr. Die Frau hörte ihr wildes Atmen. „Wollen Sie jetzt aufstehn und leise mitkommen?" sagte die Frau.

„Ja!" sagte Temple. „Werden Sie mich hier rausbringen? Werden Sie's tun? Wirklich?"

„Ja", sagte die Frau. „Stehn Sie auf." Temple stand auf, der Liesch raschelte. In der tieferen Finsternis schnarchte Gowan, wüst und wild. Zuerst konnte Temple nicht allein stehen. Die Frau hielt sie aufrecht. „Hörn Sie auf damit", sagte die Frau. „Damit müssen Sie jetzt aufhörn. Sie müssen leise sein."

„Ich brauche meine Sachen", flüsterte Temple. „Ich hab nichts an außer . . ."

„Wollen Sie Toilette machen", sagte die Frau, „oder wollen Sie hier raus?"

„Ja", sagte Temple. „Ich mach ja alles. Wenn Sie mich nur hier rausbringen."

Auf ihren bloßen Füßen bewegten sie sich wie Gespenster. Sie verließen das Haus und durchquerten die Veranda und gingen auf die Scheune zu. Als sie etwa fünfzig Yards vom Haus entfernt waren, blieb die Frau stehen und drehte sich um und riß Temple an sich, und ihre Schultern gepackt, das Gesicht dicht vor dem ihren, fluchte sie flüsternd und wispernd auf Temple ein, und es war ein Geräusch, nicht lauter als ein Seufzer und erfüllt von Wut. Dann stieß sie Temple von sich, und sie gingen weiter. Sie betraten die Tenne. Es war stockfinster. Temple hörte, wie die Frau sich an der Wand entlangtastete. Eine Tür ging quietschend auf; die Frau nahm sie beim Arm und führte sie eine einzige Stufe hinauf in einen gebohlten Raum, wo sie Wände spüren und den schwachen, staubigen Duft von Getreide wittern konnte, und schloß hinter ihnen die Tür. Während sie das tat, schoß unsichtbar etwas an ihnen vorüber, fegend, krabbelnd, ein ersterbendes Flüstern geisterhafter Füße. Temple wirbelte herum, trat auf etwas, was unter ihrem Fuß nachgab, und sprang auf die Frau zu.

„Ist doch bloß eine Ratte", sagte die Frau, aber Temple stürzte sich auf sie, klammerte sich an sie, mit den Armen um sie und versuchte, beide Füße vom Boden hochzureißen.

„Eine Ratte?" zeterte sie, „eine Ratte? Machen Sie die Tür auf! Schnell!"

„Hörn Sie auf! Hörn Sie auf!" zischte die Frau. Sie hielt Temple, bis es sich gelegt hatte. Dann knieten sie beide Seite an Seite an der Wand nieder. Nach einer Weile flüsterte die Frau: „Da drüben liegt Baumwolle, ein Haufen Samenhüllen. Da können Sie sich hinlegen." Temple antwortete nicht. Sie klammerte sich an die Frau, zitternd und zuckend, und so kauerten sie beide dort, in der schwarzen Finsternis, an der Wand.

ZEHNTES KAPITEL

Während die Frau Frühstück kochte, das Kind immer noch – oder schon wieder – schlafend in der Kiste hinter dem Herd, vernahm sie ein Stolpergeräusch, das über die Veranda näherkam und an der Tür innehielt. Als sie um die Ecke sah, erblickte sie eine wilde, zerschlagene, blutige Erscheinung, in der sie Gowan erkannte. Sein Gesicht, unter einem zwei Tage alten Stoppelbart, war gezeichnet, seine Lippe aufgeplatzt. Ein Auge war geschlossen und die Vorderseite von Hemd und Rock blutfleckig bis zur Taille. Mit seinen geschwollenen, versteiften Lippen versuchte er irgend etwas zu sagen. Anfangs konnte die Frau kein Wort davon verstehen. „Gehn Sie und waschen Sie sich das Gesicht", sagte sie. „Nein, warten Sie. Kommen Sie rein hier und setzen Sie sich. Ich hol Ihnen die Schüssel."

Er sah sie an, versuchte zu reden. „Ach", sagte die Frau. „Bei ihr ist alles in Ordnung. Sie liegt in der Kornkammer drüben und schläft." Sie mußte es ihm drei- oder viermal wiederholen, geduldig. „In der Kornkammer. Sie schläft. Ich bin bis zum Morgen bei ihr geblieben. Kommen Sie, waschen Sie sich erst einmal das Gesicht jetzt."

Gowan beruhigte sich ein wenig. Er fing an, von dem Auto zu reden, das er sich besorgen müsse.

„Das nächste ist das von Tull, zwei Meilen von hier", sagte die Frau. „Waschen Sie sich das Gesicht und frühstücken Sie etwas."

Gowan trat in die Küche und redete weiter von dem Auto. „Ich besorge es mir und bring sie damit zur Schule zurück. Irgendeins von den andern Mädchen wird sie schon reinschmuggeln. Dann ist alles in Ordnung. Meinen Sie nicht auch, daß dann alles in Ordnung ist?" Er kam an den Tisch und nahm eine Zigarette aus dem Päckchen und versuchte sie mit seinen zitternden Händen anzuzünden. Er hatte Schwierigkeiten, sie in den Mund zu bekommen, und anstecken konnte er sie überhaupt nicht, bis die Frau kam und ihm das Streichholz hielt. Aber er tat nur einen Zug, dann stand er da, die Zigarette in der Hand, und sah sie mit seinem einen gesunden Auge in einer Art dumpfer Verwunderung an. Er warf die Zigarette weg und wandte sich zur Tür, taumelnd und sich wieder fangend. „Ich geh den Wagen besorgen", sagte er.

„Essen Sie erstmal was", sagte die Frau. „Vielleicht hilft Ihnen eine Tasse Kaffee."

„Ich geh den Wagen besorgen", sagte Gowan. Auf der Veranda blieb er kurz stehen, um sich das Gesicht etwas mit Wasser zu netzen, doch ohne daß es seinem Aussehen viel half.

Als er das Haus verließ, fühlte er sich immer noch wie betäubt, und er dachte, er wäre noch immer betrunken. Er konnte sich nur vage entsinnen, was geschehen war. Er hatte Van noch erfaßt und das zertrümmerte Autowrack, aber er wußte nicht mehr, daß er zweimal niedergeschlagen worden war. Er erinnerte sich lediglich, daß er früher in der Nacht einmal die Besinnung verloren hatte, und er dachte, er wäre noch immer betrunken. Doch als er das Autowrack erreichte und den Weg sah und ihm bis zur Quelle folgte und von dem kalten Wasser trank, ging ihm auf, daß es ein Schluck Schnaps war, was er brauchte, und er kniete da und badete sein Gesicht in dem kalten Wasser und starrte sein Spiegelbild an auf der gebrochenen Oberfläche und flüsterte „Herr mein Heiland" vor sich hin, fast wie verzweifelt. Der Gedanke kam ihm, zurück zum Haus zu gehen und einen Schluck zu trinken; aber es fiel ihm auch ein, daß er dann ja Temple gegenübertreten mußte, den Männern; Temple mitten unter ihnen.

Als er die Landstraße erreichte, war die Sonne schon hoch herauf, warm. Ich werd mich etwas zurechtmachen, sagte er. Und mit einem Wagen zurückkommen. Ich werd mir überlegen, was ich ihr dann auf dem Weg in die Stadt alles sage; und er dachte dabei an den Umstand, daß Temple ja unter Leute zurückkehrte, die ihn kannten, die ihn möglicherweise kannten. Ich hab zweimal schlapp gemacht, sagte er. *Zweimal hab ich jetzt schlapp gemacht.* „Herr mein Heiland, Herr mein Heiland", flüsterte er, und seinen Körper schüttelte in den verschandelten und blutigen Kleidern ein Krampf von Wut und Scham.

Mit Luft und Bewegung begann sich sein Kopf zu klären, doch je besser er sich körperlich fühlte, desto mehr verfinsterte sich die Zukunft. Die Stadt, die Welt erschien ihm immer mehr wie eine schwarze Sackgasse, durch die er nun weiterwandern mußte in Ewigkeit, ausweichend geduckt vor wispernden Augen, wenn er vorüber war, und als er um die Mitte des Morgens das Haus erreichte, das er suchte, war die Aussicht, Temple wieder gegenüberzutreten, mehr, als er ertragen konnte. So mietete er den Wagen und gab dem Mann seine Anweisungen und bezahlte ihn und ging. Ein wenig später hielt ein aus der Gegenrichtung kommender Wagen an und nahm ihn mit.

ELFTES KAPITEL

Temple erwachte, zur Kugel zusammengerollt, schmale Streifen Sonnenlicht über dem Gesicht, wie die Zinken einer goldenen Gabel, und während das erstarrte Blut durch ihre verkrampften Muskeln rieselte und drieselte, lag sie und blickte still zur Decke hinauf. Wie die Wände bestand auch die Decke aus rohen, grob gefügten Planken, jede von der nächsten durch einen dünnen Strich Schwärze getrennt; in der Ecke ging über einer Leiter eine viereckige Öffnung auf einen düsteren Speicher hinauf, der ebenfalls von dünnen Strahlenbüscheln durchschossen war. An Nägeln in den Wänden hingen defekte Reste ausgetrockneten Geschirrs, und sie lag da und zupfte prüfend an der Masse, in der sie lag. Sie sammelte eine Handvoll davon und hob den Kopf und sah in ihrem aufgegangenen Mantel nacktes Fleisch zwischen Büstenhalter und Höschen und Höschen und Strümpfen. Dann fiel ihr die Ratte ein, und sie arbeitete sich hoch und sprang zur Tür und klaubte daran herum, die Faust noch immer krampfhaft um die Baumwollsamenhüllen geschlossen, das Gesicht verschwollen vom schweren Schlaf ihrer ziebzehn Jahre.

Sie hatte erwartet, daß die Tür verschlossen sein würde, und eine Zeitlang wollte es ihr auch nicht gelingen, sie aufzuziehen, und ihre erstarrten Hände krallten über die unverkleideten Planken, bis sie ihre Fingernägel hören konnte. Dann schwang die Tür zurück, und sie sprang hinaus. Im selben Augenblick aber sprang sie in die Kornkammer zurück und schlug die Tür wieder zu. Der blinde Mann kam eben den Abhang herunter, in schlurfendem Trott, mit dem Stock vor sich hertappend, die andere Hand an der Hüfte, um einen Bausch Hose geklammert. Er ging an der Kornkammer vorbei, die Hosenträger baumelnd an den Seiten, mit den Turnschuhen schlorrend im trockenen Häcksel der Tenne, und schwand aus dem Blick, während sein Stock leicht auf der Reihe der leeren Viehstände entlangratterte.

Temple kauerte an der Tür, den Mantel um sich gekrampft. Sie konnte ihn hinten in einem der Ställe hören. Sie öffnete die Tür und spähte hinaus, zum Haus hinüber, das im hellen Maisonnenschein lag, im Sonntagsfrieden, und sie dachte an die Mädchen und Männer, die jetzt das Internat verließen in ihren neuen Frühlingskleidern und auf den schattigen Straßen dahinschlenderten, dem kühlen, uneiligen Klang der Glocken zu. Sie hob den Fuß, die verschmutzte Sohle ihres Strumpfes zu untersuchen, und rieb sie ab mit der flachen Hand, die eine erst und dann die andere.

Wieder klapperte der Stock des blinden Mannes. Sie fuhr mit dem Kopf zurück und schloß die Tür bis auf einen Spalt und beobachtete ihn, wie er vorüberging, langsamer jetzt, und sich dabei die Hosenträger über die Schultern strammte. Er stieg den Abhang hinauf und trat ins Haus. Da öffnete sie dann die Tür und wagte sich nach draußen.

Sie ging mit schnellen Schritten zum Haus, den Blick unablässig darauf gerichtet, und ihre bestrumpften Füße schraken zuckend zurück vor der rauhen Erde. Sie stieg zur Veranda hinauf und betrat die Küche, und in die Stille lauschend blieb sie stehen. Der Herd war kalt. Die geschwärzte Kaffeekanne stand darauf und eine schmutzige Schmorpfanne; auf dem Tisch stapelte sich ein Durcheinander schmutzigen Geschirrs. Ich hab nichts mehr gegessen seit ... seit ... Gestern war ein ganzer Tag, dachte sie, aber da hab ich nichts gegessen. Ich hab nichts mehr gegessen seit ... und an dem Abend war ich zum Tanzen und hab auch kein Abendbrot gegessen. Seit Freitag mittag hab ich nichts mehr gegessen, dachte sie. Und jetzt ist Sonntag, und sie dachte an die Glocken in kühlen, gegen die Bläue ragenden Türmen und an die Tauben, die um die Glockenstühle summten wie Echos des Orgelbasses. Sie ging zur Tür zurück und spähte hinaus. Dann trat sie nach draußen, den Mantel um sich gekrampft.

Sie betrat das Haus und hastete die Halle hinauf. Die Sonne lag jetzt auf der vorderen Veranda, und sie lief mit sich streckendem Kopf auf den Lichtfleck zu, den die Tür umrahmte. Alles war leer. Sie erreichte die Tür zur Rechten des Eingangs und öffnete sie und sprang ins Zimmer und schloß die Tür und lehnte sich dagegen. Leer war auch das Bett. Eine verblichene Flickendecke lag darauf, zusammengeknüllt. Eine khakiüberzogene Feldflasche und ein Slipper lagen auf dem Bett. Auf dem Boden lagen ihr Kleid und ihr Hut.

Sie hob das Kleid auf und den Hut und versuchte sie mit der Hand abzureiben und mit dem Zipfel ihres Mantels. Dann suchte sie den anderen Slipper, nahm die Decke weg, bückte sich unter das Bett. Schließlich fand sie ihn im Kamin, in einem Haufen Holzasche zwischen einem eisernen Feuerbock und einem umgestürzten Stapel Ziegel, auf der Seite liegend, halb voll Asche, ganz als sei er dorthin geschleudert oder mit dem Fuß getreten worden. Sie leerte ihn aus und wischte ihn an ihrem Mantel ab und legte ihn aufs Bett und nahm die Feldflasche und hängte sie an einen Nagel in der Wand. Auf der Flasche standen die Buchstaben US und eine verwischte Nummer in schwarzer Bleistiftschrift. Dann legte sie den Mantel ab und zog sich an.

Langbeinig, dünnarmig, mit hohen schmalen Hinterbakken – eine schmale, kindliche Figur, nicht mehr ganz Kind, noch nicht ganz Frau – bewegte sie sich hastig, strich sich die Strümpfe glatt und schlängelte sich in ihr knappes, enges Kleid. Jetzt kann ich alles aushalten, dachte sie ruhig, in so etwas wie dumpfem, abgemattetem Erstaunen; einfach alles kann ich jetzt aushalten. Aus einem der Strümpfe zog sie eine Uhr mit zerrissenem schwarzen Band. Genau neun. Mit den Fingern kämmte sie sich die erschlafften Locken, kämmte drei oder vier Baumwollsamenhüllen heraus. Dann nahm sie Mantel und Hut und lauschte wieder an der Tür.

Sie kehrte zur hinteren Veranda zurück. In der Schüssel war ein Rest schmutzigen Wassers. Sie goß es weg und füllte neu ein und badete ihr Gesicht. Ein verschmutztes Handtuch hing an einem Nagel. Sie benutzte es zimperlich, dann zog sie eine Puderdose aus dem Mantel und war eben damit beschäftigt, als sie merkte, daß die Frau in der Küchentür stand und sie beobachtete.

„Guten Morgen", sagte Temple. Die Frau hielt das Kind an der Hüfte. Es schlief. „Hallo, kleines Baby", sagte Temple und beugte sich zu ihm hinunter; „willst du denn den ganzen Tag schlafen? Kuck doch mal, hier ist Temple." Sie traten zusammen in die Küche. Die Frau goß Kaffee in eine Tasse.

„Ist wahrscheinlich schon kalt", sagte sie. „Vielleicht wollen Sie das Feuer wieder anmachen." Aus dem Backofen zog sie ein Blech mit Brot.

„Nein", sagte Temple und schlürfte den lauwarmen Kaffee, und sie hatte das Gefühl, als rege sich ihr Inneres in kleinen, prickelnden Klümpchen, wie ein Gemenge Schrot.

„Ich hab keinen Hunger. Hab zwei Tage nichts gegessen, aber hab keinen Hunger. Ist das nicht komisch? Ich hab zwei Tage jetzt . . ." Ihr Blick ruhte in einer erstarrten Grimasse der Versöhnlichkeit auf dem Rücken der Frau. „Sie haben wohl kein Klo hier, oder?"

„Was?" sagte die Frau. Sie warf Temple über die Schulter einen Blick zu, während Temple sie mit jener Grimasse kriecherisch versöhnlicher Beteuerung anstarrte. Von einem Wandbrett nahm die Frau einen Versandhauskatalog herunter, riß ein paar Blätter heraus und gab sie Temple. „Sie werden wohl in die Scheune gehen müssen, ganz wie wir auch."

„Muß ich?" sagte Temple, das Papier in der Hand. „In die Scheune."

„Sie sind alle weg", sagte die Frau. „Vor Mittag kommen sie nicht zurück."

„Ja", sagte Temple. „Die Scheune."

„Ja; die Scheune", sagte die Frau. „Es sei denn, Sie sind so keusch und rein, daß Sie überhaupt nicht müssen."

„Ja", sagte Temple. Sie sah zur Tür hinaus, über die unkrautverwucherte Lichtung. Zwischen den düsteren Zedern lag hell der Obstgarten im Sonnenlicht. Sie zog den Mantel an und setzte das Hütchen auf und ging zur Scheune hinüber, in der Hand die ausgerissenen Blätter, die mit kleinen Abbildungen von Wäscheklammern, Patentmangeln und Waschpulversorten übersät waren, und betrat die Tenne. Sie blieb stehen, die Blätter faltend und faltend, dann ging sie weiter, mit hastigen, ängstlichen Seitenblicken in die leeren Viehstände. Sie ging durch die ganze Scheune. Die Tenne war hinten offen und führte auf ein Stechapfelgestrüpp hinaus, das in wilden weiß-und-zartlila Blüten stand. Sie ging weiter, wieder ins Sonnenlicht hinaus, zwischen die Sträucher. Dann fing sie an zu laufen, riß die Füße hoch, fast noch ehe sie die Erde berührt hatte, und die Sträucher peitschten nach ihr mit riesigen, feuchten, übelriechenden Blüten. Sie bückte sich und zwängte sich durch einen Zaun aus durchhängendem rostigen Draht und lief unter Bäumen den Hügel hinunter.

Am Fuß der Anhöhe teilte eine schmale Narbe Sand die beiden Hänge eines kleinen Tals, eine gewundene Reihe blendender Fleckchen, funkelnd, wo die Sonne sie fand. Temple stand in dem Sand und lauschte den Vögeln zwischen den sonnendurchschossenen Blättern, lauschte und lugte umher. Sie folgte dem trockenen Rinnsal bis zu einer Stelle, wo eine vorspringende Schulter einen Nischenwinkel bildete, von Dornengestrüpp verwachsen. Zwischen den neuen grünen Blättern hing in den Ästen droben noch das tote Laub vom Vorjahr, noch nicht zur Erde gefallen. Sie stand eine Weile da, die Blätter faltend und faltend in ihren Fingern, wie in Verzweiflung. Als sie wieder aufstand, erblickte sie über der Glitzermasse des Laubs am Kamm des Grabens den kauernden Umriß eines Mannes.

Einen Moment lang stand sie da und sah sich selbst aus ihrem Körper fortlaufen, fort auch aus einem ihrer Slipper. Sie sah ihre Beine durch den Sand stieben, über die Sonnentupfen hin, mehrere Yards weit, sah sie dann herumwirbeln und zurücklaufen und den Slipper aufschnappen und wieder wirbeln und laufen.

Als sie das Haus zu Gesicht bekam, befand sie sich vor der vorderen Veranda. Der blinde Mann saß in einem Stuhl, das Gesicht in die Sonne gehoben. Am Rand der Waldung blieb sie stehen und streifte den Slipper über. Sie überquerte den zerstörten Rasen und sprang zur Veranda hinauf und lief die Halle hinunter. Als sie die hintere Veranda erreichte, sah sie unter dem Scheunentor einen Mann, der zum Haus herüberblickte. Sie durchmaß die Veranda mit zwei springenden Schritten und stürzte in die Küche, wo die Frau am Tisch saß, rauchend, das Kind auf dem Schoß.

„Er hat mich beobachtet!" sagte Temple. „Er hat mich die ganze Zeit beobachtet!" Sie lehnte sich an den Türrahmen, lugte hinaus, dann kam sie auf die Frau zu, das Gesicht klein und bleich, die Augen wie zwei Löcher darin, mit einer Zigarre hineingebrannt, und legte die Hand auf den kalten Herd.

„Wer hat?" sagte die Frau.

„Ja", sagte Temple. „Er hat da in den Büschen gesteckt und mich die ganze Zeit beobachtet." Sie blickte zur Tür, dann zu der Frau zurück, und sah ihre Hand auf dem Herd liegen. Sie riß sie zurück mit einem schrillen Klagelaut und schlug sie sich gegen den Mund, dann drehte sie sich um und lief zur Tür. Die Frau packte ihren Arm, das Kind immer noch auf dem anderen, und Temple sprang zurück in die Küche. Goodwin kam auf das Haus zu. Er warf ihnen einen Blick zu und ging dann weiter in die Halle.

Temple begann sich zu sträuben. „Lassen Sie mich", flüsterte sie, „lassen Sie los! Lassen Sie mich", flüsterte sie, „lassen Sie los! Lassen Sie los!" Sie bockte und schlug aus und quetschte die Hand der Frau gegen den Türpfosten, bis sie frei war. Sie sprang von der Veranda und lief auf die Scheune zu und hinein durch die Tenne und kletterte die Leiter hoch und brachte sich durch die Luke und wieder auf die Füße und lief auf den faulenden Heuhaufen zu.

Dann plötzlich lief sie kopfüber nach unten, durch eine sausende Zwischenzeit; sie konnte ihre Beine laufen sehen im leeren Raum, und sie schlug locker und derb zugleich auf den Rücken und lag still und starrte hinauf in ein länglich klaffendes Loch, das sich mit einem klappernden Schwingen loser Planken schloß. Dünner Staub rieselte durch die Sonnenlichtstreifen nieder.

Ihre Hand fuhr in die Masse, in der sie lag, dann fiel ihr zum zweitenmal die Ratte ein. Ihr ganzer Körper spannte sich, bäumte sich auf, in einer Bewegung, die sie wieder auf die Füße brachte in den lockeren Samenhüllen, so daß sie mit den Armen ausschlug und sich Halt suchte, je eine Hand an den Wänden der Ecke, das Gesicht keine zwölf Zoll von dem Kreuzbalken fern, auf dem die Ratte kauerte. Einen Moment lang starrten sie einander Auge in Auge an, dann glühten die Augen vor ihr plötzlich auf wie zwei winzige elektrische Birnen, und das Tier sprang nach ihrem Kopf, grad als sie selber rückwärts sprang und dabei wieder auf etwas trat, was unter ihrem Fuß nachgab.

Sie stürzte in der gegenüberliegenden Ecke nieder, mit dem Gesicht in die Samenhüllen und in ein paar zerstreute Maiskolben, die knochenglatt abgenagt waren. Irgend etwas schlug gegen die Wand und traf im Rückprall ihren Arm. Die Ratte saß in derselben Ecke jetzt, auf dem Boden. Wieder waren ihre Gesichter keine zwölf Zoll voneinander entfernt, und die Augen der Ratte glühten auf und ermatteten wieder, als würde ihr Feuer von den Stößen der Lunge angeblasen. Dann stellte das Tier sich aufrecht, mit dem Rücken zur Ecke, die Vorderpfoten vor der Brust gekrümmt, und begann sie anzuquieken mit winzigem klagenden Atem. Sie zog sich auf Händen und Füßen zurück, das Tier immer im Auge. Dann kam sie auf die Füße und sprang zur Tür und hämmerte dagegen, den Kopf über die Schulter zurückgewandt nach der Ratte, den Körper gegen die Tür gekrümmt, und kratzend an den Planken mit den bloßen Händen.

ZWÖLFTES KAPITEL

Die Frau stand in der Küchentür, das Kind auf dem Arm, bis Goodwin aus dem Haus auftauchte. Seine Nasenflügel waren ganz weiß in dem braunen Gesicht, und sie sagte: „Mein Gott, bist du auch betrunken?" Er kam durch die Veranda. „Sie ist nicht hier", sagte die Frau. „Brauchst gar nicht nach ihr zu suchen." Er streifte sie hart im Vorbeigehen, umgeben von einer Wolke Whiskeygeruch. Sie drehte sich um und beobachtete ihn. Er blickte sich rasch in der Küche um und sah sie dann an, die in der Tür stand und sie versperrte. „Du findest sie doch nicht", sagte sie. „Sie ist weg." Er kam auf sie zu, mit erhobener Hand. „Rühr mich nicht an", sagte sie. Er packte ihren Arm, ganz langsam.

Seine Augen waren ein wenig blutunterlaufen. Die Nasenflügel sahen aus wie Wachs.

„Nimm die Hand da weg", sagte sie, „nimm sie weg." Langsam zog er sie aus der Tür. Sie fing an, ihn zu beschimpfen. „Bildest du dir etwa ein, du kannst einfach? Bildest du dir ein, ich lasse dich? Oder irgendein anderes kleines Flittchen?" Reglos, einander gegenüber wie in der Anfangsstellung eines Tanzes, standen sie da, in wachsend beängstigender Muskelspannung.

Mit kaum einer Bewegung schleuderte er sie zur Seite, so kräftig, daß sie sich einmal um sich selbst drehte und gegen den Tisch prallte, und ihr Arm flog herum und tastete nach Gleichgewicht, und ihr Körper krümmte sich, und ihre Hand fuhr zwischen das schmutzige Geschirr nach einem Halt, und über den reglosen Körper des Kindes hinweg sah sie ihn an. Er ging auf sie zu. „Bleib mir vom Leib", sagte sie und hob leicht die Hand, die das Fleischermesser gepackt hatte. „Bleib mir ja vom Leib, du!" Er aber kam beständig weiter auf sie zu, und da stieß sie mit dem Messer nach ihm.

Er packte ihr Handgelenk. Sie begann sich zu wehren. Er nahm ihr das Kind ab und legte es auf den Tisch und packte ihre andere Hand, als sie nach seinem Gesicht schlug, und er hielt ihre beiden Handgelenke mit einer Hand fest und ohrfeigte sie. Es gab ein trockenes, flaches Geräusch. Er ohrfeigte sie wieder, schlug erst auf die eine Wange, dann auf die andere, und es riß ihr den Kopf herüber und hinüber. „Das ist's, was ich mit ihnen mache", sagte er, immer noch schlagend. „Siehst du?" Dann ließ er sie los. Sie stolperte rückwärts gegen den Tisch und nahm das Kind auf und kauerte sich halb zwischen Tisch und Wand und sah ihm nach, als er sich umdrehte und den Raum verließ.

Sie kniete in der Ecke, das Kind in den Armen. Es hatte sich nicht geregt. Sie legte die flache Hand erst an die eine Wange, dann an die andere. Sie stand auf und legte das Kind in die Kiste und nahm einen großen Sonnenhut vom Nagel und setzte ihn auf. Von einem andern Nagel nahm sie einen Mantel, besetzt mit etwas, was einmal weißer Pelz gewesen war, und nahm das Kind auf und verließ den Raum.

Tommy stand in der Scheune, vor der Kornkammer, und sah zum Haus hinüber. Der alte Mann saß auf der vorderen Veranda in der Sonne. Sie ging die Stufen hinunter und folgte dem Pfad zur Straße und ging weiter, ohne sich umzublicken. Als sie an den Baum kam und das Autowrack, bog sie von der Straße ab, auf einen Weg. Nach etwa hundert Yards erreichte sie die Quelle und ließ sich daran nieder, das Kind auf dem Schoß und den Saum ihres Rocks zurückgeschlagen über sein schlafendes Gesicht.

Popeye kam aus den Büschen, mit behutsamem Schritt in seinen schmutzigen Schuhen, und stand und sah über die Quelle weg zu ihr nieder. Seine Hand schnellte in die Rocktasche, und er rieb und drehte sich eine Zigarette und steckte sie in den Mund und schnippte mit dem Daumen ein Streichholz an. „Herr mein Heiland", sagte er, „ich hab ihm gesagt, was passiert, wenn er sie die ganze Nacht da rumsitzen läßt und das gottverdammte Zeug saufen. 'n Gesetz geben sollte's dagegen." Er sah weg, in die Richtung, in der das Haus lag. Dann sah er wieder auf die Frau hinunter, auf ihren großen Sonnenhut. „Ne Klapsmühle", sagte er, „nichts anderes ist das hier. Keine vier Tage jetzt, da hab ich hier so'n Schwachkopf getroffen, hockte da rum und fragt mich, ob ich Bücher lese. Wie wenn er mir mit 'nem Buch oder sowas ans Leder wollte. Mich einlullen und kaltmachen mit 'nem Telephonbuch." Wieder sah er zum Haus hinüber, den Kopf gereckt, als wäre der Kragen ihm zu eng. Er blickte auf den Sonnenhut hinunter. „Ich hau ab in die Stadt, verstehst du?" sagte er. „Ich mach mich dünn. Ich hab die Nase voll." Sie sah nicht auf. Sie rückte den Rocksaum über dem Gesicht des Kindes zurecht. Popeye ging weiter, durchs Unterholz, mit leichten, geckenhaften Lauten. Sie hörten dann auf. Irgendwo im Sumpf sang ein Vogel.

Bevor er das Haus erreichte, verließ Popeye die Straße und stieg einen bewaldeten Abhang hinauf. Als er oben auftauchte, sah er Goodwin hinter einem Baum im Obstgarten stehen und zur Scheune hinüberblicken. Popeye blieb am Waldrand stehen und starrte Goodwins Rücken an. Er steckte sich eine neue Zigarette in den Mund und fuhr mit den Fingern in seine Weste. Er ging weiter durch den Garten, mit behutsamem Schritt. Goodwin hörte ihn und sah über die Schulter zurück. Popeye zog ein Streichholz aus der Weste, setzte es mit einem Schnipsen in Brand und zündete sich die Zigarette an. Goodwin sah wieder zur Scheune hinüber, und Popeye stand neben ihm und sah ebenfalls zur Scheune hinüber.

„Wer ist denn da unten?" sagte er. Goodwin sagte nichts. Popeye stieß Rauch durch die Nüstern. „Ich hau ab", sagte er. Goodwin sagte nichts, er beobachtete die Scheune. „Ich hab gesagt, ich hau ab hier", sagte Popeye. Ohne den Kopf zu wenden, warf ihm Goodwin ein Schimpfwort zu. Popeye rauchte gemächlich, der Rauch kräuselte sich vor seinem stillen, sanften, schwarzen Blick. Dann drehte er sich um und ging zum Haus hinüber. Der alte Mann saß in der Sonne. Popeye betrat das Haus nicht. Statt dessen ging er weiter über den Rasen und zwischen die Zedern hinein, bis er vom Haus aus nicht mehr gesehen werden konnte. Dann schlug er einen Bogen und durchquerte den Garten und das unkrautverwucherte Gelände und betrat von rückwärts die Scheune.

Tommy hockte auf seinen Hacken vor der Kornkammertür und sah zum Haus hinüber. Popeye sah ihn eine Weile an, rauchend. Dann schnippte er die Zigarette weg und trat ruhig in einen der Viehstände. Über der Krippe befand sich eine hölzerne Raufe für Heu, genau unter einer Öffnung im Speicherboden. Popeye kletterte in die Raufe und zog sich still in den Speicher hinauf, und sein knapper Rock spannte sich auf dem Rücken zu dünnen Falten über seinen schmalen Schultern.

DREIZEHNTES KAPITEL

Tommy stand auf der Tenne der Scheune, als Temple schließlich die Tür der Kornkammer aufbekam. Als sie ihn erkannnte, war sie schon halb wieder herumgefahren, zurückgesprungen; dann wirbelte sie abermals herum und lief auf ihn zu und sprang hinunter und klammerte sich an seinen Arm. Dann sah sie Goodwin in der Hintertür des Hauses stehen, und wieder wirbelte sie herum und hetzte zurück in die Kornkammer und lehnte den Kopf um den Türpfosten, und ihre Stimme gab ein dünn fistelndes Geräusch von sich, wie sprudelnde Bläschen in einer Flasche. Sie lehnte da, die Hände ins Holz der Tür gekrallt, sie zuzuziehen, und hörte Tommys Stimme.

„. . . Lee sagt, es tut Ihnen keiner was. Sie müssen sich bloß hinlegen . . ." Es war nur eine Art trockenes Geräusch, das überhaupt nicht in ihr Bewußtsein drang, so wenig wie das blasse Augenpaar unter den Haarzotteln. Sie lehnte in der Tür, klagend, versuchte sie zu schließen. Dann spürte sie seine Hand linkisch auf ihrem Schenkel. „. . . sagt, es tut Ihnen keiner was. Sie müssen sich bloß . . ."

Sie sah ihn an, seine schüchterne, harte Hand auf ihrer Hüfte. „Ja", sagte sie, „ist gut. Lassen Sie ihn hier nicht herein."

„Sie meinen, ich soll aufpassen, daß keiner hier reinkommt von denen?"

„Ja. Ich hab keine Angst vor Ratten. Bleiben Sie dort und lassen Sie ihn nicht herein."

„Mach ich. Mach's so, daß keiner zu Ihnen kann. Ich bleib gleich hier."

„Gut. Machen Sie die Tür zu. Lassen Sie ihn nicht herein."

„Mach ich." Er schloß die Tür. Aber sie lehnte dazwischen und sah zum Haus hinüber. Er schob sie zurück, so daß er die Tür ganz zumachen konnte. „Es tut Ihnen keiner was, sagt Lee. Sie müssen sich bloß hinlegen."

„Ist gut. Ich werd's machen. Lassen Sie ihn nur nicht her-

ein hier." Die Tür schloß sich. Sie hörte ihn die Haspe einlegen. Dann rüttelte er an der Tür.

„Fest zu", sagte er. „Kann keiner zu Ihnen rein jetzt. Ich
bleib gleich hier davor."

Er hockte auf den Hacken im Häcksel und sah zum Haus
hinüber. Nach einer Weile sah er Goodwin zur Hintertür
kommen und zu ihm herüberblicken, und während er so
hockte, die Knie umklammert, glühten seine Augen wieder
auf, und einen Moment lang schien die blasse Iris auf den
Pupillen zu wirbeln wie ein winziges Rad. Er hockte da, die
Lippe ein wenig hochgezogen, bis Goodwin ins Haus zu-
rückging. Dann seufzte er, ließ den Atem entweichen und
starrte die kahle Tür der Kornkammer an, und wieder glühten seine Augen in schüchternem, tastendem, hungrigem
Feuer auf, und er begann die Hände langsam an den Unter-
schenkeln zu reiben, schaukelnd ein wenig von Seite zu
Seite. Dann hörte er auf damit, erstarrte wieder und sah,
wie Goodwin mit raschem Schritt um die Hausecke kam
und unter die Zedern trat. Er hockte erstarrt, die Lippe ein
wenig hochgezogen über seinen schadhaften Zähnen.

Temple saß in den Baumwollsamenhüllen, in der Spreu
der abgenagten Maiskolben, und plötzlich hob sie den
Kopf zu der Luke am Ende der Leiter empor. Sie hörte Popeye über den Speicherboden gehen, dann erschien sein
Fuß, zaghaft tastend nach der Sprosse. Er kam herunterge-
stiegen, sah sie dabei über die Schulter an.

Sie saß ganz ohne Bewegung, den Mund ein wenig offen.
Er stand da und sah sie an. Er begann ein paarmal ruckartig
das Kinn zu strecken, als sei ihm der Kragen zu eng. Er hob
die Ellbogen und bürstete sie mit der flachen Hand ab und
mit dem Rand seines Rockes; dann ging er vor ihren Augen
her durch den Raum, fast ohne einen Laut, die Hand in der
Rocktasche. Er probierte die Tür. Dann rüttelte er daran.

„Mach auf", sagte er.

Es gab keinen Laut. Dann flüsterte Tommy: „Wer ist
denn da?"

„Mach die Tür auf", sagte Popeye. Die Tür öffnete sich. Tommy sah Popeye an. Er blinzelte.

„Ich wußte gar nicht, daß du hier drin warst", sagte er. Er machte einen Versuch, an Popeye vorbeizusehen, in die Kornkammer. Popeye legte die Hand flach auf Tommys Gesicht und stieß ihn zurück und beugte sich vor, an ihm vorbei, und sah hinauf zum Haus. Dann sah er Tommy an.

„Hab ich dir nicht gesagt, du sollst mir nicht nachspionieren?"

„Hab ich ja auch gar nicht", sagte Tommy. „Ich hab bloß ihn da beobachtet", und ruckte mit dem Kopf zum Haus hinüber.

„Dann paß nur gut auf", sagte Popeye. Tommy wandte den Kopf und sah hinüber zum Haus, und Popeye zog die Hand aus der Rocktasche.

Für Temple, die in den Baumwollsamenhüllen und Maiskolben saß, war das Geräusch nicht lauter als das Anstreichen eines Zündholzes: ein kurzer, fast unbedeutender Laut, der den Auftritt, den gegenwärtigen, mit einer tiefen Endgültigkeit abschloß und ihn vollkommen isolierte, und sie saß da, die Beine gerade von sich gestreckt, die Hände lahm und mit nach oben gerichteten Flächen im Schoß, und starrte auf Popeyes schmalen Rücken und auf die Rockfalten über seinen Schultern, als er sich aus der Tür beugte, die Pistole hinter sich, an der Flanke, an der entlang ein dünner Rauchstreif zog.

Er drehte sich um und sah sie an. Er schwenkte leicht die Pistole und steckte sie wieder in den Rock, dann ging er auf sie zu. Er bewegte sich vollkommen lautlos; die offengelassene Tür klaffte und schlug gegen die Füllung, aber auch das geschah ohne jeden Laut; es war, als seien Geräusch und Stille miteinander vertauscht worden. Sie konnte die Stille hören, ein dichtes Rauschen, durch das er auf sie zukam, das er zerriß und beiseite warf, und sie fing an und sagte: Etwas wird mit mir geschehen. Sie sagte es zu dem alten Mann mit den gelben Klumpen statt der Augen. „Etwas geschieht mit mir!" schrie sie zu ihm hinüber, der da in seinem Stuhl saß im Sonnenschein, die Hände über dem Stock gekreuzt. „Ich hab's ja gesagt!" schrie sie, und die Worte platzten wie heiße, lautlose Blasen in die helle Stille ringsum, bis er den Kopf wandte und die beiden Schleim-klumpen über ihr waren, dort, wo sie auf den rohen, sonni-gen Brettern lag, um sich schlagend, sich wälzend. „Ich hab's ja gesagt! Ich hab's ja die ganze Zeit gesagt!"

VIERZEHNTES KAPITEL

Während sie an der Quelle saß, das schlafende Kind auf den Knien, stellte die Frau fest, daß sie seine Flasche ver-gessen hatte. Sie saß dort etwa eine Stunde, nachdem Po-peye gegangen war. Dann kehrte sie an die Straße zurück und machte sich auf den Heimweg zum Haus. Als sie etwa die halbe Strecke zum Haus zurückgelegt hatte, das Kind in den Armen, kam Popeyes Wagen ihr entgegen. Sie hörte ihn kommen und trat beiseite an den Rand und stand da und sah ihn den Hügel herunterkommen. Temple und Po-peye saßen drin. Popeye machte keinerlei Geste, obwohl Temple die Frau voll ansah. Unter dem Hut blickten ihre Augen der Frau voll ins Gesicht, ohne jedes Zeichen des Erkennens. Das Gesicht wandte sich auch nicht, die Augen erwachten nicht; für die Frau am Wegrand war es wie eine kleine totenfarbene Maske, die an einer Schnur an ihr vor-übergezogen wurde und dann entschwand. Der Wagen fuhr weiter, schlagend und schlingernd in den ausgefahre-nen Gleisen. Die Frau stieg zum Haus hinauf.

Der blinde Mann saß immer noch auf der vorderen Ve-randa, in der Sonne. Als sie die Halle betrat, ging sie schneller. Sie spürte das dünne Gewicht des Kindes nicht. Sie fand Goodwin in ihrer beider Schlafzimmer. Er war da-mit beschäftigt, einen zerschlissenen Schlips anzulegen; als sie ihn ansah, bemerkte sie, daß er sich gerade rasiert hatte.

„Ja", sagte sie. „Was ist passiert? Was ist?"

„Ich muß zu Tulls rauf und nach dem Sheriff telephonieren", sagte er.

„Nach dem Sheriff", sagte sie. „Ja. Ist gut." Sie trat ans Bett und legte das Kind behutsam darauf nieder. „Tull", sagte sie. „Ja. Er hat einen Apparat."

„Du wirst kochen müssen", sagte Goodwin. „Pa ist ja noch da."

„Du kannst ihm etwas kaltes Brot geben. Es macht ihm nichts. Im Backofen ist noch etwas. Es macht ihm nichts."

„Ich geh selber", sagte Goodwin. „Du bleibst hier."

„Zu Tulls", sagte sie. „Ist schon gut." Tull war der Mann, bei dem Gowan einen Wagen gefunden hatte. Sein Haus lag zwei Meilen entfernt. Die Familie saß beim Essen. Sie baten sie herein. „Ich möchte nur rasch das Telephon benutzen", sagte sie. Das Telephon befand sich im Eßzimmer, wo sie gerade aßen. Sie rief an, die Familie neben sich rund um den Tisch. Sie wußte die Nummer nicht. „Den Sheriff", sagte sie geduldig in die Muschel. Dann bekam sie den Sheriff, die Tull-Familie neben sich um den Tisch, beim sonntäglichen Mittagessen. „Ein Toter. Wenn Sie an Mr. Tulls Haus vorbei etwa eine Meile weiterfahren und dann rechts abbiegen ... Ja, das Alte Franzosenhaus. Ja. Hier spricht Mrs. Goodwin ... Goodwin. Ja."

FÜNFZEHNTES KAPITEL

Benbow erreichte das Haus seiner Schwester um die Mitte des Nachmittags. Es lag vier Meilen außerhalb der Stadt, Jefferson. Er und seine Schwester waren in Jefferson geboren, sieben Jahre auseinander, in einem Haus, das ihnen noch immer gehörte, obwohl seine Schwester es hatte verkaufen wollen, als Benbow die geschiedene Frau eines Mannes namens Mitchell heiratete und nach Kinston zog. Benbow war nicht bereit gewesen, dem Verkauf zuzustimmen, obwohl er sich hatte Geld borgen müssen, um sich einen neuen Bungalow in Kinston zu bauen, und dafür noch heute Zinsen zahlte.

Als er eintraf, war niemand da. Er betrat das Haus und saß nun in dem dämmrigen Salon hinter den geschlossenen Vorhängen, als er seine Schwester die Treppe herunterkommen hörte, noch ohne Wissen von seiner Ankunft. Er verhielt sich still. Sie war schon fast an der Salontür vorüber und verschwunden, als sie stehen blieb und ihn ansah, ganz ohne äußere Überraschung, mit der heiteren und stumpfsinnigen Unzugänglichkeit einer Heroenstatue; sie war in Weiß. „Ach, Horace", sagte sie.

Er stand nicht auf. Er saß da mit so etwas wie der Miene eines ertappten kleinen Jungen. „Wie hast du . . .", sagte er. „Hat Belle . . ."

„Natürlich. Samstag kam ein Telegramm von ihr. Daß du sie verlassen hättest, und daß ich dir, wenn du herkämst, ausrichten sollte, daß sie nach Hause gefahren ist, nach Kentucky, und auch Klein-Belle nachkommen läßt."

„Ah, Verdammnis", sagte Benbow.

„Was denn?" sagte seine Schwester. „Du selber willst von Hause weg, aber daß sie es tut, paßt dir nicht."

Er blieb zwei Tage bei seiner Schwester. Sie war nie sehr gesprächig gewesen, sondern führte ein Leben heiteren Dahinvegetierens, wie perennierender Mais oder Weizen in einem geschützten Garten statt auf freiem Feld, und während dieser zwei Tage bewegte sie sich mit einer Miene stiller und leicht alberner tragischer Mißbilligung durch ihr Haus.

Nach dem Abendessen saßen sie in Miss Jennys Zimmer, wo Narcissa die Zeitung von Memphis zu lesen pflegte, bevor sie den Jungen zu Bett brachte. Als sie aus dem Zimmer ging, sah Miss Jenny Benbow an.

„Geh wieder nach Haus zurück, Horace", sagte sie.

„Nicht nach Kinston", sagte Benbow. „Ich hatte eigentlich gar nicht vorgehabt, hier zu bleiben. Jedenfalls bin ich nicht zu Narcissa gelaufen gekommen. Ich hab nicht mit der einen Frau Schluß gemacht, um mich an die Rockschöße einer andern zu hängen."

„Wenn du dir das lange genug einredest, glaubst du's vielleicht eines Tages", sagte Miss Jenny. „Also, was willst du machen?"

„Du hast recht", sagte Benbow. „Dann müßte ich wohl zu Hause bleiben."

Seine Schwester kam wieder. Sie betrat das Zimmer mit sehr entschiedener Miene. „Jetzt geht's los", sagte Benbow. Seine Schwester hatte den ganzen Tag noch nicht direkt mit ihm gesprochen.

„Also, was gedenkst du nun zu tun, Horace?" sagte sie. „Du mußt doch Geschäfte irgendwelcher Art in Kinston haben, die nicht einfach liegenbleiben können."

„Sogar Horace muß die haben", sagte Miss Jenny. „Vor allem aber möchte ich gern wissen, warum er eigentlich getürmt ist. Hast du einen Mann unterm Bett gefunden, Horace?"

„Soviel Glück hatte ich nicht", sagte Benbow. „Es war Freitag, und auf einmal, ganz plötzlich wußte ich, daß ich nicht mehr zum Bahnhof gehen und die Kiste Garnelen abholen konnte, und – – –"

„Aber das hast du doch zehn Jahre lang gemacht", sagte seine Schwester.

„Ich weiß. Deswegen weiß ich auch genau, daß ich's nie lernen werde, den Geruch von Garnelen zu mögen."

„Und deswegen hast du Belle verlassen?" sagte Miss Jenny. Sie sah ihn an. „Du hast lange gebraucht, um zu lernen, daß, wenn eine Frau für den einen Mann keine besonders gute Ehefrau abgibt, sie's für den anderen auch schwerlich wird, nicht?"

„Aber einfach auszurücken wie ein Nigger", sagte Narcissa. „Und sich mit Schnapsbrennern und Dirnen einzulassen."

„Na ja, er ist ja wieder weg von den Leuten und hat auch

die Dirne wieder verlassen", sagte Miss Jenny. „Es sei denn, du hast vor, mit dem bewußten Nagelreiniger in der Tasche durch die Straßen zu laufen, bis sie einmal in die Stadt kommt."

„Ja", sagte Benbow. Er erzählte wieder, wie sie zu dritt auf der Veranda gesessen hatten, er selber und Goodwin und Popeye, wie sie sich unterhalten hatten und der Krug herumgegangen war, wie Popeye dauernd durchs Haus gegeistert und von Zeit zu Zeit herausgekommen war, um Tommy zu bitten, eine Laterne anzuzünden und mit ihm zur Scheune hinunter zu gehen, und wie Tommy nicht wollte und von Popeye beschimpft worden war, und wie Tommy auf dem Boden gesessen hatte, die nackten Füße dauernd auf den Brettern reibend, mit einem schwachen, zischenden Geräusch, und frohlockt hatte: „Ist er nicht zum Schießen, he?"

„Man konnte die Pistole direkt an ihm spüren, so deutlich wie man wußte, daß er einen Nabel hatte", sagte Benbow. „Trinken wollte er nicht mit; er sagte, es dreht ihm den Magen um wie einem Hund; er wollte auch nicht dableiben und mit uns quatschen; er wollte überhaupt nichts: bloß herumgeistern und seine Zigaretten rauchen, wie ein launisches und krankes Kind."

„Goodwin und ich, wir haben uns beide unterhalten. Er war Sergeant bei der Kavallerie gewesen, auf den Philippinen und an der Grenze, und dann in einem Infanterieregiment in Frankreich; die Gründe für den Wechsel, warum er zur Infanterie versetzt wurde und seinen Rang verlor, hat er mir allerdings nicht erzählt. Vielleicht hatte er jemand getötet, vielleicht ist er mal desertiert. Er redete eine ganze Menge von Manila und von mexikanischen Mädchen, während der Schwachkopf am Boden dauernd glucckste und kicherrte und mir den Krug zuschob: ‚Nehmen Sie doch noch was'; und da wußte ich jedenfalls, daß die Frau hinter der Tür stand und uns zuhörte. Sie sind nicht verheiratet, die beiden. Das weiß ich, genauso wie ich weiß, daß der kleine schwarze Mann diese flache kleine Pistole in der Rocktasche hatte. Aber sie lebt da draußen, rackert sich ab wie ein Nigger, und hat dabei auch mal Diamanten und Autos besessen zu ihrer Zeit, und zwar hat sie die mit einer härteren Währung erkauft als mit Geld. Und dann dieser Blinde, der alte Mann, der da mit am Tisch saß und wartete, daß jemand ihm Futter gab, vollständig unbewegt, wie blinde Leute meist sind, daß man glatt dachte, es ist die Rückseite seiner Augäpfel, die man ansieht, während sie Musik hörten, die man selber nicht hören konnte; Goodwin schaffte ihn dann aus dem Zimmer und komplett aus der Welt, soviel ich weiß. Ich hab ihn dann nie mehr gesehen. Hab auch nie rausgekriegt, wer er eigentlich war, mit wem er verwandt war dort. Vielleicht mit keinem. Vielleicht hat der alte Franzose, der das Haus vor hundert Jahren gebaut hat, ihn auch nicht mehr haben wollen und einfach dagelassen, wie er starb oder wegzog."

Am nächsten Morgen bekam Benbow von seiner Schwester den Schlüssel zum Haus und fuhr in die Stadt. Das Haus lag in einer Seitenstraße, unbewohnt seit jetzt schon zehn Jahren. Er öffnete das Haus, zog die Nägel aus den Fenstern. Die Einrichtung war nicht verändert worden. In neuem Overall, mit Besen und Eimern bewaffnet, schrubbte er die Böden. Am Nachmittag ging er in die Stadt und kaufte Bettzeug und ein paar Konserven.

Er war immer noch an der Arbeit, als um sechs seine Schwester in ihrem Wagen vorfuhr.

„Komm nach Hause, Horace", sagte sie. „Siehst du denn nicht, daß du das hier nicht schaffst?"

„Das hatte ich schon spitz, gleich nachdem ich angefangen hatte", sagte Benbow. „Bis heute morgen war ich der Ansicht, daß jeder, der einen gesunden Arm hat und einen Eimer Wasser, einen Fußboden sauber kriegen könnte."

„Horace", sagte sie.

„Ich bin der Älteste, vergiß das nicht", sagte er. „Ich werde hier bleiben. Zum Zudecken hab ich was." Er ging zum

Abendessen in den Gasthof. Als er zurückkehrte, stand der Wagen seiner Schwester wieder in der Einfahrt. Der Neger, der ihn fuhr, hatte ein Bündel Bettzeug gebracht.

„Miss Narcissa gesagt, für Sie zu benutzen", sagte der Neger. Benbow packte das Bündel in einen Schrank und bezog sich ein Bett mit den Sachen, die er gekauft hatte.

Am nächsten Tag gegen Mittag, als er eben am Küchentisch eine kalte Mahlzeit zu sich nahm, sah er durchs Fenster einen Wagen auf der Straße halten. Drei Frauen stiegen aus, blieben am Bordstein stehen und machten dort ungeniert Toilette, indem sie Röcke und Strümpfe glattstrichen, sich gegenseitig den Rücken bürsteten, Pakete öffneten und allerlei Putz anlegten. Der Wagen war weitergefahren. Sie folgten ihm, zu Fuß, und Benbow fiel ein, daß ja Samstag war. Er legte den Overall ab, zog sich an und verließ das Haus.

Die Straße mündete in eine breitere. Zur Linken führte sie auf einen Platz, eine Lichtung zwischen zwei Bautenreihen, schwarz von einer langsam und unablässig drängenden Menge, zwei Ameisenzügen gleich, und darüber erhob sich die Kuppel des Gerichtsgebäudes aus einer Gruppe Eichen und Akazien, bedeckt mit gezacktem Schnee. Er ging auf den Platz zu. Leere Wagen kamen immer noch an ihm vorbei, und immer noch mehr Frauen begegneten ihm, zu Fuß, schwarze und weiße, leicht erkennbar an der Steifheit ihrer Kleidung wie ebenso auch an ihrem Gang; sie glaubten, daß Städter sie für Städterinnen halten würden, und konnten doch nicht einmal einander selbst täuschen.

Die Seitengassen waren verstopft von festgemachten Wagen, deren Gespanne umgestellt waren und über den Hinterbrettern ihr Bündel Kornähren beknabberten. Der Platz war gesäumt von zweireihig parkenden Autos, während ihre Besitzerinnen wie die der Fuhrwerke sich in Overall und Khaki, mit Warenhaushalstüchern und -sonnenschirmen, langsam in die Geschäfte drängten und wieder aus ihnen heraus und das Pflaster mit Obst- und Erdnußschalen verschmutzten. Langsam wie Schafe bewegten sie sich, ruhig, leidenschaftslos, füllten die Passagen, betrachteten die brodelnde Hast der Einheimischen in ihren Städterhemden und -kragen mit der großäugigen, sanften Unergründlichkeit von Kühen oder Göttinnen, bewegten sich außerhalb der Zeit, hatten die Zeit liegen lassen auf dem langsamen und unwägbaren Land, das von Mais und Baumwolle grün war im gelben Nachmittag.

Horace bewegte sich mitten unter ihnen, mitgerissen vom planvollen Strom, hierhin und dorthin, ganz ohne Ungeduld. Manch einen kannte er; die meisten Kaufleute und Standespersonen erinnerten sich noch an ihn, als Knaben, als jungen Mann, als Anwaltskollegen – hinter einem schaumigen Schirm von Akazienzweigen konnte er im zweiten Stock die schmutzigen Fenster sehen, wo er und sein Vater praktiziert hatten, das Glas immer noch unberührt von Wasser und Seife wie damals – und hin und wieder blieb er stehen und redete mit einem von ihnen in stilleren Seitenwassern.

Die sonnige Luft war erfüllt vom wettstreitenden Lärm der Radios und Phonographen in den Türen der Drugstores und Musikgeschäfte. Vor diesen Türen drängten sich den ganzen Tag die Leute und lauschten. Die Stücke, die es ihnen angetan hatten, waren Balladen von schmerzlichem Verlust, von Vergeltung und Reue, ganz simpel in Melodie und Thema, metallisch gesungen, verwischt und verzerrt von Nadelgeräusch oder atmosphärischen Störungen – entkörperte Stimmen, die aus holzimitierten Truhen oder marmorierten Trichtern über die verzückten Gesichter wegplärrten, weg über die knorrigen, langsamen Hände, die sich lang schon nach der mächtigen, herrischen Erde geformt hatten, kummervoll, rauh und traurig.

Das war Samstag, im Mai: keine Zeit, das Land zu verlassen. Doch am Montag waren sie wieder zurück, die meisten von ihnen, in Gruppen um das Gerichtsgebäude und auf dem Platz, und trieben, da sie nun einmal da waren, ein wenig Handel in den Geschäften, in ihren Khakihosen und Overalls und ihren kragenlosen Hemden. Den ganzen Tag lang stand ein Knäuel von ihnen vor dem Fenster des Beerdigungsunternehmers, und Kinder und Jugendliche, mit und ohne Schultaschen, drückten sich die Nasen platt an der Scheibe, und die Kühneren und die jungen Männer der Stadt traten wohl auch ein, zu zweit oder dritt, um sich den Mann anzusehen, der Tommy hieß. Er lag auf einem hölzernen Tisch, barfuß, im Overall, die sonnengebleichten Locken am Hinterkopf von getrocknetem Blut verklebt und von Pulver versengt, während der Coroner über ihm die Verhandlung führte und sich mühte, seinen Nachnamen festzustellen. Aber den wußte keiner, kein einziger von den Landbewohnern, die ihn seit fünfzehn Jahren kannten, kein einziger von den Kaufleuten, die ihn an seltenen Samstagen in der Stadt gesehen hatten, barfuß, hutlos, mit seinem verzückten, leeren Blick und seiner unschuldig von einem Pfefferminz-Plombenzieher gebauchten Backe. Nach allgemeiner Kenntnis hatte er keinen gehabt.

SECHZEHNTES KAPITEL

An dem Tag, an dem der Sheriff Goodwin in die Stadt brachte, saß im Gefängnis ein Neger, der seine Frau ermordet hatte; er hatte ihr die Kehle mit einem Rasiermesser durchgeschnitten, und während ihr der Kopf von dem Blutstrom, der aus ihrer Kehle schoß, immer weiter nach hinten gedrückt wurde, war sie aus der Hüttentür gelaufen und noch sechs oder sieben Schritte die stille, mondbeschienene Gasse hinauf. Abends pflegte er im Fenster zu lehnen und zu singen. Nach dem Essen sammelten sich ein paar Neger unten am Zaun – saubere, billige Anzüge und schweißfleckige Overalls Schulter an Schulter –, und im Chor mit dem Mörder sangen sie Spirituals, während weiße Passanten langsamer gingen und stehen blieben in der belaubten Dunkelheit, die fast Sommer war, um denen zu lauschen, die gewiß waren, sterben zu müssen, und dem, der schon tot war, wie sie vom Himmel sangen und vom Müdesein; oder es kam in der Pause zwischen den Liedern eine wohlklingende, ursprunglose Stimme aus der hohen Dunkelheit, wo der gezackte Schatten des Himmelsbaums, der die Straßenlaterne an der Ecke umkränzte, zagte und klagte: „Vier Tage noch! Denn wer'n sie umbring' das beste Baritonsänger, was hat in Nord-Mississippi!"

Manchmal übertage lehnte er dort und sang dann allein, obwohl nach einer Weile ein oder zwei zerlumpte Jungen oder Neger mit Lieferkörben am Zaun stehen blieben und die Weißen, die auf der anderen Straßenseite an der ölschmierigen Mauer der Garage in gekippten Stühlen saßen, hinüberlauschten, weg über ihr ständiges Geschwätz. „Ein Tag nur noch! Denn is all aus mit arme Hund. Is keine Platz für dich in Himmel! Is keine Platz für dich in Höll! Is keine Platz für dich in Kittchen auch!"

„So ein verdammter Kerl", sagte Goodwin und hob mit einem Ruck den schwarzen Kopf, das hagere, braune, leicht gequälte Gesicht. „Ich bin wahrhaftig nicht in der Verfassung, überhaupt jemand sowas auf den Hals zu wünschen, aber ich will verdammt sein . . ." Er wollte nicht reden. „Ich hab's jedenfalls nicht getan. Das wissen Sie selbst. Sie wissen, ich würde sowas nie machen. Was ich mir sonst noch denke, behalt ich für mich. Ich jedenfalls bin's nicht gewesen. Die müssen mir das erstmal anhängen. Solln sie doch. Ich bin sauber. Aber wenn ich rede, wenn ich sage, was ich denk oder glaub, dann bin ich nicht mehr sauber." Er saß auf dem Feldbett in seiner Zelle. Er blickte zu den Fenstern hinauf: zwei Öffnungen, nicht viel breiter als Säbelhiebe.

„Ist er ein derart guter Schütze?" sagte Benbow. „Daß er einen Mann durch eins von den Fenstern treffen könnte?"

Goodwin sah ihn an.

„Wer?"

„Popeye", sagte Benbow.

„Hat Popeye es denn getan?" sagte Goodwin.

„Hat er's nicht?" sagte Benbow.

„Ich hab alles gesagt, was ich sagen werde. Ich muß nicht beweisen, daß ich sauber bin; es ist denen ihre Sache, es mir anzuhängen."

„Was wollen Sie dann mit einem Anwalt?" sagte Benbow. „Was soll ich dann überhaupt für Sie tun?"

Goodwin sah ihn nicht an. „Wenn Sie mir nur versprechen, daß Sie dem Kleinen 'ne gute Stelle bei der Zeitung verschaffen, wenn er groß genug ist, sich was zu verdienen", sagte er. „Ruby wird schon durchkommen. Stimmt's, altes Mädchen?" Er legte der Frau die Hand auf den Kopf und tätschelte ihr das Haar. Sie saß auf dem Feldbett neben ihm, das Kind auf dem Schoß. Es lag in einer Art betäubter Regungslosigkeit da, wie die Kinder, die man in Paris auf den Straßen bei Bettlerinnen sieht, das winzige Gesichtchen von schwacher Feuchtigkeit geweicht, das Haar ein klammes Schattenwispern über dem schmalen, geäderten Schädel, einen dünnen Halbmond Weiß unter den bleifarbenen Lidern.

Die Frau trug ein Kleid aus grauem Krepp, sauber gebürstet und geschickt mit der Hand gestopft. Parallel zu jeder Naht lief jene schwache, schmale, leicht glänzende Drucklinie, die eine andere Frau auf hundert Schritt mit einem Blick erkennt. An der Schulter saß ein purpurner Zieraufsatz von der Art, wie man ihn in Ramschläden oder bei Versandhäusern kaufen kann; auf dem Feldbett neben ihr lag ein grauer Hut mit einem sauber gestopften Schleier; als Benbow ihn sah, konnte er sich nicht entsinnen, wann er zum letztenmal einen gesehen, wann die Frauen aufgehört hatten, Schleier zu tragen.

Er nahm die Frau mit zu sich nach Hause. Sie gingen zu Fuß, die Frau das Kind auf dem Arm, während Benbow eine Flasche Milch und ein paar Lebensmittel trug, Konservendosen. Das Kind schlief immer noch. „Vielleicht halten

Sie es zuviel", sagte er. „Ich würde sagen, wir nehmen uns ein Kindermädchen."

Er ließ sie ins Haus und kehrte in die Stadt zurück, ging zu einem Telephon und rief bei seiner Schwester draußen an, nach dem Wagen. Der Wagen kam und holte ihn ab. Am Abendbrotstisch erzählte er seiner Schwester und Miss Jenny von dem Fall.

„Du bringst bloß wieder einmal alles durcheinander!" sagte seine Schwester, das heitere Gesicht so wütend wie die Stimme. „Als du einem andern Mann damals Frau und Kind wegnahmst, fand ich das furchtbar, aber ich sagte mir, wenigstens wird er jetzt nicht mehr die Stirn besitzen, jemals wieder hierher zurückzukommen. Und als du dann einfach aus dem Hause liefst wie ein Nigger und sie sitzen ließest, fand ich das ebenfalls furchtbar, aber ich wollte einfach nicht glauben, daß du die Absicht hättest, sie endgültig und für immer zu verlassen. Und dann bestandest du ohne jeden vernünftigen Grund darauf, hier fortzugehen und unser altes Haus zu öffnen, fingst an, es selber zu schrubben, während die ganze Stadt zusah, und wie ein Landstreicher darin zu hausen, und weigertest dich, hier bei mir zu wohnen, wo es jeder von dir erwarten würde und es sehr komisch fände, wenn du es nicht tätest; und jetzt läßt du dich auch noch mit vollem Bedacht mit einer Frau ein, von der du selber gesagt hast, sie war eine Dirne, die Frau eines Mörders."

„Ich kann's nicht ändern. Sie hat nichts, niemanden. Nur ein gewendetes Kleid, sauber und nett, aber schon rund fünf Jahre aus der Mode, und das Kind, das nie mehr als halb lebendig war, eingewickelt in ein Stück Decke, die durchs viele Waschen mittlerweile fast baumwollweiß geworden ist. Sie will von keinem Menschen was, nur in Ruhe gelassen werden, und immerhin hat sie versucht, aus ihrem Leben was zu machen, zu einer Zeit, wo ihr andern, ihr wohlbehüteten, keuschen Frauen alle . . ."

„Willst du vielleicht sagen, ein heimlicher Schnapsbrenner

hat das Geld nicht, um sich den besten Anwalt im Lande zu nehmen?" sagte Miss Jenny.

„Darum handelt es sich nicht", sagte Horace. „Ich bin sicher, daß er einen besseren bekommen könnte. Es ist vielmehr so . . ."

„Horace", sagte seine Schwester. Sie hatte ihn beobachtet. „Wo ist die Frau?" Auch Miss Jenny beobachtete ihn, ein wenig vorgebeugt in ihrem Rollstuhl. „Hast du diese Frau etwa in mein Haus gebracht?"

„Es ist auch mein Haus, Liebste." Sie wußte nicht, daß er seine Frau zehn Jahre lang belogen hatte, um die Hypothekenzinsen auf das Haus zu bezahlen, das er für sie in Kinston gebaut hatte, damit seine Schwester das andere Haus in Jefferson nicht an Fremde vermietete, das Haus seiner Kindheit, von dem seine Frau nicht wußte, daß ihm sein Anteil daran immer noch gehörte. „Solange es leer steht, und mit dem Kind . . ."

„Das Haus, in dem mein Vater und meine Mutter und dein Vater und deine Mutter, das Haus, in dem ich . . . Ich will es nicht haben. Ich will es einfach nicht haben."

„Nur für eine Nacht dann wenigstens Ich bring sie dann morgen früh ins Hotel. Denk doch einmal an sie, allein, mit dem Baby . . . Nimm einmal an, du wärst an ihrer Stelle, mit Bory, und dein Mann wäre eines Mordes beschuldigt, von dem du genau wüßtest, daß er ihn nicht . . ."

„Ich habe keine Lust, über sie nachzudenken. Ich wünschte, ich hätte nie etwas von der ganzen Sache gehört. Wenn ich mir vorstelle, daß mein Bruder . . . Siehst du denn nicht, daß du immer und immer wieder hinter dir aufräumen mußt? Nicht daß da Unordnung zurückbliebe, das ist nicht das Schlimmste; das Schlimme ist, daß du – daß . . . Aber eine Dirne, eine Mörderin in das Haus zu bringen, in dem ich geboren bin!"

„Schnickschnack", sagte Miss Jenny. „Aber, Horace, liegt hier nicht das vor, was die Rechtsanwälte Unerlaubtes Einverständnis nennen? Stillschweigendes Gutheißen?" Horace sah sie an. „Mir scheint doch fast, du hast dich mit diesen Leuten schon ein bißchen mehr eingelassen, als der Anwalt in dem Fall sollte. Du warst selber vor kurzem da draußen, wo es passiert ist. Da könnte mancher doch auf den Gedanken kommen, du wüßtest mehr darüber, als du erzählt hast."

„Sehr richtig", sagte Horace. „Mrs. Blackstone. Und ich habe mich so manches Mal schon gefragt, warum ich eigentlich nicht reich geworden bin bei der Juristerei. Vielleicht werde ich's, wenn ich einmal alt genug bin, um dieselbe Hohe Schule zu besuchen wie du."

„Wenn ich an deiner Stelle wäre", sagte Miss Jenny, „würde ich jetzt in die Stadt zurückfahren, sie ins Hotel schaffen und dort unterbringen. Es ist noch nicht zu spät."

„Und dann gleich weiter nach Kinston zurück, bis die ganze Sache vorbei ist", sagte Narcissa. „Diese Leute gehen dich gar nichts an. Warum mußt du solche Sachen machen?"

„Ich kann doch nicht müßig dastehen und mit ansehen, wie eine Ungerechtigkeit . . ."

„Mit der Ungerechtigkeit könntest du's ohnehin nie aufnehmen, Horace", sagte Miss Jenny.

„Nun, dann wenigstens mit der Ironie, die das Schicksal sich manchmal leistet."

„Pfff", sagte Miss Jenny. „Es muß daran liegen, daß sie die einzige Frau ist, die du kennst, die nichts von diesen Garnelen weiß."

„Jedenfalls habe ich schon viel zu viel geredet, wie gewöhnlich", sagte Horace. „Also werde ich darauf vertrauen müssen, daß ihr beide . . ."

„Schnickschnack", sagte Miss Jenny. „Glaubst du im Ernst, Narcissa liegt daran, daß sich herumspricht, einer von ihren Verwandten könnte Leute kennen, die etwas so Natürliches tun wie Lieben und Rauben und Stehlen?" Seine Schwester war tatsächlich so. Während der ganzen vier Tage zwischen Kinston und Jefferson hatte er mit dieser

Unzugänglichkeit gerechnet. Er hatte nicht erwartet, daß sie, daß überhaupt irgendeine Frau sich sonderlich eines Mannes wegen beunruhigen würde, den sie weder geheiratet noch geboren hatte, zumal wenn sie über jemanden gebot, den zu päppeln und zu schikanieren ihr Recht war. Aber er hatte diese Unzulänglichkeit erwartet, denn sie war ihr jetzt schon sechsunddreißig Jahre eigen.

Als er das Haus in der Stadt erreichte, brannte in einem der Zimmer Licht. Er trat ein, ging über Böden, die er selber geschrubbt hatte, ohne freilich mit dem Aufnehmer mehr Geschick zu entfalten als seinerzeit mit dem inzwischen verloren gegangenen Hammer, mit dem er vor zehn Jahren die Fenster und Läden zugenagelt hatte, er, der nicht einmal imstande war, die Bedienung eines Automobils zu erlernen. Aber das war zehn Jahre her und der Hammer längst durch den neuen ersetzt, mit dem er die plumpen Nägel wieder gezogen hatte, und die Fenster waren nun wieder frei, über geschrubbten Bodenflächen, die still wie tote Teiche lagen in der geisterhaften Umarmung verhüllten Mobiliars.

Die Frau war noch auf, voll angezogen bis auf den Hut. Er lag auf dem Bett, auf dem das Kind schlief. So nebeneinander dort, verliehen beiden dem Raum etwas Flüchtiges, Vergängliches, deutsicher noch als die behelfsmäßige Beleuchtung, als der schmucke Widersinn des gemachten Betts in einem Zimmer, das ansonsten langes Unbewohntsein atmete. Es war, als wäre Weiblichkeit ein Strom, der durch einen Draht lief, an dem eine bestimmte Anzahl völlig gleicher elektrischer Birnen aufgereiht war.

„Ich hab ein paar Sachen in der Küche", sagte sie. „Es dauert bloß eine Minute."

Das Kind lag auf dem Bett, unter dem schirmlosen Lampenlicht, und er fragte sich, wieso eigentlich Frauen, wenn sie ein Haus verlassen, immer sämtliche Lampenschirme entfernen, auch wenn sie sonst nichts weiter anrühren; er blickte nieder auf das Kind, auf seine bläulichen Lider, die einen schwachen Halbmond von bläulichem Weiß zeigten über den bleifarbenen Wangen, auf den feuchten Schatten von Haar, der wie ein Käppchen den Schädel bedeckte, auf die hochgeworfenen, gekrümmten Hände, die ebenfalls schwitzten, und er dachte, „Guter Gott. Guter Gott."

Er dachte daran, wie er das Kind zum erstenmal gesehen hatte, in der Holzkiste hinter dem Herd, in jenem verfallenen Haus zwölf Meilen vor der Stadt; er dachte an Popeyes schwarze Gegenwart, die auf dem Haus gelastet hatte wie der Schatten von Etwas, selbst nicht größer als ein Streichholz, der aber riesenhaft und verhängnisvoll auf etwas fällt, was sonst vertraut ist und alltäglich und zwanzigmal so groß; er dachte an sie beide – sich und die Frau – in der Küche, beleuchtet von einer zersprungenen und schmutzigen Lampe auf einem Tisch voll sauberen, spartanisch einfachen Geschirrs, während Goodwin und Popeye irgendwo draußen in der Dunkelheit waren, in einer Finsternis, erfüllt von den friedlichen Lauten der Frösche und Insekten, doch auch von Popeyes Gegenwart in schwarzer und namenloser Bedrohung. Die Frau hatte die Kiste hinter dem Herd vorgezogen und darüber gestanden, die Hände immer noch in ihrem formlosen Kleid verborgen. „Ich muß ihn da halten, damit die Ratten nicht drankommen", hatte sie gesagt.

„Oh", hatte Horace gesagt, „Sie haben einen Sohn." Dann hatte sie ihm ihre Hände gezeigt, hatte sie mit einer Bewegung hervorgezogen, die zugleich spontan gewesen war und unsicher und selbstbewußt und stolz, und hatte ihm gesagt, er könnte ihr vielleicht einen Nagelreiniger mitbringen.

Sie kehrte zurück, mit etwas, was diskret in ein Stück Zeitungspapier gewickelt war. Er wußte, daß es eine Windel war, frisch gewaschen, noch ehe sie sagte: „Ich hatte Feuer gemacht im Herd. Wahrscheinlich hab ich mir da zuviel herausgenommen."

„Aber natürlich nicht", sagte er. „Es handelt sich hier lediglich um eine rechtliche Vorsichtsmaßnahme, verstehn. Sie", sagte er. „Lieber eine kleine, vorübergehende Unbequemlichkeit in Kauf nehmen als unsern Fall gefährden." Sie schien ihm gar nicht zuzuhören. Sie breitete die Decke auf das Bett und hob das Kind darauf. „Sie verstehen, wie das ist", sagte Horace. „Wenn der Richter auf den Verdacht käme, ich wüßte mehr von der Geschichte, als die Tatsachen ergeben ... ich meine, wir müssen versuchen, allen die Überzeugung beizubringen, daß es einfach absurd ist, Lee die Schuld an diesem ..."

„Leben Sie eigentlich in Jefferson?" sagte sie und schlug die Decke um das Kind.

„Nein. Ich wohne in Kinston. Das heißt, ich habe da ... aber ich hab hier einmal praktiziert."

„Sie haben aber Verwandte hier. Frauen. Die in diesem Haus einmal gewohnt haben." Sie hob das Kind empor und schlug die Decke um. Dann sah sie ihn an. „Lassen Sie nur. Ich weiß, wie das ist. Sie waren sehr freundlich."

„Verdammtnochmal", sagte er, „glauben Sie etwa ... Kommen Sie. Wir fahren ins Hotel. Da schlafen Sie sich heute nacht gut aus, und morgen früh bin ich gleich da. Warten Sie, ich nehme das Kind."

„Ich hab ihn schon", sagte sie. Sie setzte an, noch etwas anderes zu sagen, blickte ihm einen Moment lang still ins Gesicht, doch dann ging sie hinaus. Er drehte das Licht aus und folgte ihr und verschloß die Tür. Sie saß bereits im Wagen. Er stieg ein.

„Ins Hotel, Isom", sagte er. „Ich hab's nie begriffen, wie man so ein Auto fährt", sagte er. „Manchmal, wenn ich daran denke, wieviel Zeit ich verbracht habe, ohne etwas zu begreifen und zu lernen ...«

Die Straße war eng, still. Sie war jetzt gepflastert, obwohl er sich noch erinnerte, wie sie nach einem Regen ein Kanal voll schwärzlicher Masse gewesen war, halb Erde, halb Wasser, mit murmelnden Gossenbächen, in denen er und

Narcissa mit hochgerafften Kleidchen und schmutzigen Hosenböden gepaddelt und geplantscht hatten, hinter roh geschnitzten Schiffchen her, oder ‚Haferbrei gemacht', indem sie mit der hochgespannten Selbstvergessenheit von Alchimisten auf einem und demselben Fleck getreten waren. Er entsann sich noch, wie die Straße, ohne Wissen vom Beton noch damals, auf beiden Seiten Gehwege aus roten Ziegeln gehabt hatte, beschwerlich und uneben gelegt und zu einem reichen, ganz zufällig entstandenen karmesinbraunen Mosaik in die schwarze Erde getreten, die nie von der Mittagssonne erreicht wurde; noch jetzt waren, einst in den Beton gedrückt, vor der Zufahrt die Spuren von seinen und seines Schwesterchens nackten Füßen im künstlichen Stein zu erkennen.

Die seltenen Straßenlaternen mehrten sich zum Crescendo unter der Arkade einer Tankstelle an der Ecke. Die Frau beugte sich plötzlich vor. „Halt hier bitte an, Junge", sagte sie. Isom trat auf die Bremse. „Ich werde hier aussteigen und zu Fuß gehen", sagte sie.

„Das kommt überhaupt nicht in Frage", sagte Horace. „Fahr weiter, Isom."

„Nein; warte", sagte die Frau. „Wir werden Leuten begegnen, die Sie kennen. Und dann der Platz."

„Unsinn", sagte Horace. „Fahr weiter, Isom."

„Dann steigen doch Sie aus und warten Sie hier", sagte sie. „Er kann ja sofort zurückkommen."

„Das kommt überhaupt nicht in Frage", sagte Horace. „Beim Himmel, ich . . . Fahr weiter, Isom!"

„Das ist nicht gut", sagte die Frau. Sie ließ sich in den Sitz zurücksinken. Dann beugte sie sich wieder vor. „Hören Sie. Sie waren sehr freundlich. Sie meinen es gut, aber . . ."

„Sie wollen sagen, ich bin nicht Rechtsanwalt genug – meinen Sie das?"

„Ich meine, ich bekomme nur das, was mir gebührt. Es hat keinen Sinn, dagegen anzukämpfen."

„Bestimmt nicht, wenn Sie das wirklich so empfinden.

Aber das tun Sie ja gar nicht. Sonst hätten Sie Isom gesagt, er soll Sie zum Bahnhof fahren. Stimmt's?" Sie sah auf das Kind nieder, strich über die Decke um sein Gesicht. "Sie schlafen sich erst einmal richtig aus heute nacht, und morgen früh bin ich dann gleich da." Sie kamen am Gefängnis vorüber – einem gedrungenen Bau, derb zerschnitten von bleichen Lichtschlitzen. Nur das Mittelfenster war so breit, daß man es ein Fenster nennen durfte, von mageren Stangen kreuz und quer vergittert. In ihm lehnte der Neger, der seine Frau ermordet hatte; unten am Zaun eine Reihe von Köpfen, mit Hut und ohne, auf arbeitsverdickten Schultern, und Stimmen, vermischt, aufschwellend in den sanften, unendlichen Abend, traurig und klingend singend vom Himmel und Müdesein. "Machen Sie sich jetzt erst einmal gar keine Sorgen. Jeder weiß, daß Lee es nicht getan hat."

Sie hielten vor dem Hotel, wo die Handlungsreisenden in Stühlen auf dem Gehsteig saßen und dem Singen lauschten. "Ich muß Ihnen . . .", sagte die Frau. Horace stieg aus und hielt ihr die Tür auf. Sie bewegte sich nicht. "Hören Sie, ich muß Ihnen noch sagen . . ."

"Ja", sagte Horace und streckte die Hand aus. "Ich weiß. Morgen früh stehe ich gleich zur Verfügung." Er half ihr heraus. Sie betraten das Hotel, verfolgt von den Blicken der Handlungsreisenden, die sich nach den Beinen der Frau umdrehten, und gingen zur Rezeption. Das Singen kam ihnen nach, gedämpft durch die Wände, die Lichter.

Die Frau stand ruhig dabei, das Kind auf den Armen, bis Horace fertig war.

"Hören Sie", sagte sie. Der Hausdiener ging mit dem Schlüssel voraus, auf die Treppe zu. Horace berührte ihren Arm und wies zu ihm hinüber. "Ich muß Ihnen noch etwas sagen", sagte sie.

"Morgen", sagte er. "Ich werde gleich in der Frühe kommen", sagte er und führte sie zur Treppe. Sie zögerte immer noch, wollte zurückbleiben, sah ihn an; dann machte sie ihren Arm frei, indem sie ihm das Gesicht zuwandte.

„Also gut", sagte sie. Sie sagte, mit leiser, ausdrucksloser
Stimme, das Gesicht ein wenig über das Kind geneigt: „Wir
haben keinerlei Geld. Das sage ich Ihnen jetzt lieber gleich.
Popeye hat den letzten Schub nicht ...«
„Ja, ja", sagte Horace; „darüber reden wir dann gleich morgen früh. Ich werde kommen, wenn Sie mit dem Frühstück
fertig sind. Gute Nacht." Er ging zum Wagen zurück, hinaus in das Singen. „Nach Hause, Isom", sagte er. Sie wende-
ten und fuhren wieder am Gefängnis vorbei und an der
hinter dem Gitter lehnenden Gestalt und an den Köpfen
unten am Zaun. Auf der vergitterten und zerschlitzten
Mauer schauderte und pulste der gefleckte Schatten des
Himmelsbaums riesig in kaum einem Wind; traurig und
klingend fiel das Singen hinter ihnen zurück. Der Wagen
fuhr weiter, weich und rasch, vorbei an der engen Straße.
„Hier", sagte Horace, „wo willst du denn hin?" Isom trat hastig auf die Bremse.
„Miss Narcissa sagen, soll bringen nach Hause", sagte er.
„Ach wirklich?" sagte Horace. „Das war aber nett von ihr.
Du kannst ihr ausrichten, ich hab es mir anders überlegt."
Isom stieß zurück und bog in die enge Straße ein und in
die Zedernzufahrt, und die Scheinwerfer hoben sich und
bohrten sich in den ungestutzten Tunnel wie in die aller-
tiefste Schwärze des Meers, wie zwischen umherirrende
starre Gestalten, denen nicht einmal Licht Farbe geben
konnte. Der Wagen hielt vor der Tür, und Horace stieg aus.
„Du könntest ihr noch sagen, daß nicht sie es war, zu der
ich gelaufen bin", sagte er. „Kannst du dir das merken?"

SIEBZEHNTES KAPITEL

Die letzten trompetenförmigen Blüten waren vom Him-
melsbaum an der Ecke des Gefängnishofs abgefallen. Sie lagen dick und klebrig unter den Füßen, süß, übersüß in den
Nüstern, von einer ekelweckenden, sterbenskranken Süße,

und zur Nachtzeit nun pulste der gezackte Schatten der vollflüggen Blätter auf dem vergitterten Fenster in schäbigem Aufstieg und Fall. Das Fenster gehörte zum Gemeinschaftsraum, dessen getünchte Wände mit schmutzigen Handschriften übersät waren, bekritzelt und bekratzt mit Namen und Daten und blasphemischen und obszönen Versen, von Bleistift, Nagel oder Messerklinge. Allnächtlich lehnte der Neger dort, der seine Frau ermordet hatte, das Gesicht kariert vom Schatten des Gitters in den rastlosen Zwischenräumen der Blätter, und sang im Chor mit denen unten am Zaun.

Manchmal übertage sang er ebenfalls, allein dann bis auf die langsamer gehenden Passanten und die zerlumpten Jungen und die Garagenmänner gegenüber. „Ein Tag nur noch! Is keine Platz für dich in Himmel! Is keine Platz für dich in Höll! Is keine Platz für dich in weiße Volk ihr Kittchen! Nigger, wo gehs' du bloß hin? Wo gehs' du hin bloß, Nigger?"

Jeden Morgen brachte Isom eine Flasche Milch vorbei, die Horace dann der Frau ins Hotel trug, für das Kind. Am Sonntag nachmittag fuhr er hinaus zu seiner Schwester. Er ließ die Frau auf dem Feldbett in Goodwins Zelle zurück, das Kind auf dem Schoß. Bis jetzt hatte es in betäubter Apathie gelegen, die Lider bis auf dünne Halbmonde geschlossen, doch heute bewegte es sich dann und wann, in schwächlichen, galvanischen Zuckungen, und wimmerte.

Horace ging in Miss Jennys Zimmer hinauf. Seine Schwester war nicht erschienen. „Er will nicht reden", sagte Horace. „Er sagt einfach, sie müssen ihm nachweisen, daß er's getan hat. Sie hätten nichts gegen ihn in der Hand, nicht mehr als gegen das Kind. Nicht einmal auf eine Bürgschaft hätte er sich eingelassen, wenn er sie hätte bekommen könnnen. Er sagt, im Gefängnis ist er noch am besten dran. Und wahrscheinlich hat er damit sogar recht. Mit seinem Geschäft draußen wäre es aus, auch wenn der Sheriff die Kessel nicht gefunden und vernichtet hätte ..."

„Kessel?"

„Seine Schnapsbrennerei. Nachdem er sich ergeben hatte, wurde alles durchsucht, bis sie die Destillieranlage fanden. Sie wußten, was er machte, aber sie warteten, bis er reif war. Dann schlugen sie zu, alle. Die guten Kunden, die bei ihm Whisky gekauft und alles weggesoffen hatten, was er gratis gab, und die vielleicht sogar versucht hatten, hinter seinem Rücken bei seiner Frau ins Bett zu kommen. Du solltest sie mal hören, unten in der Stadt. Heute morgen hat der Baptistenpfaffe über ihn gepredigt. Nicht nur als Mörder, sondern auch als Inbegriff der Unzucht; als einen Vergifter der freien demokratisch-protestantischen Atmosphäre im Yoknapatawpha County. Ich hatte den Eindruck, daß er darauf hinauswollte, man solle die beiden als abschreckendes Beispiel für das Kind auf einem Scheiterhaufen verbrennen; das Kind wäre dann aufzuziehen und mit der englischen Sprache vertraut zu machen, und zwar zu dem einzigen Zweck, ihm die Erkenntnis beizubringen, daß es in Sünde gezeugt sei von zwei Menschen, die den Feuertod dafür erlitten, daß sie es zeugten. Guter Gott, kann ein Mensch, ein zivilisierter Mensch, im Ernst . . .“

„Das sind doch bloß Baptisten", sagte Miss Jenny. „Wie steht es denn mit dem Geld?“

„Er hatte ein bißchen, fast hundertsechzig Dollar. Es war in einer Blechbüchse vergraben, in der Scheune. Er mußte's ausgraben. ‚Davon kann sie leben‘, sagt er, ‚bis alles vorbei ist, dann hauen wir hier ab. Vorgehabt haben wir das sowieso schon eine ganze Weile. Wenn ich auf sie gehört hätte, wären wir längst schon weg. Du bist ein gutes Mädchen gewesen‘, sagte er dann. Sie saß auf dem Feldbett neben ihm, das Kind auf dem Schoß, und er legte ihr die Hand unters Kinn und tätschelte ihr ein wenig den Kopf.“

„Ein Glück bloß, daß Narcissa nicht mit in der Jury sitzen wird", sagte Miss Jenny.

„Ja. Aber der Narr will mich nicht einmal erwähnen lassen, daß dieser Gorilla da überhaupt mit im Haus war. Er sagt, ,Sie können mir nicht das geringste beweisen. Ich hab schon mal in der Tinte gesessen. Jeder, der mich auch nur ein bißchen kennt, weiß, daß ich einem Schwachkopf nie was tun würde.‹ Aber das war gar nicht der Grund dafür, daß er diesen Meuchelmörder ganz aus dem Spiel lassen will. Und er wußte auch, daß ich das wußte, denn er hat dann immer weiter geredet, auf dem Feldbett da, in seinem Overall, und sich dabei pausenlos seine Zigaretten gedreht, den Beutel zwischen den Zähnen. ›Ich bleib einfach hier, bis der Sturm sich gelegt hat. Da bin ich am besten aufgehoben; draußen kann ich sowieso nichts machen. Und mit dem hier kann sie sich über Wasser halten; vielleicht ist sogar noch für Sie was drin, bis Sie besser bezahlt werden können.‹

Aber ich hab natürlich gemerkt, was ihm durch den Kopf ging. ›Ich wußte gar nicht, daß Sie ein Feigling sind‹, sagte ich.

,Machen Sie's nur so, wie ich sage‹, sagte er. ›Ich bin hier gut aufgehoben.‹ Aber er merkt nicht..." Er beugte sich vor und rieb sich langsam die Hände. „Er merkt dabei überhaupt nicht... Verdammtnochmal, sag was du willst, aber es ist schon verderblich, wenn man das Böse überhaupt ansieht, und sei's auch nur zufällig; man kann mit der Fäulnis nicht feilschen und handeln... Du hast gesehn, wie Narcissa beim bloßen Hören ihre Ruhe verlor und mißtrauisch wurde. Ich hatte gedacht, ich wäre aus freien Stücken hierher zurückgekommen, aber jetzt sehe ich, daß... Was meinst du, hat sie vielleicht gedacht, ich nehme die Frau nachts mit ins Haus oder sowas ähnliches?"

„Das habe ich auch, zuerst", sagte Miss Jenny. „Aber jetzt hat sie, meine ich, doch eingesehen, daß du für ein Ziel, das du dir gesetzt hast, egal aus welchem Grund, härter arbeitest als für irgend etwas, was jemand dir anbieten oder geben könnte."

„Du meinst, sie ließe mich in dem Glauben, daß sie nie Geld gehabt hätten, wenn sie..."

„Warum denn nicht? Spürst du nicht auch so ganz gut?"
Narcissa trat ein.

„Wir haben uns grad über Mord und Verbrechen unterhalten", sagte Miss Jenny.

„Dann seid ihr hoffentlich damit fertig", sagte Narcissa. Sie setzte sich nicht.

„Narcissa hat auch ihre Sorgen", sagte Miss Jenny. „Nicht wahr, Narcissa?"

„Schau mal an", sagte Horace. „Sie hat doch nicht Bory mit einer Alkoholfahne erwischt, oder?"

„Sie ist sitzen gelassen worden. Ihr Verehrer hat das Weite gesucht."

„Was bist du doch für eine Närrin", sagte Narcissa.

„Jawohl, mein Herr", sagte Miss Jenny, „Gowan Stevens hat ihr den Laufpaß gegeben. Er ist nach dem Ball in Oxford nicht einmal mehr vorbeigekommen, um sich zu verabschieden. Er hat ihr bloß einen Brief geschrieben." Sie begann neben sich in ihrem Stuhl zu suchen. „Und jetzt fahre ich jedesmal zusammen, wenn's an der Tür schellt, weil ich damit rechne, daß seine Mutter..."

„Miss Jenny", sagte Narcissa, „du gibst mir sofort den Brief wieder her."

„Warte", sagte Miss Jenny, „hier ist er. Na, was sagst du zu einer so zartfühlenden Operation am menschlichen Herzen ohne Betäubung? Ich fange langsam an und glaube alles, was ich so über die Jugend von heute höre, die offenbar alle möglichen Sachen lernt, um zu heiraten, wo wir erst heiraten mußten, um sie zu lernen."

Horace nahm das Blatt.

Meine liebe Narcissa,
dieser Brief hat keinen Kopf. Ich wünschte, er brauchte auch kein Datum zu haben. Aber wenn mein Herz so leer wäre wie diese Seite, wäre er gar nicht notwendig. Wir werden uns nicht wiedersehen. Ich kann nichts schreiben darüber, denn ich habe eine Erfahrung gemacht, der ich nicht ins Gesicht sehen kann. Ich habe nur

123

einen einzigen Lichtblick in dieser Finsternis, und der ist die Ge-
wißheit, daß ich mit meiner Narrheit niemanden außer mir selbst
verletzt habe und daß Sie das Ausmaß dieser Narrheit niemals er-
fahren werden. Ich brauche nicht zu sagen, daß die Hoffnung, Sie
möchten es niemals erfahren, der einzige Grund ist, weshalb ich Sie
nicht wiedersehen werde. Denken Sie von mir so gut, wie Sie kön-
nen. Ich wünschte, ich hätte das Recht, auch zu sagen: denken Sie,
wenn Sie es erfahren, darum nicht schlechter von mir.

G.

Horace las den Brief, das kleine, einzelne Blatt. Er hielt
es zwischen den Händen. Er sagte eine ganze Weile nichts.

„Guter Gott", sagte er dann. „Jemand muß ihn auf dem
Tanzboden versehentlich für einen Mann aus Mississippi
gehalten haben."

„An deiner Stelle würde ich nicht so . . .", sagte Narcissa.
Nach einem Moment des Innehaltens sagte sie: „Wie lange
soll die Geschichte noch weitergehen, Horace?"

„Nicht länger, als ich Abhilfe schaffen kann. Wenn du
irgendeine Möglichkeit weißt, wie ich ihn gleich morgen
schon aus dem Gefängnis herausbekomme . . ."

„Es gibt da nur eine einzige Möglichkeit", sagte sie. Sie
blickte ihn einen Moment lang an. Dann wandte sie sich
zur Tür. „Wo ist eigentlich Bory hingegangen? Das Abendessen wird bald fertig sein." Sie ging hinaus.

„Und du weißt ja, welche Möglichkeit das ist", sagte Miss
Jenny. „Die nämlich, daß du kein Rückgrat hast."

„Ob ich eins habe oder nicht, das werde ich wissen, wenn
du mir verrätst, welches die andere Möglichkeit ist."

„Geh zu Belle zurück", sagte Miss Jenny. „Geh zurück
nach Haus."

Der Neger, der seine Frau ermordet hatte, sollte an
einem Samstag ohne weitere pompöse Umstände gehängt
und begraben werden: in der einen Nacht würde er noch
singen hinter dem vergitterten Fenster und hinunter-

schreien aus der sanften, vieltausendfältigen Dunkelheit der Mainacht; in der nächsten würde er fort sein und das Fenster Goodwin überlassen haben. Goodwin sollte im Juni vor die Geschworenen kommen; die vorläufige Freilassung gegen Kaution war abgeschlagen worden. Aber immer noch war er nicht bereit, Horace Popeyes Anwesenheit auf dem Schauplatz des Mordes enthüllen zu lassen.

„Ich sag Ihnen doch, die haben nichts gegen mich in der Hand", sagte Goodwin.

„Woher wollen Sie das so genau wissen?" sagte Horace.

„Nun, was die vielleicht glauben, daß sie's gegen mich in der Hand hätten, das ist egal; jedenfalls aber hab ich im Gerichtssaal eine Chance. Aber lassen Sie's mal bis nach Memphis durchsickern, daß ich gesagt hätte, er war da irgendwo in der Gegend! Was glauben Sie, wieviel Aussicht ich dann noch hätte, hier in die Zelle zurückzukommen nach meiner Zeugenaussage?"

„Sie haben das Gesetz auf Ihrer Seite, die Gerechtigkeit, die Zivilisation."

„Sicher, wenn ich den Rest meines Lebens damit verbringe, da drüben in der Ecke zu hocken. Kommen Sie mal." Er führte Horace ans Fenster. „Da drüben das Hotel, das hat fünf Fenster, die alle hier rübersehen in meins. Und ich war mal dabei, wie er Streichhölzer auf zwanzig Fuß Entfernung mit 'ner Pistole in Brand gesetzt hat. Verdammtnochmal, Mensch, ich würde nie und nimmer aus dem Gerichtssaal hierher zurückkommen, wenn ich das bezeugt hätte da."

„Aber es gibt immerhin auch so etwas wie Behinderung des . . ."

„Damit können die mir den Buckel runterrutschen. Sollen sie doch beweisen, daß ich's getan hab. Tommy ist in der Scheune gefunden worden, von hinten erschossen. Sollen sie erstmal die Pistole finden. Ich war da, hab gewartet. Hab nicht versucht wegzulaufen. Hätte's glatt können, aber hab's nicht gemacht. Ich war's auch, der den Sheriff benachrichtigt hat. Daß ich da ganz alleine war, außer ihr und Pap, das sah natürlich böse aus. Aber wenn's bloß Bluff gewesen wäre, sagt Ihnen Ihr gesunder Menschenverstand nicht, daß ich mir denn 'nen besseren hätte einfallen lassen?"

„Sie kommen nicht vor die Schranken des gesunden Menschenverstands", sagte Horace. „Sie kommen vor eine Jury."

„Dann soll die eben sehn, daß sie das beste draus macht. Mehr kriegen sie jedenfalls aus mir nicht heraus. Der Tote lag in der Scheune, keiner hatte ihn angerührt; ich und meine Frau und das Kind und Pap waren im Haus; auch im Haus hatte keiner was angerührt; ich war's, der nach dem Sheriff geschickt hat. Nein, nein; ich weiß genau, daß ich so eine Chance habe; aber sobald ich den Mund aufmache und den Kerl verpetze, ist alles aus. Ich weiß, was mir dann blüht."

„Aber Sie haben den Schuß gehört", sagte Horace. „Das haben Sie doch schon angegeben."

„Nein", sagte er, „Hab ich nicht. Ich hab überhaupt nichts gehört. Ich weiß überhaupt nichts von der Sache . . . Macht es Ihnen was aus, mal eine Minute draußen zu warten, während ich mit Ruby rede?"

Es dauerte fünf Minuten, bis sie zu ihm herauskam. Er sagte: „Es gibt da etwas in dieser Geschichte, was ich noch nicht weiß; was Sie und Lee mir nicht erzählt haben. Etwas, wovon er Ihnen jetzt eben grad eingeschärft hat, daß Sie's mir ja nicht sagen. Stimmt's?" Sie ging neben ihm, das Kind auf dem Arm. Es wimmerte immer noch dann und wann und krampfte das dünne Körperchen in jähen Zuckungen. Sie versuchte es zu beruhigen, summte ihm leise zu, wiegte es in ihren Armen. „Vielleicht tragen Sie es zuviel", sagte Horace; „vielleicht, wenn Sie es im Hotel lassen könnten . . ."

„Ich denke, Lee weiß, was er zu tun hat", sagte sie.

„Aber der Rechtsanwalt sollte alle Tatsachen kennen, ohne Ausnahme. Er ist derjenige, der zu entscheiden hat, was auszusagen ist und was nicht. Wozu sollte man sonst einen brauchen? Das wäre doch, wie wenn man einen Zahnarzt dafür bezahlte, daß er einem die Zähne in Ordnung bringt, uund sich dann weigerte, ihn in den Mund sehen zu lassen, sehn Sie das nicht ein? Einen Zahnarzt oder sonst einen Doktor würden Sie so nicht behandeln."

Sie sagte nichts, den Kopf über das Kind gebeugt. Es klagte.

„Pssst", sagte sie, „sei still jetzt."

„Und schlimmer noch, es gibt da so etwas, das nennt man Behinderung der Justiz. Mal angenommen, er schwört, daß sonst keiner da war. Mal angenommen, er hat Aussicht, freigesprochen zu werden – was nicht sehr wahrscheinlich ist – und da kreuzt plötzlich jemand auf, der Popeye beim Haus gesehn hat, ihn selbst oder seinen Wagen, wie er wegfuhr. Dann werden sofort alle sagen, wenn Lee in einer ganz unwichtigen Sache gelogen hat, wieso sollten wir ihm dann glauben, wenn's um seinen Hals geht?"

Sie erreichten das Hotel. Er öffnete ihr die Tür. Sie sah ihn nicht an. „Ich denke, das weiß Lee alles am besten", sagte sie und ging hinein. Das Kind klagte, ein dünnes, wimmerndes, unglückliches Weinen. „Pssst", sagte sie. „Psssssssst."

Isom war unterwegs gewesen, um Narcissa von einer Party abzuholen; es war schon spät, als der Wagen an der Ecke hielt und ihn aufnahm. Hier und da gingen schon ein paar Lichter an, und Männer schlenderten bereits zurück auf den Platz, mit dem Abendessen fertig; aber für den Neger im Gefängnis war es noch zu früh zum Singen. „Und dabei sollte er die Zeit nutzen", sagte Horace. „Er hat nur noch zwei Tage jetzt." Aber er war noch nicht dort. Das Gefängnis lag nach Westen; ein letzter, schwacher, kupferfarbener Lichtschimmer färbte das schmutzige Gitter und das schmale, fahle Klümpchen Hand darin, und in kaum einem Wind trieb ein blauer Wisch Tabakrauch heraus und löste sich auf in winzigen Fetzen. „Als ob es nicht schon schlimm genug für sie wäre, ihren Ehemann dort zu wissen, auch ohne daß dies arme Vieh da dauernd aus voller Kehle die Atemzüge zählt, die ihm noch bleiben . . ."

„Vielleicht warten sie und hängen die beiden zusammen", sagte Narcissa. „Das machen sie doch manchmal, nicht?"

In dieser Nacht machte sich Horace ein kleines Feuer im Kamin. Es war nicht kühl. Er benutzte jetzt nur einen Raum und nahm seine Mahlzeiten im Hotel ein; das übrige Haus war wieder verschlossen. Er versuchte zu lesen, gab es dann auf und zog sich aus und ging zu Bett, von wo er zusah, wie das Feuer im Kamin erstarb. Er hörte die Glocke in der Stadt zwölf schlagen. „Wenn diese Sache vorbei ist, werde ich nach Europa fahren, glaub ich", sagte er. „Eine Veränderung tut mir dringend not. Mir, oder Mississippi, einem von uns."

Vielleicht standen ein paar von ihnen noch immer unten am Zaun, weil dies seine letzte Nacht war; die gedrungene, schmalköpfige Gestalt würde sich an die Gitter klammern, gorillaartig, singend, während auf seinem Schatten, auf der karierten Fensteröffnung der gezackte Kummer des Himmelsbaums pulste und wechselte, dessen letzte Blüten nun abgefallen waren und als klebriger Schmier auf dem Gehsteig lagen. Horace drehte sich wieder im Bett. „Sie sollten diesen verdammten Dreck wegfegen vom Bürgersteig", sagte er. „Verdammt. Verdammt. Verdammt."

Er schlief bis weit in den nächsten Morgen hinein; er hatte noch den Tagesanbruch gesehen. Geweckt wurde er dadurch, daß jemand an die Tür klopfte. Es war halb sieben. Er ging zur Tür. Der Neger, der im Hotel Hausdiener war, stand da.

„Was ist los?" sagte Horace. „Handelt es sich um Mrs. Goodwin?"

„Sie sagen, wenn auf sind gleich kommen", sagte der Neger.

„Richte ihr aus, ich bin in zehn Minuten da."

Als er das Hotel betrat, kam ein junger Mann mit kleiner

schwarzer Tasche, wie Ärzte sie haben, an ihm vorbei. Horace ging nach oben. Die Frau stand in der halboffenen Tür und sah in die Halle hinunter.

„Ich hab schließlich den Doktor holen lassen", sagte sie. „Aber ich wollte sowieso ..." Das Kind lag auf dem Bett, die Augen geschlossen, fiebergerötet und schwitzend; es hatte die Händchen über dem Kopf gekrümmt und sah aus wie gekreuzigt; sein Atem ging in kurzen, pfeifenden Stößen. „Er war die ganze letzte Nacht krank. Ich bin gegangen und hab etwas Medizin geholt und versucht, daß er ruhig bleibt, bis es Morgen wird. Dann hab ich zuletzt doch den Doktor kommen lassen." Sie stand neben dem Bett und sah auf das Kind nieder. „Es war eine Frau dabei", sagte sie. „Ein junges Mädchen."

„Ein ...", sagte Horace. „Oh", sagte er. „Ja. Davon sollten Sie mir doch lieber erzählen."

ACHTZEHNTES KAPITEL

Popeye fuhr schnell, doch ohne daß es nach besonderer Hast oder gar nach Flucht ausgesehen hätte, den Lehmweg hinunter und in den Sand. Temple saß neben ihm. Das Hütchen klemmte auf ihrem Hinterkopf, ihr Haar hing unter dem zerdrückten Rand in wirren Strähnen hervor. Ihr Gesicht war wie das einer Schlafwandlerin, als sie im Taumeln des Wagens schlaff herüber- und hinüberschwankte. Sie taumelte gegen Popeye und hob die Hand in schlaffem Reflex. Ohne das Lenkrad loszulassen, warf er sie mit dem Ellbogen zurück. „Reiß dich zusammen", sagte er. „Nun mach schon."

Bevor sie an den Baum gelangten, kamen sie an der Frau vorüber. Sie stand am Straßenrand, das Kind auf dem Arm, den Saum ihres Kleides über sein Gesicht geschlagen, und sah ruhig zu ihnen herüber unter dem verschossenen Sonnenhut; sie schnellte in Temples Gesichtsfeld und wieder heraus, ohne eine Bewegung zu machen, ohne ein Zeichen.

Als sie den Baum erreichten, riß Popeye den Wagen herum und von der Straße und fuhr krachend ins Unterholz und durch die hingestreckten Wipfelzweige und wieder zurück auf die Straße, ganz ohne im mindesten mit der Geschwindigkeit herunterzugehen, und die Äste knallten rechts und links gegen das Blech, daß es wie Gewehrfeuer längs eines Schützengrabens klang. Neben dem Baum lag Gowans Wagen auf der Seite. Temple sah ihn leer und stumpfsinnig an, als auch er vorbeischoß.

Popeye schwenkte wieder in die sandigen Gleise ein. Doch es war nichts von Flucht in dem Manöver: er vollführte es mit einem gewissen boshaften Übermut, das war alles. Es war ein starker Wagen. Selbst im Sand jetzt hielt er seine vierzig Meilen pro Stunde, und auch die enge Schlucht hinauf zur Chaussee, wo er nach Norden bog. Neben ihm auf dem Sitz, sich festhaltend gegen ein Gerüttel, das bereits einem weich anwachsenden Kieszischen gewichen war, starrte Temple dumpf nach vorn, während die Straße, über die sie gestern gekommen war, unter den Rädern zurückzufliehen begann, als würde sie von einer Spule abgewickelt, und sie spürte das Blut in ihren Lenden rinnen. Sie saß schlaff in der Ecke des Sitzes und sah die Landschaft an sich vorübersausen, unablässig rückwärts – Fichten auf huschenden Lichtungen, gefleckt von blaß blutrotem Hartriegel; Schilfrohr; Felder, grün von frischer Baumwolle und leer von jeder Bewegung, friedvoll, als sei der Sonntag eine Eigenschaft der Atmosphäre, von Licht und Schatten – und sie saß mit fest zusammengepreßten Beinen und lauschte dem heißen, winzigen Sickern ihres Blutes und sagte dumpf zu sich selbst: Ich blute immer noch. Ich blute immer noch.

Es war ein heller, sanfter Tag, ein fröhlicher Morgen, erfüllt vom kaum glaublichen, sanften Strahlen des Mai, von der Aussicht auf Mittag und Hitze, von hohen, fetten Wolken, die leicht dahinschwebten, Schlagsahnetupfern gleich, wie Bilder in einem Spiegel, und deren Schatten gelassen über die Straße huschten. Es war ein Lavendel-Frühling gewesen. Die Obstbäume, die weißen, hatten schon kleine Blätter gehabt, als die Blüten reiften; sie hatten nie die leuchtende Weiße vom letzten Frühjahr erreicht, und auch der blutrote Hartriegel war erst zu voller Blüte gelangt, nachdem sich die Blätter gezeigt hatten, in grünem Krebsgang vor dem Crescendo. Doch Flieder und Glyzinie und Judasbaum, selbst die schäbigen Himmelsbäume, waren nie schöner gewesen, blendender schimmernd, und ein brennender Duft wehte wohl hundert Yards weit mit der wandernden Luft von April und Mai. Die Bougainvillea vor der Veranda würde Blüten haben, so groß wie Basketbälle und schwebend wie Ballons, und den Blick leer und stumpfsinnig auf den vorübersausenden Straßenrand geheftet, begann Temple zu schreien.

Es begann als Weinen, Klagen, schwoll an und wurde jäh von Popeyes Hand abgeschnitten. Aufrecht auf ihrem Sitz, die Hände im Schoß, schrie sie los; sie schmeckte die grießige Säuerlichkeit seiner Finger, während der Wagen quietschend im Kies schleuderte, und spürte ihr heimliches Blut. Dann griff er ihr ums Genick, und sie saß reglos, den Mund offen und rund wie eine kleine leere Höhle. Er schüttelte sie.

„Mach den Mund zu", sagte er, „mach ihn zu"; und sie wurde still unter seinem Griff. „Kuck doch mal, wie du aussiehst. Hier." Mit der anderen Hand schwenkte er den Spiegel an der Windschutzscheibe herum, und sie starrte ihr Bild darin an, den hochgeschieften Hut und das wirre Haar und den runden Mund. Sie fing an, in ihren Manteltaschen zu fingern, und starrte dabei unablässig in das Glas. Er ließ sie los, und sie brachte die Puderdose hervor und öffnete sie und spähte in den Spiegel, und dabei wimmerte sie leise vor sich hin. Sie puderte sich das Gesicht und rougete sich den Mund und richtete ihren Hut und wimmerte dabei in den winzigen Spiegel auf ihrem Schoß, während Popeye sie beobachtete. Er zündete sich eine Zigarette an. „Schämst du dich eigentlich gar nicht vor dir selbst?" sagte er.

„Es läuft immer noch", wimmerte sie. „Ich fühl es." Den Lippenstift hoch in der Hand noch, blickte sie ihn an und öffnete wieder den Mund. Er packte sie wieder beim Genick.

„Hör auf jetzt. Willst du wohl den Mund zumachen?"

„Ja", wimmerte sie.

„Dann tu's auch. Komm schon. Bring dich in Ordnung."

Sie steckte die Puderdose weg. Er fuhr wieder an.

Sie kamen allmählich in dichteren Verkehr. Die Wagen der Sonntagsausflügler rollten gemächlich auf der Straße dahin, kleine schmutzverkrustete Fords und Chevrolets; gelegentlich auch größere Autos in scharfem Tempo, mit verhüllten Frauen und staubbedeckten Packkörben; manchmal Laster voll Landvolk, mit hölzernen Gesichtern und in Kleidern, die ebenfalls wirkten wie aus pedantisch geschnitztem, buntbemaltem Holz; hin und wieder ein Rollwagen oder ein Buggy. Vor einer verwitterten Fachwerkkirche auf einem Hügel war das Wäldchen voll von angebundenen Gespannen und ramponierten Wagen und Lastern. Die Waldungen wichen Feldern; Häuser wurden häufiger. Tief überm Horizont, über Dächern und ein oder zwei Spitztürmen, hing Rauch. Der Kies wurde Asphalt, und sie fuhren nach Dumfries hinein.

Temple begann sich umzublicken, wie jemand, der aus einem Schlaf erwacht. „Nicht hier!" sagte sie. „Ich kann nicht..."

„Sei mal still jetzt", sagte Popeye.

„Ich kann nicht... ich könnte...", wimmerte sie. „Ich hab so Hunger", sagte sie. „Ich hab seit zwei Tagen nichts mehr..."

„Ach was, du hast gar keinen Hunger. Warte, bis wir in die Stadt kommen."

Sie blickte sich um mit verstörten, glasigen Augen. „Es

könnten hier Leute sein . . ." Er bog bei einer Tankstelle ein. „Ich kann nicht aussteigen", wimmerte sie.

„Wer hat denn gesagt, daß du aussteigen sollst?" Er sprang hinaus und sah sie über das Lenkrad weg an. „Rühr dich nicht vom Fleck." Sie sah ihm nach, als er die Straße hochging und in eine Tür trat. Es war ein schmutziger Laden. Er kaufte eine Schachtel Zigaretten und steckte sich eine in den Mund. „Geben Sie mir 'n paar Zuckerstangen", sagte er.

„Welche Sorte?"

„Zucker", sagte er. Unter einer Glasglocke auf dem Tresen stand ein Teller mit Butterbroten. Er nahm sich eins, schnippte einen Dollar auf den Tresen und wandte sich zur Tür.

„Hier, Ihr Wechselgeld", sagte der Gehilfe.

„Behalten Sie's", sagte er. „Dann werden Sie schneller reich."

Als er den Wagen wieder zu Gesicht bekam, war er leer. Er blieb zehn Fuß entfernt davon stehen und nahm das Brot von der rechten in die linke Hand, die unangezündete Zigarette schief am Kinn. Der Mechaniker, eben dabei, den Schlauch zurückzuhängen, sah ihn und wies mit einem Daumenzucken zur Ecke des Gebäudes hinüber.

Hinter der Ecke bildete die Mauer eine Nische. Darin stand ein schmieriges Faß, halb voll von Metall- und Gummiabfällen. Zwischen dem Faß und der Wand kauerte Temple. „Er hat mich fast gesehen", flüsterte sie. „Er hat fast genau zu mir rübergesehn!"

„Wer?" sagte Popeye. Er blickte zurück, die Straße hoch. „Wer hat dich gesehn?"

„Er kam direkt auf mich zu! Ein Junge. Von der Schule. Er hat genau zu mir rüberge . . ."

„Komm schon. Komm da raus."

„Er hat genau . . ." Popeye nahm sie beim Arm. Sie kauerte in der Ecke, gesträubt gegen den Arm, der sie hielt, das leere Gesicht um die Ecke gereckt.

„Nun komm schon." Dann war seine Hand wieder in ihrem Nacken und packte zu.

„Aua", klagte sie mit erstickter Stimme. Es war, als höbe er sie langsam mit der einen Hand in die Höhe. Darüber hinaus gab es keinerlei Bewegung zwischen ihnen. Seite an Seite, fast von gleicher Größe, wirkten sie so wohlanständig und sittsam wie zwei Bekannte, die zu einem kleinen Plausch stehen geblieben sind, bevor sie in die Kirche treten.

„Also, was ist?" sagte er. „Kommst du nun endlich?"

„Ich kann nicht." Sie hob mit einer schaudernden Bewegung den Rock, ließ den Rock dann fallen und richtete sich wieder auf, den Körper zurückgekrümmt, den lautlosen Mund offen, seit er sie gepackt hatte. Er ließ sie los.

„Kommst du nun mit?"

Sie kam hinter dem Faß hervor. Er nahm ihren Arm.

Sie kehrten zum Wagen zurück. An der Ecke wollte sie wieder zurückbleiben. „Du hast wohl noch nicht genug, was?" flüsterte er, ohne sie zu berühren. „Willst du noch mehr davon?" Da ging sie weiter und stieg still in den Wagen. Er setzte sich ans Steuer. „Hier, ich hab dir ein Butterbrot geholt." Er zog es aus der Tasche und schob es ihr in die Hand. „Nun komm schon. Iß." Sie nahm gehorsam einen Bissen. Er ließ den Wagen an und nahm die Straße nach Memphis. Das angebissene Butterbrot in der Hand, hörte sie wieder auf zu kauen und öffnete den Mund zum runden, hoffnungslosen Ausdruck eines Kindes; wieder verließ seine Hand das Steuer und griff ihr ins Genick, und sie saß reglos und starrte ihn an, den Mund offen und die halbzerkaute Masse aus Brot und Fleisch auf der Zunge.

Sie erreichten Memphis um die Mitte des Nachmittags. Am Fuß des Steilhangs unterhalb der Main Street bog Popeye in eine enge Straße mit rauchberußten Fachwerkhäusern ein, die hölzerne Galerien hatten und ein wenig zurückgesetzt waren auf graslosen Grundstücken, mit hier und da einem verlorenen und abgehärteten Baum darauf, von irgendeiner schäbigen Sorte – dünne, schlappzweigige Magnolien, eine verkümmerte Ulme, oder eine Akazie in grauer, leichenhafter Blüte –, dazwischen die Rückseiten von Garagen; ein Schrotthaufen auf einem unbebauten Grundstück; hinter niedriger Tür eine Höhle von zweifelhaftem Aussehen, in der ein wachstuchbezogener Schanktisch mit einer Reihe Hocker davur, eine metallene Kaffeemaschine und ein fetter Mann in schmutziger Schürze und mit einem Zahnstocher im Mund für einen Augenblick aus dem Dunkel tauchten, mit einer Wirkung wie der einer finsteren und sinnlosen, schlecht gemachten Photographie. Vom Steilhang drüben, jenseits einer Reihe von Bürohäusern, die sich scharf in Terrassen gegen den sonnenerfüllten Himmel stuften, drang Verkehrslärm herüber – Hupen, Straßenbahnklingeln – und wurde von der Flußbrise weitergetragen; am Ende der Straße materialisierte sich, wie durch Magie, eine Straßenbahn in der engen Lücke und verschwand mit ohrenbetäubendem Rattern. Auf einer Galerie im zweiten Stock rauchte eine junge Negerin in Unterwäsche mürrisch eine Zigarette, die Arme auf dem Geländer.

Popeye hielt vor einem der schmutzigen dreistöckigen Häuser, dessen Eingang von einem schmutzigen, etwas windschiefen Laubenvorbau verdeckt wurde. Auf dem schmuddeligen Rasenplatz davor machten sich zwei winzige, wollige, weiße, wurmgleiche Hunde, der eine mit einem blauen, der andere mit einem rosa Band um den Hals, aneinander zu schaffen, auf eine Art, widersinnig in ihrer Trägheit und Obszönität. Im Sonnenlicht sah ihr Fell aus, als wäre es chemisch gereinigt worden.

Später konnte Temple sie vor ihrer Tür hören, wimmernd und scharrend, oder sie kamen hereingeschossen, wenn das Negermädchen die Tür öffnete, und kletterten und krabbelten aufs Bett und Miss Reba auf den Schoß, mit Schnaufen und Blähungsgeräuschen, kuschelten sich in die

135

hohen Wogen ihres Busens und fuhren mit den Zungen über den metallenen Krug, den sie in der beringten Hand schwenkte, während sie redete.

„Jeder in Memphis kann dir sagen, wer Reba Rivers ist. Frag bloß irgendeinen Mann auf der Straße, ob Polyp oder nicht. Ich hab schon die höchsten Tiere von Memphis bei mir gehabt, direkt hier im Haus, jawoll – Bankiers, Anwälte, Ärzte – die ganze Blase. Zwei Captains von der Polente hatt ich mal da, die haben Bier getrunken in meinem Eßzimmer, und die ganze Zeit währenddem war der Kommissar selber oben bei einem von meinen Mädchen. Und stell dir vor, die saufen sich voll und machen Rabatz und brechen ihm die Tür ein oben, und da finden sie ihn splitterfasernackt, wie er grad 'nen Hochländer hinlegt. Ein Mann war das, fünfzig Jahre alt, sieben Fuß hoch, mit 'nem Kopp wie 'ne Erdnuß. War ein feiner Kerl. Kannte mich. Die kennen Reba Rivers alle. Haben viel Geld hier gelassen, das haben sie, 's weggeplempert wie Wasser. Aber sie kennen mich. Ich hab noch nie einen aufs Kreuz gelegt, Schätzchen." Sie trank ihr Bier, atmete schnaufend in den Krug dabei, die andere Hand, beringt mit gelben Diamanten, so groß wie Kies, in den üppigen Wogen ihres Busens verloren.

Ihre kleinsten Bewegungen schienen mit einem Atemaufwand zustande zu kommen, der in keinem Verhältnis zu dem Genuß stand, den sie ihr bereiten konnten. Kaum hatten sie das Haus betreten, so begann sie Temple auch schon von ihrem Asthma zu erzählen, während sie sich vor ihnen die Treppe hinaufquälte, schwerfüßig in den wollenen Pantoffeln, einen hölzernen Rosenkranz in der einen Hand und den Krug in der andern. Sie war gerade aus der Kirche wiedergekommen, in schwarzem Seidenkleid und mit einem wild beblumten Hut; die Unterhälfte des Krugs war noch von innerer Kälte beschlagen. Sie bewegte sich schwer von einem dicken Schenkel auf den andern, während die beiden Hündchen sich um ihre Füße balgten und sie unablässig über die Schulter nach hinten sprach, mit rauher, oft versagender, mütterlicher Stimme.

„Popeye hat schon gewußt, warum er dich nicht irgendwo sonst hin gebracht hat, sondern zu mir ins Haus. Jahrelang schon hab ich ihm . . . ja, wieviel Jahre hab ich dir eigentlich schon zugesetzt, daß du dir doch ein Mädchen nehmen sollst, Schatz? Ich sag's ja immer, ein junger Kerl kann ohne 'n Mädchen einfach nicht leben, so wenig wie . . .“ Schnaufend fing sie an, die Hunde zu ihren Füßen zu beschimpfen, und blieb stehen, um sie zur Seite zu schieben. „Macht, daß ihr wieder runter kommt“, sagte sie und drohte ihnen mit dem Rosenkranz. Sie knurrten sie an, in bösem Falsett, die Zähne gefletscht, und sie lehnte an der Wand in einer dünnen Duftwolke von Bier, die Hand auf dem Busen, den Mund offen, in den Augen einen starren, wilden Blick traurigen Entsetzens vor allem Atmen, während sie nach Luft rang, den Krug, einen gedrungenen, weichen Schimmerfleck, matt hell wie angelaufenes Silber, ins Dunkel gehoben.

Die enge Stiege führte in kurzem und steilem Hin und Her nach oben. Das Licht, das vorn durch die Scheibengardine der Haustür und hinten durch ein mit Läden versehenes Fenster auf jedem Absatz hereindrang, hatte etwas Müdes an sich. Es wirkte verbraucht, zu Tode erschöpft – so müde wie ein faulig abgestandenes Seitenwasser, das keine Sonne und kein lebendiger Laut von Sonne und Tag erreicht. Ein Totengeruch unregelmäßiger Mahlzeiten lag über allem, vag alkoholisch, und selbst in ihrer Unwissenheit fühlte Temple sich wie umringt von einem gespenstischen Gemenge aus intimen Kleidungsstücken, diskretem Geflüster und schalem, oft bestürmtem und doch uneinnehmbarem Fleisch, hinter jeder Tür, an der sie vorüberkamen. Um ihre und Miss Rebas Füße krabbelten, wollig schimmernd, die beiden Hündchen, und ihre Pfoten klickten auf den Metallstangen, die den Teppich an den Stufen hielten.

Später, als die im Bett lag, ein Handtuch um die nackten Lenden gewickelt, konnte sie die Tiere vor der Tür draußen schnüffeln und winseln hören. Ihr Mantel und ihr Hut hingen an Nägeln an der Tür, ihr Kleid und ihre Strümpfe lagen auf einem Stuhl, und es war ihr, als hörte sie irgendwo das rhythmische Klatschen des Waschbretts, und wieder wand sie sich in krampfhaftem Verlangen nach Verhüllung, wie sie es getan hatte, als sie ihr die Höschen auszogen.

„Na, na", sagte Miss Reba. „Das ist doch gar nicht so schlimm. Doktor Quinn bringt das in zwei Minuten zum Stehen." Sie hob den Krug, und die Blumen an ihrem Hut, starr und sterbenswelk, nickten einen makabren Trinkspruch. „Wir armen Mädchen", sagte sie. Die heruntergezogenen Rouleaus, zu einem tausendfältigen Muster zersprungen wie alte Haut, wölbten sich schwach im hellen Wind, der auf verebbenden Wellen den Laut des Sonntagsverkehrs ins Zimmer hauchte, festlich, gleichförmig, schwindend. Temple lag reglos auf dem Bett, die Beine lang ausgestreckt und zusammengepreßt, in Decken bis zum Kinn, und ihr Gesicht war winzig und leer, umrahmt vom reichen Gespreiz ihres Haars. Miss Reba senkte den Krug und rang nach Atem. Mit ihrer heiseren, immer wieder versagenden Stimme begann sie Temple zu erzählen, wie glücklich sie es getroffen hätte.

„Jedes Mädchen hier im Bezirk hat's schon versucht, sich ihn zu angeln, Schätzchen. Eine ist da, ein kleines verheiratetes Frauchen, was hier manchmal mitmacht bei uns, also die hat Minnie fünfundzwanzig Dollar geboten, bloß daß sie ihn mal zu sich ins Zimmer kriegt, weiter nichts. Aber glaubst du, er hat für eine von denen auch bloß einen Blick übrig? Und das sind Mädchen, die 'nen glatten Hunderter gemacht haben pro Nacht. Nee, meine Kleine. Sein Geld verplempern, das tut er wie Wasser, aber glaubst du, er kuckt auch nur eine mal an, außer daß er mal tanzt mit ihr? Ich hab's schon immer gewußt, wenn der sich mal eine nimmt, dann ist das keine von diesen gewöhnlichen Huren hier. Das hab ich ihnen auch immer gesagt, ich hab gesagt, das Mädchen, das den mal kriegt, das wird Diamanten tragen, hab ich gesagt, aber das wird keine von euch gewöhnlichen Huren sein, und jetzt wird Minnie dir die Sachen so schön ausgewaschen haben und gebügelt, daß du sie nicht wiedererkennst."

„Ich kann sie nicht mehr tragen", flüsterte Temple. „Ich kann nicht."

„Brauchst du ja auch nicht, wenn du nicht willst. Du kannst sie Minnie schenken, obwohl ich nicht weiß, was sie damit anfangen soll, außer vielleicht . . ." An der Tür begannen die Hündchen lauter zu wimmern. Schritte näherten sich. Die Tür ging auf. Ein Negermädchen trat ein, auf dem Arm ein Tablett mit einer Quartflasche Bier und einem Glas Gin, und die Hunde purzelten ihr um die Füße. „Und morgen, wenn die Geschäfte wieder offen haben, dann gehen wir beide zusammen einkaufen, wie er gesagt hat. Ich sag's ja, das Mädchen, das den mal kriegt, das wird Diamanten tragen: warte nur ab." Sie drehte sich um, massiv wie ein Berg, den Krug erhoben, während die beiden Hündchen aufs Bett kletterten und dann auf ihren Schoß, böse nacheinander schnappend. In ihren verkrusselten, formlosen Gesichtern glitzerten perlengroße Augen voll jähzorniger Wildheit, ihre Mäuler klafften rosa um nadelspitze Zähne. „Reba!" sagte Miss Reba, „Platz! Und du auch, Mr. Binford!" Und sie schleuderte sie vom Bett, als ihre Zähne nach ihren Händen schnappten. „Du beißt mich ja, du . . . Schämst du dich denn gar nicht vor Miss . . . Wie heißt du eigentlich, Schätzchen? Ich hab's nicht ganz mitgekriegt."

„Temple", flüsterte Temple.

„Nein, ich meine deinen Vornamen, Schätzchen. Wir machen hier keine großen Umstände."

„Das ist er doch. Temple. Temple Drake."

„Da hast du ja einen Jungennamen gekriegt, stimmt's? – Sind Miss Temples Sachen gewaschen, Minnie?"

„Ja, Ma'am", sagte das Mädchen. „Sind am trocknen jetzt hinter Herd." Sie kam mit dem Tablett näher und schob zimperlich die Hündchen beiseite, deren Zähne nach ihren Knöcheln schnappten.

„Hast du sie auch gut ausgewaschen?"

„Viel Mühe gemacht mit Sachen", sagte Minnie. Mit einem krampfhaften Zucken warf Temple sich herum und steckte den Kopf unter die Decken. Sie spürte Miss Rebas Hand.

„Na, na. Na, na. Hier, trink erst mal. Das geht auf meine Rechnung. Ich werd doch Popeyes Mädchen nicht . . ."

„Ich will nichts mehr", sagte Temple.

„Na, na", sagte Miss Reba. „Trink ruhig, dann fühlst du dich gleich besser. " Sie hob Temples Kopf. Temple umklammerte die bis zum Hals hochgezogenen Decken. Miss Reba hielt ihr das Glas an die Lippen. Sie schluckte den Inhalt herunter und krümmte sich wieder nieder, die Decken um sich gerafft, die Augen groß und schwarz über den Decken. „Ich wette, jetzt hat sich das Handtuch verschoben", sagte Miss Reba und legte die Hand auf die Decken.

„Nein", flüsterte Temple. „Es sitzt noch richtig. Es ist noch da." Sie zuckte zusammen, schaudernd; sie konnten das Zucken ihrer Beine unter den Decken sehen.

„Hast du Dr. Quinn erreicht, Minnie?" sagte Miss Reba.

„Ja, Ma'am." Minnie füllte den Krug aus der Flasche; ein matter Außenbeschlag stieg mit der Flüssigkeit im Innern des Metalls. „Sagen, er nie macht Besuche Sonntag nachmittag."

„Hast du auch gesagt, wer ihn braucht? Hast du ihm gesagt, Miss Reba braucht ihn?"

„Ja, Ma'am. Sagen aber er nie . . ."

„Dann geh nochmal hin und sag ihm . . . ja, du sagst ihm . . . nein; warte." Sie erhob sich schwer. „Mir sowas ausrichten zu lassen, wo ich ihn dreimal ins Kittchen bringen könnte!" Sie watschelte zur Tür, die Hündchen tollend um ihre Filzpantoffeln. Das Dienstmädchen folgte und schloß die Tür. Temple konnte Miss Reba mit den Hunden schimpfen hören, während sie in schrecklicher Langsamkeit die Treppe hinabstieg. Die Geräusche erstarben.

Die Rouleaus wölbten sich unablässig in den Fenstern, mit schwachen Raschellauten. Temple begann eine Uhr zu hören. Sie stand auf dem Sims über einem Kamin, der mit geriffeltem grünen Papier gefüllt war. Die Uhr bestand aus geblümtem Porzellan und wurde von vier Porzellannymphen getragen. Sie hatte nur einen Zeiger, verschnörkelt und vergoldet, unterwegs von zehn nach elf, und er verlieh dem sonst ganz leeren Zifferblatt etwas apodiktisch Behauptendes, als hätte er mit der Zeit überhaupt nichts zu schaffen.

Temple erhob sich vom Bett. Sie hielt das Handtuch um sich fest und stahl sich zur Tür, die Ohren geschärft, die Augen ein wenig blind vor angestrengtem Lauschen. Es herrschte schon Zwielicht; in einem dämmrigen Spiegel, einem hochgestellten, durchsichtigen Rechteck Trübe, erblickte sie sich flüchtig selbst, wie ein dünnes Gespenst, einen fahlen Schatten, der sich in tiefster Schattentiefe bewegte. Sie erreichte die Tür. Sofort begann sie wohl hundert widerstreitende Geräusche zu hören, die sich zu einer einzigen Drohung verdichteten, und sie klaubte wild an der Tür, bis sie den Riegel fand, und ließ das Handtuch fallen, um ihn vorzuschieben. Dann nahm sie mit abgewandtem Gesicht das Handtuch auf und lief zurück und sprang ins Bett und klaubte die Decken hoch bis zum Kinn und lag da und lauschte dem heimlichen Flüstern ihres Blutes.

Sie mußten eine ganze Weile an die Tür klopfen, ehe sie einen Laut von sich gab. „Es ist der Doktor, Schätzchen", keuchte Miss Reba heiser. „Komm schon, mach auf. Sei schön brav."

„Ich kann nicht", sagte Temple, mit schwacher, winziger Stimme. „Ich bin im Bett."

„Komm schon. Er will dir doch nur helfen." Sie keuchte heiser. „Mein Gott, wenn ich doch bloß einmal wieder tief

Luft holen könnte. Ich hab nicht mehr richtig durchgeatmet seit ..." Unten an der Tür draußen konnte Temple die Hündchen hören. „Also, Schätzchen, was ist?"

Sie stand vom Bett auf, hielt sich das Handtuch um. Ganz still ging sie zur Tür.

„Schätzchen", sagte Miss Reba.

„Warten Sie", sagte Temple. „Lassen Sie mich erst ins Bett zurück, bevor Sie ... Lassen Sie mich erst ..."

„Braves Mädchen", sagte Miss Reba. „Ich hab ja gewußt, sie ist ein braves Mädchen."

„Zählen Sie bis zehn bitte", sagte Temple. „Wollen Sie bitte bis zehn zählen jetzt?" sagte sie gegen das Holz. Sie zog den Riegel lautlos zurück, dann drehte sie sich um und hetzte wieder zum Bett, in tappendem Diminuendo ihrer nackten Füße.

Der Arzt war ein dicklicher Mann mit gelichtetem Kraushaar. Er trug eine horngefaßte Brille, die seine Augen überhaupt nicht verzerrte, ganz als sei sie aus Fensterglas und würde nur aus Anstandsgründen getragen. Temple sah ihn über die Decken weg an, die sie wieder bis zum Hals gezogen hatte. „Die andern sollen rausgehn", flüsterte sie; „wenn sie nur rausgehn bitte!"

„Na, na", sagte Miss Reba, „er will dir doch nur helfen."

Temple krampfte sich in die Decken.

„So, und jetzt zeigt die kleine Dame mir nur mal schnell ...", sagte der Arzt. Sein Haaransatz über der Stirn wich dünn zurück. Sein Mund war in den Ecken eingezogen, die Lippen waren voll und feucht und rot. Hinter der Brille sahen seine Augen aus wie kleine Speichenräder, die sich rasend schnell drehten; metallisch haselnußbraun. Seine dicke, weiße Hand, die einen Freimaurerring trug, streckte sich aus, behaart mit feinem rötlichen Flaum bis zu den zweiten Gelenkknöcheln. Kalte Luft schlüpfte an ihrem Körper nieder, strich unter die Schenkel; ihre Augen waren geschlossen. Starr ausgestreckt auf dem Rücken, die Beine zusammengepreßt, begann sie zu weinen, hoffnungs-

los und ergeben, wie ein Kind im Wartezimmer des Zahnarzts.

„Na, na", sagte Miss Reba, „nimm mal noch einen Schluck
Gin, Schätzchen. Dann fühlst du dich gleich besser."

Im Fenster ließ das brüchige Rouleau, gähnend gebläht
dann und wann, mit schwachem Rascheln gegen den Rahmen, Zwielicht ins Zimmer in blassenden Wellen. Unter
dem Rouleau drang das rauchfarbene Zwielicht in langsamen Stößen herein, wie Signalrauch unter einer Decke vor-
dringt, und verdichtete sich im Raum. Die Rundungen der
Porzellanfiguren, die der Uhr als Träger dienten, schimmer-
ten mattglatt und weich: Knie, Ellbogen, Schenkel, Arm
und Busen, in Stellungen wollüstiger Lässigkeit. Das glä-
serne Zifferblatt, zum Spiegel geworden, schien alles wider-
strebende Licht festzuhalten, und in seinen stillen Tiefen
zitterte eine stille Gebärde der sterbenskranken Zeit, einar-
mig, wie ein Veteran aus den Kriegen. Halb elf. Temple lag
im Bett und starrte die Uhr an und dachte nach über halb
elf.

Sie trug ein etwas zu großes Nachthemd aus kirschrotem
Krepp, das auf dem Bettzeug wie schwarz wirkte. Ihr Haar
war ein schwarzes Gespreiz, doch jetzt gekämmt; ihr Gesicht, ihr Hals und ihre Arme außerhalb der Decken waren
grau. Als die andern das Zimmer verlassen hatten, lag sie
eine Zeitlang ganz still, den Kopf unter die Decken gezogen. Sie lag so, bis die Tür ins Schloß gefallen war und sie
die niedersteigenden Füße hörte, bis sie hörte, wie des Arztes leichte, nie aussetzende Stimme und Miss Rebas mühsa-
mes Atmen Dämmerfärbung bekamen in der schmutzigen
Halle und erstarben. Dann sprang sie aus dem Bett und lief
zur Tür und riß den Riegel vor und lief zurück und zog die
Decken wieder über den Kopf und lag wie fest verknotet
darunter, bis die Luft verbraucht war.

Ein letztes, safranfarbenes Licht lag auf der Decke des
Zimmers und den oberen Wandflächen, mit Purpur getönt

schon durch die hoch gegen den westlichen Himmel ragende Zinnenpalisade der Main Street. Sie sah es immer schwächer werden, je mehr das Gähnen des Rouleaus davon verschlang. Sie sah, wie das letzte Licht sich in die Uhr zusammenzog und wie das Zifferblatt sich aus einer runden Öffnung im Dunkel in eine Scheibe verwandelte, aufgehängt im Nichts, in der Wüste und Leere des Uranfangs, und wie es weiter zur Kristallkugel wurde, die in ihren stillen und verborgenen Tiefen das geordnete Chaos der verworrenen und schattenhaften Welt umschloß, auf deren narbenbedeckten Flanken die alten Wunden in rasender Geschwindigkeit weiterwirbeln, dem Dunkel zu, das mit neuen Katastrophen auf der Lauer liegt.

Sie dachte immer noch nach über halb elf. Die Zeit, wo man sich umzog für einen Tanz, wenn man beliebt genug war, um nicht pünktlich sein zu müssen. Sie hatten gebadet dann, und die Luft war dampfig, und Puder durchstäubte vielleicht das Licht, die Spreu in Scheunenböden, und sie musterten einander, verglichen, redeten, ob man wohl noch mehr Schaden anrichten würde, wenn man gleich, so wie man war, hinaus aufs Parkett gehen könnte. Einige sträubten sich, das würden sie nie tun, meist welche mit kurzen Beinen. Manche davon waren schon in Ordnung, aber sie sträubten sich einfach. Wollten nicht sagen, warum. Die schlimmste von allen behauptete, Jungens hielten alle Mädchen für häßlich, wenn sie nicht angezogen wären. Sie sagte, die Schlange hätte Eva damals ja auch schon tagelang gesehen und nie beachtet, bis Adam sie dann ein Feigenblatt vorlegen ließ. „Woher willst du das wissen?" sagten sie, und sie sagte, die Schlange wäre schon vor Adam dagewesen, weil sie doch als erste aus dem Paradies verstoßen worden wäre; sie wäre überhaupt die ganze Zeit schon dagewesen. Aber das war es nicht, was sie meinten, und sie sagten, „Woher weißt du das?", und Temple dachte daran, wie das Mädchen dagestanden hatte, an den Frisiertisch gelehnt mit dem Rücken, und die andern alle im Kreis um sie herum, mit gekämmten Haaren, die Schultern nach Seife duftend, in der puderdurchstäubten Luft, und wie ihre Augen alle wie Messer gewesen waren, bis man fast sehen konnte, wie sie sich in das Fleisch dort bohrten, und wie die Augen des Mädchens frech geblitzt hatten in ihrem häßlichen Gesicht, furchtsam zugleich und mutig, und wie sie alle immer wieder fragten, „Woher weißt du das?", bis sie es ihnen sagte und die Hand hob und schwor, jawohl, sie hätte. Die Jüngste hatte sich da umgedreht und war aus dem Zimmer gelaufen. Sie schloß sich im Bad ein, und alle konnten hören, wie sie sich übergab.

Sie dachte nach über halb elf am Morgen. Am Sonntag morgen, wenn die Paare zur Kirche schlenderten. Sie entsann sich, daß ja noch immer Sonntag war, derselbe Sonntag, und starrte zu der blassenden, friedvollen Gebärde der Uhr hinauf. Vielleicht war es das Halb-Elf von heute morgen, dieses Halb-Elf der Uhr. Dann bin ich gar nicht hier, dachte sie. Das bin ich hier gar nicht. Ich bin dann ja in der Schule. Heute abend hab ich eine Verabredung mit . . . und sie dachte an den Studenten, mit dem sie die Verabredung hatte. Aber sie konnte sich nicht erinnern, wer es war. Sie schrieb sich ihre Verabredungen immer in die Latein-Kladde, damit sie sich nicht den Kopf damit belasten mußte, wer grad dran war. Sie würde sich einfach umziehen, und nach einer Weile käme dann schon jemand und holte sie ab. Also steh ich jetzt doch lieber auf und zieh mich an, sagte sie und sah auf die Uhr.

Sie stand auf und ging still durch den Raum. Sie starrte das Zifferblatt an, doch obwohl sie eine gekrümmte Unruhe aus schwachem Licht und Schatten darüber in geometrischer Verkleinerung hinschwingen sah, konnte sie doch sich selber darin nicht sehen. Es liegt an dem Nachthemd, dachte sie und betrachtete ihre Arme, ihren Busen, die sich aus einer zerfließenden Hülle hoben, und ihre Zehen, die darunter in fahlen, flüchtigen Intervallen vorlugten, wenn sie ging. Sie zog den Riegel still wieder zurück und ging wieder zum Bett und streckte sich darauf aus, den Kopf in die Arme geschmiegt wie in eine Wiege.

Es war immer noch ein wenig Licht im Zimmer. Sie stellte fest, daß sie ihre eigene Uhr hörte, daß sie das Tikken schon eine ganze Zeit gehört hatte. Sie entdeckte, daß das Haus voller Geräusche war, die zu ihr ins Zimmer sikkerten, gedämpft und ununterscheidbar, wie aus weiter Ferne. Eine Glocke schlug schwach und schrill irgendwo an; jemand kam in raschelnder Kleidung die Treppe heraufgestiegen. Die Schritte tappten an ihrer Tür vorüber und eine weitere Treppe hinauf, dann verklangen sie. Sie lauschte ihrer Uhr. Ein Wagen fuhr unter dem Fenster an, mit knirschendem Getriebe; wieder erklang die schwache Glocke, schrill und lange. Sie merkte, daß das blasse Licht, das noch immer im Zimmer war, von einer Straßenlaterne kam. Dann wurde ihr klar, daß es Nacht war und daß die Dunkelheit draußen erfüllt war vom Lärm der Stadt.

Sie hörte, wie die beiden Hündchen in wildem Gekrabbel die Treppe heraufkamen. Das Geräusch trollte an der Tür vorüber und hörte dann auf; es wurde totenstill, so still, daß sie fast sehen konnte, wie die beiden dort im Dunkeln an der Mauer hockten und die Treppe beobachteten. Eines von ihnen heißt Mr. Sowieso, dachte Temple und wartete darauf, Miss Rebas Schritte auf der Treppe zu hören. Aber es war nicht Miss Reba, die kam; die Schritte waren zu gleichmäßig und zu leicht. Die Tür ging auf; die Hündchen purzelten wie zwei formlose Knäuel herein, trippelten unter das Bett und kauerten sich dort wimmernd nieder. „Böse Hündchen!" sagte Minnies Stimme. „Machen Minnie umschütten gleich noch." Das Licht ging an. Minnie trug ein Tablett. „Hab etwas Abendbrot bringen", sagte sie. „Wo Hündchen hin?"

„Unters Bett", sagte Temple. „Ich will aber nichts."

Minnie kam näher und setzte das Tablett auf den Bettrand und sah auf Temple nieder, wissend und gelassen. „Ich vielleicht soll . . .", sagte sie und streckte die Hand aus.

Temple wandte schnell das Gesicht weg. Sie hörte Minnie niederknien und die Hündchen locken, und die Hunde fauchten sie an, mit wimmernden, asthmatischen Knurrlauten und schnappenden Zähnen. „Kommen raus da jetzt", sagte Minnie. „Wissen genau, was Miss Reba machen, wenn sich betrinkt. Du, Mr. Binford!"

Temple hob den Kopf. „Mr. Binford?"

„Ist der eine mit blaues Band", sagte Minnie. Sie bückte sich und langte mit dem Arm nach den Hunden. Sie hatten sich zu Häupten des Bettes bis an die Wand zurückgezogen und knurrten sie an in wütender Angst. „Mr. Binford Miss Rebas Mann gewesen. War elf Jahr lang Wirt hier, bis gestorben vor zwei Jahr ungefähr. Nächsten Tag Miss Reba die Hündchen geholt und genannt sie Mr. Binford den einen und Miss Reba den andern. Und wenn geht zum Friedhof, dann immer betrinkt sich hinterher wie heut abend und dann Hündchen müssen rennen. Aber Mr. Binford noch kriegt sein Teil heute. Letztes Mal sie ihn aus Fenster geworfen oben und runtergegangen und Mr. Binford seinen Schrank aufgemacht mit seine Sachen und alles rausgeworfen auf die Straße, außer bloß wo er drin ist begraben."

„Oh", sagte Temple. „Kein Wunder, daß sie da Angst haben. Laß sie nur da unten bleiben. Sie stören mich nicht."

„Muß ich wohl auch. Mr. Binford nicht gehn aus Zimmer raus, wenn wissen Bescheid." Sie stand wieder aufrecht, sah Temple an. „Essen das Abendbrot", sagte sie. „Fühlen dann besser. Hab heimlich auch einen Gin stibitzt für Miss."

„Ich will nichts", sagte Temple und wandte das Gesicht weg. Sie hörte, wie Minnie das Zimmer verließ. Die Tür schloß sich lautlos. Unter dem Bett kauerten die Hunde an der Wand, noch immer in starrer und wütend wilder Angst.

Das Licht hing von der Mitte der Decke nieder, unter einem geriffelten Schirm aus rosarotem Papier, das verbräunt war, wo die Birne saß. Den Boden bedeckte ein gemusterter, karmesin-brauner Teppich, aus Läuferstreifen zusammengesetzt; die oliv-grünen Wände trugen zwei gerähmte Lithographien. Die beiden Fenster hatten Gardinen aus Industriespitze, schmutzdunkel, wie hochgestellte Bahnen dünn erstarrten Staubs. Das ganze Zimmer hatte etwas muffig Banales, Ehrbares an sich; in dem welligen Spiegel einer billig gefirnißten Frisierkommode schienen, wie in einem stehenden Tümpel, die Geister erloschener geiler Gebärden und toter Lüste zu brüten. In der Ecke, auf einem verblichenen, verschrammten, über den Teppich genagelten Streifen Wachstuch, stand ein Waschständer mit geblümter Schüssel und Kanne und einer Reihe Handtücher; im Winkel dahinter stand ein Ausgußeimer, ebenfalls mit geriffeltem rosaroten Papier verkleidet.

Die Hündchen unter dem Bett gaben keinen Laut von sich. Temple bewegte sich leicht; das trockene Ächzen der Matratze und Sprungfedern erstarb in der schreckensbleichen Stille, in der sie kauerten. Sie dachte an sie, die wolligen, formlosen: wild, launisch, verzogen, immer wieder herausgerissen aus der satten Monotonie ihres behüteten Lebens durch ein unbegreifliches Moment des Schreckens und der Angst vor leiblicher Vernichtung, die ohne Vorwarnung von denselben Händen drohte, die sonst das Sinnbild der ihnen verliehenen Lebensgeruhsamkeit waren.

Das Haus war voller Geräusche. Ununterscheidbar, von weit her, drangen sie nun wie etwas Erwachendes, Auferstehendes zu ihr herein, als habe das Haus selbst im Schlaf gelegen und erhebe sich nun mit dem Dunkel; sie hörte etwas, es mochte ein Ausbruch von Gelächter gewesen sein, eine schrille Frauenstimme. Dampfende Düfte zogen von dem Tablett über ihr Gesicht. Sie wandte den Kopf und sah es an, sah das bedeckte und offene Geschirr aus dickem Porzellan. In der Mitte stand das blaßfarbene Glas Gin, daneben lag ein Päckchen Zigaretten mit einer Schachtel Streichhölzer. Sie stützte sich auf den Ellbogen, zog das gleitende Nachthemd hoch. Sie hob die Deckel von einem dicken Steak, von Kartoffeln, grünen Erbsen; Brötchen; eine namenlose rosa Masse, in der irgendeiner ihrer Sinne – Aussonderung vielleicht – eine Süßspeise erkannte. Wieder zog sie das Nachthemd hoch, und dann dachte sie an die Schule, wo jetzt gegessen wurde, in einem hellen Tumult von Stimmen und klappernden Gabeln, und an ihren Vater und ihre Brüder daheim am Abendbrotstisch, dachte an das geliehene Nachthemd und an Miss Rebas Ankündigung, morgen mit ihr einkaufen zu gehen. Und dabei hab ich doch bloß zwei Dollar, dachte sie.

Als sie das Essen ansah, merkte sie, daß sie überhaupt keinen Hunger hatte, ja daß sie es nicht einmal ansehen mochte. Sie nahm das Glas und trank es leer, das Gesicht verzogen, und stellte es wieder hin und wandte das Gesicht ab von dem Tablett, hastig, als sie nach den Zigaretten tastete. Als sie das Streichholz anzünden wollte, sah sie wieder auf das Tablett und nahm zimperlich mit den Fingern ein Stückchen Kartoffel und aß es. Sie aß ein zweites, die unangezündete Zigarette in der anderen Hand. Dann legte sie die Zigarette hin und nahm Messer und Gabel und fing an zu essen, und nur von Zeit zu Zeit hielt sie inne, um das Nachthemd wieder auf die Schulter zu ziehen.

Als sie mit dem Essen fertig war, zündete sie die Zigarette an. Sie hörte wieder die Glocke, dann eine andere von leicht abweichender Tonhöhe. Quer durch das schrille Kreischen einer Frauenstimme schlug eine Tür zu. Zwei Leute kamen die Treppe herauf und an ihrer Tür vorüber; irgendwo hörte sie Miss Rebas Stimme dröhnen und lauschte, wie sie sich langsam die Treppe heraufquälte. Ihr Blick war starr auf die Tür gerichtet, bis sie sich öffnete und Miss Reba darin erschien, den Krug in der Hand. Sie trug jetzt ein weit gebauschtes Hauskleid und einen Witwenhut mit Schleier. Ihre Füße steckten in den geblümten Filzpantoffeln. Die beiden Hündchen unter dem Bett gaben einen erstickten Laut der äußersten Verzweiflung von sich, als sie eintrat.

Das Kleid, auf dem Rücken nicht zugeknöpft, hing plump um Miss Rebas Schultern. Die eine beringte Hand lag auf ihrem Busen, die andere hielt den Krug in die Höhe. Ihr Mund, von Goldfüllungen durchschimmert, klaffte offen von der rauhen Mühe ihres Atmens.

„O Gott, o Gott", sagte sie. Die Hündchen schossen unter dem Bett hervor und stürzten sich in irrwütigem Gekrabbel gegen die Tür. Als sie an ihr vorüberhetzten, drehte sie sich um und schleuderte den Krug nach ihnen. Er traf den Türpfosten, verspritzte seinen Inhalt gegen die Wand und prallte mit hilflosem Scheppern ab. Sie holte pfeifend Luft, und ihre Hand krampfte sich in ihren Busen. Sie trat ans Bett und sah durch den Schleier auf Temple nieder. „Wir warn glücklich wie zwei Täubchen", flennte sie, würgend, die Ringe glimmend, heiß glitzernd im wogenden Busen. „Und dann mußte er mir wegsterben!" Pfeifend zog sie den Atem ein, den Mund klaffend offen, Abbild der verborgenen Qual ihrer behinderten Lungen, die Augen fahl und geweitet vor vergeblicher Anstrengung, glasig vorgequollen. „Wie zwei Täubchen", röhrte sie mit heiserer, versagender Stimme.

Wieder hatte die Zeit die tote Gebärde hinter dem Kristallglas der Uhr eingeholt: Temples Uhr auf dem Tisch neben dem Bett zeigte halb elf. Zwei Stunden lang hatte sie ungestört gelegen, lauschend. Sie konnte in den Geräuschen, die von unten heraufdrangen, jetzt Stimmen unterscheiden. Sie hatte sie eine ganze Weile gehört, in der muffigen Abgeschlossenheit ihres Zimmers. Später begann ein mechanisches Klavier zu spielen. Hin und wieder hörte sie Autobremsen kreischen auf der Straße unter dem Fenster; einmal drangen zwei erbittert streitende Stimmen herauf und unter dem Rouleau herein.

Sie hörte zwei Leute – einen Mann und eine Frau – die Treppe heraufkommen und in das Zimmer nebenan gehen. Dann hörte sie Miss Reba die Treppe hochkeuchen und an ihrer Tür vorüberstampfen, und still in ihrem Bett, die Augen geweitet, hörte sie, wie Miss Reba nebenan gegen die Tür hämmerte, mit dem metallenen Krug, und in das Holz hineinschrie. Der Mann und die Frau hinter der Tür blieben gänzlich still, so still, daß Temple wieder an die Hunde dachte, an ihr Kauern an der Wand unter dem Bett, an ihre starre Wut, die aus Entsetzen kam und Verzweiflung. Sie horchte, wie Miss Rebas Stimme heiser in das kahle Holz hineinschrie. Der Lärm erstarb in einem beängstigenden Keuchen, dann erhob er sich erneut im starken, virilen Fluchen eines Mannes. Der Mann und die Frau nebenan gaben keinen Laut von sich. Temple lag da und starrte gegen die Wand, hinter der sich Miss Rebas Stimme wieder erhob, während sie mit dem Krug gegen die Tür hämmerte.

Temple hatte, als ihre Tür aufging, nichts davon gehört oder gesehen. Sie blickte nur zufällig einmal hinüber – nach wie langer Zeit, wußte sie nicht –, und da sah sie Popeye dort stehen, den Hut schief über dem Gesicht. Völlig lautlos auch trat er ein und schloß die Tür und schob den Riegel vor und kam auf ihr Bett zu. Ebenso langsam begann sie im Bett zurückzuweichen, die Decken bis ans Kinn gezogen, den Blick über die Decken weg auf ihn gerichtet. Er kam und sah auf sie nieder. Sie wand sich langsam in gekrümmter, zurückweichender Bewegung, wich gleichsam in sich selbst zurück, in ein Alleinsein, so tief und hoffnungslos, als wäre sie an eine Kirchturmspitze gebunden. Sie grinste ihn an, den Mund verzerrt über dem starren, flehentlichen Porzellan ihrer Grimasse.

Als er die Hand auf sie legte, begann sie zu wimmern. „Nein, nicht", flüsterte sie, „er hat gesagt, ich kann jetzt noch nicht, er hat . . ." Er riß die Decken zurück und warf sie beiseite. Sie lag ganz reglos, die Handflächen erhoben, und ihr Fleisch unter der Hülle ihrer Lenden wich weiter zurück, schneller, in wilder Auflösung, wie ein geängstigter Mensch in einer Menge. Als seine Hand wieder auf sie zukam, dachte sie, er wolle sie schlagen. Sie starrte ihm ins Gesicht, und da sah sie, wie es zu zucken begann und sich zu verzerren, wie das eines Kindes, das kurz davor steht, in Tränen auszubrechen, und hörte, wie ihm ein wimmernder Laut entkam. Er griff nach ihrem Nachthemd. Sie packte seine Handgelenke und fing an, sich von einer Seite auf die andere zu werfen, und öffnete den Mund, um zu schreien. Seine Hand legte sich hastig auf ihren Mund, und sie packte sie am Gelenk, während ihr Speichel zwischen seine Finger drang, und ihr Körper schlug hin und her und wand sich wild von einem Schenkel auf den anderen, und sie sah ihn neben dem Bett kauern, das kinnlose Gesicht qualvoll verzerrt, die bläulichen Lippen vorgestülpt, als bliese er auf eine heiße Suppe, und einen hohen, wiehernden Laut ausstoßen, wie ein Pferd. Jenseits der Wand füllte Miss Reba den Flur, das Haus mit heiserem, würgend versagendem Getöse obszönen Schimpfens.

NEUNZEHNTES KAPITEL

„Aber das Mädchen", sagte Horace, „ihr ist doch nichts passiert. Sie wissen, daß sie gesund und munter war, als Sie das Haus verließen. Als Sie sie dann bei ihm im Auto sahen. Er hat sie einfach nur in die Stadt gefahren. Sie war gesund und munter. Das wissen Sie genau."

Die Frau saß auf der Bettkante und blickte auf das Kind nieder. Es lag unter der verblichenen, sauberen Decke, die Hände neben dem Köpfchen, als sei es im Angesicht einer unerträglichen Qual gestorben, die noch gar nicht Zeit gehabt hatte, es zu berühren. Die Lider standen halb offen, die Augäpfel hatten sich in den Höhlen verdreht, so daß nur das Weiße sichtbar war, ein magermilchfarbenes Weiß. Das Gesichtchen war immer noch schweißnaß, doch der Atem ging ruhiger. Er kam nicht mehr in den schwachen, pfeifenden Stößen, die Horace so erschreckt hatten, als er das Zimmer betrat. Auf einem Stuhl neben dem Bett stand ein Glas, halb voll schwach verfärbten Wassers, mit einem Löffel darin. Durch das offene Fenster drangen die tausendfältigen Geräusche des Platzes herein – Autos, Wagen, Schritte auf dem Pflaster unten –, und durch das Fenster konnte Horace zum Gericht hinübersehen, wo Männer unter den Akazien und Schwarzeichen mit Dollarstücken spielten, sie hin und her springen ließen zwischen Löchern im nackten Boden.

Die Frau saß gedankenverloren neben dem Kind. „Kein Mensch hat sie da draußen haben wollen. Lee hat den Leuten immer und immer wieder gesagt, sie wollen keine Frauen mitbringen, und ich hab ihr auch klar gemacht, noch bevor es dunkel wurde, daß das kein Umgang wäre für sie, und sie soll sehn, daß sie wegkommt. Es lag an dem Kerl, der sie angeschleppt hat. Er saß mit den andern draußen auf der Veranda und trank immer noch, weil, wie er dann zum Abendessen reinkam, konnt er sich kaum noch auf den Beinen halten. Hatte nichtmal versucht, sich das Blut vom Gesicht zu waschen. Diese Lausebengel, die sich einbilden, bloß weil Lee was Ungesetzliches treibt, können sie sich bei uns im Haus aufführn wie in einem ... Die Erwachsenen sind ja auch schlimm genug, aber wenigstens ist für sie der Whiskey eine Ware, die sie kaufen wie jeder andere auch; richtig schlimm sind erst die jungen Kerls wie er, die noch zu grün sind, um zu begreifen, daß ein Mensch nicht zum Gesetzesbrecher wird, bloß um sich einen lustigen Tag zu machen." Horace konnte sehen, wie ihre zusammengepreßten Hände zuckten auf ihrem Schoß. „Mein Gott, wenn es nach mir ginge, würd ich jeden hängen lassen, der das Zeug herstellt oder kauft oder trinkt, ohne Ausnahme.

Aber warum mußte das grad mir passieren, uns? Was hab ich ihr denn getan, ihr oder überhaupt jemand von ihrer Sorte? Ich hab ihr ja gesagt, sie soll verschwinden. Ich hab ihr gesagt, sie soll nicht bleiben, bis es dunkel wird. Aber

153

der Kerl, der sie angeschleppt hatte, war wieder stockbetrunken, und Van und er hackten dauernd aufeinander
rum. Wenn sie bloß nicht immer so verrückt durch die Gegend gerast wäre, wo die andern sie sehen mußten! Schoß
dauernd zur einen Tür raus und im nächsten Moment zur
andern wieder rein. Und wenn der Kerl bloß Van in Ruhe
gelassen hätte, weil, Van mußte um Mitternacht mit dem
Laster wieder weg, und Popeye hätte deshalb schon aufge-
paßt, daß er sich benimmt. Und dann auch noch Samstag
abend, wo sie sowieso immer die ganze Nacht sitzen und
saufen – so oft hab ich das schon durchgemacht, immer
und immer wieder, und hab Lee gesagt, wir wollen weg-
ziehn da, er bringt's da sowieso zu nichts, und dann hatte
der Kleine dauernd diese Anfälle, wie letzte Nacht, und
kein Arzt da, kein Telephon. Und da mußte dann sie auch
noch aufkreuzen, wo ich doch geschuftet habe für ihn, geschuftet wie eine Sklavin." Reglos, den Kopf gesenkt und
die Hände still im Schoß, hatte sie die erschöpfte Unbeweglichkeit eines Schornsteins, der nach einem Wirbelsturm
aus den Trümmern eines Hauses aufragt.

„Also wie sie da stand, in der Ecke hinter dem Bett, mit
dem Regenmantel an! Sowas von Angst, wie sie den Kerl
reinbrachten, wieder ganz voll Blut! Sie legten ihn aufs
Bett, und Van schlug noch einmal nach ihm, und Lee
packte Vans Arm, und im Hintergrund dazu sie, mit Augen
wie die Löcher in einer Maske! Der Regenmantel hing immer an der Wand da, und sie hatte ihn angezogen, über
ihren eigenen. Ihr Kleid lag gefaltet auf dem Bett. Sie
schmissen den Kerl einfach obendrauf, egal wie blutig er
war, und da hab ich gesagt, ‚Mein Gott, bist du auch betrunken?‘ Aber Lee hat mich bloß angesehn daraufhin, und
da sah ich, daß seine Nase schon weiß war, wie sie's immer
wird, wenn er getrunken hat.

An der Tür war kein Schloß, überhaupt keins, aber ich
dachte, die müssen sowieso bald weg und sich um den Laster kümmern, und dann kann ich was machen. Dann nahm

Lee mich mit raus, und die Lampe nahm er auch mit, darum mußt ich warten, bis alle wieder auf der Veranda waren, bevor ich zurückgehn konnte. Da hab ich dann hinter der Tür gestanden, drinnen. Der Kerl war am Schnarchen, da auf dem Bett, tat sich ziemlich schwer mit dem Luftkriegen, weil seine Nase und sein Mund, weil die ganz zerschlagen warn wieder, und auf der Veranda konnt ich die andern hören. Sie warn dann im Freien, ums Haus rum, und auch hinten hab ich sie mal gehört. Dann wurden sie still.

Ich hab eine ganze Zeit so dagestanden, an der Wand. Der Kerl hat geschnarcht und gewürgt und nach Luft geschnappt und gestöhnt und alles, und ich hab dabei an das Mädchen gedacht, das da im Dunkeln lag und horchte, die Augen weit offen, und was blieb mir anders übrig, ich hab eben gestanden und gewartet, daß sie endlich weggingen und ich was machen konnte. Ich hatte's ihr ja gesagt, sie soll verschwinden. Ich hab ihr gesagt, ,Ist das etwa meine Schuld, wenn Sie nicht verheiratet sind? Ich brauch Sie hier nicht, ich kann auf Sie verzichten, genauso wie Sie auf mich.' Ich hab geagt, ,Ich bin immer ohne Hilfe ausgekommen in meinem Leben, von Leuten von Ihrer Sorte; wo nehmen jetzt Sie das Recht her, Hilfe von mir zu erwarten?' Denn ich hab alles für ihn getan, alles. Ich bin durch den Dreck gekrochen für ihn. Ich war fertig mit dem allen, und ich wollte nichts weiter mehr, als daß man mich in Ruhe läßt.

Dann hörte ich, wie die Tür aufging. Es war Lee, das konnt ich gleich erkennen, an der Art, wie er atmet. Er ging ans Bett und sagte, „Ich brauche den Regenmantel. Setzen Sie sich auf und ziehn Sie ihn aus', und ich konnte hören, wie der Liesch raschelte, während er ihn ihr auszog, und dann ging er wieder raus. Er hat bloß den Regenmantel geholt und ist dann wieder rausgegangen. Der Mantel gehörte Van.

Ich bin ja so oft schon in dem Haus da rumgelaufen bei

Nacht, wenn diese Männer da waren, Männer, für die Lee den Kopf hinhalten mußte, Männer, die keinen Finger gerührt hätten, wenn er mal erwischt worden wäre, so oft schon, daß ich jeden sofort an der Art erkennen konnte, wie er atmete, jeden, und Popeye jetzt, den roch ich sofort an dem Zeug, was er sich ins Haar schmiert. Tommy kam dicht hinter ihm. Kam hinter Popeye zur Tür rein und sah mich an im Dunkeln, und ich konnte seine Augen sehn, wie bei einer Katze. Dann warn die Augen wieder weg, und ich spürte, daß er sich neben mich gehockt hatte, irgendwie, und wir konnten Popeye drüben hören, wo das Bett war und der Kerl am schnarchen und schnarchen.

Ich konnte bloß ganz kleine, schwache Geräusche hören, von der Lieschmatratze, und deshalb wußte ich, daß noch alles in Ordnung war, nichts passiert, und einen Moment später kam Popeye zurück und ging raus, und Tommy kroch hinter ihm her, und ich hab weiter dagestanden, bis ich sie zum Laster runtergehn hörte. Dann bin ich ans Bett getreten. Als ich sie berührte, fing sie an, sich zu wehren. Ich hab andauernd bloß versucht, ihr den Mund zuzuhalten mit der Hand, damit sie nicht schreit, aber das tat sie sowieso nicht. Sie lag einfach da und warf sich herum und drehte den Kopf hin und her, und dabei hielt sie sich krampfhaft den Mantel vorne zu.

‚Du Närrin‘, hab ich gesagt. ‚Ich bin es, bloß ich – die Frau.‘ "

„Gut, also das Mädchen", sagte Horace. „Ihr ist jedenfalls nichts passiert. Als Sie am nächsten Morgen zum Haus zurückkamen, um die Flasche für das Baby zu holen, da haben Sie sie gesehen, und sie war gesund und munter." Das Zimmer ging auf den Platz hinaus. Durchs Fenster konnte er die jungen Männer sehen, die vorm Gerichtsgebäude mit Dollarstücken spielten, und die Wagen, die vorüberrollten oder an den Hakenketten der Gespannstände festgemacht hatten, und er konnte die Schritte und Stimmen der Leute hören auf dem behäbigen, hastlosen Pflaster unter dem

Fenster, der Leute, die angenehme Sachen einkauften, um sie nach Hause zu tragen und an gemütlichen Tischen zu verzehren. „Sie war gesund und munter. Das wissen Sie genau."

An diesem Abend fuhr Horace zu seiner Schwester hinaus, in einem Mietwagen; er hatte nicht telephoniert. Er fand Miss Jenny in ihrem Zimmer.

„Nun", sagte sie. „Narcissa wird . . ."

„Ich will sie gar nicht sehen", sagte Horace. „Ihr netter, wohlerzogener junger Mann. Ihr Gentleman aus Virginia. Ich weiß jetzt, warum er sich nicht mehr hat blicken lassen."

„Wer? Gowan?"

„Ja; Gowan. Und bei Gott, er sollte sich auch lieber nicht mehr blicken lassen. Bei Gott, wenn ich mir vorstelle, der käme mir noch einmal vor die . . ."

„Wieso? Was hat er denn angestellt?"

„Er ist mit irgendeiner kleinen Närrin da rausgefahren an dem Tag, und dann hat er getrunken und ist weggelaufen und hat sie sitzenlassen. Das ist's, was er angestellt hat. Wenn die Frau nicht gewesen wäre . . . Und wenn ich mir vorstelle, daß sowas ungestraft auf Erden herumläuft, bloß weil's einen feschen Anzug trägt und verblüffenderweise die Virginia absolviert hat . . . In jedem Zug oder Hotel, auf der Straße, überall, sag ich dir . . ."

„Ach", sagte Miss Jenny. „Ich hatte zuerst nicht begriffen, wen du meintest. Ja, nun", sagte sie. „Entsinnst du dich noch, wie er das letzte Mal hier war, kurz nachdem du kamst? – an dem Abend, wo er nicht zum Essen bleiben wollte und nach Oxford fuhr?"

„Ja. Und wenn ich mir vorstelle, ich hätte ihn da ganz leicht . . ."

„Er hatte Narcissa einen Heiratsantrag gemacht. Und sie antwortete, *ein* Kind im Haus reiche ihr vollkommen."

„Ich hab ja immer gesagt, daß sie herzlos ist. Mit weniger

157

als schweren Beleidigungen gibt sie sich nicht zufrieden."

„Folglich bekam er die Wut und sagte, dann führe er jetzt nach Oxford, wo er eine Frau wüßte, der er bestimmt nicht lächerlich vorkäme: irgendwas in der Art. Na schön." Sie sah ihn an, den Kopf etwas gesenkt, um über den Brillenrand zu schauen. „Ich will dir mal etwas sagen. Als Vater ist ein Mann schon komisch genug; aber wenn er sich mit den Angelegenheiten einer Frau abgibt, die nicht verwandt mit ihm ist, dann ... Wieso glaubt ihr Männer eigentlich, das weibliche Fleisch, das ihr heiratet oder zeugt, könnte sich möglicherweise auch einmal vergessen, aber das, was ihr nicht geheiratet oder gezeugt habt, müßte's zwangsläufig tun?"

„Ja", sagte Horace, „und Gott sei Dank ist sie nicht mein Fleisch und Blut. Daß sie hin und wieder auf einen Lumpen hereinfällt, mag ja noch angehen, damit kann ich mich abfinden; aber wenn ich mir vorstelle, daß sie sich jeden Moment auch mit einem Narren einlassen kann!"

„Sicher, aber was willst du dagegen machen? Die Polizei rufen?"

„Ich werde tun, was sie selber gesagt hat; ich werde ein Gesetz einbringen, das es zur allgemeinen Pflicht macht, jeden Mann unter fünfzig Jahren niederzuschießen, der Whiskey herstellt, kauft, verkauft oder auch nur daran denkt ... einen Lumpen kann ich allenfalls noch vertragen; aber wenn ich mir vorstelle, sie fällt auf jeden Narren herein ...".

Er kehrte in die Stadt zurück. Die Nacht war warm, die Dunkelheit erfüllt vom Zirpen frischflügger Zikaden. Er hatte nur wenige Sachen in Gebrauch: ein Bett, einen Stuhl, eine Kommode, über die er ein Handtuch gebreitet hatte, um ein paar Gegenstände darauf abzulegen: seine Bürsten, seine Uhr, seine Pfeife mit Tabaksbeutel und, gegen ein Buch gestützt, eine Photographie seiner Stieftochter Klein-Belle. Auf der Hochglanzfläche lag ein Spitzlicht.

Er rückte die Photographie ein wenig zur Seite, bis das Gesicht klar herauskam. Er stand davor und sah in das süße, unergründliche Gesicht, das aus dem toten Kartonblatt an ihm vorbeiblickte, auf irgend etwas hinter seiner Schulter. Er dachte an die Weinlaube in Kinston, an sommerliches Abenddämmern und an das Stimmengemurmel, das sich zu Stille verdunkelte, wenn er näherkam, er, der ihnen, der ihr doch gar nichts Böses tun wollte; der ihr nichts weniger tun wollte als Böses, guter Gott; an das Stimmengemurmel, das sich zum bleichen Wispern ihres weißen Kleides verdunkelte, und an das zarte und drängende, säugetierliche Wispern dieses wunderlichen schmalen Fleisches, das er nicht gezeugt hatte und das ganz zart wie in einer Kelter eine siedende Sympathie mit der blühenden Rebe zu umschließen schien.

Er machte eine Bewegung, ganz plötzlich. Wie von selbst hatte sich die Photographie verschoben, war ein wenig aus der Balance gerutscht, der unsicheren, vor dem Buch. Das Bild verschwamm wieder unter dem Lichtfleck, wie etwas Vertrautes, das man verwischt durch klares Wasser sieht; er starrte dieses vertraute Bild fast mit Grauen an und Verzweiflung, ein Gesicht, jäh älter an Sünde, als er jemals sein würde, ein Gesicht, mehr verschwommen als süß, Augen, mehr heimlich als sanft. Als er danach langte, stieß er es flach; worauf das Gesicht abermals zärtlich sinnend wirkte hinter der starren Vermummung des geschminkten Munds und irgend etwas hinter seiner Schulter betrachtete. Er lag auf dem Bett, voll angekleidet, bei brennendem Licht, bis er die Uhr vom Gerichtsgebäude drei schlagen hörte. Da stand er auf, steckte Uhr und Tabaksbeutel in die Tasche und verließ das Haus.

Der Bahnhof lag eine Dreiviertelmeile entfernt. Der Wartesaal wurde von einer einzigen schwachen Birne beleuchtet. Er war leer, bis auf einen Mann im Overall, der schnarchend auf einer Bank schlief, den Kopf auf seinem zusammengelegten Rock, und eine Frau in einem Kattun-

159

kleid, mit einem schmutzigen Umhangtuch und einem neuen, mit starren, todwelken Blumen garnierten Hut, der plump und geschmacklos auf ihrem Kopf saß. Sie hatte den Kopf gesenkt; sie schlief vielleicht; ihre Hände lagen gekreuzt über einem papiereingewickelten Päckchen in ihrem Schoß; ein Strohkoffer stand zu ihren Füßen. Erst jetzt merkte Horace, daß er seine Pfeife vergessen hatte.

Der Zug kam, während er auf dem Schlackenboden des Bahnsteigs auf und ab stapfte. Der Mann und die Frau stiegen ein, der Mann trug einen zerknitterten Rock in der Hand, die Frau das Päckchen und den Koffer. Er folgte ihnen in den Personenwagen, der von Schnarchen erfüllt war, von Körpern, die halb in den Mittelgang hingen, ganz, als habe ein jäher, gewaltsamer Tod sie getroffen; die Köpfe waren zur Seite gesackt, die Münder standen offen, die Kehlen hatten sich vorgewölbt, wie in Erwartung zustoßender Messer.

Er döste vor sich hin. Der Zug ratterte weiter, hielt einmal, ruckte wieder an. Er schrak davon auf und nickte dann abermals ein. Jemand rüttelte ihn aus dem Schlaf in eine grünblasse Morgendämmerung, unter gedunsene, unrasierte Gesichter, die wie übertüncht wirkten, wie gezeichnet von den bleichenden Flecken und Malen einer großen Urzerstörung, und einander mit toten Augen anblinzelten, in die ganz langsam, in heimlichen, ungreifbaren Wellen, Persönlichkeit zurückkehrte. Er stieg aus, frühstückte und nahm einen Anschlußzug, betrat einen Wagen, in dem ein Kind hoffnungslos klagte und Erdnußschalen unter seinen Füßen knirschten, als er den Gang entlang ging, durch schalen Ammoniakgeruch, bis er neben einem Mann einen Platz fand. Einen Augenblick später beugte der Mann sich vor und spuckte ihm Tabaksaft zwischen die Knie. Da stand er dann rasch wieder auf und ging weiter nach vorn in den Raucherwagen. Auch hier war es voll; die Tür zum Niggerabteil schwang offen. So blieb er im Mittelgang stehen und sah in den sich verengenden Korridor aus grünen Plüschlehnen hinunter, über denen hutbedeckte Kanonenkugeln im Gleichtakt hin und her schwankten, während Böen von Geschwätz und Gelächter herüberwehten und die blaue, beißende Luft, in der die Weißen hockten und in den Mittelgang spuckten, in ständiger Bewegung hielten.

Er stieg ein zweites Mal um. Die wartende Menge bestand zur Hälfte aus jungen Männern in Studentenkleidung, mit kleinen, rätselhaften Abzeichen an Hemden und Westen, sowie zwei Mädchen mit schmalen, geschminkten Gesichtern und knappen, hellen Kleidchen; sie wirkten wie zwei völlig gleiche künstliche Blumen, eine jede umgeben von funkelnden und rastlosen Bienen. Als der Zug kam, drängten sie sich alle fröhlich vor, schwatzend und lachend, stießen in fröhlicher Rücksichtslosigkeit ältere Leute mit den Schultern beiseite, klappten lärmend die Sitze zurück und machten es sich bequem, und ihre Gesichter fuhren aus dem Gelächter hoch, kalt, noch immer zahnblitzend verzerrt davon, als drei mittelältliche Frauen durch den Wagen gingen und suchend nach links und rechts auf die besetzten Plätze blickten.

Die beiden Mädchen saßen zusammen. Sie setzten ihre Hüte ab, einen rehbraunen und einen blauen, hoben zarte Hände und nicht übel gestaltete Finger zu einer glattstreichenden Bewegung über die Köpfe, die zwischen den gespreizten Ellbogen und den vom Gegensitz herübergedrehten Gesichtern zweier Jünglinge sichtbar waren, umringt von bunten Hutbändern verschiedener Höhe, wo die Eigner auf den Lehnen hockten oder im Mittelgang standen, mitten darin alsbald die Mütze des Schaffners, der sich mit klagenden, ärgerlichen Rufen seinen Weg bahnte und gleichsam auf sie niederstieß wie ein Vogel.

„Die Fahrkarten. Bitte die Fahrkarten", leierte er. Einen Augenblick lang verschwand er in dem Gedränge, das die Mädchen umgab, unsichtbar bis auf seine Mütze. Zwei junge Männer benutzten die Gelegenheit, um rasch nach

hinten zu schlüpfen und den Platz hinter Horace zu beset-
zen. Er konnte sie atmen hören. Vorn klickte die Loch-
zange des Schaffners. Dann kam er nach hinten. „Die Fahrkarten", leierte er. „Bitte die Fahrkarten." Er fertigte Horace
ab und blieb dann vor den beiden Jugendlichen stehen.

„Meine haben Sie schon", sagte der eine. „Grad eben, da
vorn."

„Wo ist Ihr Kontrollschein?" sagte der Schaffner.

„Sie haben uns gar keinen gegeben. Aber unsere Fahrkarten haben Sie uns abgenommen. Meine hatte die Nummer . . ." Er wiederholte geläufig eine Zahl, in unbefangenem, freundlichem Ton. „Hast du dir deine Nummer aufge-
schrieben, Shack?"

Auch der zweite wiederholte in unbefangenem, freundlichem Ton eine Zahl. „Sie haben die Karten bestimmt. Sehn
Sie nur nach." Er fing an, durch die Zähne zu pfeifen,
einen brüchigen Tanzrhythmus, ohne Musikalität.

„Ißt du in der Gordon Hall?" sagte der eine.

„Nein. Ich hab von Natur einen schlechten Mundgeruch."
Der Schaffner ging weiter. Das Pfeifen steigerte sich in
einem Crescendo, Hände schlugen auf Knie den Takt dazu:
Duh-duh-duh. Dann johlte der Junge lauthals los, unsinnig
und schwindelerregend; Horace kam es vor, als sitze er vor
einer Reihe bedruckter Seiten, die in rasend schnellen Ruk-
ken umgewendet wurden und im Gehirn eine Flut sinn-
und verstandloser Signale hinterließen.

„Sie ist schon tausend Meilen ohne Fahrkarte gefahren."

„Marge ebenfalls."

„Beth genauso."

„Duh-duh-duh."

„Marge ebenfalls."

„Ich loch mir meine Freitag abend."

„Jau, juhuh."

„Magst du Leber?"

„Dazu langt's bei mir nicht."

„Duh-duh juhuh."

Sie pfiffen, klapperten mit den Hacken den Takt auf den Boden, steigerten das Crescendo zu wildem Grölen: Duh-duh-duh. Der erste stand auf und stieß Horace den Klappsitz gegen den Hinterkopf.

„Komm", sagte er. „Die Luft ist rein." Wieder gab der Sitz Horace einen Stoß, und dann sah dieser, wie die beiden zurückgingen und wieder zu der Gruppe traten, die den Mittelgang blockierte, und wie der eine von ihnen seine freche, grobe Hand flach auf eines der strahlenden, sanften Gesichter legte, die sich zu ihnen emporgewandt hatten. Hinter der Gruppe stand, gegen einen Sitz gestützt, eine Landfrau mit einem Kind auf dem Arm. Von Zeit zu Zeit blickte sie durch den blockierten Mittelgang verlangend nach den leeren Plätzen hinüber.

In Oxford stieg er aus, diesmal in ein wahres Gedränge von Mädchen, die den Bahnhof bevölkerten, hutlos, in hellen Kleidern, hin und wieder mit Büchern in den Händen und ebenfalls umringt von Schwärmen bunter Hemden. Es war nicht hindurchzukommen durch sie; ihre Begleiter an den Händen gefaßt, gelegentlich Gegenstand laffenhaften Betatschens, schlenderten sie den Hügel zum College hinauf, wackelten mit den kleinen Hüften und sahen Horace mit kalten, blanken Augen an, als er vom Gehsteig trat, um sie zu überholen.

Oben auf dem Hügel teilte sich der Weg in drei Pfade durch einen weitläufigen Hain, jenseits dessen, in grünen Durchblicken, Gebäude aus rotem Ziegel oder grauem Stein aufschimmerten und eine helle Sopran-Glocke zu läuten begann. Die Prozession wurde zu drei Strömen, die sich sehr bald auf die einzelnen schlendernden Paare verdünnten; sie hielten sich an den Händen, liefen in ziellosen Wellen, rempelten einander mit albernem Kreischen an, alles mit der zufälligen, hochgespannten Absichtslosigkeit von Kindern.

Der breitere Weg führte zum Postamt. Horace trat ein und wartete, bis das Fenster frei war.

„Ich suche eine junge Dame, Miss Temple Drake. Wahrscheinlich hab ich sie eben verfehlt, nicht wahr?"

„Sie ist gar nicht mehr hier", sagte der Angestellte. „Sie hat die Schule vor etwa zwei Wochen verlassen." Er war jung: ein stumpfsinniges, glattes Gesicht hinter einer Hornbrille, das Haar korrekt gescheitelt. Nach einiger Zeit hörte Horace sich ruhig fragen:

„Sie wissen nicht zufällig, wohin sie gegangen ist?"

Der Angestellte sah ihn an. Er beugte sich vor und senkte die Stimme: „Sind Sie etwa auch Detektiv?"

„Ja", sagte Horace, „ja. Es ist aber nicht wichtig. Wirklich nicht wichtig." Dann ging er ruhig die Stufen hinunter, wieder ins Sonnenlicht hinaus. Dort stand er, während sie in einem unablässigen Strom von bunten Kleidern zu beiden Seiten an ihm vorüberdrängten, nacktarmig, mit strahlenden Gesichtern, von jenem immer gleichen kühlen, unschuldigen, unverlegenen Ausdruck, den er nur zu gut kannte in ihren Augen, über der wilden, immer gleichen Schminkfarbe auf ihren Mündern; wie schwebende Musik, wie im Sonnenlicht ausgegossener Honig, heidnisch, schwindflüchtig und heiter, eine dünne Erinnerung, die alle verlorenen Tage und Wonnen wieder heraufrief, schemenhaft in der Sonne. Hell, gleißend, hitzezitternd lag sie auf den offenen Lichtungen, hinter denen trugbildgleiche Gebilde aus Stein und Ziegel aufstiegen: Säulen ohne Kapitell, Türme, die scheinbar über grünem Gewölk in langsamem Verfall dem Südwestwind entgegentrieben, drohend, gewichtlos, sanft; und er stand da und lauschte der lieblichen Klosterglocke und dachte, Was nun? Was nun? und gab sich selbst die Antwort: Nun, nichts. Nichts. Es ist zu Ende.

Er kehrte zum Bahnhof zurück, eine Stunde bevor der Zug fällig war, eine gestopfte, doch nicht angezündete Pfeife in der Hand. Auf der Toilette erblickte er, mit Bleistift an die dreckige, fleckige Wand gekritzelt, ihren Namen. Temple Drake. Er las ihn gelassen, den Kopf gesenkt, bedächtig an der unangezündeten Pfeife fingernd.

Eine halbe Stunde, bevor der Zug kam, begannen sie sich zu sammeln; sie kamen den Hügel heruntergeschlendert und sammelten sich mit dünnem, hellem, heiserem Gelächter auf dem Bahnsteig, ein monotones Gemenge aus blonden Beinen, aus Körpern, die sich unablässig in ihren knappen Kleidchen bewegten, mit der ganzen linkischen und wollüstigen Absichtslosigkeit der Jugend.

Der Rückzug führte einen Salonwagen. Horace betrat ihn, nachdem er das Personenabteil durchquert hatte. Es gab dort nur einen Reisenden sonst: einen Mann in der Mitte des Wagens, am Fenster, barhäuptig, zurückgelehnt, den Ellbogen auf dem Fensterbrett und eine unangezündete Zigarre in der beringten Hand. Als der Zug abfuhr und die glattgekämmten Köpfe draußen immer schneller vorbeischwirrten, stand der andere Reisende auf und ging vor in den Personenwagen. Er trug einen Mantel über dem Arm und einen verschmutzten hellen Filzhut. Aus dem Augenwinkel sah Horace, wie seine Hand nach der Brusttasche tastete, und bemerkte den scharf gestutzten Haarrand über dem dicken, weichen, weißen Nacken des Mannes. Wie mit der Guillotine abgeschnitten, dachte Horace und sah dem Mann nach, wie er dem Steward im Mittelgang auswich und verschwand, wie er mit der Geste des Hutaufsetzens aus seinem Blickfeld verschwand und aus seinen Gedanken. Der Zug eilte weiter, schwankend in den Kurven, vorüberblitzend an einem gelegentlichen Haus, durch Einschnitte und Täler, in denen sich junge Baumwolle drehte, langsam, in fächergleichen Reihen.

Der Zug verringerte seine Geschwindigkeit; es gab einen Ruck, und vier Pfiffe ertönten. Der Mann mit dem verschmutzten Hut trat wieder ein; er nahm gerade eine Zigarre aus seiner Brusttasche. Er kam mit schnellen Schritten den Gang herunter und sah Horace an. Er zögerte, die Zigarre in den Fingern. Wieder ruckte der Zug. Der Mann fuhr mit der Hand nach der Sitzlehne Horace gegenüber und hielt sich daran fest.

„Ist das nicht Richter Benbow?" sagte er. Horace blickte auf und sah in ein massig schwammiges Gesicht, das ohne jeden Hinweis auf Alter oder Gedanken war – eine majestätische Schwemme Fleisch zu beiden Seiten einer kleinen Stumpfnase, die dreinblickte, als schaue sie über ein Hochplateau hin, und dabei zugleich doch etwas unbeschreiblich und widersinnig Zartes an sich hatte, ganz als habe der Schöpfer seinen Scherz dadurch vollendet, daß er den überreichlichen Aufwand an Lehm durch etwas wieder ausglich, was ursprünglich für ein schwaches, erwerbsüchtiges Geschöpf wie etwa ein Eichhörnchen oder eine Ratte gedacht war. „Spreche ich nicht mit Richter Benbow?" sagte er und bot seine Hand. „Ich bin Senator Snopes, Clarence Snopes."

„Oh", sagte Horace, „ja. Danke", sagte er, „aber ich fürchte, Sie sind der Wirklichkeit da ein bißchen voraus. Der Richter ist bisher nur eine Hoffnung."

Der andere schwenkte die Zigarre und hielt Horace die andere Hand, deren dritter Finger am Rand eines riesigen Rings leicht verfärbt war, mit breiter Geste hin. Horace schüttelte sie und befreite dann seine Rechte. „Ich dachte mir gleich, ich hab Sie erkannt, wie Sie in Oxford einstiegen", sagte Snopes, „aber ich ... Darf ich mich setzen?" sagte er und drückte schon Horaces Knie mit seinem Bein beiseite. Er warf seinen Mantel – ein billiges blaues Kleidungsstück mit speckigem Samtkragen – auf den Sitz und ließ sich darauf nieder, als der Zug hielt. „Ja, mein lieber Herr, ich freu mich immer, wenn ich mal wieder einen von den alten Jungs sehe, ehrlich ..." Er beugte sich an Horace vorbei zum Fenster und blickte auf einen kleinen schmutzigen Bahnhof hinaus, dessen Anschlagtafel mit kryptischen Kreidezeichen bedeckt war, auf einen Güterexpreß mit Drahtverschlag, in dem zwei verlorene Hühner hockten, auf drei oder vier Männer in Overalls, die geruhsam kauend an einer Mauer lehnten. „Natürlich gehörn Sie nicht mehr zu meinem Wahlkreis jetzt, aber ich sag immer, Freund bleibt Freund, egal was er wählt. Hab ich nicht recht? Ob einer was für mich tun kann oder nicht, das spielt doch gar keine . . ." Er lehnte sich zurück, die unangezündete Zigarre in den Fingern. „Sie kommen also nicht aus der Stadt jetzt, oder?"

„Nein", sagte Horace.

„Aber wenn Sie mal in Jackson sind, wird's mir ein Vergnügen sein, mich um Sie zu kümmern, genauso wie wenn Sie noch zu meinem Wahlkreis gehörten. So viel hat keiner zu tun, daß er nicht mal für 'nen alten Freund noch Zeit hätte, sag ich. Warten Sie mal, Sie sind doch in Kinston jetzt, stimmt's? Ich kenn die Senatoren da. Tüchtige Leute, alle beide, kann mich bloß im Moment nicht an die Namen erinnern."

„Da bin ich selber überfragt", sagte Horace. Der Zug setzte sich in Bewegung. Snopes beugte sich in den Mittelgang und sah nach hinten. Sein hellgrauer Anzug war gebügelt, aber nicht gereinigt worden. „Also dann", sagte er. Er stand auf und nahm seinen Mantel. „Wenn Sie mal in die Stadt kommen . . . ich steh Ihnen jederzeit zur . . . Sie fahrn nach Jefferson, was?"

„Ja", sagte Horace.

„Na, dann sehn wir uns ja noch."

„Warum bleiben Sie nicht hier?" sagte Horace. „Hier ist es doch viel bequemer."

„Ich will nach vorn, ein bißchen rauchen", sagte Snopes und schwenkte die Zigarre. „Wir sehn uns schon noch."

„Rauchen können Sie hier auch. Es sind ja keine Damen da."

„Sicher", sagte Snopes. „Wir sehn uns in Holly Springs." Er ging durch den Gang vor zum Personenwagen und verschwand aus dem Blickfeld, die Zigarre im Mund. Horace erinnerte sich seiner vor zehn Jahren; da war er ein plumper, stumpfsinniger Junge gewesen, Sohn eines Restaurantbesitzers und Angehöriger einer Familie, die im Lauf von zwanzig Jahren aus der Gegend um Franzosenwinkel schubweise nach Jefferson übergesiedelt war, einer Familie, genügend weit verzweigt, um ihn ohne Zuhilfenahme einer öffentlichen Wahl in die Legislative zu bringen.

Er saß ganz still, die kalte Pfeife in der Hand. Er stand auf und ging vor durch den Personenwagen ins Raucherabteil. Snopes stand im Gang, den Schenkel über der Armlehne einer Sitzbank, auf der vier Männer saßen, und benutzte die unangezündete Zigarre zum Gestikulieren. Horace fing einen Blick von ihm auf und winkte ihm von der Plattform zu. Einen Moment später trat Snopes zu ihm, den Mantel über dem Arm.

„Wie geht's denn in der Hauptstadt so?" sagte Horace.

Snopes begann mit seiner rauhen, zuversichtlichen Stimme zu sprechen. Schrittweise erstand ein Bild stupider Schikanen und kleinlicher Korruption zu stupiden und kleinlichen Zwecken: Szenen in Hotelzimmern meist, in die Pagen mit gebauschten Jacken huschten, auf diskretes Rockblitzen hin in rasch geschlossenen Kabinettstüren. „Also jederzeit, wenn Sie mal in der Stadt sind", sagte er. „Ich freu mich immer, wenn ich die Jungs rumführen kann. Können jeden fragen in der Stadt: wenn was los ist, dann weiß Clarence Snopes auch, wo. Sie haben ja einen ziemlich verzwickten Fall da jetzt, nach allem, was man so hört."

„Läßt sich noch nicht genau sagen", sagte Horace. Er sagte: „Ich war heute kurz in Oxford, bei der Universität, und hab da auch mit ein paar Freundinnen von meiner Stieftochter gesprochen. Eine ihrer besten Freundinnen ist nicht mehr da jetzt. Eine junge Dame aus Jackson namens Temple Drake."

Snopes sah ihn mit dicken, kleinen, undurchsichtigen Augen an. „Ah, ja; das Mädchen von Richter Drake", sagte er. „Die Kleine, die durchgebrannt ist."

„Durchgebrannt?" sagte Horace. „Sie meinen doch, nach Hause zurück, oder? Was war denn los? Hat sie im Studium versagt?"

„Keine Ahnung. Wie's in der Zeitung kam, dachten die Leute, sie ist mit irgendeinem Burschen durchgebrannt. So 'ne Art Kameradschaftsehe."

„Aber als sie dann wieder zu Hause aufkreuzte, wußten sie ja doch, daß es das nicht war, denk ich. Tja, da wird Belle überrascht sein. Was macht sie denn jetzt? Trödelt wahrscheinlich in Jackson rum, oder?"

„Nee, da ist sie nicht."

„Nicht?" sagte Horace. Er spürte, wie der andere ihn beobachtete. „Wo steckt sie denn?"

„Der Papa hat sie irgendwo in den Norden geschickt, zu 'ner Tante. Michigan. Hat ein paar Tage später auch in der Zeitung gestanden."

„Ah, ja", sagte Horace. Seine Hand hielt immer noch die kalte Pfeife, und er entdeckte, daß er in seiner Tasche nach einem Streichholz suchte. Er holte tief Atem. „Die Zeitung in Jackson ist ja ein ziemlich gutes Blatt. Gilt als das zuverlässigste Blatt im ganzen Staat, nicht?"

„Klar", sagte Snopes. „Sie waren in Oxford, um das Mädchen ausfindig zu machen?"

„Nein, nein. Ich hab da nur zufällig eine Freundin meiner Tochter getroffen, und die erzählte beiläufig, sie hätte die Schule verlassen. Ja, also, wir sehen uns dann in Holly Springs."

„Klar", sagte Snopes. Horace kehrte in den Salonwagen zurück, setzte sich und zündete seine Pfeife an.

Als der Zug langsam in Holly Springs einfuhr, ging er auf die Plattform, dann trat er rasch ins Abteil zurück. Snopes tauchte aus dem Personenwagen auf, als der Steward die Tür öffnete und das Trittbrett herunterschwang. Snopes stieg aus. Er zog etwas aus seiner Brusttasche und gab es dem Steward. „Hier, George", sagte er, „hier haben Sie 'ne Zigarre."

Horace stieg ebenfalls aus. Snopes ging weiter; sein verschmutzter Hut überragte alle andern um eine halbe Haupteslänge. Horace sah den Steward an.

„Die haben Sie von ihm, nicht wahr?"

Der Steward streichelte die Zigarre auf seiner flachen Hand. Dann steckte er sie in die Tasche.

„Was wollen Sie damit machen?" sagte Horace.

„Die geb ich nicht her, die kriegt keiner", sagte der Steward. „Keiner, den ich kenne."

„Macht er das oft?"

„Drei- bis viermal im Jahr. Und scheinbar krieg jedesmal ich die... jedenfalls... vielen Dank, der Herr."

Horace sah Snopes in den Wartesaal treten; der verschmutzte Hut, der speckige Nacken entschwanden seinen Gedanken wieder. Er stopfte sich die Pfeife neu.

Einen Blick entfernt, hörte er den Zug nach Memphis einlaufen. Er hielt auf dem Bahnsteig, als Horace die Station erreichte. Neben der offenen Plattform stand Snopes und sprach mit zwei jungen Leuten in neuen Strohhüten, und es lag etwas unbestimmt Mentorhaftes, Belehrendes in seinen fetten Schultern und Gesten. Die Lokomotive pfiff. Die beiden jungen Leute stiegen ein. Horace trat einen Schritt zurück um die Ecke des Bahnhofsgebäudes.

Als sein Zug kam, sah er, wie Snopes vor ihm einstieg und ins Raucherabteil ging. Horace klopfte seine Pfeife aus und stieg in den Personenwagen und fand ganz hinten einen Platz, mit dem Rücken zur Fahrtrichtung.

ZWANZIGSTES KAPITEL

Als Horace den Bahnhof in Jefferson verließ, bremste neben ihm ein Wagen, der in Stadtrichtung fuhr. Es war das Taxi, das er immer nahm, wenn er zu seiner Schwester hinaus wollte. „Diesmal gibt's 'ne Gratisfahrt", sagte der Chauffeur.

„Sehr nett von Ihnen", sagte Horace. Er stieg ein. Als der Wagen auf den Platz fuhr, zeigte die Uhr am Gerichtsgebäude erst zwanzig Minuten nach acht, doch in dem Hotelzimmerfenster drüben war kein Licht. „Vielleicht schläft das Kind", sagte Horace. Er sagte: „Wenn Sie mich vor dem Hotel absetzen wollen . . ." Dann merkte er, daß der Chauffeur ihn beobachtete, mit einer Art diskreter Neugier.

„Sie waren auswärts heute", sagte der Chauffeur.

„Ja", sagte Horace. „Was ist los? Was ist hier heute passiert?"

„Sie wohnt nicht mehr im Hotel. Ich hab gehört, daß Mrs. Walker sie aufgenommen hat bei sich, im Gefängnis."

„Ach", sagte Horace. „Ich steige aber doch beim Hotel aus."

Die Halle war leer. Nach einem Augenblick erschien der Besitzer: ein sehniger, eisengrauer Mann mit einem Zahnstocher, die Weste offen über einem beträchtlichen Wanst. Die Frau war nicht da. „Die Kirchendamen, verstehn Sie", sagte er. Er senkte die Stimme, den Zahnstocher in den Fingern. „Heute früh sind sie hier aufgekreuzt. Ein ganzes Komitee. Tja, Sie wissen doch, wie das ist. Da kann man nichts machen."

„Wollen Sie damit sagen, Sie lassen sich von der Baptistenkirche vorschreiben, wer bei Ihnen Gast sein darf?"

„Was soll ich machen. Die Damen. Sie wissen doch, was fällig ist, wenn die mal Blut geleckt haben. Da kann 'n Mann wie ich mal gleich klein beigeben und tun, was sie sagen. Natürlich ist bei mir . . ."

„Mein Gott, wenn da ein Mann gewesen wäre . . ."

„Sssss", sagte der Hotelbesitzer. „Sie wissen doch genau, was fällig ist, wenn die mal . . ."

„Aber natürlich war kein Mann da, der . . . Und Sie wollen einer sein, Sie, der Sie zugelassen haben, daß . . ."

„Ich muß auch auf meine Stellung sehen", sagte der Hotelbesitzer in beschwichtigendem Ton. „Da hab ich auch 'ne gewisse Verantwortung. Wenn Sie das mal genau überlegen." Er trat ein wenig zurück, an den Rezeptionstisch. „Und im übrigen werd ich ja wohl noch selber bestimmen dürfen, wer in meinem Hause bleibt und wer nicht", sagte er. „Und ich kenn noch 'n paar mehr Leute hier, die das lieber ebenso machen sollten. Keine Meile weit weg. Ich bin keinem Menschen verpflichtet. Ihnen schon gar nicht, das merken Sie sich."

„Wo ist sie jetzt? Oder hat man sie gleich ganz aus der Stadt getrieben?"

„Was geht's mich an, wo die Leute bleiben, wenn sie ihre Rechnung bezahlt haben", sagte der Hotelbesitzer und drehte ihm den Rücken. Er sagte: „Wird sie schon jemand bei sich aufgenommen haben, denk ich."

„Ja", sagte Horace. „Christen. Christen." Er wandte sich zur Tür. Der Hotelbesitzer rief nach ihm. Er drehte sich um. Der andere holte ein Blatt Papier aus einem Fach der Rezeption. Horace kehrte an den Tisch zurück. Das Papier lag auf dem Tisch. Der Hotelbesitzer stützte die Hände auf den Tisch, den Zahnstocher schief im Mund.

„Sie hat gesagt, Sie täten das bezahlen", sagte er.

Er bezahlte die Rechnung, zählte das Geld mit zitternden Händen hin. Er trat in den Gefängnishof und ging zu der Tür und klopfte. Nach einer Weile erschien eine dürre, schlumpige Frau mit einer Lampe; sie hatte eine Männerjacke an, diesie sich vor der Brust zusammenhielt. Sie spähte ihm ins Gesicht und sagte, noch ehe er sprechen konnte:

„Sie suchen Mrs. Goodwin, was?"

„Ja. Wieso wissen ... Haben Sie mich schon einmal ..."

„Sie sind der Anwalt. Ich hab Sie schon mal gesehn. Sie ist hier. Schläft jetzt."

„Danke", sagte Horace. „Vielen Dank. Ich wußte, daß jemand ... ich konnte einfach nicht glauben, daß ..."

„Na, für 'ne Frau und 'n Kind werd ich immer noch 'n Bett finden", sagte die Frau. „Ist mir schnuppe, was Ed sagt dazu. Wolln Sie was Besonderes von ihr? Sie schläft jetzt."

„Nein, nein; ich wollte nur ..."

Die Frau sah ihn über die Lampe weg an. „Dann ist's ja nicht nötig, daß wir sie stören jetzt. Sie können morgen früh vorbeikommen und ihr 'ne Unterkunft suchen. Hat gar keine Eile."

Am nächsten Nachmittag fuhr Horace zu seiner Schwester hinaus, wieder in einem Mietwagen. Er erzählte ihr, was geschehen war. „Jetzt werde ich sie wohl doch mit heimnehmen müssen."

„Nicht in mein Haus", sagte Narcissa.

Er sah sie an. Dann begann er sich langsam und sorgfältig die Pfeife zu stopfen. „Es bleibt mit keine Wahl, meine Liebe. Das mußt du doch einsehen."

„Nicht in mein Haus", sagte Narcissa. „Ich dachte, der Punkt wäre erledigt zwischen uns."

Er zündete das Streichholz an und setzte die Pfeife in Brand und legte das Streichholz sorgsam in den Kamin. „Ist dir eigentlich klar, daß man sie praktisch auf die Straße geworfen hat? Daß man ...."

„Das wird sie schon nicht allzu hart getroffen haben. Daran müßte sie doch gewöhnt sein."

Er sah sie an. Er steckte die Pfeife in den Mund, rauchte sie sorgfältig in Glut und sah, wie seine Hand zitterte am Stiel. „Hör zu. Morgen wird man sie wahrscheinlich auffordern, die Stadt zu verlassen. Bloß weil sie zufällig nicht mit dem Mann verheiratet ist, dessen Kind sie in diesen geheiligten Straßen herumträgt. Aber wer hat es ihnen gesagt? Das möchte ich doch gerne wissen. Kein Mensch in Jefferson hatte eine Ahnung davon, bis auf ...."

„Du warst der erste, von dem ich's gehört hab", sagte Miss Jenny. „Aber, Narcissa, warum ...."

„Nicht in meinem Haus", sagte Narcissa.

„Na schön", sagte Horace. Er sog an der Pfeife, bis sie gleichmäßig glühte. „Das erledigt die Sache natürlich", sagte er mit leichter, trockener Stimme.

Sie stand auf. „Willst du hierbleiben heute nacht?"

„Was? Nein. Nein. Ich werde ... Ich hatte ihr gesagt, ich würde sie abholen kommen im Gefängnis und ...." Er sog an seiner Pfeife. „Na ja, eigentlich ist es nicht wichtig. Jedenfalls hoffe ich das."

Sie war stehen geblieben, halb umgewandt. „Bleibst du nun oder nicht?"

„Ich könnte ihr ja sogar sagen, ich hätte eine Reifenpanne gehabt", sagte Horace. „Die Zeit ist am Ende gar keine so üble Sache. Wenn man sie richtig nutzt, kann man alles in die Länge ziehen, wie ein Gummiband, bis es irgendwo reißt und man mit der ganzen Tragik und Verzweiflung dasitzt, in jeder Hand ein kleines Wirrwarr zwischen Daumen und Zeigefinger."

„Also bleibst du nun oder bleibst du nicht, Horace?" sagte Narcissa.

„Ich denke, ich werde bleiben", sagte Horace.

Er lag im Bett. Er hatte etwa eine Stunde in der Dunkelheit gelegen, als die Tür des Zimmers aufging, was er eher fühlte als hörte oder sah. Es war seine Schwester. Er richtete sich auf, stützte sich auf den Ellbogen. Sie nahm undeutlich Gestalt an, als sie sich dem Bett näherte. Sie kam und sah auf ihn nieder. „Wie lange willst du das noch so weitergehn lassen?" sagte sie.

„Bloß bis morgen", sagte er. „Dann gehe ich in die Stadt zurück. Du brauchst mich nicht wiederzusehen."

Sie stand neben dem Bett, ohne Bewegung. Nach einem Augenblick drang ihre kalte, unbeugsame Stimme wieder zu ihm herab. „Du weißt genau, was ich meine."

„Ich verspreche, sie nicht mehr in dein Haus zu bringen. Du kannst ja Isom schicken, daß er sich im Cannabeet versteckt."

Sie sagte nichts. „Daß ich selber da wohne, dagegen hast du doch sicher nichts, oder?"

„Mir ist es gleich, wo du wohnst. Wichtig ist, wo ich wohne. Ich wohne hier, in dieser Stadt. Ich muß auch weiter hier wohnen. Aber du bist ein Mann. Für dich spielt das keine Rolle. Du kannst einfach weggehen."

„Ah", sagte er. Er lag ganz still. Sie stand über ihm, bewegungslos. Sie sprachen beide ganz ruhig, als redeten sie von Tapeten oder vom Essen.

„Verstehst du denn nicht – das hier ist mein Heim, in dem ich den Rest meines Lebens verbringen muß. Wo ich geboren bin. Ich kümmere mich nicht darum, wo du dich sonst rumtreibst und was du sonst machst. Es ist mir egal, wie viele Frauen du hast und wer sie sind. Aber ich kann nicht einfach zusehen, wenn mein Bruder sich mit einer Frau einläßt, über die geredet wird. Ich erwarte nicht, daß du Rücksicht auf mich nimmst; ich bitte dich nur, nimm Rücksicht auf unsern Vater und unsere Mutter. Bring sie nach Memphis. Es heißt, du hättest es abgelehnt, den Mann auf Bürgschaft aus der Haft zu holen; also bring sie nach Memphis. Du kannst dir ja auch irgendeine Lüge ausdenken, die du ihm erzählst."

„Ah ja. So denkst du dir das also."

„Ich denke mir überhaupt nichts. Mir ist das alles gleichgültig. Es handelt sich darum, was die Leute in der Stadt denken. Deshalb spielt es gar keine Rolle, ob es wahr ist oder nicht. Ich hab nur etwas dagegen, daß ich jeden Tag durch dich gezwungen bin, für dich zu lügen. Geh weg von hier, Horace. Jeder außer dir würde einsehen, daß hier ein Fall von kaltblütigem Mord vorliegt."

„Und natürlich ihretwegen begangen, wie? Ich nehme an, die Leute behaupten auch das, in ihrer wohlriechenden und allmächtigen Heiligkeit. Sagen sie nicht vielleicht auch schon, ich wär's gewesen, der ihn umgebracht hat?"

„Ich sehe nicht ein, daß es einen Unterschied machen soll, wer es getan hat. Die Frage ist, ob du dich weiterhin damit abgeben willst oder nicht. Nachdem die Leute nun schon glauben, daß ihr beide, du und sie, nachts zusammen in mein Haus schlüpft." Ihre kalte, unbeugsame Stimme formte die Worte in der Dunkelheit über ihm so, daß sie fast Gestalt annahmen darin. Durch das Fenster drang auf der wehenden Dunkelheit die schläfrige Dissonanz von Zikaden und Grillen.

„Glaubst du das auch?" sagte er.

„Es spielt keine Rolle, was ich glaube. Geh hier weg, Horace. Ich verlange das von dir."

„Und sie lasse ich einfach sitzen – sie beide, so ganz einfach?"

„Beauftrage einen Anwalt, wenn er immer noch darauf besteht, daß er unschuldig ist. Ich zahle die Kosten. Du kannst einen besseren Strafverteidiger bekommen, als du es bist. Sie wird das überhaupt nicht erfahren. Es wäre ihr auch sicher egal. Siehst du denn nicht, daß sie dich bloß zum Narren hält, damit sie ihn für nichts aus dem Gefängnis freikriegt? Weißt du denn überhaupt, ob diese Frau nicht irgendwo Geld versteckt hat? Du fährst morgen in die Stadt zurück, nicht wahr?" Sie wandte sich ab, begann sich in der Schwärze aufzulösen. „Vor dem Frühstück wirst du ja aber nicht fahren."

Beim Frühstück am nächsten Morgen sagte seine Schwester: „Wer vertritt eigentlich die Gegenseite in dem Fall?"

„Der Bezirksstaatsanwalt. Wieso?"

Sie klingelte und schickte nach frischem Brot. Horace beobachtete sie. „Wieso fragst du danach?" Dann sagte er: „Verdammte kleine Ratte." Er meinte den Staatsanwalt, der ebenfalls in Jefferson groß geworden und mit ihnen beiden auf die städtische Schule gegangen war. „Ich glaube, die Sache von vorgestern abend, da hat er die Finger im Spiel gehabt. Im Hotel. Hat sie da rauswerfen lassen, um in der Öffentlichkeit Eindruck zu schinden, politisches Kapital zu schlagen. Bei Gott, wenn ich das genau wüßte, wenn ich glauben müßte, daß er das getan hat, bloß um in den Kongreß gewählt zu werden..."

Nachdem Horace abgefahren war, ging Narcissa zu Miss Jenny ins Zimmer hinauf. „Wer ist eigentlich hier Staatsanwalt bei uns?" sagte sie.

„Du kennst ihn schon dein Leben lang", sagte Miss Jenny. „Du hast ihn sogar gewählt. Eustace Graham. Wozu willst

176

du das wissen? Siehst du dich nach einem Ersatz für Gowan Stevens um?"

„Ich hab bloß grad überlegt", sagte Narcissa.

„Schnickschnack", sagte Miss Jenny. „Du überlegst doch nie. Du tust einfach irgend etwas, und dann hörst du auf und wartest, bis die nächste Gelegenheit kommt, irgend etwas zu tun."

Horace traf Snopes, als dieser eben aus dem Friseurladen kam, die Backen pudergrau, einen Dunstkreis von Pomade um sich. In der Hemdbrust, unter der Schleife, trug er einen unechten Rubinknopf, passend zu seinem Ring. Die Schleife hatte ein blaues Punktmuster; selbst die weißen Tüpfel darauf wirkten schmutzig, wenn man sie aus der Nähe sah; irgendwie weckte der ganze Mann mit seinem ausrasierten Nacken, dem gebügelten Anzug und den glänzenden Schuhen den Eindruck, als sei er eher chemisch gereinigt worden als gewaschen.

„Sieh an, der Herr Richter", sagte er. „Wie ich höre, haben Sie's nicht ganz leicht, eine Unterkunft für Ihre Klientin zu finden. Ich sag's ja immer" – er beugte sich vor, senkte die Stimme, ließ die lehmfarbenen Augen zur Seite schweifen –, „die Kirche hat in der Politik nichts zu suchen, und die Frauen haben's in beiden nicht, mal ganz zu schweigen von der Justiz. Solln gefälligst zu Hause bleiben, da finden sie wahrhaftig genug zu tun, auch ohne einem Mann seinen Prozeß durcheinander zu bringen. Und im übrigen ist 'n Mann ja auch bloß 'n Mensch, und was er macht, das geht keinen was an außer ihm. Was haben Sie mit ihr denn gemacht jetzt?"

„Sie ist im Gefängnis", sagte Horace. Er sprach kurzab, machte Anstalten weiterzugehen. Der andere vertrat ihm wie aus plumpem Zufall den Weg.

„Sie haben die Leute hier auch ganz schön aufgebracht. Man redet, Sie hätten Goodwin keine Kaution verschafft, bloß damit er auf Nummer Sicher bleiben muß . . ." Wieder machte Horace Anstalten weiterzugehen. „Das halbe Unheil auf der Welt richten die Frauen an, sag ich immer. Wie dieses Mädchen, also wie die ihren Alten geschafft hat damit, daß sie einfach so durchgebrannt ist! Schätze, er hat's genau richtig gemacht, daß er sie weggeschickt hat hier aus dem Staat."

„Ja", sagte Horace mit rockener, wütender Stimme.

„Ich bin ja heilfroh, daß Ihr Fall jetzt glatt über die Bühne geht. Unter uns beiden, ich säh's ja zu gerne mal, daß 'n guter Anwalt diesen Affen von Staatsanwalt fertigmacht. Kriegt so 'n Kerl mal 'n kleines Staatsamt in die Finger, platzt er gleich aus allen Nähten vor Einbildung. Tja, war nett, Sie zu sehen. Ich hab ein, zwei Tage in der Stadt zu tun. Sie fahrn nicht auch zufällig in der Richtung?"

„Was?" sagte Horace. „In welcher Richtung?"

„Memphis. Kann ich vielleicht was tun für Sie?"

„Nein", sagte Horace. Er ging weiter. Eine Strecke lang war er unfähig, etwas zu sehen. Er stapfte einfach los; seine Backenmuskeln begannen zu schmerzen; ohne es zu wollen, ging er stumm an Leuten vorbei, die ihn ansprachen.

EINUNDZWANZIGSTES KAPITEL

Als der Zug sich Memphis näherte, hörte Virgil Snopes auf zu sprechen und wurde langsam immer stiller, während sein Gefährte, der aus einer Paraffinpapier-Packung Röstmais und Melasse aß, sich ganz im Gegenteil immer lebhafter gebärdete, fast als habe er einen Rausch, und den entgegengesetzten Zustand seines Freundes anscheinend gar nicht bemerkte. Er redete immer noch wie ein Wasserfall, als sie, die neuen Koffer aus Lederimitation in der Hand, die neuen Hüte schief im ausrasierten Nacken, am Bahnhof ausstiegen. Im Wartesaal sagte Fonzo:

„Also, was machen wir als erstes?" Virgil sagte nichts. Jemand stieß sie an; Fonzo griff nach seinem Hut. „Sag schon, was wolln wir machen?" Dann sah er Virgil an, sah ihm ins Gesicht. „Nanu, was ist los?"

„Nichts ist los", sagte Virgil.

„Also, was machen wir dann? Du bist ja schon mal hier gewesen. Ich noch nicht."

„Schätze, wir sehn uns am besten erst mal etwas um", sagte Virgil.

Fonzo beobachtete ihn, die blauen Augen wie Porzellan. „Sag mal, was hast du eigentlich? Die ganze Zeit im Zug hast du geredet und erzählt, wie oft daß du schon im Memphis gewesen wärst. Ich geh jede Wette ein, daß du noch nie im Leben hier ge . . ." Wieder stieß sie jemand an, stieß sie auseinander; ein Strom von Menschen begann sich zwischen ihnen durchzudrängen. Fonzo umklammerte Koffer und Hut und kämpfte sich zu seinem Freund zurück.

„War ich sehr wohl", sagte Virgil und sah sich mit glasigen Augen um.

„Na schön, was machen wir dann also? Vor acht Uhr morgen früh machen die bestimmt nicht auf."

„Weshalb hast du's denn bloß so eilig?"

„Eilig? Ich hab bloß keine Lust, die ganze Nacht hier so rumzustehen . . . Was hast du gemacht, wenn du früher hier warst?"

„Bin in ein Hotel gegangen", sagte Virgil.

„Welches denn? Die haben hier doch nicht bloß eins. Oder glaubst du, die ganzen Leute hier übernachten in einem einzigen Schuppen? Wie hieß es denn?"

Auch Virgils Augen waren von blassem, falschem Blau. Er sah sich glasig um. „Gayoso-Hotel", sagte er.

„Na schön, dann gehn wir da mal hin", sagte Fonzo. Sie gingen zum Ausgang. Ein Mann brüllte ihnen „Taxi!" entgegen; eine Rotkappe versuchte Fonzo den Koffer abzunehmen. „Du, paß auf", sagte er und zog ihn zurück. Auf der Straße wurden sie von weiteren Taxichauffeuren angebellt.

„Das ist also Memphis", sagte Fonzo. „Und wo geht's jetzt

lang?" Er bekam keine Antwort. Er sah sich um; Virgil
wandte sich eben von einem Taxi ab. „Hör mal, was soll
denn . . .?"

„Hier rauf", sagte Virgil. „Ist gar nicht weit."

Es waren anderthalb Meilen. Von Zeit zu Zeit wechsel-
ten sie die Hände an den Koffern. „Das ist also Memphis",
sagte Fonzo. „Mensch, wo hab ich bloß mein Leben vertrö-
delt bisher?" Als sie das Gayoso betraten, bot sich ein Träger an, ihr Gepäck zu nehmen. Sie drängten an ihm vorüber und traten ein, gingen schüchtern über den Fliesenbo-
den. Virgil blieb stehen.

„Komm doch, was ist?" sagte Fonzo.

„Warte", sagte Virgil.

„Ich dachte, du warst schon mal hier", sagte Fonzo.

„War ich auch. Aber das ist hier zu teuer. Die verlangen
einen Dollar pro Tag."

„Was wolln wir dann denn machen?"

„Sehn wir uns erstmal bloß so um."

Sie traten wieder auf die Straße. Es war fünf Uhr. Sie gingen weiter, sahen sich um, die Koffer an der Hand. Sie kamen zu einem anderen Hotel. Drinnen sahen sie Marmor,
Spucknäpfe aus Messing, eilende Pagen, Leute, die zwischen Topfpflanzen saßen.

„Das hier ist sicher genauso teuer", sagte Virgil.

„Was solln wir dann aber machen? Wir können doch nicht
die ganze Nacht so rumlaufen."

„Machen wir erstmal, daß wir von der Straße hier wegkommen", sagte Virgil. Sie verließen die Main Street. An der
nächsten Ecke bog Virgil wieder ab. „Probiern wir mal die
hier. Daß wir erstmal von dem ganzen Spiegelglas und den
Niggeraffen weg sind. Das bezahlt man nämlich alles mit in
so 'nem Laden."

„Wieso das denn? Das Zeug war doch schon bezahlt, wie
wir hinkamen. Weshalb wolln die dann uns noch mal was
dafür abknöpfen?"

„Könnte ja sein, daß es jemand kaputtschmeißt, während

180

wir da sind. Könnte sein, daß sie den Kerl nicht erwischen. Meinst du, die lassen uns dann raus, ohne daß wir unser Teil bezahlt haben?"

Um halb sechs betraten sie eine enge, schmutzige Straße mit Fachwerkhäusern und Gerümpelplätzen. Bald kamen sie an ein dreistöckiges Haus, das einen kleinen schmuddeligen Rasenvorplatz hatte und essen Eingang ein etwas windschiefer Laubenvorbau verdeckte. Auf den Stufen saß eine dicke Frau in einem weiten Kleid und sah zwei flaumig weißen Hündchen zu, die auf dem Vorplatz tollten.

„Probiern wir's da mal", sagte Fonzo.

„Das ist bestimmt kein Hotel. Oder siehst du ein Schild?"

„Wieso soll das keins sein?" sagte Fonzo. „Klar ist das eins. Oder hast du schon mal gehört, daß jemand privat so 'nen dreistöckigen Kasten bewohnt?"

„Hier können wir sowieso nicht rein", sagte Virgil. „Das ist hier der Hintereingang. Siehst du nicht das Klo da?" und wies mit einer Kopfbewegung nach der Laube hinüber.

„Na schön, dann gehn wir eben vorn rum", sagte Fonzo. „Komm schon."

Sie gingen um den Block. Die gegenüberliegende Seite bestand aus einer Reihe von Ausstellungsräumen für Automobile. Sie standen mitten vor dem Block, die Koffer in der rechten Hand.

„Und du willst mir erzählen, daß du schon mal hier gewesen bist?" sagte Fonzo. „Ich glaub dir kein Wort."

„Gehn wir wieder zurück. Das muß doch der Vordereingang gewesen sein."

„Mit dem Klo direkt vor der Tür?" sagte Fonzo.

„Wir können ja die Dame mal fragen."

„Wer kann? Ich nicht."

„Jedenfalls gehn wir erstmal zurück und sehn nach."

Sie gingen zurück. Die Frau und die Hündchen waren nicht mehr da.

„Na, da hast du's", sagte Fonzo. „Was nun?"

„Warten wir ein bißchen. Vielleicht kommt sie wieder."

„Es ist fast sechs Uhr", sagte Fonzo.

Sie setzten ihr Gepäck vor dem Zaun ab. Die Lichter waren angegangen, flackerten hoch in den dicht gedrängten Fenstern vorm heiteren Abendhimmel.

„Ich rieche auch Schinken", sagte Fonzo.

Ein Taxi fuhr vor. Eine üppige Blondine stieg aus, gefolgt von einem Mann. Sie sahen die beiden den Weg hochgehen und in die Laube treten. Fonzo sog die Luft durch die Zähne. „Ei verdammt, wenn die nicht . . .", flüsterte er.

„Vielleicht ist er ihr Mann", sagte Virgil.

Fonzo nahm seinen Koffer. „Los, komm."

„Warte noch", sagte Virgil. „Laß ihnen noch etwas Zeit."

Sie warteten. Der Mann kam heraus, stieg in das Taxi und fuhr weg.

„Kann schlecht ihr Mann sein", sagte Fonzo. „Ich jedenfalls würde die nicht allein lassen. Komm jetzt." Er trat durch die Gartenpforte.

„Warte noch", sagte Virgil.

„Du kannst ja", sagte Fonzo. Virgil nahm seinen Koffer und folgte ihm. Er blieb stehen, während Fonzo zaghaft die Laubentür öffnete und hineinspähte. „Au, verdammt", sagte er. Es war noch eine zweite Tür da, aus Glas, mit Scheibengardinen. Fonzo klopfte.

„Warum hast du nicht auf den Knopf da gedrückt?" sagte Virgil. „Weißt du nicht, daß man in der Stadt auf Klopfen nicht antwortet?"

„Meinetwegen", sagte Fonzo. Er schellte. Die Tür ging auf. Es war die Frau in dem weiten Kleid; auch die Hündchen konnten sie hinter ihr hören.

„Haben Sie vielleicht 'n Zimmer frei?" sagte Fonzo.

Miss Reba musterte die beiden, ihre neuen Hüte und die Koffer.

„Wer hat euch geschickt?" sagte sie.

„Geschickt hat uns keiner. Wir sind einfach zufällig hier

vorbei." Miss Reba sah ihn an. „Die Hotels sind uns zu teuer."

Miss Reba schnaufte heiser. „Und was macht ihr Jungs so?"

„Wir sind geschäftlich hier", sagte Fonzo. „Wir wolln 'ne ganze Weile bleiben."

„Wenn es nicht zu teuer ist", sagte Virgil.

Miss Reba sah ihn an. „Wo kommst du denn her, Schätzchen?"

Sie sagten es ihr und auch ihre Namen. „Wir wolln einen ganzen Monat bleiben oder auch noch länger, wenn's uns paßt."

„Na schön, dann wolln wir mal sehn", sagte sie nach kurzer Pause. Sie sah die beiden an. „Ich kann euch 'n Zimmer geben, aber wenn ihr was Geschäftliches macht da drin, dann kostet's euch extra was. Ich muß mir meinen Unterhalt genauso verdienen wie andere Leute auch."

„Machen wir bestimmt nicht", sagte Fonzo. „Das Geschäftliche, das erledigen wir alles auf dem College."

„Auf was für 'nem College denn?" sagte Miss Reba.

„Friseurs-College", sagte Fonzo.

„Kuck mal an", sagte Miss Reba, „So ein kleiner Frechdachs."

Dann fing sie an zu lachen, die Hand auf dem Busen. Die beiden betrachteten sie nüchtern, während sie heiser nach Luft schnappte.

„Herrje, herrje", sagte sie. „Kommt rein."

Das Zimmer lag ganz oben im Haus, an der Rückseite. Miss Reba zeigte ihnen das Bad. Als sie die Hand an die Tür legte, sagte eine Frauenstimme, „Kleinen Moment, Schatzi", und dann ging die Tür auf, und ein Mädchen kam heraus, in einem Kimono. Sie sahen ihr nach, wie sie den Flur hinunterging, ein wenig in ihren jungen Grundfesten erschüttert von der Duftspur, die sie hinterließ. Fonzo stieß Virgil verstohlen mit dem Ellbogen an. Als sie wieder auf ihrem Zimmer waren, sagte er:

„Das war nicht dieselbe wie vorhin. Die Alte hat zwei Töchter. Mensch, halt mich fest; wir gehn goldenen Zeiten entgegen!"

Sie konnten eine ganze Weile noch nicht einschlafen in dieser ersten Nacht, und das lag nur zum Teil an dem ungewohnten Bett, dem fremden Zimmer und den Stimmen. Sie konnten die Stadt hören, beschwörend und fremd, beängstigend und fern; Drohung zugleich und Verheißung – ein tiefes, beständiges Geräusch, auf dem unsichtbare Lichter glitzerten und flackerten: bunt sich entrollende Bilder von Prunk und Pracht, in denen bereits Frauen sich zu bewegen begannen, in anmutigen Posen neuer Lüste und Wonnen und fremder, sehnsüchtiger Versprechungen. Fonzo dachte sich umgeben von ungezählten Vorhängen und Schleiern, tief rosenfarben, hinter denen, in einem Murmeln von Seide, in keuchendem Geflüster, die Apotheose seiner Jugend ein tausendfaches Avatara annahm. Vielleicht wird es morgen beginnen, dachte er; vielleicht schon morgen nacht ... Ein Streifen Licht drang über dem Rouleau herein und spreizte sich breit gefächert an der Decke. Unter dem Fenster drunten konnte er eine Stimme hören, die einer Frau, dann die eines Mannes: beide vermischten sich, murmelnd; eine Tür schlug zu. Jemand kam in raschelnder Kleidung die Treppe herauf, auf den huschenden, harten Absätzen einer Frau.

Er begann Geräusche im Haus zu hören: Stimmen, Gelächter; ein mechanisches Klavier fing an zu spielen. „Hörst du?" flüsterte er.

„Sie muß eine große Familie haben", sagte Virgil, die Stimme schon dumpf von Schlaf.

„Familie ist gut", sagte Fonzo. „Da steigt 'ne Party. Mensch, wenn ich da mitmachen könnte!"

Am dritten Tag, als sie morgens das Haus verlassen wollten, trat Miss Reba ihnen an der Tür in den Weg. Sie wolle ihr Zimmer an den Nachmittagen benutzen, während sie abwesend wären. Es solle ein Detektiv-Kongreß steigen in der Stadt, sagte sie, und dadurch würde das Geschäft ein bißchen Auftrieb bekommen. „Um eure Sachen braucht ihr euch keine Sorge zu machen. Ich hab Minnie schon gesagt, daß sie vorher immer alles wegschließt. In meinem Haus wird euch keiner was stehlen."

„Was meinst du, was für 'n Geschäft hat sie wohl?" sagte Fonzo, als sie die Straße erreichten.

„Keine Ahnung", sagte Virgil.

„Jedenfalls tät ich ganz gerne für sie arbeiten", sagte Fonzo. „Wo da all die Frauen rumlaufen, und bloß in Kimonos und so."

„Hättest nicht viel davon", sagte Virgil. „Die sind doch alle verheiratet. Hast du sie denn nicht gehört?"

Am nächsten Nachmittag, als sie aus der Schule zurückkamen, fanden sie einen Unterrock unter dem Waschständer... Fonzo hob ihn auf. „Sie ist Schneiderin", sagte er.

„Kann schon sein", sagte Virgil. „Kuck doch mal nach, ob sie dir was von deinen Sachen weggenommen haben."

Das Haus schien voller Leute zu sein, die nachts überhaupt nicht schliefen. Sie konnten sie zu allen Stunden laufen hören, treppauf und treppab, und immer hatte Fonzo ein Bewußtsein von Frauen, von weiblichem Fleisch. Das ging so weit, daß er schließlich wähnte, von lauter Frauen umgeben in seinem Junggesellenbett zu liegen, und dann lag er neben dem unablässig schnarchenden Virgil und lauschte mit gespitzten Ohren dem Murmeln, dem Seidengewisper, das durch die Wände und den Fußboden drang und zu beiden ebenso zu gehören schien wie die Bretter und der Putz, und dachte daran, daß er nun schon zehn Tage im Memphis war, sein Bekanntenkreis aber immer noch über ein paar Mitschüler nicht hinausging. Wenn Virgil eingeschlafen war, stand er auf und entriegelte die Tür und ließ sie einen Spalt offen, doch nichts geschah.

Am zwölften Tag teilte er Virgil mit, sie würden auf Tour gehen heute, mit einem der Friseurlehrlinge.

„Wohin denn?" sagte Virgil.

„Da mach dir man noch keine Gedanken. Komm nur ruhig mit. Ich hab da was rausgefunden. Mensch, wenn ich denke, ich bin jetzt schon zwei Wochen hier und hab nichts gewußt davon . . ."

„Aber was wird das kosten?" sagte Virgil.

„Umsonst kriegst du's nicht, wenn du dich amüsieren willst", sagte Fonzo. „Also, was ist?"

„Ich komm mit", sagte Virgil. „Aber ich sag dir gleich, ausgeben tu ich nichts."

„Wart's ab, bis wir da sind, dann kannst du das immer noch sagen", sagte Fonzo.

Der Friseur führte sie in ein Bordell. Als sie wieder herauskamen, sagte Fonzo: „Also wenn ich denke, ich bin jetzt schon zwei Wochen hier und hab nichts gewußt von dem Haus!"

„Hätt'st du nur nie was davon gehört", sagte Virgil. „Drei Dollar bin ich losgeworden."

„War's das nicht wert?" sagte Fonzo.

„Nichts ist drei Dollar wert, was man nicht mit nach Hause nehmen kann", sagte Virgil.

Als sie wieder zu Hause ankamen, blieb Fonzo stehen. „Jetzt müssen wir leise machen", sagte er. „Wenn die Olle rauskriegt, wo wir gewesen sind und was wir gemacht haben, dann läßt sie uns hier vielleicht nicht mehr wohnen in dem Haus, wegen den vielen Damen."

„Stimmt genau", sagte Virgil. „Blöder Kerl. Erst werd ich drei Dollar los durch dich, und jetzt bist du wohlmöglich auch noch schuld, daß wir beide rausfliegen."

„Mach alles so wie ich", sagte Fonzo. „Mehr brauchst du nicht tun. Und sag ja kein Wort."

Minnie ließ sie ein. Das Klavier lief auf vollen Touren. Miss Reba erschien in einer Tür, einen Zinnbecher in der Hand. „Na, na", sagte sie, „ihr Jungens seid heute aber spät dran."

„Ja, Ma'am", sagte Fonzo und schubste Virgil auf die Treppe zu. „Wir waren in einer Betstunde."

Im Bett, im Dunkeln, konnten sie immer noch das Klavier hören.

„Drei Dollar bin ich durch dich losgeworden", sagte Virgil.

„Ach, halt doch die Klappe", sagte Fonzo. „Wenn ich denke, ich bin jetzt schon fast zwei ganze Wochen hier . . ."

Am nächsten Nachmittag kamen sie bei Dämmerung heim, als die Lichter angingen und zu flackern und zu flammen begannen und die Frauen auf ihren blitzenden blonden Beinen sich mit Männern trafen und in Autos stiegen und ähnliches.

„Na, wie wär's heute mit den drei Dollar?" sagte Fonzo.

„Ich finde, wir sollten heute abend lieber nicht", sagte Virgil. „Es wird zu teuer."

„Das stimmt", sagte Fonzo. „Außerdem sieht uns vielleicht einer und sagt es ihr."

Sie warteten zwei Nächte. „Jetzt sind es dann schon sechs Dollar", sagte Virgil.

„Dann bleib eben da", sagte Fonzo.

.Als sie zurückkamen, sagte Fonzo: „Diesmal reiß dich aber zusammen, Mensch. Beim letztenmal hat sie uns fast erwischt, bloß weil du dich so angestellt hast."

„Na, wenn schon", sagte Virgil mit mürrischer Stimme. „Auffressen kann sie uns nicht."

Sie standen vor der Laube draußen, flüsternd.

„Woher weißt du, daß sie das nicht kann?" sagte Fonzo.

„Dann will sie's jedenfalls nicht."

„Woher weißt du, daß sie's nicht will?"

„Ich meine ja nur", sagte Virgil. Fonzo öffnete die Laubentür. „Die sechs Dollar kann jedenfalls ich jetzt nicht mehr auffressen", sagte Virgil. „Obwohl's schön wär, wenn ich's könnte."

Minnie ließ sie ein. Sie sagte: „Jemand suchen euch alle." Sie warteten auf dem Flur.

„Jetzt sind wir dran", sagte Virgil. „Ich hab's dir ja gleich gesagt, man soll sein Geld nicht zum Fenster rauswerfen."

„Ach, halt die Klappe", sagte Fonzo.

Ein Mann tauchte aus einer Tür auf, ein dicker, massiger Mann, den Hut keck über dem einen Ohr, im Arm eine Blondine in rotem Kleid. „Das ist ja Clarence", sagte Virgil.

In ihrem Zimmer sagte Clarence: „Wie seid ihr hier denn gelandet?"

„Einfach so durch Zufall", sagte Virgil. Sie erzählten ihm davon. Er saß auf dem Bett, in seinem verschmutzten Hut, eine Zigarre in den Fingern.

„Und wo seid ihr heute abend gewesen?" sagte er. Sie gaben keine Antwort. Sie sahen ihn mit leeren wachsamen Gesichtern an. „Na, kommt schon. Ich weiß doch Bescheid. Wo war's denn?" Sie sagten es ihm.

„Drei Dollar bin ich da losgeworden", sagte Virgil.

„Also ich will doch verdammt sein, wenn du nicht der größte Narr bist auf dieser Seite von Jackson", sagte Clarence. „Kommt mal mit jetzt." Mit Schafsmienen folgten sie ihm. Er führte sie aus dem Haus und drei oder vier Blocks weiter. Sie überquerten eine Straße mit Negerläden und Theatern, bogen in eine enge, dunkle Gasse und blieben vor einem Haus mit roten Vorhängen in den erleuchteten Fenstern stehen. Sie konnten Musik drinnen hören und schrille Stimmen und Schritte. Sie wurden in einen kahlen Flur eingelassen, in dem zwei schäbige Neger mit einem betrunkenen Weißen im schmierigen Overall stritten. Durch eine offene Tür sahen sie einen Raum voll kaffeebrauner Frauen in leuchtenden Kleidern, mit geschmücktem Haar und goldenem Lächeln.

„Das sind ja Niggerinnen", sagte Virgil.

„Klar sind das Niggerinnen", sagte Clarence. „Aber siehst du das hier?" und er wedelte seinem Vetter eine Banknote ins Gesicht. „Das Scheinchen ist garantiert farbenblind."

Nach drei Tagen Suche fand Horace eine Unterkunft für die Frau und das Kind. Eine alte, halbverrückte Weiße, von der es hieß, daß sie Amulette für Neger anfertige, nahm die beiden in ihr baufälliges Haus auf. Es lag am Rand der Stadt, auf einem winzigen Grundstück, das vorn ein undurchdringlicher Dschungel wild verfilzten, hüfthohen Grases überwucherte. Hinten gab es einen ausgetretenen Pfad vom verfallenen Tor bis zur Tür. Die ganze Nacht brannte ein trübes Licht in den irrwitzigen Tiefen des Hauses, und fast zu jeder der vierundzwanzig Stunden konnte man einen Wagen oder Buggy auf dem Fahrweg dahinter angebunden sehen und einen Neger, der zur Hintertür hereintrat oder herauskam.

Das Haus war einst einmal von Beamten betreten worden, die nach Whisky suchten. Sie fanden nichts bis auf ein paar getrocknete Kräuterbündel und einen Haufen schmutziger Flaschen, mit einer Flüssigkeit darin, von der sich mit Sicherheit nichts sagen ließ, als daß es jedenfalls kein Alkohol war, während die alte Frau, von zwei Männern gehalten, das dünnsträhnige graue Haar vor dem funkelnden Zusammenbruch ihres Gesichts, ihnen mit ihrer brüchigen Stimme Beschimpfungen zuschrie. In einem angebauten Schuppen, der ein Bett sowie ein Faß voll unbestimmbarem Brack und Plunder enthielt, in dem die ganze Nacht hindurch weiße Mäuse raschelten, fand die Frau eine Bleibe.

„Das wird ganz gut gehen hier", sagte Horace. „Sie können mich telephonisch immer über meinen Nachbarn erreichen...", und er gab ihr dessen Namen und Nummer. „Nein, warten Sie; morgen werde ich den Apparat bei mir wieder anschließen lassen. Dann können Sie..."

„Ja", sagte die Frau. „Ich finde es auch besser, wenn Sie sich hier nicht sehen lassen."

„Wieso? Glauben Sie etwa, ich... es würde mich einen Dreck scheren, was die Leute..."

„Sie müssen hier leben."

„Ich will verdammt sein, wenn mich das was kümmert. Ich habe mir sowieso schon viel zu lange gefallen lassen, daß Frauen in meinen Angelegenheiten Entscheidungen treffen für mich, und wenn diese übergeschnappten Weiber..." Aber er wußte, daß er nur redete. Und er wußte, daß auch sie das wußte, aus jenem nie schlafenden weiblichen Argwohn gegenüber den Handlungen der Menschen, der auf den ersten Blick als bloße Affinität zum Bösen erscheint, in Wirklichkeit aber praktische Klugheit ist.

„Ich glaub schon, daß ich Sie finden werde, wenn es mal nötig ist", sagte sie. „Im übrigen aber kann ich ja sowieso nichts tun."

„Bei Gott", sagte Horace, „lassen Sie sich doch bloß nicht von diesen... Drecksbande", sagte er; „diese Drecksbande."

Am nächsten Tag ließ er sich einen Telephonanschluß legen. Eine ganze Woche lang blieb er dem Haus seiner Schwester fern; sie hatte also keine Möglichkeit zu erfahren, daß er telephonisch erreichbar war; doch als eine Woche vor Verhandlungsbeginn der Apparat in die Stille schrillte, in der er eines Abends saß und las, dachte er, es wäre Narcissa, bis er, vor dem fernen Plärren von Grammophon- oder Radiomusik, eine Männerstimme vernahm, so dumpf und gedämpft, als käme sie aus einem Grab.

„Hier ist Snopes", sagte sie. „Wie geht's denn, Herr Richter?"

„Was?" sagte Horace. „Wer ist da?"

„Senator Snopes, Clarence Snopes." Das Grammophon plärrte, schwach, weit weg; er konnte den Mann förmlich sehen, den verschmutzten Hut, die fetten Schultern, wie er sich über den Apparat beugte – in einem Drugstore oder einem Restaurant – und hinter einer schwammigen, beringten Riesenhand hineinflüsterte, den Hörer winzig spielzeughaft in der andern.

„Oh", sagte Horace. „Ja? Was gibt's?"

„Ich hab 'ne kleine Information für Sie, die Sie vielleicht interessiert."

„Eine Information, die mich interessieren könnte?"

„Ich glaub schon. Die würde eine ganze Reihe Leute interessieren." An Horaces Ohr drang aus dem Radio oder Grammophon ein quäkendes Arpeggio von Saxophonen. Obszön und flink, schienen sie miteinander zu zanken wie zwei behende Affen in einem Käfig. Er konnte das heftige Atmen des Mannes am andern Ende der Leitung hören.

„Also gut", sagte er. „Was wissen Sie, was mich interessieren würde?"

„Das werd ich Sie selber beurteilen lassen."

„Schon gut. Ich bin morgen früh in der Stadt. Dann können wir uns irgendwo treffen." Dann sagte er unmittelbar hinterher: „Hallo?" Es klang, als atme der Mann Horace direkt ins Ohr: ein sanftes, unanständiges Geräusch, irgendwie voll übler Vorbedeutung plötzlich. „Hallo!" sagte Horace.

„Also dann interessiert's Sie offensichtlich nicht. Schätze, ich werd mit der andern Seite verhandeln und Sie nicht mehr belästigen. Wiederhörn."

„Nein, warten Sie", sagte Horace. „Hallo! Hallo!"

„Was ist?"

„Ich werde doch heut abend noch fahren. Ich bin in etwa fünfzehn . . ."

„Nicht nötig", sagte Snopes. „Ich hab meinen Wagen da. Ich komm bei Ihnen vorbei."

Er ging zum Tor hinunter. Es war Mond an diesem Abend. Im schwarzsilbernen Tunnel der Zedern trieben Glühwürmchen, wie einfältige Nadelstiche. Die Zedern waren schwarz und spitz und wirkten vor dem Himmel wie eine Silhouette aus Papier; der abfallende Rasen hatte einen matten Glanz, eine Patina wie Silber. Irgendwo schrie ein Ziegenmelker, immer wieder, zitternd, wehklagend hinweg über die Insekten. Drei Autos fuhren vorbei. Das vierte bremste und bog ein, auf das Tor zu. Horace trat

191

ins Licht. Hinter dem Steuer ragte Snopes' klotzige Gestalt; sie machte den Eindruck, als habe man sie in den Wagen eingelassen, bevor das Dach aufgesetzt wurde. Er streckte die Hand aus.

„Wie geht's denn so heute abend, Herr Richter? Wußte gar nicht, daß Sie wieder in der Stadt wohnen; hab's erst erfahren, als ich versuchte, Sie draußen bei Mrs. Sartoris anzurufen."

„Soso; ja, danke", sagte Horace. Er befreite seine Hand. „Also, was ist's nun, was Sie in Erfahrung gebracht haben?"

Snopes verschränkte die Arme über dem Steuer und spähte nach draußen, zum Haus hinauf.

„Wir reden am besten gleich hier", sagte Horace. „Dann brauchen Sie nicht extra zu wenden."

„Ist ein bißchen öffentlich hier", sagte Snopes. „Aber das müssen Sie selber wissen." Massig und fett saß er da, zusammengekrümmt, das nichtssagende Gesicht selber wie ein Mond im Widerschein des Mondes. Horace spürte förmlich, wie Snopes ihn beobachtete, und er spürte die gleiche üble Vorbedeutung, die auch über die Leitung gekommen war, etwas Berechnendes, schlau Lauerndes, drükkend inhaltsschwer. Es war ihm, als sehe er sich selber zu, wie seine Gedanken hierhin und dorthin schnellten und immer an diese riesige, schwammige, träge Masse stießen, ganz als seien sie von einer Lawine aus Baumwollsamenhüllen erfaßt worden.

„Gut, gehn wir also zum Haus", sagte Horace. Snopes öffnete die Tür. „Fahren Sie nur", sagte Horace, „ich gehe zu Fuß." Snopes fuhr. Er stieg gerade aus dem Wagen, als Horace ihn einholte. „Also, worum handelt es sich?" sagte Horace.

Wieder sah Snopes zum Haus hinüber. „Kleine sturmfreie Bude, was?" sagte er. Horace sagte nichts. „Ich sag ja immer, jeder verheiratete Mann sollte so'n kleines Plätzchen haben, wo er mal mit sich alleine sein kann, ohne daß es jemand was angeht, was er da macht. Natürlich hat man gewisse Pflichten gegenüber der Gattin, klar, aber was sie nicht weiß, das macht sie nicht heiß, hab ich recht? Solange das klappt, seh ich nicht ein, weshalb sie da stänkern sollte. Finden Sie doch auch, oder?"

„Sie ist nicht hier", sagte Horace, „wenn es das ist, worauf Sie anspielen. Darf ich jetzt nach dem Grund Ihres Besuches fragen?"

Wieder spürte er, wie Snopes ihn beobachtete, spürte das unverschämte Starren, das berechnend war und vollkommen ungläubig. „Tja, sehn Sie, da nehmen Sie mir 's Wort aus dem Munde. Was 'n Mann für 'n Privatleben hat, das geht keinen was an außer ihm selbst. Ich mach Ihnen ja auch gar keinen Vorwurf. Aber wenn Sie mich besser kennten, dann wüßten Sie, daß ich keine Plaudertasche bin. Ich bin ziemlich rumgekommen. Ich weiß doch, wo's lang geht ... Zigarre gefällig?" Seine fette Hand fuhr nach der Brust und bot zwei Zigarren an.

„Nein, danke."

Snopes zündete sich eine Zigarre an; sein Gesicht trat im Schein des Streichholzes aus dem Dunkel wie eine schwebende Pastete.

„Weshalb haben Sie mich aufgesucht?" sagte Horace.

Snopes paffte an seiner Zigarre. „Vor ein paar Tagen bin ich auf eine Information gestoßen, die für Sie von Wert sein dürfte, wenn mich nicht alles täuscht."

„Ah ja. Von Wert. Und wie hoch beläuft sich der Wert?"

„Das überlasse ich ganz Ihnen. Ich hab noch 'nen andern Interessenten, mit dem ich verhandeln könnte, aber weil wir beide, Sie und ich, doch alte Kumpel sind, aus derselben Stadt und so ..."

Horaces Gedanken schnellten in alle Richtungen, hierhin und dorthin. Snopes' Familie stammte irgendwoher aus der Gegend um Franzosenwinkel und lebte immer noch da. Er wußte, auf welchen krummen Wegen bei dem ungebildeten Menschenschlag, der diesen Teil des Landes bevölkerte, Nachrichten von Mund zu Mund gingen. Aber es

kann doch bestimmt nichts sein, was er dem Staat anzudre-
hen versuchen würde, dachte er. So ein Riesendummkopf
ist doch selbst er nicht.

„Dann rücken Sie am besten mal heraus damit", sagte er.

Er spürte, wie Snopes ihn beobachtete. „Sie entsinnen
sich vielleicht noch, wie Sie in Oxford in den Zug stiegen,
wo Sie irgendwas zu tun gehabt hatten . . ."

„Ja", sagte Horace.

Snopes paffte an seiner Zigarre, sorgfältig, mit einigem
Umstand, bis sie gleichmäßige Glut hatte. Er hob die Hand
und fuhr sich damit über den Nacken. „Sie erinnern sich
auch, daß Sie mir da was von einem Mädchen erzählt haben."

„Ja. Was ist mit ihr?"

„Das müssen Sie selber sagen."

Er konnte den Duft der Heckenkirsche spüren, der den
silbrigen Hang heraufkam, und hörte den Ziegenmelker
schreien, hell weich, wehklagend, immer wieder. „Sie meinen, Sie wissen, wo sie ist?" Snopes sagte nichts. „Und daß
Sie's mir für einen bestimmten Preis verraten wollen?" Snopes sagte nichts. Horace ballte die Fäuste und steckte sie in
die Taschen, preßte sie gegen seine Flanken. „Wie kommen
Sie darauf, daß mich diese Information interessieren
würde?"

„Weiß ich nicht; ist Ihre Sache, das zu beurteilen. Ich muß
ja keinen Mordprozeß führen. Ich bin auch nicht in Oxford
gewesen, mich nach dem Flittchen umzusehn. Aber natürlich, wenn's Ihnen egal ist, probier ich's mal bei der andern
Seite. Ich hab Ihnen bloß 'ne Chance geben wollen."

Horace wandte sich zur Treppe. Er ging bedächtig, vor-
sichtig fast, wie ein alter Mann. „Setzen wir uns", sagte er.
Snopes folgte ihm und ließ sich auf einer der Stufen nieder.
Sie saßen im Mondlicht. „Sie wissen also, wo sie steckt?"

„Ich hab sie gesehn." Wieder fuhr er sich mit der Hand
über den Nacken. „Tja, lieber Herr, das hab ich. Und wenn
sie da nicht ist – nicht gewesen ist, wo ich sie gesehn habe,

194

dann können Sie Ihr Geld zurückkriegen. Fairer kann ich doch wohl schlecht sein, oder?"

„Und Ihr Preis?" sagte Horace. Snopes paffte seine Zigarre bedächtig in Glut. „Nur heraus damit", sagte Horace. „Ich werde nicht feilschen." Snopes nannte die Summe. „In Ordnung", sagte Horace. „Ich werd's bezahlen." Er zog die Knie an und stützte die Ellbogen darauf und legte das Gesicht in die Hände. „Also, wo ist ... Warten Sie. Sind Sie zufällig Baptist?"

„Meine Familie. Ich selber bin 'n umgänglicher Mensch und ganz leidlich liberal. Ich hab 'n weites Herz, in jeder Beziehung, das werden Sie schon sehen, wenn Sie mich besser kennen."

„In Ordnung", sagte Horace hinter seinen Händen. „Wo also ist sie?"

„Ich vertrau Ihnen", sagte Snopes. „Sie steckt in Memphis, in 'nem Bordell."

DREIUNDZWANZIGSTES KAPITEL

Als Horace durch Miss Rebas Gartenpforte trat und sich der Laubentür näherte, rief jemand von hinten seinen Namen. Es war Abend; die Fenster in der verwitterten, abgeblätterten Wand waren bleiche Rechtecke. Er blieb stehen und sah zurück. Um die Ecke des Nachbarhauses spähte Snopes, wie ein Truthahn. Er trat jetzt voll hervor. Er blickte zum Haus hinauf, dann nach beiden Seiten die Straße hinunter. Er kam den Zaun entlang und trat mit vorsichtiger Miene durchs Tor.

„Sieh an, der Herr Richter", sagte er. „Alte Kumpel halten doch zusammen, was?" Er machte keine Anstalten, ihm die Hand zu schütteln. Stattdessen baute er sich groß und wuchtig vor Horace auf, mit jener Miene, die irgendwie selbstsicher war und wachsam zu gleicher Zeit, und warf nur öfter einen Blick über die Schulter zurück nach der

Straße. „Ich sag's ja immer, es hat noch keinem Mann was geschadet, hin und wieder mal 'n bißchen rauszukommen und..."

„Was gibt's denn jetzt schon wieder?" sagte Horace. „Was wollen Sie von mir?"

„Na, na, Herr Richter. Ich werd doch nichts weitererzählen zu Hause. Die Sorge können Sie sich bestimmt aus dem Kopf schlagen. Wenn wir alten Kumpel auf einmal anfingen und täten alles rumerzählen, was wir so wissen, dann könnte ja keiner von uns je wieder in Jefferson aus dem Zug steigen, stimmt's?"

„Sie wissen genausogut wie ich, was ich hier mache. Was also wollen Sie von mir?"

„Schon gut, schon gut", sagte Snopes. „Ich weiß doch, wie 'nem Mann zumute ist, verheiratet und alles, und keine Ahnung, wo seine Frau sich rumtreibt." Zwischen ruckigen Blicken über die Schulter blinzelte er Horace an. „Sie können sich aber beruhigen. Bei mir ist sowas genau so gut aufgehoben wie im Grabe. Ich kann's bloß nicht mit ansehen, wenn 'n guter..." Horace war auf die Tür zugegangen. „Ach, noch etwas, Herr Richter", sagte Snopes, mit leiser, eindringlicher Stimme. Horace wandte sich um. „Bleiben Sie nicht da."

„Ich soll nicht dableiben?"

„Sehn Sie sich das Mädchen an und gehn Sie dann wieder. Das ist ein Nepplokal hier, der Laden. Was für dumme Jungens vom Lande. Teurer als wie Monte Carlo. Ich wart hier draußen auf Sie und zeig Ihnen dann woanders was, wo Sie..." Horace ging und betrat die Laube. Zwei Stunden später, als er bei Miss Reba im Zimmer saß und mit ihr sprach, während vor der Tür draußen, auf dem Flur und auf der Treppe, Schritte und hin und wieder Stimmen kamen und gingen, trat Minnie mit einem abgerissenen Fetzen Papier herein und reichte ihn Horace.

„Was ist das denn?" sagte Miss Reba.

„Große Mann mit Kuchengesicht für ihn abgegeben",

sagte Minnie. „Sagen, soll dann hinkommen, wo drauf geschrieben."

„Hast du ihn etwa reingelassen?" sagte Miss Reba.

„Nein, Ma'am. Hat gar nicht versucht."

„Das kann ich mir denken", sagte Miss Reba. Sie grunzte. „Kennen Sie ihn?" fragte sie Horace.

„Ja. Ich kann mich anscheinend nicht dagegen wehren", sagte Horace. Er öffnete das Papier. Es war von einem Reklamezettel abgerissen und trug in sauberer, fließender Handschrift eine Adresse, mit Bleistift geschrieben.

„Er ist hier etwa vor zwei Wochen aufgekreuzt", sagte Miss Reba. „Kam reingeschneit, um zwei Jungens zu suchen, und saß dann im Eßzimmer rum, tat werweißwie dicke und begrapschte den Mädchen den Hintern, aber wenn er auch nur einen Cent hat springen lassen, dann hab ich's jedenfalls nicht gesehn. Hat er überhaupt mal was bestellt bei dir, Minnie?"

„Nein, Ma'am", sagte Minnie.

„Und 'n paar Nächte danach war er dann wieder hier. Hat wieder nichts ausgegeben und wieder nichts gemacht als wie reden, und da hab ich zu ihm gesagt, ‚Hörn Sie mal, Mister, wer hier diesen Wartesaal benutzt, der muß von Zeit zu Zeit auch mal in 'n Zug einsteigen.' Nächstes Mal hat er dann 'ne halbe Pinte Whiskey mitgebracht. Dagegen hab ich an sich nichts weiter, bei guten Kunden. Aber wenn 'n Kerl wie der hier dreimal herkommt, an meinen Mädchen rumgrabbelt, 'ne halbe Pinte Whiskey mitbringt, und grad vier Coca-Colas bestellt ... Sowas ist 'n billiger, vulgärer Mensch, Schätzchen. Also hab ich Minnie gesagt, sie soll ihn überhaupt nicht mehr reinlassen, aber dann eines Nachmittags, wie ich mich bloß grad mal für ein kleines Nickerchen hingelegt hatte – also ich hab nie rausgekriegt, was er eigentlich mit Minnie angestellt hat, daß sie ihn reinließ. Gegeben hat er ihr jedenfalls nie was, das weiß ich. Wie hat er's geschafft, Minnie? Er muß dir irgendwas gezeigt haben, was du noch nie gesehn hattest. War das so?"

197

Minnie schüttelte heftig den Kopf. „Er nichts gehabt haben, was ich sehn gewollt. Ich schon viel mehr gesehn jetzt, als wie gut für mich." Minnie war von ihrem Mann verlassen worden. Er hatte Minnies Beschäftigung nicht gebilligt. Er war Koch in einem Restaurant gewesen, und eines Tages nahm er sämtliche Kleider und Schmuckstücke, die Minnie von weißen Damen geschenkt bekommen hatte, und ging mit einer Kellnerin aus dem Restaurant auf und davon.

„Er hat immer bloß Fragen gestellt weiter und Andeutungen gemacht wegen dem Mädchen", sagte Miss Reba, „und da hab ich ihm gesagt, er soll doch gehn und Popeye fragen, wenn er da derart brennend dran interessiert ist. Hab ihm also nichts erzählt, außer daß er verschwinden soll und draußenbleiben, verstehn Sie; und an dem Tag da ist es grad zwei so am Nachmittag, und ich bin etwas am Schlafen, und Minnie läßt ihn rein, und er fragt sie, wer denn alles da ist, und sie sagt ihm, überhaupt keiner, und da geht er die Treppe rauf. Und dann, sagt Minnie, ist auf einmal auch Popeye gekommen. Sie sagt, sie hat einfach nicht gewußt, was sie machen soll. Aussperrn konnt sie ihn nicht, dazu war sie viel zu bange, und wenn sie ihn reinläßt, sagt sie, und er macht mit dem fetten Schwein den ganzen Flur oben dreckig, dann weiß sie, ich schmeiß sie raus, und ihr Mann hat sie doch grad sitzen lassen und alles.

Popeye geht also die Treppe rauf auf seinen Katzenfüßen, die er hat, und kommt drüber zu, wie Ihr Freund grad vor'ner Tür auf den Knien hockt und durchs Schlüsselloch linst. Eine ganze Minute fast, sagt Minnie, hat Popeye hinter ihm gestanden, den Hut schief überm einen Auge. Dann hat er'ne Zigarette rausgezogen, sagt sie, und auf seinem Daumennagel ein Streichholz angerissen, ohne daß man überhaupt was gehört hat davon, und hat sie sich angezündet, und dann, sagt sie, hat er sich vorgebeugt und Ihrem Freund das Streichholz hinten an den Nacken gehalten, und Minnie sagt, sie hat auf der halben Treppe gestanden und die beiden beobachtet: wie der Bursche da am knien war, mit einem Gesicht wie 'ne Pastete, die man zu früh aus dem Backofen gezogen hat, und Popeye, wie der den Rauch durch die Nase blies und ganz komisch mit dem Kopf dabei ruckte, auf den andern runter. Dann ist sie aber weg und wieder nach unten, und zehn Sekunden später kam er dann hinterter, aber wie, sag ich Ihnen, die beiden Hände im Nacken und inwendig ein einziges Wumm-wumm-wumm wie bei diesen dicken Karrengäulen, und 'ne gute Minute, sagt Minnie, hat er an der Tür rumgefummelt und dabei gestöhnt wie der Wind im Kamin, sagt sie, bis sie ihm aufgemacht hat und ihn rausgelassen. Und das war das letztemal, daß er auch bloß geklingelt hat hier, bis heute abend . . . „Zeigen Sie mal." Horace gab ihr das Papier. „Das ist 'n Nigger-Puff", sagte sie. „Dieser lausi . . . Minnie, geh, richt ihm aus, sein Freund ist nicht mehr hier. Sag ihm, ich weiß nicht, wo er hingegangen ist."

Minnie ging hinaus. Miss Reba sagte:

„Ich hab ja schon alle Sorten Männer hier im Haus gehabt, aber irgendwo muß man doch 'ne Grenze ziehen. Auch Anwälte hatt ich schon da. Der größte Rechtsanwalt von Memphis hat da hinten in meinem Eßzimmer gesessen und mit meinen Mädchen rumgemacht. Millionär war der. Wog zweihundertachtzig Pfund und hat sich sein eigenes Spezialbett machen lassen und hergeschickt. Steht jetzt oben, Sie können's sehn. Aber geht alles nach meiner Schnur hier, nicht nach denen ihrer. Ich laß mir keins von meinen Mädchen von 'nem Anwalt in die Zange nehmen, wenn er nicht 'n guten Grund hat dafür."

„Und Sie betrachten dies nicht als guten Grund? Daß ein Mann für etwas mit dem Leben bezahlen muß, was er nicht getan hat? Vielleicht haben Sie sich jetzt schon strafbar gemacht, weil Sie einen Flüchtling beherbergen, der von der Justiz gesucht wird."

„Solln sie doch kommen und ihn sich holen. Ich hab damit nichts zu tun. Ich hab schon genug Polente hier im Haus gehabt, vor der bin ich nicht bange." Sie hob den Krug und

trank und fuhr sich mit dem Handrücken über den Mund.
„Ich will mit nichts was zu tun haben, wo ich nichts von
weiß. Was Popeye draußen gemacht hat, das ist seine Sache.
Wenn er anfängt und bringt mir hier im Haus Leute
um, dann werd ich mich schon melden."

„Haben Sie Kinder?" Sie sah ihn an. „Verstehen Sie mich
richtig, ich will nicht in Ihren Angelegenheiten herumspionieren",
sagte er. „Ich mußte nur eben an die Frau denken.
Sie wird wieder auf der Straße sitzen, und Gott allein weiß,
was dann aus dem Kind einmal wird."

„Ja", sagte Miss Reba. „Ich sorge für viere, in 'nem Heim
in Arkansas jetzt. Sind allerdings nicht meine." Sie hob den
Krug, blickte hinein und schwenkte ihn sanft. Sie setzte ihn
wieder hin. „Am besten wär's überhaupt nicht geboren
worden", sagte sie. „Keins davon wär das am besten." Sie
stand auf und kam auf ihn zu, in schwerfälliger Bewegung,
und stand über ihm mit ihrem rauhen Atem. Sie legte ihm
die Hand auf den Kopf und richtete sein Gesicht empor.
„Sie lügen mich doch nicht an, nicht wahr?" sagte sie, und
ihre Blicke durchdrangen die seinen, gespannt und traurig.
„Nein, Sie lügen nicht." Sie ließ ihn los. „Warten Sie hier
eine Minute. Ich werd mal sehn." Sie ging hinaus. Er hörte
sie auf dem Flur mit Minnie sprechen, dann hörte er, wie
sie sich die Treppe hinaufquälte.

Er saß ruhig da, als sie ihn verlassen hatte. Das Zimmer
enthielt ein hölzernes Bett, einen bemalten Wandschirm,
drei Polsterstühle, einen eingemauerten Safe. Der Frisiertisch
war übersät mit Toilettenartikeln, die sämtlich ein
rosa Seidenschleifchen trugen. Auf dem Kaminsims stand
unter einer Glasglocke eine wächserne Lilie; darüber,
schwarz drapiert, hing die Photographie eines freundlich
dreinblickenden Mannes mit einem enormen Schnurrbart.
An den Wänden befanden sich verschiedene Lithographien
mit pseudo-griechischen Szenen sowie ein Bild in Schiffchenarbeit.
Horace stand auf und ging zur Tür. Minnie saß
auf dem dämmrigen Flur auf einem Stuhl.

„Minnie", sagte er, „ich muß einen Drink haben. Einen großen."

Er war gerade damit fertig, als Minnie wieder eintrat. „Sie gesagt, daß sollen raufkommen", sagte sie.

Er stieg die Treppe hinauf. Miss Reba wartete oben auf ihn. Sie führte ihn über den Flur und öffnete eine Tür in ein dunkles Zimmer. „Sie werden im Dunkeln mit ihr reden müssen", sagte sie leise. „Sie will kein Licht haben." Licht vom Flur fiel durch die Tür und über das Bett. „Ist nicht ihres, das", sagte Miss Reba. „In ihrem eigenen Zimmer wollte sie Sie überhaupt nicht sehen. Wenn Sie mich fragen, dann heitern Sie sie am besten etwas auf, bevor daß Sie aus ihr rausquetschen, was Sie wissen wollen." Sie traten ein. Das Licht fiel über das Bett, auf einen reglosen, gekurvten Berg Bettzeug, dessen einheitlicher Farbton nirgends unterbrochen war. Sie wird ersticken, dachte Horace. „Schätzchen", sagte Miss Reba. Der Bettenberg regte sich nicht. „Hier ist der Mann, Schätzchen. Solange wie du ganz zugedeckt bist, können wir ja ein bißchen Licht machen. Dann braucht die Tür nicht offen bleiben." Sie drehte das Licht an.

„Sie wird ersticken", sagte Horace.

„Sie kommt bestimmt gleich raus", sagte Miss Reba. „Machen Sie schon. Sagen Sie ihr, was Sie wollen. Ich bleib am besten mit da. Aber lassen Sie sich durch mich nicht stören. Ich hätt gar nicht im Geschäft bleiben können, wenn ich nicht gelernt hätte, taub und stumm zu sein, schon lange vor heute. Und wenn ich überhaupt mal neugierig gewesen wäre, dann hätt ich's mir in diesem Haus längst abgewöhnt. Hier ist 'n Stuhl." Sie wandte sich um, doch Horace kam ihr zuvor und zog zwei Stühle heran. Er nahm neben dem Bett Platz und erzählte dem oberen Ende des reglosen Bettenbergs, was er wollte.

„Ich möchte nur wissen, was wirklich passiert ist. Sie werden sich nicht selbst belasten. Ich weiß, daß Sie es nicht getan haben. Ich verspreche Ihnen auch hier, bevor Sie mir noch das geringste erzählt haben, daß Sie nicht als Zeugin vor Gericht aussagen müssen, es sei denn, er würde sonst gehängt. Ich weiß, wie Ihnen zumute ist. Ich würde Sie auch nicht belästigen, wenn nicht das Leben des Mannes auf dem Spiel stünde."

Der Bettenberg rührte sich nicht.

„Sie wollen ihn hängen für etwas, was er nie getan hat", sagte Miss Reba. „Und die Frau sitzt dann ganz allein da, ohne alles und jeden. Du mit Diamanten und sie mit dem armen kleinen Wurm. Du hast es doch gesehn, nicht?"

Der Bettenberg rührte sich nicht.

„Ich weiß, wie Ihnen zumute ist", sagte Horace. „Sie können einen anderen Namen benutzen, können Kleider tragen, in denen Sie niemand erkennt, eine Brille."

„Popeye schnappen sie sowieso nicht, Schätzchen", sagte Miss Reba. „So schlau wie er ist. Seinen Namen weißt du einfach nicht, und wenn du vor Gericht mußt und da aussagen, dann geb ich ihm Nachricht, sobald wie du weg bist, und er kann abhauen irgendwohin und dich nachkommen lassen. Ihr beide wollt doch sowieso nicht hier in Memphis bleiben. Der Anwalt wird schon achtgeben auf dich, und du brauchst bestimmt nichts sagen, was du..." Der Bettenberg kam in Bewegung. Temple warf die Decken zurück und setzte sich auf. Ihr Kopf war zerzaust, ihr Gesicht gedunsen; zwei Rougeflecken saßen auf ihren Backenknochen, und ihr Mund war zu einem rohen Amorsbogen geschminkt. Einen Augenblick lang starrte sie Horace in schwarzem Widerstand an, dann sah sie weg.

„Ich will einen Drink", sagte sie und zog ihr Nachthemd über die Schulter.

„Leg dich wieder hin", sagte Miss Reba. „Du wirst dich sonst erkälten."

„Ich will noch einen Drink", sagte Temple.

„Erstmal legst du dich wieder hin und deckst dich schön zu, so nackig, wie du bist", sagte Miss Reba und stand auf. „Du hast doch schon dreie gehabt seit dem Abendbrot."

Temple zog wieder das Nachthemd hoch. Sie sah Horace an. „Dann geben Sie mir was zu trinken."

„Nun komm schon, Schätzchen", sagte Miss Reba und versuchte, sie aufs Bett zu drücken. „Leg dich hin und deck dich schön zu und erzähl ihm die Geschichte. Ich hol dir dann gleich auch einen Drink."

„Ach, lassen Sie mich in Frieden", sagte Temple und wand sich los. Miss Reba zog ihr die Decken um die Schultern. „Dann geben Sie mir eine Zigarette. Haben Sie eine?" fragte sie Horace.

„Ich hol dir sofort eine", sagte Miss Reba. „Tust du dann auch, was er von dir will?"

„Und das wäre?" sagte Temple. Sie starrte Horace in schwarzer Feindseligkeit an.

„Sie brauchen mir nicht zu erzählen, wo Ihr . . . ich meine, wo er . . .", sagte Horace.

„Denken Sie bloß nicht, ich hab Angst, es Ihnen zu sagen. Ich sag's, wo's mir paßt. Denken Sie nicht, ich hab Angst. Ich will was zu trinken."

„Du erzählst ihm, und ich hole dir was", sagte Miss Reba.

Aufrecht im Bett, die Decken um die Schultern, erzählte Temple ihm von der Nacht, die sie in dem verfallenen Haus zugebracht hatte, von dem Augenblick an, wo sie ins Zimmer getreten war und versucht hatte, die Tür mit dem Stuhl zu verkeilen, bis zum Erscheinen der Frau, die sie dann hinausführte. Das war der einzige Teil des ganzen Erlebnisses, der überhaupt einen Eindruck in ihr hinterlassen zu haben schien: die Nacht, in der ihr doch verhältnismäßig kaum Gewalt geschehen war. Hin und wieder unternahm Horace den Versuch, sie weiterzubringen, zu dem Verbrechen selbst, doch jedesmal wich sie ihm aus und kam auf sich selber zurück, wie sie auf dem Bett saß und den Männern auf der Veranda lauschte, oder wie sie im Dunkeln lag und die Männer ins Zimmer kamen und ans Bett und dort standen, hoch über ihr.

„Ach ja, das", sagte sie dann. „Das ist einfach irgendwie

passiert. Ich weiß es nicht. Ich bestand schon so lange nur noch aus Angst, daß ich mich wohl irgendwie dran gewöhnt hatte. So hab ich einfach bloß in den Baumwollsamenhüllen dagesessen und ihn beobachtet. Erst dachte ich ja, es wäre die Ratte. Von denen waren zwei da. Eine saß in der Ecke, der einen, und sah mich immerzu an, und die andre saß in der andern Ecke. Ich weiß gar nicht, wovon die eigentlich lebten, weil, es gab da absolut nichts außer Maiskolben und Baumwollsamenhüllen. Vielleicht sind sie immer ins Haus rüber gelaufen, wenn sie was fressen wollten. Aber im Haus war an sich gar keine. Ich hab nie eine gehört da im Haus. Wie ich sie zuerst hörte, die Männer, meine ich, da dacht ich, es könnte vielleicht eine Ratte gewesen sein; aber in einem dunklen Zimmer, da kann man Menschen förmlich spüren: wußten Sie das? Man muß sie gar nicht sehen dazu. Man spürt sie einfach, wie man's in einem Auto spürt, wenn sie anfangen, sich nach einem guten Halteplatz umzusehn – zum Parken, verstehn Sie, für ein Weilchen." So redete sie immer weiter, in einem jener heiteren, schwatzhaften Monologe, wie Frauen sie unentwegt halten können, wenn sie erkennen, daß sie im Mittelpunkt der Bühne stehen; und ganz plötzlich merkte Horace, daß sie ihr Erlebnis mit richtigem Stolz erzählte, in einer Art naiver und unpersönlicher Eitelkeit, ganz als erfinde sie es im Augenblick jetzt, und ihr Blick ging dauernd zwischen Miss Reba und ihm hin und her, blitzschnell und funkelnd, wie ein Hund, der zwei Kühe einen Weg entlangtreibt.

Ja, und wenn ich atmete, konnte ich immer den Liesch rascheln hören. Ich verstehe nicht, wie jemand überhaupt in so einem Bett schlafen kann. Aber vielleicht gewöhnt man sich dran. Oder die sind derart müde nachts, die Leute. Jedenfalls, wenn ich atmete, konnte ich's immer rascheln hören, sogar wenn ich bloß saß auf dem Bett. Erst konnt ich das gar nicht begreifen, wieso das bloß vom Atmen kommen sollte, und deshalb hab ich so still gesessen, wie es ging, aber da konnt ich's immer noch hören. Das liegt daran, daß der Atem nach unten geht. Man meint immer, er geht nach oben weg, aber das tut er gar nicht. Er geht in einem runter, an einem entlang, und dann hab ich auch gehört, wie sie sich draußen betranken auf der Veranda. Ich hab direkt denken müssen, ich könnte sehen, wo ihre Köpfe an der Wand lehnten, und hab dann immer gesagt, jetzt trinkt der aus dem Krug. Und jetzt trinkt der. Wie bei der eingedellten Stelle im Kopfkissen, wenn man aufgestanden ist, verstehn Sie.

Das war um die Zeit, wo ich dann auf eine ganz komische Idee kam. Wie's einem so geht, verstehn Sie, wenn man Angst hat. Ich sah nämlich zu meinen Beinen runter, und dann hab ich versucht, daß ich wie ein Junge werde. Ich hab gedacht, wenn ich doch bloß ein Junge wäre, und dann hab ich versucht, mich selber zu einem zu machen, bloß durch Denken. Sie wissen ja, wie sowas kommt, solche Sachen, wie einem das geht. Wenn Sie zum Beispiel in der Schule eine schwierige Aufgabe wissen und die kommt dann dran, dann sieht man ihn an und denkt ganz fest, Ruf mich auf. Ruf mich auf. Ruf mich auf. Ich mußte auch daran denken, was man den Kindern immer erzählt, vonwegen wenn man seinen Ellbogen küssen kann, und das hab ich dann versucht. Hab ich tatsächlich getan. Ich hatt ja derartig Angst, und dann hab ich auch überlegt, ob ich das wohl merken täte, wenn es passiert. Ich meine, bevor ich hinkuckte, und dann hab ich gedacht, ich hätte's schon, und wie ich dann rausgehn würde und es ihnen zeigen – verstehn Sie. Ich würde ein Streichholz anzünden und sagen: Hier. Seht ihr? Jetzt laßt mich in Ruhe. Und dann könnt ich wieder ins Bett gehn. Ich hab das alles durchgedacht, wie ich dann wieder ins Bett gehn könnte und schlafen gehn, weil, ich war ziemlich müde. Ich war so schläfrig, daß ich einfach kaum noch die Augen offenhalten konnte.

Also hab ich die Augen fest zugemacht und gesagt, jetzt bin ich's. Ich bin's jetzt schon. Ich hab zu meinen Beinen runtergesehn und gedacht, wieviel ich für die schon getan hatte. Ich hab gedacht, wie oft ich sie schon zum Tanzen mitgenommen hatte – ganz verrückt, sowas. Weil, ich dachte doch, wieviel ich schon für sie getan hatte, und jetzt hatten sie mich in diese Geschichte reingebracht. Dann hab ich gedacht, ich könnte vielleicht beten, daß ich in einen Jungen verwandelt werde, und ich hab auch gebetet dann und dann ganz still gesessen und gewartet. Dann hab ich gedacht, vielleicht merk ich's gar nicht, und wollte nachsehn. Aber dann dacht ich, es ist vielleicht noch zu früh zum Nachsehn; und wenn ich nachsehe, dann verderb ich's vielleicht alles, und dann wird nichts draus, ist doch klar. Also hab ich gezählt. Ich hab mir gesagt, ich zähl erst mal bis fünfzig, aber dann dacht ich, es ist vielleicht immer noch zu früh, und lieber zähl ich noch mal bis fünfzig, von vorn. Dann hab ich gedacht, wenn ich aber nicht rechtzeitig nachsehe, dann kann es auch wieder zu spät sein.

Dann hab ich gedacht, wie ich mich vielleicht irgendwie zuschließen könnte. Ich kenne ein Mädchen, die ist mal ins Ausland gefahren einen Sommer, und die hat mir von so 'ner Art Eisengürtel erzählt, in einem Museum, wo ein König oder sonst was immer die Königin drin eingeschlossen hat, wenn er weg mußte, in dem Gürtel, mein ich, und ich dachte, wenn ich so einen bloß hätte. Deswegen hab ich mir auch den Regenmantel geholt und den angezogen. Die Feldflasche, die hing daneben, und die hab ich mir auch geholt und mit ins . . ."

„Die Feldflasche?" sagte Horace. „Warum haben Sie das gemacht?"

„Ich weiß selber nicht, weshalb ich die genommen hab. Hatte wohl einfach bloß Angst, daß sie da hängen blieb. Aber ich hab immer gedacht, wenn ich doch bloß dieses französische Ding da hätte . . . Ich will was zu trinken."

„Ich hol dir ja gleich was", sagte Miss Reba. „Jetzt mach erst mal und erzähl ihm weiter."

„Ach ja, da war noch was ganz Komisches, was ich gemacht hab." Sie erzählte, wie sie dagelegen hatte in der Dunkelheit, neben dem schnarchenden Gowan, wie sie dem Liesch gelauscht und die Finsternis durchhorcht hatte, die voller Bewegungen war, und wie sie gespürt hatte, wie Popeye herankam. Sie hatte das Blut in ihren Adern pochen hören, und die kleinen Muskeln in ihren Augenwinkeln waren ganz schwach immer weiter und weiter aufgesprungen, und sie hatte gespürt, wie ihre Nasenflügel abwechselnd kalt und warm wurden. Dann hatte er über ihr gestanden, und sie hatte immerfort gesagt, Komm doch. Faß mich an. Faß mich an! Du bist ein Feigling, wenn du's nicht tust. Feigling! Feigling!

„Ich wollte endlich einschlafen können, verstehn Sie. Und er stand bloß einfach weiter da. Ich dachte, wenn er doch bloß endlich macht, daß ich's hinter mir habe und einschlafen kann. Deshalb hab ich gesagt, du bist ein Feigling, wenn du's nicht tust! Du bist ein Feigling, wenn du's nicht tust! und ich hab schon richtig gespürt, wie mein Mund anfangen wollte zu schreien und die kleine heiße Kugel in einem drin, die schreit. Dann hat er mich angefaßt, mit der widerlichen kleinen kalten Hand, und in dem Mantel rumgefummelt, wo ich nackig war. Es war wie lebendiges Eis, die Hand, und meine Haut ist richtig zurückgesprungen davor, wie diese kleinen Fliegefische vorne vor einem Schiff. Es war so, wie wenn meine Haut genau gewußt hätte, wo die Hand hingeht, bevor daß sie sich da wirklich hinbewegte, und meine Haut ist immer weggezuckt vorher, wie wenn dann da nichts mehr wäre, wenn die Hand hinkam.

Ich hatte ja nichts mehr gegessen seit gestern zu Mittag, und in mir drin fing alles an zu blubbern und so, und dann machte der Liesch auch so viel Lärm, also ganz komisch, wie wenn er am lachen wäre. Ich hab gedacht, er lacht vielleicht mich aus, weil ich mich doch die ganze Zeit noch nicht in einen Jungen verwandelt hatte.

Ja, und das war das Komische daran, weil, ich hab nämlich gar nicht geatmet. Schon ganz lange hatt ich nicht mehr

geatmet. Deshalb dacht ich auf einmal, ich wäre tot. Und da
hab ich was ganz Komisches gemacht. Ich konnte mich
selbst im Sarg liegen sehen. Ich sah süß aus – verstehn Sie:
ganz in Weiß. Ich hatte einen Schleier um wie eine Braut,
und ich war am weinen, weil ich tot war oder so süß aussah
oder sonst was. Nein: es war, weil sie den Liesch in den
Sarg getan hatten, deswegen war es. Ich hab geweint, weil
sie den Liesch in den Sarg getan hatten, wo ich tot war drin,
aber die ganze Zeit konnt ich fühlen, wie meine Nase kalt
und heiß und kalt und heiß wurde, und konnte die ganzen
Leute sehn, wie sie um den Sarg saßen und andauernd sagten, Sieht sie nicht süß aus. Sieht sie nicht süß aus.

Aber ich, ich hab immer bloß gesagt, Feigling! Feigling!
Faß mich doch an, Feigling! Ich bin ganz verrückt geworden, weil er derart lang machte. Ich hab auch zu ihm geredet. Ich hab gesagt, glaubst du eigentlich, ich lieg hier die
ganze Nacht bloß so rum und warte auf dich? Das hab ich
gesagt. Ich will dir mal was sagen, was ich gleich mache,
hab ich gesagt. Und ich hab dagelegen, und der Liesch hat
dauernd gelacht, ausgelacht mich, und ich hab gedacht, wie
ich zu ihm reden würde, daß ich wie der Lehrer in der
Schule zu ihm reden würde, hab ich gedacht, und dann war
ich auf einmal Lehrer in der Schule, nein, Lehrerin, und die
Hand war ein kleines schwarzes Ding wie ein Niggerjunge,
so ähnlich, und ich war die Lehrerin. Ich hab dann nämlich
gesagt: Wie alt bin ich?, und ich hab gesagt: Ich bin fünfundvierzig Jahre alt. Ich hatte eisengraues Haar und eine
Brille, und obenrum war ich ganz dick, so wie Frauen werden. Ich hatte ein graues Kostüm an, und dabei konnt ich
doch Grau nie tragen. Und dem kleinen Ding hab ich andauernd gesagt, was ich mit ihm machen würde, und dann
wich es immer nach oben zurück, wie wenn es den Stock
schon sehen könnte.

Dann hab ich gesagt, So geht das doch nicht. Ich müßte
eigentlich ein Mann sein. Und dann war ich auf einmal ein
alter Mann, mit einem langen weißen Bart, und da wurde

der kleine schwarze Mann immer kleiner und kleiner, und ich hab dauernd gesagt, Jetzt. Jetzt siehst du doch. Ich bin ein Mann jetzt. Dann hab ich gedacht, daß ich ein Mann werde, und kaum wie ich das gedacht hatte, da war es auch schon passiert. Ich konnte's fühlen, und ich hab ganz still gelegen dann, daß ich bloß nicht an zu lachen fange, vonwegen was für ein Gesicht er machen würde, wenn er's merkt. Und dann auf einmal bin ich eingeschlafen. Ich bin nicht wieder aufgewacht, bis die Frau kam und mich rüberbrachte in die Kornkammer."

Als er das Haus verließ, sagte Miss Reba: „Ich wollte, Sie nähmen sie mit und ließen sie nie wiederkommen. Ich würd mich ja selbst drum kümmern, daß ich ihre Familie ausfindig mache, wenn ich wüßte, wie das geht. Aber Sie verstehn sicher, ich . . . In einem Jahr wird sie tot sein oder in 'nem Irrenhaus, so wie er und sie das treiben oben in dem Zimmer. Irgendwas ist komisch an der Geschichte, wo ich noch nicht richtig hintergekommen bin. Vielleicht liegt es an ihr. Sie ist nicht geboren für diese Art Leben. Man muß für sowas geboren sein, wie man als Metzger geboren wird oder als Friseur, finde ich. Das wird man beides auch nicht bloß für Geld oder zum Vergnügen."

Es wäre besser für sie, wenn sie heute nacht schon tot wäre, dachte Horace und ging davon. Auch für mich. Er dachte über sie nach, über Popeye, die Frau, das Kind, über Goodwin, sie alle in eine kleine kahle Kammer gesteckt, zu tödlichem Ende, das jählich kam und tief: ein kurzer, tilgender Augenblick zwischen dem Unmut und der Überraschung. Und ich auch dabei, dachte er; das wäre die einzige Lösung. Beseitigt, ausgebrannt aus der alten und leidvollen Flanke der Welt. Und ich auch, jetzt, wo wir alle allein sind; und er dachte an einen sanften, dunklen Wind, der durch die langen Flure des Schlafes strich, an ein Liegen unter niedrigem, kuschligem Dach im langen Rauschlaut des Regens: des Bösen, der Ungerechtigkeit, der Tränen. In einer Gassenmündung standen zwei Gestalten, Gesicht zu

Gesicht, doch ohne Berührung; der Mann sprach mit leiser Stimme undruckbares Wort um undruckbares Wort, in zärtlichem Flüstern; die Frau stand reglos vor ihm, wie in einem sinnenden Taumel wollüstiger Ekstase. Vielleicht kommt der Tod in dem Augenblick über uns, wo wir erkennen, wo wir uns eingestehen, daß es ein logisches Muster des Bösen gibt, dachte er, und er dachte an den Ausdruck, den er einmal in den Augen eines toten Kindes gesehen hatte und in denen anderer Toter: den erkaltenden Unmut, die langsam wegblassende Verzweiflung, bis schließlich nur noch zwei leere Kugeln übrig blieben, in denen die reglose Welt tief innen lauerte, verkleinert, wie eine Miniatur.

Er kehrte nicht einmal ins Hotel zurück. Er ging zum Bahnhof. Er konnte um Mitternacht einen Zug bekommen. Er nahm eine Tasse Kaffee zu sich und wünschte alsbald, daß er es nicht getan hätte, denn sie lag ihm im Magen wie ein heißer Ball. Drei Stunden später, als er in Jefferson ausstieg, war der Ball immer noch da, unverdaut. Er ging in die Stadt und überquerte den verlassenen Platz. Er dachte an den anderen Morgen, da er ihn überquert hatte. Es war, als sei überhaupt keine Zeit vergangen seither: dieselbe Gebärde des beleuchteten Uhrenzifferblatts, dieselben geiergleichen Schatten in den Torwegen; es hätte derselbe Morgen sein können, und er wäre nur grad über den Platz gegangen, umgekehrt dann und jetzt auf dem Rückweg; alles nur innerhalb eines Traums, erfüllt von all den Alpgestalten, die zu erfinden ihn dreiundvierzig Jahre gekostet hatte, konzentriert in einem heißen, harten Klumpen in seinem Bauch. Ganz jäh ging er schneller, und der Kaffee rumpelte in seinem Innern wie ein heißer, schwerer Brokken Fels.

Er ging ruhig die Zufahrt hinauf und spürte den Duft der Heckenkirsche vom Zaun. Das Haus war dunkel, still, als sei es von der Ebbe aller Zeit im Raum ausgesetzt worden. Das Insektengeschwirr war zu einem tiefen, monotonen Summen abgesunken, überall, nirgends, erschöpft, als sei dieser Laut der chemische Todeskampf einer Welt, die starr und sterbend zurückgeblieben war über der Flutgrenze des Fluidums, darin sie gelebt und geatmet. Der Mond stand hoch, doch ohne Licht; die Erde darunter lag ohne Dunkelheit da. Er öffnete die Tür und tastete sich ins Zimmer und zum Licht. Die Stimme der Nacht – Insekten, was immer es war – folgte ihm nach ins Haus; er wußte plötzlich, es war die Reibung der Erde an ihrer Achse, der Erde, die sich dem Augenblick näherte, da sie entscheiden mußte, ob sie sich weiterdrehen oder für immer stillstehen wollte: ein regloser Ball im erkaltenden Raum, über dem ein dichter Duft von Heckenkirsche sich krümmte wie kalter Rauch.

Er fand das Licht und drehte es an. Die Photographie stand auf der Frisierkommode. Er nahm sie auf und hielt sie in den Händen. Eingefaßt vom schmalen Abdruck des fehlenden Rahmens träumte Klein-Belles Gesicht in lieblichem Helldunkel. Irgend etwas hatte sich dem Karton mitgeteilt und ihn verändert; durch irgendeine Eigenart des Lichts, durch eine unendlich winzige Bewegung seiner Hände vielleicht, durch seinen eigenen Atem schien das Gesicht in seinen Handflächen auf einmal zu atmen, in einem seichten Bad von Glanzlicht, unter den langsamen, rauchgleichen Zungen der unsichtbaren Heckenkirsche. So greifbar fast, daß man ihn sehen konnte, füllte der Duft den Raum, und das schmale Gesicht schien in wollüstigem Schmachten zu taumeln und zu vergehen, verschwamm immer mehr, verblaßte und hinterließ in seinem Blick eine sanfte und blassende Nachmahd von Einladung und wollüstigem Versprechen und heimlicher Beteuerung wie einen Duft nun selbst.

Da wußte er, was das Gefühl in seinem Magen bedeutete. Wie gehetzt legte er die Photographie nieder und stürzte ins Bad. Im Laufen stieß er die Tür auf und tastete nach dem Licht. Doch er hatte nicht Zeit mehr, es zu finden, und er übergab sich und taumelte vor und stieß an das Waschbecken und stützte sich darauf mit durchgedrückten Armen, während der Liesch unter ihren Schenkeln in einen entsetzlichen Aufruhr geriet. Den Kopf leicht gehoben, lag sie da, das Kinn niedergedrückt, wie eine Gestalt, die man vom Kreuz abgenommen hat, und sah zu, wie etwas Schwarzes und Wildes brüllend ihren bleichen Leib verließ. Sie war mit dem Rücken nackt auf ein flaches Auto gebunden, das sich rasend schnell durch einen schwarzen Tunnel bewegte, und die Schwärze strömte in starren Strähnen über sie hin, und in ihren Ohren war das Brüllen eiserner Räder. Der Wagen schoß leibhaftig aus dem Tunnel und raste eine lange Steigung hinan, die Finsternis zuhäupten zerrissen nun von langen, fransenden Flammen lebendigen Feuers, auf ein Crescendo zu wie angehaltener Atem, durch einen Zwischenraum, in dem sie schwach schwang und lässig in Nichtigkeit, die erfüllt war von Myriaden bleicher Punkte von Licht. Tief unter sich hörte sie den schwachen, wilden Aufruhr des Liesches.

VIERUNDZWANZIGSTES KAPITEL

Das erstemal, als Temple zum Treppenabsatz vorging, rollten Minnies Augäpfel im Dämmerlicht neben Miss Rebas Tür. Wieder hinter ihrer verriegelten Tür, hörte Temple, wie Miss Reba sich die Treppe hinaufquälte und klopfte. Temple lehnte still hinter der Tür, während Miss Reba draußen keuchte und röchelte, in einem Gemisch aus Schmeichelei und Drohung. Sie gab keinen Laut von sich. Nach einer Weile ging Miss Reba wieder die Treppe hinunter.

Temple wandte sich weg von der Tür und trat in die Mitte des Zimmers, die Hände lautlos zusammengeschlagen, die Augen schwarz im leichenblassen Gesicht. Sie trug ein Straßenkleid, einen Hut. Sie setzte den Hut ab und schleuderte ihn in eine Ecke und ging und warf sich aufs Bett. Das Bett war nicht gemacht worden. Der Tisch daneben war übersät mit Zigarettenstummeln, der angrenzende Boden mit Asche. Der Kissenbezug auf dieser Seite wies zahllose braune Löcher auf. Oft in der Nacht erwachte sie jäh, und dann roch sie Tabak und sah das rubinrote Einaug, wo Popeyes Mund war.

Es war um die Mitte des Vormittags. Ein dünner Streifen Sonnenlicht drang unter dem Rouleau des Südfensters herein, lag auf dem Fensterbrett erst und dann auf dem Boden als schmales Band. Im Haus herrschte tiefe Stille, wie immer an Vormittagen, jene Stille, die der erschöpfte Atem hat. Hin und wieder fuhr auf der Straße unten ein Wagen vorbei.

Temple drehte sich auf dem Bett herum. Dabei sah sie einen von Popeyes unzähligen schwarzen Anzügen über einem Stuhl liegen. Sie starrte ihn eine ganze Weile an, dann stand sie auf und riß die Sachen hoch und schleuderte sie in die Ecke, wo der Hut war. In einer anderen Ecke befand sich eine Art Schrank, improvisiert durch einen buntbedruckten Vorhang. Er enthielt alle möglichen Kleider, sämtlich neu. Sie riß sie in wilden Bündeln herunter und warf sie dem Anzug nach, desgleichen eine Reihe Hüte von einem Wandbrett. Ein weiterer Anzug von Popeye hing ebenfalls da. Sie schleuderte ihn fort. Dahinter hing an einem Nagel eine automatische Pistole in einem Halfter aus imprägnierter Seide. Sie nahm es zaghaft herunter, zog die Pistole heraus und stand eine Weile da, die Waffe in der Hand. Dann ging sie zum Bett und versteckte sie unter dem Kopfkissen.

Der Frisiertisch trug einen wirren Haufen Toilettengegenstände – Bürsten und Spiegel, ebenfalls neu, Flakons und Tiegel von delikater und bizarrer Gestalt, mit französischen Etiketten. Sie nahm auch sie, einen nach dem andern, und ließ sie in die Ecke sausen, wo sie dumpf aufschlugen und splitternd zerkrachten. Zwischen ihnen hatte ein Platintäschchen gelegen: ein zartes Gewebe aus Metall über dem orangenen Schimmern von Banknoten. Auch dieses folgte den anderen Sachen in die Ecke nach; dann kehrte sie zum Bett zurück und legte sich wieder aufs Gesicht, während sich kostbarer Wohlgeruch langsam um sie verdichtete.

Gegen Mittag pochte Minnie an die Tür. „Hier Essen gebracht." Temple rührte sich nicht. „Ich lassen vor Tür hier stehen. Können holen dann, wenn wollen." Ihre Schritte entfernten sich. Temple rührte sich nicht.

Langsam kroch der Streifen Sonnenlicht über den Boden; die Westseite des Fensterrahmens lag jetzt im Schatten. Temple setzte sich auf, den Kopf zur Seite gewandt, als lausche sie, und fingerte mit gewohntem Geschick an ihrem Haar. Still stand sie auf und ging zur Tür und lauschte wieder. Dann öffnete sie. Das Tablett stand am Boden. Sie trat darüber weg und ging zur Treppe und spähte über das Geländer. Nach einer Weile machte sie Minnie aus, die unten in der Halle auf einem Stuhl saß.

„Minnie", sagte sie. Minnies Kopf ruckte hoch; wieder rollten ihre Augen weiß im Dämmern. „Bring mir was zu trinken", sagte Temple. Sie kehrte in ihr Zimmer zurück. Sie wartete fünfzehn Minuten. Sie schlug die Tür zu und stampfte wütend die Treppe hinunter, als Minnie in der Halle erschien.

„Ja, Ma'am", sagte Minnie, „aber Miss Reba sagen ... Wir nicht haben mehr ..." Miss Rebas Tür ging auf. Ohne zu Temple hinaufzublicken, sprach Miss Reba mit Minnie. Minnie hob wieder die Stimme. „Ja, Ma'am; wird gemacht. Ich bring rauf, sofort."

„Das möchte ich dir auch geraten haben", sagte Temple. Sie kehrte in ihr Zimmer zurück und blieb hinter der Tür stehen, bis sie Minnie auf der Treppe hörte. Temple öffnete die Tür, hielt sie nur einen Spalt offen.

„Nichts möchten essen?" sagte Minnie und drückte mit dem Knie gegen die Tür. Temple hielt sie zu.

„Wo hast du's?" sagte sie.

„Haben noch nicht Zimmer aufgeräumt heute morgen", sagte Minnie.

„Gib her", sagte Temple und langte mit der Hand durch den Türspalt. Sie nahm das Glas vom Tablett.

„Sie lieber sparsam umgehn mit", sagte Minnie. „Miss Reba sagen, jetzt keinen mehr kriegen ... Warum Sie ihn derart behandeln überhaupt? Wo er gibt sein Geld aus für Sie, Sie bestimmt sollten schämen. Ist doch richtig hübscher kleiner Mann, er, wenn auch nicht ist John Gilbert, und wo er gibt sein Geld aus für ..." Temple schloß die Tür und warf den Riegel vor. Sie trank den Gin und zog einen Stuhl ans Bett und zündete sich eine Zigarette an und setzte sich, die Füße auf dem Bett. Nach einer Weile rückte sie den Stuhl ans Fenster und ließ das Rouleau ein wenig in die Höhe, so daß sie die Straße unten sehen konnte. Sie zündete sich eine neue Zigarette an.

Um fünf Uhr sah sie Miss Reba auftauchen, in schwarzer Seide und geblümtem Hut, und die Straße hinuntergehen. Sie sprang auf und grub den Hut aus der Kleidermasse in der Ecke und setzte ihn auf. An der Tür drehte sie sich um und ging zurück zu der Ecke und wühlte die Platinbörse hervor und stieg die Treppe hinunter. Minnie war in der Halle.

„Ich geb dir zehn Dollar", sagte Temple. „Ich bleibe höchstens zehn Minuten weg."

„Kann nicht tun, Miss Temple. Kostet mich Stellung hier, wenn Miss Reba find raus, und mein Hals außerdem, wenn Mister Popeye."

„Ich schwor dir, ich bin in zehn Minuten wieder da. Ich schwör's dir. Zwanzig Dollar." Sie drückte Minnie den Geldschein in die Hand.

„Müssen aber bestimmt wiederkommen", sagte Minnie und öffnete ihr die Tür. „Wenn nicht wiedersehn in zehn Minuten, mich auch keiner wiedersehn mehr."

Temple öffnete die Laube und spähte hinaus. Die Straße

war leer bis auf ein Taxi am Bordstein gegenüber und einen Mann in Schlägermütze, der in einer Tür dahinter stand. Sie ging mit schnellen Schritten die Straße hinunter. An der Ecke überholte ein Taxi sie, bremste, und der Chauffeuer sah sie fragend an. Sie wandte sich in den Drugstore an der Ecke und ging nach hinten zur Telefonzelle. Dann kehrte sie zum Haus zurück. Als sie um die Ecke bog, begegnete ihr der Mann mit der Schlägermütze, der in der Tür gelehnt hatte. Sie betrat den Laubenvorbau. Minnie öffnete ihr die Tür.

„Gott sei Dank", sagte Minnie. „Wie Taxi drüben gefahren hat, ich schon gedacht, daß muß einpacken. Wenn nichts sagen davon, zu keinem, ich Ihnen bring was trinken."

Als Minnie den Gin gebracht hatte, setzte Temple nur an, davon zu trinken. Ihre Hand zitterte, und es war fast etwas Triumphierendes in ihrem Gesicht, als sie wieder hinter der Tür stand, lauschend, das Glas in der Hand. Ich werd's später brauchen, sagte sie. Ich werd noch viel mehr brauchen als das. Sie bedeckte das Glas mit einer Untertasse und versteckte es sorgsam. Dann durchwühlte sie die Kleidermasse in der Ecke und zog ein Tanzkleid hervor und schüttelte es aus und hängte es zurück in den Schrank. Einen Augenblick lang starrte sie auf die anderen Sachen nieder, doch dann ging sie zum Bett zurück und streckte sich darauf aus. Sofort aber stand sie wieder auf und zog sich den Stuhl heran und setzte sich darauf, die Füße auf dem ungemachten Bett. Während das Tageslicht langsam im Zimmer erstarb, saß sie da, rauchte Zigarette um Zigarette und lauschte jedem Geräusch auf der Treppe.

Um halb sieben brachte ihr Minnie das Abendbrot herauf. Auf dem Tablett stand ein weiteres Glas Gin. „Dies Miss Reba geschickt", sagte sie. „Sie fragen, wie sich fühlen."

„Bestell ihr, es geht schon", sagte Temple. „Ich werde noch ein Bad nehmen gleich und dann zu Bett gehen, bestell ihr das."

Als Minnie gegangen war, goß Temple die beiden Drinks in ein großes Glas und weidete sich daran, und das Glas zitterte in ihren Händen. Sie setzte es sorgfältig weg und deckte es zu und aß dann ihr Abendbrot vom Bett. Als sie damit fertig war, zündete sie sich eine Zigarette an. Ihre Bewegungen waren fahrig und nervös; sie rauchte hastig, ging im Zimmer herum. Einen Augenblick stand sie am Fenster, das Rouleau gehoben; dann ließ sie es fallen, wandte sich wieder zurück und musterte sich im Spiegel. Sie drehte sich davor, betrachtete sich kritisch und paffte dabei an der Zigarette.

Sie schnippte sie von sich, hinter sich zum Kamin, und trat vor den Spiegel und kämmte sich das Haar. Sie riß den Vorhang zur Seite und nahm das Kleid herunter und legte es aufs Bett und ging zurück und zog eine Schublade im Frisiertisch und nahm ein Wäschestück heraus. Sie hielt inne, das Wäschestück in der Hand, dann legte sie es zurück und schloß die Schublade wieder und nahm rasch das Kleid vom Bett und hängte es zurück in den Schrank. Einen Augenblick später fand sie sich im Zimmer auf und ab gehen, eine weitere Zigarette brennend in der Hand, doch ohne jede Erinnerung, sie angezündet zu haben. Sie warf sie fort und ging zum Tisch und sah auf ihre Uhr und lehnte sie gegen das Zigarettenpäckchen, so daß sie ihr vom Bett her sichtbar war, und legte sich nieder. Als sie das tat, spürte sie die Pistole durch das Kissen. Sie zog sie darunter vor und betrachtete sie, schob sie dann seitlich unter den rechten Schenkel und lag unbewegt, die Beine starr durchgedrückt, die Hände hinter dem Kopf, die Augen bei jedem Laut auf der Treppe zu schwarzen Stecknadelköpfen verengt.

Um neun stand sie auf. Sie ergriff die Pistole wieder, stieß sie aber nach einem Augenblick unter die Matratze und entkleidete sich, und in einem unechten, mit goldenen Drachen und jadegrünen und scharlachroten Blumen gemusterten chinesischen Schlafrock verließ sie das Zimmer.

Als sie zurückkam, lockte ihr Haar sich feucht um ihr Gesicht. Sie ging zum Waschständer und ergriff das Glas, hielt es in den Händen, aber dann setzte sie es wieder hin.

Sie zog sich an und stellte die Flaschen und Tiegel aus der Ecke wieder auf. Ihre Bewegungen vor dem Spiegel waren wild, doch wie abgezirkelt genau. Sie ging zum Waschständer und ergriff das Glas, doch wieder hielt sie dann inne und ging zur Ecke hinüber und nahm ihren Mantel und zog ihn an und steckte das Platintäschchen ein und drehte sich noch einmal vor dem Spiegel. Dann ging sie und nahm das Glas und stürzte den Gin hinunter und verließ mit raschen Schritten das Zimmer.

Ein einziges Licht nur brannte in der Halle. Sie war leer. In Miss Rebas Zimmer konnte Temple Stimmen hören, aber der untere Flur lag verlassen. Sie stieg still und geschwind hinunter und gewann die Tür. Sie glaubte, man werde sie spätestens an der Tür aufhalten, und dachte mit jähem Bedauern an die Pistole; sie wußte, daß sie ohne alle Gewissensbisse davon Gebrauch machen würde, mit einem gewissen Vergnügen sogar. Sie sprang zur Tür und zerrte den Riegel weg, den Kopf über die Schulter zurückgewandt.

Die Tür ging auf. Sie sprang hinaus und hinaus aus der Laubentür und lief den Weg hinunter und durch die Pforte. Im selben Augenblick kam langsam ein Wagen am Bordstein entlang und hielt neben ihr. Am Steuer saß Popeye. Ohne daß er eine bemerkbare Bewegung gemacht hätte, sprang die Tür auf. Er regte sich nicht, sprach kein Wort. Er saß einfach da, den Strohhut ein wenig zur Seite geschrägt.

„Ich will nicht!" sagte Temple. „Ich will nicht!"

Er machte keine Bewegung, gab keinen Laut von sich. Sie trat an den Wagen.

„Ich will nicht, sag ich dir!" Dann schrie sie wild: „Du hast ja Angst vor ihm! Du hast ja Angst vor ihm!"

„Ich geb ihm seine Chance", sagte er. „Willst du ins Haus zurück oder willst du einsteigen?"

„Du hast doch Angst davor!"

„Ich gebe ihm seine Chance", sagte er, mit seiner kalten, sanften Stimme. „Komm schon. Entschließ dich."

Sie beugte sich vor und legte ihm die Hand auf den Arm. „Popeye", sagte sie; „Daddy." Sein Arm fühlte sich zerbrechlich an, nicht größer als der eines Kindes, tot und hart und leicht wie ein Stock.

„Mir ist egal, was du tust", sagte er. „Aber tu's. Mach schon."

Sie beugte sich zu ihm, die Hand auf seinem Arm. Dann stieg sie in den Wagen. „Du tust es ja doch nicht. Du hast Angst davor. Dem kannst du doch nicht das Wasser reichen."

Er langte über sie weg und schloß die Tür. „Wo?" sagte er. „Grotto?"

„Dem kannst du nicht das Wasser reichen!" sagte Temple schrill. „Du bist ja nicht mal ein Mann! Und das weiß er. Wer soll das wohl besser wissen als er?" Der Wagen hatte sich in Bewegung gesetzt. Sie fing an, auf ihn einzukreischen. „Du, du ein Mann, ein richtiger starker Mann, wo du doch nicht mal ... wo du extra einen richtigen Mann anschleppen mußtest, um ... und dabei über dem Bett gehangen hast und gestöhnt und gesabbert wie ein ... Einmal hast du mich zum Narren halten können, aber ein zweites Mal ..." Seine Hand kam über ihren Mund, hart, daß ihr die Nägel ins Fleisch gingen. Mit der anderen Hand steuerte er den Wagen, der in leichtsinniger Geschwindigkeit dahinraste. Als sie durch Laternenschein fuhren, konnte sie sehen, daß er sie beobachtete, wie sie sich wehrte, an seiner Hand zerrte, den Kopf wie gepeitscht hin und her warf.

Sie hörte auf, sich zu wehren, fuhr aber fort, den Kopf von Seite zu Seite zu drehen und an seiner Hand zu zerren. Ein Finger, an dem ein dicker Ring steckte, spreizte ihre Lippen, und seine Fingerspitzen gruben sich in ihre Wange. Mit der anderen Hand peitschte er den Wagen durch den Verkehr, schoß auf andere Autos zu, bis sie mit kreischenden Bremsen zur Seite wichen, und brauste unbedenklich über die Kreuzungen. Einmal brüllte ein Polizist hinter ihm her, doch er sah sich nicht einmal um.

Temple fing an zu wimmern, zu stöhnen hinter seiner Hand, und ihr Speichel troff auf seine Finger. Der Ring war wie ein zahnärztliches Instrument; sie konnte die Lippen nicht schließen, um zu schlucken. Als er sie wegnahm, konnte sie den Abdruck seiner Finger kalt auf ihrer Backe spüren. Sie hob die Hand danach.

„Du hast meinen Mund verletzt", wimmerte sie. Sie näherten sich dem Außenrand der Stadt, das Tachometer zeigte fünfzig Meilen. Sein Hut saß schief über seinem schmächtigen, hakigen Profil. Sie rieb sich die Backe. Die Häuser wichen breiten, dunklen Grundstücken, aus denen jäh und geisterhaft Maklerschilder auftauchten, die etwas verloren Beteuerndes an sich hatten. Zwischen ihnen hingen tiefe, ferne Lichter in der kühlen, leeren, von Glühwürmchen durchwehten Dunkelheit. Temple spürte den erkaltenden doppelten Gin in ihrem Innern und fing an, still vor sich hinzuweinen. „Du hast meinen Mund verletzt", sagte sie mit einer Stimme, ganz klein und schwach vor Selbstmitleid. Sie rieb sich die Backe mit prüfenden Fingern, stärker drückend und stärker, bis sie eine schmerzende Stelle fand. „Das wird dir noch leid tun", sagte sie mit gedämpfter Stimme. „Wenn ich das Red erzähle. Möchtest du nicht an Reds Stelle sein? Möchtest du das nicht? Möchtest du nicht tun können, was er kann? Möchtest du nicht, daß er bei uns der Zuschauer wäre, statt daß du es bist?"

Sie bogen beim Grotto ein, fuhren an einer Mauer mit dicht verhängten Fenstern entlang, aus denen schwüle Musik nach draußen brach. Temple sprang aus dem Wagen, während er ihn abschloß, und lief die Stufen hinauf. „Ich hab dir deine Chance gegeben", sagte sie. „Du hast mich hergebracht. Ich hab dich nicht gebeten, daß du mitkommst."

Sie ging in den Waschraum. Im Spiegel untersuchte sie ihr Gesicht. „Pah", sagte sie, „man sieht ja kein bißchen mehr", und zog das Fleisch hin und her. „Dieser blöde Knirps", sagte sie und spähte in ihr Spiegelbild. Sie fügte noch einen Ausdruck hinzu, zotig abszön; er wirkte ganz zusammenhanglos, papageienhaft. Sie malte sich den Mund nach. Eine andere Frau kam herein. Sie musterten einander, ihre Kleidung, mit kurzen, heimlichen, kalten, umfassenden Blicken.

Popeye stand an der Tür zum Tanzsaal, eine Zigarette in den Fingern.

„Ich hab dir deine Chance gegeben", sagte Temple. „Du mußtest nicht mitkommen."

„Ich nehm keine Chancen an", sagte er.

„Eine hast du angenommen", sagte Temple. „Tut dir wohl leid jetzt? Was?"

„Komm schon", sagte er, die Hand auf ihrem Rücken. Sie wollte eben über die Schwelle treten, als sie sich umdrehte und ihn ansah, die Augen fast auf gleicher Höhe mit den seinen; dann zuckte ihre Hand nach seiner Achselhöhle. Er packte sie am Gelenk; die andere Hand zuckte auf ihn zu. Er packte auch diese andere mit seinen weichen, kalten Fingern. Sie sahen einander Aug in Aug an; ihr Mund stand offen, und die Rougeflecke verdunkelten sich langsam auf ihrem Gesicht.

„Ich hab dir deine Chance unten in der Stadt gegeben", sagte er. „Du hast sie angenommen."

Hinter ihr pulste die Musik, schwül, Erinnerung weckend; ein Gewühl von Füßen erfüllte sie, und die wollüstige Hysterie von Muskeln wärmte die Ausdünstung von Fleisch, von Blut. „O Gott; o mein Gott", sagte sie, und ihre Lippen bewegten sich kaum dabei. „Ich will weg. Ich will wieder weg."

„Du hast angenommen", sagte er. „Komm schon."

Im Griff seiner Hände machten die ihren zerrende, rupfende Bewegungen nach seiner Jacke, die grad außerhalb

221

der Reichweite ihrer Fingerspitzen blieb. Langsam drehte er sie zur Tür, doch ihr Kopf blieb ihm zugewandt. „Trau dich, du!" schrie sie. „Trau dich . . ." Seine Hand schloß sich um ihren Nacken, die Finger wie Stahl, doch kalt und leicht wie Aluminium. Sie hörte die Wirbel schwach knirschen und seine Stimme, kalt und still.

„Kommst du jetzt endlich?"

Sie nickte mit dem Kopf. Dann waren sie auf der Tanzfläche. Sie konnte immer noch seine Hand spüren in ihrem Genick. Über seine Schulter weg ließ sie rasch den Blick durch den Raum schweifen, von Tänzer zu Tänzer, von Gesicht zu Gesicht. Jenseits eines niedrigen Türbogens, in einem anderen Raum, stand eine Gruppe um den Würfeltisch. Sie bog sich herüber und hinüber und versuchte, die Gesichter der Gruppe zu sehen.

Dann sah sie die vier Männer. Sie saßen an einem Tisch unweit der Tür. Einer von ihnen bewegte einen Kaugummi im Mund; der ganze untere Teil seines Gesichts schien mit Zähnen von unglaublicher Weiße und Größe besetzt zu sein. Als sie die Männer sah, schwang sie Popeye herum, so daß er ihnen den Rücken zukehrte, und arbeitete sie beide wieder auf die Tür zu. Und wieder flog ihr gequälter Blick von Gesicht zu Gesicht in der Menge.

Als sie wieder hinsah, waren zwei der Männer aufgestanden. Sie kamen näher. Sie drängte ihnen Popeye in den Weg, immer noch so, daß er ihnen den Rücken zukehrte. Die Männer stockten und versuchten, um sie herumzugehen; wieder schob sie ihnen Popeye in den Weg. Sie versuchte, etwas zu ihm zu sagen, doch ihr Mund fühlte sich an wie vereist. Es war, wie wenn man versucht, mit klammen Fingern eine Stecknadel aufzunehmen. Plötzlich fühlte sie sich zur Seite gehoben, von Armen, die schmal waren und leicht und starr wie Aluminium. Sie taumelte gegen die Wand und sah, wie die beiden Männer den Saal verließen. „Ich will wieder weg", sagte sie. „Ich will wieder weg." Und sie begann schrill zu lachen.

„Still", sagte Popeye. „Willst du wohl still sein?"

„Hol mir was zu trinken", sagte sie. Sie spürte seine Hand; auch ihre Beine fühlten sich kalt an wie Eis, als wären es gar nicht ihre. Sie saßen an einem Tisch. Zwei Tische weiter kaute noch immer der Mann, die Ellbogen auf die Platte gestützt. Der vierte Mann saß kerzengerade auf seinem Steiß, rauchend, die Jacke über der Brust zugeknöpft.

Sie beobachtete Hände: eine braune in weißem Ärmel, eine schmutzig weiße in ebenso schmutziger Manschette; sie stellten Flaschen auf den Tisch. Sie hatte ein Glas in der Hand. Sie trank, gierig schluckend; das Glas in der Hand, sah sie Red in der Tür stehen, in grauem Anzug mit getüpfeltem Binder. Er sah aus wie ein Collegejunge, und er suchte mit den Augen den Saal ab, bis er sie erblickte. Er blickte auf Popeyes Hinterkopf, dann hinüber zu ihr, wie sie dasaß, mit dem Glas in der Hand. Die beiden Männer am anderen Tisch hatten sich nicht gerührt. Sie konnte sehen, wie die Ohren des einen, der kaute, sich leicht und ständig bewegten.

Sie sorgte dafür, daß Popeyes Rücken Red zugewendet blieb. Er beobachtete sie noch immer, fast einen Kopf größer als alle hier sonst. „Komm schon", sagte sie Popeye ins Ohr. „Wenn du tanzen willst, dann tanz doch."

Sie trank noch ein Glas. Dann tanzten sie wieder. Red war verschwunden. Als die Musik abbrach, trank sie ein weiteres Glas. Es half ihr nichts. Es lag nur heiß und hart in ihrem Innern. „Komm schon", sagte sie, „du willst doch nicht schlapp machen." Aber er wollte nicht aufstehen, und sie stand über ihm, die Muskeln zuckend vor Erschöpfung und Angst. Sie fing an, ihn zu verhöhnen. „Du willst ein Mann sein, ein richtiger starker Mann, und läßt dich von einem Mädchen schlapp tanzen!" Dann wich auf einmal das Blut aus ihrem Gesicht, und es wurde ganz klein und verhärmt und ehrlich; sie sprach wie ein Kind, mit nüchterner Verzweiflung. „Popeye." Er saß da, die Hände auf dem Tisch, eine Zigarette geckenhaft zwischen den Fingern, das zweite Glas mit seinem schmelzenden Eis vor sich. Sie legte ihm die Hand auf die Schulter. „Daddy", sagte sie. Sie drehte sich so, daß sie beide dem Saal den Rücken zukehrten, und ihre Hand stahl sich auf seine Achselhöhle zu und berührte den Kolben seiner flachen Pistole. Er steckte starr im leichten, toten Schraubstock seines Arms und seiner Seite. „Gib sie mir doch", flüsterte sie. „Daddy. Daddy." Sie drückte ihren Schenkel gegen seine Schulter, streichelte mit ihrer Flanke seinen Arm. „Gib sie mir, Daddy", flüsterte sie. Plötzlich begann ihre Hand sich an seinem Körper niederzustehlen, in einer raschen, heimlichen Bewegung; dann zuckte sie jäh gehemmt zurück. „Ich hatte vergessen", flüsterte sie; „ich wollte bestimmt nicht . . . ich wollte . . . nicht . . ."

Einer der Männer am anderen Tisch zischte einmal kurz durch die Zähne. „Setz dich hin", sagte Popeye. Sie setzte sich wieder. Sie füllte sich das Glas und betrachtete dabei ihre Hände. Dann starrte sie auf den Rand der grauen Jacke. Er hat einen kaputten Knopf, dachte sie stumpfsinnig. Popeye hatte sich nicht gerührt.

„Tanzen wir?" sagte Red.

Sein Kopf hatte sich niedergebeugt, doch er sah nicht sie dabei an. Er hatte sich ein wenig gedreht und behielt die beiden Männer am anderen Tisch im Auge. Immer noch rührte sich Popeye nicht. Er zerrieb mit feinen Fingern das Ende der Zigarette und kniff den Tabak ab. Dann steckte er sie in den Mund.

„Ich tanze nicht", sagte Temple durch ihre kalten Lippen.

„Nicht?" sagte Red. Er sagte, in ganz beiläufigem Ton, ohne sich von der Stelle zu rühren: „Und wie geht's dem Jungen?"

„Bestens", sagte Popeye. Temple sah ihm zu, wie er ein Streichholz anriß, sah die Flamme verzerrt durchs Glas. „Du hast genug gehabt", sagte Popeye. Seine Hand nahm ihr das Glas von den Lippen. Sie sah ihm zu, wie er es in die Eisschale leerte. Die Musik begann erneut. Temple saß da und blickte sich im Saal um, ganz ruhig. Eine Stimme begann schwach an ihrem Gehör zu summen, dann packte Popeye ihr Handgelenk und schüttelte es, und sie merkte, daß ihr Mund offenstand und daß sie irgendein Geräusch damit gemacht haben mußte, ein lautes, lärmendes. „Sei still jetzt", sagte er. „Du kriegst ja noch einen." Er goß ihr das Glas voll.

„Ich hab überhaupt nichts gespürt", sagte sie. Er gab ihr das Glas. Sie trank. Als sie das Glas hinsetzte, wurde ihr klar, daß sie betrunken war. Ich bin es schon eine ganze Zeit, dachte sie. Sie dachte, daß sie vielleicht ohnmächtig gewesen und daß es schon geschehen war. Sie hörte sich es sagen, deutlich: Ich hoffe, es ist schon passiert. Ich hoffe, es ist schon. Dann glaubte sie fest, es sei wirklich schon geschehen, und ein Gefühl der Verlassenheit kam über sie und der körperlichen Begierde. Sie dachte, Jetzt kommt es nie wieder, und sie saß da in einer schwimmenden Benommenheit aus Qual und Kummer und sinnlichem Verlagen, und sie dachte an Reds Körper und starrte auf ihre Hand, die über das Glas die leere Flasche hielt.

„Du hast alles ausgetrunken", sagte Popeye. „Steh auf jetzt. Tanz es dir weg." Sie tanzten wieder. Sie bewegte sich steif und schmachtend, die Augen offen, doch ohne zu sehen; ihr Körper folgte der Musik, ohne daß sie eine ganze Weile die Melodie hörte. Dann wurde ihr auf einmal klar, daß das Orchester immer noch dasselbe Stück spielte wie vorhin, als Red sie um den Tanz bat. Wenn das so war, dann konnte es ja noch nicht geschehen sein. Sie spürte eine wilde Flutwelle der Erleichterung. Es war noch nicht zu spät: Red war noch am Leben; sie spürte, wie lange Schauderwogen körperlicher Begierde über sie weggingen, wie die Farbe aus ihren Lippen wich und ihre Augäpfel zurückschrumpften in ihren Schädel, in zitterndem Sinnesschwund.

Sie standen am Würfeltisch. Sie konnte sich hören, wie sie auf die Würfel einschrie. Sie warf sie und gewann; die

Spielchips türmten sich vor ihr, von Popeye eingezogen, der ihr dauernd Anweisungen gab und gute Lehren, mit seiner sanften, elenden Stimme. Er stand neben ihr, kleiner als sie.

Er hatte den Becher jetzt selbst. Sie stand neben ihm, listig, lauernd, und spürte, wie die Begierde sie Welle um Welle überkam, vermischt mit der Musik und mit dem Geruch ihres eigenen Fleisches. Sie wurde ruhig. In unendlich winzigen Intervallen rückte sie zur Seite, bis jemand an ihren Platz schlüpfte. Dann schlängelte sie sich rasch und vorsichtig über die Tanzfläche zur Tür, mitten durch die Menge der Tänzer und die Musik, die sie wie heller, tausendfältiger Gischt umbrandeten. Der Tisch, an dem die beiden Männer gesessen hatten, war leer, doch sie schaute nicht einmal hin. Sie trat auf den Flur. Ein Kellner kam ihr entgegen.

„Ein Zimmer", sagte sie. „Schnell."

Das Zimmer enthielt einen Tisch und vier Stühle. Der Kellner drehte das Licht an und blieb in der Tür stehen. Ihre Hand winkte ihn weg; er ging hinaus. Sie lehnte sich an den Tisch, auf die durchgedrückten Arme gestützt, und starrte die Tür an, bis Red hereintrat.

Er kam auf sie zu. Sie bewegte sich nicht. Ihre Augen fingen an, dunkler zu werden und dunkler; sie drehten sich in ihrem Schädel nach oben über einem Halbmond von Weiß, ganz ohne etwas Bestimmtes zu erfassen, nur leer und starr, wie die einer Statue. Ihre Stimme erlosch in einem langen Ah-ah-ah-ah, und ihr Körper bog sich langsam zurück, wie im Angesicht einer köstlichen Folter. Als er sie berührte, schnellte sie wie ein Bogen vor und warf sich auf ihn, den Mund offen und häßlich wie bei einem verendenden Fisch.

Er entzog ihr mit aller Anstrengung sein Gesicht. Mit klaffendem, drängend gerecktem, blutlosem Mund begann sie zu sprechen. „Wir müssen schnell machen. Irgendwo hin. Ich hab Schluß gemacht mit ihm. Ich hab's ihm gesagt. Es ist nicht meine Schuld. Ist es meine Schuld? Du

brauchst keinen Hut, und ich meinen auch nicht. Er ist hergekommen, um dich umzubringen, aber ich hab gesagt, ich
hab ihm seine Chance gegeben. Es war nicht meine Schuld.
Und jetzt sind nur noch wir beide da. Ohne ihn als Zuschauer. Komm doch. Worauf wartest du noch?" Sie
drängte ihm den Mund entgegen, zog seinen Kopf zu sich
nieder und gab ein wimmerndes Stöhnen von sich. Er hielt
sich das Gesicht frei.

„Ich hab ihm gesagt, ich . . . wenn du mich herbringst, hab
ich gesagt. Ich hab dir deine Chance gegeben. Und jetzt hat
er sich die Kerle da geholt, daß sie dich abknallen. Aber du
hast keine Angst. Nicht wahr?"

„Wußtest du das schon, als du mich angerufen hast?" sagte
er.

„Was? Er sagte, ich darf dich nicht wiedersehn. Er sagte,
er bringt dich um. Aber er hat mich verfolgen lassen, wie
ich telephonieren ging. Ich hab den Mann gesehen. Aber
du hast keine Angst. Er ist ja nicht mal ein Mann, aber du
bist einer. Du bist ein Mann. Du bist ein Mann." Sie begann sich an ihn zu pressen, in zuckenden Windungen, zog
an seinem Kopf und murmelte ihm Worte zu, Unterwelts-
koseworte, wie ein Papagei, und der Speichel rann ihr
bleich über die blutlosen Lippen. „Oder hast du Angst?"

„Vor dem dämlichen Dreckskerl?" Er hob sie leicht an und
drehte sie so, daß er die Tür im Auge hatte, und machte
seine rechte Hand frei. Sie schien gar nichts bemerkt zu haben von der Bewegung.

„Bitte. Bitte. Bitte. Bitte. Laß mich nicht warten. Ich ver-
brenne."

„Ist gut. Geh schon voraus. Du wartest, bis ich dir das Zeichen gebe. Also, gehst du?"

„Ich kann nicht warten. Du mußt bitte. Ich brenne, sag ich
dir." Sie klammerte sich an ihn. Zusammen taumelten sie
durch das Zimmer zur Tür, sie in wollüstiger Benommenheit, er kühl darauf bedacht, sich die rechte Seite freizuhal-
ten. Er machte sich von ihr los und schob sie in den Flur.

„Geh schon", sagte er. „Ich bin in einer Minute da."

„Machst du auch wirklich schnell? Ich brenne. Ich sterbe noch, sag ich dir."

„Sicher. Es dauert nicht lange. Geh schon jetzt."

Die Musik spielte. Temple ging den Flur hinunter, ein wenig schwankend. Sie hatte das Gefühl, an der Wand zu lehnen, als sie merkte, daß sie schon wieder tanzte; dann war es ihr, als tanze sie mit zwei Männern auf einmal; und dann wurde ihr klar, daß sie doch nicht tanzte, sondern daß sie sich zwischen den Männern auf die Tür zubewegte, dem Mann mit dem Kaugummi und dem mit der zugeknöpften Jacke. Sie versuchte stehen zu bleiben, aber die beiden hatten sich bei ihr untergehakt; sie öffnete den Mund, um zu schreien, und ihr Blick irrte wie verzweifelnd ein letztes Mal durch den wirbelnden Saal.

„Schrei nur", sagte der Mann mit der zugeknöpften Jacke. „Versuch's bloß einmal."

Red stand am Würfeltisch. Sie sah, wie er den Kopf wandte, den Becher in der erhobenen Hand. Er winkte ihr einen kurzen, munteren Gruß damit zu. Sein Blick folgte ihr, wie sie durch die Tür verschwand, zwischen den beiden Männern. Dann sah er sich kurz im Saal um. Sein Gesicht war kühn und gelassen, aber unter seinen Nasenflügeln zeigten sich zwei weiße Linien, und seine Stirn war feucht. Er schüttelte den Becher und warf mit ruhiger Hand die Würfel.

„Elf", sagte der Markeur.

„Lassen Sie liegen", sagte Red. „Ich werd noch millionenmal passen heute nacht."

Sie halfen Temple in den Wagen. Der Mann in der zugeknöpften Jacke setzte sich ans Steuer. Wo die Zufahrt auf den Weg mündete, der zur Chaussee führte, parkte ein langer Tourenwagen. Als sie daran vorüberkamen, sah Temple über einem aufflammenden Streichholz Popeyes schmächtig hakiges Profil unter dem schiefen Hut, als er sich die Zigarette anzündete. Das Streichholz flog aus

228

dem Wagen wie ein winziger sterbender Stern und wurde mit dem Profil von der Dunkelheit verschluckt, durch die sie davonrasten.

FÜNFUNDZWANZIGSTES KAPITEL

Die Tische waren ans eine Ende der Tanzfläche gerückt worden. Auf jedem lag ein schwarzes Tafeltuch. Die Vorhänge waren noch immer vorgezogen; ein dickes, lachsfarbenes Licht fiel durch sie herein. Gleich unter dem Orchesterpodium stand der Sarg. Es war eine teure Ausführung: schwarz, mit Silberbeschlägen, und das Traggestell verschwand unter der Masse der Blumen. In Kränzen und Kreuzen und anderen Zeichen zeremonieller Sterblichkeit schien diese Masse wie eine symbolische Flutwelle hereinzubrechen, weg über die Bahre und hinauf über Podium und Klavier, und ihr Duft war dicht und bedrückend.

Der Inhaber des Lokals ging zwischen den Tischen herum, sprach mit den Gästen, wenn sie eintrafen, und sorgte für Plätze. Die Neger-Kellner, in schwarzen Hemden unter den gestärkten Jacken, liefen bereits geschäftig mit Gläsern und Flaschen Ingwerbier herum. Sie bewegten sich mit großspuriger und zugleich dezenter Zurückhaltung; schon jetzt war eine gedämpfte, makabre, ein wenig fieberhafte Turbulenz entstanden.

Der Türbogen zum Würfelzimmer war schwarz drapiert. Ein schwarzes Bahrtuch lag auf dem Würfeltisch, auf dem sich der Überfluß der Blumengebinde zu häufen begann. Ständig trafen Leute ein, die Männer in dunklen Anzügen von dezenter Zurückhaltung, andere in den hellen, leuchtenden Farben des Frühlings, die das widersinnig Makabre der Atmosphäre noch steigerten. Die Frauen, die jüngeren, trugen ebenfalls leuchtende Farben, in Hüten und Schals; die älteren kamen in nüchternem Grau und Schwarz und Marineblau und glitzerten von Diamanten: matronenhafte

Gestalten, die Hausfrauen auf einem Sonntagnachmittagsausflug glichen.

Der Saal begann von schrillem, gedämpften Gespräch zu summen. Die Kellern bewegten sich überall herum, mit hochgehaltenen, riskant balancierten Tabletts; in ihren weißen Jacken und schwarzen Hemden wirkten sie wie photographische Negative. Der Inhaber ging von Tisch zu Tisch mit seinem Kahlkopf, einen riesigen Diamanten in der schwarzen Krawatte, gefolgt von seinem Rausschmeißer, einem dicken, muskulösen, kugelköpfigen Mann, der kurz davor zu sein schien, aus seiner Smokingjacke zu platzen, wie ein Kokon.

In einem separierten Eßzimmer, auf einem schwarz drapierten Tisch, stand eine riesige Punschterrine, in der Eiswürfel und Obstscheiben schwammen. Daneben lehnte ein fetter Mann in einem formlosen, grünlichen Anzug, aus dessen Ärmeln schmutzige Manschetten auf Hände wiesen, die von schwarzen Nägeln gerändert waren. Der verdreckte Kragen war um seinen Nacken in schlappen Falten erschlafft und trug eine speckig schwarze Schleife mit imitiertem Rubin. Sein Gesicht glitzerte vor Feuchtigkeit, und mit heiserer Stimme beschwor er die Menge, die sich um die Terrine gesammelt hatte:

„Immer ran, Leute, immer ran. Geht auf Gene seine Kosten. Kostet euch nichts. Kommt her und sauft. Ist nie 'n besserer Boy auf Erden rumgelaufen als wie er." Sie tranken und zogen sich wieder zurück, ersetzt durch andere mit ausgestreckten Gläsern. Von Zeit zu Zeit kam ein Kellner mit Eis und Obst herein und ließ beides in die Terrine plumpsen; aus einem Koffer unter dem Tisch zog Gene frische Flaschen und füllte sie in die Terrine um; dann nahm er, ganz Wirt und schwitzender Beschwörer, seinen heiseren Monolog wieder auf und wischte sich dabei mit dem Ärmel das Gesicht. „Immer ran, Leute, immer ran. Geht alles auf Gene seine Kosten. Ich bin ja bloß 'n Schnapsschmuggler, aber 'n bessern Freund als wie mich hat er nicht gehabt. Kommt her und sauft, Leute. Ist noch jede Menge da."

Aus dem Tanzsaal drang ein Schwall Musik herüber. Die Leute gingen hinein und suchten sich Plätze. Auf dem Podium saß, im Smoking, ein Hotelorchester aus der Stadt. Der Inhaber des Lokals und ein zweiter Mann berieten sich mit dem Leiter.

„Lassen Sie Jazz spielen", sagte der zweite Mann. „Keiner hat so viel für Tanzen übrig gehabt wie Red."

„Nein, nein", sagte der Inhaber. „Wenn Gene sie alle mit seinem Gratisschnaps besoffen gemacht hat, fangen sie dann an zu tanzen. Und wie sieht das aus!"

„Wie wär's mit der *Blauen Donau?*" sagte der Leiter.

„Nein, nein; bloß keinen Blues, sag ich Ihnen", sagte der Inhaber. „Da liegt 'n Toter in dem Sarg!"

„Ist ja auch kein Blues", sagte der Leiter.

„Was denn dann?" sagte der zweite Mann.

„Ein Walzer. Strauß."

„'n Spaghettifresser, was?" sagte der zweite Mann. „Das hätt uns noch gefehlt, verdammt. Red war 'n Amerikaner. Sie sind das vielleicht nicht, aber er war einer. Haben Sie nichts Amerikanisches auf der Pfanne? Spielen Sie *I can't give you anything but love.* Das hat er immer gern gemocht."

„Daß uns dann alle anfangen und die Beine schwingen?" sagte der Inhaber. Er warf einen Blick zu den Tischen hinüber, wo die Frauen bereits etwas schrill zu schwatzen begonnen hatten. „Nein, am besten legen Sie los mit *Näher, mein Gott, zu Dir*", sagte er, „und nüchtern mir den Laden erstmal wieder 'n bißchen aus. Ich hab's Gene gleich gesagt, daß es riskant ist mit dem Punsch, wenn er so früh damit anfängt. Wenn's nach mir gegangen wäre, hätten wir damit gewartet, bis kurz bevor's zurück in die Stadt geht. Aber das hätt ich mir ja denken können, daß jemand unbedingt 'n Karneval draus machen muß. Also fangen Sie lieber schön feierlich an und bleiben Sie dabei, bis ich Ihnen das Zeichen gebe."

„Red hätt's nicht feierlich haben wollen", sagte der zweite Mann. „Das weißt du genau."

„Dann soll er woanders hingehn", sagte der Inhaber. „Ich hab das hier bloß aus Gefälligkeit gemacht. Ich bin doch kein Beerdigungsinstitut."

Das Orchester spielte *Näher, mein Gott, zu Dir*. Das Publikum wurde still. Eine Frau in rotem Kleid erschien schwankend in der Tür. „Hallihallo", sagte sie, „mach's gut, Red. Wirst schneller in der Hölle sein, als ich wieder in Little Rock."

„Pssssst!" machten Stimmen. Sie fiel auf einen Stuhl. Gene kam an die Tür und stand da, bis die Musik aufhörte.

„Immer ran, Leute", brüllte er und machte mit den Armen eine fette, ausladende Bewegung, „immer ran und zugegriffen. Geht auf Genes Rechnung heute. In zehn Minuten will ich hier keine trockene Kehle und kein trockenes Auge mehr sehen!" Die weiter hinten saßen, strömten zur Tür. Der Inhaber sprang auf die Füße und winkte dem Orchester. Der Trompeter stand auf und spielte als Solo *Im Hafen der ewigen Ruhe,* aber die Menge im Saal schwand weiter und weiter durch die Tür, an der Gene stand und mit dem Arm winkte. Zwei mittelältliche Frauen weinten still unter geblühmten Hüten.

Sie umbrandeten lärmend die schwindende Bowle. Aus dem Tanzsaal drang das getragene Schmettern der Trompete herüber. Zwei schmutzige junge Männer bahnten sich einen Weg zum Tisch und schrien dabei immerfort monoton, „Platz machen, Platz machen!" Sie schleppten Koffer mit Flaschen, die sie auf den Tisch stellten; Gene, der jetzt ganz offen weinte, öffnete sie und füllte sie in die Terrine. „Immer ran, Leute, immer ran. Ich hab ihn geliebt wie meinen eigenen Sohn", schrie er heiser und fuhr sich mit dem Ärmel über das Gesicht.

Ein Kellner zwängte sich langsam mit einer Schüssel Eis und Obst zum Tisch vor und wollte beides in die Punschterrine geben. „Was zum Teufel machen Sie da?" sagte

Gene. „Was soll das Zeug da drin? Schern Sie sich weg damit."

„Hurrrraaaaah!" brüllten alle, stießen die Gläser zusammen und ließen alles weitere in Lärm und Geklirr untergehen, bis auf die Pantomime, wie Gene dem Kellner die Obstschale aus der Hand schlug und sich wieder daran machte, puren Schnaps in die Terrine zu kippen, so heftig, daß er über die ausgestreckten Hände und Gläser spritzte. Die beiden Jugendlichen öffneten wild neue Flaschen.

Wie von einem blechernen Geschmetter der Musik hereingefegt, erschien der Inhaber in der Tür, mit verstörtem Gesicht und fuchtelnden Armen. „Kommt doch wieder rüber, Leute", schrie er, „und hört euch das Musikprogramm zu Ende an. Es kostet uns Geld."

„Zum Teufel damit", brüllten sie.

„Kostet wen Geld?"

„Ist doch egal."

„Kostet wen Geld?"

„Der gönnt ihm das nicht! Ich zahl's ja. Bei Gott, ich zahl ihm gleich zwei Beerdigungen."

„Leute! Leute!" schrie der Inhaber. „Begreift ihr denn nicht, daß da ein Toter im Saal liegt?"

„Kostet wen Geld?"

„Wer hier im Saal lügt?" sagte Gene. „Wer?" sagte er mit gebrochener Stimme. „Will jemand hier etwa unsern teuren Toten beleidigen?"

„Er gönnt Red das Geld nicht."

„Wer gönnt ihm das nicht?"

„Joe, der Dreckskerl."

„Will jemand hier etwa unsern . . ."

„Machen wir doch woanders weiter mit der Beerdigung. Es gibt ja noch mehr Lokale in der Stadt."

„Joe soll verschwinden."

„Steckt den Dreckskerl doch auch in einen Sarg. Dann haben wir zwei Beerdigungen."

„Wer . . . wer lügt hier? Will jemand hier etwa unsern . . ."

„Steckt den Dreckskerl in einen Sarg. Mal sehn, ob's ihm da besser gefällt."

„Steckt den Dreckskerl in einen Sarg", kreischte die Frau in Rot. Sie stürmten auf die Tür zu, wo der Inhaber stand, die Hände fuchtelnd über dem Kopf, und gegen den Aufruhr anbrüllte, bis er sich schließlich umdrehte und floh.

Im Hauptsaal sang jetzt ein Männerquartett, engagiert aus einem Tingeltangel. Es sang schwülstig gesetzte Mutterlieder; es sang 161Sonny Boy. Die älteren Frauen weinten ohne Ausnahme. Kellner brachten auch ihnen jetzt Gläser mit Punsch, und so saßen sie da, die Gläser in den fetten, beringten Händen, und weinten.

Dann spielte das Orchester wieder. Die Frau in Rot kam in den Saal getaumelt. „Los, Joe", brüllte sie, „mach den Spieltisch auf. Schaff den verdammten Kasten mit dem Kerl hier raus und mach den Spieltisch auf." Ein Mann versuchte sie festzuhalten; sie fuhr mit einem Schwall unflätiger Worte auf ihn los, taumelte gegen den verhüllten Würfeltisch und warf einen Kranz zu Boden. Der Inhaber stürzte auf sie zu, gefolgt von dem Rausschmeißer. Der Inhaber packte die Frau, als sie einen zweiten Kranz an sich riß. Der Mann, der sie festzuhalten versucht hatte, trat dazwischen, und die Frau brach in schrille Verwünschungen aus und schlug auf beide mit dem Kranz ein. Der Rausschmeißer packte den Arm des Mannes; der wirbelte herum und schlug nach dem Rausschmeißer, worauf dieser ihn mit einem Gegenschlag durch den halben Saal beförderte. Drei weitere Männter traten ein. Der vierte raffte sich vom Boden auf, und alle vier gingen auf den Rausschmeißer los.

Er fällte den ersten und warf sich herum und sprang mit unglaublicher Schnelligkeit in den Hauptsaal. Das Orchester spielte. Im nächsten Augenblick ging die Musik in einem Pandämonium von Stühlen und Schreien unter. Der Rausschmeißer warf sich wieder herum und stellte sich dem Ansturm der vier Männer. Es entstand ein wildes Gemenge; ein zweiter Mann flog heraus und schlitterte auf dem Rücken über den Boden; der Rausschmeißer kam frei. Dann warf er sich wieder herum und stürzte sich auf sie, und der balgende Knäuel wälzte sich auf die Bahre zu und krachte mit voller Wucht dagegen. Das Orchester war verstummt, und die Musiker kletterten mit ihren Instrumenten auf die Stühle. Die Blumenspenden flogen; der Sarg neigte sich. „Festhalten!" schrie eine Stimme. Sie sprangen vor, doch der Sarg krachte schwer auf den Boden und ging auf. Der Leichnahm rutschte langsam und gemächlich heraus und kam mit dem Gesicht mitten in einem Kranz zur Ruhe.

„Spielt was!" schrie der Inhaber und fuchtelte mit den Armen. „Spielt! Spielt!

Als sie den Leichnam aufhoben, kam der Kranz mit; er hatte sich mit einem verborgenen Drahtende in der Backe des Toten verhakt. Dieser hatte eine Schirmmütze aufgehabt, die heruntergerutscht war und ein kleines blaues Loch in der Mitte der Stirn freigab. Es war säuberlich mit Wachs verstopft worden und übermalt, aber das Wachs hatte sich durch die Erschütterung gelöst und irgendwo verloren. Sie konnten es nicht wiederfinden, und so lösten sie einfach den Druckknopf im Schirm und zogen ihm die Mütze bis auf die Augen.

Als der Trauerzug sich der Innenstadt näherte, schlossen sich ihm weitere Wagen an. Sechs Packards folgten dem Sarg mit aufgeschlagenem Verdeck, über und über voll Blumen, am Steuer Chauffeure in Livree. Sie sahen einander alle gleich und gehörten der Klasse an, die von den besseren Agenturen stundenweise vermietet wird. Im Anschluß daran kam eine schwer zu beschreibende Schlange von Taxis, Roadsters, Sedans, die immer länger wurde, als sich die Prozession träge durch die geschwindigkeitsbeschränkten Stadtteile bewegte, wo Gesichter ihr nachspähten unter herabgelassenen Rouleaus, der Hauptverkehrsader zu, die wieder aus der Stadt führte, dem Friedhof entgegen.

Auf der Hauptstraße steigerte der Leichenwagen seine

Geschwindigkeit, und die Prozession holte in schnellen Intervallen auf. Bald aber begannen die Privatwagen und Taxis abzufallen. An jeder Kreuzung bogen einige ab, bis zuletzt nur noch der Leichenwagen und die sechs Packards übrig waren, in denen niemand saß außer dem Chauffeur in Livree. Die Straße war breit und jetzt wenig befahren; sie hatte einen weißen Mittelstreifen, der sich fern in der glatten Leere aus Asphalt verlor. Bald machte der Leichenwagen vierzig Stundenmeilen, dann fünfundvierzig, dann fünfzig.

Eins der Taxis hielt vor Miss Rebas Tür. Sie stieg aus, gefolgt von einer dürren Frau, die nüchtern streng gekleidet war und einen goldenen Zwicker trug, sowie einer kurzen, plumpen Frau mit Federhut, die ihr Gesicht hinter einem Taschentuch verbarg, und einem schmalen, kugelköpfigen Jungen von fünf oder sechs. Die Frau mit dem Taschentuch schluchzte unablässig in schnaufenden Japsern, als sie den Weg hinaufgingen und den Laubenvorbau betraten. Hinter der Haustür erhoben die Hunde ein wildes Falsettspektakel. Als Minnie öffnete, umbrandeten sie Miss Rebas Füße. Sie stieß sie beiseite. Wieder drangen sie schnappwütig auf sie ein; wieder flogen sie in gedämpftem Prall gegen die Wand.

„Kommen Sie rein, kommen Sie rein", sagte sie, die Hand auf der Brust. Kaum im Haus, begann die Frau mit dem Taschentuch jetzt laut zu weinen.

„Hat er nicht süß ausgesehen?" jammerte sie. „War er nicht süß?"

„Na, na", sagte Miss Reba und führte sie zu ihrem Zimmer, „nun kommen Sie erstmal rein und trinken Sie einen Schluck Bier. Dann fühlen Sie sich gleich besser. Minnie!" Sie betraten den Raum mit dem geschmückten Frisiertisch, dem Safe, dem Wandschirm, dem drapierten Porträt. „Nehmen Sie Platz, nehmen Sie Platz", keuchte sie und schob die Stühle vor. Auf einem davon ließ sie sich nieder und bückte sich beängstigend zu ihren Füßen hinunter.

„Onkel Bud, Schätzchen", sagte die weinende Frau und tupfte sich die Augen, „komm und mach Miss Reba die Schuhe auf."

Der Junge kniete sich hin und zog Miss Reba die Schuhe ab. „Und wenn du mir dann noch die Hauspantoffeln reichen willst, unter dem Bett da, Schätzchen", sagte Miss Reba. Der Junge holte die Pantoffeln. Minnie trat ein, gefolgt von den Hunden. Sie stürzten auf Miss Reba los und fingen an, sich um die Schuhe zu balgen, die sie gerade abgelegt hatte.

„Kssss!" machte der Junge und schlug nach einem von ihnen mit der Hand. Der Hundekopf schnappte herum, seine Zähne klickten, die halbverdeckten Augen funkelten böse. Der Junge fuhr zurück. „Du hast mich gebissen, du Hurenvieh", sagte er.

„Aber Onkel Bud!" sagte die fette Frau, und ihr rundes Gesicht, starr in fettigen Falten und von Tränen gestreift, wandte sich in schockierter Überraschung dem Jungen zu, die Federn bedrohlich nickend darüber. Onkel Buds Kopf war kugelrund und die Nase von Sommersprossen gefleckt wie ein Bürgersteig von den ersten Tropfen eines sommerlichen Platzregens. Die andere Frau saß steif und affektiert auf ihrem Stuhl, den goldenen Zwicker unter dem streng frisierten eisengrauen Haar an einer goldenen Kette. Sie sah wie eine Lehrerin aus. „Sollte man das denken!" sagte die fette Frau. „Wie in aller Welt lernt ein Junge solche Ausdrücke auf einer Farm in Arkansas, möcht ich wissen!"

„Gemeine Ausdrücke lernt man überall", sagte Miss Reba. Minnie stellte ein Tablett hin, das drei kalt beschlagene Krüge trug. Onkel Bud sah mit runden Kornblumenaugen zu, wie sie jede einen nahmen. Die fette Frau fing wieder an zu weinen.

„So süß hat er ausgesehen!" jammerte sie.

„Das bleibt keinem erspart", sagte Miss Reba. „Also, daß es noch lange dauert, bis wir dran sind", sagte sie und hob den Krug. Sie tranken und machten einander eine förmliche Verbeugung. Die fette Frau trocknete sich die Augen; die beiden Gäste wischten sich mit steifem Anstand die Lippen. Die Dürre hustete schwächlich zur Seite, hinter vorgehaltener Hand.

„Gutes Bier", sagte sie.

„Nicht wahr?" sagte die Fette. „Ich sag ja immer, es gibt kein größeres Vergnügen, als Miss Reba einen Besuch zu machen."

Sie begannen ein höfliches Gespräch, in gezierten, halbvollendeten Sätzen, mit kleinen Schnaufern der Zustimmung. Der Junge hatte sich ziellos zum Fenster bewegt und lugte unter dem angehobenen Rouleau hinaus.

„Wie lange bleibt er denn bei Ihnen, Miss Myrtle?" sagte Miss Reba.

„Nur noch bis Samstag", sagte die fette Frau. „Dann fährt er wieder nach Hause. Es ist doch immer eine nette kleine Abwechslung für ihn, so ein oder zwei Wochen hier bei mir. Und mir macht es auch Freude, ihn dazuhaben."

„Kinder sind ja ein solcher Trost für einen", sagte die Dürre.

„Ja", sagte Miss Myrtle. „Haben Sie eigentlich die beiden netten jungen Burschen noch im Haus, Miss Reba?"

„Ja", sagte Miss Reba. „Ich glaub aber, ich muß sie wieder raussetzen. Ich bin ja selber nicht übermäßig zart besaitet, aber es hat einfach keinen Zweck, daß man jungen Leuten auch noch hilft zu lernen, wie gemein die Welt ist, bevor sie selber dahinterkommen müssen. Ich hab mir die Mädchen schon vorgenommen, daß sie nicht mehr so im Haus rumlaufen ohne was Richtiges an, und das paßt ihnen gar nicht."

Sie tranken wieder, mit züchtigen Bewegungen, die Krüge affektiert in den Händen, während Miss Reba den ihren gepackt hielt, als wäre er eine Waffe, die andere Hand verloren im mächtigen Busen. Sie setzte den Krug hin, leer. „Mir ist immer so trocken", sagte sie. „Möchten

238

die Damen noch einen?" Sie murmelten geziert. „Minnie!" schrie Miss Reba.

Minnie kam und füllte die Krüge neu. „Eigentlich schäme ich mich ja wirklich", sagte Miss Myrtle. „Aber Miss Rebas Bier ist eine Delikatesse. Und dann haben wir alle ja auch einen aufregenden Nachmittag hinter uns."

„Ich wundere mich, daß er nicht noch aufregender geworden ist", sagte Miss Reba. „Bei all dem Gratisschnaps, den Gene hat springen lassen."

„Muß eine ganz schöne Stange Geld gekostet haben", sagte die dürre Frau.

„Das kann man wohl sagen. Und wer hat was davon gehabt? Das frag ich Sie. Außer dem Vorrecht, den Laden gerammelt voll von Leuten zu haben, die keinen Cent ausgeben." Sie setzte ihren Krug auf den Tisch neben ihrem Stuhl. Plötzlich wandte sie scharf den Kopf und sah hinein. Onkel Bud stand jetzt hinter ihrem Stuhl, an den Tisch gelehnt. „Du bist mir doch nicht über mein Bier gegangen, Junge?" sagte sie.

„Aber, Onkel Bud", sagte Miss Myrtle. „Schämst du dich denn gar nicht? Ich muß schon sagen, allmählich wird das so, daß ich ihn kaum noch irgendwo mitzunehmen wage. Ich hab noch nie im Leben einen Jungen gesehn, der derartig scharf auf Bier ist. Du kommst jetzt hier rüber und spielst da, verstanden?"

„Ja", sagte Onkel Bud. Er drückte sich ein bißchen im Zimmer herum, ohne besonderes Ziel. Miss Reba trank, setzte den Krug zurück auf den Tisch und stand auf.

„Wo wir alle doch ziemlich mitgenommen sind", sagte sie, „kann ich die Damen vielleicht zu einem kleinen Schluck Gin überreden?"

„Nein, also wirklich", sagte Miss Myrtle.

„Miss Reba ist die ideale Gastgeberin", sagte die Dürre. „Wie oft hab ich das eigentlich schon gesagt, Miss Myrtle?"

„Das könnt ich nie im Leben aufzählen, meine Liebe", sagte Miss Myrtle.

Miss Reba verschwand hinter dem Wandschirm.

„Haben Sie eigentlich schon mal einen so warmen Juni erlebt, Miss Lorraine?" sagte Miss Myrtle.

„Nein, noch nie", sagte die dürre Frau. Miss Myrtles Gesicht begann sich wieder zu verziehen. Sie setzte den Krug ab und fingerte nach ihrem Taschentuch.

„Es überkommt mich immer wieder", sagte sie, „und wenn ich denke, wie sie gesungen haben vorhin, *Sonny Boy* und alles! Er hat ja so süß ausgesehen", jammerte sie.

„Na, na", sagte Miss Lorraine. „Trinken Sie noch ein bißchen Bier. Dann fühlen Sie sich gleich besser. Miss Myrtle hat's wieder erwischt", sagte sie, die Stimme erhoben.

„Ich bin einfach zu zart besaitet", sagte Miss Myrtle. Sie schnuffelte hinter ihrem Taschentuch und tastete dabei nach ihrem Krug. Einen Moment lang griff sie ins Leere, dann berührte ihn ihre Hand. Sie blickte rasch auf. „Aber, Onkel Bud!" sagte sie. „Hab ich dir nicht gesagt, du sollst da hinten wegkommen und hier drüben spielen? Also sollte man das glauben! Kürzlich den Nachmittag, wie wir weggingen hier, war's mir schon so peinlich, daß ich gar nicht wußte, was ich machen soll. Ich hab mich richtig geschämt, mich mit so einem betrunkenen Jungen wie dir auf der Straße sehn zu lassen!"

Miss Reba kam wieder hinter dem Wandschirm vor, mit drei Gläsern Gin. „So, das wird uns wieder etwas zu Kräften bringen", sagte sie. „Wir hocken hier wie drei alte kranke Katzen." Sie machten einander eine förmliche Verbeugung, tranken und tupften sich die Lippen. Dann begannen sie wieder zu schwatzen. Sie sprachen alle zu gleicher Zeit, wieder in halbvollendeten Sätzen, doch ohne Pausen für Zustimmung oder Bekräftigung.

„So sind wir Mädchen nun mal", sagte Miss Myrtle. „Die Männer können uns anscheinend nicht nehmen und lassen, wie wir sind. Erst machen sie uns selber zu Sie wissen schon, und dann erwarten sie von uns, daß wir anders sind. Erwarten von uns, daß wir nie einen andern Mann ansehn, während sie selber kommen und gehen, ganz wie's ihnen paßt."

„Eine Frau, die sich mit mehr als wie einem Mann zu gleicher Zeit abgibt, ist einfach blöd", sagte Miss Reba. „Auf die Nerven gehn sie einem alle, und warum soll man sich die Quälerei noch verdoppeln? Und eine Frau, die einem guten Mann nicht treu sein kann, wenn sie einen kriegt, der gutherzig ist und freigebig und ihr nie auch bloß eine Stunde Kummer macht und nie ein hartes Wort . . ." Sie sah die beiden an, und ihre Augen füllten sich langsam mit einem traurigen, unsäglichen Ausdruck ratloser und geduldiger Verzweiflung.

„Na, na", sagte Miss Myrtle. Sie beugte sich vor und tätschelte Miss Rebas riesige Hand. Miss Lorraine machte ein schwächlich glucksendes Geräusch mit der Zunge. „Sie werden sich wieder richtig hineinsteigern, meine Liebe."

„Er war ja so ein guter Mann", sagte Miss Reba. „Wie zwei Tauben waren wir zusammen. Elf Jahre lang waren wir zusammen wie zwei Tauben."

„Ja, sicher, meine Liebe; aber fassen Sie sich doch", sagte Miss Myrtle.

„Es hat mich wieder so überkommen", sagte Miss Reba. „Wenn ich so denke, wie der Junge da lag unter all den Blumen."

„Der hat's nicht mal so gut gehabt wie Mr. Binford", sagte Miss Myrtle. „Na, na. Trinken Sie mal ein bißchen Bier."

Miss Reba wischte sich mit dem Ärmel über die Augen. Sie trank einen Schluck Bier.

„Der hätte sich auch was Besseres ausdenken können, als wie mit Popeye seinem Mädchen anzubändeln", sagte Miss Lorraine.

„Männer werden nie klug, meine Liebe", sagte Miss Myrtle. „Was meinen Sie, wo sie hin sind, Miss Reba?"

„Ich weiß nicht, und es ist mir auch egal", sagte Miss Reba. „Und wie bald daß sie ihn fangen und einen Kopf kürzer machen, für daß er den Jungen umgebracht hat, das ist mir ebenfalls egal. Mir ist alles egal."

„Er fährt doch jeden Sommer das ganze Stück nach Pensacola runter, seine Mutter besuchen", sagte Miss Myrtle. „Ein Mann, der das macht, der kann doch nicht ganz schlecht sein."

„Dann weiß ich nicht, was einer noch machen muß, daß Sie ihn schlecht finden", sagte Miss Reba. „Ich hab versucht, 'n anständiges Haus zu führn, wo man auch was Anständiges zu trinken kriegt, zwanzig Jahre lang, und dann kommt er daher und will 'n Schaukabinett draus machen."

„Immer wir armen Mädchen", sagte Miss Myrtle, „sind an allem Unglück schuld und müssen's auch alles leiden."

„Vor zwei Jahren hab ich mal gehört, es wär gar nichts mit ihm los in der Hinsicht", sagte Miss Lorraine.

„Das hab ich sowieso die ganze Zeit gewußt", sagte Miss Reba. „Ein junger Mann, der für Mädchen Geld ausgibt wie nichts und trotzdem nie ins Bett geht mit einer. Das ist gegen die Natur. Die Mädchen dachten ja alle immer, er hätte 'n Weibchen irgendwo in der Stadt, da läge das dran, aber ich hab gesagt, der ist nicht ganz richtig irgendwo, glaubt mir das. Bei dem ist nicht alles ganz richtig."

„Freigebig war er ja, das muß ihm der Neid lassen", sagte Miss Lorraine.

„All die Kleider und Schmucksachen, die das Mädchen sich gekauft hat, eine Schande war das", sagte Miss Reba. „Zum Beispiel ein chinesischer Morgenrock, dafür hat sie hundert Dollar bezahlt – Importware – und Parfüm zu zehn Dollar die Unze; und nächsten Morgen, wie ich raufkam, lag alles wüst durcheinander in der Ecke, Kleider, Parfüm und Schminke, alles, wie nach einem Wirbelsturm. Das hat sie immer gemacht, wenn sie die Wut auf ihn kriegte, wenn er sie geschlagen hat. Wo er sie dann einschloß und nicht aus dem Haus ließ. Hat mein Haus bewachen lassen wie... wie 'n..." Sie hob den Krug vom Tisch an die Lippen. Dann hielt sie inne, blinzelte hinein. „Wo ist denn mein...

242

„Onkel Bud!" sagte Miss Myrtle. Sie packte den Jungen beim Arm und zerrte ihn hinter Miss Rebas Stuhl vor und schüttelte ihn, daß ihm der runde Kopf mit einem Ausdruck gleichförmiger Idiotie auf den Schultern hüpfte. „Schämst du dich nicht? Schämst du dich denn gar nicht? Warum kannst du der Dame nicht ihr Bier in Ruhe lassen? Ich hab nicht übel Lust, dir den Dollar wieder wegzunehmen und dich loszuschicken, daß du Miss Reba eine Kanne Bier kaufen gehst, wahrhaftig. Also, jetzt stellst du dich da ans Fenster und bleibst da stehen, hörst du?"

„Ach was", sagte Miss Reba. „Es war ja kaum noch was drin. Die Damen sind ja auch ziemlich zu Ende, nicht? Minnie!"

Miss Lorraine berührte ihren Mund mit dem Taschentuch. Hinter der Brille verdrehten sich ihre Augen in einem verschleierten, heimlichen Blick. Sie legte die andere Hand auf ihren flachen altjüngferlichen Busen.

„Ach, wir haben ja gar nicht an Ihr Herz gedacht, Schätzchen", sagte Miss Myrtle. „Finden Sie nicht, Sie sollten diesmal lieber Gin nehmen?"

„Wirklich, ich . . .", sagte Miss Lorraine.

„Ja; das ist das beste", sagte Miss Reba. Sie erhob sich schwer und holte drei weitere Gläser Gin hinter dem Wandschirm vor. Minnie trat ein und füllte die Krüge neu. Sie tranken und tupften sich die Lippen.

„Das hat also dahintergesteckt", sagte Miss Lorraine.

„Das erstemal was gemerkt hab ich, wie Minnie mir erzählte, da wär was nicht ganz richtig mit den beiden", sagte Miss Reba. „Er wäre nämlich überhaupt kaum hier, wäre jede zweite Nacht weg. Sie hat die beiden streiten hören, und die Kleine, sagt sie, wollte immer raus, und er hätte sie nicht wollen lassen. Naja, bei all den Sachen, die er ihr gekauft hatte, wollt er eben nicht, daß sie abhaut einfach, und sie ist dann ganz wütend geworden und hat die Tür verriegelt und nicht mal ihn mehr reinlassen wollen."

„Vielleicht hat er sich mal mit diesen Drüsen behandeln

lassen, diesen Affendrüsen, und das ist daneben gegangen", sagte Miss Myrtle.

„Einen Morgen dann kam er mit Red her und nahm ihn mit nach oben. Sie sind ungefähr eine Stunde dageblieben und dann wieder gegangen, und Popeye ist bis nächsten Morgen nicht wieder aufgetaucht. Dann kam er wieder mit Red und blieb wieder etwa eine Stunde bei ihr oben. Wie sie weg waren, ist dann Minnie zu mir gekommen und hat mir erzählt, was da los war, und nächsten Tag hab ich dann auf die beiden gewartet. Ich hab ihn hier reingerufen und gesagt, ‚Hör mal, du Huren...‘" Sie brach ab. Einen Augenblick lang saßen sie alle drei bewegungslos, ein wenig vorgebeugt. Dann wandten sie langsam die Köpfe und sahen den Jungen an, der am Tisch lehnte.

„Onkel Bud, Schätzchen", sagte Miss Myrtle, „möchtest du nicht vielleicht gehen und ein bißchen mit Reba und Mr. Binford im Hof spielen?"

„Ja", sagte der Junge. Er ging zur Tür. Sie sahen ihm nach, bis die Tür sich hinter ihm schloß. Miss Lorraine rückte ihren Stuhl vor; sie steckten die Köpfe zusammen.

„Das also haben sie gemacht?" sagte Miss Myrtle.

„Ich hab gesagt, ‚Ich führ das Haus hier jetzt zwanzig Jahre, aber dies ist das erstemal, daß sowas da drin vorgekommen ist. Wenn du's nötig hast, daß sich 'n richtiger Kerl bei deinem Mädchen an die Arbeit macht', sag ich, ‚dann zieht woanders hin damit. Ich laß mir aus meinem Haus keinen französischen Puff machen.'"

„So ein Dreckskerl", sagte Miss Lorraine.

„Er hätte doch Verstand genug haben können und sich einen alten, häßlichen Mann dazu aussuchen", sagte Miss Myrtle. „Uns arme Mädchen derart in Versuchung zu führen!"

„Die Männer erwarten immer, daß wir der Versuchung widerstehen", sagte Miss Lorraine. Sie saß ganz steif da, wie eine Lehrerin. „Dieser lausige Dreckskerl."

„Außer wenn sie sich selber anbieten", sagte Miss Reba.

„Dann kann man was erleben . . . Vier Tage ging das so, jeden Morgen, dann sind sie nicht mehr gekommen. Eine ganze Woche dann hat Popeye sich überhaupt nicht mehr sehn lassen, und das Mädchen war wild wie 'ne junge Stute. Ich dachte erst, er ist vielleicht weg aus der Stadt, geschäftlich irgendwie, bis dann Minnie mir erzählte, er ist gar nicht, und er hat ihr fünf Dollar pro Tag gegeben, daß sie das Mädchen nicht aus dem Haus läßt und nicht ans Telephon. Und ich hab versucht, ihm Nachricht zu geben, daß er kommen soll und das Mädchen aus meinem Haus schaffen, weil ich nichts zu tun haben will mit Sachen, wie er sie gemacht hat da drin. Jawohl, Minnie hat mir erzählt, wie das lief oben: die beiden waren amgange zusammen, und Popeye hing dabei mit überm Bett, am Fußende, und war ganz komisch am wiehern dabei, irgendwie so. Und nicht mal den Hut hat er abgenommen dabei."

„Vielleicht wollt er sie richtig in Fahrt bringen damit", sagte Miss Lorraine. „Der lausige Dreckskerl."

Schritte kamen über den Flur; sie konnten Minnies Stimme hören, zeternd erhoben. Die Tür ging auf. Sie trat ein, Onkel Bud am Kragen gepackt. Knieweich baumelte er an ihrer Hand, das Gesicht in einem Ausdruck glasiger Idiotie erstarrt. „Miss Reba", sagte Minnie, „diese Junge hier in Eisschrank eingebrochen und ganze Flasche Bier getrunken. Du, Junge!" sagte sie und schüttelte ihn, „du grade stehn!" Er baumelte lahm, das Gesicht ein sabberndes starres Grinsen. Dann kam ein Ausdruck von Unruhe darüber, von Bestürzung; Minnie stieß ihn hart von sich, und er begann sich zu erbrechen.

SECHSUNDZWANZIGSTES KAPITEL

Als die Sonne aufging, war Horace noch nicht zu Bett gewesen; er hatte sich nicht einmal entkleidet. Er war dabei, einen Brief an seine Frau zu beenden, der an die Adresse

245

ihres Vaters in Kentucky ging und in dem er sie um die Scheidung bat. Er saß am Tisch und blickte nieder auf das sauber und unleserlich beschriebene Blatt, und zum erstenmal, seit er Popeyes beobachtendem Blick begegnet war, vor vier Wochen, an der Quelle, fühlte er sich ruhig und leer. Während er noch so saß, begann er den Duft von Kaffee zu wittern, irgendwoher. „Ich werde diese Sache zu Ende bringen und dann nach Europa gehen. Ich bin krank. Ich bin zu alt dafür. Ich bin schon zu alt geboren worden dafür, und darum bin ich zu Tode krank vor Sehnsucht nach Ruhe."

Er rasierte sich und machte Kaffee und trank eine Tasse und aß ein Stück Brot. Als er am Hotel vorüberkam, hielt der Bus, der zum Bahnhof fuhr, zum Frühzug, am Bordstein, und die Handlungsreisenden stiegen in Scharen ein. Clarence Snopes war einer von ihnen, einen lohfarbenen Koffer in der Hand.

„Geh mal für ein paar Tage nach Jackson, 'n kleines Geschäftchen abwickeln", sagte er. „Zu schade, daß wir uns gestern abend verfehlt haben. Ich bin im Wagen zurückgefahren. Aber Sie hatten sicher was für die Nacht gefunden, was?" Er blickte auf Horace nieder, riesig, teigig, mit unmißverständlichem Ausdruck. „Ich hätte Ihnen 'n Lokal zeigen können, was kaum ein Mensch sonst kennt. Wo man ungestört alles machen kann, wo man groß genug zu ist. Aber vielleicht 'n andermal; ich wußte ja nicht, daß Sie . . ." Er senkte die Stimme ein wenig, rückte ein wenig zur Seite. „Machen Sie sich aber bloß keine Gedanken. Ich bin kein Schwätzer. Wenn ich hier bin, in Jefferson, na schön; wenn ich aber in der Stadt bin, mit 'n paar guten Kumpels, dann geht das keinen was an als wie mich und Sie. Hab ich nicht recht?"

Später am Morgen sah er aus einiger Entfernung plötzlich seine Schwester vor sich, wie sie irgendwo abbog und in einer Tür verschwand. Er versuchte sie zu finden, ging in sämtliche Läden der Umgebung und fragte die Verkäufer. Sie war nirgends. Die einzige Möglichkeit, der er nicht weiter nachging, war ein Treppenhaus zwischen zwei Geschäften, das zu einer Reihe von Büros im ersten Stock hinaufführte; eins davon war das des Staatsanwalts, Eustace Graham.

Graham hatte einen Klumpfuß, der ihm zu seinem gegenwärtigen Amt verholfen hatte. In und durch die Staatsuniversität hatte er sich mit Arbeit gebracht; die Stadt erinnerte sich noch gut, wie der junge Mann Fahrer von Last- und Lieferwagen für Lebensmittelläden gewesen war. Während seines ersten Jahrs an der Universität machte er sich einen Namen durch seine Betriebsamkeit. Er bediente bei Tisch in der Mensa und trug im Regierungsauftrag bei Ankunft jedes Zuges die Post vom und zum Postamt, humpelnd, den Sack über der Schulter: ein angenehmer junger Mann mit offenem Gesicht, einem Wort für jeden und einer gewissen Schläue und Habgier um die Augen. Während des zweiten Jahrs ließ er den Postvertrag fahren und gab auch seinen Kellner-Job in der Mensa auf; er trug auch einen neuen Anzug. Die Leute freuten sich, daß er durch seinen Fleiß genug gespart hatte, um jetzt seine ganze Zeit den Studien widmen zu können. Er studierte Jura, und die Professoren hegten und pflegten ihn wie ein Rennpferd. Er schaffte einen glatten Abschluß, wenn auch ohne Auszeichnung. „Weil er von Anfang an behindert war", sagten die Professoren. „Hätte er denselben Start gehabt wie die andern . . . Er wird es noch weit bringen", sagten sie.

Erst als er die Schule verlassen hatte, erfuhren sie, daß er drei Jahre lang im Büro eines Fuhrunternehmers Poker gespielt hatte, hinter niedergelassenen Rouleaus. Als er zwei Jahre nach Abgang in die Legislative gewählt wurde, begann eine Anekdote aus seiner Studentenzeit zu kursieren.

Sie betraf das Pokern im Fuhrunternehmerbüro. Das Bieten war an Graham. Er sah über den Tisch den Inhaber an, der sein einziger, noch verbliebener Gegner war.

„Wo standen wir doch, Mr. Harris?" sagte er.

„Zweiundvierzig Dollar, Eustace", sagte der Inhaber. Eustace schob ein paar Chips über den Tisch. „Wieviel sind das?" sagte der Inhaber.

„Zweiundvierzig Dollar, Mr. Harris."

„Hmmm", sagte der Inhaber. Er betrachtete sein Blatt. „Wieviel Karten haben Sie gekauft, Eustace?"

„Drei, Mr. Harris."

„Hmmm. Und wer hat gegeben, Eustace?"

„Ich, Mr. Harris."

„Ich passe, Eustace."

Er war erst kurze Zeit Staatsanwalt, hatte aber bereits verlauten lassen, daß er aufgrund seiner hohen Verurteilungsrate für den Kongreß kandidieren werde, und als ihm nun Narcissa in seinem schäbigen Büro gegenüber saß, schaute er mit einem ganz ähnlichen Ausdruck über den Tisch wie damals, als er die zweiundvierzig Dollar hingelegt hatte.

„Ich wünschte nur, es wäre Ihr Bruder", sagte er. „Es ist mir schrecklich, einen Waffenbruder, wenn ich einmal so sagen darf, an einem aussichtslosen Fall kleben zu sehen."

Sie betrachtete ihn mit einem leeren, umhüllenden Blick. „Schließlich müssen wir die Gesellschaft beschützen, selbst wenn es den Anschein hat, als bedürfe die Gesellschaft des Schutzes nicht."

„Sind Sie sicher, daß es aussichtslos für ihn ist?" sagte sie.

„Nun, die erste Grundregel der Justiz lautet: Gott allein weiß, wie die Geschworenen entscheiden werden. Sie können natürlich nicht gut erwarten ..."

„Aber Sie glauben nicht, daß Aussicht für ihn besteht?"

„Ich kann naturgemäß keine ..."

„Sie haben jedenfalls gute Gründe, das zu glauben. Ich nehme an, Sie wissen Dinge, die ihm unbekannt sind."

Er warf ihr einen kurzen Blick zu. Dann nahm er einen Bleistift vom Tisch und fing an, die Spitze mit einem Papiermesser zu beschaben. „Was ich Ihnen jetzt mitteile, ist rein vertraulich. Ich verletze damit meinen Diensteid. Das muß ich Ihnen wohl nicht extra sagen. Aber es erspart Ihnen vielleicht Kummer und Sorge, wenn Sie wissen, daß er nicht die mindeste Chance hat. Ich kann mir vorstellen, was die Enttäuschung für ihn bedeutet, aber das läßt sich nicht ändern. Wir wissen zufällig, daß der Mann schuldig ist. Wenn Sie also irgendeinen Weg sehen, Ihren Bruder aus dem Fall herauszubringen, dann rate ich Ihnen, tun Sie es. Ein Verteidiger, der verliert, ist in derselben Lage wie jeder andere Verlierer auch, sei er Sportler, Kaufmann oder Arzt: sein Geschäft geht . . .“

„Je schneller er also verliert, desto besser wäre es, nicht wahr?“ sagte sie. „Wenn der Mann gehängt wird und die Sache ausgestanden ist.“ Seine Hände wurden vollkommen still. Er sah nicht auf. Sie sagte, in kaltem und beiläufigem Ton: „Ich habe Gründe zu wünschen, daß Horace von diesem Fall loskommt. Vor drei Abenden rief dieser Snopes, der Senator, draußen bei mir an und wollte ihn sprechen. Am nächsten Tag ist mein Bruder dann nach Memphis gefahren. Wozu, weiß ich nicht. Das müssen Sie selber herausfinden. Ich will nur, daß Horace diese Geschichte so bald wie möglich hinter sich hat.“

Sie stand auf und bewegte sich zur Tür. Er humpelte hinüber, um ihr zu öffnen; wieder richtete sie diesen kalten, stillen, unergründlichen Blick auf ihn, wie wenn er ein Tier wäre, ein Hund oder eine Kuh, und sie darauf wartete, daß es ihr aus dem Weg ging. Dann war sie fort. Er schloß die Tür und fing an, einen hinkplumpen Schuhplattler zu tanzen und mit den Fingern zu schnalzen, als die Tür wieder aufging; er fuhr mit den schnalzenden Händen nach seiner Krawatte und sah Narcissa an, wie sie in der Tür stand, sie offen hielt.

„An welchem Tag, meinen Sie, geht die Sache über die Bühne?“ sagte sie.

„Nun, ich kann nicht genau . . . Das Gericht eröffnet am zwanzigsten“, sagte er. „Es wird dann der erste Fall sein. Sagen wir . . . zwei Tage. Oder höchstens drei, dank Ihrer freundlichen Hilfe. Und ich brauche Ihnen nicht zu versichern, daß das streng unter uns bleibt . . ." Er bewegte sich auf sie zu, doch ihr leerer, berechnender Blick war wie eine Mauer, die ihn umgab.

„Das wäre dann der vierundzwanzigste." Sie sah ihn wieder an. „Besten Dank", sagte sie und schloß die Tür.

An diesem Abend schrieb sie Belle, daß Horace am vierundzwanzigsten wieder daheim sein würde. Sie rief dann Horace an und fragte ihn nach Belles Adresse.

„Warum?" sagte Horace.

„Ich möchte ihr einen Brief schreiben", sagte sie, mit ganz gelassener Stimme, ohne Drohung. Verdammt, dachte Horace am Ende des wieder toten Drahts, wie kann man von mir erwarten, daß ich Menschen bekämpfe, die nicht einmal Ausflüchte machen! Doch bald vergaß er das wieder, vergaß überhaupt, daß sie angerufen hatte. Er sah sie erst wieder, als der Prozeß begann.

Zwei Tage vor der Eröffnung kam Snopes aus der Sprechstunde eines Zahnarzts und stand spuckend am Bordstein. Er zog eine in Goldpapier eingewickelte Zigarre aus der Tasche, entfernte die Folie und steckte die Zigarre vorsichtig in den Mund. Er hatte ein blaues Auge, und über seinen Nasenrücken zog sich ein verschmutztes Heftpflaster. „Bin von 'nem Wagen gerammt worden, in Jackson", erzählte er dann im Friseursalon. „Aber glauben Sie bloß nicht, der Drecksack wär mir einfach so davongekommen", sagte er und zeigte ein Bündel gelber Scheine. Er tat sie in seine Brieftasche und steckte sie weg. „Ich bin Amerikaner", sagte er. „Damit will ich gar nicht groß prahlen, denn ich bin ja so geboren worden. Und mein Leben lang bin ich auch ein anständiger Baptist gewesen. Oh, ich bin kein Prediger und auch keine alte Betschwester; ich hab so hin und wieder durchaus mal 'n ordentlich Rundzug durch die Gemeinde gemacht mit den Jungens, aber ich schätze ja doch, daß ich auch nicht schlechter bin als wie die ganzen Leute, die so tun, als täten sie in der Kirche die erste Stimme singen. Aber das Niedrigste, Billigste auf dieser Erde ist nicht der Nigger: das ist der Jude. Dagegen brauchen wir Gesetze. Drastische Maßnahmen. Wenn so 'n verdammter Drecksjude in 'n freies Land wie unseres kommen kann, und das bloß weil er 'n juristisches Examen gemacht hat, dann wird's Zeit, daß man dagegen was unternimmt. So 'n Jid ist das Unterste in der ganzen Schöpfung. Und die unterste Sorte Jid ist 'n jiddischer Rechtsverdreher. Und von denen das Letzte ist 'n jiddischer Rechtsverdreher aus Memphis. Wenn so 'n Kerl 'n echten Amerikaner aufs Kreuz legen kann, 'n Weißen, und ihm bloß zehn lumpige Dollars geben für was, wo zwei Amerikaner, Amerikaner, Gentlemen aus 'm Süden, 'n Richter, der in der Hauptstadt des Staates Mississippi lebt, und 'n Anwalt, der eines Tages mal genau so 'n großer Mann sein wird wie sein Papa und ebenfalls Richter, wenn die ihm zehnmal soviel geben, für dieselbe Sache wie der Dreckskerl von Jid, dann brauchen wir 'n Gesetz dagegen. Ich bin ja 'n freigebiger Mensch gewesen mein Lebtag lang; was ich so hatte, das hat immer auch meinen Freunden gehört. Aber wenn so 'n verdammter, stinkender Drecksack von Jid sich weigert, 'nem Amerikaner mehr als wie 'n Zehntel von dem zu zahlen, was 'n anderer Amerikaner und 'n Richter dafür ..."

„Warum haben Sie's ihm dann denn verkauft?" sagte der Friseur.

„Was?" sagte Snopes. Der Friseur sah ihn an.

„Was haben Sie denn dem Mann in dem Wagen verkaufen wollen, als er sie angefahren hatte?" sagte der Friseur.

„Naja. Zigarre gefällig?" sagte Snopes.

SIEBENUNDZWANZIGSTES KAPITEL

Der Prozeß war auf den zwanzigsten Juni angesetzt. Eine Woche nach seinem Besuch in Memphis rief Horace Miss Reba an. „Nur um mich zu vergewissern, daß sie noch dort ist", sagte er. „Damit ich sie im Bedarfsfall erreichen kann."

„Sie ist hier", sagte Miss Reba. „Aber was das Erreichen betrifft, das paßt mir nicht. Ich will hier keine Bullen im Haus haben, wenn's nicht geschäftlich ist für mich."

„Es wird nur ein Gerichtsdiener sein", sagte Horace. „Jemand, der ihr persönlich ein Papier in die Hand drückt."

„Das kann dann ebensogut auch der Postbote machen", sagte Miss Reba. „Der kommt sowieso her. Und sieht nicht schlechter aus als wie 'n aufgedonnerter Polyp. Soll der das machen."

„Ich will Ihnen ja gar nicht lästig fallen", sagte Horace. „Ich will Ihnen keinerlei Ungelegenheiten bereiten."

„Weiß ich ja", sagte Miss Reba. Ihre Stimme kam dünn und heiser über den Draht. „Würde Ihnen auch gar nicht gelingen. Minnie hat heute nacht wieder das heulende Elend gekriegt, wegen dem Schuft, der sie hat sitzen lassen, und ich und Miss Myrtle, wir sitzen hier und haben auch schon das Heulen angefangen. Ich und Minnie und Miss Myrtle. Wir haben 'ne ganze neue Flasche Gin ausgetrunken. Das kann ich mir nicht leisten. Also schicken Sie mir bloß keine Knastbullen ins Haus hier, egal ob mit Brief oder ohne. Sie rufen mich einfach an, und ich setz die beiden auf die Straße, und da können Sie sie dann verhaften lassen."

Am Abend des Neunzehnten rief er sie wieder an. Er hatte einige Mühe, Verbindung mit ihr zu bekommen.

„Sie sind weg", sagte sie. „Alle beide. Lesen Sie keine Zeitungen?"

„Was für Zeitungen?" sagte Horace. „Hallo. Hallo!"

„Die beiden sind nicht mehr hier, hab ich gesagt", sagte Miss Reba. „Ich weiß nichts weiter und will auch nichts weiter wissen, außer wer mir jetzt die fällige letzte Wochenmiete bezahlt für . . ."

„Aber können Sie denn nicht ermitteln, wo sie hingegangen ist? Ich brauche sie vielleicht."

„Ich weiß nichts und will auch nichts wissen", sagte Miss Reba. Er hörte ein Klicken im Apparat. Doch die Unterbrechung erfolgte nicht sofort. Er hörte, wie der Hörer mit dumpfem Prall auf den Tisch gelegt wurde, auf dem das Telephon stand, und Miss Reba nach Minnie rief: „Minnie. Minnie!" Dann nahm irgendeine Hand den Hörer und legte ihn auf die Gabel; ein Klicken drang über den Draht in sein Ohr. Nach einer Weile sagte eine kühle, unbeteiligte Stimme im Delsarte-Tonfall: „Pine Bluff. Sprechen Sie noch? . . . Danke. Ende."

Am nächsten Tag wurde die Verhandlung eröffnet. Auf dem Tisch lagen die spärlichen Gegenstände, die der Staatsanwalt als Beweismittel zu bieten hatte: die Kugel aus Tommys Schädel, ein Steingutkrug voll Mais-Whiskey.

„Ich rufe Mrs. Goodwin in den Zeugenstand", sagte Horace. Er blickte nicht hinter sich. Er konnte Goodwins Augen im Rücken spüren, als er der Frau auf den Stuhl half. Sie wurde vereidigt, das Kind auf dem Schoß. Sie wiederholte die Geschichte, wie er sie von ihr gehört hatte, einen Tag nachdem das Kind krank geworden war. Zweimal versuchte Goodwin zu unterbrechen und wurde vom Gericht zur Ruhe gewiesen. Horace vermied es, ihn anzusehen.

Die Frau beendete ihre Geschichte. Sie saß kerzengerade auf dem Stuhl, in ihrem säuberlich hergerichteten, abgetragenen grauen Kleid mit dem purpurnen Zieraufsatz an der Schulter, auf dem Kopf den Hut mit dem geflickten Schleier. Das Kind lag auf ihrem Schoß, die Augen geschlossen in betäubter Unbeweglichkeit. Eine Weile lang kreiste ihre Hand um sein Gesicht, vollführte die nutzlosen Gesten der Mütterlichkeit, doch ganz unbewußt.

Horace trat zurück und setzte sich. Dann erst sah er Goodwin an. Aber der andere saß jetzt ruhig da, die Arme verschränkt und den Kopf ein wenig gebeugt; trotzdem konnte Horace sehen, daß seine Nasenflügel wachsweiß waren vor Wut in dem dunklen Gesicht. Er beugte sich zu ihm hinüber und flüsterte ihm etwas zu, doch Goodwin rührte sich nicht.

Der Staatsanwalt wandte sich nun an die Frau.

„Mrs. Goodwin", sagte er, „können Sie mir das Datum Ihrer Heirat mit Mr. Goodwin nennen?"

„Einspruch!" sagte Horace, jäh aufgesprungen.

„Kann die Anklage erklären, warum diese Frage von Wichtigkeit ist?" sagte der Richter.

„Ich verzichte, Euer Ehren", sagte der Staatsanwalt mit einem Blick zur Geschworenenbank hinüber.

Als das Gericht sich vertagt hatte, sagte Goodwin bitter: „Na schön, Sie haben mal gesagt, eines Tages würden Sie mich umbringen, aber ich hatte nicht geglaubt, daß Sie das wörtlich meinten. Ich hätte nie geglaubt, daß Sie . . ."

„Seien Sie kein Narr", sagte Horace. „Begreifen Sie denn nicht, daß Ihr Fall gewonnen ist? Daß den andern nichts mehr übrig bleibt als der Versuch, den Leumund Ihrer Zeugin zu attackieren?" Aber als sie dann das Gefängnis verließen, merkte er, daß die Frau ihn mit einem Ausdruck tief innerlicher böser Vorahnung beobachtete. „Sie brauchen sich wirklich keine Sorgen zu machen, sage ich Ihnen. Vielleicht wissen Sie besser als ich, wie man Whiskey macht oder Liebe, aber dafür kenne ich mich besser in der Strafprozeßordnung aus als Sie, vergessen Sie das nicht."

„Sie meinen nicht, daß ich einen Fehler gemacht habe?"

„Ich weiß, daß es richtig war so. Sehen Sie denn nicht, wie dadurch die ganze Beweisführung der anderen Seite geplatzt ist? Das Beste, worauf die jetzt noch hoffen können, ist ein Unentschieden bei den Geschworenen. Und selbst dafür stehen die Chancen nicht einmal eins zu fünfzig. Ich sage Ihnen, er wird das Gefängnis morgen als freier Mann verlassen."

„Dann wird es wohl Zeit, auch einmal an die Honorarfrage zu denken."

„Ja", sagte Horace, „sicher, schon gut. Ich komme heute abend heraus."

„Heute abend?"

„Ja. Vielleicht ruft er Sie morgen noch einmal in den Zeugenstand. Darauf sollten wir uns jedenfalls lieber vorbereiten."

Um acht Uhr betrat er den Hof der verrückten Frau. Ein einziges Licht brannte in den irren Tiefen des Hauses, wie ein Glühwürmchen, das sich in einem Dornengestrüpp verfangen hat; aber die Frau zeigte sich nicht, als er rief. Er ging zur Tür und klopfte. Eine schrille Stimme schrie irgendeine Antwort; er wartete einen Augenblick. Schon wollte er wieder klopfen, als er die Stimme abermals hörte, schrill und wild und schwach, als komme sie jetzt aus einiger Entfernung, wie eine unter einer Lawine begrabene Rohrflöte. Er ging ums Haus, durch das üppige, hüfthohe Unkraut. Die Küchentür stand offen. Dort brannte das Licht, trüb in berußtem Zylinder, und es füllte den Raum – ein Gemenge aus dumpf ragenden Konturen, ranzig durchzogen vom Faulgeruch alten weiblichen Fleisches – nicht mit Helligkeit, sondern mit Dunkel. Weiße Augäpfel rollten in einem hohen, dicht behaarten Kugelkopf, braun glimmend über einem zerrissenen Unterhemd, in den Overall gestopft. Hinter dem Neger stand die alte verrückte Frau vor einem offenen Schrank; sie drehte sich um und strich sich das dünne Haar mit dem Unterarm aus der Stirn.

„Ihr Flittchen ist ins Gefängnis", sagte sie. „Da können Sie jetzt weitermachen."

„Ins Gefängnis?" sagte Horace.

„Haben Sie keine Ohren? Ich sag's doch grad. Wo die braven Leute sind. Wenn man zum Beispiel 'n lästigen Ehemann hat, den buchtet man da ein, daß er einem nicht in die Quere kommen kann." Sie wandte sich dem Neger zu, ein kleines Fläschchen in der Hand. „Also, mein Junge. Gib mir einen Dollar dafür. Du hast doch massenhaft Geld."

Horace kehrte in die Stadt zurück und ging zum Gefängnis. Man ließ ihn herein. Er stieg die Treppe hinauf; der Schließer verriegelte eine Tür hinter ihm.

Die Frau ließ ihn in die Zelle. Das Kind lag auf dem Feldbett. Goodwin saß daneben, die Arme verschränkt, die Beine von sich gestreckt in der Haltung eines Menschen, der am Ende seiner körperlichen Kraste ist.

„Warum setzten Sie sich ausgerechnet hier vor den Schlitz?" sagte Horace. „Warum nicht in die Ecke da, und wir stellen die Matratze davor?"

„Sie kommen wohl, um zuzuschauen, wie's passiert, was?" sagte Goodwin. „Na schön, das ist nicht mehr als wie recht und billig. Ist ja Ihr Job. Sie haben versprochen, daß ich nicht gehängt werde, stimmt's?"

„Sie haben noch eine ganze Stunde", sagte Horace. „Der Zug von Memphis kommt nicht vor halb neun hier an. Er wird bestimmt soviel Verstand haben, nicht in seinem kanariengelben Auto angefahren zu kommen." Er wandte sich der Frau zu. „Aber Sie. Sie hab ich für vernünftiger gehalten. Er und ich, wir sind Narren, das weiß ich wohl, aber von Ihnen hätte ich mehr Vernunft erwartet."

„Sie tun ihr bloß einen Gefallen", sagte Goodwin. „Sonst wär sie wohlmöglich an mir kleben geblieben, bis sie zu alt wär, um sich noch 'nen richtig guten Mann zu angeln. Wenn Sie mir bloß versprechen, daß Sie sich um den Kleinen kümmern, daß er 'ne Stelle bei der Zeitung kriegt, wenn er alt genug ist, sich was zu verdienen, dann bin ich schon beruhigt."

Die Frau war wieder zum Feldbett gegangen. Sie nahm das Kind auf den Schoß. Horace ging zu ihr. Er sagte: „Sie kommen jetzt aber mit. Es wird nichts passieren. Er ist hier gut aufgehoben. Das weiß er auch. Sie müssen nach Hause und etwas schlafen, denn morgen fahren Sie beide von hier fort. Kommen Sie."

„Ich denke, ich bleibe lieber", sagte sie.

„Verdammt noch mal, wissen Sie eigentlich nicht, daß ein Unglück nur um so eher eintritt, je mehr man sich darauf einstellt? Das ist von allen Wegen zur Hölle der sicherste. Haben Sie das aus Ihrer Erfahrung noch immer nicht gelernt? Lee weiß es. Lee, helfen Sie doch."

„Geh schon, Ruby", sagte Goodwin. „Geh nach Hause und leg dich schlafen."

„Ich denke, ich bleibe lieber", sagte sie.

Horace stand über ihnen. Die Frau sann über dem Kind, das Gesicht gebeugt, am ganzen Körper reglos. Goodwin lehnte sich gegen die Wand zurück, die braunen Hände in die verschossenen Ärmel seines Hemds verschränkt. „Sie sind mir ja ein Mann", sagte Horace. „Was meinen Sie? Ich wünschte, die Geschworenen könnten Sie jetzt sehen, in einer Betonzelle eingesperrt, wie Sie Frauen und Kinder mit Gespenstergeschichten fünfter Sorte ängstigen. Dann würden sie wissen, daß Sie nie und nimmer den Mumm aufgebracht hätten, jemand zu töten."

„Gehn Sie lieber selbst und legen Sie sich schlafen", sagte Goodwin. „Wir könnten ja hier schlafen, wenn nicht dauernd soviel Lärm wäre."

„Nein; das wäre viel zu vernünftig gehandelt von uns", sagte Horace. Er verließ die Zelle. Der Schließer entriegelte ihm die Tür, und er trat aus dem Gebäude. Nach zehn Minuten kehrte er zurück, mit einem Paket. Goodwin hatte sich nicht gerührt. Die Frau sah ihm zu, wie er die Verpackung löste. Sie enthielt eine Flasche Milch, eine Schachtel Pralinen, eine Packung Zigarren. Er gab Goodwin eine davon und nahm sich selber eine. „Sein Fläschchen haben Sie doch dabei, nicht wahr?"

Die Frau zog eine Flasche aus dem Bündel unter dem Feldbett. „Es ist noch etwas drin", sagte sie. Sie goß aus der neuen Flasche zu. Horace zündete Goodwin und sich die

Zigarren an. Als er wieder aufblickte, war die Flasche verschwunden.

„Noch nicht Zeit für ihn zum Füttern?" sagte er.

„Ich wärme sie erst", sagte die Frau.

„Oh", sagte Horace. Er zog sich den Stuhl vom Feldbett an die Wand.

„Hier ist doch Platz auf dem Bett", sagte die Frau. „Da sitzt man weicher. Etwas."

„Aber nicht genug, um wieder zu wechseln", sagte Horace.

„Hörn Sie", sagte Goodwin, „gehn Sie doch nach Hause. Es hat doch keinen Zweck, daß Sie hierbleiben."

„Wir haben noch ein bißchen Arbeit vor uns", sagte Horace. „Der Staatsanwalt wird sie morgen wieder aufrufen. Das ist seine einzige Chance: ihre Aussage irgendwie zu erschüttern. Sie könnten versuchen, ein bißchen zu schlafen, während wir die Sache durchgehen."

„Na schön", sagte Goodwin.

Horace fing an, die Frau zu präparieren; ruhelos lief er dabei in der engen Zelle hin und her. Goodwin rauchte seine Zigarre zu Ende und saß dann reglos da, die Arme verschränkt und den Kopf gesenkt. Die Uhr über dem Platz schlug neun und dann zehn. Das Kind wimmerte, regte sich. Die Frau unterbrach, legte es trocken, nahm die Flasche, die sie neben sich an ihrem Schenkel gewärmt hatte, und gab ihm zu trinken. Dann beugte sie sich behutsam vor und sah in Goodwins Gesicht. „Er schläft", flüsterte sie.

„Sollen wir ihn hinlegen?" flüsterte Horace.

„Nein. Lassen Sie ihn nur so bleiben." Mit ruhigen Bewegungen legte sie das Kind aufs Feldbett und rückte selber ans andere Ende. Horace trug seinen Stuhl hinüber, neben sie. Sie sprachen flüsternd.

Die Uhr schlug elf. Immer noch präparierte Horace die Frau, immer und immer wieder gingen sie die imaginäre Szene durch. Endlich sagte er: „Ich glaube, das ist jetzt alles. Können Sie sich auch alles merken? Wenn er Sie irgend etwas fragen sollte, worauf sich nicht mit genau den Worten antworten läßt, die Sie heute nacht gelernt haben, dann schweigen Sie einfach einen Moment. Für das übrige sorge dann ich schon. Haben Sie sich jetzt alles gemerkt?"

„Ja", flüsterte sie. Er griff herüber und nahm die Pralinenschachtel vom Feldbett; als er sie öffnete, knisterte leise das Glanzpapier. Sie nahm ein Stück. Goodwin hatte sich nicht gerührt. Sie sah ihn an, sah dann zu dem engen Fensterschlitz hinüber.

„Hören Sie auf damit", flüsterte Horace. „Durch das Fenster da könnte er ihn nicht einmal mit einer Hutnadel erreichen, geschweige denn mit einer Kugel. Begreifen Sie das nicht?"

„Doch", sagte sie. Sie hielt die Praline in der Hand. Sie sah ihn nicht an. „Ich weiß, was Sie denken", flüsterte sie.

„Was?"

„Wie Sie zu dem Haus gekommen sind, und ich war nicht da. Ich weiß, was Sie denken." Horace sah sie fragend an, ihr abgewandtes Gesicht. „Sie sagten, heute abend wäre die Zeit gekommen, auch einmal an die Honorarfrage zu denken."

Eine ganze Weile noch sah er sie an. „Ah", sagte er. „O tempora! O mores! O Hölle verdammt noch mal! Müßt ihr stupiden Säugetiere denn immer glauben, daß ein Mann, daß jeder Mann . . . Sie haben also gedacht, deswegen hätte ich zu Ihnen kommen wollen? Wenn das meine Absicht gewesen wäre, glauben Sie, ich hätte dann so lange gewartet?"

Sie sah kurz zu ihm auf. „Es hätte Ihnen wenig genützt, wenn Sie nicht gewartet hätten."

„Was? Oh. Ja. Aber heute abend wären Sie bereit gewesen?"

„Ich dachte, das wär's, was Sie . . ."

„Dann wären Sie also auch jetzt bereit?" Sie sah sich nach Goodwin um. Er schnarchte ein wenig. „Oh, ich meine nicht, genau in dieser Minute", flüsterte er. „Aber auf Verlangen würden Sie zahlen, nicht wahr?"

„Ich dachte, das wär's, was Sie meinten. Ich hatte Ihnen ja doch gesagt, daß wir kein ... Wenn das nicht genug Honorar ist, dann kann ich Ihnen keinen Vorwurf draus machen."

„Darum geht es gar nicht. Sie wissen, daß es darum gar nicht geht. Aber können Sie sich nicht vorstellen, daß ein Mann vielleicht einmal etwas tut, nur weil er weiß, daß es richtig ist, es zu tun, notwendig für die Harmonie der Dinge?"

Die Frau drehte langsam die Praline in der Hand. „Ich dacht, Sie sind wütend wegen ihm."

„Lee?"

„Nein. Wegen ihm." Sie berührte das Kind. „Weil ich ihn hätte mitbringen müssen."

„Sie meinen, er hätte eventuell am Fußende des Bettes liegen müssen, ja? Sie hätten ihn vielleicht die ganze Zeit am Bein festhalten müssen, damit er nicht runterfiel?"

Sie sah ihn an, die Augen ernst und leer und nachdenklich. Die Uhr draußen schlug zwölf.

„Guter Gott!" flüsterte er. „Was haben Sie nur für Männer kennengelernt!"

„Einmal hab ich ihn auf die Art aus dem Gefängnis freigekriegt. Auch noch aus Leavenworth. Und zwar als sie genau wußten, er war schuldig."

„Wirklich?" sagte Horace. „Hier. Nehmen Sie eine neue. Die ist ja schon vollkommen zerbröckelt." Sie sah auf ihre schokoladenfleckigen Finger nieder und auf die formlose Praline. Sie ließ sie hinter das Feldbett fallen. Horace hielt ihr sein Taschentuch hin.

„Das mache ich nur schmutzig", sagte sie. „Warten Sie." Sie wischte sich die Finger an dem beiseite gelegten Kleidchen des Kindes ab und saß dann wieder da, die Hände im Schoß gefaltet. Goodwin schnarchte gleichmäßig. „Als er auf die Philippinen ging, ließ er mich in San Francisco zurück. Ich nahm mir einen Job und ein winziges möbliertes Zimmer und kochte über einem Gasbrenner, weil ich ihm das versprochen hatte. Ich wußte nicht, wie lange er wegbleiben würde, aber ich hatte's ihm versprochen, und er wußte, ich halte's auch. Wie er dann den andern Soldaten umbrachte, wegen dem Niggerweib, da hab ich das nicht mal erfahren. Fünf Monate kam überhaupt kein Brief von ihm. Bloß durch Zufall sah ich mal eine alte Zeitung, die ich auf einem Schrankbrett ausbreiten wollte, in dem Lokal, wo ich arbeitete, und da stand drin, das Regiment käme nach Hause, und wie ich dann auf den Kalender sah, war es genau an dem Tag. Ich war die ganze Zeit anständig geblieben. Dabei hätt ich gute Chancen gehabt; jeden Tag hatt ich die, bei den Männern, die in das Restaurant kamen.

Sie wollten mich nicht weglassen da, daß ich zum Schiff konnte, und deshalb mußt ich kündigen. Dann wollten sie mich nicht zu ihm lassen, nicht mal auf das Schiff. Ich hab unten gestanden, während sie runtermarschiert kamen, und nach ihm Ausschau gehalten und alle gefragt, ob sie wüßten, wo er ist, und sie haben Witze gemacht mit mir, ob ich schon 'ne Verabredung hätte für den Abend, und gesagt, sie hätten nie von ihm gehört oder er wäre tot oder nach Japan durchgebrannt mit der Frau des Hauptmanns. Ich hab dann nochmal versucht, aufs Schiff zu kommen, aber man ließ mich nicht. Am Abend dann hab ich mich feingemacht und bin durch die Nachtlokale gezogen, bis ich einen von ihnen fand, und der machte sich an mich ran und erzählte mir alles. Mir war, wie wenn ich gestorben wär. Ich hab dagesessen, während die Musik spielte und alles und der betrunkene Soldat mich betatschte, und mich immer nur gefragt, warum ich nicht alles gehn ließ und mir den da nahm, warum ich mich nicht vollaufen ließ, um nie wieder nüchtern zu werden, und immer mußt ich bloß denken, für so einen Menschen hab ich ein ganzes Jahr vertan. Wahrscheinlich war das der Grund, warum ich's nicht machte dann.

Jedenfalls, ich hab's nicht gemacht. Ich bin in mein Zim-

mer zurückgegangen, und am nächsten Tag hab ich weitergesucht nach ihm. Ich hab immer weitergesucht, auch wenn
sie mir wer weiß was vorlogen und auf alle mögliche Art
probierten, mich ranzukriegen, bis ich dann erfuhr, daß er
in Leavenworth war. Ich hatte nicht genug Geld für eine
Fahrkarte, deshalb suchte ich mir einen neuen Job. Zwei
Monate dauerte es, bis ich das Geld beisammen hatte.
Dann bin ich nach Leavenworth gefahren. Ich bekam da
wieder einen Job als Kellnerin, bei Child's, Nachtschicht,
so daß ich Lee jeden zweiten Sonntag nachmittags besuchen konnte. Wir entschlossen uns, einen Anwalt zu nehmen. Wir wußten nicht, daß ein Anwalt für einen Staatsge-
fangenen gar nichts tun konnte. Der Anwalt sagte's mir
nicht, und Lee hatt ich nicht erzählt, wie ich zu dem Anwalt gekommen war. Er dachte, ich hätte etwas Geld gespart. Ich hatte mit dem Mann schon zwei Monate gelebt,
als ich's rausfand.

Dann kam der Krieg, und sie ließen Lee raus und schickten ihn nach Frankreich. Ich ging nach New York und bekam Arbeit in einer Munitionsfabrik. Auch da bin ich anständig geblieben, obwohl die Städte voll von Soldaten waren mit massenhaft Geld zum Ausgeben und sogar die
dreckigsten kleinen Luder in Seide rumliefen. Aber ich hab
durchgehalten. Dann kam er nach Hause. Ich war am
Schiff, um ihn abzuholen. Er kam als Gefangener, und sie
schickten ihn wieder nach Leavenworth, wegen der Sache
vor drei Jahren. Dann hab ich mich wieder an einen Anwalt
rangemacht, daß er sich hinter ein Kongreßmitglied steckt,
um ihn rauszuholen. Auch das ganze Geld, was ich gespart
hatte, hab ich ihm gegeben. Wie Lee dann draußen war,
hatten wir deshalb nichts. Er sagte, wir wollen heiraten,
aber das konnten wir uns nicht leisten. Und wie ich ihm das
mit dem Anwalt erzählte, hat er mich windelweich geschlagen."

Wieder ließ sie eine formlos gewordene Schokoladenpra-
line hinter das Feldbett fallen und wischte sich die Hände

in dem Kinderkleidchen ab. Sie nahm ein neues Stück aus der Schachtel und aß es. Kauend sah sie Horace an, wandte ihm einen hastlosen Moment lang einen leeren, nachdenklichen Blick zu. Durch den Fensterschlitz drang kalt und tot das Dunkel.

Goodwin hörte zu schnarchen auf. Er regte sich und setzte sich auf.

„Wieviel Uhr ist es?" sagte er.

„Was?" sagte Horace. Er sah auf seine Uhr. „Halb drei."

„Er muß eine Reifenpanne gehabt haben", sagte Goodwin.

Gegen Morgen schlief Horace selber ein, in seinem Stuhl. Als er aufwachte, fiel ein dünner, rosiger Strich Sonnenlicht durch das Fenster herein. Goodwin und die Frau unterhielten sich ruhig auf dem Feldbett. Goodwin sah ihn trübe an.

„Morgen", sagte er.

„Ich hoffe, Sie haben Ihren Alptraum ausgeschlafen", sagte Horace.

„Jedenfalls war's der letzte meines Lebens dann. Da drüben träumt man nicht, heißt es ja."

„Na, in der Hinsicht haben Sie bestimmt genug geleistet, um das nicht zu entbehren", sagte Horace. „Ich nehme an, jetzt glauben Sie mir endlich."

„Einen Dreck glaub ich", sagte Goodwin, der so ruhig, so gefaßt dagesessen hatte, mit seinem schwermütigen Gesicht, ganz lässig in seinem Overall und seinem blauen Hemd. „Bilden Sie sich denn etwa auch nur eine Minute lang ein, der Mann läßt mich hier zur Tür raus gehn und die Straße rauf und rein in den Gerichtssaal, nach dem, was gestern war? Mit was für Männern haben Sie's im Leben eigentlich zu tun gehabt? Glauben Sie, das ist 'ne Kinderbewahranstalt? Ich würd's ja selber nicht machen."

„Wenn er's tut, fängt er sich nur in der eigenen Falle", sagte Horace.

„Was nützt das mir? Lassen Sie mich Ihnen . . .

„Lee", sagte die Frau.

263

„. . . mal was sagen: das nächste Mal, wenn Sie Lust kriegen, um den Hals eines Mannes zu würfeln . . .“

„Lee“, sagte sie. Sie strich ihm mit der Hand langsam über
den Kopf, vor und zurück. Sie begann ihm das Haar zu
einem Scheitel zu glätten und tätschelte ihm das kragenlose
Hemd glatt. Horace sah den beiden zu.

„Möchten Sie heute lieber hierbleiben?“ sagte er ruhig.
„Ich kann das einrichten.“

„Nein“, sagte Goodwin. „Ich bin die Sache satt. Ich will's
hinter mich bringen. Sagen Sie nur diesem gottverdammten
Wachtmeister, er soll nicht zu dicht neben mir gehen. Sie
beide gehn jetzt lieber erstmal frühstücken.“

„Ich hab keinen Hunger“, sagte die Frau.

„Du tust, was ich dir gesagt habe“, sagte Goodwin.
„Lee.“

„Kommen Sie“, sagte Horace. „Sie können dann hinterher
ja wiederkommen.“

Draußen, im frischen Morgen, begann er tief Atem zu
holen. „Füllen Sie sich die Lungen“, sagte er. „Von einer
Nacht an so einem Ort muß praktisch jeder einen Rappel
kriegen. Wenn man sich vorstellt, daß drei erwachsene
Menschen . . . Mein Gott, manchmal glaube ich, wir sind
alle Kinder, außer den Kindern selbst. Aber heute ist's das
letztemal. Gegen Mittag wird er dort als freier Mann herauskommen: ist Ihnen das klar?“

Sie gingen weiter im frischen Sonnenschein, unter dem
hohen, sanften Himmel. Hoch droben vor der Bläue trieben
fette kleine Wölkchen aus Südwest herauf, und der kühle,
ständige Wind zitterte und blinkte in den Akazien, von denen die Blüten längst abgefallen waren.

„Ich weiß nicht, wie Sie zu Ihrem Honorar kommen sollen“, sagte sie.

„Vergessen Sie das. Ich bin bereits bezahlt. Sie verstehen
mich vielleicht nicht, aber meine Seele hat eine Lehrzeit
abgedient, die dreiundvierzig Jahre gedauert hat. Dreiundvierzig Jahre. Anderthalbmal so lange, wie Sie gelebt haben.

Sie sehn also, die Narrheit kommt genauso auf ihre Kosten wie die Armut."

„Und Sie wissen, daß er . . . daß . . ."

„Hören Sie doch endlich damit auf. Wir haben auch das weggeträumt. Gott ist zuzeiten recht närrisch, aber wenigstens ist Er ein Gentleman. Wissen Sie das nicht?"

„Ich hab Ihn mir immer als Mann vorgestellt", sagte die Frau.

Die Glocke schrillte bereits, als Horace den Platz überquerte und auf das Gerichtsgebäude zuging. Der Platz war schon mit Wagen und Autos überfüllt, und die Overalls und Khakianzüge drängten sich langsam in das gotische Portal. Die Uhr über ihm schlug neun, als er die Treppe hinaufstieg.

Die breiten Doppeltüren am Ende der gedrängt vollen Treppe standen offen. Von drinnen drang unablässiges Stimmengewirr heraus; die Leute hatten ihre Plätze schon eingenommen. Über den Rückenlehnen konnte Horace ihre Köpfe sehen – Kahlköpfe, Grauköpfe, Zottelköpfe, und Köpfe, frisch ausrasiert im sonngebackenen Nacken, ölige Köpfe über Städterkrägen, und hier und da ein Sonnen- oder ein Blumenhut.

Das Stimmengesumm und Geraschel wurde vom ständigen Luftzug herausgetragen, der durch die Tür wehte. Die Luft drang zu den offenen Fenstern herein und wehte über die Köpfe weg und zu Horace herüber nach der Tür, beladen mit den Gerüchen von Tabak und schalem Schweiß, von Erde und von der unverkennbaren Atmosphäre der Gerichtssäle, jenem muffigen Geruch verbrauchter Süchte und Lüste, verbitterten Haders und Streits, der zugleich etwas plump Beständiges hatte anstelle von Besserem. Die Fenster gingen auf Balkone hinaus, dicht unter den gewölbten Säulenhallen. Die Brise zog durch sie herein, brachte das Tschilpen der Spatzen und Gurren der Tauben mit, die in den Dachtraufen nisteten, und dann und wann vom

265

Platz drunten den Klang einer Autohupe, und die Welle der Laute ging über die Köpfe weg und verebbte im hohlen Getrappel der Füße im Korridor unten und auf der Treppe.

Die Richterbank war noch leer. Auf der einen Seite, an dem langen Tisch, konnte Horace den schwarzen Kopf und das hager braune Gesicht Goodwins erkennen, daneben den grauen Hut der Frau. Am anderen Ende des Tisches saß ein Mann, der in seinen Zähnen stocherte. Sein Schädel war mit dicht gelocktem schwarzen Haar bedeckt, das sich um einen Kahlfleck verdünnte. Er hatte eine lange, bleiche Nase. Er trug einen lohbraunen Sommeranzug; auf dem Tisch neben ihm lag eine elegante lederne Aktentasche und ein Strohhut mit rot-braunem Band, und er sah müßig über die Reihen der Köpfe weg aus dem Fenster und stocherte in seinen Zähnen. Horace blieb in der Tür stehen. „Das ist doch ein Anwalt", sagte er. „Ein jüdischer Rechtsanwalt aus Memphis." Dann wanderte sein Blick zu den Hinterköpfen am Zeugentisch hinüber. „Ich weiß schon, was ich da finden werde, noch ehe ich's sehe", sagte er. „Sie wird einen schwarzen Hut aufhaben."

Er ging durch den Mittelgang. Die Glocke erklang, als komme der Schall von draußen durch das Balkonfenster, wo unter den Dachtraufen kehlig die Tauben gurrten, und die Stimme des Gerichtsdieners rief:

„Das ehrenwerte Kreisgericht von Yoknapatawpha County ist hiermit ordnungsgemäß eröffnet . . ."

Temple hatte einen schwarzen Hut auf. Der Gerichtsschreiber rief zweimal ihren Namen auf, ehe sie sich regte und in den Zeugenstand trat. Nach einer Weile merkte Horace, daß er vom Richter ein wenig unwirsch angesprochen wurde.

„Ist das Ihre Zeugin, Mr. Benbow?"

„Jawohl, Euer Ehren."

„Wünschen Sie, daß sie vereidigt und ihre Aussage zu Protokoll genommen wird?"

„Jawohl, Euer Ehren."

Draußen vor dem Fenster, unter den hastlosen Tauben, dröhnte noch immer die Stimme des Gerichtsdieners, aufdringlich, dräuend, immer wieder neu, obwohl der Klang der Glocke längst verstummt war.

ACHTUNDZWANZIGSTES KAPITEL

Der Staatsanwalt trat vor die Geschworenen. „Ich lege als Beweisstück diesen Gegenstand vor, der am Schauplatz des Verbrechens gefunden wurde." Er hielt in der Hand einen Maiskolben, der wie in dunkelbraune Farbe getaucht wirkte. „Der Grund dafür, daß er jetzt vorgelegt wird, ist der, daß seine Bedeutung für den Fall erst völlig klar wurde, als die Ehefrau des Angeklagten ihre Aussage machte, die ich Ihnen, meine Herren, aus dem Protokoll eben noch einmal habe vorlesen lassen.

Sie haben ferner das Gutachten des Chemikers und des Gynäkologen gehört – der, wie Sie wissen, meine Herren, zu uns als Sachverständiger für das heiligste unter den heiligen Dingen des Lebens gesprochen hat: das Weibtum – und der gesagt hat, dies sei kein Fall mehr für den Henker, sondern ein Fall für den Scheiterhaufen . . ."

„Einspruch!" sagte Horace. „Die Anklage versucht die Geschworenen zu beeinflussen . . ."

„Stattgegeben", sagte der Richter. „Streichen Sie den Satz, der mit ‚und der gesagt hat' beginnt, Herr Gerichtsschreiber. Sie können die Geschworenen darüber belehren, daß sie ihn nicht zu beachten haben, Mr. Benbow. Sprechen Sie zur Sache, Herr Staatsanwalt."

Der Staatsanwalt verbeugte sich. Er wandte sich zum Zeugenstand, wo Temple saß. Unter dem schwarzen Hut quoll ihr Haar in dichten roten Locken vor wie tropfendes Harz. Der Hut trug einen Rheinkiesel-Schmuck. Auf ihrem schwarz-seidenen Schoß lag ein Platintäschchen. Ihr blaßbrauner Mantel war offen und ließ an der einen Schulter einen purpurnen Zieraufsatz sehen. Ihre Hände lagen reglos, die Flächen nach oben, auf ihrem Schoß. Ihre langen blonden Beine waren an den Knöcheln eingeknickt, und die beiden Slipper mit ihren glitzernden Schnallen lagen auf der Seite, als wären sie leer. Über den Reihen der gespannten Gesichter, bleich und weiß wie die treibenden Leiber toter Fische, saß sie in einer Haltung, unbeteiligt zugleich und kriecherisch geduckt, den Blick auf etwas im Hintergrund des Saals gerichtet. Ihr Gesicht war ganz blaß; die beiden Rougeflecken auf ihren Backenknochen wirkten wie aufgeklebte Papierscheiben; und auch der rohe Bogen, zu dem ihr Mund geschminkt war, sah aus wie ein Symbol und Geheimzeichen zugleich, das man sorgfältig aus purpurnem Papier geschnitten und dort aufgeklebt hatte.

Der Staatsanwalt stand vor ihr.

„Wie ist Ihr Name?" Sie gab keine Antwort. Sie bewegte nur ganz leicht den Kopf, als sei der Frager ihrem Blick im Wege, und starrte auf etwas im Hintergrund im Saal. „Wie ist Ihr Name?" wiederholte er und folgte gleichzeitig ihrer Bewegung, so daß er ihr wieder voll ins Gesicht sah. Ihr Mund regte sich. „Lauter", sagte er. „Sprechen Sie ohne Scheu. Niemand hier wird Ihnen etwas tun. Lassen Sie diese braven Männer, lauter Väter und Ehegatten, hören, was Sie zu sagen haben, damit das Unrecht, das Ihnen geschehen ist, seine Sühne findet."

Der Richter warf Horace einen Blick zu, mit hochgezogenen Brauen. Doch Horace machte keine Bewegung. Er saß still da, den Kopf ein wenig gesenkt, die Hände im Schoß verkrampft.

„Temple Drake", sagte Temple.

„Wie alt sind Sie?"

„Achtzehn."

„Wo wohnen Sie?"

„Memphis", sagte sie mit kaum vernehmlicher Stimme.

„Sprechen Sie etwas lauter. Diese Männer werden Ihnen nichts tun. Sie sind hier, um dem Unrecht, das Sie erlitten haben, Sühne zu verschaffen. Wo haben Sie gewohnt, bevor Sie nach Memphis gingen?"

„In Jackson."

„Haben Sie Verwandte dort?"

„Ja."

„Kommen Sie. Erzählen Sie diesen braven Männern ...."

„Mein Vater."

„Ihre Mutter lebt nicht mehr?"

„Ja."

„Haben Sie noch Geschwister?"

„Nein."

„Sie sind also die einzige Tochter Ihres Vaters?"

Wieder sah der Richter zu Horace hinüber; doch wieder machte dieser keine Bewegung.

„Ja."

„Wo haben Sie seit dem zwölften Mai dieses Jahres gewohnt?" Ihr Kopf bewegte sich schwach, als wollte sie an ihm vorbei nach hinten sehen. Doch er bewegte sich mit, gab ihre Augen nicht frei. Sie starrte ihn wieder an und plapperte ihre papageienhaften Antworten.

„Wußte Ihr Vater, daß Sie dort waren?"

„Nein."

„Wo vermutete er Sie?"

„Er dachte, ich wäre auf der Schule."

„Dann haben Sie sich also versteckt, weil Ihnen etwas widerfahren war, was Sie nicht ..."

„Einspruch!" sagte Horace. „Die Frage ist sugges ..."

„Stattgegeben", sagte der Richter. „Ich wollte Sie schon eine ganze Weile verwarnen, Herr Staatsanwalt, aber da die Verteidigung aus irgendeinem Grunde keinen Einwand erhob ..."

Der Staatsanwalt verbeugte sich vor der Richterbank. Dann wandte er sich wieder der Zeugin zu und nahm sie fest in den Blick.

„Wo waren Sie am Sonntag morgen, dem zwölften Mai?"

„Ich war in der Kornkammer."

Der Saal seufzte auf, sein hundertfacher Atem zischte in die muffige Stille. Einige Neuankömmlinge traten ein, doch sie blieben im Hintergrund des Saals stehen, jäh wie zu einem Klumpen erstarrt. Temples Kopf hatte sich wieder bewegt. Der Staatsanwalt fing ihren Blick ab und hielt ihn fest. Er wandte sich halb und deutete auf Goodwin.

„Haben Sie diesen Mann schon einmal gesehen?" Sie starrte den Staatsanwalt an, mit leerem Gesicht. Aus kleiner Entfernung wirkten ihre Augen, die beiden Rougeflecke und ihr Mund wie fünf nichtige Gegenstände in einer schmalen, herzförmigen Schüssel. „Sehen Sie dorthin, wohin ich zeige."

„Ja."

„Wo haben Sie ihn gesehen?"

„In der Kornkammer."

„Was taten Sie in der Kornkammer?"

„Ich versteckte mich."

„Vor wem versteckten Sie sich?"

„Vor ihm."

„Vor dem Mann dort? Sehen Sie dort hinüber, wohin ich zeige."

„Ja."

„Aber er fand Sie doch?"

„Ja."

„War sonst noch jemand dort?"

„Ja, Tommy. Er sagte . . ."

„War er mit in der Kornkammer oder draußen?"

„Er saß draußen vor der Tür. Er hielt Wache. Er sagte, er würde keinen . . ."

„Augenblick noch. Haben Sie ihn gebeten, niemanden hereinzulassen?"

„Ja."

„Und er verschloß daraufhin die Tür von außen?"

„Ja."

„Aber Goodwin kam trotzdem herein?"

„Ja."

„Hatte er irgend etwas in der Hand?"

„Er hatte die Pistole."

„Hat Tommy versucht, ihn aufzuhalten?"

„Ja. Er sagte, er . . ."

„Warten Sie noch. Was hat er mit Tommy gemacht?"

Sie starrte ihn an.

„Er hatte die Pistole in der Hand. Was hat er dann getan?"

„Er hat ihn erschossen." Der Staatsanwalt trat zur Seite. Sofort wanderte der Blick des Mädchens in den Hintergrund des Saals und heftete sich dort fest. Der Staatsanwalt kam zurück und trat ihrem Blick wieder in den Weg. Sie wollte ihm ausweichen; er fing ihren Blick ab und hielt ihn fest und hob den befleckten Maiskolben vor ihre Augen. Der Saal stieß einen Seufzer aus, ein langes, zischendes Atmen. „Haben Sie dies hier schon einmal gesehen?"

„Ja."

Der Staatsanwalt wandte sich ab. „Euer Ehren, meine Herren Geschworenen, Sie haben die grauenhafte, die unglaubliche Geschichte gehört, die dieses junge Mädchen erzählt hat; Sie haben die Beweisstücke gesehen und das Gutachten des Arztes gehört: Ich werde dieses zerstörte, wehrlose Kind nicht länger der Qual eines Verhörs . . ." Er brach ab; die Köpfe drehten sich wie einer herum und sahen einem Mann entgegen, der langsam durch den Mittelgang auf den Richtertisch zugeschritten kam. Er ging aufrecht und stetig, empfangen und gefolgt vom Gaffen der kleinen weißen Gesichter, vom raschelnden Zischen der Krägen. Er hatte gepflegtes weißes Haar und einen gestutzten Schnurrbart, der vor der dunklen Haut wirkte wie ein Riegel aus gehämmertem Silber. Seine Augen hatten leichte Tränensäcke. Ein kleiner Wanst war säuberlich knapp in seinen makellosen Leinenanzug eingeknöpft. Er trug einen Panamahut in der einen Hand und einen dünnen schwarzen Stock in der andern. Aufrecht und stetig ging er nach vorn, durch den Bann der Stille, die wie ein endlos verhauchender Seufzer war, sah weder nach rechts noch nach links. Er schritt am Zeugenstand vorüber ohne einen Blick für die Zeugin, die immer noch auf etwas im Hintergrund des Saals starrte, ging durch ihren Blick hindurch wie ein Läufer durchs Zielband und blieb vor der Schranke stehen, über der sich der Richter halb erhoben hatte, die Arme auf den Tisch gestützt.

„Euer Ehren", sagte der alte Mann, „ist das Gericht mit dieser Zeugin fertig?"

„Ja, mein Herr – Herr Richter", sagte der Vorsitzende. „Gewiß, mein Herr. Wenn die Verteidigung darauf verzichtet, sie noch weiter . . .

Der alte Mann wandte sich langsam, aufrecht über den angehaltenen Atemzügen, den kleinen weißen Gesichtern, und blickte auf die sechs Menschen am Tisch nieder. Die Zeugin hinter ihm hatte sich nicht gerührt. Sie saß in ihrer kindlichen Reglosigkeit da und starrte wie süchtig, wie betäubt über die Gesichter weg in den Hintergrund des Saals. Der alte Mann wandte sich ihr zu und streckte die Hand aus. Sie rührte sich nicht. Der Saal stieß den Atem aus, sog ihn sofort wieder ein und hielt ihn wieder an. Der alte Mann berührte ihren Arm. Sie wandte ihm den Kopf zu, die Augen leer und nur noch Pupille über den drei rohen Flecken Rouge. Sie legte die Hand in die seine und stand auf, und das Platintäschchen glitt mit dünnem Klatsch von ihrem Schoß auf den Boden, und wieder starrte sie nach hinten in den Saal. Mit der Spitze seines schmalen glänzenden Schuhs stieß der alte Mann das Täschchen in die Ecke, wo die Geschworenenbank auf den Richtertisch traf und ein Spucknapf stand, und half dem Mädchen von der Estrade herunter. Der Saal atmete wieder, als sie nun langsam durch den Mittelgang schritten.

Auf halbem Weg blieb das Mädchen noch einmal stehen, schlank und zart in ihrem eleganten offenen Mantel, das leere Gesicht ganz starr; dann ging sie weiter, die Hand in der des alten Mannes. Sie schritten den Gang hinunter, der alte Mann aufrecht neben ihr, ohne einen Blick nach rechts oder links, begleitet vom raschelnden Flüstern der Krägen. Noch einmal blieb das Mädchen stehen. Ihr Körper krümmte sich langsam; es war, als kröche sie in sich zusammen; ihr Arm spannte sich im Griff des alten Mannes. Er beugte sich zu ihr, sprach auf sie ein; da ging sie dann weiter, in zusammengesunkener, ganz verlorener Mutlosigkeit. Vier jüngere Männer standen aufrecht und steif in der Nähe des Ausgangs. Wie Soldaten standen sie da, den starren Blick geradeaus, bis der alte Mann und das Mädchen sie erreichten. Dann erst kam Bewegung in sie, und sie umringten die beiden, und in geschlossener Gruppe, das Mädchen zwischen sich, schritten sie auf die Tür zu. Hier blieben sie wieder stehen; man sah, wie das Mädchen schwankte, gegen die Wand sank, noch innerhalb der Tür, den Körper wieder wie nach innen gekrümmt. Es war, als klammere sie sich dort an; dann umhüllten und verbargen fünf Leiber sie wieder, und wieder geschlossen schritt die Gruppe durch die Tür und verschwand. Der Saal atmete auf: ein Summen erhob sich wie ein Wind. Es war wie ein Seufzer erst, dann wuchs es langsam an und rauschte nach vorn, hin über den langen Tisch, an dem der Gefangene saß und die Frau mit dem Kind und Horace und der Staatsanwalt und der Anwalt aus Memphis, und über die Geschworenenbank und zum Richtertisch hinauf. Der Anwalt aus Memphis saß starr auf seinem Steiß und blickte verträumt aus dem Fenster. Das Kind gab einen verdrießlichen Laut von sich, wimmernd.

„Pst", sagte die Frau. „Pssssst."

NEUNUNDZWANZIGSTES KAPITEL

Die Geschworenen waren nur acht Minuten draußen. Als Horace das Gerichtsgebäude verließ, nahte bereits die Dämmerung. Die Reihen der angebundenen Wagen unten lichteten sich bereits; mancher von ihnen hatte zwölf und sechzehn Meilen Landstraße vor sich. Narcissa wartete im Auto auf ihn. Er tauchte zwischen den Overalls auf, langsam; steif stieg er ein, wie ein alter Mann, mit erschöpftem Gesicht. „Möchtest du nach Hause?" sagte Narcissa.

„Ja", sagte Horace.

„Ich meine, in das Haus – oder raus nach Hause?"

„Ja", sagte Horace.

Sie saß am Steuer. Der Motor lief. Sie sah in an, in einem neuen dunklen Kleid mit strengem weißen Kragen, einem dunklen Hut.

„Welches also?"

„Heim", sagte er. „Es ist mir gleich. Nur heim."

Sie fuhren am Gefängnis vorüber. Am Zaun standen die Gaffer, Strolche, Landvolk, verkommene Jugendliche, das ganze Gesindel, das Goodwin und dem Wachtmeister vom Gerichtsgebäude gefolgt war. Neben dem Tor stand die Frau, im grauen Hut mit dem Schleier, das Kind auf den Armen. „Steht da, wo er es durch das Fenster sehen kann", sagte Horace. „Ich rieche auch Schinken. Vielleicht bekommt er Schinken zu essen, noch bevor wir zu Hause ankommen." Dann begann er zu weinen, hier im Wagen nun, neben seiner Schwester. Sie fuhr gleichmäßig, nicht schnell. Bald hatten sie die Stadt verlassen, und die stämmigen Reihen junger Baumwolle schwangen zu beiden Seiten vorbei, ungezählte fern sich verlierende Parallelen. Auf der Zufahrt lag immer noch ein wenig vom Blütenschnee der Akazien. „Er hält sich", sagte Horace. „Der Frühling hält sich noch. Man könnte fast meinen, es läge ein Sinn darin."

Er blieb zum Abendessen. Er aß eine Menge. „Ich werde gehn und nach deinem Zimmer sehen", sagte seine Schwester, ganz sanft.

„Ja, gut", sagte Horace. „Das ist nett von dir." Sie ging hinaus, Miss Jennys Rollstuhl stand auf einer Plattform mit Vertiefungen für die Räder. „Das ist nett von dir", sagte Horace. „Ich glaube, ich gehe noch etwas nach draußen und rauche meine Pfeife."

„Seit wann willst du sie denn nicht mehr hier drinnen rauchen?" sagte Miss Jenny.

„Ja", sagte Horace. „Es war nett von ihr." Er ging durch die Veranda. „Hier wollte ich eigentlich stehenbleiben", sagte Horace. Er sah sich zu, wie er durch die Veranda schritt und über den Schnee der letzten Akazien; er ging durch das eiserne Tor und trat hinaus auf die Straße. Nach etwa einer Meile bremste ein Wagen und bot an, ihn mitzunehmen. „Ich mache bloß einen Spaziergang vorm Abendessen", sagte er; „ich kehre bald wieder um." Nach einer weiteren Meile konnte er die Lichter der Stadt sehen. Es war wie ein schwaches Glühen, tief und dicht. Es wurde stärker, als er näherkam. Noch ehe er die Stadt erreichte, hörte er die Stimmen. Dann sah er die Menschen, eine brodelnde Masse, die die Straße füllte und den öden, seichten Hof, über dem die eckige und geschlitzte Masse des Gefängnisses aufragte. Auf dem Hof, unter dem vergitterten Fenster, stand ein Mann in Hemdsärmeln vor der Menge und redete heiser und gestikulierend auf sie ein. Das vergitterte Fenster war leer.

Horace ging weiter, zum Platz hinüber. Der Sheriff war unter den Handlungsreisenden, die vor dem Hotel standen, auf dem Bürgersteig. Er war ein fetter Mann, mit breitem, stumpfsinnigem Gesicht, das den Ausdruck der Besorgnis um seine Augen Lügen strafte. „Die machen doch nichts", sagte er. „Viel zu viel Gerade. Lärm um nichts. Und zu früh. Wenn der Mob wirklich was vorhat, dann wird nicht derart lange gefackelt und gequatscht. Und dann geht das auch nicht so offen über die Bühne, daß jeder zusehn kann."

Die Menge blieb noch bis spät auf der Straße. Doch sie verhielt sich ruhig. Es war, als seien die meisten nur als Zuschauer gekommen, um das Gefängnis anzustarren und das vergitterte Fenster, oder um dem Mann in Hemdsärmeln zuzuhören. Nach einer Weile hatte er sich müde geredet. Da begannen sie auseinanderzulaufen, zurück auf den

Platz und manche auch nach Hause, bis nur noch eine kleine Gruppe unter dem Bogenlicht am Eingang zum Platz übrig war, unter ihnen zwei Hilfsbeamte und der Nacht-Marshal mit breitem, hellem Hut, einer Taschenlampe, einer Kontrolluhr und einer Pistole. „Macht jetzt, daß ihr nach Hause kommt, Jungs", sagte er. „Die Vorstellung ist vorbei. Ihr habt euren Spaß gehabt. Huschhusch ins Körbchen jetzt."

Die Handlungsreisenden saßen noch ein wenig länger auf dem Bürgersteig vor dem Hotel, Horace mit dabei; der Südzug ging erst um ein Uhr. „Wolln die ihn einfach damit durchkommen lassen?" sagte einer der Leute. „Mit diesem Maiskolben? Was ist denn das für ein Menschenschlag hier? Was muß hier erst noch passieren, daß den Leuten der Hut hoch geht?"

„Wo ich her bin, in der Stadt, da wär er gar nicht erst vor Gericht gekommen", sagte ein zweiter.

„Nicht mal heil ins Gefängnis", sagte ein dritter. „Was war denn sie für eine?"

„Studentin. Sah dufte aus. Hast du sie nicht gesehn?"

„Hab ich. Ganz netter Fratz."

Dann war der Platz still. Die Uhr schlug elf; die Handlungsreisenden gingen hinein, und der Neger-Hausdiener kam und drehte die Stühle um an die Wand. „Sie warten auf Zug?" sagte er zu Horace.

„Ja. Ist schon was durchgekommen deswegen?"

„Ist pünktlich. Aber sind noch zwei Stunden. Können in Musterzimmer hinlegen, wenn wollen."

„Geht das?" sagte Horace.

„Ich Ihnen zeigen", sagte der Neger. Das Musterzimmer war der Raum, wo die Handlungsreisenden ihre Waren auslegten. Ein Sofa stand darin. Horace drehte das Licht aus und legte sich nieder. Er konnte die Bäume sehen um das Gerichtsgebäude und einen Flügel des Baus, der sich über dem stillen und leeren Platz erhob. Doch die Leute schliefen nicht. Er spürte ihre Wachheit, spürte die wachen Menschen in der Stadt. „Ich hätte ja sowieso auch nicht schlafen können", sagte er sich.

Er hörte die Uhr zwölf schlagen. Dann – es mochte vielleicht dreißig Minuten danach sein, vielleicht auch noch länger – hörte er jemand unter dem Fenster vorbeilaufen. Seine Füße klangen lauter als Pferdehufe; sie hallten über den leeren Platz, durch die friedvollen, dem Schlaf bestimmten Stunden. Es war kein Geräusch, was Horace jetzt hörte; es war etwas in der Luft, in dem das Geräusch der laufenden Füße erstarb.

Als er den Flur hinunterging, auf die Treppe zu, wußte er gar nicht, daß er selber lief, bis er hinter einer Tür eine Stimme rufen hörte: „Feuer! Hier ist Feuer ausge..." Dann war er schon vorüber. „Ich hab ihn erschreckt", sagte Horace. „Er ist aus Saint Louis vielleicht und sowas nicht gewöhnt." Er rannte aus dem Hotel, auf die Straße. Vor ihm war gerade der Besitzer nach draußen gelaufen, in lächerlichem Aufzug; ein vierschrötiger Mann, der sich die Hosen hielt, die baumelnden Träger unter dem Nachthemd, einen wirren Haarkranz gesträubt um den kahlen Kopf; drei andere Männer kamen vorbeigelaufen. Sie schienen nirgendwoher zu kommen, tauchten auf, waren plötzlich da wie aus dem Nichts, voll angekleidet mitten auf der Straße, und liefen.

„Ein Feuer", sagte Horace. Er konnte den Flammenschein sehen; davor ragte in starrem und rohem Umriß das Gefängnis auf.

„Auf dem freien Grundstück", sagte der Hotelbesitzer und hielt sich die Hosen fest. „Ich kann nicht mit, weil sonst keiner in der Rezeption ist..."

Horace lief. Vor sich sah er andere Gestalten laufen, sah sie einbiegen in ein Gäßchen neben dem Gefängnis; dann hörte er das Prasseln des Feuers, den sausenden Laut von Benzin. Er bog in die Gasse ein. Er konnte den Flammenschein sehen, auf der Mitte eines leeren Grundstücks, wo an Markttagen Wagen standen. Vor den Flammen zeigten sich schwarze Gestalten, fratzenhaft und grotesk; er hörte keuchende Schreie; durch eine wabernde Lücke sah er einen Mann gerannt kommen, eine Flammenmasse selbst, in der Hand einen Fünf-Gallonen-Kanister Petroleum, der mit einer raketengleichen Stichflamme explodierte, während er ihn noch hielt und lief.

Horace stürzte sich in das Gedränge, in den Kreis, der sich um die Feuermasse in der Mitte des Grundstücks gebildet hatte. Von der einen Seite kamen die Schreie des Mannes, um den das Petroleum explodiert war, doch aus dem Mittelpunkt des Brandes drang kein Laut. Es war jetzt schon nichts mehr darin unterscheidbar; die Flammen wirbelten in langen, donnernden Fontänen aus einer weißglühenden Masse empor, in der sich schwach die Enden von ein paar Pfosten und Planken abzeichneten. Horace stürzte darauf zu; man hielt ihn fest, doch er wußte es nicht; man redete über ihn, doch er konnte die Stimmen nicht hören.

„Das ist sein Anwalt."

„Hier ist der Kerl, der ihn verteidigt hat. Der versucht hat, ihn loszueisen."

„Schmeißt ihn doch auch rein. Ist noch genug übrig, um so 'n Rechtsverdreher zu verbrennen."

„Macht mit dem Kerl doch dasselbe, was wir mit ihm gemacht haben. Was er mit ihr gemacht hat."

Horace konnte sie nicht hören. Er hörte den Mann nicht mehr, der in Brand geraten war und immer noch schrie. Er hörte auch nicht mehr das Feuer, obwohl es noch immer sauste und wirbelte, unvermindert, als lebe es aus sich selbst, und völlig lautlos nun: eine Stimme der Wut wie in einem Traum, still brüllend aus friedvoller Leere.

An die Züge in Kinston kam regelmäßig ein alter Mann, der einen Sieben-Personen-Wagen fuhr. Er war dürr, hatte graue Augen und einen grauen Schnurrbart mit gewichsten Spitzen. In früheren Zeiten, bevor die Stadt sich plötzlich zu einem blühenden Holzhandelsplatz entwickelte, war er Pflanzer gewesen, Grundbesitzer, Sohn eines der ersten Siedler. Er verlor sein Vermögen durch Habgier und Leichtgläubigkeit und fing an, mit einer Mietdroschke zwischen der Stadt und den Zügen hin und her zu fahren, mit seinem gewichsten Schnurrbart, in Zylinder und abgetragenem Gehrock, und dabei erzählte er den Handlungsreisenden, wie er einst an der Spitze der Kinstoner Gesellschaft gestanden hatte, die er jetzt fuhr.

Als das Zeitalter der Pferde zu Ende ging, kaufte er sich ein Auto und fuhr immer noch zu den Zügen. Immer noch trug er auch seinen gewichsten Schnurrbart; der Zylinder allerdings war durch eine Mütze ersetzt worden, der Gehrock durch einen grauen Anzug mit roten Streifen, von New Yorker Juden geschneidert. „Das sind Sie ja", sagte er, als Horace aus dem Zug stieg. „Stellen Sie Ihre Tasche in den Wagen", sagte er. Dann stieg er selber ein. Horace nahm auf dem Vordersitz neben ihm Platz. „Sie sind einen Zug zu spät dran", sagte er.

„Zu spät?" sagte Horace.

„Sie ist heute morgen schon gekommen. Ich hab sie gefahren. Ihre Frau."

„Oh", sagte Horace. „Sie ist daheim?"

Der andere ließ den Wagen an, stieß zurück und wendete. Es war ein guter, starker Wagen, der sich leicht bewegte. „Wann hatten Sie denn gedacht? . . ." Sie fuhren los. „Ich hab gelesen, wie sie den Kerl verbrannt haben in Jefferson drüben. Haben Sie wohl auch gesehn."

„Ja", sagte Horace. „Ja. Ich hab gehört davon."

„Ist ihm ganz recht geschehen", sagte der Alte am Steuer.

„Wir müssen unsere Mädchen schützen. Brauchen sie selber vielleicht mal."

Sie bogen ab, folgten einer Straße. An einer Ecke brannte ein Bogenlicht. „Ich steige hier aus", sagte Horace.

„Ich bring Sie schon bis vor die Tür", sagte der Alte.

„Nein, ich steige hier aus", sagte Horace. „Dann brauchen Sie nicht extra mehr zu wenden."

„Wie Sie meinen", sagte der Alte. „Sie zahlen's ja jedenfalls."

Horace stieg aus und hob seine Tasche heraus; der Chauffeur erbot sich nicht, mit anzufassen. Der Wagen fuhr wieder ab. Horace ergriff sein Gepäck; es war die Tasche, die zehn Jahre lang bei seiner Schwester im Schrank gestanden hatte und die er an dem Morgen mit in die Stadt genommen hatte, wo sie ihn nach dem Namen des Staatsanwalts fragte.

Sein Haus war neu; es stand auf einer ansehnlichen Rasenfläche, und die Bäume, Pappeln und Ahorn, die er selbst gepflanzt hatte, waren immer noch frisch und jung. Noch ehe er das Haus erreichte, sah er den rosenfarbenen Schimmer in den Fenstern seiner Frau. Er betrat das Haus von der Rückseite und ging zu ihrer Tür und sah ins Zimmer. Sie lag im Bett und las ein Magazin mit farbigem Titelblatt. Die Lampe hatte einen rosenfarbenen Schirm. Auf dem Tisch stand eine offene Schachtel Pralinen.

„Ich bin zurückgekommen", sagte Horace.

Sie sah ihn über das Magazin weg an.

„Hast du die Hintertür abgeschlossen?" sagte sie.

„Ja, ich wußte, sie würde. . . ." sagte Horace. „Hast du heut abend schon . . ."

„Ob ich was habe?"

„Klein-Belle. Hast du schon telephoniert mit ihr?"

„Wozu das denn? Sie ist doch auf der Party. Warum sollte sie auch nicht? Warum sollte sie extra ihre Pläne umstoßen und eine Einladung ablehnen?"

„Ja", sagte Horace. „Ich wußte, sie würde nicht da sein. Hast du . . ."

„Vorgestern abend hab ich mit ihr gesprochen. Aber jetzt schließ erst die Hintertür ab."

„Ja", sagte Horace. „Es geht ihr gut. Natürlich geht es ihr gut. Ich will nur . . ." Das Telephon stand auf dem Tisch in der dunklen Halle. Die Nummer war eine Landverbindung; es dauerte einige Zeit. Horace saß neben dem Apparat. Er hatte die Tür am Ende der Halle offen gelassen. Die linden Lüfte der Sommernacht zogen durch sie herein, vage, verstörend. „Die Nacht ist hart für alte Leute", sagte er ruhig, den Hörer in der Hand. „Sommernächte sind hart für sie. Man sollte etwas unternehmen dagegen. Ein Gesetz."

Aus ihrem Zimmer rief Belle seinen Namen, mit der Stimme eines entspannt liegenden Menschen. „Ich hab sie doch vorgestern abend erst angerufen. Was mußt du sie jetzt stören?"

„Ich weiß", sagte Horace. „Es geht auch ganz schnell."

Er hielt den Hörer in der Hand und blickte zur Tür hinüber, durch die der vage, verstörende Wind hereinkam. Er begann etwas aus einem Buch vor sich hinzusprechen, das er gelesen hatte: „Doch seltener ist der Friede. Doch seltener ist der Friede", sagte er.

Der Draht gab Antwort. „Hallo! Hallo! Belle?" sagte Horace.

„Ja?" kam ihre Stimme dünn und schwach zurück. „Was ist los? Irgendwas nicht in Ordnung?"

„Nein, nein", sagte Horace. „Ich wollte nur schnell Hallo zu dir sagen und Gute Nacht."

. „Was? Was wolltest du sagen? Wer spricht denn da?" Horace saß in der dunklen Halle, den Hörer in der Hand.

„Ich bin es, Horace. Horace. Ich wollte nur schnell . . ."

Über den dünnen Draht kam ein Geräusch, wie wenn zwei sich balgten; er konnte Klein-Belle keuchen hören. Dann sagte eine Stimme, eine männliche Stimme: „Hallo, Horace; ich möchte mich Ihnen vorstellen . . ."

„Ach, sei doch still!" sagte Klein-Belles Stimme, dünn und
schwach; wieder hörte Horace die beiden balgen; eine
atemlose Pause. „Hör auf!" sagte Klein-Belles Stimme. „Das
ist doch bloß Horace! Ich wohne bei ihm!" Horace hielt den
Hörer ans Ohr. Klein-Belles Stimme war atemlos, beherrscht, kühl, diskret, unbeteiligt. „Hallo. Horace. Geht's
Mama gut?"

„Ja. Es geht uns gut. Ich wollte nur schnell . . ."

„Ah ja. Gute Nacht."

„Gute Nacht. Amüsierst du dich gut?"

„Ja. Ja. Ich werde morgen schreiben. Hat Mama denn
heute meinen Brief nicht gekriegt?"

„Ich weiß es nicht. Ich wollte nur . . . ."

„Vielleicht hab ich vergessen, ihn einzustecken. Morgen
vergeß ich's aber bestimmt nicht. Ich werd schreiben morgen. War das alles, was du wolltest?"

„Ja. Ich wollte nur schnell . . ."

Er legte den Hörer auf; er hörte die Leitung verstummen. Das Licht aus dem Zimmer seiner Frau fiel quer
durch die Halle. „Schließ die Hintertür ab", sagte sie.

EINUNDDREISSIGSTES KAPITEL

In Birmingham, auf dem Weg nach Pensacola, wo er seine
Mutter besuchen wollte, wurde Popeye wegen Mordes an
einem Polizisten am siebzehnten Juni des Jahres in einer
kleinen Stadt in Alabama verhaftet. Das war im August. Am
siebzehnten Juni hatte er abends in dem geparkten Wagen
vor dem Tanzlokal gesessen, als Temple vorbeigefahren
war, und in der Nacht dann war Red getötet worden.

Jeden Sommer fuhr Popeye seine Mutter besuchen.
Sie glaubte, er wäre Nachtportier in einem Hotel in Memphis.

Seine Mutter war die Tochter eines Gastwirts. Sein Vater
war professioneller Streikbrecher gewesen und im Jahre

282

1900 bei einem Streik von der Straßenbahngesellschaft angeheuert worden. Seine Mutter arbeitete damals in einem Warenhaus in der Stadt. Drei Abende fuhr sie mit der Straßenbahn heim, die Popeyes Vater übernommen hatte, saß neben ihm vorn. Am dritten Abend stieg er an der Ecke mit ihr aus und begleitet sie nach Hause.

„Fliegen Sie dann nicht raus?“ sagte sie.

„Solln die mal versuchen“, sagte der Streikbrecher. Sie gingen nebeneinander. Er war gut angezogen. „Die andern nähmen mich sofort mit Kußhand. Das wissen die ganz genau.“

„Wer würde Sie nehmen, was meinen Sie damit?“

„Die Streikenden. Mir ist das doch schnurzegal, für wen daß der Karren läuft. Ich mach's für die einen so gerne wie für die andern. Noch gerner tät ich's, wenn ich die Strecke jeden Abend fahrn könnte um diese Zeit.“

Sie ging neben ihm. „Das meinen Sie doch nicht im Ernst“, sagte sie.

„Klar, mein ich das.“ Er nahm ihren Arm.

„Aber wahrscheinlich wärn Sie mit einer wie mir auch bloß so gerne verheiratet wie mit 'ner andern, ganz genau so egal, stimmt's?“

„Wer hat Ihnen denn das erzählt?“ sagte er. „Haben die Dreckskerle über mich geschwatzt?“

Einen Monat später sagte sie ihm, daß sie würden heiraten müssen.

„Wie meinst du das, müssen?“ sagte er.

„Ich trau mich nicht, es zu Hause zu sagen. Ich müßte weggehn, irgendwohin. Ich trau mich nicht.“

„Na schön, reg dich bloß nicht auf. Ist mir ja selber ganz recht. Ich muß ja sowieso jeden Abend hier vorbei.“

Sie heirateten. Jeden Abend fuhr er an der Ecke vorüber. Dann bimmelte er mit der Fußklingel. Manchmal kam er auch nach Hause. Er gab ihr dann Geld. Ihre Mutter mochte ihn gut leiden; sonntags kam er immer sehr aufgekratzt zur Essenszeit ins Haus und nannte sämtliche anderen Gäste, selbst die alten, beim Vornamen. Eines Tages dann kam er nicht mehr; auch die Fußklingel blieb stumm, wenn die Straßenbahn vorüberratterte. Der Streik war zu Ende. Zu Weihnachten bekam sie eine Karte von ihm, mit einer Glocke darauf und einem geprägten goldenen Kranz, aus einer Stadt in Georgia. Auf der Rückseite stand: „Die Jungens wolln sich hier auf die Hinterbeine stellen. Ist aber ein schrecklich lahmer Laden alles. Vielleicht zieh ich weiter, in irgendeine hübsche Stadt, wo es richtig auf Biegen und Brechen geht, haha." Das Wort ‚Brechen' war unterstrichen.

Drei Wochen nach ihrer Hochzeit hatte sie zu kränkeln begonnen. Sie war damals schon schwanger. Zu einem Arzt ging sie nicht, weil eine alte Negerin ihr gesagt hatte, was ihr fehlte. Popeye wurde an dem Weihnachtstag geboren, an dem die Karte eintraf. Zuerst glaubten sie, er wäre blind. Dann merkten sie, daß er nicht blind war, obwohl er erst mit vier Jahren laufen und sprechen lernte. Inzwischen hatte der zweite Mann ihrer Mutter, ein etwas klein geratener, verdrießlicher Mensch, der einen weichen, wuchernden Schnurrbart hatte und mit allerlei Basteleien im Haus beschäftigt gewesen war – er hatte beschädigte Treppenstufen, lecke Rohre und dergleichen geflickt – eines Nachmittags mit einem Blankoscheck das Haus verlassen, um eine Fleischerrechnung über zwölf Dollar zu begleichen. Er kam nie zurück. Er hob von der Bank vierzehnhundert Dollar ab, die gesamten Ersparnisse seiner Frau, und verschwand.

Die Tochter arbeitete weiterhin in der Stadt, während ihre Mutter für das Kind sorgte. Eines Nachmittags kam einer der Gäste heim und fand sein Zimmer in Flammen. Er löschte sie; eine Woche später bemerkte er Brandspuren in seinem Papierkorb. Die Großmutter sorgte für das Kind. Sie trug es dauernd mit sich herum. Eines Abends war sie nirgends zu finden. Die ganze Hausbewohnerschaft ging auf die Suche. Ein Nachbar drückte auf den Feuermelder, und die Feuerwehr fand die Großmutter auf dem Boden, gerade damit beschäftigt, ein Feuer aus einer Handvoll Hobelspäne auszutreten, das Kind auf einer abgelegten Matratze schlafend neben sich.

„Die Schufte haben es auf ihn abgesehen", sagte die alte Frau. „Sie haben das Haus in Brand gesteckt." Am nächsten Tag zogen alle Gäste aus.

Die junge Frau gab ihre Stelle auf. Sie blieb die ganze Zeit zu Hause. „Du solltest mal an die frische Luft gehen", sagte die Großmutter.

„Ich krieg genug Luft", sagte die Tochter.

„Du könntest die Einkäufe machen", sagte die Mutter. „Vielleicht kriegst du die Sachen billiger."

„Wir kriegen sie billig genug."

Sie gab acht auf alle Feuer; sie wollte kein einziges Streichholz im Haus haben. Ein paar wenige hielt sie hinter einem Ziegel in der Außenwand versteckt. Popeye war da drei Jahre alt. Er sah aus wie ein Baby, obwohl er kräftig aß. Ein Arzt hatte seiner Mutter geraten, ihm Eier in Olivenöl zu geben. Eines Nachmittags kam der Junge vom Kaufmann aufs Grundstück geradelt und glitt aus und stürzte. Etwas sickerte aus seinem Paket. „Sind aber nicht die Eier", sagte der Junge. „Sehn Sie?" Es war die Flasche Olivenöl. „Das sollten Sie sowieso lieber in Dosen kaufen", sagte der Junge. „Den Unterschied, den merkt er doch nicht. Ich bring Ihnen 'ne neue. Und dann lassen Sie mal das Tor da machen. Oder wollen Sie, daß ich mir noch den Hals breche da?"

Um sechs Uhr war er noch nicht wiedergekommen. Es war Sommer. Es gab kein Feuer, kein einziges Streichholz im Haus. „Ich bin in fünf Minuten wieder da", sagte die Tochter.

Sie verließ das Haus. Die Großmutter sah sie verschwinden. Da wickelte sie das Kind in eine leichte Decke und ging ebenfalls aus dem Haus. Es lag in einer Seitengasse, ganz nah an der Hauptstraße, wo allerlei Geschäfte waren und wo die reichen Leute auf dem Heimweg mit ihren Limousinen hielten, um Einkäufe zu machen. Als sie die Ecke erreichte, fuhr eben ein vornehmer Wagen an den Bordstein. Eine Frau stieg aus und ging in ein Geschäft, während der Chauffeur, ein Neger, hinter dem Steuer blieb. Die Großmutter trat an den Wagen.

„Ich brauch einen halben Dollar", sagte sie.

Der Neger sah sie an. „Einen was?"

„Einen halben Dollar. Der Junge hat die Flasche zerschlagen."

„Oh", sagte der Neger. Er langte in die Tasche. „Wie sollen aus'nander halten, wenn hier draußen kassieren schon? Sind geschickt worden von ihr wegen Geld?"

„Ich brauch einen halben Dollar. Er hat die Flasche zerbrochen."

„Ich lieber dann reingehn", sagte der Neger. „Sollten aber zusehn, daß Leute auch kriegen, was kaufen, wenn Leute so lange schon kaufen hier wie wir."

„Bloß einen halben Dollar", sagte die Frau. Er gab ihr einen halben Dollar und trat in den Laden. Die Frau sah ihm nach. Dann legte sie das Kind auf den Wagensitz und folgte dem Neger. Es war ein Selbstbedienungsladen, wo die Kunden sich langsam im Gänsemarsch an einem Geländer entlangbewegten. Der Neger kam gleich hinter der weißen Frau, die aus dem Wagen gestiegen war. Die Großmutter sah, wie die Frau dem Neger eine Handvoll Sauce- und Ketchupflaschen übergab. „Das macht einen Dollar fünfundzwanzig", sagte die Großmutter. Der Neger gab ihr das Geld. Sie nahm es, ging weiter und in einen anderen Teil des Ladens hinüber. Dort stand importiertes italienisches Olivenöl, eine Flasche mit Preisschild. „Dann hab ich ja noch achtundzwanzig Cent übrig", sagte sie. Sie ging weiter und musterte die Preisschilder, bis sie eins fand, das auf achtundzwanzig Cent lautete. Es waren sieben Stück Badeseife. Mit den beiden Paketen verließ sie den Laden. An der Ecke stand ein Polizist. „Mir sind die Streichhölzer ausgegangen", sagte sie.

Der Polizist wühlte in seiner Tasche. „Warum haben Sie sich denn da drinnen keine gekauft?" sagte er.

„Hab's vergessen. Sie wissen doch, wie das ist, wenn man mit einem Kind einkaufen geht."

„Wo ist denn das Kind?" sagte der Polizist.

„Hab ich in Zahlung gegeben", sagte die Frau.

„Sie sollten in einem Varieté auftreten", sagte der Polizist. „Wieviel Streichhölzer brauchen Sie denn? Ich hab bloß noch eins oder zwei."

„Nur eins", sagte die Frau. „Ich brauche nie mehr als eins zum Feueranmachen."

„Sie sollten in einem Varieté auftreten", sagte der Polizist. „Sie würden das Haus zum Einsturz bringen."

„Stimmt", sagte die Frau. „Ich bringe das Haus zum Einsturz."

„Welches Haus denn?" Er sah sie an. „Das Armenhaus?"

„Ich bring's zum Einsturz", sagte die Frau. „Sehn Sie nur morgen in die Zeitungen. Ich hoffe, die schreiben meinen Namen richtig."

„Wie heißen Sie denn; Calvin Coolidge?"

„Nein, mein Herr. Das ist mein Junge."

„Oh. Deswegen also hatten Sie soviel Mühe mit dem Einkaufen, was? Sie sollten in einem Varieté auftreten ... Sind zwei Streichhölzer genug?"

Sie hatten von der Adresse schon dreimal Feueralarm bekommen, und so beeilten sie sich nicht. Die erste, die eintraf, war die Tochter. Die Tür war verriegelt, und als die Feuerwehrleute kamen und sie einschlugen, war das Haus bereits ausgebrannt. Die Großmutter lehnte in einem der oberen Fenster, durch das schon der Rauch kräuselte. „Diese Schufte", sagte sie. „Die haben gedacht, sie erwischen ihn. Aber ich hab ihnen gesagt, ich würd's ihnen schon zeigen. Jawohl, das hab ich ihnen gesagt."

Die Mutter dachte, daß Popeye mit umgekommen sei. Sie mußten sie halten, so schrie sie, während das kreischende Gesicht der Großmutter im Qualm verschwand und die Schale des Hauses einstürzte; das war um die Zeit, wo die Dame und der Polizist mit dem Kind eintrafen und sie fanden: eine junge Frau mit wildem Gesicht und offenem Mund, die das Kind mit ganz sonderbarem Blick ansah und sich dabei unablässig langsam mit beiden Händen von den Schläfen aus durch das aufgelöste Haar fuhr. Sie erholte sich nie wieder ganz. Sei es durch die harte Arbeit und den Mangel an frischer Luft und Zerstreuung, sei es durch die Krankheit, das Legat, das der kurzfristige Ehemann ihr hinterlassen hatte, sie war jedenfalls keiner noch so kleinen Erschütterung mehr gewachsen, und es gab Zeiten, wo sie immer noch glaubte, das Kind sei mit umgekommen, obwohl sie es in ihren Armen hielt und leise Lieder über ihm summte.

Popeye hätte durchaus auch tot sein können. Erst mit fünf Jahren zeigten sich die ersten Haare auf seinem Kopf, und um diese Zeit war er bereits eine Art externer Anstaltsinsasse: ein unterentwickeltes, schwaches Kind mit einem Magen, der so zart war, daß schon die leiseste Abweichung von der strengen Diät, die der Arzt ihm verordnet hatte, ihn in Krämpfe fallen ließ. „Alkohol würde ihn umbringen wie Strychnin", sagte der Arzt. „Und ein Mann wird er nie werden, im eigentlichen Sinne. Bei sorgsamer Pflege und Vorsicht wird er noch einige Zeit leben. Aber er wird nie älter sein, als er jetzt ist." Er sagte das zu der Dame, die Popeye in ihrem Wagen gefunden hatte, an dem Tag, wo seine Großmutter das Haus niederbrannte, und auf deren Veranlassung hin Popeye in ärztliche Behandlung gekommen war. Sie holte ihn an Nachmittagen und in den Ferien manchmal in ihr Haus, wo er dann allein vor sich hinspielte. Sie beschloß, eine Kinderparty für ihn zu geben. Sie erzählte ihm davon, kaufte ihm einen neuen Anzug. Als der Nachmittag kam und die Gäste langsam eintrafen, war Popeye nirgends zu finden. Schließlich stellte ein Dienstmädchen fest, daß eine Badezimmertür verschlossen war. Sie riefen das Kind, bekamen aber keine Antwort. Sie schickten nach einem Schlosser, doch in der Zwischenzeit hatte die Frau in ihrer Angst die Tür bereits mit der Axt aufbrechen lassen. Das Badezimmer war leer. Das Fenster stand offen. Es ging auf ein niedriges Dach, von dem ein Regenrohr zum Boden niederführte. Aber Popeye war fort. Auf den Fliesen lag ein Korbkäfig, in dem zwei Sperlingspapageien gehalten wurden; daneben lagen die Vögel selbst und die blutige Schere, mit der er sie lebendig zerschnitten hatte.

Drei Monate später wurde Popeye auf Veranlassung eines Nachbarn seiner Mutter verhaftet und in ein Heim für schwererziehbare Kinder gebracht. Er hatte in derselben Weise ein kleines Kätzchen zerschnitten.

Seine Mutter war arbeitsunfähig. Die Dame, die versucht hatte, dem Kind Freundlichkeit zu erweisen, unterstützte sie, indem sie ihr Näharbeiten gab und ähnliches. Nachdem Popeye wieder draußen war – er wurde nach fünf Jahren aufgrund untadeliger Führung als geheilt aus der Anstalt entlassen – schrieb er ihr zwei- oder dreimal im Jahr, aus Mobile erst, dann aus New Orleans und dann aus Memphis. Jeden Sommer reiste er nach Hause, um sie zu besuchen, wohlhabend, ruhig, dünn, düster und unzugänglich in seinen knappen schwarzen Anzügen. Er sagte ihr, daß er als Nachtportier arbeite und daß er, um in diesem Beruf voranzukommen, öfter in eine neue Stadt ziehen müsse, ganz wie etwa auch ein Arzt oder ein Rechtsanwalt.

Während er in diesem Sommer auf der Heimreise war, verhaftete man ihn wegen Mordes an einem Mann in einer Stadt und zu einer Stunde, wo er in einer anderen Stadt einen anderen Mann getötet hatte – ihn, der so viel Geld hatte und doch nichts, wofür er es hätte ausgeben können, da er wußte, daß Alkohol ihn umbringen würde wie Gift, der keine Freunde besaß und nie eine Frau gehabt hatte und der wußte, daß er das alles nie haben würde –, und er sagte, „Herrgottnochmal", und blickte sich in der Zelle um, in dem Gefängnis der Stadt, wo der Polizist getötet worden war, und mit der freien Hand (die andere war mit Handschellen an den Beamten gefesselt, der ihn von Birmingham hergebracht hatte) fingerte er sich eine Zigarette aus dem Rock.

„Erstmal soll er seinen Anwalt benachrichtigen", sagten sie, „und seinem Herzen Luft machen. Wolln Sie telegraphieren?"

„Nein", sagte er, und seine kalten, sanften Augen streiften kurz das Feldbett, das hohe schmale Fenster, die vergitterte Tür, durch die das Licht fiel. Sie nahmen ihm die Handschellen ab; Popeyes Hand schien eine kleine Flamme aus der dünnen Luft zu reißen. Er zündete sich seine Zigarette an und schnippte das Streichholz nach der Tür. „Was soll ich mit einem Anwalt? Ich bin noch nie hier in ... Wie heißt das Kaff eigentlich?"

Sie sagten es ihm. „Schon vergessen, was?"

„Wird ihm jetzt nicht mehr passieren", sagte ein anderer.

„Vielleicht fällt ihm auch der Name seines Anwalts wieder ein bis morgen", sagte der erste.

Sie gingen, und er saß rauchend auf dem Feldbett. Er hörte Türen schlagen. Hin und wieder drangen Stimmen aus den anderen Zellen; irgendwo weiter unten am Gang sang ein Neger. Popeye lag auf dem Feldbett, die Füße in den schmalen, glänzend schwarzen Schuhen gekreuzt. „Herrgottnochmal", sagte er.

Am nächsten Morgen fragte ihn der Richter, ob er einen Anwalt wolle.

„Wozu?" sagte er. „Ich hab denen gestern abend schon gesagt, daß ich noch nie im Leben hier gewesen bin. Mir gefällt eure Stadt hier nicht gut genug, daß ich euch für nichts und wieder nichts 'n Fremden anbringen möchte."

Der Richter und der Gerichtsdiener berieten sich leise.

„Sie sollten sich doch lieber einen Anwalt nehmen", sagte der Richter.

„Na schön", sagte Popeye. Er wandte sich um und sprach

allgemein in den Saal: „Braucht einer von euch Spaghettis 'n Eintags-Job?"

Der Richter schlug auf den Tisch. Popeye wandte sich wieder um; seine schmalen Schultern hoben sich zu einem schwachen Achselzucken, und seine Hand bewegte sich zur Tasche, wo seine Zigaretten steckten. Der Richter wies ihm einen Verteidiger zu, einen jungen Mann, der frisch von der Hochschule kam.

„Und kommt mir nicht mit Kaution", sagte Popeye. „Hauptsache, der ganze Lack wird schnell erledigt."

„Gegen Kaution würde ich sowieso nicht freilassen", sagte der Richter.

„Ach nee?" sagte Popeye. „Na schön, Meister.", sagte er dann zu seinem Verteidiger, „also ran an die Arbeit. Ich müßte längst in Pensacola sein."

„Bringen Sie den Gefangenen in die Zelle zurück", sagte der Richter.

Sein Verteidiger hatte ein häßliches, ernstes Strebergesicht. Er redete fuchtelnd und mit elender Begeisterung, während Popeye auf dem Feldbett lag, rauchend, den Hut über die Augen gezogen, reglos wie eine sich sonnende Schlange bis auf die periodische Bewegung der Hand, in der er die Zigarette hielt. Endlich sagte er: „He, Mensch. Ich bin nicht der Richter. Erzähl dem das alles."

„Aber ich muß doch . . ."

„Klar. Erzähl ihnen, was du willst. Ich weiß nichts davon. Ich war ja nicht mal hier. Verschwinde und strampel's dir ab."

Der Prozeß dauerte nur einen Tag. Während ein Polizist, ein Zigarrenhändler und eine Telephonistin ihre Zeugenaussagen machten und sein Verteidiger in einer dürren Mischung aus plumpem Enthusiasmus und steifer Fehleinschätzung Gegenbeweise vortrug, rekelte sich Popeye auf seinem Stuhl und sah über die Köpfe der Geschworenen hinweg aus dem Fenster. Hin und wieder gähnte er; seine Hand bewegte sich nach der Tasche, wo seine Zigaretten steckten, hielt dann inne und blieb müßig auf dem schwarzen Tuch seines Anzugs liegen, ruhte dort in wächserner Leblosigkeit, nicht anders und nicht größer als die Hand einer Puppe.

Die Geschworenen blieben nur acht Minuten draußen. Dann standen sie da und sahen ihn an und sagten, er sei schuldig. Reglos, in unveränderter Haltung, erwiderte er sekundenlang ihren Blick, in lähmender Stille. „Gut", sagte er, „Herrgottnochmal."

Der Richter schlug scharf mit dem Hammer auf den Tisch; der Beamte berührte Popeyes Arm.

„Ich werde Berufung einlegen", plapperte der Verteidiger und lief aufgeregt vor ihm herum. „Ich treibe sie durch sämtliche Instanzen und . . ."

„Klar", sagte Popeye, streckte sich auf dem Feldbett aus und zündete sich eine Zigarette an; „aber nicht hier drinnen. Hau ab jetzt. Gieß dir einen hinter die Binde."

Der Staatsanwalt machte bereits seine Pläne für die Berufung. „Es war zu leicht", sagte er. „Er hat's hingenommen wie . . . wie . . . haben Sie gesehn, wie er's hingenommen hat? Wie wenn ihm ein Liedchen vorgesungen würde, und er zu faul wäre, sich zu überlegen, ob's ihm gefallen hat oder nicht. Und das, wo der Richter ihm sagte, an welchem Tag sie ihm das Genick brechen würden. Vermutlich hat er schon einen Anwalt aus Memphis beim Obersten Gerichtshof vorm Tor stehen, der bloß noch auf ein Telegramm wartet. Ich kenne die Kerls. Diese Meuchelmörder und Halsabschneider sind es, die die Justiz zum Gespött gemacht haben, so daß heute praktisch jeder, selbst wenn wir eine Verurteilung erreichen, schon im voraus weiß, daß doch nichts daraus wird."

Popeye ließ den Schließer kommen und gab ihm einen Hundertdollarschein. Er wollte Rasierzeug und Zigaretten. „Behalt das Kleingeld und sag mir Bescheid, wenn du's aufgeraucht hast", sagte er.

„Ich glaube nicht, daß Sie hier noch lange bei mir rauchen

werden", sagte der Schließer. „Diesmal werden Sie einen guten Anwalt kriegen."

„Vergiß das Rasierwasser nicht", sagte Popeye. „Ed Pinaud." Er sprach es ,Pinnaut' aus.

Es war ein grauer Sommer gewesen, ein wenig kühl. Nur ganz gering drang Tageslicht in die Zelle, und auf dem Gang brannte die ganze Zeit eine Lampe, deren Schein in breitem, bleichem Mosaik in die Zelle fiel und das Feldbett da erreichte, wo seine Füße lagen. Der Schließer brachte ihm einen Stuhl. Er diente ihm als Tisch; eine Dollaruhr lag darauf, eine Stange Zigaretten und eine gesprungene Suppenschüssel voller Kippen, und er selber lag auf dem Feldbett und rauchte und betrachtete seine Füße, während Tag um Tag vorüberging. Der Glanz der Schuhe trübte sich, und seine Kleider bedurften des Bügelns, denn er behielt sie die ganze Zeit an, weil es kühl war in der steinernen Zelle.

Eines Tages sagte der Schließer: „Es gibt Leute hier, die meinen, dieser Polizist, der hat den Mord gradezu selber herausgefordert. Er hat so zwei oder drei dreckige Sachen gemacht, wo die Leute drüber Bescheid wissen." Popeye rauchte, den Hut über dem Gesicht. Der Schließer sagte: „Vielleicht schicken die Ihr Telegramm überhaupt nicht ab. Soll ich vielleicht noch eins aufgeben für Sie?" An das Gitter gelehnt, konnte er Popeyes Füße sehen, seine dünnen, schwarzen, reglosen Beine, die in den zarten Rumpf seines hingestreckten Körpers übergingen, konnte den Hut sehen, schief über dem abgewandten Gesicht, und die Zigarette in der einen kleinen Hand. Seine Füße lagen im Schatten, in dem Schatten, den der Körper des Schließers durch das Gitter warf. Nach einer Weile ging der Schließer still davon.

Als er noch sechs Tage vor sich hatte, bot der Schließer an, ihm Zeitschriften zu bringen, ein Spiel Karten.

„Wozu?" sagte Popeye. Zum erstenmal sah er den Schließer an, den Kopf gehoben, die Augen in seinem weichen, bleichen Gesicht rund und sanft wie die Saugscheiben an der Spitze von Kinderpfeilen. Dann legte er sich wieder zurück. Danach warf ihm der Schließer jeden Morgen eine gerollte Zeitung durch die Tür. Sie fielen zu Boden, entrollten und flachten sich langsam durch ihr eigenes Gewicht und lagen dann da, ein täglich wachsender Stoß.

Als noch drei Tage blieben, traf ein Anwalt aus Memphis ein. Ungerufen kam er in die Zelle gestürzt. Den ganzen Morgen hörte der Schließer ihn reden, mahmend, voll Unmut, zornig; am Nachmittag war er heiser und seine Stimme kaum lauter mehr als ein Flüstern.

„Wollen Sie denn hier einfach so liegen und . . .“

„Mir fehlt nichts“, sagte Popeye. „Ich hab Sie nicht holen lassen. Halten Sie Ihre Nase da raus.“

„Wollen Sie denn unbedingt hängen? Ist es das? Wollen Sie Selbstmord begehen? Sind Sie's derart satt, Moneten zu scheffeln, daß Sie . . . Sie, der gerissenste . . .“

„Ich hab's Ihnen ein für allemal gesagt. Ich hab genug von Ihnen.“

„Ausgerechnet Sie lassen sich das anhängen, von so einem Deppen von Friedensrichter! Wenn ich das in Memphis erzähle, wird's mir kein Mensch glauben.“

„Dann erzählen Sie's eben nicht.“ Er lag eine Weile still, während der Rechtsanwalt ihn in verwirrter, wütender Ratlosigkeit anstarrte. „Diese verdammten Tölpel“, sagte Popeye. „Herrgottnochmal . . . Hauen Sie ab jetzt“, sagte er. „Ich hab Ihnen doch gesagt. Mir fehlt nichts.“

Am letzten Abend kam ein Geistlicher in die Zelle.

„Darf ich mit Ihnen beten?“ sagte er.

„Klar“, sagte Popeye; „schießen Sie los. Lassen Sie sich durch mich nicht stören.“

Der Geistliche kniete neben dem Feldbett nieder, auf dem Popeye lag und rauchte. Nach einer Weile hörte er, wie er aufstand, durch den Raum ging und dann wieder zum Feldbett zurückkehrte. Als er sich erhob, lag Popeye auf dem Feldbett und rauchte. Der Geistliche blickte hinter sich, wo er Popeye hatte gehen hören, und sah am Fuß der

Wand, in gleichmäßigen Raumabständen, zwölf Markierungen, wie mit verkohlten Streichhölzern gezogen. Zwei der Abschnitte waren mit Zigarettenkippen gefüllt, in säuberlicher Reihe. Im dritten lagen erst zwei Stummel. Bis er ging, sah er Popeye noch zweimal aufstehen und hinübergehen; zweimal noch drückte er eine Kippe aus und legte sie sorgfältig neben die andern.

Kurz nach fünf Uhr kehrte der Geistliche zurück. Sämtliche Abschnitte waren jetzt voll, bis auf den zwölften. Er war zu drei Vierteln gefüllt. Popeye lag auf dem Feldbett. „Ist es so weit?" sagte er.

„Noch nicht", sagte der Geistliche. „Versuchen Sie doch zu beten", sagte er. „Versuchen wir's."

„Klar", sagte Popeye; „schießen Sie los." Der Geistliche kniete nieder. Einmal hörte er Popeye aufstehen und durch den Raum gehen und dann zurückkommen.

Um fünf Uhr dreißig kam der Schließer. „Ich habe Ihnen . . .", sagte er. Er streckte stumm die geschlossene Faust durch das Gitter. „Hier ist der Rest von den hundert, die Sie mir . . . ich hab nur . . . Es sind achtundvierzig Dollar", sagte er. „Warten Sie; ich will nochmal nachzählen; ich weiß nicht genau, aber ich kann Ihnen eine Liste . . . die Quittungen . . ."

„Behalt's", sagte Popeye, ohne sich zu rühren. „Kauf dir 'n Ring dafür."

Um sechs kamen sie ihn holen. Der Geistliche ging neben ihm, die Hand unter Popeyes Ellbogen, und er stand betend am Fuß des Galgens, während sie ihm den Strick umlegten, ihn über Popeyes glatten, geölten Kopf zogen und ihm das Haar dabei durcheinander brachten. Seine Hände waren gefesselt, und so fing er an und warf den Kopf zurück und das Haar nach hinten, sooft es ihm in die Stirn fiel, während der Geistliche betete und die andern reglos auf ihren Plätätzen standen, mit gesenktem Kopf.

Popeye begann mit dem Hals zu zucken, nach vorn, in kleinen Rucken. „Pssssst!" sagte er, und der Laut schnitt

scharf in das Gemurmel des Geistlichen; „pssssst!" Der Sheriff sah ihn an; da erlosch das Zucken, und er stand starr
und steif, als balancierte er ein Ei auf dem Kopf. „Bring mir
das Haar in Ordnung, Meister", sagte er.

„Klar", sagte der Sheriff. „Mach ich", und ließ die Falltür
springen.

Es war ein grauer Tag gewesen, ein grauer Sommer, ein
graues Jahr. Die alten Männer auf der Straße trugen Mäntel,
und im Jardin du Luxembourg saßen die strickenden
Frauen in Schals, als Temple und ihr Vater vorüberkamen,
und selbst die Männer beim Krocket spielten in Mänteln
und Umhängen, und im trüben Dämmern der Kastanien
hatten die trockenen Laute der Bälle, die gelegentlichen
Rufe der Kinder schon den Herbst in sich, kühn, flüchtig
und verloren. Jenseits der Rotunde mit ihrer imitierten
griechischen Balustrade, klumpvoll von Bewegung, getaucht in graues Licht von der nämlichen Art und Farbe
wie das Wasser, das der Springbrunnen in den Teich
spielte, lärmte unablässig Musik. Sie gingen weiter, am
Teich vorbei, wo die Kinder und ein alter Mann in schäbigem braunen Mantel Spielzeugschiffe segeln ließen, und
traten wieder unter die Bäume und suchten sich einen
Platz. Alsbald erschien mit hinfälliger Pünktlichkeit eine
alte Frau und kassierte vier Sous.

Im Pavillon spielte eine Militärkapelle in horizontblauen
Uniformen Massenet, Scriabin und Berlioz, und es wirkte
wie ein dünner Aufstrich von gemartertem Tschaikowsky
auf einer Scheibe schalen Brots, während das Zwielicht sich
in feuchtem Glimmen von den Zweigen löste, hernieder
auf den Pavillon und die trüben Pilze der Schirme. Dröhnend tönten die Klänge des Blechs und erstarben im dichten, grünen Gedämmer, das über sie wegging in weichen,
traurigen Wellen. Temple gähnte hinter der Hand, dann
zog sie eine Puderdose hervor und öffnete sie über einem
Miniaturgesicht, mürrisch und mißzufrieden und trist. Ne-

ben ihr saß ihr Vater, die Hände auf dem Stockknauf gekreuzt, den starren Riegel seines Schnurrbarts von Feuchtigkeit überperlt, wie beschlagenes Silber. Sie schloß die Puderdose, und mit den Augen unter ihrem eleganten neuen Hut schien sie den Wellen der Musik zu folgen, sich aufzulösen in die ersterbenden Klänge, hin über den Teich und den Halbkreis von Bäumen gegenüber, wo in düsteren Abständen die toten Königinnen sannen, ruhevoll aus geflecktem Marmelstein, und hinauf in den Himmel, der hingestreckt lag und besiegt in der Umarmung der Jahreszeit des Regens und des Todes.

Requiem
für eine Nonne

ERSTER AKT

DAS GERICHTSGEBÄUDE

(DER STADT EINEN NAMEN)

Das Gerichtsgebäude ist nicht so alt wie die Stadt, die irgendwann vor der Jahrhundertwende als ein Chickasaw-Handelsplatz anfing und es fast dreißig Jahre lang blieb, bis ihr bewußt wurde, nicht etwa, daß ihr ein fester Ort für ihre Urkunden fehlte, und schon gar nicht, daß sie einen brauchte, sondern: daß nur durch die Schaffung oder jedenfalls Dekretierung eines solchen sie einer Lage Herr werden konnte, die sonst irgendwen Geld kosten würde;

Die Urkunden waren vorhanden; selbst ein so einfacher Vorgang wie die Auspowerung von Indianern erzeugte im Laufe der Zeit etwas wie ein kleines Archiv, zu schweigen von den üblichen Abfallprodukten des notdürftigen Miteinanders von Menschen im Kampf mit ihrer Umgebung – jener Zeit und jener Wildnis –, in diesem Falle: ein dürres, vergilbendes, eselsohriges, konfuses, stellenweis analphabetisches Bündel von Landzuteilungen, Patenten, Privilegien, Kontrakten, Steuerlisten und Milizstammrollen, Quittungen über verkaufte Sklaven und Verzeichnissen mit zweifelhaften Währungs- und Wechselkursen, von Pfand- und Hypothekenbriefen und registrierten Belohnungen für entlaufene oder gestohlene Neger und sonstiges lebendes Inventar sowie tagebuchartige Aufzeichnungen über Geburten, Heiraten, Todesfälle und öffentliche Hinrichtungen und Versteigerungen, das sich nach und nach im Laufe der drei Jahrzehnte in einer Art eiserner Seeräubertruhe im Hinterzimmer des Kaufladens (gleichzeitig Postamt und Kontor der Chickasaw-Agentur) ansammelte – bis zu jenem Tage dreißig Jahre später, an dem die Truhe infolge eines komplizierten Ausbruchs aus dem Gefängnis (kompliziert durch ein uraltes Monstrum von eisernem Vorhängeschloß, tausend Meilen zu Pferd aus Carolina herbeigeschafft) in einen kleinen neuen – zwei Tage vorher errichteten – holz- oder geräteschuppenähnlichen Anbau an eine Außenwand des Gefängnisses (das seinerseits aus kunstlos verzapften Blockstämmen bestand, deren Ritzen mit Lehm verschmiert waren) überführt wurde; und so vollzog sich die Geburt des Gerichtsgebäudes des Bezirks Yoknapatawpha: einfach von ungefähr, nicht nur jünger noch als das Gefängnis, sondern überhaupt nur durch Zufall und umständehalber ins Leben gerufen: dergestalt, daß die Truhe mit den Dokumenten nicht etwa irgendwoher, sondern lediglich irgendwohin geräumt wurde, aus dem Hinterzimmer des Ladens entfernt, ohne daß der Grund hierfür in jenem Hinterzimmer oder dieser Truhe zu suchen gewesen wäre, im Gegenteil: sie – die Truhe – war dort im Hinterzimmer nicht nur keinem im Wege, sie wurde sogar vermißt, als sie fort war, da sie als zusätzlicher Sitz oder Schemel gedient hatte, winterabends, wie die Fässer mit Salz und Schmalz und die Pulver- und Whiskeyfäßchen rings um den Ofen; und wurde verräumt allein aus dem einfachen Grunde, daß die Siedlung (über Nacht sollte sie Stadt werden, ohne je Dorf gewesen zu sein; eines Tages in etwa hundert Jahren sollte sie aus ihrem Gemeindeschlummer erwachen, fiebernd, mit einem Ausschlag von Rotary und Lions Clubs und Handelskammern und Stadtverschönerungskomitees: ein wütendes Rühren von hohlen Trommeln ohne Weg, nur zu dem Zweck, lauter zu tönen als der nächste kleine Menschenklumpen nach Norden, Süden, Osten oder Westen; sich Stadt nennen, wie Napoleon sich Kaiser nannte, und den frommen Betrug mit wattierten Statistiken decken – ein Fieber, ein Delirium, in dem sie ewig Betrieb mit Bewegung und Bewegung mit Fortschritt verwechseln sollte. Aber das war erst hundert Jahre später; jetzt war die Siedlung noch Grenze, die Männer und Frauen Pioniere, hart, anspruchslos, ausdauernd; begierig nach Geld oder Abenteuern oder Freiheit oder bloßem Los-und-Ledigsein, und nicht sehr heikel in der Wahl ihrer Mittel.) sich plötzlich nicht so sehr einem Problem gegenübersah, das gemeistert sein wollte, als vielmehr einem Damoklesschwert, einem Dilemma, dem es zu entrinnen galt;

Selbst der Ausbruch aus dem Gefängnis geschah sozusagen von ungefähr: eine Rotte – drei oder vier – Banditen vom Postweg nach Natchez (fünfundzwanzig Jahre später sollte die Legende anfangen zu behaupten, und hundert Jahre später immer noch daran festhalten, zwei der Banditen wären die Brüder Harpe, mindestens aber einer von ihnen Big Harpe persönlich gewesen; den Umständen, der Methode des Ausbruchs haftete nämlich ein gewisser Geruch, ein Odeur von gargantuateskem und bizarrem Schabernack an, so als sei die Siedlung einem gelangweilten und launenhaften riesigen Unhold in die Augen oder in die Klauen gefallen, gestolpert. Aber dies – die Urheberschaft der Harpe-Brüder – war ein Ding der Unmöglichkeit, denn die Harpes und auch Masons Rabauken waren damals bereits bis auf den letzten Mann tot oder in alle Winde zerstreut; und die Räuber hätten schon zu John Murells Bande gehören müssen, wenn sie überhaupt nötig hatten, einer anderen Organisation anzugehören als dem Orden der Strauchritter schlechthin.) war eigentlich nur durch Zufall von einer zusammengelaufenen Horde ziviler Mehr-oder-minder-Miliz gefangengenommen und nur deshalb nach Jefferson eingebracht worden, weil sein Gefängnis am nächsten lag; und zwar bestand die Milizhorde aus Teilnehmern an einem großen Treffen, das anläßlich eines Ochsen-Bratens zur Feier des Vierten Juli zwei Tage zuvor in Jefferson stattgefunden und im Laufe des zweiten Tages in zähen Ausscheidungskämpfen zu einem einzigen Sauf-Tohuwabohu ausgeartet war, wodurch selbst die zähesten Überlebenden so mitgenommen waren, daß es den ortsansässigen Zivilisten gelang, sie aus der Siedlung zu werfen; und so war auch die Horde, der hernach die Gefangennahme glückte, noch in komatösem Zustand auf einem der zur Abschiebung dienenden Leiterwagen bis zu einem Sumpf vier Meilen hinter Jefferson, genannt Hurricane Bottoms, transportiert worden, woselbst sie ihr Lager aufschlug, um wieder zu Kräften oder wenigstens auf die Beine zu kommen – mit dem Erfolg, daß in der Nacht die vier – oder drei – Banditen, auf dem Marsch querfeldein von ihrer letzten Großtat am Postweg heimwärts in ihre Schlupfwinkel, quasi in das Lagerfeuer hineinstolperten. Und danach gingen die Meinungen auseinander; einige sagten, daß der Sergeant, der den Miliztrupp anführte, in einem der Banditen einen Deserteur aus seinem Korps erkannt hätte, andere behaupteten, einer der Banditen hätte in dem Sergeanten einen früheren Anhänger seines, des Banditen, Gewerbes erkannt. Wie dem auch sei: am vierten Morgen kehrten sie alle, Fänger und Gefangene, gemeinsam nach Jefferson zurück; einige sagten, nun als Verbündete, auf der Suche nach mehr zu trinken, andere behaupteten, die Milizen hätten ihren Fang nur in die Siedlung zurückgebracht, um sich für den erlittenen Hinauswurf zu rächen. Denn das war damals die Zeit der nach Westen vorrückenden Grenze, die Zeit der Pioniere, wo persönliche Freiheit und Unabhängigkeit fast eine Naturerscheinung war wie Brand oder Überschwemmung, und keine menschliche Siedlung war damals gesonnen, einem in seine Sitten hineinzureden, solange der Amoralist irgendwo außerhalb praktizierte; und so hätte auch Jefferson, weder am Postweg noch am Strom gelegen, sondern etwa auf halbem Wege zwischen beiden, auf die Bekanntschaft mit der Unterwelt des einen wie des anderen lieber verzichtet;

Aber nun war es soweit; sie sahen sich überrumpelt, sozusagen im Handstreich genommen, unversehens, ungewarnt, ohne daß sie sich hätten vorbereiten und den Angriff abwehren können. Sie steckten die Banditen in das Blockhausgefängnis mit den lehmverschmierten Ritzen, das bis jetzt überhaupt kein Schloß gehabt hatte, da seine Kunden immer nur Amateure gewesen waren – ortsansässige Ruhestörer und Trunkenbolde und entlaufene Sklaven –, für die ein einziger schwerer Riegelhaken vor der Tür, ähnlich dem Verschluß an einem Futterkasten, genügt hatte. Nun aber waren ihnen vielleicht vier – beziehungsweise drei – Dillingers oder Jesse Jameses jener Zeit in die Hände gefallen, auf deren Köpfen Belohnungen standen. Also versahen sie das Gefängnis mit einem Schloß; sie bohrten ein Loch durch die Tür und dann noch eins durch den Türpfosten und zogen ein Ende Kette durch die Löcher und schickten eilig einen Boten hinüber zum Postamt-Kramladen, daß er ihnen das alte Schloß aus Carolina von der Posttasche holte, das eiserne, an fünfzehn englische Pfund schwere Monstrum, dessen Schlüssel beinahe so lang war wie ein Bajonett, nicht nur das einzige Schloß weit und breit, sondern auch das erste und älteste Schloß in jenem Winkel der Vereinigten Staaten, mitgebracht von einem der drei Männer, die des nachmaligen Bezirks Yoknapatawpha erste Pioniere und Siedler werden und in ihm die drei ältesten Namen hinterlassen sollten – nämlich von Alexander

Holston, ursprünglich halb Reitknecht und halb Leibwächter bei Dr. Samuel Habersham und halb Kinderfrau, halb Erzieher bei des Doktors achtjährigem mutterlosem Sohn, mit denen er zu Pferd durch Tennessee geritten war, nachdem sich ihnen am Cumberland-Paß Louis Grenier angeschlossen hatte, jüngster Sproß einer Hugenottenfamilie, der die ersten Sklaven ins Land brachte und das erste große Grundprivileg erhielt und so der erste Baumwollpflanzer wurde; Dr. Habersham aber, mit seiner abgetragenen schwarzen Tasche voller Pillen und Messer und seinem stämmigen, wortkargen Leibwächter und seinem halbverwaisten Kind, wurde die Siedlung selbst (eine Zeitlang, bevor sie ihren Namen erhielt, hieß die Siedlung einfach „bei Dr. Habersham", dann „bei Habershams", schließlich nur „Habersham"; hundert Jahre später, als es über der Frage der Straßenbenennung zwecks kostenloser Postzustellung zu einem Schisma zwischen zwei Damenklubs kam, wurde eine Bewegung ins Leben gerufen mit dem Ziel, den Namen in Habersham zurückzuändern beziehungsweise – später, nach Ablehnung dieses ersten Vorschlages – die Stadt in zwei Hälften zu teilen und eine davon Habersham zu nennen, nach dem alten Pionierdoktor und Gründer) – Freund des alten Chickasawhäuptlings Issetibbeha (der mutterlose Habershamsohn heiratete später, als Fünfundzwanzigjähriger, eine von Issetibbehas Enkelinnen und wanderte um das Jahr 1830 gemeinsam mit den heimatlos gewordenen Stammesbrüdern seiner Frau nach Oklahoma aus), erst inoffizieller, dann offizieller Chickasaw-Agent, bis er dieses Amt mit einem wütenden Beschwerdebrief, gerichtet an den Präsidenten der Vereinigten Staaten persönlich, freiwillig niederlegte; und Alexander Holston – sein Pflegling und Schüler war inzwischen herangewachsen – wurde der erste Schankwirt der Siedlung und gründete die Taverne, die heute noch unter dem Namen Holston House bekannt ist und deren ursprüngliche Blockhauswände und Halbstammböden und handverzapfte Fugen noch immer irgendwo unter der modernen Preßglas- und Ziegelfassade und den Neonröhren begraben liegen. Ihm gehörte das Schloß;

Fünfzehn Pfund unnützes Eisen, tausend Meilen weit hergeschleppt durch eine Wüste von Schlucht und Sumpf, von Überschwemmungen und Dürre und wilden Tieren, wilden Indianern und noch wilderen Weißen – ein Gewicht, das besser in fünfzehn Pfund Lebensmitteln angelegt gewesen wäre oder in Saatgut, das Lebensmittel hätte hervorbringen, oder auch nur in Pulver, mit dem man sich hätte verteidigen können – um ein Stück Inventar, eine Art Wahrzeichen in einem Schankraum mitten in der Wildnis zu werden, ohne irgend etwas zu verschließen und zu sichern, weil sich da hinter den schweren Fenstergittern und Läden nichts befand, das eines weiteren Verschlusses, einer weiteren Sicherung bedurft hätte; nicht einmal als Briefbeschwerer zu verwenden, weil die einzigen Papiere in Holston House die zusammengedrehten Fidibusse waren, die in einem alten Pulverhorn über dem Kaminsims steckten und zum Tabakanzünden dienten; immer ein wenig im Wege, immer wieder hin und her geräumt: von der Theke auf das Regal, dann zum Kaminsims und wieder zurück zur Theke, bis ihnen schließlich der Gedanke kam, es an die halbmonatliche Posttasche zu hängen; jedem vertraut, bekannt, bald der älteste unveränderte Gegenstand in der Siedlung – älter als ihre Bewohner, denn Issetibbeha und Dr. Habersham waren tot und Alexander Holston ein alter Mann, von der Gicht verkrüppelt, und Louis Grenier hatte auf seiner riesigen Pflanzung, von der die Hälfte schon nicht mehr im Bezirk Yoknapatawpha lag, eine neue Siedlung gegründet und kam nur selten noch in die alte; älter auch als die Stadt, denn die Namen in ihr – Sartoris und Stevens, Compson und McCaslin und Sutpen und Coldfield –, wenn auch das alte Blut in ihnen floß, waren neu, und ein Bär oder Hirsch oder wilder Truthahn war nun nicht mehr einfach von der Küchentür aus zu schießen; von der Posttasche – mit Briefen und sogar Zeitungen – ganz zu schweigen, die neuerdings alle zwei Wochen aus Nashville kam, mit einem reitenden Boten, der nichts anderes tat und dafür ein Gehalt von der Bundesregierung bezog; und dies war die zweite Phase der mystischen Wandlung des Monstreschlosses aus Carolina in das Gerichtsgebäude des Bezirks Yoknapatawpha;

Die Tasche erreichte die Siedlung nicht immer alle zwei Wochen, nicht einmal immer allmonatlich. Aber sie kam über kurz oder lang, und daran zweifelte keiner; denn sie – die Satteltasche aus Rindsleder, nicht einmal groß genug, einen kompletten Anzug zum Wechseln aufzunehmen, mit keinem anderen Inhalt als drei oder vier Briefen und halb soviel schlechtgedruckten, ein oder zwei Bogen starken Zeitungen, drei bis vier Monate alt und meist halb und oft gänzlich falsch informiert, soweit ihre Meldungen nicht überhaupt frei erfunden waren –, sie war die Vereinigten Staaten, die Macht und der Wille zur Freiheit, untertan keinem Menschen; sie trug selbst in jene noch fast pfadlose Wildnis die dünne gebieterische Stimme der Nation, die ihre Freiheit einem der mächtigsten Völker der Erde abgerungen und noch kein Menschenalter danach wieder erfolgreich verteidigt hatte; so gebieterisch und vernehmlich, daß der Mann mit der Tasche auf dem galoppierenden Pferd keinerlei Waffen mit sich führte, nur ein blechernes Horn, während er Monat um Monat, dreist und offenbar, fast verächtlich, eine Gegend durchquerte, wo es Männer gab, die einen Reisenden lediglich seiner Stiefel wegen umbrachten, ihn ausweideten wie einen Bären, Hirsch oder Fisch und die Höhlung mit Steinen füllten und das Corpus delicti in das nächste Wasser versenkten; und sich nicht einmal dazu verstand, möglichst lautlos zu reiten, wo andere, selbst bewaffnet und in Gruppen, sich so heimlich wie möglich oder doch wenigstens unauffällig zu bewegen suchten, sondern vielmehr seine einsame Ankunft so weit vor sich her ankündigte, wie der Klang seines Hornes schallte. So dauerte es nicht lange, bis Alexander Holstons Schloß an die Posttasche wanderte. Nicht daß die Tasche eines gebraucht hätte, nachdem sie die dreihundert Meilen von Nashville her ja schon ohne ein Schloß gereist war. (Dem ursprünglichen Plan zufolge hätte das Schloß eigentlich ständig an der Tasche verbleiben sollen. Mit anderen Worten, nicht nur, solange die Tasche sich in der Siedlung befand, sondern auch auf dem Weg zwischen Nashville und der Siedlung. Der Reiter lehnte das ab, kurz angebunden, mit drei Worten, von denen eins druckfähig war. Sein Gegenargument war das Gewicht des Schlosses. Sie bemühten sich, ihm klarzumachen, daß dies nicht stichhaltig sei; denn nicht nur würden die fünfzehn Pfund Schloß selbst dann sein Gewicht – der Reiter war ein schmächtiges cholerisches Männchen, das weniger als hundert Pfund wog – nicht auf das eines normalen erwachsenen Mannes bringen, sondern es würde ja auch das zusätzliche Gewicht des Schlosses lediglich dem der Pistolen entsprechen, deren Mitführung sein Dienstherr, die Regierung der Vereinigten Staaten, bei ihn voraussetzte und ihm vergütete, worauf der Reiter ebenfalls kurz angebunden, wenn auch weniger zungenfertig erwiderte, das Schloß wiege seine fünfzehn Pfund entweder an der Hintertür des Kramladens hier in der Siedlung oder an der des Postamts in Nashville. Aber da Nashville und die Siedlung dreihundert Meilen auseinanderlägen, so wiege, nachdem das Pferd es von der einen Hintertür zur anderen getragen hätte, das Schloß fünfzehn Pfund pro Meile mal dreihundert Meilen, oder fünfundvierzighundert Pfund. Was nun zwar ein offenbarer Unsinn war, eine physische Unmöglichkeit entweder für das Schloß oder für das Pferd. Doch waren unzweifelhaft fünfzehn Pfund mal dreihundert Meilen fünfundvierzighundert Etwas, entweder Pfund oder Meilen – zumal da der Reiter, während sie noch um die Entwirrung des Problems rangen, seine ersten drei kurzangebundenen – bis auf eins nicht druckbaren – Worte wiederholte.) Noch viel weniger hätte die Tasche also hier ein Schloß gebraucht, im Hinterzimmer des Ladens, aufs neue im Schoß und im Schutz der Zivilisation, wo ihre bloße Unversehrtheit, ihre Anwesenheit und Aufnahmebereitschaft für ein Schloß der Entbehrlichkeit eines solchen für die Dauer der dreihundert Meilen strauchrittergeplagten Postwegs bewies; sie brauchte ein Schloß so wenig, wie sie gerüstet war, eines aufzunehmen: sie hatten nämlich zu diesem Zweck das Leder knapp unterhalb der beiden Kinnladen der Taschenöffnung erst mit einem Messer aufschlitzen müssen, bevor sie den eisernen Unterkiefer des Schlosses durch die zwei Schlitze führen· und zuschnappen lassen konnten, so daß jede andere Hand mit einem ähnlichen Messer das ganze Schloß ebenso leicht, wie es an die Tasche geheftet worden war, wieder von ihr hätte abtrennen können. So war das alte Schloß nicht einmal ein Symbol der Sicherheit; es war eine grüßende Geste zwischen freien Menschen, von Zivilisation zu Zivilisation, nicht nur über die dreihundert Meilen Wildnis nach Nashville, sondern über die fünfzehnhundert bis hin nach Washington: Symbol für Respekt ohne Servilität, für Anhänglichkeit ohne Preisgabe an eine Regierung, die zu begründen sie mitgeholfen und die sie freudig auf sich genommen hatten, aber als freie Menschen, mit der Freiheit, sich jederzeit von ihr zurückzuziehen, wenn sie finden sollten, daß sie nicht mehr zusammenpaßten. Und so begrüßte das alte Schloß die Tasche, sooft sie kam, und umfing sie in eiserner und unverbrüchlicher Symbolik, während der alte kinderlose Hagestolz Alec Holston von Mal zu Mal ein wenig älter und grauer wurde, ein wenig gichtischer an Leib und an Launen, ein wenig steifer und starrer an Knochen wie an Eigensinn; denn das Schloß gehörte nach wie vor ihm, er hatte es lediglich ausgeliehen, und so war innerhalb der Siedlung er gewissermaßen der Stammvater des Prinzips der Unverletzlichkeit nicht nur der Regierungspost, sondern auch einer freien Regierung von freien Menschen – solange diese Regierung bereit war, die Menschen in Freiheit leben zu lassen, nicht unter ihr, sondern Seite an Seite mit ihr;

Das war also das Schloß; sie hängten es vor das Gefängnis. Sie taten es rasch, ohne auch nur zu warten, bis ein Bote mit Old Alecs Erlaubnis, es von der Posttasche zu entfernen oder seinem neuen Zweck zuzuführen, von Holston House hätte zurück sein können. Nicht daß er grundsätzlich und von vornherein dagegen gewesen wäre oder seine Einwilligung – außer vielleicht instinktiv – verweigert hätte; das heißt, er wäre vermutlich der erste gewesen, der die Verwendung des Schlosses vorgeschlagen hätte, hätte er rechtzeitig Bescheid gewußt oder als erster daran gedacht, aber er hätte sofort nein gesagt, wenn er geargwöhnt hätte, die Sache wäre beraten worden, ohne ihn hinzuzuziehen. Das war jedermann in der Siedlung klar, doch war dies durchaus nicht der Grund, warum sie nicht auf die Rückkehr des Boten warteten. Sie hatten nämlich Old Alec überhaupt keinen Boten geschickt; sie hatten gar keine Zeit, einen hinzuschicken, geschweige denn zu warten, bis er zurück war; sie brauchten das Schloß nicht, um die Banditen festzuhalten, zumal (wie sich später erwies) das alte Schloß für die Banditen kein größeres Hindernis dargestellt hätte als der bis dahin übliche hölzerne Riegel; sie hatten das Schloß nötig, nicht um die Siedlung vor den Banditen, sondern um die Banditen vor der Siedlung zu schützen. Denn kaum waren die Gefangenen in der Siedlung eingetroffen, stellte es sich heraus, daß es dort eine Partei gab, die darauf aus war, sie sofort, schlankweg, ohne viel Federlesens zu lynchen – eine kleine, aber entschlossene Gruppe, die die Häftlinge ihren Fängern zu entreißen versuchte, während die Miliz ihrerseits noch versuchte, jemand zu finden, dem sie sie übergeben konnte, und die ihr Ziel erreicht haben würde, hätte sich nicht ein Mann na-

mens Compson ihnen entgegengestellt (er war ein paar
Jahre zuvor mit einem Rennpferd in der Siedlung aufgetaucht, das er an Ikkemotubbe, Issetibbehas Nachfolger in
der Häuptlingswürde, verkauft hatte, und zwar gegen eine
Quadratmeile dessen, was einmal das wertvollste Land innerhalb der künftigen Stadt Jefferson werden sollte), der,
so behauptete die Legende, eine Pistole zog und die Ent-
führer in Schach hielt, bis die Banditen in das Gefängnis
gesteckt und die Löcher gebohrt und jemand ausgeschickt
werden konnte, um Old Alec Holstons Schloß zu holen.
Denn, wie gesagt, es gab jetzt neue Namen in der Siedlung
und neue Gesichter, so neue Gesichter, daß die älteren Einwohner keine andere Herkunft an ihnen wahrzunehmen
vermochten als ihre Kreatürlichkeit und keine andere Vergangenheit als die bloße Anzahl der Jahre, die sie gezeichnet hatte; und so neue Namen, daß in ihnen überhaupt
keine Herkunft oder Vergangenheit wahrzunehmen (oder
auch zu entdecken) war, so als wären sie erst gestern erfunden worden – wonach die Meinungen abermals auseinan-
dergingen: so hieß es beispielsweise, es habe an jenem
Tage mehr Menschen in der Siedlung gegeben als nur den
Milizsergeanten, die einem (oder allen) Banditen hätten bekannt vorkommen können;

So hängte Compson das Schloß vor das Gefängnis, und
ein Kurier mit den zwei besten Pferden der Siedlung – eins
unter sich und eins an der Hand – preschte durch die Wälder zum Postweg und ritt, mit der Nachricht von der Gefangennahme und der Vollmacht, die Belohnung auszuhan-
deln, die dreihundertundsoundsoviel Meilen bis Natchez;
und am Abend fand in der Küche von Holston House die
erste Gemeindeversammlung (Urbild nicht nur des künftigen Stadtrates, nachdem die Siedlung Stadt geworden war,
sondern auch der künftigen Handelskammer jener späteren
Zeit, in der die Stadt anfing, sich als City zu bezeichnen) in
der Geschichte der Siedlung statt, und zwar unter dem Vor-

sitz von Compson, nicht etwa von Old Alec, der nun ein ganz alter Mann war, bösartig, schweigsam, und selbst an diesem heißen Juliabend vor einem schwelenden Holzklotz in seinem riesigen Kamin saß, mit dem Rücken zum Tisch (die Beratung interessierte ihn nicht; die Gefangenen gehörten sowieso ihm, denn sein Schloß hielt sie fest; was immer die Konferenz entschied, würde in jedem Falle ihm zur Ratifizierung vorgelegt werden müssen, ehe irgendwer an sein Schloß gehen konnte, um es zu öffnen), um den herum die Stammväter der Stadtväter von Jefferson saßen – fast in einer Art Kriegsrat, da nicht nur die Eintreibung der Belohnung, sondern auch ihre Bewahrung und Verteidigung zur Debatte stand. Denn inzwischen hatten sich schon zwei oppositionelle Gruppen gebildet: nicht nur die Lynchpartei machte ihnen zu schaffen, sondern auch die Milizhorde, die jetzt die Ansicht vertrat, als Beutegut gehörten die Häftlinge nach wie vor ihren ursprünglichen Fängern; sie – die Milizen – hätten die Gefangenen lediglich in Gewahrsam gegeben, jedoch mitnichten auch nur zum Teil auf irgendeine Belohnung verzichtet: und in der Hoffnung auf eine solche hatte die Horde sich aus dem Laden neuen Whiskey geholt und vor dem Gefängnis ein mächtiges Freudenfeuer entzündet, um das sie sich nun mit der Lynchpartei zu einem Gelage oder einer Konferenz *à part* zusammengefunden hatte. So war das jedenfalls gedacht gewesen. Denn in Wirklichkeit war es so, daß Compson, im Interesse der Öffentlichkeit, von Frieden, Ruhe und Wohlstand, in aller Form einen Appell an die Medikamententasche von Dr. Peabody, dem Nachfolger des alten Dr. Habersham, gerichtet hatte und daß sie zu dritt – Compson, Peabody und der Ladeninhaber (sein Name war Ratcliffe; hundert Jahre später existierte dieser Name noch im Bezirk, nur war er inzwischen durch zwei Erben hindurchgegangen, die in der Überlieferung von Worten auf den Gebrauch des Auges verzichtet hatten und sich nur des Ohres bedienten, so daß schließlich, als der vierte sich ge-

zwungen sah, ihn wieder schreiben zu lernen, der Name
sein „c" wie auch das Schluß-„fe" verloren hatte) – das Lau-
danum dem Fäßchen mit Whiskey zugesetzt und dieses
dem verblüfften Milizsergeanten als ein Geschenk der Siedlung übersandt hatten, worauf sie sich nach Holston House
zurückbegaben und dort in der Küche warteten, bis das
letzte Gegröl erstorben war; dann machte die Partei für
Recht und Ordnung einen raschen Ausfall, las die ganze
entschlafene Opposition, Lyncher und Fänger, vom Boden
auf, lud sie alle zusammen bei den Häftlingen im Gefängnis
ab und ging nach Hause und legte sich schlafen – bis zum
nächsten Morgen, wo die ersten, die sich einfanden, ein
Anblick erwartete, ähnlich der Dekoration einer Freilicht-
bühne: und so entstand die Legende von den verrückten
Harpes: es war nicht nur phantastisch, sondern einfach un-
begreiflich, nicht nur verrückt, sondern beinahe schauerlich
(wenn auch immerhin unblutig und damit unter der Würde
der Brüder Harpe): da war nicht nur das Schloß von der
Tür und nicht nur die Tür von dem Gefängnis verschwunden, sondern die ganze Wand; und die mit der Axt behaue-
nen und verzapften und dann mit Lehm verschmierten
Baumstämme waren in der Dunkelheit säuberlich und ge-
räuschlos auseinandergenommen und ebenso säuberlich
seitwärts aufgeschichtet worden, so daß das Gefängnisin-
nere nun vor aller Augen offen dalag, gleich einer Bühne,
auf der die verflossenen Aufrührer, alle viere von sich gestreckt und bunt durcheinander, noch immer in todähnli-
chem Schlummer lagen, und die ganze Siedlung stand
herum und sah zu, wie Compson sich abmühte, wenigstens
einen von ihnen wachzutreten, bis einer von Holstons Sklaven – der Mann von der Köchin, der Kellner, Stallknecht
und Hausdiener – sich hastig einen Weg durch die Menge
bahnte, mit dem Ruf: „Wo sein Schloß, wo sein Schloß, alte
Chef sagen wo sein Schloß?"

Es war verschwunden (und mit ihm drei Pferde, Eigentum dreier Angehöriger der Lynchpartei). Sie konnten nicht einmal die schwere Tür und die Kette finden und waren zunächst fast versucht zu glauben, daß die Banditen, um die Kette und das Schloß zu stehlen, sich genötigt gesehen hätten, auch die Tür mitzunehmen, schraken dann aber doch noch rechtzeitig vor dem gähnenden Abgrund dieser aller Logik spottenden Unterstellung zurück. Aber das Schloß war verschwunden; und die Siedlung sollte bald merken, daß es hier nicht um die entlaufenen Banditen und die entgangene Belohnung ging, sondern um das Schloß, und daß die Situation durchaus nicht einfach war, sich da vielmehr ein Problem auftat, indem nämlich der Sklave stehenden Fußes nach Holston House zurücklief und stehenden Fußes wieder erschien, fast ehe die Tür und die Wände Zeit gehabt hatten, ihn aufzunehmen, einzuschlucken und dann wieder auszustoßen, wie ein Pfeil durch die Menge hindurch und diesmal direkt auf Compson zuschoß und sagte: „Alte Chef sagen du bringen Schloß" – mit anderen Worten: sofort, und persönlich. Also begaben sich Compson und seine Paladine (und bei dieser Gelegenheit trat – oder besser gesagt: tauchte erstmals auch der Postreiter auf, dieses schmächtige Bündel von einem Mann, alterslos, haarlos und zahnlos, das zu gebrechlich aussah, einem sich auch nur zu nähern, geschweige denn alle zwei Wochen sechshundert Meilen zu reiten, aber es dennoch tat und, damit nicht genug, auch noch Luft genug übrig hatte, mit dem höhnischen Triumphgetön des Hornes nicht nur sein Einreiten anzukündigen, sondern seinen ganzen Ritt zu begleiten: Ausdruck einer Geringschätzung gegen vielleicht – wahrscheinlich – lauernde Plünderer, die sich nur noch mit seiner Geringschätzung gegenüber dem offiziellen Plunder vergleichen ließ, dessen man ihn bestenfalls berauben konnte, und die sich nur so lange damit beschied, in zivilisierten Grenzen zu bleiben, wie die Plünderer taktvoll genug waren, sich zurückzuhalten) in die Küche, wo Old

Alec noch immer vor seinem schwelenden Klotz saß, nach wie vor mit dem Rücken zum Zimmer und nach wie vor ohne sich umzudrehen. Und dabei blieb es. Er befahl die sofortige Rückgabe seines Schlosses. Es war nicht einmal ein Ultimatum, es war eine einfache Anordnung, ein Erlaß, ganz unpersönlich; und unterdessen war der Postreiter mehr und mehr in den Kreis der Gruppe eingegangen, ohne etwas zu sagen und ohne sich etwas entgehen zu lassen, ein schwereloser ausgedörrter oder fossiler Vogel, nicht einem Geier gleich freilich und nicht einmal ganz einem Habicht, sondern vielleicht einem Pterodaktylusküken, unmittelbar nach dem Ausschlüpfen, vor zehn Eiszeiten, im Wachstum stehengeblieben und noch in seiner Kindlichkeit alt genug, der erschöpfte und todmüde Urahn allen späteren Lebens zu sein. Sie setzten Old Alec auseinander, daß der Grund für das Abhandenkommen des Schlosses nur der sein konnte, daß die Banditen nicht die Zeit gehabt hatten oder nicht imstande gewesen waren, es aus der Tür herauszusägen, und daß selbst drei flüchtige Verrückte auf gestohlenen Pferden eine sechs Fuß hohe Eichentür nicht allzuweit mitschleppen würden, und daß ein Aufgebot von Ikkemotubbes jungen Männern die Verfolgung der Hufspuren nach Westen, auf den Strom zu, aufgenommen hätte und daß das Schloß nun zweifellos in Kürze gefunden sein würde, wahrscheinlich unter dem ersten besten Busch am Rande der Siedlung: und wußten doch dabei ganz genau, daß es nicht an dem war, wußten, daß nichts zu phantastisch, zu schauerlich, zu bizarr sein konnte, daß diese Männer einfach zu allem fähig waren, nachdem sie bereits, nur um aus einem Blockhausgefängnis zu fliehen, in aller Stille eine ganze Wand abgebaut und säuberlich Stück für Stück am Straßenrand aufgeschichtet hatten, und daß sie selbst, wie Old Alec, das Schloß nie mehr wiedersehen würden;

Und sie sahen es nie mehr wieder; den Rest dieses Nachmittags und noch den ganzen nächsten Tag – Old Alec saß noch immer vor seinem schwelenden Klotz und rauchte seine Pfeife – forschten die Ältesten der Siedlung, stur und wutschnaubend, weiter nach seinem Verbleib, wobei nun (am nächsten Nachmittag) auch Ikkemotubbes Chickasaws mithalfen, oder jedenfalls zugegen waren und zuschauten: die Wilden, die unzähmbaren heimatlos gewordenen Kinder der Wildnis im Drillich und Homespun und Filz und Stroh des weißen Mannes und darin erst recht wild und heimatlos anzusehen, würdevoll, aufmerksam und interessiert dastehend, hockend oder herumgehend, während die weißen Männer im Dickicht rings um ihren kümmerlich in die Wildnis gekrallten Stützpunkt schwitzten und fluchten; und immer war Pettigrew da, der Reiter, überall, allgegenwärtig, ohne selbst mitzusuchen und niemandem je im Wege, doch immer anwesend, undurchschaubar, mürrisch, ohne sich etwas entgehen zu lassen: bis endlich gegen Abend Compson stampfend aus dem letzten Dorngestrüpp brach, mit einem Schwung seines ganzen Armes, weit genug, einen Thron auszuschlagen, sich den Schweiß vom Gesicht schleuderte und sagte:

„Verdammte Sauerei, müssen wir eben zahlen." Denn auch diesen letzten Schachzug hatten sie schon in Erwägung gezogen; wie ernst er genommen sein wollte, hatten sie schon daran gemerkt, daß Peabody darüber einen Witz gerissen hatte, von dem jeder wußte, daß ihn nicht einmal Peabody zum Lachen fand:

„Ja – und zwar möglichst schnell, sonst setzt er sich noch mit Pettigrew zusammen und berechnet den Preis nach Pfunden."

„Nach Pfunden?" fragte Compson.

„Pettigrew hat's wenigstens nur an den dreihundert Meilen bis Nashville gewogen. Old Alec ist fähig und fängt schon in Washington an zu zählen. Das wären fünfzehntausend Pfund."

„Oha", sagte Compson. Woraufhin er seine Leute mit Hilfe eines Jagdhorns, das einer der Indianer an einer Lederschnur um den Hals trug, zurückblies; doch auch dann zögerten sie noch für die Dauer einer letzten kurzen Beratung. Es war abermals Peabody, der sie aufhielt.

„Und wer soll zahlen?" fragte er. „Es säh ihm ähnlich, einen Dollar pro Pfund für das Ding zu verlangen, und wenn er's nach Pettigrews Maßstab in seiner Kaminasche gefunden hätte." Sie – Compson zumindest – hatten sich wohl auch schon Gedanken darüber gemacht; dies, sowie die Anwesenheit Pettigrews, mochte der Grund dafür sein, daß Compson sich bemüht hatte, sie mit dem Angebot so rasch vor Old Alec zu treiben, daß keiner die Stirn haben würde, sich seinem Anteil an einer Umlage zu entziehen. Aber das hatte Peabody nun durchkreuzt. Compson sah sich im Kreis um, schwitzend, in kalter Wut.

„Soll wohl heißen, einen Dollar zahlt Peabody", sagte er. „Und wer zahlt die anderen vierzehn? Ich?" Da fand Ratcliffe die Lösung, der Händler, der Inhaber des Ladens – eine so einfache Lösung, eine so grenzenlos wirksame, daß sie sich nicht einmal fragten, warum bisher noch keiner darauf gekommen war; eine, die das Problem nicht nur löste, sondern überhaupt aus der Welt schaffte; und nicht nur dieses eine, sondern alle Probleme, von nun an in alle Ewigkeit; die vor ihrem Blick, gleichwie ein Schleier zerreißt, gleich einer herrlichen Weissagung, das ungeheuere, blendende, grenzenlose Panorama Amerikas auftat: dieses Landes der unbegrenzten Möglichkeiten, dieser Gefilde, nicht von den Menschen, sondern für die Menschen geschaffen, gleich dem himmlischen Manna von einst, mit keiner Gegenforderung an den Menschen als der, zu kauen und zu schlucken, da dieses Land aus seiner maßlosen Allgüte ein Geschlecht von Arbeitern erschaffen, zeugen, bilden, nähren und verewigen sollte, dessen einziger Zweck es sein würde, das Manna aufzulesen, das es ihm in die schlaffe Hand, ja sogar zwischen die Zähne schob – uner-

318

schöpflicher, unermeßlicher Zweck, ohne Anfang und ohne Ende, nicht einmal ein Gewerbe, ein Handwerk, sondern eine Gabe des Himmels gleich Sonne, Regen und Luft, unverlierbar, unwandelbar.

„Schreibt's doch ins Buch", sagte Ratcliffe – das Buch: nicht irgendein Geschäftsbuch, sondern *das* Kontobuch, da es wahrscheinlich das einzige Ding seiner Art zwischen Nashville und Natchez war, sofern nicht zufällig ein ähnliches ein paar Meilen weiter nach Süden, bei der ersten Choctaw-Agentur in Yalo Busha, existierte – ein liniertes, broschiertes Schreibheft, wie es aus einem Klassenzimmer hätte stammen können, in dem – mit den Vereinigten Staaten auf der Debetseite – zu Gunsten Mohatahas (der Matriarchin der Chickasaws, Mutter Ikkemotubbes und Schwester des alten Issetibbeha, die – sie konnte ihren Namen schreiben oder jedenfalls mit der Feder oder dem Stift etwas machen, was als vollwertige Unterschrift galt beziehungsweise hingenommen wurde – sämtliche Urkunden unterschrieb, während das Reich ihres Sohnes an die Weißen überging, und so den Vorgang, wenigstens vor dem Gesetz, unanfechtbar machte) die kriechende eintönige Liste von Kattun und Schießpulver, Whiskey und Salz und Schnupftabak, Drillichhosen und knochenhartem Zuckerzeug, kurz allem, was ihre Abkömmlinge, Untertanen und Sklaven Ratcliffes Regalen entnahmen, länger und länger wurde. Das war alles, was die Siedlung zu tun hatte: das Schloß auf die Liste, auf das Konto zu setzen. Es würde sogar egal sein, zu welchem Preis. Sie hätten seinen Wert nach Pettigrews Methode – fünfzehn Pfund multipliziert mit der Entfernung nicht nur bis Carolina, sondern bis Washington selbst – berechnen können, und vermutlich würde es kein Mensch jemals merken; sie hätten die Vereinigten Staaten mit versteinertem und unvertilgbarem Zuckerzeug im Werte von siebzehntausendfünfhundert Dollar belasten können, und niemand würde je die Eintragung lesen. Damit war das Problem gelöst, erledigt, abgetan, aus der Welt geschafft. Da gab es nichts zu erörtern. Sie sannen auch nicht weiter darüber nach, höchstens daß der oder jener sich (wohl auch ein wenig spekulativ) über ihre Mäßigung verwunderte; denn sie wollten ja nichts – berechtigtem Tadel ausweichen am allerwenigsten – als eine saubere und anständige Bereinigung der Sache mit dem Schloß. Sie kehrten dahin zurück, wo Old Alec, die Pfeife im Munde, noch immer vor seinem glimmenden Herdfeuer saß. Aber sie hatten ihn überschätzt; er wollte durchaus kein Geld, er wollte sein Schloß. Woraufhin Compson auch den letzten Rest seiner Geduld verlor.

„Dein Schloß ist weg", sagte er rauh. „Du wirst mit fünfzehn Dollar zufrieden sein", sagte er, und seine Stimme wurde schon leiser, weil selbst sein blinder Zorn sah, daß da eine Mauer war. Und trotzdem trieben sein Zorn, seine Ohnmacht, sein Schwitzen, dieses ganze *Zuviel* ihm die Stimme weiter in ein letztes „Oder –", bevor sie endgültig stockte, so daß Peabody einhaken konnte:

„Oder?" sagte Peabody, und zwar nicht zu Old Alec, sondern zu Compson. „Oder was?" Da sprang Ratcliffe abermals ein.

„Moment", sagte er. „Wenn wir ihm fünfzig Dollar für sein Schloß geben, wird Onkel Alec sicher zufrieden sein. Fünfzig Dollar Garantie. Er gibt uns den Namen von dem Schmied, der's für ihn gemacht hat, und wir schicken hin und lassen ein neues machen. Mit dem Weg hin und zurück, und so wird das alles in allem ungefähr fünfzig Dollar kosten. Wir geben Onkel Alec die fünfzig Dollar als Sicherheit. Und dann, wenn das neue Schloß da ist, gibt er uns das Geld zurück. Einverstanden, Onkel Alec?" Und damit hätte die Sache erledigt sein können. Sie wäre es wahrscheinlich auch gewesen, aber Pettigrew stand dazwischen. Sie hatten ihn nicht vergessen, sie hatten ihn auch nicht in ihre Gemeinschaft einverleibt. Sie hatten ihn einfach in ihre innere Krise eingesiegelt, ihn abgeheilt (wie sie meinten), wie die verzweifelte schutzlose Auster das hartnäkkige Stäubchen Sand unschädlich macht. Keiner hatte ihn sich von der Stelle rühren sehen, und doch befand er sich jetzt in ihrer Mitte, dort, wo Compson und Ratcliffe und Peabody Old Alec in seinem Stuhl unmittelbar gegenüberstanden. Man hätte sagen können, er sei dahin durchgesikkert, hätte er nicht jene eherne Härte an sich gehabt, die vielleicht (im äußersten Falle) unsichtbar, doch niemals wesenlos und nie und nimmer zu Wasser werden konnte; er sprach, und seine Stimme war sanft, vernünftig und unpersönlich, und dann stand er da, und sie sahen ihn an: schmächtig und kindgroß, undurchdringlich wie Diamant und starrend von Verhängnis, der er mit sich in diesen entlegenen Raum, tausend Meilen tief in der weglosen Wildnis, das ganze ungeheure unermeßliche Gewicht der Staatlichkeit brachte, der er nicht nur die Regierung vertrat, nicht nur die Regierung verkörperte; in diesem Augenblick wenigstens war er die Vereinigten Staaten in Person.

„Onkel Alec hat kein Schloß verloren", sagte er. „Sondern Onkel Sam."

Nach einer Weile sagte jemand: „Wie?"

„Jawohl", sagte Pettigrew. „Wer dieses Holstonsche Schloß an die Posttasche gehängt hat, der hat entweder den Vereinigten Staaten freiwillig ein Geschenk gemacht, und für die Regierung der Vereinigten Staaten gilt das gleiche Gesetz wie für unmündige Kinder: es kann ihr einer was schenken, aber er kann's nicht zurücknehmen – oder er hat ganz was anderes getan."

Sie sahen ihn an. Nach einer Weile sagte abermals jemand etwas; es war Ratcliffe. „Nämlich?" sagte Ratcliffe. Pettigrew antwortete, nach wie vor sanft, unpersönlich, kühl und zungenfertig: „Sich einer strafbaren Handlung schuldig gemacht; laut Kongreßgesetz zum Schutze von Staatseigentum vor Verunstaltung fünftausend Dollar Geldstrafe oder Gefängnis nicht unter einem Jahr oder beides. Und für den, der die zwei Schlitze in die Tasche geschnitten hat, um das Schloß anzubringen, Kongreßgesetz zum Schutze von Staatseigentum vor Beschädigung oder Zerstörung, zehntausend Dollar Geldstrafe oder Gefängnis nicht unter fünf Jahren oder beides." Auch jetzt rührte er sich noch nicht von der Stelle; er wandte sich nur direkt an Old Alec: „Man wird wohl bald was zum Abendessen kriegen können hier bei Ihnen, wie üblich, was?"

„Moment", sagte Ratcliffe. Er sah Compson an. „Stimmt das?" fragte er.

„Ist doch sauwurscht, ob das stimmt oder nicht", sagte Compson. „Was glaubst du, was er macht, wenn er wieder in Nashville ist?" Er sagte heftig zu Pettigrew: „Sie hätten gestern schon arbeiten sollen. Was haben Sie hier noch zu suchen?"

„In Nashville hab ich nichts verloren", sagte Pettigrew. „Sie kriegen doch keine Post. Sie haben ja nichts, womit Sie sie abschließen können."

„Na denn nicht", sagte Ratcliffe. „Sollen die Vereinigten Staaten doch zusehen, wie sie ihr staatliches Schloß wiederkriegen." Diesmal sah Pettigrew niemanden an. Er wandte sich auch nicht an irgend jemand Bestimmten, gerade wie Old Alec, als er die Rückgabe seines Schlosses anordnete:

„Kongreßgesetz zum Schutze von Staatseigentum vor unbefugter Entfernung beziehungsweise Benutzung, widerrechtlichem Gebrauch, vorsätzlichem Mißbrauch oder Verlust, Geldstrafe der Anschaffungswert des Gegenstandes zuzüglich fünfhundert bis zehntausend Dollar oder Gefängnis nicht unter dreißig Tagen bis zu zwanzig Jahren oder beides. Vielleicht machen sie sogar ein neues Gesetz, wenn sie sehen, daß ihr dem Kommissariat für Indianerangelegenheiten ein postamtliches Schloß in Rechnung gestellt habt." Er machte einen Schritt vorwärts; jetzt wandte er sich wieder an Old Alec: „Ich gehe zu meinem Pferd. Wenn die Sitzung hier vorbei ist und Sie kommen zum Kochen, kann mir ja Ihr Nigger Bescheid sagen."

Dann war er verschwunden. Nach einer Weile sagte Ratcliffe: „Was meint ihr, was will er damit? Belohnung verdienen?" Aber das war es nicht; das wußten sie alle.

„Das seht ihr doch, was er will", sagte Compson und fluchte abermals. „Stänkern will er. Verdammter Stänker, der er ist." Aber das war es auch nicht; das wußten sie auch alle, aber Peabody sprach es aus:

„Nein. Stänker ist er keiner. Einer, der alle vierzehn Tage sechshundert Meilen durch diese Gegend hier reitet, bloß mit einem Jagdhorn, der will nicht stänkern, und ums Geld geht's ihm auch nicht." Sie wußten also noch nicht, was Pettigrew sich dabei gedacht hatte. Aber sie wußten, was er tun würde. Das heißt, sie wußten, daß sie nicht im geringsten wußten, was er tun würde, noch wie, noch wann er es tun würde, und daß sie einfach nichts unternehmen konnten, solange sie nicht dahinterkamen, warum er es tun wollte. Und sie sahen jetzt ein, daß sie keine Möglichkeit hatten, dahinterzukommen; sie merkten jetzt, daß er ihnen seit drei Jahren bekannt war, während derer er, zerbrechlich und unverletzbar und unbeirrt, immer eine Meile oder mehr hinter dem kräftigen süßen Schall seines Hornes her, zweimal im Monat auf seinem kräftigen und unermüdlichen Pferd den Weg von Nashville nach der Siedlung zurückgelegt und für die nächsten drei oder vier Tage unter ihnen gelebt hatte, doch daß sie ganz und gar nichts über ihn wußten und selbst jetzt nur wußten, daß sie nichts, aber auch gar nichts riskieren durften; und so saßen sie noch eine Zeitlang zusammen, während es im Raum immer dunkler wurde und Old Alec immer noch rauchte und ihnen wie auch dem Dilemma, in dem sie sich befanden, nach wie vor betont den Rücken zukehrte; dann zerstreuten sie sich zum Abendessen in ihre Häuser – soweit sie den Appetit dafür aufbrachten, heißt das: denn bald darauf trieb es sie durch die sommerliche Dunkelheit – zu einer Zeit, wo sie sonst schon zu schlafen pflegten – zurück, diesmal ins Hinterzimmer von Ratcliffes Laden; und dort saßen sie weiter zusammen, während Ratcliffe in einer Mi-

323

schung von Bestürzung und Nervosität (und noch etwas anderem, das sie als Respekt erkannten, sowie ihnen klarwurde, daß er – Ratcliffe – unerschütterlich daran festhielt, daß Pettigrew auf Geld aus war; daß Pettigrew ein so überwältigend einträgliches System, zu Geld zu kommen, entdeckt oder ausgeknobelt hatte, daß er – Ratcliffe – nicht nur nicht imstande gewesen war, ihm zuvorzukommen und es als erster anzuwenden, sondern sogar nicht einmal zu erraten vermochte, worum es sich dabei handelte, nachdem er einen Tip bekommen hatte) den Fall rekapitulierte, bis Compson ihn unterbrach.

„Mist", sagte Compson. „Das sieht doch jeder, was dem fehlt. Das ist dem seine Sittlichkeit. Ist ein elender Moralist."

„Sittlichkeit?" sagte Peabody. Es klang fast erschrocken. Er sagte rasch: „Das ist allerdings übel. Wie kann man so einen Mann bestechen?"

„Wer red't denn von bestechen?" sagte Compson. „Wir woll'n ja nischt von ihm. Er soll sich bloß wieder auf seinen alten Mistgaul setzen und in sein altes Misthorn pupen."

Aber Peabody hörte gar nicht zu. „Sittlichkeit", sagte er fast verträumt. „Moment mal", sagte er. Sie sahen ihn an. Er sagte plötzlich zu Ratcliffe: „Irgendwo hab ich's schon mal gehört. Wenn einer es weiß, dann bist du's. Wie heißt er?"

„Wie er heißt?" sagte Ratcliffe. „Pettigrew? Ach so. Mit Vornamen." Ratcliffe nannte ihn. „Wieso?"

„Ach nichts", sagte Peabody. „Ich geh nach Hause. Kommt noch jemand mit?" Er sprach niemanden direkt an und sagte nicht weiter und wollte nichts weiter sagen, aber das war schon genug; ein Strohhalm vielleicht, aber immerhin ein Strohhalm; genug jedenfalls, daß die anderen wortlos sitzenblieben und zusahen, wie Compson schließlich ebenfalls aufstand und zu Ratcliffe sagte:

„Kommst mit?", und die drei zusammen davongingen, außer Hörweite erst, dann auch außer Sicht. Dann sagte Compson: „Also. Was ist?"

„Kann auch sein, daß es nicht funktioniert", sagte Peabody. „Aber ihr müßt mir helfen. Wenn ich im Namen der ganzen Siedlung spreche, müßt ihr beide, du und Ratcliffe, dafür sorgen, daß es nachher auch dabei bleibt. Einverstanden?"

Compson fluchte. „Dann sag uns wenigstens ungefähr, wofür wir gradestehn sollen." Also sagte Peabody es ihnen, jedenfalls andeutungsweise, und am nächsten Morgen trat er in die Box im Stall von Holston House, wo Pettigrew dabei war, seinen häßlichen Gaul mit dem Hammerkopf und den Eisenmuskeln zu striegeln.

„Wir sind uns einig geworden. Wir werden das Schloß lieber doch nicht der alten Mohataha auf die Rechnung setzen", sagte Peabody.

„Ach", sagte Pettigrew. „In Washington hätte 's kein Mensch gemerkt. Die, die lesen können, bestimmt nicht."

„Wir wollen selber dafür aufkommen", sagte Peabody. „Wir haben uns sogar noch 'n bißchen mehr vorgenommen. Diese Gefängniswand muß ja repariert werden; eine Wand müssen wir also sowieso bauen. Wenn wir da noch drei dazubauen, kriegen wir einen neuen Raum. Eine müssen wir sowieso bauen, die zählt also nicht. Wir brauchen bloß noch ein Zimmer mit drei Wänden dranzubauen, dann haben wir ein neues Haus mit vier Wänden. Das wird das Gerichtsgebäude." Pettigrew hatte inzwischen bei jedem Strich leicht durch die Zähne gezischt, wie ein echter irischer Reitknecht. Jetzt hielt er inne, Striegel und Hand erstarrten mitten im Strich, und er drehte den Kopf leicht zur Seite.

„Wieso Gerichtsgebäude?"

„Das wird hier eine Stadt", sagte Peabody. „Die Kirche haben wir schon – das Blockhaus von Whitfield. Und eine Schule bauen wir, sowie wir dazu kommen. Aber das Gerichtsgebäude bauen wir heute; wir haben auch schon was, was wir 'reinstellen wollen, damit ein Gerichtsgebäude draus wird: diese eiserne Truhe, die Ratcliffe in seinem Laden schon seit zehn Jahren im Wege steht. Dann ist das hier eine Stadt. Wir haben auch schon einen Namen für sie."

Jetzt stand Pettigrew auf, sehr langsam. Sie sahen einander an. Nach einer Pause sagte Pettigrew:

„Und?"

„Ratcliffe sagt, Sie heißen Jefferson", sagte Peabody.

„Ja", sagte Pettigrew. „Thomas Jefferson Pettigrew. Ich bin aus Virginia."

„Verwandt mit ihm?" fragte Peabody.

„Das nicht", sagte Pettigrew. „Meine Mutter hat mich nach ihm genannt. Sollte mir Glück bringen wie ihm."

„Glück?" sagte Peabody.

Pettigrew lächelte nicht. „Ja doch. Sie hat das anders gemeint. Sie war nie in die Schule gegangen. Sie hat kein anderes Wort dafür gehabt."

„Hat's Ihnen Glück gebracht?" fragte Peabody. Auch jetzt lächelte Pettigrew nicht. „Pardon", sagte Peabody. „War nicht so gemeint." Er sagte: „Wir haben beschlossen, unsere Stadt Jefferson zu nennen." Jetzt sah es so aus, als atmete Pettigrew nicht mehr. Er stand nur da, klein, schmächtig, nicht größer als ein Junge, kinderlos und unverheiratet, für immer ohne Verwandte und ohne Anhang, und sah Peabody an. Dann atmete er, und indem er die Bürste hob, wandte er sich wieder dem Pferd zu, und einen Augenblick dachte Peabody, er würde weiterstriegeln. Aber statt den Strich zu führen, legte er die Hand mit der Bürste auf die Flanke des Pferdes und stand eine kurze Zeit reglos, mit abgewandtem Gesicht, den Kopf ein wenig geneigt. Dann hob er den Kopf und wandte das Gesicht wieder Peabody zu.

„Sie könnten's ja auch ‚Wagenschmiere' nennen, in Ihrem Buch", sagte er.

„Für fünfzig Dollar Wagenschmiere?" sagte Peabody.

„Für die Wagen nach Oklahoma", sagte Pettigrew.

„Ja, das könnten wir", sagte Peabody. „Aber von jetzt an

heißt sie Jefferson. Das werden wir nie mehr vergessen können."

Und das war also das Gerichtsgebäude – das Gebäude, dessen Nichtvorhandensein ihnen erst nach dreißig Jahren zu Bewußtsein gekommen war; dreißig Jahre hatten sie gebraucht, um zu entdecken, daß sie es nicht gebraucht, nicht entbehrt, nicht vermißt hatten: und nun, da sie es hatten, entdeckten sie, ehe noch ein halbes Jahr um war, daß es damit keineswegs getan war. Denn irgendwann zwischen dem Dunkel dieses ersten Tages und dem Dämmern des nächsten ging etwas mit ihnen vor. Am selben Tag fingen sie an; sie stellten die Gefängniswand wieder her und schnitten neue Blockstämme und hieben Schindeln zurecht und errichteten den kleinen fußbodenlosen Anbau und holten die eiserne Truhe aus Ratcliffes Hinterzimmer; es dauerte nur die zwei Tage und kostete nichts als die Arbeit, und auch davon nicht viel pro Kopf, da die ganze Siedlung bis auf den letzten Mann sich dabei beteiligte; die beiden Sklaven der Siedlung ebenfalls – Holstons Knecht und der andere, der dem deutschen Grobschmied gehörte –, aber das verstand sich von selbst; und auch Ratcliffe: er brauchte nur den Riegelbalken an seiner Hintertür von innen vorzulegen, da seine ganze Kundschaft mit einem Blick zu überschauen war, wie sie da auf der anderen Seite des Weges, dem Laden gegenüber, zwischen den Stämmen und Schindeln der Gefängnisruine schwitzte und fluchte – seine ganze Kundschaft, einschließlich Ikkemotubbes Chickasaws, aber die schwitzten weder, noch fluchten sie: sie hockten oder lagerten längs der Schattenkante, die würdevoll dunkelhaarigen Männer, höflich, interessiert und gelassen, und hatten ihre Sonntagsanzüge an bis auf die Hosen; die trugen sie säuberlich zusammengerollt unter dem Arm oder, da sie den Bach durchwatet hatten, an den zwei Hosenbeinen um den Hals geschlungen, wie Pelerinen oder besser Husarendolmans (auch die alte Mohataha selbst war erschienen, die Matriarchin; barfuß, in purpurnem Seidenkleid und Federhut, saß sie in ihrem goldbrokatbespannten Empiresessel auf einem Maultierkarren, über sich einen Pariser Sonnenschirm mit silbernem Griff, von einer kleinen Sklavin gehalten) – denn sie (die anderen Weißen, Ratcliffes Gefährten beziehungsweise, an diesem ersten Tag, Leidensgenossen) hatten noch nicht bemerkt, daß Ratcliffe etwas an sich hatte – in seinem Wesen, seiner Haltung – ein gewisses Etwas, esoterisch, exzentrisch – nichts Widersetzliches und auch nichts Hemmendes, auch dann nicht, als sie am zweiten Tage entdeckten, was es eigentlich war (denn er war ja unter ihnen, tätig wie sie, schwitzend und fluchend wie sie), sondern eher gleich einem winzigen, kaum wahrnehmbaren Holzspan auf einer sonst spiegelglatten, einförmigen Fläche oder Flut, gleich einem einzigen einsamen Fremdkörper, einer einzelnen dünnen, fast unhörbaren Stimme, ertrinkend im tosenden Brüllen der Masse: „Halt, wartet noch, hört mich an . . ."

Denn sie, blind vor Eifer und Schweiß, waren viel zu beschäftigt mit den abgetragenen Stämmen und mit dem Fällen der neuen in den Wäldern ringsum, ihrem Zurichten, Einkerben und Heranschleppen, und mit dem Rühren des dünnen Lehmbreies zum Verstreichen der Ritzen; erst am zweiten Tage sollten sie erfahren, was Ratcliffe zu schaffen machte, weil sie jetzt Zeit hatten (dabei ging die Arbeit nicht langsamer vonstatten, floß nicht weniger Schweiß, sondern im Gegenteil: schafften sie eher noch mehr, weil ihnen die Arbeit nun nicht nur schnell, sondern auch leicht von der Hand ging, gewichen waren nur der blinde Eifer und das blinde Wüten); denn irgendwann zwischen dem Abend des ersten und dem Morgen des zweiten Tages war mit ihnen etwas vorgegangen. Dieselben Männer, die sich an jenem ersten langen heißen endlosen Julitag, blind vor Schweiß und Eifer, an dem Gefängniswrack abgeschuftet und zornig und ohne Ansehen der Person Blockstämme und stocksteife laudanisierte Insassen beiseite geschleudert hatten, den alten Holston verfluchend und das Schloß und die vier – drei – Banditen und die elf Männer von der Miliz, die sie arretiert hatten, und Compson und Pettigrew und Peabody und die Vereinigten Staaten von Amerika, sie trafen am nächsten Morgen vor Sonnenaufgang (der Tag versprach bereits, ebenfalls heiß und endlos zu werden) wieder an der Baustelle zusammen, aber jetzt waren der Zorn und die Wut nicht mehr dabei – still, nicht eigentlich ernst, aber ernüchtert, leicht verwirrt und linkisch, fast als trauten sie ihren Augen nicht, sahen sie aneinander vorbei, kamen sich beinahe fremd vor in dem narzissenfarbenen Frühlicht, blickten sie um sich auf das unscheinbare Häufchen von rohen Blockhütten, regellos, bunt und schief durcheinandergebaut, zwergig wie Puppenhäuser vor dem drohenden Schatten der Wälder ringsum – eine winzige Lichtung, kümmerlich eingekrallt, und nicht einmal in die Flanke, sondern in die Weiche, Leiste, Scham der weglosen Wildnis, die für immer der Prägestock ihrer Leben und Schicksale, ihrer Vergangenheit und ihrer Zukunft sein sollte – und sagten gar nichts, zunächst, da wohl jeder von ihnen glaubte, der Gedanke (dessen er sich beinahe schämte) sei nur ihm gekommen, bis schließlich einer für alle sprach, und dann war es ganz in der Ordnung, denn ein gemeinsamer Atem hatte die Worte geformt; und der, der sprach, sprach nicht laut, sondern verhalten und prüfend, wie man den ersten leichten prüfenden Luftstoß in das Mundstück eines unbekannten, unerprobten Jagdhorns hineinschickt: „Hergott ja. Jefferson."

„Jefferson, Mississippi", ergänzte ein zweiter.

„Jefferson, Bezirk Yoknapatawpha, Mississippi", berichtigte ein dritter; wer, welcher von ihnen, war auch dieses Mal nicht von Belang, denn es kam noch immer aus einem einzigen gemeinsamen Atem, einem einzigen vielgestaltigen Traum, einem Rausch, einem Schwebezustand, der wohl noch bis in den Tag hinein hätte andauern mögen, obschon sie vermutlich wußten, daß es nicht sein konnte, denn Compson ließ nicht locker: Compson, die Mücke, der Dorn, der Motor.

„Keine Rede davon, solang wir das verdammte Ding da nicht fertig haben", sagte Compson. „Los, 'ran." Und so wurden sie noch am gleichen Tag damit fertig, sie arbeiteten jetzt rasch, eilig und leichthin, konzentriert, aber unachtsam, damit die Sache getan war, so schnell wie möglich – nicht um den Bau zu vollenden, sondern um ihn loszuwerden, ihn hinter sich zu bringen; nicht um ihn schnell zu vollenden, damit sie ihn desto eher zu eigen hätten, besäßen, sondern damit sie ihn desto eher abtun, sich aus dem Kopf schlagen könnten – so als hätten sie in diesem ersten gelben Frühlicht auch gewußt, daß es damit nicht getan, daß dies noch nicht einmal der Anfang sein würde; daß der kleine Anbau, den zu errichten sie im Begriff waren, nicht einmal Vorbild für später sein, nicht einmal als Entwurf gelten konnte; arbeiteten weiter bis Mittag, wo sie Pause machten und aßen, und wo auch Louis Grenier aus dem zwanzig Meilen entfernten Franzosenwinkel (seiner Pflanzung: seinem Herrenhaus mit Küchen und Stallungen, Hundezwingern und Sklavenunterkünften, Gärten und Alleen und Feldern, wovon hundert Jahre später nichts mehr geblieben war, auch nicht der Name und das Blut der Greniers, nichts außer dem Namen der Pflanzung und der verblichenen, entstellten Grenier-Legende, gleich dem Niederschlag einer dünnen Schicht von alteingeborenem Staub, flüchtig, doch unvergänglich, rings um einen verwahrlosten kleinen Laden an einer Chausseekreuzung) eingetroffen war, mit einem schwarzen Kutscher und Lakaien auf dem Bock seiner Kalesche englischer Herkunft und Pferden, von denen es hieß, sie wären das schönste Gespann zwischen Natchez und Nashville, und Compson sagte: „Ich denke, das wär's" – und sie wußten wohl, was er meinte: nicht, daß sie's aufgeben sollten: natürlich sollte der Bau fertig werden, aber dazu gehörte nur noch so wenig, daß man es den zwei Sklaven überlassen konnte. Beziehungsweise den vier, denn es wurde als selbstverständlich angenommen, daß die beiden Grenierschen Neger den zweien aus dem Ort zur Hand gehen würden; zwar wollte Compson davon nichts wissen – man dürfe doch, sagte er, das strenge Protokoll der Leibeigenschaft nicht durchbrechen und einem Stallknecht oder gar einem Hausbedienten befehlen, derartige körperliche Arbeit zu leisten, ganz abgesehen davon, daß es eine Unverfrorenheit wäre, dem alten Louis Grenier mit einem solchen Vorschlag zu kommen –; aber Peabody ließ ihn nicht ausreden.

„Einer von den beiden kann meinen Schatten benutzen", sagte er, „für einen weißen Doktor ist er immer noch gut genug gewesen", und machte sich anheischig, dem alten Grenier die Sache vorzutragen; doch hatte dieser schon von sich aus das Nötige veranlaßt. So aßen sie Holstons billiges Menü, während die Chickasaws – die auch jetzt noch, nachdem der Schatten im Weiterkriechen sie dem vollen stechenden Brand des Julimittags preisgegeben hatte, reglos um den Karren herumhockten, in dem die alte Mohataha nach wie vor unter ihrem Pariser Sonnenschirm saß, den die kleine Sklavin ihr hielt – ebenfalls ihre Speisen aßen, die sie anscheinend (die Mohatahas und ihres persönlichen Gefolges kamen aus einem Fischkorb aus geflochtenen Weißeichenruten unten im Wagen) unter dem Arm, in den zusammengerollten Hosen, von ihrer – nach dem Vorbild der Weißen so genannten – Pflanzung mitgebracht hatten. Dann setzten sie sich auf die Veranda – nun nicht mehr nur Siedler: Städter; seit einunddreißig Stunden waren sie Stadt – und sahen den vier Sklaven zu, wie sie den letzten Stamm einfügten, die letzte Dachschindel anbrachten, die Tür einhängten und dann, voran Ratcliffe mit dem Gehabe eines fürstlichen Haushofmeisters, auf den Laden zugingen und eintraten und mit der Eisentruhe auf den Armen wieder herauskamen, und auch die würdevollen Chickasaws sahen zu, wie die Sklaven des weißen Mannes mit des weißen Mannes gewichtiger, umfangreicher, rätselhafter Medizin in deren neuen Schrein hineinkeuchten. Und jetzt hatten sie Zeit für das, was Ratcliffe bedrückte.

„Das mit dem Schloß", sagte Ratcliffe.

„Was?" fragte einer.

„Das mit der Wagenschmiere", sagte Ratcliffe.

„Was?" fragten sie abermals. Aber nun wußten sie schon, hatten verstanden. Es war nicht das Schloß, und es war nicht die Wagenschmiere; es waren die fünfzehn Dollar, mit denen in Ratcliffes Büchern das Kommissariat für Indianerangelegenheiten hätte belastet werden können, ohne daß irgendwer es jemals entdeckt, bemerkt, bemängelt hätte. Es war nicht Geldgier von Ratcliffes Seite, und am allerwenigsten wollte er einer Urkundenfälschung das Wort reden. Der Gedanke war ihm durchaus nicht neu; er hatte es nicht nötig, sich von einem Ortsfremden, der alle zwei oder drei Wochen einmal dahergeritten kam, auf diese Möglichkeit aufmerksam machen zu lassen; er war ihm zum erstenmal gekommen, als er dem ersten der vierzigjährigen Mohataha-Enkel die erste Tüte Pfefferminz angeschrieben hatte, und nun verzichtete er schon seit zehn Jahren darauf, zwei Nullen an die zehn oder fünfzehn Cents anzuhängen, und fragte sich jedesmal wieder, *warum* er denn verzichtete, voller Erstaunen über seine eigene Tugend oder wenigstens Willensstärke. Es war eine Sache des Grundsatzes. Er – nein, sie alle: die Siedlung (nun Stadt) – hatte den Gedanken gehabt, das Schloß den Vereinigten Staaten in Rechnung zu stellen, als ein nachweisliches Schloß, ein kommunales Risiko, ein konkretes, nicht aus der Welt zu schaffendes Objekt, alles auf eine Karte zu setzen, komme was da wolle, falls eines trüben Tages irgendein Inspektor aus Washington (wider Erwarten) die Chickasaw-Agentur revidieren sollte; die Vereinigten Staaten selbst hatten sich freiwillig erboten, ihnen zu zeigen, wie sie das nicht abzuleugnende Schloß in unbeweisbare und vergängliche Wagenschmiere verwandeln konnten – die

Vereinigten Staaten in Gestalt des schmächtigen kindgroßen Männchens, allein, unbewaffnet, unüberwindlich und unerschrocken, nicht Sachwalter und Vertreter der Vereinigten Staaten, sondern die Vereinigten Staaten in Person –, als ob die Vereinigten Staaten ihnen gesagt hätten: „Gestatten Sie, daß wir Ihnen fünfzehn Dollar schenken" (die Stadt hatte Old Alec tatsächlich fünfzehn Dollar für das Schloß gezahlt; mehr wollte er nicht nehmen), und als hätten sie das Geschenk nicht einmal abgelehnt, sondern einfach ungeschehen gemacht, da die Vereinigten Staaten es in dem Augenblick, wo Pettigrew den Gedanken laut werden ließ, schon für immer aus der Hand gegeben hatten; als hätte Pettigrew in der Tat einem von ihnen – Compson vielleicht, oder Peabody – die fünfzehn Goldstücke eingehändigt, und sie hätten sie fortgeworfen, in ein Rattenloch, einen Brunnen, keinem Menschen zum Nutzen, weder Rückerstattung dem Geschädigten noch Bereicherung dem Schädiger, und als sei damit die ganze Menschheit bis an ihr Lebensende, auf ewig und unwiderruflich, um fünfzehn Dollar gebracht, um fünfzehn Dollar zu kurz gekommen;

Das war also Ratcliffes Kummer. Aber sie hörten nicht einmal zu. Sie ließen ihn zwar ausreden, aber sie hörten nicht zu. Vielleicht hörten sie ihn auch gar nicht, wie sie da längs der Schattenkante auf Holstons Veranda saßen, zusehend, schauend, schon ein Jahr weiter; es war kaum erst der zehnte Juli; dann kam der lange Sommer, der helle milde trockene Herbst bis zu den Novemberregen, aber dieses Mal sollten sie nicht zwei Tage brauchen, sondern zwei Jahre oder noch länger, und dazu einen Winter zum Planen und Vorbereiten. Sie hatten sogar ein Instrument zur Hand und bereit, fast wie ein Geschenk der Vorsehung: einen Mann namens Sutpen, der im Frühjahr in die Siedlung gekommen war – ein hochgewachsener hagerer freudloser verlebter wortkarger Mensch, den eine verblichene Aura von etwas Namenlosem und Gewalttätigem umgab, wie einen, der eben aus einem Schneesturm in eine warme Stube oder doch unter ein Dach getreten ist, und der über dreißig Sklaven mitgebracht hatte, noch wilder, noch unheimlicher als die eingeborenen Wilden, die Chickasaws, an die sich die Siedlung inzwischen gewöhnt hatte, welche (die neuen Neger) kein Englisch sprachen, sondern etwas, wovon Compson, der in New Orleans gewesen war, meinte, es wäre das Karibisch-Spanisch-Französisch der Zuckerinseln; er (Sutpen) hatte ein großes Stück Land in der entgegengesetzten Richtung gekauft oder zugeteilt bekommen oder jedenfalls an sich gebracht und war anscheinend darauf aus, sich eine Residenz zu errichten, prunkvoller und pompöser noch als die Greniers; er hatte sogar einen zahmen Pariser Architekten bei sich – oder, genauer gesagt: in seiner Obhut; denn es hieß in Ratcliffes Hinterzimmer, der Mann schliefe des Nachts in einer Art Loch unter der Erde auf dem Grundstück des Châteaus, das er entwerfen sollte, Handgelenk an Handgelenk an einen der karibischen Sklaven seines Bauherrn gefesselt; allerdings brauchte die Siedlung ihn nur einmal zu sehen, um zu wissen, daß er um nichts umgänglicher war als sein Herr, so wie Wiesel oder Klapperschlange um nichts zahmer sind als der Wolf oder Bär, vor dem sie zurückweichen, bis sie gänzlich und hoffnungslos in die Enge getrieben sind: einen Mann nicht größer als Pettigrew, mit schalkhaften, zynischen, unbesiegten Augen, die alles gesehen und nichts von alledem geglaubt hatten, mit dem breiten und teuren Hut und der brokatenen Weste und den gefältelten Spitzenmanschetten des Halbkünstler-Halbflaneurs; und sie – Compson vielleicht, Peabody gewiß – konnten sich vorstellen, wie er in Brokat und Spitzen, schlammbespritzt und dornzerfetzt, in einer weglosen Wildnis stand und Kolonnaden und Säulenhallen und Fontänen und Alleen im Stile Davids träumte, hinter jedem Ellbogen einen riesigen halbnackten Neger, der ihn gar nicht beachtete, nur atmete und sich mit ihm bewegte, sooft er einen Schritt nach vorn machte oder zur Seite trat, gleich seinem Schatten, entzweit und verdoppelt und zu gigantischer Größe gebläht;

Also hatten sie sogar einen Architekten. Er hörte ihnen in Ratcliffes Hinterzimmer vielleicht eine Minute lang zu. Dann machte er eine schwer zu beschreibende Geste und sagte: „Bah. Ihr braucht keine Anleitung. Ihr seid zu arm. Ihr habt nur eure Hände und ihr habt Lehm, und davon könnt ihr gute Ziegel machen. Ihr habt kein Geld. Und ihr habt nichts, was ihr kopieren könntet: wie könnt ihr da etwas falsch machen?" Aber er unterwies sie im Formen der Ziegel; er entwarf und baute den Ofen, sie zu brennen, in Mengen, denn seit jenem ersten gelben Morgen war ihnen wohl auch klar, daß es mit *einem* Gebäude nicht getan sein würde. Aber obwohl der Plan zu beiden im gleichen Augenblick gefaßt wurde und beide zugleich in einem Winter entworfen und während der nächsten drei Jahre nacheinander gebaut wurden, kam natürlich das Gerichtsgebäude zuerst an die Reihe, und im März steckte der Architekt mit Pflöcken und Strängen von Angelschnur in einem Eichenwäldchen, der Taverne und dem Laden gegenüber, die rechtwinkligen schlichten Fundamente ab, unwiderruflicher Grundriß nicht nur für das Gerichtsgebäude, sondern auch für die Stadt, und er sagte es ihnen im voraus: „In fünfzig Jahren werdet ihr das ändern wollen, im Namen dessen, was sich dann Fortschritt nennen wird. Aber das wird euch nicht gelingen; ihr werdet nie davon loskommen." Aber das hatten sie schon begriffen, bis an die Hüften in Wildnis wie er, doch mit etwas mehr vor Augen als einer Vision, hatten sie doch immerhin schon die Angelschnur und die Pflöcke; vielleicht weniger als fünfzig Jahre, vielleicht – wer wollte das wissen – sogar weniger als fünfundzwanzig: ein quadratischer Platz, mitteninne das Gerichtsgebäude in seinem Wäldchen; im Viereck darum die Geschäftshäuser, zweistöckig, die Anwaltsbüros und Sprechzimmer der Ärzte und Zahnärzte, die Klubräume und Säle im Obergeschoß; Schule und Kirche und Wirtshaus und Bank und Gefängnis, jedes an seinem bestimmten Ort; die vier breiten auseinanderstrebenden Hauptstraßen, schnurgerade in die vier Himmelsrichtungen, und aus ihnen entstehend das Geflecht der Straßen und Nebenstraßen, bis es den ganzen Bezirk überzog: während die Hände, die griffigen Finger Jahr um Jahr aus der schwindenden Wildnis, wie vom Grunde der zurückweichenden See herauf, die breiten reichen fruchtbaren schwellenden Felder zutage krallten, wuchteten, mit jedem Jahr die Wildnis und ihre Bewohner weiter und weiter zurückdrängten, stießen – die wilden Bären und Hirsche und Truthähne und auch die wilden Menschen (nun gewiß nicht mehr so wild wie zuvor, nunmehr vertraut, nunmehr harmlos, nur abgelebt: Anachronismen aus einer vergangenen Zeit und einer toten Epoche; bedauernswert freilich, ja, von den Alten tatsächlich bedauert – leidenschaftlich, wie einst von dem alten Dr. Habersham, und mit weniger Feuer, doch ebenso schmerzlich und hartnäckig, wie noch jetzt von Old Alec Holston und einigen wenigen anderen –, bis ein paar Jahre später auch sie bis auf den letzten dahingegangen waren, aus der Welt, gleichfalls zum Aussterben verurteilt: denn dies war weißen Mannes Land; das war sein Schicksal, oder nicht einmal Schicksal: Bestimmung, seine erhabene Bestimmung im Buche der Erde), die Adern, Arterien, Puls- und Lebensstrom, den entlang der Überschwang der Ernten fließen sollte: das Gold: Getreide und Baumwolle;

Doch über allem das Gerichtsgebäude: Mitte, Angelpunkt, Nabe; hochaufragend, thronend inmitten des Bezirkes rundum, gleich einer einzelnen Wolke in ihrem Horizontring, die ihren mächtigen Schatten bis an den fernsten Rand des Horizontes wirft; gedankenfern, brütend, symbolisch und wuchtig, wolkengroß, felsenfest, alles beherrschend: Schutz der Schwachen, Richte und Zügel der Leidenschaften und Lüste, Hort und Hut der Sehnsüchte und

der Hoffnungen; Ziegel um Ziegel, Lage um Lage wuchs es
im Lauf jenes ersten Sommers empor, schlicht viereckig, im
einfachsten Kolonialstil der Zeit (und das von der Hand
des Pariser Architekten, der gleichzeitig auf Sutpens Besitz
etwas wie ein Stück Versailles erstehen ließ, Versailles in
der grotesken Alptraumvision eines Liliputaners – aus Rache, pflegte Gavin Stevens später zu sagen, zu einer Zeit,
da die im Bezirk umgehende Sutpen-Legende unter anderem zu berichten wußte, wie der Architekt einmal irgendwie aus seinem Verlies ausgebrochen sei und zu fliehen
versucht habe, und wie Sutpen und sein schwarzer Vor-
mann und Leibjäger ihn mit Spürhunden im Sumpf aufge-
stöbert und wieder eingebracht hätten), da sie, wie der Architekt ihnen gesagt hatte, weder reich genug waren, sich
Kitsch zu leisten, noch über irgendein Vorbild verfügten,
dessen Kitschigkeit für sie noch erschwinglich gewesen
wäre; auch dieser Bau kostete sie nichts als die Arbeit, und
davon war das meiste – jetzt, im zweiten Baujahr – Arbeit
von Sklaven, denn es gab inzwischen mehr und mehr Skla-
venbesitzer in der Siedlung, die nun seit fast zwei Jahren
Stadt war und einen Namen hatte, beides schon seit dem
Erwachen der ersten Bewohner an jenem gelben Morgen
zwei Jahre zuvor: nicht mehr nur Männer wie Holston und
der Grobschmied (Compson war jetzt auch einer), die sich
einen oder zwei oder auch drei Neger hielten, abgesehen
von Grenier und Sutpen, die auf Compsons Weideland am
Bachufer Wohnlager für ihre beiden Negertrupps errichtet
hatten, in denen diese bis zur Vollendung der zwei Gebäude – des Gerichtshauses und des Gefängnisses – leben
sollten. Aber nicht alles; es arbeiteten nicht nur die Sklaven, die Leibeigenen, die Unfreien, denn die weißen Männer waren auch noch da, dieselben, die sich an jenem heißen Julimorgen zwei und nun schon drei Jahre zuvor in
einer Art empörten Unglaubens eingefunden hatten, um
blindwütig, schwitzend, in ohnmächtigem Zorn den kleinen dreiwändigen Anbau aufzuwerfen, aufzuschleudern –

diese selben Männer (mit eigenen Angelegenheiten, denen sie hätten nachgehen können, oder mit eigener Arbeit, für die sie sich verdingt hatten, für die sie entlohnt wurden, die sie hätten leisten sollen) standen oder saßen nun manchmal eine Stunde oder zwei Stunden oder auch einen halben Tag um das Gerüst und die Stapel von Ziegeln und die Verschläge mit Lehmmörtel herum, bis sie dann einen von den Negern beiseite schoben und mit Kelle, Säge oder Axt seinen Platz einnahmen, ungebeten, aber auch ungehindert, da keiner da war, der das Recht gehabt hätte, ihnen zu befehlen oder zu wehren; ein Fremder hätte meinen können, vielleicht eben deshalb, einfach weil sie jetzt nicht mehr arbeiten mußten, doch war das nicht der tiefste Grund; jetzt konnten sie ungestört arbeiten, nun, da Empörung und Wut sich gelegt hatten, ruhig und doppelt so schnell, weil sie sich nicht mehr gedrängt fühlten, da dieses Werk von Menschenhänden nicht zu beschleunigen war, ebensowenig wie das Sprießen einer Saat; und sie (paradox auch dies für jeden, der nicht wie Grenier und Compson und Peabody unter Sklaven aufgewachsen war, die gleiche Luft geatmet, ja sogar an der gleichen Brust getrunken hatte wie die Söhne Hams: schwarz und weiß, frei und unfrei, Schulter an Schulter im gleichen unermüdlichen Schwung und Rhythmus, als hätten sie ein Ziel und eine Hoffnung – was sie auch wirklich hatten, soweit der Neger dazu imstande war, wie selbst Ratcliffe, Sohn einer langen Reihe von reinblütigen angelsächsischen Bergbewohnern und – künftiger – Vater einer ebenso langen Reihe von ebenso reinblütigen heruntergekommenen kleinen Pächtern, die nie einen Sklaven besessen hatten und niemals einen besitzen würden, da sie alle denselben Widerwillen – nicht gegen die Sklaverei an sich, durchaus nicht, sondern gegen alles, was schwarze Haut hatte – empfanden und mit der Muttermilch einsaugten, wie selbst Ratcliffe hätte erklären können: das schlichte Kindergemüt des Sklaven war sofort entflammt bei dem Gedanken, daß er mithalf, nicht nur das größte Bauwerk im Umkreis, sondern wohl auch das größte, das er je zu Gesicht bekommen hatte, zu errichten; das war alles, aber das war ihm genug) arbeiteten wie ein einziger Mann, weil es ihr Werk war, größer als jedes andere, weil es der Inbegriff von allem war und so all ihre Hoffnungen und Sehnsüchte mit sich emporreißen mußte auf die Höhe seiner aufwärtsstrebenden, hochfliegenden Kuppel, so daß sie, schwitzend und rastlos und unermüdlich, sich immer wieder im Kreis herum ansahen, ein wenig scheu und erstaunt, auch mit etwas wie Demut, so als wären sie innegeworden – oder doch wenigstens für den Augenblick fähig zu glauben –, daß der Mensch: nein: daß *alle* Menschen, und damit auch sie selbst, eine Spur besser, ja, reiner wären, als sie gemeint, erwartet (oder auch nötig) hatten. Allerdings hatten sie nach wie vor einige Schwierigkeiten mit Ratcliffe: wegen des Geldes, wegen der fünfzehn Dollar für das Holstonsche Schloß beziehungsweise die Chickasaw-Wagenschmiere; nicht direkt Schwierigkeiten, weil die Angelegenheit sie ja nie, nicht einmal vor drei Jahren, als zum erstenmal davon die Rede war, wirklich gestört hatte und nun, drei Jahre danach, der leichte, unhinderliche Holzspan von damals sozusagen zu weniger als einem Zahnstocher abgenutzt war: nur mehr zugegen, nur eben sichtbar, will sagen hörbar: und auch nicht eigentlich Schwierigkeiten mit Ratcliffe, denn er war es ja nicht, der die Schwierigkeiten machte, im Gegenteil: er war selber nur Opfer, litt am meisten darunter, denn wo die anderen sich meist gleichgültig zeigten, ein wenig belustigt, hin und wieder nur flüchtig verstimmt und ungeduldig, empfand er Scham, Verwirrung, etwas wie Hilflosigkeit und Verzweiflung, wie einer, der gegen ein angeborenes Laster ankämpft, unbezähmbar, unwiderstehlich, unterlegen von Anbeginn. Es handelte sich auch nicht mehr um das Geld, um die fünfzehn Dollar. Es handelte sich darum, daß sie ein Geschenk zurückgewiesen und mit dieser Zurückweisung vielleicht einen verhängnisvollen und nicht wieder gutzumachenden

Fehler begangen hatten. Er versuchte wiederholt, es ihnen zu erklären: „Ich muß immer denken, der Meister da oben und die andern um ihn rum, die die Sache so deichseln, wenn die so von oben auf uns runtergucken, dann sagen sie sich vielleicht: ‚Sieh einmal einer an, da wollen doch diese verflixten Dickköppe da unten die fünfzehn Dollar nicht nehmen, nicht einmal geschenkt. Da wollen sie wohl überhaupt nichts mehr von uns wissen. Also tun wir ihnen doch den Gefallen, sollen sie doch allein schwitzen und sich abrackern und sich durchwurschteln, so gut wie sie können.‘" Das taten sie denn auch; zwar blieb das Gerichtsgebäude selbst dann noch für weitere sechs Jahre unvollendet, doch wußten sie das damals nocht nicht. Sie hielten es für vollendet: schlicht und viereckig, mit Fußböden, Dach und Fenstern, mit einem Vorsaal in der Mitte und den vier Amtsräumen – Sheriff und Steuereinnehmer und die zwei Schreibstuben für Geschworenen- und Kanzleigericht (in dieser letzteren waren auch die Wahlurnen und Wahlkabinen untergebracht) – im Erdgeschoß und oben dem Gerichtssaal und dem Geschworenenzimmer und den Richterzimmern – sogar die Tauben fehlten nicht und die englischen Sperlinge, Wandernde auch sie, doch nicht Pioniere, im Gegenteil: unverbesserlich verstädtert, die es von der Atlantikküste bis hierher gezogen hatte, kaum daß aus der Stadt eine Stadt mit einem Namen geworden war, und die von den Regentraufen und Dachgesimsen Besitz ergriffen, fast ehe der letzte Hammerschlag verhallt war, häuslich und unaufhörlich die einen, zänkisch und unzählig die anderen. Dann, im sechsten Jahr, starb Old Alec Holston und hinterließ der Stadt wieder die fünfzehn Dollar, die sie ihm einst für das Schloß gezahlt hatte; zwei Jahre vorher war Louis Grenier gestorben, und seine Erben verwalteten noch als Treuhänder bis auf Abruf die fünfzehnhundert Dollar, die sein Testament ihr zugedacht hatte; und inzwischen war auch ein weiterer Neuankömmling im Bezirk eingetroffen, ein Mann namens John Sartoris, mit Sklaven und Ausrüstung und auch Geld wie Grenier und Sutpen, der aber ein noch besseres Gegengewicht gegen Sutpen war als einst Grenier, weil es sich sogleich zeigte, daß er, Sartoris, einer von denen war, die es selbst mit Sutpen aufnehmen konnten – in dem Sinne, daß ein Mann mit einem Säbel oder auch nur Florett und einem tapferen Herzen es aufnehmen kann mit einem, der eine Axt in der Hand hat; und in jenem Sommer (Sutpens Pariser Architekt war schon lange wieder zurückgekehrt an den unbekannten Ort, von dem er gekommen war und dem sein fehlgeschlagener mitternächt* licher Fluchtversuch gegolten hatte, doch das Rinnsal, der Strom seiner Ziegel war keineswegs versiegt: seine Formen und Brennöfen hatten das Gefängnis gebaut und ließen jetzt die Mauern zweier Kirchen erstehen und sollten um die Jahrhundertmitte vollendet haben, was später in ganz Nord-Mississippi und Ost-Tennessee als *die* Akademie, *das* Institut für Mädchen, bekannt werden sollte) wurde ein Komitee gebildet: Compson und Sartoris und Peabody (und *in absentia* Sutpen: und die Stadt sollte nie erfahren, wieviel von dem Fehlbetrag Sutpen und Sartoris aufgebracht hatten): und im nächsten Jahr wurden die acht zerlegten Marmorsäulen in New Orleans aus einem italienischen Schiff ausgeladen, in einen Mississippidampfer bis hinauf nach Vicksburg und dann in einen kleineren Dampfer den Yazoo und Sunflower und Tallahatchie hinauf bis an Ikkemotubbes alten Landungssteg, der jetzt Sutpen gehörte, und von da mit Ochsengespannen die zwölf Meilen nach Jefferson hinein: die zwei gleichartigen Vorhallen aus je vier Säulen, eine auf der Nord- und eine auf der Südseite, jede mit ihrem Balkon aus schmiedeeisernem Gitterwerk aus New Orleans, auf deren einem – dem südlichen – 1861 Sartoris stand, in der ersten konförderierten Uniform, die die Stadt je gesehen hatte, während unten auf dem Platz der Musterungsoffizier aus Richmond das Regiment aufstellte und vereidigte, das Sartoris als Oberst im Verband der Heeresgruppe B nach Virginia führen sollte, wo es in der ersten Schlacht bei Manassas vor dem Henryschen Haus Jacksons äußersten linken Flügel bildete; von beiden Balkonen herab riefen durch hundert Jahre in jedem Mai und November die jeweiligen Gerichtsdiener in ihrer ordentlichen, wohlbestallten, beinahe erblichen Abfolge, ohne Betonung und ohne Interpunktion: „Oyez oyez ehrenwertes Gericht des Bezirkes Yoknapatawpha kommt alle und ihr sollt alle gehört werden", und unter ihnen hindurch schritten ebensolange, außer während der sieben Jahre zwischen 63 und 70, die ein Jahrhundert später eigentlich kaum noch zählten, außer bei ein paar unversöhnlichen alten Damen, die männlichen weißen Bürger des Bezirks zur Wahl der Bezirks- und Staatsbeamten, denn als im Jahre 63 eine Streitmacht der Vereinigten Staaten die Gebäude um den Platz und das Geschäftsviertel niederbrannte, blieb das Gerichtsgebäude stehen. Es kam nicht davon: es blieb einfach stehen: härter als Äxte, zäher als Feuer, stärker als Dynamit; umgeben von den gestürzten und geschwärzten Ruinen schwächerer Mauern, stand es nach wie vor, selbst die nun kopflosen rauchfleckigen Säulen, ausgebrannt freilich und ohne Dach, aber erhalten, auch nicht ein Haar aus dem (fast vergessenen) Lot des Pariser Architekten, so daß sie nichts weiter zu tun hatten (der Bau hatte neun Jahre gedauert; zum Wiederaufbau brauchten sie fünfundzwanzig), als neue Böden für die zwei Stockwerke einzuziehen und ein neues Dach daraufzusetzen, und zwar dieses Mal mit einer Kuppel und einer Turmuhr mit Zifferblättern nach allen vier Seiten und einer Glocke zum Stundenschlagen und Alarmläuten; als die Kuppel fertig war, waren die Gebäude rund um den Platz, die Banken und die Geschäfte und die Anwaltsbüros und die Sprechzimmer der Ärzte und Zahnärzte schon wieder aufgebaut, und auch die englischen Sperlinge waren wieder da, die eigentlich nie ganz geflüchtet waren – die zänkischen, lärmenden, eigensinnigen Schwärme, die, als wären sie Begleiterscheinungen des herkömmlichen alltäglichen Zankes und Streites der Menschen und untrennbar mit ihm verbunden, sich der Gesimse und Dachtraufen bemächtigt hatten, fast noch ehe der letzte Nagel eingetrieben war – und nun auch die unaufhörlich gurrenden Tauben, die sich im Dachstuhl einnisteten, ihn sogleich mit Beschlag belegten, obschon sie sich offenbar nicht an die Glocke gewöhnen konnten und bei jedem Stundenschlag in aufgeregten Wolken aus der Kuppel brachen, sich wieder sinken ließen und abermals ausbrachen und wirbelten, mit jedem folgenden Schlag bis zum letzten: und dann wieder durch die Latten der Schallöcher verschwanden, spurlos bis auf das erregte murmelnde Gurren, gleich dem matten Nachall der Glocke selbst, die Quelle des Schreckens niemals erkennend und auch des Schreckens selbst alsbald nicht mehr bewußt, so wie die schwingungsdämpfende Luft von dem Schlagen der Glocke bald nichts mehr weiß. Denn sie – die Sperlinge und die Tauben – blieben da, standhaft, durch hundert Jahre, als die ältesten Wesen am Ort neben dem Gerichtsgebäude, hundertjährig und abgeklärt hoch über der Stadt, deren meiste Bewohner jetzt nicht einmal mehr wußten, wer Dr. Habersham, Old Alec Holston und Louis Grenier waren, gewesen waren; hundertjährig und abgeklärt hoch über dem Wandel: über Elektrizität und Benzin, über dem Neon und der überfüllten mißtönigen Luft; während nun selbst Neger unter den Balkonen hindurch und in die Schreibstube des Kanzleigerichts zur Wahl schritten, um für die gleichen weißhäutigen Schurken und Demagogen und Verfechter der weißen Vorherrschaft zu stimmen wie die Weißen – standhaft: alle paar Jahre wieder unternahmen die Bezirksväter, sich ein Bakschisch erträumend, eine neue Kampagne mit dem Ziel, es niederzureißen und ein neues, modernes zu errichten, aber an irgendwem sollte es immer scheitern; sie werden es natürlich immer wieder versuchen und werden vielleicht noch einmal scheitern und vielleicht auch noch zweimal, aber öfter nicht mehr. Denn es ist sein Schicksal, im Hinterland Amerikas zu stehen: seine Langlebigkeit wird ihm zum Verhängnis; es gleicht einem Menschen, sein Alter selbst wendet sich gegen ihn, wird zur Anklage und, wenn die hundert Jahre um sind, unerträglich. Aber noch nicht, noch eine kleine Weile; eine kleine Weile noch bleiben die Sperlinge und die Tauben: zänkisch, unzählig und eigensinnig die einen, die anderen häuslich und unaufhörlich, gleichzeitig aufgeregt und geruhsam – bis die Turmuhr aufs neue schlägt, an die sie sich, wie es scheint, auch nach einem Jahrhundert noch immer nicht gewöhnen können, und sie mit einem wirbelnden Schlag aus dem Dachstuhl hervorbrechen, gleich als habe die Stunde, statt nur dem langen kraftlosen Fortgang seit der Erschaffung der Welt ein winzig unmerkliches Mehr zuzuschlagen, des ersten Tages reine Luft erschüttert mit dem ersten Erdröhnen von Zeit und Jüngstem Gericht.

Gerichtssaal. Halb sechs Uhr nachmittags. 13. November.

*Der Vorhang ist geschlossen. Während die Scheinwerfer aufstrahlen,
hört man hinter dem Vorhang*
DIE STIMME EINES MANNES: Angeklagte, stehen Sie auf.
*Der Vorhang hebt sich, gleichsam das Aufstehen der Gefangenen
auf der Anklagebank andeutend, und ein Teil des Gerichtssaals
wird sichtbar. Dieses Bild nimmt nicht die ganze Bühne ein, sondern nur ihre hintere linke Hälfte; der Rest der Bühne bleibt dunkel, so daß der sichtbare Teil nicht nur angestrahlt ist, sondern auch
leicht erhöht erscheint: auch dies ein Symbol, wie zu Beginn des
zweiten Aktes deutlich werden wird – gleichsam das erhöhte Tri-
bunal der Gerechtigkeit, dessen nur mittlere, nicht höchste Ebene
dieses Bezirksgericht darstellt.*
*Man sieht einen Teil des Gerichtssaals – die Schranke, den Richter,
die Beisitzer, die Anwälte beider Parteien, die Geschworenen. Der
Verteidiger ist Gavin Stevens, etwa fünfzig Jahre. Er sieht weniger*

345

nach einem Anwalt aus als nach einem Dichter, der er auch tatsächlich ist; Junggeselle, Abkömmling einer der Pionierfamilien des Bezirks Yoknapatawpha, nach Studienjahren in Harvard und Heidelberg zurückgekehrt zur Heimaterde, um eine Art bukolischer Cincinnatus zu werden, ein Kämpfer weniger für die Wahrheit als für die Gerechtigkeit – Gerechtigkeit, wie er sie sieht; ständig tätigen Anteil nehmend, oft ohne Honorar, an Fällen unbilliger Härte, bei Affekthandlungen und sogar gemeinen Verbrechen unter seinen Mitbürgern, Weißen wie Negern, manchmal, wie im vorliegenden Fall, in direktem Widerspruch zu seinem Amt als Bezirksstaatsanwalt, das er seit Jahren ausübt.

Die Angeklagte hat sich erhoben. Sie ist der einzige Mensch im Saal, der steht – eine Negerin, ganz schwarz, etwa dreißig Jahre alt – das heißt, sie könnte fast jedes Alter zwischen Zwanzig und Vierzig haben –, mit einem ruhigen, undurchdringlichen, beinahe stumpfsinnigen Gesicht, die größte, höchste Erscheinung im Saal, Mittelpunkt aller Blicke; aber sie selbst sieht niemanden an, sondern blickt in die Ferne und Höhe, wie in eine entfernte Ecke des Saales, als wäre sie ganz allein. Sie ist – war bis vor kurzem, bis vor zwei Monaten, um genau zu sein – eine Hausangestellte, Kindermädchen bei zwei weißen Kindern, von denen sie das jüngere, einen Säugling, vor zwei Monaten in seiner Wiege erstickt hat, wofür sie jetzt vor Gericht steht. Aber sie hat wahrscheinlich früher eine Menge andere Dinge getan – beim Verziehen der Baumwolle geholfen, für Arbeitertrupps gekocht – Handarbeit aller Art im Rahmen ihrer Fähigkeiten oder, besser gesagt, Beschränkungen an Zeit und Abkömmlichkeit, denn ihr Ruf in der kleinen Stadt in Mississippi, wo sie zur Welt kam, ist in erster Linie der einer Herumtreiberin – einer Trinkerin, einer Gelegenheitsdirne, ständig verprügelt von irgendeinem Mann oder auf Kriegsfuß mit seiner Ehefrau oder seiner anderen Freundin. Wahrscheinlich war sie einmal verheiratet, mindestens einmal. Ihr Name – so spricht sie ihn jedenfalls aus und so würde sie ihn vermutlich schreiben, wenn sie schreiben könnte – ist Nancy Mannigoe.

Im Saal herrscht Totenstille, während alles auf sie blickt.

RICHTER: Haben Sie noch etwas zu sagen, bevor das Urteil

346

über Sie gesprochen wird? *Nancy gibt weder Antwort noch bewegt sie sich; sie scheint überhaupt nicht zuzuhören.* Sie, Nancy Mannigoe, haben am neunten Tag des Monats September in der Gemeinde Jefferson im Bezirk Yoknapatawpha vorsätzlich und heimtückisch das jüngste Kind des Ehepaars Gowan Stevens ermordet ...

Das Gericht hat für Recht erkannt: Sie sind von hier wieder in das Gefängnis des Bezirks Yoknapatawpha zu überführen und dortselbst am dreizehnten Tage des Monats März am Halse aufzuhängen, bis Sie tot sind. Und möge Gott Ihrer Seele gnädig sein.

NANCY *laut durch die Stille, ganz ruhig, ohne eine Bewegung, vor sich hin sprechend:* Ja, Herr.

Eine wortlose Welle der Entrüstung über diese unerhörte Verletzung der Prozeßordnung geht durch die unsichtbaren Zuschauer im Gerichtssaal, der Beginn einer Empörung, die zum Aufruhr zu werden droht, inmitten deren – oder besser: über der – Nancy steht, ohne sich zu bewegen. Der Richter klopft mit seinem Hammer auf den Tisch, der Gerichtsdiener springt auf, der Vorhang beginnt eilig und ruckweise zu fallen, als ob der Richter, die Beisitzer, der ganze Gerichtssaal wie wahnsinnig daran zerrten, um diese Schändlichkeit zu verdecken; irgendwoher aus der unsichtbaren Menge dringt der Klang einer Frauenstimme – ein Stöhnen, Wimmern, vielleicht ein Schluchzen.

GERICHTSDIENER *laut:* Ruhe! Ruhe im Saal! Ruhe!

Der Vorhang fällt rasch und verdeckt die Szene, die Scheinwerfer werden rasch dunkel; ein Augenblick Dunkelheit, dann hebt sich der Vorhang ruhig und weich zu:

Szene II

Wohnzimmer im Hause Stevens. Sechs Uhr nachmittags. 13. November.

Wohnzimmer; ein Mitteltisch mit einer Lampe, Sessel, links hinten ein Sofa; Stehlampe, Wandarme, eine Tür links führt zum Vorraum. Im Hintergrund steht eine Flügeltür zum Speisezimmer offen. Rechts ein Kamin mit einer Gasfeuerung in Form von imitierten Holzscheiten. Die Atmosphäre des Zimmers ist sachlich, modern und elegant, aber der Raum selbst wirkt wie aus einer anderen Zeit – die hohe Decke, die Stukkaturen, ein Teil des Mobiliars; anscheinend handelt es sich um ein altes Haus, ein Haus aus der Zeit vor dem Bürgerkrieg, das schließlich auf eine unverheiratete letzte Nachfahrin gekommen ist, die es modernisiert (siehe die Gasfeuerung und die beiden übermäßig gepolsterten Sessel) und in Wohnungen für junge Paare oder Familien aufgeteilt hat, die es sich leisten können, so viel Miete zu zahlen, nur um auf der richtigen Straße zu wohnen, unter anderen jungen Paaren, die wie sie der richtigen Kirche und dem Country Club angehören.

Schritte hinter der Bühne; dann gehen die Lichter an, als habe jemand vor Betreten des Zimmers einen Wandschalter gedrückt, die Tür links öffnet sich und Temple tritt auf, hinter ihr Gowan, ihr Mann, und der Verteidiger, Gavin Stevens. Sie ist Mitte Zwanzig, sehr elegant, gepflegt, in einem offenen Pelzmantel, in Hut und Handschuhen, eine Handtasche über dem Arm. Sie wirkt zerbrechlich und nervös, aber nicht unbeherrscht. Ihr Gesicht verrät nichts, während sie zum Mitteltisch geht und dort stehenbleibt. Gowan ist drei oder vier Jahre älter. Er ist fast ein Standardtyp; es gab viele wie ihn in Amerika, im Süden, zwischen den beiden großen Kriegen: einzige Kinder finanziell gesicherter Eltern, die in Wohnhotels in der Stadt leben, ehemalige Schüler der besten Colleges im Süden oder im Osten, wo sie den richtigen Clubs angehörten; jetzt verheiratet und Familienväter, doch nach wie vor ihren alten Schulen verbunden, leidlich gut Posten ausfüllend, um die sie sich nicht beworben haben, meist in Verbindung mit Geld: der Baumwollbörse, Ak-

tien oder Obligationen. Aber dieses Gesicht ist nicht ganz wie die anderen, ist etwas mehr. Irgend etwas ist ihm zugestoßen, etwas Tragisches, worauf es nicht gefaßt, und womit fertig zu werden es (wie es entdecken mußte) nicht gerüstet war; womit es sich aber abgefunden hat und dem es, wirklich, aufrichtig und selbstlos (vielleicht zum erstenmal in seinem Leben) gerecht zu werden versucht, so gut es geht. Gowan und Stevens sind im Mantel; beide tragen ihren Hut in der Hand. Stevens bleibt an der Tür stehen. Gowan folgt Temple an den Tisch und läßt im Vorübergehen seinen Hut auf das Sofa fallen. Sie streift einen ihrer Handschuhe ab.

TEMPLE *nimmt aus der Dose auf dem Tisch eine Zigarette, ahmt die Angeklagte nach; die Rauheit ihrer Stimme verrät zum ersten Male eine unterdrückte, beherrschte Hysterie:* Ja, Herrgott. Ich bin schuld, Gott. Danke dir, lieber Gott. Wenn das alles ist, was einer zu sagen hat, was kann er vom Richter und den Geschworenen andres erwarten, als daß sie ihm entgegenkommen?

GOWAN: Hör schon auf damit, Schätzchen. Still jetzt. Ich mach schnell Feuer, dann kriegst du gleich was zu trinken. *Zu Stevens:* Oder Onkel Gavin kümmert sich um den Ofen, während ich in die Küche gehe.

TEMPLE *greift nach dem Feuerzug auf dem Tisch:* Ich mach schon Feuer. Sorg du nur für die Drinks. Wir wollen doch Onkel Gavin nicht aufhalten. Er möchte ja nur Aufwiedersehen sagen, laßt mal was von euch hören. Wenn er sich ein bißchen Mühe gibt, schafft er's in einem Satz. Dann kann er gerne gehen. *Sie geht zum Ofen, kniet nieder und öffnet den Gashahn, das Feuerzeug in der rechten Hand.*

GOWAN *beschwichtigend:* Schätzchen, ich bitte dich.

TEMPLE *läßt das Feuerzeug aufschnappen, hält die Flamme an das Gas:* Nun sorg schon endlich für einen Drink.

GOWAN: Sofort, Honey. *Er wendet sich um, zu Stevens.* Leg deine Sachen irgendwo ab.

Er geht durch das Speisezimmer ab. Stevens rührt sich nicht. Er beobachtet Temple, während die Gasheizung aufflammt.

TEMPLE *noch kniend, mit dem Rücken zu Stevens:* Wenn du dableiben willst, warum setzt du dich nicht? Oder andersrum. Rückwärts gelesen. Jedenfalls die erste Hälfte: wenn du dich nicht setzen willst, warum gehst du nicht? Laß mich trauern und laß mich frohlocken, aber bitte allein; wenn *ein* Gefühl Privatsache ist, dann, weiß Gott, der Triumph ...

Stevens sieht sie an. Dann geht er auf sie zu, zieht das Taschentuch aus seiner Brusttasche, bleibt hinter ihr stehen und hält das Tuch so, daß sie es sehen kann. Sie blickt erst auf das Taschentuch, dann zu ihm auf. Ihr Gesicht ist ganz unbewegt.

TEMPLE: Was soll das?

STEVENS: Für dich. Ist auch ganz trocken. *Hält ihr weiter das Tuch hin.* Für morgen also.

TEMPLE *steht rasch auf:* Oh, für den Kohlenstaub. Auf der Bahn. Aber wir nehmen das Flugzeug; hat Gowan dir das nicht gesagt? Ab Memphis um Mitternacht; nach dem Essen fahren wir los. Morgen früh sind wir schon in Kalifornien; vielleicht fahren wir später auch nach Hawaii, im Frühjahr. Nein, ist nicht die Saison; also vielleicht Kanada. Lake Louise im Mai und Juni – *Sie unterbricht sich, lauscht einen Augenblick nach der Speisezimmertür.* Wozu also das Taschentuch? Willst du mir drohen? Aber ich wüßte nicht, womit, oder? Und wenn ich's nicht als Drohung verstehe, hast du dich wohl geirrt, und dann kann's auch keine Bestechung sein, oder? *Beide hören Schritte jenseits der Speisezimmertür: Gowan kommt zurück. Temple spricht wieder leiser, rasch.* Also sagen wir's so. Ich weiß nicht, was du willst, und es interessiert mich auch gar nicht. Denn ganz egal was es ist, von mir hast du nichts zu erwarten. *Das Geräusch ist jetzt ganz nah – Schritte, Gläserklirren.* Jetzt wird er dir einen Drink geben, und dann wird er dich fragen, was du hier willst, warum du mitgekommen bist. Meine Antwort kennst du: nein. Selbst wenn du etwa Tränen sehen willst, muß ich dich wahrscheinlich enttäuschen. Aber sonst kriegst du ganz bestimmt nichts; von mir nicht. Hast du mich verstanden?

STEVENS: Ich höre dir zu.

TEMPLE: Mit anderen Worten, du glaubst mir nicht. Meinetwegen, touché. *Rascher, unruhiger.* Ich habe mich geweigert, deine Frage zu beantworten; vielleicht beantwortest du mir eine: weißt du, irgend etwas – *Da Gowan eintritt, ändert sie ihren Satz während des Sprechens so geschickt, daß man beim Hereinkommen nicht einmal eine Veränderung in der Tonlage ihrer Stimme bemerken würde.* – muß sie dir als ihrem Verteidiger schließlich gesagt haben; selbst eine Morphinistin, die ein kleines Kind umbringt, muß doch so etwas wie einen Grund dafür haben, selbst wenn sie eine Niggermorphinistin ist und das Kind ein weißes Baby – oder vielleicht erst recht, weil sie ein Nigger ist und das Kind . . .

GOWAN: Jetzt mach aber einen Punkt, Schätzchen.

Er trägt ein Tablett mit einer Wasserkaraffe, einer Schale mit Eis, drei leeren Wassergläsern und drei schon gefüllten Whiskeygläsern. Die Flasche selbst ragt aus seiner Manteltasche. Er geht auf Temple zu und bietet ihr das Tablett an.

Komm, sei brav. Ich nehme auch einen. Zur Abwechslung. Den ersten nach acht Jahren. Warum nicht?

TEMPLE: Warum nicht? *Sieht auf das Tablett.* Keine Highballs?

GOWAN: Diesmal nicht.

Sie nimmt eines der gefüllten Gläser. Er bietet Stevens das Tablett an, der das zweite Glas nimmt. Dann setzt er das Tablett auf den Tisch und greift nach dem dritten Glas.

Nicht einen Drink seit acht Jahren; zählt nach. Ist vielleicht gerade der richtige Moment, um wieder anzufangen. Jedenfalls nicht zu früh. *Zu Stevens.* Trink aus. Ein bißchen Wasser nach?

Er setzt sein unberührtes Glas, scheinbar ganz in Gedanken, zurück auf das Tablett, gießt Wasser aus der Karaffe in eines der leeren Gläser und reicht es Stevens, während dieser sein Whiskeyglas leert und absetzt und nach dem Wasserglas greift. Temple hat ihr Glas ebenfalls nicht berührt.

GOWAN: Wie wär's, wenn der Herr Verteidiger uns jetzt erzählte, was er hier will?

STEVENS: Deine Frau hat es dir schon gesagt. Mich verabschieden.

GOWAN: Also verabschiede dich. Noch einen auf den Weg, und wo ist dein Hut, eh?

Er nimmt Stevens das Wasserglas ab und geht zum Tisch zurück.

TEMPLE *setzt ihr unberührtes Glas auf das Tablett:* Diesmal aber mit Eis drin, vielleicht auch ein bißchen Wasser. Aber erst nimm Onkel Gavin den Mantel ab.

GOWAN *nimmt die Flasche aus seinem Mantel und mischt Stevens in dem Wasserglas einen Highball:* Das wird nicht nötig sein. Wenn er es fertigbringt, vor einem weißen Gericht seinen Arm zu heben, um eine Niggermörderin zu verteidigen, dann wird ihn das bißchen Wintermantel nicht hindern, sein Glas an den Mund zu führen, um mit der Mutter des Opfers zu trinken. *Rasch, zu Temple.* Pardon. Vielleicht hast du die ganze Zeit recht gehabt, und ich unrecht. Vielleicht müssen wir immerzu solche Sachen sagen, um sie loszuwerden, wenigstens zum Teil . . .

TEMPLE: Bitte. Warum nicht? Also denn. *Sie beobachtet nicht Gowan, sondern Stevens, der sie seinerseits beobachtet, ernst und sachlich.* Vergiß auch nicht den Vater, Liebling.

GOWAN *während er den Drink mischt:* Wie sollte ich, Liebling? Nur ist der Vater des Kindes leider nichts als ein Mann. In den Augen der Justiz steht es Männern nicht zu, zu leiden: sie sind lediglich Kläger oder Beklagte. Die Justiz ist zartfühlend nur gegen Frauen und Kinder – besonders gegen Frauen, besonders gegen morphiumsüchtige Niggerhuren, die weiße Kinder umbringen. *Reicht Stevens den Highball, Stevens nimmt ihn.* Wie sollten wir da von Herrn Verteidiger Stevens Zartgefühl für eine Frau und einen Mann erwarten, die schließlich nichts weiter sind als die Eltern des ermordeten Kindes?

TEMPLE *rauh:* Willst du jetzt endlich Schluß machen? Willst du jetzt endlich den Mund halten?

GOWAN *dreht sich um, rasch:* Entschuldige. *Wendet sich ihr zu, sieht ihre Hand leer, dann ihr volles Glas neben seinem eigenen auf dem Tablett.* Du trinkst nicht?

TEMPLE: Danke. Ich möchte ein Glas Milch.

GOWAN: Gut. Heiß?

TEMPLE: Bitte.

GOWAN *dreht sich um:* Gut. Ich habe auch daran gedacht. Ich habe sie schon aufs Feuer gestellt, als ich die Gläser holte. *Geht auf die Speisezimmertür zu.* Laß Onkel Gavin nicht fort, bis ich zurück bin. Schließ die Tür ab, wenn's sein muß. Oder ruf einfach diesen Negerfreiheitsapostel an – wie heißt er noch . . .?

Er geht ab. Beide stehen bewegungslos, bis die Küchentür hörbar zuschlägt.

TEMPLE *schnell und kalt:* Wieviel weißt du? *Rasch.* Lüg mich nicht an; du siehst, wir haben keine Zeit.

STEVENS: Keine Zeit wofür? Bis heute nacht euer Flugzeug geht? Sie hat noch etwas Zeit – vier Monate, bis März, bis zum dreizehnten März . . .

TEMPLE: Du weißt genau, was ich meine – du als Verteidiger – du besuchst sie doch jeden Tag – sie ist ja nur ein Nigger, und du als Weißer – selbst wenn du etwas brauchtest, um sie einzuschüchtern – du könntest ihr's einfach abkaufen, mit einer Prise Kokain oder mit einem halben Liter . . . *(Sie stockt, blickt ihn an, verblüfft, fast verzweifelt; ihre Stimme ist beinahe ruhig.* O Gott, o Gott, sie hat dir nichts gesagt. Ich bin's. Ich bin diejenige –. Verstehst du? Ich kann es einfach nicht glauben – ich will nicht –, es ist doch unmöglich . . .

STEVENS: Unmöglich zu glauben, daß nicht alle Menschen im Grunde – du würdest sagen: Schweine sind? Nicht einmal – du würdest sagen: morphiumsüchtige Niggerhuren? Nein, sie hat mir nichts weiter gesagt.

TEMPLE: Was also glaubst du zu wissen? Ganz egal, wo du's her hast; sag mir nur, was du glaubst.

STEVENS: Es war ein Mann im Haus, an jenem Abend.

TEMPLE *rasch, ohne zu zögern, fast ehe er ausgesprochen hat:* Gowan.

STEVENS: An dem Abend? Wo Gowan doch früh um sechs mit Bucky nach New Orleans gefahren war?

TEMPLE *rasch, rauh:* Ich hatte also recht. Hast du ihr angst gemacht, oder hast du's ihr einfach abgekauft? *Sie unterbricht sich.* Ich tu ja, was ich kann. Ich geb mir wirklich Mühe. Vielleicht fiel es mir nicht so schwer, wenn ich bloß wüßte, warum sie keine Schweine sind – aus welchem Grunde sie keine sein sollten ... *Sie hält inne; es ist, als hätte sie ein Geräusch gehört, das Gowans Rückkehr ankündigt, oder auch, als wüßte sie instinktiv oder aus Erfahrung, daß er inzwischen Zeit genug gehabt hat, eine Tasse Milch warm zu machen. Dann fährt sie fort, rasch und gedämpft.* Es war da kein Mann. Verstehst du mich? Ich habe es dir gleich gesagt, daß du von mir nichts kriegen würdest. Oh, ich weiß; du hättest mich jederzeit in den Zeugenstand stellen können, unter Eid; deinen Geschworenen hätte das freilich ganz und gar nicht gepaßt, diese brutale Folterung einer trauernden jungen Mutter – aber was heißt das schon, wenn es ums Recht geht? Ich weiß nicht, warum du das nicht getan hast. Oder vielleicht willst du's noch tun – vorausgesetzt, du kannst uns noch kriegen, bevor wir die Grenze nach Tennessee überschritten haben. *Rasch, gespannt, hart.* Wie du willst. Entschuldige. Ich habe es nicht so gemeint. Vielleicht liegt es einfach daran, daß ich zu genau weiß, in welchen Stall ich gehöre. *Die Küchentür schlägt zu; beide haben es gehört.* Denn ich werde auch Gowan nicht mitnehmen, wenn ich mich verabschiede und nach oben gehe. Und wer weiß ...

Sie hält inne. Gowan tritt ein; er trägt ein kleines Tablett, auf dem ein Glas mit Milch und ein Salzstreuer stehen, dazu eine Serviette, und geht auf den Tisch zu.

GOWAN: Und wovon sprecht ihr jetzt?

TEMPLE: Ach, nichts. Ich sagte gerade zu Onkel Gavin, er hätte auch so etwas von Virginia an sich, etwas von einem Kavalier; das müßte er von dir geerbt haben, durch deinen

354

Großvater; und jetzt ginge ich nach oben und gäbe Bucky sein Bad und sein Abendessen. *Sie prüft mit der Hand die Wärme des Glases, dann nimmt sie das Glas vom Tablett; zu Gowan.* Danke dir schön.

GOWAN: Gern geschehen. *Zu Stevens.* Siehst du? Nicht einfach irgendeine Serviette: die richtige Serviette. So bin ich gedrillt. *Er unterbricht sich plötzlich, als sein Blick auf Temple fällt, die dem Anschein nach nichts getan hat, nur dasteht, das Glas in der Hand. Aber er scheint Bescheid zu wissen; zu ihr.* Wozu das?

TEMPLE: Ich weiß nicht.

Er geht auf sie zu; sie küssen sich, nicht lange, aber auch nicht flüchtig, durchaus ein Kuß zwischen Mann und Frau. Dann geht Temple, das Glas in der Hand, auf die Flurtür zu.

Zu Stevens. Also adieu bis zum Juni. Bucky wird dir und Tante Maggie eine Ansichtskarte schicken. *Sie geht weiter, zögert und wendet sich nach Stevens um.* Kann sein, ich irre mich, und Temple Drake kommt aus einem anderen Stall; solltest du zufällig etwas hören, was du noch nicht gehört hast, und es ist wahr, wer weiß, vielleicht unterschreib ich's sogar. Vielleicht glaubst du mir das – wenn du schon glaubst, du wirst etwas hören, was du noch nicht gehört hast ...

STEVENS: Und du?

TEMPLE *nach einem Augenblick:* Von mir nicht, Onkel Gavin. Wenn einer unbedingt in den Himmel will, wie komme ich dazu, ihn zu halten? Gute Nacht. Adieu.

Sie geht ab, schließt die Tür. Stevens, sehr ernst, wendet sich um und setzt seinen Highball auf dem Tablett ab.

GOWAN: Trink aus. Schließlich muß ich noch essen und meine Sachen packen.

STEVENS: Was ist mit dir? Ich dachte, du wolltest mittrinken.

GOWAN: Aber gerne, gerne. *Greift nach dem kleinen vollen Glas.* Ich schlage vor, du verschwindest und läßt uns von jetzt an ungestört Revanche nehmen.

STEVENS: Schön wär's, wenn dich das trösten könnte.

GOWAN: Weiß Gott, das wär schön. Ich wünschte weiß Gott, ich wollte nichts als meine Revanche. Auge um Auge – was für ein leeres Wort. Aber das weiß man erst, wenn man sein Auge verloren hat.

STEVENS: Und trotzdem soll sie sterben.

GOWAN: Warum nicht? Als ob das ein Verlust wäre – eine Niggerhure, Säuferin, Morphinistin . . .

STEVENS: – Vagabundin, Herumtreiberin, hoffnungslos verkommen, bis eines Tages Mr. und Mrs. Stevens, rein aus Mitleid und Menschlichkeit, sie aus der Gosse auflasen, um ihr eine letzte Chance zu geben – *Gowan steht unbeweglich, seine Hand umspannt das Glas fester. Stevens läßt ihn nicht aus den Augen.* Und zum Dank dafür . . .

GOWAN: Bitte, Onkel Gavin. Warum gehst du nicht endlich nach Hause? Oder geh zum Teufel, geh wohin du willst, aber geh.

STEVENS: Ich gehe schon, gleich. Ist das der Grund, daß du glaubst – daß du willst, daß sie stirbt?

GOWAN: Ich will gar nichts. Ich habe mit der Sache nichts zu tun. Ich bin auch nicht als Kläger aufgetreten. Ich hatte den Prozeß ja nicht – angestrengt –, so heißt das ja wohl. Ich war nur zufällig der Vater des Kindes, das . . . Was, das soll ein Drink sein? *Er schleudert das Glas mit dem Whiskey in die Eisschale, greift schnell mit einer Hand nach einem leeren Wasserglas und gießt auch schon Whiskey hinein. Erst hört man nichts, aber es ist offensichtlich, daß er lacht: ein Lachen, das ganz normal beginnt, aber gleich darauf unbeherrscht, fast hysterisch wird, während er immer noch Whiskey in das Glas gießt, das jetzt gleich überlaufen muß; im letzten Augenblick streckt Stevens die Hand aus, greift nach der Flasche und verhütet es.*

STEVENS: Stop. Stop, sag ich. So.

Er nimmt Gowan die Flasche aus der Hand, setzt sie ab, greift nach dem Glas, kippt einen Teil seines Inhalts in ein anderes, leeres Glas, bis ein vernünftiger, vertretbarer Drink übrigbleibt, und gibt es Gowan zurück. Gowan nimmt das Glas, stellt das verrückte Gelächter ein, fängt sich wieder.

GOWAN *das Glas in der Hand, ohne zu trinken:* Acht Jahre. Acht Jahre lang hab ich mich abgequält – und das ist das Resultat: daß mein Kind mir umgebracht wird von einer morphiumsüchtigen Niggerhure, die nicht mal davonlaufen wollte, so daß man sie hätte abschießen können wie einen tollen Hund ... Weißt du, was das heißt? Acht Jahre nicht einen Tropfen, immer mit dem Gedanken: das ist der Preis, ohne den kriegst du nichts – und jetzt ist der Handel perfekt, die Ware geliefert, die Rechnung bezahlt; also kann ich jetzt wieder trinken. Und jetzt liegt mir nichts mehr daran. Begreifst du? Als ob ich das, was ich kaufte, eigentlich gar nicht gewollt hätte – und vor allem: als ob der Preis, den ich dafür zahlte, völlig wertlos gewesen wäre, sinnlos. Es ist zum Lachen. Ein herrliches Gefühl. Ich habe nämlich ein Geschäft gemacht, wo ich gar nicht darauf aus war. Ich bin viel zu billig weggekommen. Zwei Kinder hab ich gehabt. Ich brauchte nur eins von ihnen in Zahlung zu geben, um zu merken, daß es mich im Grunde gar nichts gekostet hat ... Zum halben Preis: mit einem Kind und einer rauschgiftsüchtigen Niggerhure hab ich mich ganz und gar freigekauft.

STEVENS: So etwas gibt es nicht.

GOWAN: Von der Vergangenheit. Von meiner Verrücktheit. Meiner Betrunkenheit. Meiner Feigheit, wenn du willst ...

STEVENS: Vergangenheit – das gibt es auch nicht.

GOWAN: Ein glänzender Witz! Aber lachen wir nicht zu laut, denken wir an die Damen – an Miß Drake – an Miß Temple Drake ... Jawohl, ich war feige. Aber wenn du meinst, das klingt besser, nenne es meinetwegen übertrainiert. Weißt du noch? Gowan Stevens, an der Universität von Virginia darauf trainiert, zu trinken wie ein Gentleman, betrinkt sich wie zehn Gentlemen, nimmt ein Landcollegemädchen, ein junges Mädchen, wer weiß, vielleicht sogar eine Jungfrau, in seinem Wagen mit über Land, zu einem Fußballspiel in einem anderen Landcollege, betrinkt sich ärger als zwanzig Gentlemen, verfährt sich, trinkt weiter, ist schon betrunkener als vierzig Gentlemen, fährt den Wagen an einen Baum, achtzig Gentlemen, er verliert die Besinnung, und inzwischen hat man das Mädchen – die Jungfrau – in ein Bordell in Memphis verschleppt ... *Er murmelt etwas Unverständliches.*

STEVENS: Was?

GOWAN: Feigheit, jawohl. Nennen wir's ruhig Feigheit – wozu noch Euphemismen zwischen zwei alten Eheleuten?

STEVENS: Sie hinterher zu heiraten, das war jedenfalls keine Feigheit.

GOWAN: Jaja. Das war purstes Old Virginia. Hundertundsechzig Gentlemen.

STEVENS Zumindest die Absicht, mit welchem Maß man's auch mißt. Wie war das ...? Das Mädchen in dem Bordell – ich habe dich eben nicht ganz verstanden ...

GOWAN *rasch, mit der entsprechenden Bewegung:* Wo hast du dein Glas? Schütt den Rest da weg, komm ...

STEVENS *hält das Glas fest:* Danke, nicht nötig. Was hast du da gesagt ...? Man hat sie in ein Bordell in Memphis verschleppt – und ...?

GOWAN *rauh:* Nichts und. Das ist alles.

STEVENS: Du sagtest „... und sie hat's genossen". *Sie sehen sich an.* Ist es das, was du ihr nie verzeihen kannst? Nicht die Tatsache, daß sie der Anlaß war zu dem einen Ereignis in deinem Leben, an das du dich nicht erinnern willst und das du niemals vergessen kannst, für das du keine Erklärung und keine Entschuldigung findest, um das all deine Gedanken kreisen – sondern dies: daß sie selbst nicht gelitten hat, ja im Gegenteil, es genossen hat – diesen Monat oder wie lang es gedauert hat, wie das weiße Mädchen in dem alten Film, das der Beduinenfürst in einer Höhle gefangenhielt? Daß du nicht nur deine Junggesellenfreiheit verlieren mußtest, sondern auch deinen Mannesstolz auf die Keuschheit deiner Frau, und nun auch noch dein Kind

– nur um für etwas zu büßen, was deine Frau nicht als Verlust empfand, dem sie nicht nachtrauerte, das sie überhaupt nicht vermißte? Und deswegen muß diese arme, hilflose, unglückselige, törichte Negerin sterben?

GOWAN *beherrscht sich mühsam:* Laß mich. Geh nach Hause. Geh schon.

STEVENS: Ich gehe gleich. – Warum schießt du dir dann nicht selbst eine Kugel in den Kopf? Dann ist's aus mit dem Erinnernmüssen, aus mit der Unfähigkeit zu vergessen: nichts mehr; stürz dich ins Nichts und geh unter, ertrinke auf immer und ewig, um dich nie mehr erinnern zu müssen, nie mehr nachts aufzuwachen, zuckend und schwitzend, weil dich nie, nie die Erinnerung losläßt? Was geschah noch während dieses Monats, während der Zeit, in der dieser Wahnsinnige sie da gefangenhielt, in diesem Haus in Memphis, was, das niemand weiß außer dir und ihr, das vielleicht nicht einmal du weißt?

Ohne die Augen von Stevens zu wenden, setzt Gowan langsam und entschlossen das Whiskeyglas zurück auf das Tablett, ergreift die Flasche und schwingt sie, weit ausholend, den Boden nach oben, über seinem Kopf. Die Flasche ist unverkorkt, und sogleich beginnt der Whiskey herauszuströmen, über seine Hand, seinen Ärmel hinab und auf den Boden. Er scheint es nicht einmal zu bemerken. Seine Stimme ist gepreßt, kaum die eines Menschen.

GOWAN: Herrgott . . . Herrgott, steh mir bei.

Stevens zögert einen Augenblick, dann regt er sich, ohne Hast, setzt sein Glas zurück auf das Tablett, wendet sich ab, nimmt im Vorübergehen seinen Hut vom Sofa und geht zur Tür und ab. Gowan steht noch einen Moment mit erhobener Flasche – die nun leer ist – unbeweglich da. Dann atmet er tief, schaudert auf, als ob er erwachte, setzt die leere Flasche auf das Tablett, bemerkt sein unberührtes Whiskeyglas, greift danach, betrachtet es; dann wendet er sich um und schleudert das Glas klirrend in den Kamin, gegen die brennenden Gasscheite, steht mit dem Rücken zum Publikum, atmet noch einmal tief und schaudernd auf und streift mit beiden Hände schwer über sein Gesicht, wendet sich um, blickt auf seinen

nassen Ärmel, zieht sein Taschentuch heraus und betupft damit
den Ärmel, während er zum Tisch zurückgeht, steckt das Taschen-
tuch wieder ein, nimmt die gefaltete Serviette von dem kleinen Ta-
blett und wischt damit über den Ärmel, sieht, daß es zwecklos ist,
wirft die zerknüllte Serviette auf das Whiskeytablett; und dann,
äußerlich wieder vollkommen ruhig, als sei nichts geschehen, stellt
er die Gläser zurück auf das große Tablett, setzt auch das kleine
Tablett darauf, legt die Serviette dazu, nimmt das Tablett auf
und geht ruhig auf die Speisezimmertür zu, während das Licht
langsam verlöscht.

Die Bühne ist dunkel.

Licht.

SZENE III

Wohnzimmer im Hause Stevens. Zehn Uhr abends. 11. März.

Das Zimmer sieht genauso aus wie vor vier Monaten, nur ist jetzt
das einzige Licht die Lampe auf dem Tisch, und das Sofa ist herum-
gerückt, so daß es halb zum Publikum gekehrt ist; auf ihm liegt, in
eine Decke gehüllt, eine kleine reglose Gestalt, und einer der Stühle
ist so zwischen Lampe und Sofa gestellt, daß der Schatten seiner
Lehne die Gestalt auf dem Sofa verdunkelt und mehr oder minder
unkenntlich macht; die Tür zum Speisezimmer ist jetzt geschlossen.
Das Telefon steht auf dem kleinen Tischchen in der rechten Ecke,
wie in Szene II.
Die Flurtür öffnet sich. Temple tritt ein, gefolgt von Stevens. Sie
trägt jetzt einen langen Hausmantel; ihr Haar ist wie zum Schla-
fengehen mit einem Band zurückgebunden. Stevens hat den Mantel
über dem Arm und den Hut in der Hand; er trägt diesmal einen
anderen Anzug. Anscheinend hat sie ihn schon ermahnt, leise zu
sein, sein Verhalten läßt jedenfalls darauf schließen. Sie tritt ins
Zimmer, bleibt stehen, läßt ihn vorausgehen. Er zögert, blickt sich

*im Zimmer um, sieht das Sofa, bleibt davor stehen, betrachtet die
kleine Gestalt.*

STEVENS: Das nennt man abgekartetes Spiel.

*Er geht näher an das Sofa heran, während Temple ihn beobachtet,
bleibt stehen, schaut nieder auf den im Schatten liegenden Gegenstand. Er schiebt vorsichtig den Stuhl beiseite, und man erkennt
einen kleinen schlafenden Jungen von ungefähr vier Jahren, in eine
Decke gehüllt.*

TEMPLE: Warum nicht? Behaupten nicht die Philosophen
und andere Gynäkologen, daß eine Frau sich mit allen Mitteln zur Wehr setzt, selbst mit ihren Kindern?

STEVENS *den Blick auf das Kind gerichtet:* Einschließlich der
Schlaftablette, die du Gowan gegeben hast, wie du sagst?

TEMPLE: Also meinetwegen. *Kommt an den Tisch.* Wenn ich
doch aufhören könnte, dagegen anzukämpfen; wieviel Zeit
könnten wir sparen. Jetzt bin ich den ganzen Weg von Kalifornien zurückgekommen, aber ich kann's noch nicht aufgeben. Glaubst du an Schicksalsfügungen?

STEVENS *wendet sich um:* Nur wenn ich unbedingt muß.

TEMPLE *am Tisch, greift nach einem zusammengefalteten Telegramm, öffnet es, liest:* Aufgegeben in Jefferson, am 6. März.
„Du hast noch eine Woche bis zum Dreizehnten. Und was
machst du dann?" Unterschrift: Gavin.

*Sie faltet das Papier wie vorher zusammen, knifft es noch ein weite-
res Mal. Stevens beobachtet sie.*

STEVENS: Und? Heute ist der Elfte. Ist das Schicksalsfügung?

TEMPLE: Das nicht. Aber – *Sie wirft das gefaltete Papier auf den
Tisch, wendet sich um* – am selben Nachmittag, am Sechsten,
war ich mit Bucky am Strand. Icn las ein Buch, und er – er
spielte und schwatzte ein bißchen zwischendurch: „Ist Kalifornien weit von Jefferson, Mammi?" „Ja, mein Schatz",
sagte ich nebenbei, während ich lese oder jedenfalls versuche zu lesen, und er sagt: „Wie lange bleiben wir in Kalifornien, Mammi?", und ich sage: „Bis es uns langweilig wird",
und er sagt: „Bleiben wir hier, bis Nancy aufgehängt wird,

Mammi?" und da ist es schon zu spät; ich hätte es mir ja denken können, aber es ist schon zu spät; ich sage: „Ja, mein Schatz", und da kommt es schon, wie aus der Pistole geschossen, aus seinem Mund – wie war das doch? – aus dem Munde der Unmündigen... „Und was machen wir dann, Mammi?" Und dann kommen wir zurück ins Hotel, und ich finde das da, von dir. Nun?

STEVENS: Nun und?

TEMPLE: Also bitte. Lassen wir das. *Geht zu einem Stuhl.* Da ich nun einmal hier bin – ganz egal, wer dafür verantwortlich ist: was willst du von mir? Willst du einen Drink haben? Nimm einen Drink. Leg wenigstens deinen Mantel hin.

STEVENS: Ich weiß noch nicht. Darum bist du ja zurückgekommen...

TEMPLE *unterbricht ihn:* Ich? Ich habe doch...

STEVENS *unterbricht sie:* Du hast gesagt: Lassen wir das.

Sie sehen sich einen Augenblick stumm an. Pause.

TEMPLE: Also bitte. Leg deine Sachen hin.

Stevens legt Hut und Mantel auf einen Stuhl. Temple setzt sich. Stevens setzt sich ihr gegenüber, so daß das schlafende Kind auf dem Sofa im Hintergrund zwischen beiden liegt.

TEMPLE: Also Nancy muß gerettet werden. Also holst du mich zurück, beziehungsweise du und Bucky, ihr beide, egal, jedenfalls bist du hier und ich bin hier. Weil ich anscheinend was weiß, was ich noch nicht gesagt habe, oder vielleicht weißt du was, was ich noch nicht gesagt habe. Was glaubst du zu wissen? *Rasch; er hat nichts gesagt.* Also gut. Was weißt du?

STEVENS: Nichts. Ich will es nicht wissen. Ich will nur...

TEMPLE: Sag das bitte noch mal.

STEVENS: Was?

TEMPLE: Was also glaubst du zu wissen?

STEVENS: Nichts. Ich...

TEMPLE: Na also. Warum glaubst du, ich hätte etwas verschwiegen?

STEVENS: Du bist zurückgekommen. Von Kalifornien bis hierher.

TEMPLE: Zu billig. Zweiter Versuch.

STEVENS: Du warst dabei. *Mit abgewandtem Gesicht streckt Temple eine Hand nach dem Tisch aus, tastet nach der Zigarettendose, nimmt sich eine Zigarette und tastet mit derselben Hand weiter nach dem Feuerzeug, findet es, zieht die Hand zurück, läßt sie in den Schoß sinken.* Beim Prozeß. Tag für Tag. Den ganzen Tag über, vom Beginn der Sitzung an . . .

TEMPLE *sieht ihn noch immer nicht an, betont unbefangen, steckt die Zigarette zwischen die Lippen, spricht seitwärts an ihr vorbei, die Zigarette schwankt in ihrem Mund:* Als trauernde Mutter . . .

STEVENS: Ja, als trauernde Mutter . . .

TEMPLE *die Zigarette schwankt; sieht ihn noch immer nicht an:* . . . will man sich selbst vom Fortschritt seiner Rache überzeugen: Die Tigerin über der Leiche ihres erschlagenen Jungen . . .

STEVENS: . . . müßte man viel zu tief in Trauer versunken sein, um an Rache zu denken – um auch nur den Anblick der Mörderin seines Kindes zu ertragen . . .

TEMPLE *sieht ihn nicht an:* Die Dame, wie mich dünkt, gelobt zu viel?

Stevens antwortet nicht. Sie läßt das Feuerzeug aufschnappen, zündet die Zigarette an, legt das Feuerzeug zurück auf den Tisch. Stevens beugt sich vor, schiebt den Aschenbecher über den Tisch, bis sie ihn erreichen kann. Jetzt blickt sie ihn an.

TEMPLE: Danke. Jetzt laß dir mal von der Oma erzählen, wie man ein Ei trinkt. Es spielt absolut keine Rolle, was ich weiß; was du glaubst; was vielleicht geschehen ist. Das haben wir gar nicht nötig. Alles, was wir nötig haben, ist ein Gutachten. Daß sie verrückt ist. Und zwar seit Jahren.

STEVENS: Daran hab ich auch schon gedacht. Nur ist es dafür zu spät. Das hätte vor gut fünf Monaten gemacht werden müssen. Jetzt ist der Prozeß vorbei. Sie ist überführt und verurteilt. Vor dem Gesetz ist sie schon tot. Vor dem

Gesetz existiert Nancy Mannigoe schon nicht mehr. Aber selbst davon abgesehen ...

TEMPLE *rauchend:* Ja?

STEVENS: Wir haben es ja nicht.

TEMPLE *rauchend:* Ja? *Sie lehnt sich zurück, raucht hastig, sieht Stevens an. Ihre Stimme ist sanft, geduldig, nur ein wenig überhastet, wie das Rauchen.* Gut. Nun hör mal zu. Hör genau zu. Ich bin das Gutachten; wozu sitzen wir sonst hier, zehn Uhr nachts, kaum einen Tag vor ihrer Hinrichtung? Wozu bin ich denn sonst – wie hast du gesagt – zurückgekommen, von Kalifornien bis hierher, ganz zu schweigen von einer – wie du wohl sagen würdest – vorgetäuschten Schicksalsfügung, die nur dazu dienen sollte – wie ich wahrscheinlich sagen würde –, mein Gesicht zu wahren? Wir haben nichts weiter nötig, als uns darüber einig zu werden, was in dem Gutachten stehen soll. Hast du zugehört? Vielleicht solltest du doch was trinken.

STEVENS: Später vielleicht. Es dreht sich mir so schon alles: Meineid, Mißachtung des Gerichts ...

TEMPLE: Wieso Meineid?

STEVENS: Also nicht käuflich, schlimmer noch: unfähig. Nachdem meine Mandantin nicht nur überführt, sondern auch schon verurteilt ist, komme ich daher mit einer eidesstattlichen Erklärung des Hauptbelastungszeugen, die den ganzen Prozeß erledigt ...

TEMPLE: Du mußt sagen, ich hätte das vergessen. Oder sag ihnen, ich hätte es mir anders überlegt. Sag ihnen, der Staatsanwalt hätte mich bestochen, damit ich den Mund halten sollte ...

STEVENS *energisch, aber ruhig:*

Temple!

Sie zieht hastig an der Zigarette, nimmt sie aus dem Mund.

TEMPLE: Oder noch besser; das leuchtet doch ein: eine Frau, der man das Kind im Bett erstickt hat, will sich rächen, ist zu allem fähig, um ihren Rachedurst zu befriedigen; und dann, wenn es soweit ist, entdeckt sie, daß sie dem nicht

gewachsen ist, daß sie unfähig ist, einen Menschen zu töten, nicht einmal eine Niggerhure ...

STEVENS: Langsam. Eins nach dem andern. Bleiben wir doch
wenigstens beim Thema.

TEMPLE: Ist das denn nicht das Thema: wie retten wir eine
zum Tode Verurteilte, deren studierter Anwalt selber zugibt, daß er versagt hat?

STEVENS: Dann willst du also nicht, daß sie stirbt. Du hast
die Schicksalsfügung erfunden.

TEMPLE: Hab ich das nicht schon zugegeben? Bitte, laß das
doch endlich.

STEVENS: Einverstanden. Also wird Temple Drake sie retten
müssen.

TEMPLE: Mrs. Gowan Stevens.

STEVENS: Temple Drake.

*Sie sieht ihn fest an, rauchend, jetzt aber langsam und besonnen.
Bedächtig nimmt sie die Zigarette aus dem Mund, beugt sich vor,
ohne die Augen von Stevens zu wenden, und drückt sie im Aschenbecher aus.*

STEVENS: Also schön. Erklär's mir noch einmal. Vielleicht
versteh ich's diesmal sogar. Wir fabrizieren – wir haben da
jedenfalls plötzlich eine eidesstattliche Erklärung einer zur
Zeit der Tat nicht zurechnungsfähigen Frau.

TEMPLE: Du hast ja offenbar doch zugehört. Wer weiß ...

STEVENS: Gestützt worauf?

TEMPLE: ... Wie?

STEVENS: Diese eidesstattliche Erklärung. Gestützt worauf?
Sie sieht ihn erstaunt an. Auf welche Wahrnehmungen – Indizien?

TEMPLE: Indizien?

STEVENS: Indizien. Was soll in der Erklärung stehen? Was
sollen wir jetzt noch vorbringen, das zu erwähnen wir – du –,
wir bisher aus irgendwelchen Gründen nicht für richtig
hielten – jedenfalls nicht erwähnt haben, bis sie ...

TEMPLE: Wie soll ich das wissen? Du bist der Jurist. Was
willst du denn drinstehen haben? Was gehört in so eine Er-

klärung hinein, was muß drinstehen, damit sie todsicher wirkt? Hast du keine Muster in deinen juristischen Büchern – Sachverständigengutachten, oder wie sich das nennt, die man abschreiben und beschwören könnte? Richtige, garantiert wirksame? Wenn du schon Angst hast, daß wir reinfallen können, such wenigstens ein gutes raus, ein so gutes, daß keiner die Sache platzen lassen kann, nicht einmal ein juristischer Laie . . .

Ihre Stimme bricht. Sie blickt ihn starr an, während er ihren Blick ruhig erwidert, ohne etwas zu sagen, sie einfach ansieht, bis sie schließlich laut und rauh aufatmet; auch ihre Stimme klingt rauh.

TEMPLE: Was willst du denn? Was willst du denn noch?

STEVENS: Temple Drake.

TEMPLE *rasch, rauh, prompt:* Nein. Mrs. Gowan Stevens.

STEVENS *unerbittlich und ruhig:* Temple Drake. Die Wahrheit.

TEMPLE: Wahrheit? Wir wollen hier eine verurteilte Mörderin retten, deren Anwalt selber zugibt, daß er versagt hat. Was hat das mit der Wahrheit zu tun? *Rasch, rauh.* Wir? Ich, i c h, die Mutter des Kindes, das sie umgebracht hat, nicht du, Gavin Stevens, der Anwalt, sondern ich, Mrs. Gowan Stevens, die Mutter. Nimm endlich zur Kenntnis, daß ich bereit bin, alles zu tun, a l l e s!

STEVENS: Außer einem. Das ist alles. Es handelt sich hier nicht um ein Todesurteil. Das wäre eine Kleinigkeit: dagegen hilft eine Handvoll billige Fakten und beeidete Zeugenaussagen. Damit ist es vorbei; das können wir ganz beiseite lassen. Es geht hier um die Ungerechtigkeit. Dagegen hilft nur die Wahrheit. Oder die Liebe.

TEMPLE *rauh:* Liebe. O Gott. Die Liebe.

STEVENS: Dann nenn es Mitleid. Oder Mut. Oder einfach Ehrlichkeit, Anstand, oder auch nur das Bedürfnis, nachts ruhig schlafen zu können.

TEMPLE: Schlafen! Du kannst mir nichts erzählen, ich habe vor sechs Jahren gelernt, nicht mehr daran zu denken, daß es mir nichts ausmachte, nachts nicht ruhig zu schlafen.

STEVENS: Und doch hast du die Schicksalsfügung erfunden.

TEMPLE: Hör endlich davon auf! Ich will davon – Also bitte. Wenn das Todesurteil so unwichtig ist, was willst du dann? Was um alles in der Welt willst du von mir?

STEVENS: Ich habe es dir gesagt. Die Wahrheit.

TEMPLE: Und ich habe dir gesagt, daß das, worauf du herumreitest, was du Wahrheit nennst, mit dieser Sache überhaupt nichts zu tun hat. Was du brauchst, wenn du die Sache vor den – wie nennt sich diese nächsthöhere Versammlung von studierten Juristen: Obersten Gerichtshof? – bringst, sind Fakten, Unterlagen, Erklärungen, beeidigt, unwiderleglich, daß kein anderer Anwalt, ob studiert oder Laie, sie platzen lassen kann, weiche Stellen drin findet.

STEVENS: Wir gehen nicht vor den Obersten Gerichtshof. *Sie sieht ihn groß an.* Das ist vorbei. Wenn das möglich gewesen wäre, genügt hätte, dann hätte ich's nicht unversucht gelassen, mich dafür verwendet, schon vor vier Monaten. Wir gehen zum Gouverneur. Diese Nacht noch.

TEMPLE: Zum Gouverneur?

STEVENS: Vielleicht wird auch er sie nicht retten. Ich halte es nicht für wahrscheinlich.

TEMPLE: Warum ihn dann darum bitten? Warum?

STEVENS: Ich hab es dir schon gesagt. Der Wahrheit zuliebe.

TEMPLE *verständnislos:* Nur darum. Ist das der einzige Grund? Nur damit es einmal ausgesprochen wird, laut wird, zu Worten, zu Schall? Nur daß einer sie hört, daß sie einem erzählt wird, einem beliebigen Menschen, einem wildfremden Menschen, den sie nichts angeht, nichts angehen kann, nur weil er imstande ist, zuzuhören, zu verstehen? Warum hast du Angst vor deiner eigenen Rhetorik? Warum gehst du nicht noch einen Schritt weiter? Sag mir doch gleich, es ist zum Besten meiner Seele – vorausgesetzt, daß ich eine habe.

STEVENS: Ich habe es dir gesagt. Ich habe gesagt: damit du nachts ruhig schlafen kannst.

TEMPLE: Und ich habe dir gesagt, vor sechs Jahren hatte ich vergessen, was es heißt, sich nach Schlaf zu sehnen. *Sie sieht ihn an. Er antwortet nicht, erwidert ihren Blick. Ohne die Augen von ihm zu wenden, greift sie über den Tisch nach der Zigarettendose, hält inne, sitzt reglos, die Hand erhoben, mit starrem Blick.* Es ist also noch etwas anderes. Und diesmal werden wir der Sache auf den Grund kommen. Also bitte. Schieß los.

Er antwortet nicht, rührt sich nicht, beobachtet sie. Nach einem Augenblick wendet sie den Kopf und blickt auf das Sofa und das schlafende Kind. Die Augen immer auf das Kind gerichtet, steht sie auf, geht zum Sofa, bleibt stehen und blickt auf das Kind herunter; ihre Stimme ist ruhig.

TEMPLE: Also doch abgekartetes Spiel; ich hab bloß nicht gewußt, mit wem hier gespielt wurde. *Sie blickt auf das Kind.* Ich wollte mein zweites Kind als Waffe gegen dich gebrauchen. Jetzt wendest du sie gegen mich.

STEVENS: Aber ich hab ihn nicht aufgeweckt.

TEMPLE: Jetzt hab ich dich, Herr Verteidiger. Was wäre besser für ihn, als die Mörderin seiner Schwester zu hängen, damit er ruhig und in Frieden schlafen kann?

STEVENS: Gleichgültig, wie der Friede zustande kommt, durch welche Lüge?

TEMPLE: Oder auch durch wessen Lüge.

STEVENS: Und doch hast du die Schicksalsfügung erfunden.

TEMPLE: Das war Mrs. Gowan Stevens.

STEVENS: Das war Temple Drake. Mrs. Gowan Stevens kämpft nicht in dieser Kategorie. Das ist die Kategorie Temple Drake.

TEMPLE: Temple Drake ist tot.

STEVENS: Die Vergangenheit ist niemals tot. Sie ist nicht einmal vergangen.

Sie geht zum Tisch zurück, nimmt eine Zigarette aus der Dose, steckt sie in den Mund und greift nach dem Feuerzeug. Er beugt sich vor, wie um ihr behilflich zu sein, aber sie hat es schon in der Hand, läßt es aufschnappen und zündet die Zigarette an, spricht durch den Rauch hindurch.

TEMPLE: Sag mal. Wieviel weißt du?

STEVENS: Nichts.

TEMPLE: Könntest du das beschwören?

STEVENS: Würdest du mir dann glauben?

TEMPLE: Nein. Aber schwör es mir trotzdem.

STEVENS: Also gut. Ich schwöre es dir.

TEMPLE *zerdrückt die Zigarette im Aschenbecher:* Dann will ich dir etwas sagen. Hör gut zu. *Sie steht angespannt, starr, wendet sich ihm zu, sieht ihm direkt ins Gesicht.* Temple Drake ist tot. Temple Drake wird auf ewig sechs Jahre länger tot sein als Nancy Mannigoe. Wenn niemand anders als Temple Drake Nancy Mannigoe retten kann, dann gnade Gott Nancy Mannigoe. Und jetzt kannst du gehen.

Sie sieht ihn starr an. Einen Augenblick Stille. Dann erhebt er sich, ohne den Blick von ihr zu wenden. Sie erwidert seinen Blick starr und unversöhnlich. Dann wendet er sich zum Gehen.

TEMPLE: Gute Nacht.

STEVENS: Gute Nacht.

Er geht zum Stuhl, nimmt Hut und Mantel, geht zur Flurtür, legt die Hand auf den Türknauf.

TEMPLE: Gavin. *Er wartet, die Hand auf dem Knauf, und sieht sich nach ihr um.* Vielleicht kannst du mir doch das Taschentuch dalassen. *Er sieht sie noch einen Augenblick an, dann läßt er den Knauf los, zieht das Tuch aus seiner Brusttasche, während er auf sie zugeht, hält es ihr hin. Sie nimmt es nicht.* Also bitte. Was muß ich tun? Was schlägst du vor?

STEVENS: Alles.

TEMPLE: Das werd ich freilich nicht tun. Niemals. Hast du mich verstanden? Jedenfalls hast du's gehört. Also fangen wir wieder von vorne an. Wieviel würde ich aussagen müssen?

STEVENS: Alles.

TEMPLE: Dann werde ich das Taschentuch doch nicht brauchen. Gute Nacht. Mach bitte die Haustür hinter dir zu. Es wird wieder kalt.

Er wendet sich um, geht wieder zur Tür, ohne innezuhalten oder sich noch einmal umzudrehen, geht ab, schließt hinter sich die Tür. Sie sieht ihm diesmal nicht nach. Einen Augenblick steht sie re-

gungslos, nachdem die Tür sich geschlossen hat. Dann macht sie eine Bewegung fast wie Gowan in Szene II, doch preßt sie die Handflächen nur einen Augenblick fest gegen ihr Gesicht. Ihr Gesicht ist ruhig, ausdruckslos, kalt. Sie läßt die Hände sinken, wendet sich um, greift nach der zerdrückten Zigarette, die neben dem Aschenbecher liegt, legt sie in den Aschenbecher, nimmt ihn und geht mit ihm zum Kamin, blickt im Vorbeigehen flüchtig nach dem schlafenden Kind, leert den Aschenbecher in den Kamin und kommt zurück an den Tisch, stellt den Aschenbecher darauf ab und bleibt dieses Mal vor dem Sofa stehen, beugt sich nieder, zieht die Decke fest um das schlafende Kind und geht dann weiter zum Telefon und hebt den Hörer ab.

TEMPLE *in den Hörer:* Zwoneununddreißig, bitte. *Während sie auf Antwort wartet, ist im Dunkeln jenseits der offenen Tür im Hintergrund eine kleine Bewegung wahrzunehmen, gerade genug, um erkennen zu lassen, daß irgend etwas, irgendwer sich dort aufhält oder dort vorbeigegangen ist. Temple bemerkt es nicht, da sie der Tür den Rücken zukehrt. Dann spricht sie in den Hörer.* Maggie? Hier ist Temple . . . Ja, ganz plötzlich . . . Ach, ich weiß auch nicht; vielleicht hatten wir den ewigen blauen Himmel allmählich satt . . . Natürlich, gern, vielleicht morgen, im Laufe des Tages. Könntest du wohl Gavin etwas ausrichten? . . . Ja, ich weiß, er war eben noch hier. Ich hab vergessen, ihm etwas zu sagen . . . Sag ihm bitte, er möchte mich anrufen, wenn er ins Haus kommt . . . Ja . . . Ja, nicht wahr . . . Ja . . . Das ist sehr lieb von dir . . . Danke dir schön. *Sie legt den Hörer auf und will sich eben abwenden und ins Zimmer zurückkehren, da läutet das Telefon. Sie wendet sich wieder um, nimmt den Hörer ab, spricht hinein.* Hallo . . . Ja. Wieder eine Schicksalsfügung; ich hatte die Hand noch am Hörer; hatte gerade bei euch angerufen, mit Maggie gesprochen . . . Ach, von der Tankstelle aus. So schnell konntest du ja nicht zu Hause sein. Ich kann in einer halben Stunde fertig sein. Mit deinem Wagen, oder mit unserem? . . . Gut. Hör mal . . . Ja, ich bin noch da . . . Gavin . . . Wieviel werde ich sagen müssen? *Hastig.* Ich weiß, ich weiß, du hast mir's

370

schon acht- oder zehnmal gesagt. Aber vielleicht hab ich dich nicht richtig verstanden. Wieviel muß ich sagen? *Sie hört einen Augenblick zu, stumm, mit steinernem Gesicht, läßt dann langsam den Hörer sinken; sie spricht ruhig, ausdruckslos.* O Gott. O Gott.

Sie legt den Hörer auf die Gabel, geht zum Sofa, knipst die Tischlampe aus, nimmt das Kind auf und geht auf die Flurtür zu, knipst im Hinausgehen die übrigen Lichter aus, so daß nur noch aus dem Flur Licht ins Zimmer fällt. Sobald sie das Zimmer verlassen hat, tritt Gowan durch die Tür im Hintergrund, völlig angekleidet bis auf Jackett, Weste und Krawatte. Er hat offensichtlich kein Schlafmittel genommen. Er geht ans Telefon und bleibt einen Augenblick still daneben stehen, das Gesicht der Flurtür zugekehrt und offenbar lauschend, ob Temple außer Hörweite ist. Jetzt wird draußen das Licht im Flur ausgeknipst, und die Bühne liegt völlig im Dunkeln.

GOWANS STIMME *ruhig:* Zwoneununddreißig, bitte . . . Guten Abend, Tante Maggie . . . Gowan . . . Danke, gut . . . Ja, gern, morgen im Laufe des Tages. Wenn Onkel Gavin zurückkommt, sag ihm doch bitte, er möchte mich gleich anrufen. Ich warte hier. Danke. *Man hört, wie der Hörer auf die Gabel gelegt wird.*

VORHANG

ZWEITER AKT

DER GOLDENE DOM

(ANFANG WAR DAS WORT)

JACKSON: 98 m ü. M.; 201092 E. (1950 n. Chr.)

Angelegt von einer Expedition dreier eigens zu diesem
Zweck ausgewählter, ernannter und abgeordneter bevoll-
mächtigter Kommissäre auf einer steilen Uferhöhe über
dem Pearl River, ungefähr im geographischen Mittelpunkt
des Staates, nicht als Markt und nicht als Industriestadt und
auch nicht als menschliche Wohnstätte, sondern als künftige Hauptstadt, die Hauptstadt einer Republik;

Im Anfang war schon verfügt dieser gerundete Auswuchs, dieses vergoldete Eiterbläschen, jenseits und vor
dem dampfigen Chiaroscuro, Miasma zeitlos jahrlos winter-
los, nicht Wasser noch Erde noch Leben an sich, doch alles
in einem, unentwirrbar, unteilbar; jenseits und vor jenem

einen Gebrodel, einen Gelaich, einen Mutterschoß, jener einen wütenden Schwellung, Vater-und-Mutter-in-einem, jener einen gewaltigen brütenden Ejakulation, Spaltung säend in eine einzige kochende Maische Abfalls von dem himmlischen Experimentiertisch; jenseits und vor jenem einen laichenden Schleichen und Kriechen, zeichnend mit mastodontischen Dreizeher-Tritten die dampfig-grünen Windeln der Kohle und des Öls, darüber die erbsenhirnigen Reptilienköpfe kurvten in der schweren leder-durchklappten Luft;

Dann das Eis, doch immer blieb dieser Auswuchs, dieser Pickel-Dom, diese begrabene Halbkugel-Hemisphäre; die Erde schwankte, wuchtete dunkelwärts die lange Festlandsflanke, zerrte aufwärts unter die Polkappe den ungestümen Äquatorschoß, und der Abschlußdeckel der Kälte sperrte ins weiße fühllose Leer einen letzten Ton, einen einzigen Schrei, eine einzige winzige tausendzüngige Klage, rasch verhallend und dann nie wieder, während die blinde stimmlose Erde fortkreiste in der Schleife ihrer langen spurlosen Sternbahn, starr, ohne Gezeiten, doch nach wie vor war dieser schwache Schein, dieser Funke, diese vergoldete Krume ewigen Strebens der Menschen, dieser goldene Dom, vorbestimmt und unüberwindlich, dieser winzigste Embryo-Schimmer, zäher als Eis und härter als Frost; abermals schwankte die Erde, sich häutend; das Eis, mit ganz langsamer Schnelle, kehrte die Täler leer, kerbte die Berge und schwand; die Erde schlug weiter aus, drängte das Meer zurück Rand um Rand, Halsband um Halsband aus Muschelschalen in gestaffelten Rückzugslinien, gleich den konzentrischen Ringen im durchsägten Stumpf, die des Baumes Alter verraten, schob Zug um Zug nach Süden zurück jenem stumm winkenden Schimmer entgegen die vielflüssige Festlandsaue, hob dem Licht und der Luft entgegen die breite weiße Seite der Kontinentmitte, bereit für den ersten Federstrich der Geschichte – Laboratorium-

und-Fabrik über künftige zwanzig Staaten hin, gegründet
und bestimmt zu dem Zweck, einen einzigen herzustellen:
der geordnete hastlose Wirbel der Jahreszeiten, von Regen
und Schnee und Frost und Tau und Sonne und Dürre, den
Boden zu durchlüften und zu lockern, das Münden von
hundert Flüssen in einen einzigen mächtigen Urstrom, der
den fetten Schlamm mit sich führte, den Reichtum der
Speicher, weiter nach Süden, der die Steilhänge einschnitt,
den langen Zug der Uferstädte zu tragen, die Mississippi-
Niederungen überschwemmte und den fetten Alluvial-
schlamm ausstieß, allmärzlich Lage um Lage, und der Zoll
um Fuß, Jahr um Jahrhundert die Oberfläche der Erde hob,
der Erde, die eines Tages (nun nicht mehr fern, gemessen
an dieser langen Chronik ohne Namenszug) unter fahren-
den Zügen erzittern sollte, wie wenn ein Traktor eine Hän-
gebrücke überquert;

Der fette tiefe schwarze Schwemmboden, aus dem
Baumwolle wachsen sollte, höher als der Kopf eines Mannes auf einem Pferd, im Nu ein einziger Dschungel, ein
Gestrüpp, eine unpassierbare Dickung von Ranke und
Rohr und Rebe, webend zwischen dem Aufschießen von
Eukalyptus und Zypresse und Hickory und Wintereiche
und Esche, nun gezeichnet vom Tritt minder fremder Gestalten – Bären und Hirsche und Panther und Bisons und
Wölfe und Alligatoren und Myriaden kleinerer Tiere, und
vielleicht auch minder fremder Menschen, die ihnen Namen gaben –, der (selber) namenlosen, doch nachweisba-
ren Vorgänger, welche die Wohnhügel aufwarfen, um den
Frühjahrshochwassern zu entrinnen und ihre dürftigen
Werke zurückließen: die Überlebten und die Vertriebenen,
vertrieben von jenen, die ihrerseits bald vertrieben wurden,
weil auch sie überlebt waren: den wilden Algonkins, Chickasaws und Choctaws und Natchez und Pascagoulas, die in
niegekanntem Erstaunen von den hohen Uferschroffen
herab nach einem Chippeway-Kanu spähten, in dem drei

Franzosen saßen – und die kaum Zeit hatten, herumzuwirbeln und hinter sich zu blicken auf zehn und dann hundert und dann tausend Spanier, über Land vom Atlantischen Ozean her gekommen: eine Flut, ein Schwall, ein dreifaches Auf und Ab der Gezeiten, das so rasch und geschwind quer über die langsame alluviale Chronik des Landes hinfuhr, daß es dem geschmeidigen Schnellen der einen Hand des Zauberers vor die andere glich, die das Spiel unsteter Karten hält: der Franzose für einen Augenblick, dann der Spanier vielleicht für zwei, dann der Franzose für weitere zwei und dann wieder der Spanier für noch einen und dann der Franzose für die eine letzte Sekunde, jenen halben Atemzug; denn dann kam der Angelsachse, der Pionier, der Hochgewachsene, brüllend vor Protestantismus und gekochtem Whiskey, Bibel und Krug in der einen Hand und (oft genug) einen einheimischen Tomahawk in der anderen, streitlustig, Unruhe stiftend, aber nicht aus Bosheit, sondern einfach infolge seiner überdrehten Drüsen; häuslich und polygam: ein verheirateter eingefleischter Junggeselle, der seine schwangere Frau samt dem Gros der übrigen Familie seiner Schwiegermutter hinter sich herzog in den weglosen drohenden Urwald, wo er besagtes Kind oft genug hinter einer flintengespickten Baumstamm-Barrikade unvermeßliche Meilen tief im Niemandsland zutage brachte und ihr dann noch vor Erreichen seines schließlichen unsteten Zieles ein neues anschaffte, und der gleichzeitig seinen überschäumenden Samen tausend Meilen Wildnis entlang in hundert dunkle Bäuche verschleuderte; unschuldig und leichtgläubig, ohne Gefühl für Habgier oder Mitleid oder auch Vorsorge, während er das Gesicht der Erde veränderte; so fällte er einen Baum, der zweihundert Jahre zum Wachsen gebraucht hatte, um an einen Bären zu kommen oder auch nur eine Handvoll von wildem Honig;

Überlebt auch er: er, der noch immer den zweihundert-
jährigen Baum fällte, als es keine Bären mehr gab und keinen wilden Honig und der Baum nichts mehr beherbergte
als einen Waschbären oder ein Opossum, dessen Balg höchstens zwei Dollar wert war, verwandelte die Erde in eine
heulende Öde, aus der er als erster verschwinden sollte,
nicht einmal gleich nach, sondern gleichzeitig mit den um
ein Weniges dunkleren Wilden, die er um das Ihre gebracht
hatte, weil ihn, ebenso wie sie, nur die Wildnis nähren und
erhalten konnte; und so ging er dahin, spreizte sich seine
tolle magenkraftvolle Stunde und war nicht mehr; nur seinen Geist ließ er zurück, ausgestoßen und vogelfrei, jetzt
bibellos und mit nichts in der Hand als der Pistole des Stra-
ßenräubers, des Mörders, ein Schreckgespenst der Ränder
jener Wildnis, die er selber mitvernichtet hatte, denn nun
marschierten die Uferstädte, dem Spalier der Steilhänge fol-
gend, immer weiter nach Süden hinunter: St. Louis, Padu-
cah, Memphis, Helena, Vicksburg, Natchez, Baton Rouge,
bewohnt von Menschen, deren Münder voll waren von
Recht und Gesetz, Menschen in teurem Tuch und geblümten Westen, die Negersklaven und Empirebetten und Intar-
sienschränke und Goldbronzeuhren ihr eigen nannten, die
ihre Zigarren rauchten, während sie am Rande der Hänge
entlangschlenderten, unter denen er in den Kneipenvier-
teln und Flachbooten die Neige seiner unerbittlichen letzten Stunden auskrakeelte, auslebte, sein wertloses Leben
wieder und wieder an die wilden Messer seiner betrunkenen, wertlosen Genossen verlor – das in den Atempausen,
während derer er nicht – in seinen letzten Inkarnationen:
Harpe und Hare und Mason und Murrell – verfolgt und ge-
jagt wurde, entweder auf der Stelle erschossen, wo er sich
blicken ließ, oder mit Hunden gehetzt, aufgespürt aus den
letzten geheimen Schlupfwinkeln in der Wildnis längs dem
Überlandpostweg nach Natchez (eines Tages hatte irgendwer einen seltsamen Samen ins Land gebracht und ihn in
die Erde gesteckt, und nun bedeckten die riesigen weißen

Felder nicht nur die öden Stellen, die er mit seiner blind-
wütigen und achtlosen Axt gehauen hatte, sondern
löschten die Wildnis ganz aus, drängten sie noch schneller
zurück, als er es je vermocht hatte, so daß ihm kaum noch
etwas blieb, seinen Rücken zu decken, wenn er, in sein
Dickicht gekauert, seinen Vertreibern in ohnmächtigem,
ungläubigem, verständnislosem Grimm entgegenfunkelte)
und in die Städte geschleift zu seiner gebührenden Apotheose in einem Gerichtssaal und dann zum Galgen oder
zu einem kräftigen Ast;

Denn jene Tage waren für immer dahin, die alten tapferen,
unschuldigen, ungestümen, magenkraftvollen Tage ohne ein
Morgen; das letzte Kielboot (Mike Fink war Legende geworden; bald behaupteten nicht einmal mehr die Großväter, sie
hätten ihn noch erlebt; und der Held des Stroms war nun der
Glücksspieler vom Dampfschiff, der in besudeltem Putz von
der Dückdalbe, auf der ihn der Kapitän abgesetzt hatte, ans
Ufer watete) war in Charles und Toulouse und Dauphine
Street stückweise als Brennholz verkauft worden, und Choc-
taw- und Chickasawkrieger, mit kurzem Haar und im Overall,
mit Maultierpeitschen statt Streitkeulen bewaffnet und
schon reisefertig für den Treck westwärts nach Oklahoma, sahen Dampfboote selbst die seichtesten fernsten Einödströme
durchpflügen, wo sich sanft im Takt der Schaufelräder, ausge-
weidet, mit Steinen beschwert, die Gebeine Ermordeter
wiegten, der Opfer Masons und Hares; eine neue Zeit, eine
neue Epoche, Anbruch des Millenniums; ein riesiges Han-
delsnetz umspann und durchzog das Flußdreieck der Kontinentmitte; New Orleans, Pittsburgh und Fort Bridger in Wyo-
ming wurden Vorstädte voneinander, unauflöslich schicksal-
verkettet; vieler Menschen Münder waren voll von Gesetz
und Ordnung, aller Menschen Münder rund vom Klange des
Geldes; eine einstimmige goldene Bejahung durchheulte den
grenzenlosen unermeßlichen Vormittag der Nation: Profit
plus Lenkung sei gleich Sicherheit: einer Nation aus reichen

Einzelstaaten; jene Krume, jene Kuppel, jenes vergoldete Eiterbläschen, jene große Idee war nun erstanden, aufgestie-
gen, hing gleich einem Ballon oder Himmelszeichen oder
einer Gewitterwolke über dem, was einst Wildnis war, zog aller Augen auf sich, hielt sie in seinem Bann: Mississippi: ein
Staat, eine Republik; dreigeteilt in Legislative, Jurisdiktion,
Exekutive, aber noch ohne Hauptstadt, in Funktion gewissermaßen von einem Feldhauptquartier aus, operierend, als
wäre es noch auf dem Marsch hin zu jenem hohen Ort obenan
in der Ordnung der Bundesstaaten, und so wählte, ernannte
und delegierte im Jahre 1820 von ihrem Befehlsstand in Co-
lumbia aus die gesetzgebende Versammlung die drei Bevoll-
mächtigten Hinds, Lattimore und Patton, nicht drei Politiker
und noch viel weniger drei politische Achselträger, sondern
Soldaten, Ingenieure und Patrioten – Soldaten der Wirklichkeit gegenüber; Ingenieure des hohen Strebens; Patrioten da,
wo es galt, dem Traum nicht untreu zu werden –, drei weiße
Männer in einem Choctaw-Einbaum, die sich langsam die
leeren Weiten eines Stromes durch die Wildnis hinaufbeweg-
ten, so wie zwei Jahrhunderte früher die drei Franzosen in
ihrem Birkenboot aus dem Norden jenen breiten und leere-
ren Strom hinabgetrieben waren;

Aber sie ließen sich nicht treiben, diese drei: sie paddel-
ten: denn hier ging es flußaufwärts, nicht willenlos in unbe-
kannte Wunder und Bereiche, sondern es war in der Wildnis ein Punkt zu schaffen, um den Menschen sich sammeln
konnten, bewußt und aus freiem Entschluß; und so hielten
sie Ausschau, ließen auch die dichten und undurchdringlichen Ufer nicht außer acht, ahnten wohl auch die fremden
stechenden Augen, aber ihr Blick berührte sie nicht; nicht
weil die dunklen Kinder der Wildnis, schon bei Doak's
Stand um das Ihre gebracht, nun weniger bösartig gewesen
wären, sondern weil dieses Kanu nicht das sanfte und blutige Kreuz Christi und des heiligen Ludwig trug, sondern
Waage, Augenbinde und Schwert – den Strom hinauf bis

378

nach Le Fleur's Bluff, dem Handelsplatz hoch auf dem freundlichen Vorgebirge, Gründung jenes kanadischen Voyageurs, dessen Namen, nun „Leflore" gesprochen und geschrieben, einst der halb französische, halb indianische Erb-Oberhäuptling aller Choctaws tragen sollte, der, nachdem er im Kriegsrat am Dancing Rabbit Creek Partei für die Weißen ergriffen hatte, in Mississippi zurückblieb, als seine Stammesgenossen nach Westen zogen, und der im Laufe der Zeit einer der ersten großen Sklavenhalter und Baumwollpflanzer wurde und einen nach ihm benannten Bezirk mit einer Hauptstadt gleichen Namens hinterließ, sowie eine Pflanzung, die ihren Namen zu Ehren der Mätresse eines Königs von Frankreich führte – und hielten schließlich an, wenn auch langsam weiterpaddelnd, um den Einbaum gegen die Strömung zu halten, sahen nicht auf zu den finsteren heimatlosen Gesichtern, die von der Höhe des Steilhanges nach ihnen spähten, sondern starrten einander an, während das Boot wie festgebannt stillag, und sagten: „Das ist die Stadt. Das ist der Staat";

1921 steckten General Hinds und seine Mitbevollmächtigten die Stadt ab, mit Abraham DeFrance, Inspekteur der öffentlichen Bauten in Washington, als Berater und in Übereinstimmung mit den Plänen, die Thomas Jefferson siebzehn Jahre zuvor Gouverneur Claiborne mitgeteilt hatte, und bauten das Regierungsgebäude, dreißig mal vierzig Fuß Ziegel und Lehm und einheimischer Kalkstein, doch groß genug, den Traum in sich zu fassen; die erste gesetzgebende Versammlung trat darin zu Beginn des Jahres 1822 zusammen;

Und nannten die Stadt nach dem anderen alten Soldaten, Held Hinds' Waffenbruder in heißen Kämpfen gegen Briten und Seminolen und bald darauf Präsident – dem alten Duellanten, dem bissigen knochigen grimmigen räudigen zähen alten Löwen, dem das Wohl der Nation höher stand

als das Weiße Haus und das Heil seiner neuen Partei über
beidem, und über allem nicht etwa die Ehre seiner Frau,
sondern das Prinzip, daß man die Ehre verteidigen mußte,
ob die Sache ehrlich war oder nicht, da es, sobald sie verteidigt wurde, jedenfalls um die Ehre ging; – Jackson, auf daß
die neue Stadt, geschaffen nicht um Stadt zu sein, sondern
Mittelpunkt für die Lenkung von Menschen, teilhätte an
des ruhmreichen Kriegsmannes Tapferkeit, Ausdauer und
Glück, und nannten das Gebiet um sie her Bezirk Hinds,
nach dem minder Berühmten, so wie das Quartier des Feld-
herrn, selbst unbewohnt, nicht nur teilhat an seiner Würde,
sondern sogar ihr Ausmaß bewahrt und mehrt;

Und sie konnte die Mitgift gut gebrauchen, zumindest
was das Glück anbetraf: im Jahre 1829 billigte der Senat
einen Gesetzentwurf, der die Verlegung der Hauptstadt
nach Clinton vorsah, das Abgeordnetenhaus brachte ihn zu
Fall; 1930 stimmte das Abgeordnetenhaus selbst für eine
Übersiedlung nach Port Gibson am Mississippi, überlegte
es sich jedoch gleich darauf anders, zog den Beschluß zurück; tags darauf stimmte es für eine Übersiedlung nach
Vicksburg, aber auch daraus wurde nichts, doch ist infolge
Verlust der Archive (Sherman verbrannte sie im Jahre 1863
und meldete dies seinem Vorgesetzten, General Grant, in
behaglicher und liebenswerter Kürze) nicht festzustellen,
woran es diesmal lag: vielleicht war es nur ein Manöver,
nichts als ein blinder Alarm, oder man war vielleicht noch
befangen in dem gewohnten Geleise der letzten Woche
oder des letzten Monats, oder vielleicht – in Abwesenheit
oder infolge Fehlens der einhelligen Stimme oder Anwesenheit der drei Träumer-Patrioten, die die Strömung be-
zwungen und den Traum mit sich getragen hatten – ju-
gendlich unverantwortlich, wie ein Kind mit Dynamit: unverantwortlich, unschuldig seiner Macht, umzugestalten:
bis im Jahre 1832, vielleicht einfach aus Notwehr, vielleicht
einfach aus Überdruß, eine Verfassung aufgesetzt wurde,

die Jackson zur Hauptstadt bestimmte – wenn auch nicht für alle Zeiten, so doch wenigstens treuhänderisch bis 1850; dann (so hoffte man wohl) würde eine reifere Legislatur aus reiferen Männern der Neuheit des Verfahrens entwachsen sein, mindestens aber besser gewachsen;

Was dann, als es soweit war, auch hinreichte; Jackson war sicher, gefeit gegen bloßes Experimentieren; fest und wohlgegründet, sollte es allzeit Bestand haben; neue Menschen, neue Bewohner hatten sich eingefunden, und in ihrem Gefolge die Eisenbahnen, die die Epoche des Dampfboots mit stählernen Strichen auskreuzten: im Jahre 36 bis Vicksburg, 37 bis Natchez, und schließlich entstand durch die Verbindung zweier Strecken eine einzige von New Orleans bis nach Tennessee und die Südbahn nach New York und an den Atlantik; sicher und festgegründet: 1836 sprach Old Hickory selbst vor dem Parlament in dessen eigenen Räumen, fünf Jahre später wurde Henry Clay in diesem Hause empfangen; es wurde Zeuge der Sitzung, die einberufen worden war, um Clays letzten Kompromißvorschlag zu beraten, es erlebte die denkwürdige Versammlung von 1861, die Mississippi zum dritten Stern in jenem erlauchten neuen Bund erklärte, der dem Grundsatz verschworen war, daß Gemeinwesen von Menschen, die sich freiwillig zusammengefunden haben, nicht einfach sicher vor, sondern mehr noch: gesichert gegen Übergriffe der Bundesregierung sein müssen; und erlebte General Pemberton bei der Verteidigung dieses Grundsatzes und Rechtes, und Joseph Johnston: und Sherman: und Brand: und nichts blieb übrig, eine Stadt von Kaminen (einst wühlten Schweine auf den Straßen; jetzt Ratten) unter der Herrschaft eines Generals der Armee der Vereinigten Staaten, während das neue Blut sich in sie ergoß: Männer, die den Unionstruppen nachgefolgt waren, sich an sie gehängt hatten mit erbeutetem Korn und verdorbenem Fleisch und spatigen Maultieren und die sich jetzt an die Feldgendarmen der Union hängten, mit Mantelsäcken voll von Blankostimmscheinen, auf die befreite Sklaven ihre amtlichen Kreuze malen konnten;

Aber hatte Bestand; die Regierung, die 1863 vor Sherman geflohen war, kehrte 65 zurück und erstarkte sogar, ungeachtet der Tatsache, daß eine Stadtverwaltung aus mantelsackbewaffneten Schiebern sich noch hielt, lange nachdem der Staat als solcher ihrem Treiben ein Ende gemacht hatte; 1869 wurde das Tougaloo College für Neger gegründet. 1884 das Jackson College für Neger von Natchez hierherverlegt, 1898 das Campbell College für Neger aus Vicksburg; Negerführer, die aus diesen Schulen hervorgegangen waren, schritten ein, als im Jahre 1868 ein gewisser Egglestone, „Bussard" mit Spitznamen, zum Einsatz von Truppen aufrief, um Gouverneur Humphries aus seinem Amt und seinen Räumen zu vertreiben; 1887 übernahmen Bürgerinnen der Stadt die Patenschaft über den dreitägigen Wohltätigkeitsball, durch den die Mittel für ein Totenmal zu Ehren der konförderierten Gefallenen aufgebracht werden sollten; 1884 hielt Jefferson Davis im alten Kapitol seine letzte öffentliche Rede; 1890 schuf die stärkste Volksvertretung des Staates die gegenwärtige Verfassung;

Und immer neue Menschen und Eisenbahnen: die New Orleans Great Northern das Tal des Pearl River entlang, die Gulf Mobile and Northern im Nordosten; nach Alabama und den schwarzerdigen Prärien im Osten war es fast nur noch ein Katzensprung, und eine Strecke nach Yazoo City und den Städten weiter oben am Strom machte aus den Großen Seen fünf Vorstadtteiche; die Gulf & Ship Island-Bahn leitete den Bauholz-Boom in Südmississippi ein, und unter den Magnolien und dem Duft von Jasmin und Oleander wurden Chicagoer Stimmen laut; innerhalb eines Jahrzehnts verdoppelte und verdreifachte sich die Einwohnerzahl, 1892 öffnete Millsaps College seine Tore und machte sich bald einen Namen unter den besten Hochschulen des Landes; dann das Erdgas und das Öl, Nummernschilder aus

Texas und Oklahoma schwirrten wie Vogelschwärme durchs Land, und die hohen Flammen aus den Abgasrohren erhoben sich wie glühende Federn über der jahrhundertkalten Asche der Choctaw-Lagerfeuer und den verschwundenen Rotwildfährten; und im Jahre 1903 stand das neue Kapitol – die goldene Domkuppel, der Auswuchs, die schimmernde Krume, das vergoldete Eiterbläschen, älter als das Miasma und die gigantischen Eintagssaurier, beständiger als das Eis und die Kälte der Urnacht, hoch über der Mitte des Staates schwebend wie ein blendender Himmelskörper, unerträglich dem offenen Blick und unmöglich zu übersehen, gebieterisch, unantastbar und beruhigend;

In der Namens-Chronik von Mississippi:
Claiborne. Humphries. Dickson. McLaurin, Barksdale. Lamar. Prentiss. Davis. Sartoris. Compson;

In der Chronik der Städte:
JACKSON: 98 m ü. M., 201.092 E. (1950 n. Chr.)
Bahnverbindungen: Illinois Central, Yazoo & Mississippi Valley, Alabama & Vicksburg, Gulf & Ship Island.
Busverbindungen: Tri-State Transit, Vanardo, Thomas, Greyhound, Cixie-Greyhound, Teche-Greyhound, Oliver.
Flugverbindungen: Delta, Chicago & Southern.
Verkehrsmittel: Städtische Autobusse, Taxis.
Unterkunftsmöglichkeiten: Hotels, Touristenherbergen, Privatpensionen.
Rundfunkstationen: WJDX, WTJS.
Zerstreuungen: a) chronisch: S.I.A.A.-Leichtathletikmeisterschaften, Basketballturnier, Musikwoche, College-Abschlußball, Maienfest, Tennismeisterschaften von Mississippi, Wasserkorso des Roten Kreuzes, Staatliche Industrie- und Landwirtschaftsmesse, College-Modenschau, Reiterfest der Girl Scouts, Weihnachtsliedertafel.
b) akut: Religion, Politik.

Amtsraum des Gouverneurs des Staates. Zwei Uhr nachts.
12. März.

Der ganze Vordergrund der Bühne liegt – wie in Szene I des ersten
Aktes – im Dunkeln, so daß der sichtbare Teil, vom Lichtstrahl
eines Scheinwerfers herausgehoben, in der Schwebe gehalten er-
scheint. Er liegt im Hintergrund links, noch höher über dem Schatten
des Bühnengrundes als Szene I des ersten Aktes, Fortführung des
Symbolischen auf die noch höhere Ebene einer letzten Instanz, des
höchsten Sitzes der Gerechtigkeit.

Eine Ecke, ein Teil des Amtsraums des Gouverneurs; spät in der
Nacht, ungefähr zwei Uhr morgens – eine Uhr an der Wand zeigt
zwei Minuten nach zwei. Ein massiver Schreibtisch mit glatter
Platte, leer bis auf einen Aschenbecher und ein Telefon, dahinter ein
schwerer Sessel mit hoher Rückenlehne, wie ein Thron, an der Wand
hinter und über dem Sessel das Emblem – Amtswappen – des Staa-
tes, seiner Souveränität (mythischer Art, denn eigentlich ist dies der

Staat, der dem Bezirk Yoknapatawpha übergeordnet ist): ein Adler,
die blinden Waagschalen der Gerechtigkeit, vielleicht ein lateinischer
Wahlspruch, vor dem Hintergrund einer Flagge. Zwei weitere Sessel
stehen vor dem Schreibtisch, leicht gegeneinander gekehrt, zwischen
ihnen die ganze Länge des Schreibtisches.

Der Gouverneur steht vor dem hohen Sessel, zwischen Sessel und
Schreibtisch, unter dem Emblem an der Wand. Auch er ist symbo-
lisch: kein Mensch, den man kennt, weder alt noch jung; er verkör-
pert etwa die Vorstellung, die ein Mensch sich, wenn nicht von Gott,
so doch vielleicht von Gabriel macht, dem Gabriel nicht vor, sondern
nach der Kreuzigung. Man hat den Gouverneur offensichtlich aufge-
stört: aus dem Schlaf- oder auch aus seinem Schreib- oder Wohnzim-
mer; er trägt einen Hausmantel, darunter allerdings Kragen und
Krawatte, und sein Haar ist glatt gekämmt.

Temple und Stevens sind eben eingetreten. Temple trägt den gleichen
Pelzmantel, Hut, Tasche, Handschuhe usw. wie in Szene II des er-
sten Aktes. Stevens ist gekleidet wie in Szene III des ersten Aktes; er
trägt seinen Hut in der Hand. Sie gehen auf die beiden Sessel vor
dem Schreibtisch zu.

STEVENS: Guten Morgen, Henry. Da sind wir also.

GOUVERNEUR: Ja. Nehmen Sie Platz. *Während Temple sich*
setzt: Raucht Mrs. Stevens?

STEVENS: Ja. Danke.

Er zieht ein Päckchen Zigaretten aus seiner Manteltasche, als habe
er sich für diesen Fall eigens damit versehen. Er klopft eine Ziga-
rette heraus und bietet Temple das Päckchen an. Der Gouverneur
steckt eine Hand in die Tasche seines Hausmantels und zieht sie
wieder heraus. Er hält etwas in der geschlossenen Faust.

TEMPLE *nimmt die Zigarette:* Was, mit unverbundenen
Augen? *Der Gouverneur streckt seine Hand über den Schreibtisch.*
In ihr hält er ein Feuerzeug. Temple steckt die Zigarette zwi-
schen die Lippen. Der Gouverneur läßt das Feuerzeug auf-
springen. Aber Sie haben ja recht, exekutiert wird ja nur in
Jefferson. Also ist hier nichts weiter zu tun als Feuer

zu geben; und hoffen wir, daß mit der Salve das Bild verschwindet.

GOUVERNEUR: Welches Bild?

TEMPLE: Das von den verbundenen Augen. Von der Exekution. Oder ist das kein Witz? Sie brauchen sich nicht zu entschuldigen; ein Witz mit Fußnote, das ist wie mildernde Umstände für ein Ei. Da kann man nichts weiter tun als beide schnellstens begraben. *Der Gouverneur hält die Flamme an Temples Zigarette. Sie beugt sich vor, nimmt sich Feuer und lehnt sich wieder zurück.*

Danke.

Der Gouverneur schließt das Feuerzeug und läßt sich in dem hohen Sessel hinter dem Schreibtisch nieder, das Feuerzeug noch in der Hand. Er legt die Hände vor sich auf den Tisch. Stevens setzt sich in den anderen Sessel, indem er die Zigaretten neben 'sich auf den Schreibtisch legt.

GOUVERNEUR: Was hat Mrs. Gowan Stevens mir zu sagen?

TEMPLE: Zu sagen? Nichts. Zu fragen. Nein, auch nicht. Ich hätte Sie etwas fragen können, gestern abend, als wir – als Onkel Gavin, meine ich, Sie anrief. Ob man's nicht widerrufen könnte oder revidieren oder wie das heißt, dieses Todesurteil. *Zu Stevens.* Sag doch was. Bist du nicht das – Sprachrohr? . . . Sagt man nicht so? Sonst heißt es doch immer, der Patient – ich meine Klient – soll nur ja nichts sagen und immer nur den Anwalt reden lassen.

GOUVERNEUR: Nur solange der Klient nicht im Zeugenstand steht.

TEMPLE: Ich bin also hier im Zeugenstand.

GOUVERNEUR: Sie sind um zwei Uhr nachts eigens von Jefferson nach hier gekommen. Wie würden Sie es bezeichnen?

TEMPLE: Na schön. Touché. Aber nicht als Mrs. Gowan Stevens: als Temple Drake. Sie erinnern sich wohl an Temple: das Collegegirl aus gutem Hause, das sein Schlußexamen in einem öffentlichen Haus in Memphis ablegte? Vor ungefähr acht Jahren, erinnern Sie sich? Aber das braucht man

386

wohl keinen zu fragen, am allerwenigsten den ersten Diener des souveränen Staates Mississippi, das weiß heute noch jedes Kind, vorausgesetzt, es konnte vor acht Jahren Zeitung lesen oder hatte jemanden in der Familie, der lesen konnte, oder auch nur einen Freund, der's konnte, oder auch nur Ohren hatte zu hören, oder auch nur fähig war, von einem anderen das Schlimmste zu glauben, oder auch nur, es ihm zu gönnen.

GOUVERNEUR: Ich glaube mich zu erinnern. Was also hat Temple Drake mir zu sagen?

TEMPLE: Das ist die zweite Frage. Die erste Frage wäre: wieviel habe ich zu sagen. Ich meine, vieles werden Sie ja schon wissen, und ich will nicht Ihre und seine und meine Zeit vergeuden. Es ist jetzt zwei Uhr nachts; Sie wollen – müssen vielleicht sogar – auch einmal schlafen, auch wenn Sie der erste Diener unseres Staates sind, vielleicht gerade deswegen . . . Tja, und da fang ich schon an zu lügen. Was kann's mich kümmern, ob der Landesvater um seinen Schlaf kommt, solang es ihn selber nicht kümmert, wo er doch dafür bezahlt wird, seinen Schlaf zu opfern für alle Nancy Mannigoes und Temple Drakes?

STEVENS: Soweit sie nicht lügen.

TEMPLE: Das wollen sie ja auch gar nicht. Ein bißchen Zeit gewinnen vielleicht. Vielleicht beantwortet mir also Seine Exzellenz oder Seine Gnaden oder wie das sonst heißt, meine Frage, daß wir endlich zur Sache kommen.

STEVENS: Lassen wir doch die Frage. Kommen wir gleich zur Sache.

GOUVERNEUR *zu Temple:* Wie war Ihre Frage? Wieviel ich schon weiß?

TEMPLE *nach einer Pause; sie antwortet zunächst nicht, sieht den Gouverneur starr an. Dann:* Onkel Gavin hat recht. Vielleicht sind Sie dran mit Fragen. Aber machen Sie's nur so schmerzlos wie möglich. Denn bei mir wird es doch ein bißchen . . . weh tun . . . trotz der Angabe mit den verbundenen Augen.

GOUVERNEUR: Erzählen Sie mir von Nancy – Mannihoe, Mannikoe? . . . wie schreibt sie sich?

TEMPLE: Überhaupt nicht. Sie kann gar nicht schreiben. Weder schreiben noch lesen. Sie lassen sie hängen unter dem Namen Mannigoe, und auch das ist vielleicht verkehrt, aber nach morgen früh ist das auch egal.

GOUVERNEUR: Ah ja, Manigault. Guter alter Name aus Charleston.

STEVENS: Noch älter. Maingault. Nancy – das heißt, jedenfalls ihr Familienname – hat normannisches Blut.

GOUVERNEUR: Also fangen wir doch bei ihr an.

TEMPLE: Sie sind ja so gescheit. Sie war eine Hure, eine Morphinistin, die mein Mann und ich aus der Gosse holten und als Kindermädchen ins Haus nahmen. Eins von den Kindern hat sie umgebracht, und morgen soll sie dafür gehängt werden. Wir – ihr Anwalt und ich – wollen Sie bitten, sie vor dem Galgen zu retten.

GOUVERNEUR: Ja. Das ist mir bekannt. Warum?

TEMPLE: Warum ich, die Mutter des Kindes, Sie bitte, ihr Leben zu retten? Weil ich ihr verzeihe. *Der Gouverneur und Stevens sehen sie an, abwartend, ohne etwas zu sagen. Sie erwidert den Blick des Gouverneurs, nicht trotzig, nur sehr aufmerksam.* Weil sie verrückt war. *Der Gouverneur sieht sie noch immer an; sie erwidert den Blick, zieht hastig an der Zigarette.* Nun ja. Sie meinen also, warum ich – wir eine Hure und Morphinistin und Herumtreiberin als Kindermädchen ins Haus genommen haben? *Sie raucht hastig, spricht durch den Rauch hindurch.* Wir wollten ihr eine letzte Chance geben – sie war schließlich auch ein Mensch, auch wenn sie eine Niggerhure und eine Morphinistin war . . .

STEVENS: Das war auch nicht gemeint.

TEMPLE *hastig, wie verzweifelt:* Ja, ja, ja, ich weiß. Das ist schon kein Zeitgewinn mehr. Muß man denn immerzu weiterlügen? Wenn man doch einmal damit aufhören könnte, wie in der Fastenzeit mit dem Tennisspielen oder Tanzen oder Trinken oder Schokoladeessen. Ich meine nicht für immer, nicht gleich ein neues Leben anfangen, nur eine Weile aussetzen, sich erholen, Kräfte sammeln für eine neue Platte oder ein neues Spiel – oder für eine neue Lüge ... Also. Ich mußte jemanden haben, mit dem ich reden konnte. Und jetzt begreifen Sie vielleicht, daß ich Ihnen sagen soll, warum ich eine Morphinistenhure im Hause haben mußte, warum Temple Drake, eine Weiße, Schönheitskönigin von Mississippi College, mit einem Stammbaum von Staatsmännern und Soldaten stolz und kühn in den stolzen und kühnen Annalen unseres souveränen Staates – warum sie niemanden fand, der ihre Sprache sprechen konnte, als eine morphiumsüchtige Niggerhure ...

GOUVERNEUR: Ja. Hier – und jetzt, mitten in der Nacht. Sagen Sie alles.

TEMPLE *raucht hastig, beugt sich vor, drückt die Zigarette im Aschenbecher aus und sitzt wieder aufrecht. Sie spricht mit harter, brüchiger, gefühlloser Stimme, rasch:* Hure, Morphinistin; hoffnungslos verdammt schon vor der Geburt, eine, die nur zur Welt kam, um als Mörderin am Galgen zu sterben. Aus der Gosse kam sie ins Haus Stevens; in der Gosse war sie zum erstenmal öffentlich in Erscheinung getreten. Sie lag in der Gosse, und ein weißer Mann gab sich Mühe, ihr die Zähne – oder besser gesagt, die Stimme – in den Hals zu treten. ... Weißt du noch, Gavin? Wie hieß er noch, dieser Mann? Das war vor meiner Zeit in Jefferson, aber du erinnerst dich sicher: der Kassierer von der Bank, eine Stütze der Kirche – oder jedenfalls seine Frau war's – und an dem Montagmorgen, wie er die Eingangstür zur Bank aufschließt, und fünfzig Leute stehen hinter ihm und wollen hinein, da kommt Nancy dazu, völlig betrunken, und drängt sich durch die Menge und stellt sich vor ihn hin und sagt: „Weißer Mann, du schuldest mir noch zwei Dollar" – und er dreht sich um und holt aus und boxt sie über den Gehsteig, und sie fällt in den Rinnstein, und er rennt hinter ihr her und tritt nach ihrem Gesicht und nach ihrer

Stimme, die immer weiter sagt: „Du schuldest mir noch zwei Dollar, weißer Mann" – und schließlich packt ihn die Menge und hält ihn fest, und dabei tritt er immer noch nach dem Gesicht in der Gosse, und das spuckt Blut und Zähne und sagt immer wieder:

„Die zwei Dollar von vor zwei Wochen, und danach bist du noch zweimal bei mir gewesen..."

Sie stockt, preßt einen Augenblick die Hände vors Gesicht, läßt sie wieder sinken.

TEMPLE: Nein danke, kein Taschentuch; der Herr Verteidiger weiß Bescheid, er hat den Trockenkursus schon hinter sich... Wo war ich?

GOUVERNEUR *wiederholt ihre letzten Worte:* „Die zwei Dollar von vor zwei Wochen..."

TEMPLE: Dann muß ich jetzt alles erzählen. Das war ja erst Nancy Mannigoe. Temple Drake war in etwas Besserem als einem Zweidollaretablissement... Aber ich habe ja touché gesagt...

Sie beugt sich vor, wie um die ausgedrückte Zigarette aus dem Aschenbecher zu nehmen. Stevens greift nach dem Päckchen auf dem Schreibtisch, will ihr eine Zigarette anbieten. Sie zieht ihre Hand wieder zurück und lehnt sich nach hinten.

TEMPLE *blickt auf die angebotenen Zigaretten:* Nein, danke. Ich werde doch keine brauchen. Jetzt geht es ganz rasch zu Ende. Der Coup de grâce. Den spürt das Opfer ja nicht mehr, nicht wahr?... Wo war ich? *Rasch.* Schon gut. Das hab ich ja eben schon einmal gefragt.

Sie sitzt einen Augenblick reglos, die Hände im Schoß ineinandergekrampft. Es gibt da offenbar manches, ziemlich viel sogar, worüber selbst der erste Diener unseres Staates nicht ganz im Bilde ist; vielleicht ist er noch nicht lange genug im Amt. Aber das stimmt auch wieder nicht: er konnte doch wohl schon lesen, damals, vor acht Jahren? Und überhaupt, man hätte ihn sicher niemals zum Gouverneur wählen können, auch nur zum Gouverneur von Mississippi, wenn er nicht wenigstens drei Jahre vorher lesen gekonnt hätte...

STEVENS: Temple.

TEMPLE *zu Stevens:* Wieso? Laß mir doch meine Verzöge-rungstaktik.

GOUVERNEUR *ohne die Augen von Temple zu wenden:* Nicht, Ga-vin. *Zu Temple.* Coup de grâce heißt nicht nur Gnaden-stoß. Er ist eine Gnade. Seien Sie gnädig. Geben Sie ihr die Zigarette, Gavin.

TEMPLE *setzt sich wieder aufrecht:* Nein danke, wirklich nicht. *Nach einer kleinen Pause.* Verzeihung. *Rasch.* Sie sehen, ich weiß immer, was sich gehört; ich vergesse nie meine Kin-derstube. Das zeigt, daß ich wirklich einer feinen Familie entsprungen bin, zwar nicht normannischen Rittern wie Nancy, aber immerhin weiß ich, daß man den Gastgeber in seinem eigenen Haus nicht beleidigt, schon gar nicht um zwei Uhr nachts. Aber ich bin eben zu weit gesprungen, und Nancy ist nur schüchtern gestolpert – auch darin ganz Dame... *Nach einer kleinen Pause.* Immer wieder dasselbe. Das ist schon keine Verzögerungstaktik mehr. Ich schweife ab. Will vertuschen. Da steh ich wieder mit dem Gaul vor der Hecke; jetzt heißt es obendrüber oder mittendurch. Also Zügel nachgeben, ein bißchen kauen lassen, wieder anziehen, ganz leicht, daß er eben Widerstand spürt; und dann treiben. Ja, wir sind wieder genau so weit, wie wir am Anfang waren, und jetzt können wir wieder von vorn an-fangen. Also: wieviel muß ich sagen, laut sagen, daß jeder, der Ohren hat, hört? Wieviel muß ich sagen, um es wirklich gut zu machen – und so gut, daß es weh tut natürlich, aber auch kurz, damit Sie das Urteil widerrufen oder revidieren und wir nach Hause fahren können und schlafen, oder we-nigstens ins Bett gehen? Es muß weh tun, ich weiß, aber nicht mehr als unbedingt nötig, oder?

GOUVERNEUR: Der Tod tut weh. Ein schändlicher Tod ganz besonders.

TEMPLE: Der Tod! Wir sprechen jetzt nicht vom Tod. Wir sprechen von der Schande. Für Nancy Mannigoe ist es keine Schande, für sie ist es nur ein Ende. Aber jetzt muß ich wieder touché sagen: wozu hab ich Temple Drake hierhergebracht, nachts um zwei – wenn nicht, um Nancy Mannigoe dieses Ende zu ersparen?

STEVENS: Also rede.

TEMPLE: Er hat meine Frage noch nicht beantwortet. *Zum Gouverneur.* Versuchen Sie mir zu antworten. Wieviel werd ich sagen müssen. Sagen Sie nicht einfach „alles". Das will ich nicht mehr hören.

GOUVERNEUR: Ich weiß, wer Temple Drake war: die junge Studentin, die eines Morgens vor acht Jahren mit vielen anderen Studenten ihr College verließ, um mit einem Sonderzug zu einem Baseballspiel in einem anderen College zu fahren, und die irgendwo unterwegs aus dem Zug verschwand und verschwunden blieb, keiner wußte, wo, bis sie sechs Wochen später wieder auftauchte, als Zeugin in einem Mordprozeß in Jefferson, beigebracht von dem Anwalt des Angeklagten, der – wie man bei dieser Gelegenheit erfuhr – sie entführt und gefangengehalten hatte, um . . .

TEMPLE: . . . In einem Freudenhaus in Memphis, vergessen Sie das ja nicht.

GOUVERNEUR: . . . um sie als Zeugin für sein Alibi in der Mordsache zu verwenden . . .

TEMPLE: . . . obwohl Temple Drake genau wußte, daß er den Mord begangen hatte, aus dem einfachen Grunde . . .

STEVENS: Moment. Laßt mich auch etwas sagen. Sie war auf einer Zwischenstation aus dem Zug gestiegen, aber dazu angestiftet hatte sie ein junger Mann, der mit seinem Wagen dem Zug nachgefahren war. Eigentlich hatten sie vorgehabt, weiterzufahren und sich gemeinsam das Baseballspiel anzusehen, aber der junge Mann war betrunken und trank immer weiter und fuhr den Wagen zuschanden, und so landeten sie beide in der Schwarzbrennerei, wo der Mord geschah und von wo der Märder sie entführte und nach Memphis brachte, um sie festzuhalten, bis er sein Alibi brauchen würde. Hinterher wurde sie geheiratet – von dem jungen Mann mit dem Wagen, ihrem Begleiter und Beschützer am Tage der Entführung. Er ist bis heute ihr Mann. Er ist mein Neffe.

TEMPLE *zu Stevens, bitter:* Auch du. So gescheit. Warum glaubst du mir nicht? Glaub doch wenigstens, daß ich mir Mühe gebe, die Wahrheit zu sagen. Wenigstens von jetzt ab. *Zum Gouverneur.* Wo war ich?

GOUVERNEUR *zitiert:* „Obwohl Temple Drake genau wußte, daß er den Mord begangen hatte, aus dem einfachen Grunde . . .“

TEMPLE: Ach ja. . . . aus dem einfachen Grunde, daß sie den Mord miterlebt und den Mörder beobachtet hatte, oder jedenfalls seinen Schatten; und so wurde sie von seinem Anwalt dem Gericht in Jefferson vorgeführt, um durch ihren Eid das Leben des Mannes zu retten, der des Mordes angeklagt war. Ja, das war Temple Drake. Und jetzt hab ich Ihnen schon etwas gesagt, was weder Sie noch sonst irgendwer wußte, außer dem Anwalt aus Memphis. Und bin dabei noch nicht einmal am Anfang der Geschichte. Sehen Sie, ich kann ja nicht einmal mit Ihnen handeln. Sie habe noch nicht einmal ja oder nein gesagt, ob Sie sie retten können oder nicht, ob Sie sie retten wollen oder nicht, sich's überlegen wollen oder nicht – wonach Temple Drake oder Mrs. Gowan Stevens – wenn eine von ihnen auch nur halbwegs vernünftig wäre – Sie zuerst hätte fragen müssen.

GOUVERNEUR: Wollen Sie mich erst danach fragen?

TEMPLE: Ich kann nicht. Ich traue mich nicht. Sie könnten nein sagen.

GOUVERNEUR: Dann brauchten Sie nicht weiter von Temple Drake zu sprechen.

TEMPLE: Aber ich muß ja. Ich muß Ihnen alles sagen, sonst wäre ich nicht hier. Aber wenn ich nicht wenigstens glauben kann, daß Sie vielleicht ja sagen werden, bringe ich's einfach nicht fertig. Das ist wieder ein touché für irgendwen, vielleicht Gott – wenn es einen gibt. Verstehen Sie? Das ist das Schreckliche dabei. Ihn brauchen wir überhaupt nicht. Das Böse schlechthin ist schon genug. Noch acht

Jahre danach. Vor acht Jahren hat Onkel Gavin einmal gesagt – ach ja, er war ja auch dabei; Sie haben's ja gerade gehört ... Er hätte Ihnen das alles oder doch das meiste davon schon am Telefon sagen können, und Sie könnten jetzt in diesem Augenblick in Ihrem Bett liegen und schlafen – damals also sagte er einmal, auch der Anblick des Bösen sei schön tödlich, auch wenn es nur durch Zufall geschähe; es gäbe kein Feilschen, kein Verhandeln mit der Verderbnis – es wäre einfach unmöglich, aussichtslos, dagegen ... *Sie hält inne, erschüttert, sitzt reglos.*

GOUVERNEUR: Nehmen Sie jetzt die Zigarette. *Zu Stevens.* Gavin ... *Stevens greift nach den Zigaretten, will ihr anbieten.*

TEMPLE: Nein, danke. Jetzt ist es schon zu spät. Denn jetzt gibt es kein Halten mehr. Wenn wir die Hecke schon nicht überspringen können, so können wir sie wenigstens niederreiten ...

STEVENS *unterbricht:* Das heißt, daß jedenfalls einer von uns aufrecht durchkommen wird. *Da Temple eine Bewegung macht.* O ja, ich spiele noch mit; und ich werde mitreiten. Vorwärts. *Souffliert ihr.* Also: Temple Drake ...

TEMPLE: ... Temple Drake, die törichte Jungfrau; das heißt, Jungfrau nur mangels Gegenbeweises, töricht aber vor und in aller Augen; siebzehn Jahre, und wesentlich törichter, als es Jungfräulichkeit oder selbst siebzehn Jahre entschuldigen oder erklären könnten; wahrlich, sie erwies sich eines solchen Übermaßes an Torheit fähig, daß auch sieben oder drei, geschweige denn eine einzige andere Jungfrau es nicht übertreffen könnten ...

STEVENS: Denk ein bißchen an den armen Gaul. Mach wenigstens den Versuch, ihn an die Hecke heranzureiten und nicht gleich mit Gewalt dagegen.

TEMPLE: Du denkst an den Gentleman aus Virginia. *zum Gouverneur.* Das ist mein Mann. Man hat ihn auf der Universität nicht nur – meint Onkel Gavin – zum Trinken, sondern auch zum Gentleman erzogen ...

STEVENS: ... und er vergaß seine Erziehung in beidem an

jenem Tag vor acht Jahren, als er sie aus dem Zug holte und seinen Wagen kurz vor dieser Schwarzbrennerei an einen Baum fuhr.

TEMPLE: Aber er besann sich wieder auf seine gute Erziehung, mindestens in einem Punkte, denn sobald er konnte, heiratete er mich. *Zu Stevens.* Du hast doch nichts dagegen, daß ich Seiner Exzellenz das erzähle?

STEVENS: In beiden Punkten. Er hat seit jenem Tag auch kein Glas mehr angerührt. Das sollte Seine Exzellenz ebenfalls in Betracht ziehen.

GOUVERNEUR: Es soll geschehen. Es ist geschehen. *Er macht eine kleine Pause, eben lang genug, daß beide aufmerksam werden und ihn ansehen.* Ich wünschte beinah – *Beide sehen ihn aufmerksam an; dies ist für den Zuschauer der erste Anhaltspunkt dafür, daß hier – unterirdisch gleichsam – noch etwas vorgeht; daß der Gouverneur und Stevens entwas wissen, was Temple nicht weiß. Zu Temple.* Er hat Sie nicht begleitet.

STEVENS *ohne Schärfe, aber rasch:* Hat das nicht Zeit bis später, Henry?

TEMPLE *schnell, trotzig, argwöhnisch, hart:*
Wer?

GOUVERNEUR: Ihr Gatte.

TEMPLE *schnell und scharf:* Wie kommen Sie darauf?

GOUVERNEUR: Sie sind hier, um für die Mörderin Ihres Kindes zu bitten. Ihr Gatte war der Vater.

TEMPLE: Sie irren sich. Wir sind nicht mitten in der Nacht zu Ihnen gekommen, um Nancy Mannigoes Leben zu retten. Nancy Mannigoe hat mit dieser Sache überhaupt nichts zu tun, denn Nancy Mannigoes Anwalt hat mir – noch ehe wir aus Jefferson wegfuhren – gesagt, Sie würden Nancy Mannigoe nicht retten. Wir sind hierhergekommen und haben Sie zwei Uhr nachts geweckt, einzig um Temple Drake eine Gelegenheit zum Leiden zu geben – Sie wissen schon, was ich meine: einfach eine Quälerei um der Quälerei willen – ich glaube, es war ein Russe, der hat einmal ein ganzes Buch über das Leiden geschrieben, nicht über das Leiden unter irgendwas oder an irgendwas, bloß so über das Leiden an sich – wie wenn jemand bewußtlos ist, der atmet ja eigentlich auch nicht, um weiterzuleben, sondern er atmet einfach, weiter nichts. Aber vielleicht irre ich mich auch, und es gibt überhaupt keinen Menschen, dem etwas dran liegt, ob gelitten wird oder nicht, der am Leiden leidet – es liegt ja auch keinem was an der Wahrheit oder an der Gerechtigkeit oder an Temple Drakes Schande oder an Nancy Mannigoes wertlosem Niggerleben ...

Sie verstummt, sitzt völlig reglos, aufrecht in ihrem Sessel, das Gesicht leicht erhoben, ohne einen der beiden anzusehen, die sie unverwandt beobachten.

GOUVERNEUR: Geben Sie ihr jetzt das Taschentuch. *Stevens zieht ein frisches Taschentuch aus seiner Tasche, schüttelt es aus und hält es Temple hin. Sie rührt sich nicht, hält ihre Hände weiter im Schoß verkrampft. Stevens erhebt sich, geht zu ihr hin, läßt das Taschentuch in ihren Schoß fallen, kehrt zu seinem Sessel zurück.*

TEMPLE: Besten Dank. Aber jetzt ist's schon gleich; wir sind ja gleich am Ende; du könntest fast schon runter an den Wagen gehen und den Motor warmlaufen lassen, während ich hier den Rest der Geschichte erzähle. *Zum Gouverneur* Jetzt brauchen Sie nämlich nichts mehr zu tun, als einfach still sein und zuhören. Oder auch nicht einmal zuhören, wenn Sie nicht wollen – nur einfach still sein und abwarten, bis ich fertig bin. Es dauert auch bestimmt nicht mehr lange, dann können wir alle zu Bett gehen und das Licht auslöschen. Und dann ist Nacht. Dunkel. Und vielleicht können Sie sogar schlafen, vielleicht können Sie mit demselben Arm, mit dem Sie das Licht ausknipsen und sich die Decke über den Kopf ziehen, auch Temple Drake für immer beiseite schieben, samt allem, was Sie vielleicht für sie getan haben, und auch Nancy Mannigoe samt allem, was Sie vielleicht für sie getan haben, das heißt, wenn Sie überhaupt etwas tun wollen, wenn es überhaupt zählt, ob Sie etwas tun oder nicht – und alles das braucht uns niemals wieder zu kümmern. Denn Onkel Gavin hat damals nur teilweise recht gehabt. Es ist ja gar nicht so, daß man das Böse und die Verderbnis nicht einmal erblickt haben darf; manchmal kann man vielleicht nicht anders, man wird ja nicht immer vorher gewarnt. Und es ist ja nicht einmal so, daß man ihm nur widerstehen muß. Denn man muß sich lange vorher entscheiden. Man muß schon lange, bevor man dem Bösen begegnet, bereit sein, ihm zu widerstehen, nein zu ihm zu sagen; man muß sogar schon nein gesagt haben, bevor man auch nur weiß, was das Böse eigentlich ist. Kann ich jetzt bitte die Zigarette haben.

Stevens nimmt die Zigaretten vom Tisch, erhebt sich, zieht eine halb aus dem Päckchen heraus und hält es Temple hin. Sie nimmt sich die Zigarette, während sie schon weiterspricht. Inzwischen legt Stevens das Päckchen auf den Schreibtisch zurück und greift nach dem Feuerzeug, das der Gouverneur, ohne die Augen von Temple zu wenden, ihm über den Tisch schiebt, bis er es erreichen kann. Stevens läßt das Feuerzeug aufspringen und hält es Temple hin. Sie macht keine Miene, die Zigarette anzuzünden, spricht weiter, die Zigarette in der Hand. Dann legt sie die Zigarette auf dem Aschenbecher ab, und Stevens schließt das Feuerzeug und setzt sich wieder, indem er das Feuerzeug neben die Zigaretten auf den Tisch legt.

TEMPLE: Temple Drake hatte nämlich eine Schwäche für das Böse. Sie fuhr nur deswegen zu dem Baseballspiel, weil sie dazu mit dem Zug fahren mußte und aus dem Zug durchbrennen konnte, sowie er das erstemal hielt – und in das Auto umsteigen, um hundert Meilen allein mit einem Mann zu fahren ...

STEVENS: ... der sich sinnlos betrunken hatte.

TEMPLE: Laß mich doch. Das hätte ich schon noch gesagt. *Zum Gouverneur.* Alles aus Optimismus. Ich meine jetzt nicht den jungen Mann; der wußte es nicht besser, konnte nicht anders. Er hatte die Fahrt ja nicht vorgeschlagen; das war Temples Idee gewesen ...

STEVENS: Aber es war sein Wagen. Beziehungsweise der seiner Mutter.

TEMPLE *zu Stevens:* Jaja, aber bitte laß mich erzählen ... *Zum*

Gouverneur. Temple war die Optimistin. Nicht daß sie alles vorausgesehen oder auch nur geplant hätte; sie vertraute einfach darauf, daß ihr Vater und ihre Brüder schon wissen würden, was gut und was böse war, so daß sie nichts weiter tun mußte als etwas unternehmen, von dem sie wußte, daß sie's ihr ganz bestimmt verboten hätten. Und natürlich war ihre Rechnung richtig, wenn sie auch nicht ganz glatt aufging: sie mußte sogar für eine Weile selbst das Steuer nehmen, nachdem es beiden klargeworden war, daß der junge Mann sich verrechnet hatte, viel zu früh in sein Schlußexamen im akademischen Trinken gestiegen war ...

STEVENS: Gowan kannte die Schwarzbrennerei und bestand darauf, dort vorbeizufahren.

TEMPLE: ... und selbst dann ...

STEVENS: Er hat euch an den Baum gefahren.

TEMPLE *zu Stevens, rasch und scharf:* Und mich dafür geheiratet. Soll er denn zweimal Strafe zahlen? Das erstemal war schon überbezahlt. *Zum Gouverneur.* Und selbst dann ...

GOUVERNEUR: Welchen Wert hat es gehabt?

TEMPLE: Was?

GOUVERNEUR: Daß er Sie geheiratet hat.

TEMPLE: Sie meinen für ihn? Er hat dabei draufzahlen müssen.

GOUVERNEUR: Ist das auch seine Ansicht? *Er sieht sie fest an, Temple erwidert seinen Blick, wachsam, gespannt, irritiert.* Sie haben mir etwas zu sagen, wovon er nichts weiß. Sonst hätten Sie ihn mit hierhergebracht. Nicht wahr?

TEMPLE: Ja.

GOUVERNEUR: Würden Sie's auch sagen, wenn er hier wäre? *Temple sieht ihn groß an. Stevens macht, von ihr unbemerkt, eine kleine Bewegung. Der Gouverneur reagiert mit einer leichten warnenden Geste seiner Hand, was Temple ebenfalls nicht bemerkt.* Da Sie nun einmal den langen Weg bis hierher gemacht haben, da Sie selber erklären, daß Sie es sagen müssen, sagen Sie's laut – nicht um das Leben dieser Frau zu retten, sondern weil Sie selbst schon in Jefferson zu dem Schluß gekommen sind, daß nichts anderes übrigbleibt, als alles zu sagen.

TEMPLE: Wie soll ich wissen, ob ich's auch dann noch tun würde?

GOUVERNEUR: Nehmen Sie an, er wäre hier, er säße da in dem Stuhl, in dem Gavin – in dem Ihr Onkel sitzt.

TEMPLE: . . . oder hinter der Tür oder vielleicht in einer von Ihren Schreibtischschubladen? Nein. Er ist in Jefferson geblieben. Ich hab ihm eine Schlaftablette gegeben.

GOUVERNEUR: Aber wenn er nun doch hier wäre, jetzt, da Sie doch alles sagen müssen. Würden Sie's trotzdem sagen?

TEMPLE: Also schön. Jawohl. Und jetzt halten bitte auch Sie endlich den Mund, und lassen Sie mich reden. Ich kann ja nichts sagen, wenn Sie beide immer dazwischenreden und mich nicht zu Wort kommen lassen. Jetzt weiß ich schon wieder nicht mehr, wo ich war . . . Ach ja. Ich hatte also den Mörder beobachtet, oder jedenfalls seinen Schatten, und der Mann nahm mich in seinem Auto mit nach Memphis – und ich weiß, ich hatte meine zwei Beine und hatte Augen im Kopf, und ich hätte nur um Hilfe zu schreien brauchen, während wir durch die Hauptstraße irgendeiner Kleinstadt fuhren – und ebensogut hätte ich mich vorher, nachdem Gow – nachdem wir gegen den Baum gefahren waren, nur auf die Straße zu stellen brauchen, um einen Pferdewagen oder ein Auto anzuhalten, das mich in die nächste Stadt oder zum nächsten Bahnhof gebracht hätte, oder zurück zum College, oder auch gleich nach Hause zu meinem Vater und meinen Brüdern. Aber nein, das war nichts für Temple Drake. Ich war mehr für den Mörder . . .

STEVENS *zum Gouverneur:* Er war ein Psychopath. Wenn das auch im Prozeß nicht herauskam. Und als es schließlich herauskam, oder hätte herauskommen können, war es schon zu spät. Ich habe ihn damals gesehen: etwas Kleines, Schwarzes, mit einem italienischen Namen, wie eine hübsche, nur leicht deformierte Küchenschabe; ein Bastard, sexuell unfähig. Aber das werden Sie ja von ihr selbst hören.

TEMPLE *mit bitterem Sarkasmus:* Danke dir, lieber Onkel Gavin. *Zum Gouverneur.* O ja, das auch: was sie für Pech dabei hatte: auf etwas hereinzufallen, was nicht einmal ein Mann war, nur ein Mörder ... *Sie stockt, sitzt reglos, aufrecht, die Hände im Schoß verkrampft, die Augen geschlossen.* Wenn man mich nur reden lassen würde. Das ist, als ob ich versuchte, ein Huhn in eine Tonne zu scheuchen. Könnt ihr nicht endlich aufhören, so zu tun, als ob ihr das Huhn woandershin haben wolltet ...

GOUVERNEUR: Nennen Sie's nicht eine Tonne, nennen Sie's einen Tunnel. Das ist ein Durchgang. Ein Übergang. Auch das andere Ende ist offen. Gehen Sie hindurch. Er war also – kein Mann.

TEMPLE: Der nicht. Er war schlimmer als ein Vater oder Onkel. Es war schlimmer, als wenn ich der reichste Klient der vorsichtigsten Versicherungsgesellschaft gewesen wäre: nach Memphis gebracht und eingesperrt in dem Freudenhaus in Manuel Street, wie eine zehnjährige neuvermählte Braut in einem spanischen Kloster, unter der Aufsicht einer Madam, mit Adleraugen schlimmer als jede Mama – und mit einem schwarzen Dienstmädchen als Aufpasserin vor der Tür, wenn die Madam einmal nicht im Haus war – ich weiß nicht, wohin sie ging, wenn sie den Nachmittag frei hatte, vielleicht zur Polizei, um Geldstrafen oder Schmiergelder zu zahlen, oder auf die Bank, oder auch einfach Besuche machen – und das war gar nicht so schlimm, denn das Mädchen schloß dann oft die Tür auf und kam zu mir ins Zimmer, und dann konnten wir – *Sie stockt, hält einen winzigen Augenblick inne, spricht dann rasch weiter.* Ja, das war es: ich konnte mich unterhalten. Gefangen war ich freilich, und vielleicht war der Käfig auch nicht aus reinem Gold, aber für mich war er's schon. Ich hatte Parfüm literweise, natürlich hatte es irgendeine Verkäuferin ausgesucht, und es war nicht das richtige, aber immerhin, ich hatte es, und er kaufte mir einen Pelzmantel – zwar konnte ich ihn nirgends tragen, denn er ließ mich nicht aus dem Haus, aber ich hatte ihn – und Spitzenwäsche und Negligés, auch von Verkäuferinnen ausgesucht, aber nur das Allerbeste oder jedenfalls Allerteuerste, ganz nach dem Geschmack des dikken Endes der Brieftasche eines Chefs der Unterwelt. Denn er wollte mich ja zufrieden sehen; und nicht nur das: er hatte auch nichts dagegen, wenn ich glücklich war. Hauptsache, ich war da, für den Fall, daß die Polizei ihn eines Tages mit diesem Mord in Mississippi in Verbindung bringen sollte. Er hatte nicht nur nichts dagegen, wenn ich glücklich war; er nahm sogar tätigen Anteil daran, mich glücklich zu sehen. Und damit sind wir endlich soweit. Denn jetzt muß ich Ihnen auch davon erzählen, um Ihnen einen plausiblen Grund dafür zu geben, daß wir Sie um zwei Uhr nachts aus dem Bett geholt haben und Sie bitten, das Leben einer Mörderin zu retten. *Sie hält inne, beugt sich vor und nimmt die Zigarette aus dem Aschenbecher, merkt dann, daß sie nicht brennt. Stevens nimmt das Feuerzeug vom Schreibtisch und will aufstehen. Der Gouverneur gibt, ohne die Augen von Temple zu wenden, Stevens ein Zeichen, sitzenzubleiben. Stevens zögert, schiebt dann das Feuerzeug ein Stück weiter über den Tisch, bis Temple es erreichen kann, und setzt sich wieder zurück. Temple nimmt das Feuerzeug, läßt es aufschnappen, entzündet die Zigarette, schließt das Feuerzeug und legt es wieder auf den Schreibtisch. Aber schon nach dem ersten Zug legt sie die Zigarette auf dem Aschenbecher ab, setzt sich wieder aufrecht und spricht weiter.*

TEMPLE: Denn ich hatte ja immer noch meine zwei Arme und Beine und Augen; ich hätte jederzeit an der Dachrinne hinunterklettern können – ich hab's bloß nicht getan. Ich kam niemals aus meinem Zimmer, außer spät in der Nacht; dann holte er mich ab in einer Limousine von der Größe eines Leichenwagens, er saß neben dem Chauffeur auf dem Vordersitz, und ich mit der Madam hinten im Wagen, und wir brausten mit vierzig und fünfzig und sechzig Meilen die Seitengassen des Rotlichtviertels auf und ab. Das war auch alles, was ich von der Stadt sah. Ich durfte nicht einmal die Bekanntschaft der anderen Mädchen in meinem eigenen Hause machen, sie besuchen oder auch nur sehen; ich durfte nicht einmal nach der Arbeit mit ihnen zusammensitzen und ihnen zuhören, wie sie fachsimpelten, während sie ihre Chips oder Pickel zählten, oder was immer sie taten, wenn sie da beieinander auf ihren Betten saßen... *Sie zögert wieder, fährt wie erstaunt, verwundert fort.* Eigentlich war's wie damals im College, im Studentinnenwohnheim – schon der Geruch: von Frauen, jungen Mädchen, die nichts weiter im Kopfe hatten als den Mann, nicht bestimmte einzelne Männer, nein, die Männer überhaupt – nur war es hier ein bißchen stärker, ein bißchen ruhiger, weniger erregt – so saßen sie dann auf ihren vorübergehend müßigen Betten und erörterten die Praktiken – das ist hoffentlich das richtige Wort – ihres Handwerks. Bis auf mich, bis auf Temple: ich war eingesperrt in diesem Zimmer, vierundzwanzig Stunden am Tag, und konnte nichts weiter tun, als in meinem Pelzmantel und meinen Spitzenhöschen und meinen Negligés Modenschauen abhalten, ohne Publikum, außer dem meterhohen Spiegel und einem schwarzen Hausmädchen. So hing ich knochentrocken und sicher inmitten von Sünde und Lust, als schwebte ich in einer Taucherglocke vierzig Meter unter dem Wasserspiegel. Denn er wollte seine Gefangene ja zufrieden sehen. Er tat wirklich alles, was er konnte. Aber damit war Temple nicht zufrieden. Sie mußte sich regelrecht verlieben.

GOUVERNEUR: Ach.

STEVENS: Jawohl.

TEMPLE *rasch, zu Stevens:* Still.

STEVENS *zu Temple:* Jetzt sei du einmal still. *Zum Gouverneur.* Er – Vitelli – oder Popeye mit Spitznamen – hatte den Mann selber ins Haus gebracht. Dieser junge Mann...

TEMPLE: Gavin! Nicht! Hörst du!

STEVENS *zu Temple:* Du erstickst in einem Wust von Selbsterniedrigung und Um-die-Sache-Herumreden, wo du nichts weiter brauchst als Wahrheit. *Zum Gouverneur* – war in seinen Kreisen bekannt unter dem Namen Red, Alabama

Red; nicht bei der Polizei, das heißt nicht offiziell, denn er war kein Krimineller, noch nicht jedenfalls, sondern nur ein typischer Schläger – vermutlich litt er vor allem an einer zu guten Verdauung. Er fungierte als Rausschmeißer in dem sogenannten Nachtklub, eher einer Kaschemme, am Rande der Stadt, deren Besitzer Popeye war und in der er sein Hauptquartier hatte. Der junge Mann starb wenig später im Hinterhof unter Temples Fenster an einer Kugel aus derselben Pistole, mit der der Mord in Mississippi verübt worden war – aber ehe die Pistole gefunden und mit Popeye in Verbindung gebracht worden war, war auch Popeye selbst schon tot; er wurde in Alabama gehängt, für einen Mord, den er nicht begangen hatte.

GOUVERNEUR: Ich verstehe. Dieser – Popeye . . .

STEVENS: . . . Sie meinen, er sah sich verraten von einer seiner eigenen Kreaturen und nahm fürstliche Rache an dem Schänder seiner Ehre? Weit gefehlt. Sie unterschätzen diesen Precieux, diesen Schöngeist, dieses Juwel. Vitelli. Der Name paßte zu ihm. Ein impotenter Zwitter. Ein Jahr später hängten sie ihn freilich. Aber selbst das war noch verkehrt: noch seine Auslöschung erniedrigte, höhnte das Wenige, was der Mensch dem Vorgang der notwendigen Beseitigung des Menschen an Würde hat verleihen können. Ihn hätte man zertreten müssen wie eine Spinne, unter einem riesigen, grausamen Absatz. Er hatte sie nicht verkauft; Sie beleidigen und entehren noch sein Andenken mit dieser plumpen und groben Unterstellung. Er war immer Ästhet, immer Amateur: er mordete nicht aus Gewinnsucht. Nicht einmal aus Mordlust. Er war ein Gourmet, ein Sybarit, seiner Zeit um Jahrhunderte, ja vielleicht Hemisphären voraus; an Geist und Drüsenfunktion Mensch jenes Zeitalters fürstlicher Despoten, denen die Fähigkeit auch nur zu lesen als vulgär und plebejisch galt und die, auf Seide hingestreckt, unter seidenen Zeremonien und Düften, sich dafür Eunuchensklaven hielten, die sie nach der Lesung töten ließen, Abend für Abend, auf daß kein anderer Lesender, nicht einmal ein Eunuchensklave, Mitgenießer, Teilhaber, Mitwisser des lyrischen Erlebnisses sei.

GOUVERNEUR: Ich begreife nicht ganz – -

STEVENS: Versuchen Sie's. Entfesseln Sie Ihre Fähigkeit zu blinder Wut und äußerstem Widerwillen – die Art von Wut und Widerwillen, deren es bedarf, um auf einen Wurm zu treten. Wenn Vitelli diesen Zustand in Ihnen nicht erzeugen kann, dann war sein Leben allerdings fruchtlose Öde.

TEMPLE: Versuchen Sie's nicht erst. Lassen Sie's sein. Bitte lassen Sie's sein. Ich habe den Mann kennengelernt, wie, das tut nichts zur Sache; und ich dachte, ich hätte mich in ihn verliebt, und ob es Liebe war oder nicht, tut auch nichts zur Sache – jedenfalls schrieb ich die Briefe . . .

GOUVERNEUR: Ich verstehe. Das ist der Punkt, von dem Ihr Mann nichts weiß.

TEMPLE *zum Gouverneur:* Und was tut das schon zur Sache, ob er das weiß oder nicht? Was kann ihm das ausmachen, ein oder zwei neue Gesichter, ein oder zwei neue Namen, wo er doch weiß, daß ich sechs Wochen in einem Bordell in Manuel Street verbracht habe? Oder ein oder zwei Männer mehr in meinem Bett? Oder drei oder vier? Ich gebe mir doch schon alle Mühe, Ihnen alles zu erzählen – soviel, wie nötig ist. Sehen Sie das denn nicht? Aber er soll mich in Ruhe lassen, sonst kann ich nicht.

GOUVERNEUR *zu Stevens, ohne die Augen von Temple zu wenden:* Gavin, Sie haben gehört. *Zu Temple.* Also. Sie liebten ihn.

TEMPLE: Danke Ihnen. Ich meine, für das Wort „lieben". Ich war ihm verfallen. Verworfen. Verloren. Und dabei hätte ich jederzeit an der Dachtraufe oder am Blitzableiter herunterklettern und fliehen können, oder noch einfacher: als das Niggermädchen verkleidet mit einem Stoß Handtücher unter dem Arm und einem Flaschenöffner und zehn Dollar Wechselgeld einfach durch die Haustür verschwinden können . . . Ich schrieb statt dessen die Briefe. Jedesmal . . . hinterher, wenn sie – wenn er wieder fort war, einen, und manchmal schrieb ich auch zwei oder drei, wenn mehrere Tage dazwischenlagen, ohne daß sie – daß er bei mir gewesen war ...

GOUVERNEUR: Was? Was haben Sie da gesagt?

TEMPLE: Ich meine, nur um etwas zu tun, um mich zu beschäftigen, um die Zeit totzuschlagen ... statt der ewigen Modenschauen vor dem Spiegel, ohne einen Menschen, dem man den Kopf verdrehen konnte, mit den ... Spitzensachen, oder auch ohne. Es waren ausgezeichnete Briefe, selbst ...

GOUVERNEUR: Moment. Was hatten Sie gesagt?

TEMPLE: Ich sagte, es waren ausgezeichnete Briefe, selbst für eine ...

GOUVERNEUR: Sagten Sie nicht: „Jedesmal, wenn sie wieder fort waren"? *Temple sieht ihn an, ohne zu antworten. Der Gouverneur zu Stevens, ohne die Augen von Temple zu wenden.* Soll das heißen, dieser ... Vitelli war jedesmal mit im Zimmer?

STEVENS: Ja. Dazu hatte er den Mann ins Haus gebracht. Nun verstehen Sie vielleicht, was ich mit den Worten Connaisseur und Gourmet meinte ...

GOUVERNEUR: Und was Sie mit dem Stiefelabsatz meinten. Aber er ist ja tot. Das wissen Sie ja.

STEVENS: O ja. Er ist tot. Wie ich schon sagte: ein Ästhet. Bis zum letzten. Den Sommer darauf hängten sie ihn in Alabama für einen Mord, den er gar nicht begangen hatte und von dem keiner, der mit der Sache zu tun hatte, wirklich glaubte, er hätte ihn begangen – nur daß eben selbst sein Verteidiger ihn nicht dazu überreden konnte, zuzugeben, daß er beim besten Willen diesen Mord nicht hätte begehen können, oder ihn nicht begangen hätte, wenn es ihm in den Sinn gekommen wäre, ihn zu begehen. O ja, auch er ist tot; wir sind nicht hier, um Rache zu nehmen.

GOUVERNEUR *zu Temple:* Gut. Weiter. Die Briefe.

TEMPLE: Ja. Die Briefe. Es waren wirklich ausgezeichnete Briefe. Ich meine – ausgezeichnet geschrieben. *Sie sieht den Gouverneur starr an.* Ich meine, sie waren so, daß man als

405

Frau lieber – und wenn es zehnmal schon acht Jahre her ist, daß man sie geschrieben hat – man würde – es wäre einem lieber, daß der eigene Mann sie nicht zu sehen bekäme, gleichgültig, was er sonst von der – von der Vergangenheit denkt. *Sie sieht weiter unverwandt den Gouverneur an, während sie ihre qualvolle Beichte ablegt.* Sie waren – gekonnter geschrieben, als man's einer siebzehnjährigen Dilettantin zugetraut hätte. Ich meine, man hätte sich unwillkürlich gefragt, wie eine, die gerade siebzehn war und noch kein Jahr auf dem College, all diese Worte, diese – richtigen Worte gelernt haben könnte. Dabei hätte man wahrscheinlich nichts weiter dazu gebraucht als ein altes Konversationslexikon, so aus Shakespeares Zeiten, von damals, als die Menschen noch nicht gelernt hatten, vor Worten zu erröten. Das heißt – man, aber nicht Temple Drake, die brauchte kein Lexikon, die war begabt, der hätte eine Lektion schon genügt, geschweige denn drei oder vier, oder ein Dutzend, oder zwei oder drei Dutzend Lektionen. *Den Gouverneur starr ansehend.* Nein, nicht einmal eine – denn das Böse war schon in ihr, es hatte nur darauf gewartet. Aber sie wußte damals noch nicht, daß man der Verderbnis schon von Anfang an widerstehen muß, nein, schon vorher, nicht erst, wenn sie vor einem steht, sondern schon ehe man auch nur weiß, was gut und böse ist, was es ist, dem man zu widerstehen hat. Ich schrieb also die Briefe – ich weiß nicht, wie viele, jedenfalls waren's genug, mehr als genug, denn auch nur ein solcher Brief wäre schon genug gewesen. Und das ist alles.

GOUVERNEUR: Alles?

TEMPLE: Ja. Sie haben sicher schon mal was von Erpressung gehört. Die Briefe tauchten natürlich wieder auf. Und natürlich war der erste Ausweg, auf den Temple Drake fiel, um sie zurückzukaufen, der, das Material für eine neue Erpressung zu liefern.

STEVENS: Ja, das ist alles. Aber du mußt ihm erklären, wieso.

TEMPLE: Ich dachte, ich hätte es erklärt. Ich hatte Briefe geschrieben, die so waren, daß man meinen sollte, selbst Temple Drake hätte sich geschämt, solche Briefe zu schreiben – und dann starb der Mann, an den sie gerichtet waren, und ich heiratete einen andern und fing ein neues Leben an, oder bildete es mir jedenfalls ein, und kriegte zwei Kinder und nahm mir eine andere Hure ins Haus, die auch ein neues Leben angefangen hatte – nur damit ich jemand hatte, mit dem ich mich unterhalten konnte, und bildete mir sogar ein, daß ich die Sache mit den Briefen vergessen hatte – bis sie wieder auftauchten; und da merkte ich, daß ich nicht nur nichts vergessen hatte, sondern auch, daß das mit dem neuen Leben nicht stimmte.

STEVENS: Genug. Willst du vielleicht, daß ich weitererzähle?

TEMPLE *bitter:* Ich weiß schon, was du willst. Ich soll leiden. Nur leiden. Für nichts und wieder nichts. Einfach, weil's so gesund ist – wie Kalomel oder Eukalyptus. *Zum Gouverneur.* Also bitte. Fragen Sie.

GOUVERNEUR: Der junge Mann starb . . .

TEMPLE: Ja. Er wurde erschossen, von einem Auto aus, als er über den Hinterhof ins Haus wollte, dieselbe Dachrinne herauf, über die ich jederzeit hätte entfliehen können, ohne daß einer es merkte. Er wollte zu mir. Dieses eine Mal, das erste Mal, das einzige Mal, wo wir dachten, wir hätten ihn abgeschüttelt, wären ihn los, könnten allein sein, nur wir beide zusammen, nach all den . . . anderen Malen. Und dann war er tot, umgebracht, niedergeschossen, mitten im Anmichdenken, wo er nur eine Minute später vielleicht bei mir gewesen wäre, wo er eigentlich schon da war, nur sein Körper noch nicht, wo die Tür schon verschlossen war, endlich nur für uns beide allein; und dann war alles vorbei, als wäre es nie gewesen, nie geschehen – nur daß dadurch alles noch schlimmer wurde – *Rasch.* Dann der Gerichtssaal in Jefferson, und mir war schon alles egal, und dann holten mein Vater und meine Brüder mich ab, und dann ging ich auf ein Jahr nach Europa, und mir war immer noch alles egal – und dann nach einiger Zeit war auf einmal alles nur noch halb so schlimm. Sie wissen ja: die Menschen sind glücklich daran. Wunderbar konstruiert. Erst meint man, es gibt Dinge, über die kommt man nie hinweg. Und später merkt man, daß man tatsächlich über alles hinwegkommen kann, daß es einen eigentlich überhaupt nicht berührt. Und plötzlich ist es so, als wäre gar nichts passiert, als wäre es nie gewesen. Irgend jemand – ich glaube, es war Hemingway – hat da mal ein Buch drüber geschrieben: wie es einem Mä ... einer Frau niemals wirklich ... passiert ist; sie brauchte nur innerlich nicht mitzumachen, es einfach nicht wahrhaben wollen, gleichgültig, wer etwas von ihr wußte ... und damit angab. Und in diesem Fall, da waren die beiden, die's wußten, ja nicht einmal mehr an Leben. Dann kam Gowan nach Paris, im Winter danach, und wir wurden getraut: in der amerikanischen Botschaft, mit einem Empfang hinterher im Crillon – es wurde wirklich alles getan, um eine anrüchige amerikanische Vergangenheit auszuräuchern. Ganz zu schweigen von einem neuen Wagen und den Flitterwochen in einem Märchenschloß bei Cap Ferrat, das ursprünglich ein mohammedanischer Fürst für seine europäische Mätresse hatte bauen lassen ... Aber ... *Sie hält inne, stockt; nur einen Augenblick, dann fährt sie fort:* – ich, ich glaube, wir ... ich meine, ich hatte es mir eigentlich anders gedacht – *Sie spricht jetzt rasch, angespannt, sitzt ganz aufrecht, die Hände im Schoß zu Fäusten verkrampft.* – Ich meine: die Hochzeit allein hätte ja schon genügt, auch ohne amerikanische Botschaft und Crillon und Cap Ferrat – nur niederzuknien, zu zweit, und zu sagen: „Wir haben gesündigt, vergib uns." Und dann wäre es dieses Mal vielleicht wirklich Liebe gewesen – der Friede, die Stille, das Sich-nicht-Schämen, alles, was ich ... was vorher ... was mir ... entgangen war ... *Sie stockt abermals; dann wieder rasch, flüssig, präzis.* Liebe, aber nicht nur Liebe: das Vertrauen, daß es über die Liebe hinaus noch etwas anderes gibt, zwei Menschen aneinander zu binden, sie besser zu machen, als jeder von ihnen für sich allein sein kann: die

Schuld, das Leiden, Gelittenhaben und Sichvergangenha-
ben, der Zwang, damit weiterzuleben, auch wenn – ja,
eben weil man weiß, daß man's nie wird vergessen können.
Und dann glaubte ich schließlich, etwas könnte noch stärker verbinden als Schuld: nämlich Verzeihung. Aber das
stimmte anscheinend nicht. Oder vielleicht stimmte das mit
der Verzeihung, aber mit der Dankbarkeit stimmte etwas
nicht; und vielleicht gibt es nur eins, das schlimmer ist, als
ewig dankbar sein müssen, nämlich Dankbarkeit annehmen
müssen . . .

STEVENS: Genau das Gegenteil ist richtig. Womit es nicht
stimmte, das war nicht . . .

GOUVERNEUR: Gavin.

STEVENS: Jetzt seien Sie einmal still, Henry. Was an der Sache nicht stimmte, war nicht Temples Vergangenheit. Und
auch nicht das schlechte Gewissen ihres Mannes. Sondern
seine Eitelkeit: dem Herrn Aristokraten aus Virginia wurde
mit der Zeit der eigene Edelmut peinlich. Er brachte es
nicht fertig, sich mit dem Vergeben zufrieden zu geben,
oder vielleicht hatte er auch das Buch von Hemingway
nicht gelesen. Jedenfalls äußerte sich mit der Zeit seine Unfähigkeit, mit der ihm geschuldeten Dankbarkeit fertigzu-
werden, in Zweifeln an der Vaterschaft des gemeinsamen
Kindes.

TEMPLE: O Gott. O Gott.

GOUVERNEUR: Gavin. *Stevens spricht nicht weiter.* Schluß jetzt.
Nehmen Sie das als einen Befehl. *Zu Temple.* Bitte. Sprechen Sie weiter.

TEMPLE: Ich geb mir ja die größte Mühe. Ich hatte gedacht,
unser schwerstes Problem würde die trauernde Klägerin
sein. Aber es ist, scheint's, der Verteidiger der Angeklagten. Immer, wenn ich dabei bin, von der einen Temple
Drake zu sprechen, kommt Onkel Gavin uns mit einer anderen dazwischen. Nun bitten schon zwei verschiedene
Menschen Sie um dieselbe Gnade; wenn sich alle Beteilig-
ten immer weiter so aufspalten, werden Sie bald nicht mehr

wissen, wen Sie begnadigen sollen. Und damit sind wir wieder bei Nancy Mannigoe, und nun dauert's gewiß nicht mehr lange. Wo waren wir? Schon wieder in Jefferson? Ist auch egal, jedenfalls sind wir's jetzt. Ich meine, zurück aus Europa, wieder daheim, in Jefferson. Wir hatten uns zu stellen, der Schande, der Beschämung, mußten damit fertig werden, gründlich, für immer, daß sie uns nichts mehr anhaben konnten; gemeinsam, stark in unserer Liebe und unserer gegenseitigen Vergebung. Außerdem hatten wir alles: Mr. und Mrs. Gowan Stevens, jung, beliebt, populär; eine neue Wohnung im richtigen Viertel, in der wir uns unsere Samstagabendkater antrinken konnten, einen Country Club mit einer Country-Club-Korona dicker Freunde, die mithalfen, daß der Kater zu einem würdigen Samstagabendcountryclubkater wurde, und eine Bank in der richtigen Kirche, um uns in ihr von ihm zu erholen – vorausgesetzt natürlich, wir waren nicht zu verkatert, um überhaupt in die Kirche zu gehen. Dann kam der Sohn und Erbe; und damit sind wir bei Nancy: Kindermädchen, Ratgeberin, Mentor, Katalysator, Alleskleber – wie Sie es nennen wollen, die das Ganze zusammenhielt: ein magnetisches Zentrum, ein ruhender Pol, nicht nur für den Thronfolger und künftige kleine Prinzen und Prinzessinnen, sondern auch für die beiden größeren Klumpen Masse oder Materie oder Schmutz, was es auch sein mag, geschaffen nach dem Bilde Gottes – Nancy, um die sich alles drehte, dem Anschein nach in Respektabilität und Ordnung und Frieden, durchaus nicht der Typ der guten ollen schwarzen Kinderfrau an der Wiege, o nein, Mr. und Mrs. Stevens waren schließlich jung und modern, so jung und modern, daß die gesamte Country-Club-Korona applaudierte, als sie ihre Kinder einer Exmorphinistin, einer Niggerhure aus der Gosse anvertrauten – denn die Country-Club-Korona ahnte ja nicht, daß nicht Mr. und Mrs. Stevens die Niggerhure ausgesucht hatten, sondern allein Temple Drake, weil eine Niggerhure das einzige Wesen in Jefferson war, das ihre Sprache verstand. – *Sie greift hastig nach der brennenden Zigarette im Aschen-becher und nimmt ein paar Züge, spricht durch den Rauch hindurch weiter.* O ja, auch das. Eine Vertraute. Auf der einen Seite der Star aus der Oberliga, das Idol auf dem Piedestal, der Angebetete – und auf der anderen Seite der Anbeter, der Nachwuchsspieler, der Amateur, der mit dem besten Willen, trotz aller Anstrengungen, nie über die Sandplätze der Buschliga hinausgekommen war, niemals über sie hinauskommen sollte. Und an den langen Nachmittagen, wenn der letzte Knopf an der letzten Koch- oder Wasch- oder Bohnermaschine ausgeschaltet war und das Baby für eine Weile fest schlief, dann setzten sich die beiden Schwestern in der Sünde mit einer Coca-Cola in die stille Küche und tauschten ihre Geschäfts- oder besser: Berufsgeheimnisse aus. Ein Mensch zum Zuhören, wie wir ihn wohl alle brauchen, haben möchten, haben müssen; nicht, um uns zu unterhalten oder um Zustimmung zu finden, nur zum Stillsein und Zuhören. Mehr will der Mensch ja gar nicht, braucht er ja gar nicht, ich meine, um sich anständig zu benehmen, um den Mitmenschen nicht ins Gehege zu kommen; all die Komplexe, von denen man uns erzählt, daß sie an der Existenz der Brandstifter und Sittlichkeitsverbrecher und Mörder und Diebe und der übrigen Feinde der Gesellschaft schuld sind, entstehen doch im Grunde nur dadurch, daß die küntigen Mörder und Diebe niemanden gehabt haben, der ihnen zugehört hätte: das ist ein Gedanke, auf den die katholische Kirche schon vor zweitausend Jahren gekommen ist, sie hat ihn nur nicht weit genug verfolgt, oder vielleicht hatte sie auch zuviel damit zu tun, Kirche zu sein, als daß sie noch Zeit dafür hatte, sich um den Menschen zu kümmern, oder vielleicht war es auch gar nicht die Schuld der Kirche, sondern es lag einfach daran, daß es sich da um menschliche Wesen handelte, und vielleicht, wenn die Welt von einer Art Wesen bevölkert wäre, von denen die eine Hälfte stumm wäre und nur zuhören könnte, der anderen Hälfte einfach zuhören müßte, vielleicht gäbe es dann überhaupt keinen Krieg . . . Das war es, was Temple hatte: einen Menschen, der nur fürs Zuhören bezahlt wurde; und man hätte meinen sollen, daß damit alles gut gewesen wäre. Und dann kam das zweite Kind, das kleine Mädchen, das todgeweihte Opfer – aber soweit sind wir ja noch nicht –, und man hätte meinen sollen, daß damit erst recht alles gut gewesen wäre, daß sogar Temple Drake sich jetzt geborgen gefühlt hätte, zur Ruhe gekommen wäre, jetzt, wo sie sogar zwei – wie sagt der Seemann dazu? richtig: Bettanker hatte. Aber dem war durchaus nicht so. Denn Hemingway hatte ganz recht. Ich meine, das Mädchen – die Frau in seinem Buch. Man braucht nur innerlich nicht mitzumachen, man braucht sich nur dagegen zu wehren. Aber man muß sich eben . . . wehren . . .

STEVENS: Und nun kam die Sache mit den Briefen . . .

GOUVERNEUR *ohne die Augen von Temple zu wenden:* Ruhe, Gavin.

STEVENS: Nein, jetzt werde ich eine Weile reden. Bleiben wir ruhig bei den sportlichen Vergleichen: nennen wir's einen Staffellauf, bei dem das älteste Mitglied der Mannschaft den . . . Stab, Zweig, Schößling, Baum – nennen Sie's, wie Sie wollen, dieses symbolische Stück Holz – das letzte Stück des symbolischen Berges hinaufträgt. *Die Lichter flackern, werden etwas dunkler, leuchten dann wieder auf und beruhigen sich; gleichsam ein Signal, eine Art Warnung.* Die Sache mit den Briefen. Die Erpressung. Der Erpresser war Reds jüngerer Bruder – ein Verbrecher, gewiß, aber doch wenigstens ein Mann . . .

TEMPLE: Nicht! Bitte nicht!

STEVENS: Sei auch du jetzt still. Es geht nur bergauf, nicht über einen Abgrund. Außerdem ist es nur ein Stock, ein Stück Holz. Es fing nicht erst mit den Briefen an. Es hatte mit der Dankbarkeit angefangen. Und jetzt kommen wir endlich auch auf den Ehemann zu sprechen, meinen Neffen. Und wenn ich jetzt sage „Vergangenheit", dann meine ich damit jenen Zeil der Vergangenheit, den ihr Mann schon kennt, und der anscheinend für sein Gefühl schon genug war. Denn es dauerte nicht lange, da entdeckte sie, daß sie den größten Teil ihrer künftigen Tage (und auch Nächte) damit würde verbringen müssen, sich ihre Vergangenheit vergeben zu lassen. Sie wurde nicht nur ständig an sie erinnert, das heißt, vielleicht nicht ausdrücklich erinnert, aber daran gehindert – davor bewahrt – sie zu vergessen, damit sie die Möglichkeit hatte, sie sich vergeben zu lassen und so dem Vergebenden dankbar zu sein, sondern sie mußte auch mehr und mehr von dem Takt anwenden, den sie hatte – und von der Geduld, von der sie wahrscheinlich gar nicht wußte, daß sie sie hatte, denn sie hatte bis dahin keine Gelegenheit gehabt, ihre Geduld zu gebrauchen – um die Dankbarkeit – in der sie wahrscheinlich ebensowenig Erfahrung hatte wie in der Geduld – den hohen Ansprüchen des Vergebenden anzupassen, schmackhaft zu machen. Aber sie nahm das weiter nicht tragisch. Ihr Mann – mein Neffe – hatte ein von ihm aus gesehen vermutlich äußerstes Opfer gebracht, um seinen Anteil an ihrer Vergangenheit zu sühnen. Sie zweifelte nicht an ihrer Fähigkeit, auch weiterhin jeden höheren Grad von Dankbarkeit aufzubringen, nach dem es den wachsenden Appetit des Dankbarkeitssüchtigen verlangen könnte, als Gegenleistung für dieses Opfer, das sie – wie sie glaubte – ebenfalls aus Dankbarkeit angenommen hatte. Außerdem hatte sie ja immer noch ihre zwei Beine und Augen; sie konnte ja jederzeit gehen, entfliehen, wann sie es wünschte – obwohl sie aus ihrer Vergangenheit hätte lernen können, daß sie ihre Bewegungsfreiheit kaum dazu verwenden würde, einer Drohung oder Gefahr aus dem Wege zu gehen. Folgen Sie mir bis hierher?

GOUVERNEUR: Bitte. Fahren Sie fort.

STEVENS: Dann entdeckte sie, daß das Kind – das erste – unterwegs war. Im ersten Augenblick muß es ihr einen fast wahnsinnigen Schrecken eingejagt haben. Jetzt konnte sie nicht mehr entfliehen; sie hatte zu lange gewartet. Aber es kam noch etwas dazu. Es war, als ob sie jetzt zum erstenmal richtig begriffe, daß jeder Mensch für seine Vergangenheit haftbar ist, oder jedenfalls damit rechnen muß, dafür haftbar gemacht zu werden; daß die Vergangenheit etwas ist wie ein Zahlungsversprechen, ein Wechsel mit einer tückischen Fangklausel, der, solange alles gut geht, ohne weiteres giriert werden kann, den aber das Schicksal oder das Pech oder der Zufall einem plötzlich fristlos präsentieren können. Das heißt, gewußt hatte sie's eigentlich die ganze Zeit, aber sie hatte sich damit abgefunden und nicht weiter daran gedacht, weil sie genau wußte, daß sie damit fertigwerden konnte, unverwundbar war, durch einfache Integration, auf Grund ihrer bloßen Eigenweiblichkeit. Aber nun würde da auch ein Kind sein, zart und wehrlos. Aber man gibt ja die Hoffnung niemals ganz auf, nicht einmal, wenn man endlich gemerkt hat, daß der Mensch nicht nur alles ertragen kann, sondern es wahrscheinlich auch wird ertragen müssen; und so fand sie wahrscheinlich, noch ehe der wahnsinnige Schreck Zeit gehabt hatte, abzuklingen, eine Hoffnung: die Hoffnung auf des Kindes eigene zarte und wehrlose Unschuld, die Hoffnung, daß Gott – wenn es Ihn gab – das Kind beschützen würde. Nicht sie; sie hatte nicht um Pardon gebeten und wollte keinen Pardon; sie würde mit allem fertig werden, entweder damit fertig werden oder es ertragen – aber das Kind, das würde Er beschützen vor dem Sichtwechsel ihrer Vergangenheit, weil es unschuldig war. Dabei hätte sie es besser wissen müssen, aus eigener Erfahrung: daß Gott das entweder nicht wollte oder nicht konnte, daß Er jedenfalls nichts dazu tat, die Unschuld zu retten, nur weil sie unschuldig war. Folgen Sie mir auch darin?

GOUVERNEUR: Fahren Sie fort.

STEVENS: Damit konnte sie wenigstens aufatmen. Nicht hoffen: aufatmen. Es war, als hätte sie, wenn nicht einen Handel, so doch etwas wie einen Waffenstillstand mit Gott abgeschlossen – wenn es Ihn gab. Sie hatte nicht versucht,

Ihn zu betrügen, sie hatte nichts unternommen, dem Wechsel ihrer Vergangenheit zu entgehen, indem sie den Blankoscheck einer Kindesunschuld als Deckung benutzte. Inzwischen war das Kind zur Welt gekommen – ein Sohn, ein kleiner Junge, ihres Mannes Sohn und Erbe. Sie hatte nicht versucht, eine Schwangerschaft zu verhüten, sie hatte einfach den Zusammenhang vorher nicht gesehen; es hatte erst der physischen Tatsache der Schwangerschaft bedurft, um ihr die Existenz jenes Wechsels zu offenbaren, der ihre vordatierte Unterschrift trug. Und da Gott – wenn es Ihn gab – das ja wissen mußte, wollte auch sie ihren Anteil an der Abmachung einhalten und sich kein zweites Mal um Hilfe an ihn wenden, denn Er – wenn es Ihn gab – würde ja wenigstens ein fairer Partner sein, ein Gentleman. Soweit?

GOUVERNEUR: Fahren Sie fort.

STEVENS: Was das zweite Kind angeht, können Sie nun selbst kombinieren. Vielleicht hatte sie zuviel zu tun mit den drei Faktoren, um gut genug aufzupassen: auf der einen Seite das Verhängis, das Schicksal, die Vergangenheit; dann der Handel mit Gott; schließlich die Vergebung und die Dankbarkeit. Wie ein Jongleur, aber nicht mit drei robusten, auswechselbaren Reifen oder Bällen, sondern mit drei gläsernen Birnen, gefüllt mit Nitroglyzerin, und mit zu wenig Händen auch nur für eine einzige: eine Hand, um das Sühneopfer darzubringen, und eine zweite, um die Vergebung zu empfangen, und eine dritte wäre nötig gewesen, um die Dankbarkeit zu erweisen, und dazu eine vierte, die im Laufe der Zeit immer notwendiger wurde, um ständig und in immer wachsenden Dosen mehr und immer noch mehr Zucker und Gewürz der Dankbarkeit zuzusetzen, um sie dem Verzehrer schmackhaft zu erhalten – vielleicht war es so: sie hatte einfach nicht die Zeit, um gut genug aufzupassen, oder vielleicht gab sie es schließlich verzweifelt auf, vielleicht in dem Augenblick, als ihr Mann zum ersten Male die Legitimität ihres – seines Sohnes widerlegte, beziehungsweise bestritt, oder auch nur bezweifelte, in welcher Form es auch immer geschah. Jedenfalls war sie abermals schwanger; sie hatte die Abmachung nicht eingehalten, ihren Talisman vernichtet, und wahrscheinlich wußte sie schon fünfzehn Monate vor der Sache mit den Briefen, daß das das Ende war, und als der Mann mit den alten Briefen auftauchte, war sie wahrscheinlich nicht einmal überrascht; sie hatte sich wohl fünfzehn Monate lang nur noch danach gefragt, welche Form das Verhängnis und – akzeptieren Sie bitte auch das – *Die Lichter flackern, verdunkeln sich diesmal stärker und leuchten nicht wieder auf –,* und die Erlösung annehmen würde. Denn nun war es endlich soweit; das Dach war eingestürzt, die Lawine herabgedonnert; selbst mit der Hilflosigkeit und Schwäche war es jetzt zu Ende, denn jetzt war nicht einmal mehr die alte Anfälligkeit von Fleisch und Blut im Spiele. Und neben dem Gefühl der Erlösung auch – wer weiß, vielleicht eben infolge dieser Anfälligkeit – ein Gefühl von Stolz, von Triumph: man hat auf die Vernichtung gewartet und man hat's überstanden; sie mußte kommen, unvermeidlich, unausweichlich, man hatte keine Hoffnung. Und dennoch hatte man sich nicht einfach zusammengekrümmt, hingekauert, den Kopf, das Gesicht in den Armen verborgen; freilich, man hatte diese drohende Vollstreckung nicht ständig im Auge behalten, aber das war nicht, weil man sie fürchtete, sondern weil man zu viel damit zu tun gehabt hatte, einen Fuß vor den anderen zu setzen, ohne je auch nur einen Augenblick wirklich schwach zu werden, hinzusinken, auch wenn man genau wußte, es war umsonst – ein Triumph über eben jene Anfälligkeit, die einen nun nicht länger anzufechten brauchte, weil schließlich alles, das Allerschlimmste, was die Katastrophe einem antun kann, die Zerschmetterung und Vernichtung dieser Anfälligkeit ist; man war der Stärkere geblieben, man war selbst der Katastrophe gewachsen gewesen, hatte sie überdauert, sie gezwungen, den ersten Schritt zu tun; man hatte ihr nicht einmal getrotzt, sie nicht einmal mit Verachtung gestraft; sechs lange Jahre hatte man den Zusammenbruch von sich abgehalten, wie man wohl mit einer Hand den schwerelosen seidenen Himmel eines Bettes über sich hält; mit keinem anderen Werkzeug oder Instrument als diesem bißchen Anfälligkeit und Hinfälligkeit hatte man den Zusammenbruch aufgehalten, während er, mit seinem ganzen Gewicht und seiner ganzen Gewalt, die Vernichtung der eigenen Hinfälligkeit unmöglich über einen Zeitraum von fünf oder sechs Sekunden hinaus verlängern konnte; und selbst während dieser fünf oder sechs Sekunden würde man immer noch der Stärkere sein, weil man alles das, was die Katastrophe einem nehmen konnte, vor sechs Jahren schon abgeschrieben hatte als etwas, das in und infolge seiner Hinfälligkeit eben an sich wertlos war.

GOUVERNEUR: Und nun – der Mann.

STEVENS: Ich hatte gedacht, Sie würden es auch so verstehen. Schon der erste stach ja hervor wie ein schlimmer Finger. Ja, er . . .

GOUVERNEUR: Welcher erste?

STEVENS *hält inne, sieht den Gouverneur an:* Der erste Mann: Red. Kennen Sie wirklich die Frauen so wenig? Ich habe keinen von beiden je gesehen, weder Red noch diesen zweiten Mann, seinen Bruder. Aber alle drei – diese beiden und ihr Mann – sehen sich wahrscheinlich so ähnlich, sind sich in ihrem Handeln so ähnlich – vielleicht nur darin, daß sie alle Unmögliches, Unerfüllbares von ihr verlangt haben, oder auch darin, daß sie sich stark genug zu ihr hingezogen fühlten, um fast unglaubliche Bedingungen zu akzeptieren und zu riskieren – daß sie mindestens Vettern ersten Grades sein könnten. Haben Sie denn so wenig erlebt?

GOUVERNEUR Also. Der Mann.

STEVENS: Ursprünglich war das einzige, woran er dachte, worum es ihm ging, was ihn interessierte, worauf er es abgesehen hatte, das Geld, das er für die Briefe kassieren wollte, um dann schleunigst zu verschwinden, abzuhauen. Natürlich war er auch später im Grunde immer noch in erster Linie hinter dem Geld her, nicht nur, als er merkte, daß er sie und das Kind würde mitnehmen müssen, um es zu kriegen, sondern auch noch, als es so aussah, als ob er – jedenfalls vorläufig – nichts weiter kriegen würde als eine durchgebrannte Frau und einen Säugling von sechs Monaten. Ja, Nancys Irrtum, ihre eigentlich tödliche Handlung in jener tödlichen und tragischen Nacht bestand darin, daß sie, statt ihm alles zu geben, das Geld und den Schmuck, nachdem sie dahintergekommen war, wo Temple die Sachen versteckt hatte, und statt sich die Briefe geben zu lassen und ihn damit ein für allemal loszuwerden, ihrerseits Geld und Schmuck vor Temple versteckte – das dachte Temple offenbar auch, denn sie log ihn an und sagte ihm, es wären nur zweihundert Dollar, während es in Wirklichkeit fast zweitausend waren. Man könnte also sagen, daß es ihm tatsächlich nur um das Geld zu tun war, und wie, da er sogar bereit war, einen solchen Preis dafür zu zahlen. Vielleicht war er aber auch klug – er hätte sicher gesagt „smart" – über seine Jahre und über seine Zeit hinaus und hatte eigentlich, ohne es ursprünglich geplant zu haben, eine neue und sichere Methode des Kidnappens erfunden: nämlich, sich ein erwachsenes Opfer zu suchen, das imstande war, seine eigenen Schecks zu unterschreiben – obendrein als zusätzliches Druckmittel, mit einem Säugling auf dem Arm – und es nicht zu zwingen, sondern wirklich nur zu überreden, freiwillig mitzukommen, um später – immer noch mit friedlichen Mitteln – das Geld in aller Ruhe herauszuholen und dabei die zarte Gesundheit des Kindes als Ansatzpunkt für seinen Hebel zu benutzen. Aber vielleicht sind wir auch beide im Irrtum und sollten zugeben, daß wir uns vielleicht in ihm ebenso wie in ihr irren, denn auch ihr ging es ja zuerst nur um das Geld, obwohl er wahrscheinlich noch glaubte, es ginge nur um das Geld, als sie schon ihren eigenen Schmuck zusammengepackt hatte und entdeckt hatte, wo ihr Mann den Schlüssel zum Safe aufbewahrte – ich nehme an, sie hat ihn sogar eines Nachts geöffnet, während ihr Mann im Bett lag und schlief, und das Geld gezählt oder wenigstens sich vergewissert, daß Geld darin war oder doch jedenfalls, daß der Schlüssel tatsächlich paßte – und sich immer noch fragte, warum sie ihm das Geld nicht schon längst ausgehändigt und die Briefe in Empfang genommen und vernichtet und sich so für immer von ihrem Damoklesdach befreit hatte. Und das war es, was sie nicht tat. Denn Hemingway – sein Mädchen – hat ganz recht gehabt: man braucht nur innerlich nicht mitzumachen, braucht sich nur gegen das Böse zu wehren. Aber freilich müßte es einem vorher wahrheitsgemäß gesagt worden sein, wogegen man sich zu wehren hat; die Götter schulden einem das: wenigstens ein klares Bild und eine klare Entscheidung. Damit man nicht übertölpelt, verführt wird durch ... wer weiß, vielleicht gar eine Art Liebenswürdigkeit, damals, an diesen Nachmittagen oder wann sonst, in diesem Haus in Memphis ... und vielleicht sogar, wer weiß – jetzt von Red aus gesehen –, eine Spur von Ehrfurcht, von ungläubiger Hoffnung, ungläubigem Erstaunen, ja eine Art Erzittern vor einem solchen Schatz, einem solchen Glücksgeschenk, vom Himmel herabgefallen in seiner Umarmung; jedenfalls – jetzt wieder Temple – keine Verbrecherbande; selbst Vergewaltigung zur Zärtlichkeit geworden; nur einer, ein Einzelner, noch die Möglichkeit des Verweigerns, so etwas Ähnliches wie eine Werbung, die Illusion des Erst-ja-sagen-Dürfens; einer, der sie sogar glauben ließ, sie könnte ja sagen oder auch nein. Ich vermute, daß er (der Neue, der Erpresser) auch äußerlich seinem Bruder ähnlich war – ein jüngerer Red, der Red von früher, bevor sie ihn kennenlernte, und, wenn ich das sagen darf, weniger befleckt, so daß es ihr vielleicht sogar so vorkam, als könnte sie hier endlich die sechs Jahre Beschmutzung durch Kampf und Buße und Terror ohne Sinn und Zweck von sich abstreifen. Und wenn Sie in einer anderen Richtung denken, so trifft auch das zu: ein Mann, jedenfalls ein Mann, nach sechs Jahren einer Art von Vergebung, die nicht nur den Menschen erniedrigte, dem vergeben wurde, sondern auch seine Dankbarkeit – freilich ein schlechter Mann, ein Krimineller, jedenfalls der Anlage nach –, auch wenn er bis dahin seine Fähigkeiten noch nicht in Taten umgesetzt haben mochte – und als einer, der der Erpressung fähig war, heimtückisch und nicht nur imstande, sondern sogar dazu vorbestimmt, nichts als Elend, Ruin und Unheil über jeden zu bringen, der töricht genug sein würde, seinen Kreis zu betreten, sein Schicksal mit dem seinen zu verbinden. Aber immerhin ein Mann, der den Vergleich mit dem Mann jener sechs Jahre nicht zu scheuen brauchte. Ein Mann, so einzelgängerisch, so hart und rücksichtslos, so untadelig in seinem Mangel an jedem Gefühl für Moral, daß es ihm fast eine Art von Charakter, von Lauterkeit und Reinheit verlieh; einer, der niemals irgendwem irgendwas zu vergeben haben, vergeben wollen würde; der sich auch nicht mit dem Vergeben aufhalten würde, wenn es ihm jemals dämmern sollte, daß er die Gelegenheit dazu hätte. Er würde sie statt dessen einfach braun und blau schlagen, ihr ein paar Zähne ausboxen und sie in die Gosse schleudern, so daß sie künftig sicher sein konnte, daß er keine Ahnung von irgend etwas haben würde, was er ihr zu vergeben hätte, solange sie sich nicht mit einem blauen Auge und zähnespuckend in der Gosse wiederfinden würde. *Diesmal flackern die Lichter nicht. Sie werden langsam dunkler und gehen ganz aus, während Stevens weiterspricht.* Zuerst war Nancy immer noch die Vertraute. Sie dachte wahrscheinlich, das einzige Problem wäre, das Geld für den Erpresser aufzutreiben, ohne daß der Chef, der Hausherr, der Ehemann etwas merkte. Dann entdeckte sie, daß sie eigentlich keine Vertraute mehr war, und viel später, daß sie in Wirklichkeit eine Spionin war: eine Spionin gegen den Hausherrn. Aber erst, als sie entdeckt hatte, daß Temple das Geld und den Schmuck aus dem Safe ihres

Mannes genommen und trotzdem noch nicht dem Erpresser ausgehändigt und die Briefe zurückbekommen hatte, begriff sie, daß die Zahlung des Geldes und des Schmuckes weniger als die Hälfte von Temples Plan war. *Die Lichter gehen ganz aus. Die Bühne liegt völlig im Dunklen. Stevens' Stimme fährt fort.* Das war, als Nancy herausbekam, wo Temple die Wertsachen versteckt hatte und sie ihrerseits wegnahm und vor Temple versteckte. Es war am Abend des Tages, an dem Gowan auf eine Woche zum Fischen nach Arkansas Pass gefahren war. Er hatte das ältere Kind, den Jungen, mitgenommen, um ihn auf eine Woche zu den Großeltern nach New Orleans zu bringen. Auf seinem Rückweg von Texas wollte er ihn wieder abholen. *Zu Temple, im Dunkeln.* Jetzt erzähl du weiter. *Die Bühne ist völlig dunkel.*

SZENE II

Temples Ankleidezimmer. Halb zehn Uhr abends. 13. September des Vorjahres.

Licht rechts vorn, wie im ersten Akt beim Übergang vom Gerichtssaal zum Wohnzimmer im Hause Stevens', nur befinden wir uns jetzt statt in jenem Wohnzimmer in Temples Privaträumen. Eine Tür links führt auf den Flur, eine Tür rechts in das Kinderzimmer, in dem das Kind in seinem Bettchen schläft. Im Hintergrund führt eine zweiflügelige Tür auf eine Terrasse; dies ist ein Nebeneingang des Hauses. Links ein offener Kleiderschrank. Kleidungsstücke sind über den Boden rings um ihn her verstreut und lassen darauf schließen, daß der Schrank durchsucht worden ist – weniger hastig als vielmehr wütend und rücksichtslos und gründlich. Rechts ein Kamin mit Gasfeuerung (imitierte Holzscheite). Ein Schreibtisch an der rückwärtigen Wand des Zimmers steht offen und zeigt Spuren derselben wütenden und rücksichtslosen Durchsuchung. Auf einem Tisch in der Mitte des Zimmers liegen Temples

421

Hut, Handschuhe und Handtasche, dazu eine Reisetasche mit Säuglingssachen; zwei Koffer, die offenbar Temple gehören, sind gepackt und geschlossen und liegen neben dem Tisch auf dem Fußboden. Der ganze Raum deutet auf Temples bevorstehende Abreise hin und läßt darauf schließen, daß irgend etwas vergeblich, aber verbissen und nachdrücklich, vielleicht sogar verzweifelt gesucht worden ist.

Beim Aufleuchten der Scheinwerfer steht Pete zwischen den offenen Türen des Kleiderschranks; er hält ein letztes Kleidungsstück – ein Negligé – in seinen Händen. Er ist etwa fünfundzwanzig Jahre alt. Er sieht nicht aus wie ein Verbrecher, das heißt, er ist nicht der sofort erkennbare Standardtyp des Kriminellen oder Gangsters – nicht ganz. Er sieht fast so aus, wie man sich allgemein einen Collegestudenten oder einen erfolgreichen jungen Automobil- oder Staubsaugervertreter vorstellt. Seine Kleidung ist alltäglich, weder auffallend noch überelegant, einfach was jedermann trägt. Aber er hat etwas ausgesprochen „Ungezähmtes" an sich. Er sieht gut aus, wirkt attraktiv auf Frauen, ist in keiner Weise unberechenbar: wir – oder sie – wissen genau, daß er zu allem fähig ist, es bleibt uns – oder ihnen – nur die Hoffnung, daß es nicht gerade diesmal so weit kommt. Er ist hart und rücksichtslos; nicht unmoralisch, sondern ohne alles Gefühl für Moral. Er trägt einen leichten Sommeranzug, sein Hut ist weit in den Nacken geschoben, so daß er bei seiner augenblicklichen Tätigkeit genau wie ein junger Kriminalbeamter in einem Hollywoodreißer aussieht. Er durchsucht das dünne Negligé, eilig und unsanft, läßt es fallen und wendet sich ab; er hat sich mit den Füßen in den übrigen Kleidungsstücken am Boden verheddert, tritt sie rücksichtslos ab, geht an den Schreibtisch, bleibt davor stehen und blickt mit dem Ausdruck mürrischen und verächtlichen Ekels auf das Durcheinander von Dingen, die er schon einmal gründlich und verbissen durchsucht hat. Durch die Tür links kommt Temple. Unter einem leichten offenen Mantel trägt sie ein dunkles Reisekostüm, ohne Hut; sie hat den Pelzmantel, den wir schon kennen, sowie einen Kindermantel – oder eine Decke – über dem Arm und in der anderen Hand eine gefüllte Milchflasche. Sie zögert, wirft einen kur-

zen Blick über das verwüstete Zimmer. Dann geht sie weiter zum Tisch. Pete wendet den Kopf, ohne seine Stellung zu verändern.

PETE: Und?

TEMPLE: Nichts. Die Leute, bei denen sie wohnt, haben sie seit heute früh nicht mehr gesehen.

PETE: Hätte ich dir vorher sagen können. *Mit einem Blick auf seine Armbanduhr.* Wir haben noch Zeit. Wo wohnt sie?

TEMPLE: *am Tisch:* Und was dann? Brennende Zigarette gegen die Fußsohle?

PETE: Fünfzig Dollar sind fünfzig Dollar, auch wenn du vielleicht an Hunderter gewöhnt bist. Ganz abgesehen von deinem Schmuck. Was schlägst du sonst vor? Die Polizei benachrichten?

TEMPLE: Keine Bange. Ich mach dir einen Vorschlag.

PETE: Was für einen Vorschlag?

TEMPLE: Kein Zaster, keine Schose. Heißt das bei euch nicht so?

PETE: Ich versteh wohl nicht richtig.

TEMPLE: Du kannst jetzt gehen. Verschwinde. Hau ab. Verdrück dich. Zieh Leine. Dann brauchst du nur zu warten, bis mein Mann wieder da ist, dann kannst du von vorn anfangen.

PETE: Ich versteh wohl immer noch nicht richtig.

TEMPLE: Du hast doch noch die Briefe, oder?

PETE: Ach, die.

Er greift in die Innentasche seiner Jacke, zieht ein Bündel Briefe heraus und wirft es auf den Tisch.

TEMPLE: Ich hab dir doch vorgestern schon gesagt, ich will sie nicht.

PETE: Ja. Aber das war vorgestern.

Sie sehen sich einen Augenblick stumm an. Dann legt Temple den Pelz und den Kindermantel auf dem Tisch ab, setzt die Flasche vorsichtig daneben, greift mit der einen Hand nach den Briefen und streckt die andere nach Pete aus.

TEMPLE: Gib mir dein Feuerzeug.

Pete zieht sein Feuerzeug aus der Tasche und gibt es ihr. Das heißt, er hält es ihr hin, ohne sich von der Stelle zu rühren, so daß sie ein, zwei Schritte auf ihn zugehen muß, um danach greifen zu können. Sie nimmt das Feuerzeug, wendet sich um, geht zum Kamin, läßt das Feuerzeug aufspringen. Es brennt erst beim dritten oder vierten Versuch. Pete hat sich nicht bewegt, folgt ihr nur mit den Augen. Sie steht einen Augenblick reglos, in der einen Hand die Briefe, in der anderen das brennende Feuerzeug. Dann wendet sie den Kopf und sieht ihn an. Er erwidert ihren Blick. Eine kurze Pause.

PETE: Na los. Verbrenn sie doch. Das letzte Mal, als ich sie dir gegeben habe, hast du sie nicht haben wollen, damit du dir's noch mal überlegen konntest. Und vielleicht aus der Sache aussteigen. Jetzt verbrenn sie schon endlich.

Sie sehen sich einen Augenblick stumm an. Dann wendet sie sich wieder ab und steht mit dem Rücken zu ihm, das brennende Feuerzeug in der Hand. Pete beobachtet sie.

Also leg den Mist wieder hin und komm her.

Sie schließt das Feuerzeug, wendet sich um, geht zum Tisch, legt im Vorübergehen Briefe und Feuerzeug darauf ab und geht weiter auf Pete zu, der sich nicht bewegt hat. In diesem Augenblick erscheint Nancy in der Tür links, ohne von den beiden gesehen zu werden. Pete legt seine Arme um Temple.

Ich hab dir auch einen Vorschlag gemacht. *Er zieht sie an sich.* Baby.

TEMPLE: Nenn mich nicht Baby.

PETE *umarmt sie fester, zärtlich und zugleich brutal:* Red hat dich auch so genannt. Ich bin ein Mann, genauso gut wie er. Oder nicht?

Er küßt sie. Nancy tritt leise ins Zimmer und bleibt an der Tür stehen, beobachtet die Szene. Sie trägt jetzt die übliche Konfektions-Dienstmädchentracht, aber ohne Haube und Schürze, darüber einen leichten, offenen Mantel; auf dem Kopf hat sie einen ramponierten, fast formlosen Filzhut, der früher einmal einem Mann gehört haben muß. Pete drückt mit den Händen Temples Kopf von sich ab.

Komm. Wir fahren. Ich hab auch meinen Stolz. In diesem Haus macht's mir nicht mal Spaß, dich zu umarmen . . .

Er sieht, über Temples Schulter hinweg, Nancy. Temple reagiert ihrerseits, wendet sich mit einem Ruck um und sieht Nancy. Nancy kommt weiter ins Zimmer.

TEMPLE: *zu Nancy:* Was suchst du hier?

NANCY: Ich bringe Ihnen meinen Fuß. Für die Zigarette.

TEMPLE: So. Du stiehlst nicht nur. Du spionierst mir auch nach.

PETE: Vielleicht hat sie's gar nicht gestohlen. Vielleicht hat sie's wieder mitgebracht. *Beide sehen Nancy an, die nicht antwortet.* Oder vielleicht auch nicht. Vielleicht versuchen wir's doch mit der Zigarette. *Zu Nancy.* Wie wär's denn? Sollen wir's mal probieren?

TEMPLE *zu Pete:* Laß. Nimm die Koffer und geh schon runter zum Wagen.

PETE *zu Temple, ohne die Augen von Nancy zu wenden:* Ich warte. Vielleicht gibt's hier doch noch was für mich zu tun.

TEMPLE: Du sollst gehen. Hast du gehört? Mach keine Sachen. Daß wir endlich hier wegkommen. Geh schon.

Pete sieht noch einen Augenblick Nancy an, die den beiden blicklos das Gesicht zuwendet, reglos, fast stumpf dasteht, mit traurigem, undurchdringlichem Gesichtsausdruck. Dann wendet er sich ab, geht zum Tisch, steckt das Feuerzeug ein, scheint weitergehen zu wollen, hält dann aber inne, greift mit einem fast unmerklichen Zögern nach dem Bündel Briefe, steckt es wieder in seine Innentasche, hebt die zwei gepackten Koffer vom Boden auf und geht auf die Terrassentür zu, an Nancy vorüber. Sie sieht noch immer ins Leere.

PETE *zu Nancy:* Schade. Ich wäre eigentlich sehr dafür. Nicht wegen der fünfzig Dollar. Nur so zum Andenken.

Er nimmt beide Koffer in eine Hand, öffnet die Tür, geht hinaus, bleibt auf der Schwelle stehen und wendet sich halb um; zu Temple: Brauchst nur zu rufen. Zigarette wirkt immer.

Er geht weiter, zieht die Tür hinter sich zu. Kurz bevor sie sich schließt, öffnet Nancy den Mund.

NANCY: Augenblick.

Pete bleibt stehen, will die Tür wieder öffnen.

TEMPLE *hastig, zu Pete:* Geh schon! Geh schon!

Pete geht ab, schließt die Tür hinter sich. Nancy und Temple stehen sich gegenüber.

NANCY: Vielleicht hab ich es falsch angefangen. Ich hatte gedacht, wenn ich das Geld und die Diamanten einfach verstecken würde, dann müßten Sie dableiben. Aber vielleicht wär es besser gewesen, ich hätte ihm gestern das ganze Zeug gegeben, nachdem ich endlich wußte, wo Sie's hingetan hatten. Dann wär er jetzt schon über alle Berge.

TEMPLE: Du hattest es also doch gestohlen. Und du siehst, es hat dir nichts genützt.

NANCY: Wenn ich gestohlen habe, dann haben Sie erst recht gestohlen. Es gehört Ihnen ja gar nicht alles. Ihnen gehören nur die Diamanten. Und außerdem sind es fast zweitausend Dollar, und mir haben Sie gesagt, es wären nur zweihundert, und ihm haben Sie sogar gesagt, es wären nur fünfzig. Kein Wunder, daß es ihm da nicht viel ausgemacht hat – wegen der fünfzig Dollar. Und auch wenn er wüßte, daß es in Wirklichkeit fast zweitausend sind, das kann ihm jetzt ganz egal sein. Ob Sie Geld bei sich haben oder nicht, das spielt für ihn überhaupt keine Rolle, wenn Sie jetzt mit ihm wegfahren. Er weiß ja, er braucht nichts weiter zu tun als abwarten und Sie in der Hand behalten und vielleicht noch ein bißchen zudrücken, und Sie kriegen noch mal so ein Paket Geld und Diamanten von Ihrem Mann oder von Ihrem Papa. Aber dann hat er Sie in der Hand, und dann können Sie ihm nicht mehr erzählen, daß es bloß fünfzig Dollar sind statt fast zweitausend...

Temple tritt rasch auf sie zu und schlägt sie ins Gesicht. Nancy weicht einen Schritt zurück. Dabei fällt das Bündel Banknoten und die Kassette mit dem Schmuck, die sie unter dem Mantel hatte, zu Boden. Temple bleibt stehen, blickt auf das Geld und den Schmuck. Nancy faßt sich wieder.

Da liegt es, das ganze Zeug. Deswegen das ganze Elend.

Wenn Sie nicht so viel Schmuck gehabt hätten und keinen reichen Mann, dem Sie zweitausend Dollar aus der Tasche ziehen konnten, während er schlief, dann hätte der Mann da gar nicht erst versucht, Ihnen die Briefe zu verkaufen. Wenn ich die Sachen nicht weggenommen hätte, dann hätten Sie sie ihm vielleicht gegeben, und es wäre nicht soweit gekommen. Oder wenn ich sie ihm gegeben hätte gestern; oder vielleicht könnte ich sie ihm jetzt noch rausbringen an den Wagen und sagen: da haben Sie Ihr Geld, nehmen Sie . . .

TEMPLE: Versuch's doch. Nimm das Geld und den Schmuck und bring's ihm raus. Du wirst ja sehen, was passiert. Wenn du noch einen Moment wartest, bis ich fertig gepackt habe, kannst du auch gleich meine Sachen tragen.

NANCY: Ich weiß. Es dreht sich ja gar nicht mehr um die Briefe. Wenn ein Mensch es fertigbringt, solche Briefe zu schreiben, daß sie noch acht Jahre danach so viel Unheil anrichten können . . . Nein, an den Briefen hat's nicht gelegen. Die hätten Sie ja längst zurückkriegen können. Er hat ja schon zweimal versucht, sie Ihnen wiederzugeben . . .

TEMPLE: Was hast du noch alles ausspioniert?

NANCY: Ich weiß jetzt alles. Sie hätten das Geld und die Diamanten gar nicht gebraucht, um die Briefe zurückzukriegen. So etwas braucht man nicht, wenn man eine Frau ist. Man braucht nur eine Frau zu sein, und man kriegt von den Männern alles, was man will. Sie hätten das hier im Haus in Ordnung bringen können, und Sie hätten's nicht einmal nötig gehabt, Ihren Mann zum Fischen zu schicken.

TEMPLE: Ein typischer Fall von Hurenmoral. Aber freilich, wenn ich Hure sagen kann, dann kannst du's auch. Aber der Unterschied ist vielleicht, daß ich im Haus meines Mannes keine sein will.

NANCY: Ich rede nicht von Ihrem Mann. Ich rede auch gar nicht von Ihnen. Nur von den zwei kleinen Kindern.

TEMPLE: Ich auch. Was glaubst du, wozu ich sonst Bucky zu seiner Großmutter geschickt habe? Doch nur, damit er wegkommt aus einem Haus, wo ihm der Mann, zu dem er Vater sagt, vielleicht morgen schon antwortet, er hätte keinen Vater! Eine so raffinierte Spionin müßte eigentlich gehört haben, wie mein Mann ...

NANCY *unterbricht sie:* Ich habe gehört, was er gesagt hat. Und ich habe auch gehört, was Sie gesagt haben. Da haben Sie sich gewehrt. Dieses eine Mal. Nicht für sich selber, sondern für das Kind. Aber jetzt haben Sie aufgegeben.

TEMPLE: Was, aufgegeben?

NANCY: Sie haben das Kämpfen aufgegeben. Und den Jungen auch. Obwohl Sie wissen, daß Sie ihn vielleicht nie wiedersehen. *Temple antwortet nicht.* Jawohl. Sie brauchen sich keine Ausreden auszudenken. Sie brauchen mir nur zu sagen, was Sie sich bestimmt schon für alle anderen Leute zurechtgelegt haben, die Sie das gleiche fragen werden. Sie haben sich damit abgefunden, den Jungen nie wiederzusehen. Hab ich recht? *Temple antwortet nicht.* Gut. Keine Antwort ist auch eine Antwort. Das wäre also Bucky. Aber jetzt die zweite Frage. Die Kleine – zu wem wollen Sie die geben?

TEMPLE: Zu wem? Mit sechs Monaten?

NANCY: Sehen Sie. Die können Sie nicht weggeben. Zu niemandem. Ein Baby von sechs Monaten, das können Sie nicht zu fremden Leuten geben, und genauso wenig können Sie's mitnehmen, wenn Sie Ihrem Mann weglaufen und mit einem anderen auf Reisen gehen. Nur davon wollte ich reden. Am besten lassen Sie sie gleich da drin in ihrem Bettchen liegen; vielleicht schreit sie noch eine Weile, aber sie ist ja klein und kann nicht so laut schreien, und so wird es vielleicht keiner hören und kommen und nach ihr sehen, vor allem nicht, wenn das Haus abgeschlossen ist und die Läden zu, bis Ihr Mann nächste Woche zurückkommt, und dann wird es sicher schon still sein ...

TEMPLE: Willst du unbedingt, daß ich dich noch einmal schlage?

NANCY: Aber Sie können das Kind natürlich auch mit auf die Reise nehmen, das geht sehr schön, aber nur so lange, bis Sie das erstemal an Ihren Mann oder Ihren Papa um Geld geschrieben haben und die das Geld nicht so schnell schicken, wie Ihr Freund findet, daß es geschickt werden müßte, und Sie mit dem Kind auf die Straße setzt. Dann können Sie die Kleine gleich in den Mülleimer werfen, dann ist der Fall erledigt, und Sie sind die Kinder beide los . . .

Temple macht eine krampfhafte Bewegung, beherrscht sich wieder. Schlagen Sie mich doch. Oder stecken Sie sich eine Zigarette an. Ich habe Ihnen ja gesagt, ich habe meinen Fuß dafür mitgebracht. Da. *Sie hebt leicht den Fuß.* Ich habe alles versucht. Warum soll ich das nicht auch noch versuchen.

TEMPLE *unterdrückt, wütend:* Sei still. Ich sag's dir zum letztenmal. Sei still.

NANCY: Ich bin schon still.

Sie bewegt sich nicht. Sie sieht Temple nicht an. Ihre Stimme, ihr Benehmen ist leicht verändert; aber wir merken erst später, daß sie nicht mit Temple spricht.

Ich hab's versucht. Ich habe alles versucht. Ich habe getan, was ich konnte, nicht wahr?

TEMPLE: Das muß man dir lassen. Du hast getan, was du kontest, um mich zu erpressen. Du hast mir mit meinen Kindern gedroht, und du hast mir sogar mit meinem Mann gedroht – wenn man das eine Drohung nennen kann. Du hast sogar mein Geld gestohlen. O ja. Das muß man dir lassen: du hast alles versucht. Auch wenn du mir immerhin das Geld zurückgebracht hast. Heb es auf.

NANCY: Sie haben gesagt, Sie brauchen es nicht.

TEMPLE: Ich brauch es auch nicht. Heb es auf.

NANCY: Ich brauch es auch nicht.

TEMPLE: Heb es trotzdem auf. Du kannst deinen nächsten

Wochenlohn davon abziehen, wenn du es meinem Mann zurückgibst.

Nancy bückt sich, liest das Geld auf, legt den Schmuck in die Kassette zurück und legt alles zusammen auf den Tisch. Ruhiger. Nancy. *Nancy sieht sie an.*

Es tut mir leid. Warum zwingst du mich, dich zu schlagen und dich anzuschreien, wo du immer so gut zu uns gewesen bist, zu meinen Kindern und zu mir – und auch zu meinem Mann – zu uns allen –, wo du immer dein Bestes getan hast, uns in einem Haus in einer Familie zusammenzuhalten? Obwohl sich jeder die ganze Zeit über sagen konnte, daß es einfach unmöglich war, daß das zusammenhielt? Weder halbwegs anständig noch – erst recht nicht – in Glück und Zufriedenheit.

NANCY: Vielleicht bin ich auch zu dumm. Ich weiß noch nicht. Außerdem denk ich auch gar nicht ans Haus oder ans Glücklichsein ...

TEMPLE: *scharf, befehlend:* Nancy!

NANCY: Ich denke nur an die beiden kleinen Kinder ...

TEMPLE: Ich hab dir gesagt, du sollst still sein.

NANCY: Ich kann nicht. Ich muß Sie noch einmal fragen. Wollen Sie's wirklich tun?

TEMPLE: Ja!

NANCY: Vielleicht bin ich wirklich zu dumm. Sie müssen's ganz deutlich sagen, daß ich die Worte höre. Sagen Sie: Ich will es wirklich tun.

TEMPLE: Du hast gehört, was ich gesagt habe. Ich will es wirklich tun.

NANCY: Mit oder ohne Geld.

TEMPLE: Mit oder ohne Geld.

NANCY: Ganz gleich, was aus den Kindern wird. *Temple antwortet nicht.* Sie wollen wirklich eins bei einem Mann lassen, der imstande ist, zu glauben, daß das Kind keinen Vater hat? Sie wollen wirklich das andere zu einem Mann mitnehmen, der überhaupt keine Kinder will – *Sie sehen sich starr an.* Wenn Sie's tun können, können Sie's auch sagen.

TEMPLE: Ja! Ganz gleich, was aus den Kindern wird. Und jetzt verschwinde. Nimm das Geld, das du noch zu kriegen hast, und verschwinde. Da.

Temple geht hastig zum Tisch, nimmt zwei oder drei von den Scheinen und gibt sie Nancy. Nancy nimmt sie. Temple nimmt den Rest des Geldes, greift nach der Handtasche auf dem Tisch, öffnet sie. Nancy geht still auf die Tür des Kinderzimmers zu, nimmt im Vorübergehen die Milchflasche vom Tisch und geht weiter. Temple, die offene Tasche in der einen, das Geld in der anderen Hand, wird aufmerksam.

TEMPLE: Was machst du da?

NANCY *ohne stehenzubleiben:* Die Flasche ist kalt geworden. Ich muß sie aufwärmen.

Dann bleibt Nancy stehen, wendet den Kopf und sieht Temple an, mit einem so seltsamen Blick daß Temple, die im Begriff ist, das Geld in die Tasche zu stecken, innehält und Nancy ansieht. Nancy spricht auf die gleiche veränderte Art wie eben schon einmal; wir begreifen erst später, was es zu bedeuten hat.

Ich hab getan, was ich konnte. Ich hab doch alles versucht, nicht wahr?

TEMPLE *knapp, befehlend:* Nancy.

NANCY *still, indem sie sich wieder zum Gehen wendet:* Ja. Ich bin schon still.

Sie geht durch die Tür ab ins Kinderzimmer. Temple steckt das Geld in ihre Handtasche, schließt sie und legt sie wieder auf den Tisch. Dann greift sie nach der Reisetasche mit den Babysachen. Sie ordnet den Inhalt, prüft ihn rasch auf seine Vollständigkeit, nimmt die Schmuckkassette, steckt sie hinein und schließt die Tasche. Darüber sind ungefähr zwei Minuten vergangen; sie hat die Tasche eben geschlossen, als Nancy lautlos, ohne die Milchflasche, aus dem Kinderzimmer zurückkommt. Sie durchquert das Zimmer, bleibt kurz am Tisch stehen, um die Geldscheine, die Temple ihr gegeben hat, darauf zurückzulegen, geht dann weiter auf die Tür links zu.

TEMPLE: Was ist denn?

Nancy geht weiter. Temple folgt ihr mit den Augen. Nancy. *Nancy zögert, wendet sich aber nicht um.* Denk nicht zu schlecht von

431

mir. *Nancy wartet, reglos, ins Leere blickend. Da Temple nichts mehr sagt, geht sie weiter auf die Tür zu.* Wenn ich – wenn es herauskommt, werde ich sagen, daß du dein Bestes getan hast. Du hast alles versucht. Aber du hast recht. Es lag nicht an den Briefen. Es lag an mir. *Nancy geht weiter.* Leb wohl, Nancy. *Nancy ist an der Tür.* Du hast ja deinen Schlüssel. Ich laß dein Geld hier auf dem Tisch liegen. Du kannst es dir holen –. *Nancy geht ab.* Nancy!

Keine Antwort. Temple blickt noch einen Moment auf die leere Tür, zuckt die Achseln, wendet sich ab, greift hastig nach Nancys Geld auf dem Tisch, blickt sich im Zimmer um, geht an den mit Papieren übersäten Schreibtisch, holt einen Briefbeschwerer, kommt an den Tisch zurück und legt die Scheine unter den Briefbeschwerer; mit raschen, entschlossenen Bewegungen nimmt sie die Decke vom Tisch und geht durch die Tür zum Kinderzimmer ab. Ein oder zwei Sekunden vergehen, dann hört man sie aufschreien. Das Licht flackert und wird schwächer, vergeht rasch in völlige Dunkelheit, während der Schrei andauert. Die Bühne ist völlig dunkel.

SZENE III

Wie Szene I: Amtsraum des Gouverneurs. Neun Minuten nach drei Uhr nachts. 12. März.

Der hintere linke Teil der Bühne wird hell. Das Bild ist das gleiche wie vorher in Szene I, nur sitzt jetzt Gowan Stevens in dem Sessel hinter dem Schreibtisch, und der Gouverneur ist nicht mehr im Zimmer. Temple kniet vor dem Schreibtisch, ihm zugewendet, die Arme auf dem Schreibtisch, das Gesicht in den Armen verborgen. Stevens steht jetzt neben ihr. Die Zeiger der Uhr stehen auf neun Minuten nach drei.

Temple weiß nicht, daß der Gouverneur verschwunden ist und daß sich jetzt ihr Mann im Zimmer befindet.

TEMPLE: *das Gesicht noch in den Armen verborgen:* Und das ist alles. Die Polizei kam, und die Mörderin saß immer noch auf einem Stuhl in der Küche, im Dunkeln, und sagte „Ja, Herr, ich hab es getan" – und dann in der Zelle im Gefängnis sagte sie's immer wieder – *Stevens beugt sich nieder und berührt ihren Arm, wie um ihr aufzuhelfen. Sie wehrt ihn ab, ohne den Kopf zu heben.* Noch nicht. Es gehört doch zu meiner Rolle, daß ich hier am Boden bleibe, bis Seine Gnaden oder Seine Exzellenz unserm Gesuch stattgibt, nicht wahr? Oder bin ich schon auf ewig aus meiner Rolle gefallen, auch wenn der souveräne Staat in Person mir aus seiner eigenen freigewählten Schlafrocktasche ein Taschentuch anbieten sollte? Denn – sehen Sie her – *Sie hebt ihr Gesicht in den vollen Lichtkegel des Scheinwerfers, mit geschlossenen Augen, tränenlos, immer noch ohne nach dem Sessel hinzusehen, in dem sie jetzt Gowan statt des Gouverneurs erblicken würde –* immer noch keine Tränen.

STEVENS: Steh auf, Temple. *Er macht abermals Miene, ihr aufzuhelfen, aber sie kommt ihm zuvor, erhebt sich von allein, steht mit geschlossenen Augen, das Gesicht nach wie vor vom Schreibtisch abgewendet; sie hebt den Arm, fast wie ein kleines Mädchen, dem die Tränen kommen, aber nur, um ihre Augen vor dem Licht zu schützen, bis ihre Pupillen sich auf die Helligkeit eingestellt haben.*

TEMPLE: Und auch keine Zigarette; jetzt dauert's ja nicht mehr lang; er braucht ja nur noch zu sagen: nein. *Sie wendet das Gesicht noch immer nicht nach dem Platz des Gouverneurs, obwohl sie diesen – den sie nach wie vor anwesend glaubt – jetzt direkt anspricht.* Denn Sie werden sie ja doch nicht retten, nicht wahr? Denn hier ging's ja nicht um ihre Seele, die braucht das ja nicht, sondern um meine.

STEVENS *sanft:* Willst du nicht erst zu Ende erzählen? Du sprachst gerade von dem Gefängnis.

TEMPLE: Das Gefängnis. Am nächsten Tag war die Beerdigung – Gowan war kaum in New Orleans und mußte am selben Morgen noch ein Flugzeug nehmen – und in Jefferson muß jeder, der zum Friedhof geht, am Gefängnis vorbeigehen, direkt unter den Gitterfenstern im Obergeschoß,

aus denen die schwarzen Gefangenen heraussehen – die
Glücksspieler und Whiskeyhändler und Landstreicher und
auch die Mörder und die Mörderinnen – und die Aussicht
genießen, auch die Aussicht auf die Begräbniszüge. Es ist
doch so. Irgendein Weißer, den man kennt, ist im Gefängnis oder im Krankenhaus, und man sagt sofort: o wie
schrecklich – nicht wegen der Schande oder wegen der
Schmerzen, sondern weil man an die Mauern und die Schlös-
ser denkt, und eh man sich's versieht, hat man ihnen
was zu lesen geschickt, Spielkarten oder Geduldspiele.
Aber bei einem Neger? Man kommt gar nicht auf den Gedanken an Karten oder Spiele oder Bücher. Und da merkt
man plötzlich, und man erschrickt irgendwie drüber, daß
sie nicht nur dem Lesenmüssen entflohen sind, sondern
auch dem Entfliehenmüssen. Und so sieht man sie jedesmal, wenn man am Gefängnis vorbeigeht – nein, nicht sie,
sie sieht man überhaupt nicht, man sieht nur die Hände
zwischen den Gitterstäben. Sie klopfen nicht an die Stäbe,
sie tasten nicht an den Stäben herum, halten sich nicht einmal fest an ihnen, umklammern sie nicht, wie weiße Hände
das tun würden: sie liegen einfach still zwischen den Git-
tern, nicht nur still, sogar ruhevoll; sie haben sich in alles
geschickt, haben sich ohne Angst den Griffen der Pflüge
und Äxte und Hacken, den Schrubbern und Besen und
Wiegenbändern an den Wiegen der Weißen angepaßt, bis
sich sogar die stählernen Gitter ohne Entsetzen und Angst
in sie fügten. Verstehen Sie? Hände, nicht knotig und ver-
arbeitet, durchaus nicht, sondern gelockert, geschmeidiger
durch die Arbeit, geglättet und sogar weich gemacht, als
hätten sie für die Kupfermünzen simplen Schweißes das
gleiche bekommen, für das die weißen Hände Töpfe und
Tiegel voll Dollars zu zahlen haben. Nicht unempfindlich
gegen die Arbeit, und zu sagen, sie hätten sich mit der Arbeit angefunden, wäre auch nicht das, was ich meine, nein:
mit der Arbeit im Bunde und damit nicht ihre Sklaven; im
Waffenstillstand, im Frieden – diese langen schmiegsamen

Hände, heiter und ohne Angst, so daß ihre Besitzer zum Schauen, zum Sehen – zum Hinausschauen auf das Draußen – auf die Begräbnisse, das Auf und Ab, die Menschen, die Sonne, die freie Luft – nichts weiter brauchen als ihre Hände, nicht ihre Augen: bloß die Hände, die daliegen und Ausschau halten, die die Gestalt von Pflug und Hacke und Axt erkennen, ehe das Tageslicht kommt; und die auch im Dunkeln, ohne das Licht andrehen zu müssen, nicht nur das Kind, das Baby finden – nicht ihr Kind, sondern unseres, das weiße – sondern auch die Last und die Mühe – den Hunger, die nasse Windel, die aufgegangene Sicherheitsnadel – und zusehen, daß Abhilfe geschaffen wird. Verstehen Sie. Wenn ich nur weinen könnte. Da war ein anderer, ein Mann, vor meiner Zeit in Jefferson, aber Onkel Gavin wird sich auch daran erinnern. Seine Frau war eben gestorben – sie waren erst zwei Wochen verheiratet gewesen – und er begrub sie, und dann versuchte er's zuerst damit, nachts auf den Landstraßen herumzuwandern, um Erschöpfung und Schlaf zu finden, aber das half ihm nichts, und dann versuchte er's mit dem Trinken, und das half auch nichts, und dann versuchte er's mit Schlägereien, und schließlich schnitt er einem weißen Mann beim Würfelspiel mit dem Rasiermesser die Kehle durch, und danach konnte er endlich für eine Weile schlafen; und dabei fand ihn der Sheriff, eingeschlafen auf dem hölzernen Boden der Veranda des Hauses, das er für seine Frau, seine Ehe, sein Leben, seinen Lebensabend gemietet hatte. Aber davon wachte er auf, und so hatten dann plötzlich nachmittags im Gefängnis der Wärter, ein Polizist und fünf andere schwarze Gefangene alle Hände voll zu tun, bloß um ihn unterzukriegen und ihn festzuhalten, während sie ihn in Ketten legten – und da lag er nun auf dem Boden mit mehr als einem halben Dutzend Männer auf sich, die sich keuchend bemühten, ihn niederzuhalten, und was glauben Sie, was er sagte? „Wenn ich bloß aufhören könnte zu denken. Wenn ich bloß aufhören könnte." *Sie spricht nicht weiter, blin-*

435

zelt, reibt sich die Augen und streckt dann mit geschlossenen Augen
eine Hand nach Stevens aus. Stevens hat schon sein Taschentuch
herausgezogen und gibt es ihr in die Hand. Ihr Gesicht zeigt nach
wie vor keine Tränen; sie nimmt nur das Taschentuch und betupft
damit leicht ihre Augen, wie mit einer Puderquaste, während sie
weiterspricht. Aber wir sind ja schon am Gefängnis vorbei.
Wir sind jetzt im Gerichtssaal. Da war's genau dasselbe.
Onkel Gavin hatte ihr natürlich vorher erklärt, was sie zu
tun hatte, und das war nicht schwer, denn wenn man wegen Mord vor Gericht steht und sie fragen einen, ob man
sich schuldig bekennt, muß man ja sagen: nicht schuldig.
Sonst bringt man sie ja um ihren Prozeß; sie müßten sich
schleunigst einen anderen Mörder suchen, damit sie den
nächsten amtlichen Schritt tun können. Sie fragen sie also,
ganz korrekt und amtlich, und da stand sie unter den Rich-
tern und Anwälten und Geschworenen und Gerichtsdie-
nern und der Waage und dem Schwert und der Flagge und
den Geistern von Coke und Littleton und Napoleon und
Cäsar und so weiter, nicht zu reden von den Augen und
den Gesichtern, die da eine Kinovorführung für umsonst
kriegten, denn dafür hatten sie ja schon ihre Steuern gezahlt, und kein Mensch hörte eigentlich richtig hin, denn
es war ja von vornherein klar, was sie sagen würde. Aber sie
sagte es nicht. Sie hob den Kopf, nur so weit, daß man sie
deutlich hören konnte – nicht laut, nur deutlich – und
sagte: „Schuldig, Herr" – nichts weiter, und das ganze Gebäude von Corpus juris und Beweisführungsregeln, das wir
seit Cäsars Zeiten aufgerichtet haben, bekam einen Riß und
geriet ins Wanken und stürzte ein und flog auseinander,
zweitausend Jahre zurück – wie wenn man aus Versehen
mit der Hand an ein Stück faules Holz kommt und plötzlich der Luft und dem Licht und dem Blick das wilde und
entsetzte Durcheinander eines Ameisennestes bloßlegt.
Und dann, als sogar die Ameisen gedacht haben müssen,
jetzt könnte nichts mehr passieren, kam sie noch mal mit
der Hand an das Holz: schließlich hatten sie ihr beige-

bracht, daß das „nicht schuldig" nichts mit der Wahrheit zu tun hätte, nur mit den gesetzlichen Vorschriften, und diesmal sagte sie's richtig, „nicht schuldig", und nun konnte das Gericht sagen, sie hätte gelogen, und alles war wieder in bester Ordnung und scheinbar keine Gefahr mehr, denn jetzt hatte sie ja nichts mehr zu sagen. Aber sie sollten sich irren; die Geschworenen sagten „Schuldig" und der Richter „Aufhängen", und alle griffen nach ihrem Hut, um nach Hause zu gehen – da griff sie auch noch nach diesem Holz: der Richter sagte: „Und möge Gott Ihrer Seele gnädig sein", und Nancy sagte: „Ja, Herr." *Sie wendet sich um, plötzlich, fast schwungvoll, und spricht dabei weiter, mit solchem Schwung, daß ihre Fahrt sie weiterträgt – über den Augenblick hinaus, in dem sie an der Stelle, wo sie die ganze Zeit den Gouverneur geglaubt hatte, Gowan erblickt und erkennt.* Und das ist alles für heute. Und jetzt haben Sie das Wort. Ich weiß ja, Sie werden sie doch nicht retten, aber jetzt sprechen Sie's aus. Das sollte nicht schwer sein. Ein einziges Wort. – *Sie hält inne, erstarrt, völlig reglos; aber dann reagiert sie trotzdem zuerst.* O Gott. *Gowan erhebt sich rasch. Temple fährt herum, zu Stevens.* Abgekartetes Spiel. Immer wieder, immer wieder. Muß das sein? Geht das bei dir nicht anders? Weil du Rechtsanwalt bist? Nein, falsch. Entschuldige. Ich war's, ich habe angefangen. Ich habe dir ja als erste eine Falle gestellt. *Wendet sich zu Gowan um, schnell.* Natürlich. Du hast die Tablette gar nicht genommen. Und du hättest's auch gar nicht nötig gehabt, hierherzukommen, um dich vom Herrn Gouverneur verstecken zu lassen, hinter der Tür oder unter dem Schreibtisch oder was weiß ich, er hat ja versucht, es mir zu verstehen zu geben, schließlich muß er als Gouverneur eines Südstaates so tun, als ob's ihm leid täte, daß er sich nicht benehmen kann wie ein Gentleman ...

STEVENS *zu Temple:* Laß das.

GOWAN: Vielleicht hätten wir schon viel früher damit anfangen sollen, uns zu verstecken – acht Jahre früher vielleicht –, und nicht in Schreibtischschubladen, sondern in zwei verlassenen Grubenschächten, einem in Sibirien und einem anderen vielleicht am Südpol.

TEMPLE: Schon gut. Es sollte kein Vorwurf sein. Entschuldige.

GOWAN: Du brauchst dich nicht zu entschuldigen. Du hast ja acht Jahre Entschuldigung gut. *Zu Stevens.* Schon gut, schon gut; verbiet auch mir den Mund. *Zu niemandem direkt.* Vielleicht ist das sogar der richtige Augenblick, damit anzufangen. Für die nächsten acht Jahre bin ich dran mit dem „Entschuldigung"-Sagen. Ihr müßt mir nur etwas Zeit lassen. Acht Jahre Dankbarkeit, da gewöhnt man sich dran. Und es ist nicht so einfach, sich das wieder abzugewöhnen. Aber wir können's ja versuchen. *Zu Temple.* Entschuldige. Laß gut sein.

TEMPLE: Ich hätt 's dir schon noch erzählt, eines Tages.

GOWAN: Du hast es getan. Schon gut. Siehst du, wie einfach das ist? Das hättest du seit acht Jahren schon tun können: jedesmal, wenn ich sagte: „Bitte entschuldige dich", hättest du nichts weiter sagen brauchen als „Schon geschehen. Schon gut." *Zu Stevens.* Ich glaube, wir sind soweit, was? Jetzt können wir nach Haus fahren. *Er ist im Begriff, hinter dem Schreibtisch hervorzukommen.*

TEMPLE: Moment. *Gowan bleibt stehen. Sie sehen sich an.* Wo willst du hin?

GOWAN: Nach Hause, hab ich gesagt. Bucky abholen, ihn wieder in sein eigenes Bett zurückbringen. *Sie sehen sich an.* Willst du nicht fragen, wo er im Augenblick ist? *Gibt selbst die Antwort.* Da, wo wir unsre Kinder immer hinschicken, wenn bei uns der Teufel ...

STEVENS *zu Gowan:* Jetzt sag ich, halt den Mund.

GOWAN: Aber erst laß mich ausreden. Ich wollte sagen:„Bei unsern nächstbesten Verwandten." *Zu Temple.* Ich hab ihn zu Tante Maggie gebracht.

STEVENS *wendet sich zum Gehen:* Jetzt können wir, glaub ich, gehen. Kommt.

GOWAN: Ich glaube auch. *Er kommt hinter dem Schreibtisch her-*

vor, bleibt abermals stehen; zu Temple. Entschließe dich. Willst du mit mir fahren, oder mit Gavin?

STEVENS *zu Gowan:* Fahr schon vor. Du kannst Bucky abholen.

GOWAN: Gut. *Er wendet sich ab, geht auf die Stufen im Vordergrund zu, über die Temple und Stevens aufgetreten sind, hält dann inne.* Nein. Ich sollte wohl nach wie vor den Eingang für Spione benutzen. *Er macht kehrt, geht hinter dem Schreibtisch vorbei auf die Tür im Hintergrund zu, sieht Temples Handschuhe und Tasche auf dem Schreibtisch liegen, nimmt sie auf und hält sie ihr hin; fast grob.* Da. Das nennt man Indizien. Laß das nicht liegen. *Temple nimmt die Tasche und die Handschuhe. Gowan geht weiter auf die Tür im Hintergrund zu.*

TEMPLE *ihm nach:* Hast du keinen Mantel gehabt? *Er antwortet nicht. Er geht weiter und ab.* O Gott. Immer wieder.

STEVENS *berührt ihren Arm:* Komm.

TEMPLE *steht immer noch reglos:* Morgen und morgen und dann wieder morgen ...

STEVENS *errät ihre Gedanken, spricht den Satz für sie zu Ende:* ... und er wird den Wagen wieder gegen den falschen Baum fahren, an der falschen Stelle, und du wirst ihm wieder vergeben müssen, für die nächsten acht Jahre, bis er den Wagen wieder an der falschen Stelle gegen den falschen Baum fahren kann ...

TEMPLE: Ich habe auch gefahren. Eine Zeitlang hab ich auch gefahren.

STEVENS *sanft:* Dann laß dich das trösten. *Er nimmt ihren Arm, will sie zur Treppe führen.* Komm. Es ist schon spät.

TEMPLE *widerstrebend:* Moment noch. Er hat nein gesagt.

STEVENS: Ja.

TEMPLE: Hat er gesagt, warum?

STEVENS: Ja. Er kann nicht anders.

TEMPLE: Er kann nicht anders? Er, als Gouverneur eines Staates, mit der Vollmacht zu begnadigen oder zumindest die Vollstreckung aufzuschieben? Er kann nicht?

STEVENS: Denk nicht nur ans Gesetz. Wenn es nur darum

ginge, ich hätte sie jederzeit für unzurechnungsfähig erklären lassen können, und du hättest nicht mitten in der Nacht hierherkommen brauchen . . .

TEMPLE: Ich nicht, und der Vater des Kindes auch nicht; vergiß das nicht. Ich weiß immer noch nicht, wie du das gemacht hast . . .

Ach ja. Gowan war vor uns hier; er hat nur so getan, als ob er schliefe, als ich Bucky ins Bett brachte; ja, deswegen mußtest du also die Ventile nachsehen lassen, als wir an der Tankstelle hielten: damit er uns überholen konnte . . .

STEVENS: Nun ja. Er sprach auch nicht von Gerechtigkeit. Er sprach von einem Kind, von einem kleinen Jungen . . .

TEMPLE: Ja, das ist es. So muß es sein: der kleine Junge, um dessen Elternhaus und Heim zusammenzuhalten die Mörderin, die Niggerin, die Morphinistenhure ohne Zögern den letzten Einsatz wagte, den sie kannte und hatte – ihr eigenes verpfuschtes und wertloses Leben. So kann Gutes von Bösem kommen.

STEVENS: Es kann nicht nur, es muß.

TEMPLE: Trotzdem, touché für mich. Denn was kann das für ein Elternhaus sein, was für ein Heim, wo der eigene Vater diesem kleinen Jungen jeden Tag sagen kann, er hätte keinen Vater?

STEVENS: Hast du nicht seit sechs Jahren Tag für Tag deine Antwort auf diese Frage gegeben? Hat nicht Nancy dir eine Antwort darauf gegeben, als sie dir sagte, daß du dich damals nicht deinetwegen gewehrt hättest, sondern wegen dieses kleinen Jungen? Nicht, um dem Vater zu beweisen, daß er sich geirrt hatte; und auch nicht, um dem kleinen Jungen zu beweisen, daß der Vater sich geirrt hatte: nur um den kleinen Jungen selber entdecken zu lassen, daß nichts, nicht einmal das, was vielleicht in dieses Haus eindringen könnte, ihm jemals etwas zuleide tun würde?

TEMPLE: Aber ich habe es aufgegeben, mich zu wehren. Das hat Nancy dir auch gesagt.

STEVENS: Jetzt denkt sie das nicht mehr. Ist es nicht gerade das, was sie am Freitag früh beweisen will?

TEMPLE: Am Freitag. Dem schwarzen Tag. Dem Tag, an dem man keine Reise antritt. Aber Nancy hat ihre Reise nicht erst übermorgen anzutreten, bei Tagesanbruch oder Sonnenaufgang oder wann sonst es als höflich und taktvoll gilt, einen Menschen zu hängen. Ihre Reise begann an dem Morgen vor acht Jahren, als ich in diesen Zug stieg. – *Sie stockt; eine kleine Pause; dann gedämpft.* O Gott, das war auch ein Freitag; das Baseballspiel damals war freitags. – *Rasch.* Ja. Natürlich. Jetzt verstehe ich erst. Natürlich konnte er sie nicht retten. Dann wäre ja alles aus: Gowan könnte mich einfach vor die Tür setzen, und vielleicht tut er's auch noch, oder ich könnte Gowan vor die Tür setzen, und ich hätte es tun können, bis jetzt, aber jetzt ist es zu spät, für immer zu spät; oder der Richter hätte uns beide vor die Tür setzen können und Bucky in ein Waisenhaus geben, und dann wäre alles aus. Aber jetzt kann es weitergehen, morgen und morgen und dann wieder morgen, und so weiter für immer und ewig ...

STEVENS *will sie sanft zum Gehen drängen:* Komm.

TEMPLE *widerstrebend:* Ich will genau wissen, was er gesagt hat. Es kann doch nicht heute gewesen sein ... oder hat er's dir etwa gestern am Telefon gesagt, und wir hätten gar nicht ...

STEVENS: Er hat mir's schon vor einer Woche gesagt ...

TEMPLE: Ja, ungefähr um die Zeit, wo du mir das Telegramm geschickt hast. Was hat er gesagt?

STEVENS *zitiert:* „Wer bin ich, die Dreistigkeit und Verwegenheit zu besitzen, das winzige Vorrecht meines Amtes in die Waagschale zu werfen gegen diesen schlichten unbeirrbaren Vorsatz? Wer bin ich, diesen Kauf, den sie mit ihrem armen, verwirrten, verlorenen und wertlosen Leben getätigt hat, zu annulieren und rückgängig zu machen?"

TEMPLE *wild:* Gut gesagt, jawohl – gut und wirklich liebevoll. Wozu bin ich dann überhaupt heute nacht hierhergekommen? Weder mit der Aussicht, ihr das Leben zu retten, noch um mir sagen zu lassen, daß er sich schon entschlossen hatte, es nicht zu tun, nicht einmal, um meinem Mann zu beichten – sondern um zu beichten in Gegenwart von zwei fremden Menschen, etwas, was ich acht Jahre lang wiedergutzumachen versucht hatte, damit mein Mann es nicht zu erfahren brauchte! Das heißt leiden. Für nichts und wieder nichts: einfach leiden.

STEVENS: Du bist hierhergekommen, um die Forderung zu bekräftigen, für die Nancy morgen früh sterben wird: daß Kinder, solange sie Kinder sind, ungestraft, ungequält, unversehrt, unverstört bleiben sollen.

TEMPLE *ruhig:* Gut. Das hab ich getan. Können wir jetzt nach Hause fahren?

STEVENS: JA. *Sie wendet sich um, geht auf die Treppe zu, Stevens geht neben ihr. An der ersten Stufe schwankt sie, strauchelt leicht, wie ein Schlafwandler. Stevens stützt sie, aber sie entzieht ihm sofort ihren Arm und geht weiter.*

TEMPLE *auf der ersten Stufe, vor sich hin:* Für das Heil meiner Seele – wenn ich eine habe. Wenn es ein Heil gibt. Wenn es einen Gott gibt – einen Gott, der sie haben will . . .

Vorhang

DRITTER AKT

DAS GEFÄNGNIS

(UND SICH DOCH NICHT TRENNEN KÖNNEN)

Obwohl also das Gefängnis in gewissem Sinn älter und jünger war als das Gerichtsgebäude, war es dennoch tatsächlich an Vergangenheit, Erinnerung und Erfahrung, älter noch als die Stadt selbst. Denn die Stadt entstand erst mit dem Gerichtsgebäude, und das Gerichtsgebäude erst dadurch, daß der Anbau, der fußbodenlose Kaninchenverschlag (wie ein fühlloses, blindes, unentwöhntes Geschöpf von der Zitze des Muttertieres) von der baumstammgefügten Gefängnisflanke abgerissen und in ein halbklassizistisches, georgianisch-englisches Bauwerk umgesetzt wurde, mitten auf den Platz, der einmal der Platz der Stadt werden sollte (was wiederum zur Folge hatte, daß die Stadt selbst sich einen Häuserblock südwärts verlagerte – damals eigentlich noch nicht Stadt und doch eine, kraft des Gerichtsgebäudes: eine bloße staubige Verbreiterung im Post-

weg, Pfad durch den Wald von Eichen und Eschen, Hik-
kory und Sykomoren und blühender Katalpa und Judasbäu-
men, Hartriegel, Dattelpflaumen und wilden Pflaumen, mit
Old Alec Holstons Schenke und Ausspann und, etwas weiter am Weg, Ratcliffes Laden und der Schmiede auf der
einen Seite und auf der anderen, ihnen schräg gegenüber,
en face und abgetrennt jenseits des Staubes, dem Blockhausgefängnis; sich – die Stadt – verlagert so wie sie war, als
Ganzes, einen Häuserblock südwärts, so daß jetzt, einundeinviertel Jahrhundert später, der Ausspann und Ratcliffes
Laden verschwunden und aus Old Alecs Taverne und der
Schmiede ein Hotel und eine Garage geworden waren, an
einer Hauptverkehrsstraße zwar, aber keiner Hauptge-
schäftsstraße, und das Gefängnis schräg gegenüber, wenn
auch nun gleichfalls von der Hand [oder doch von den
Brieftaschen] Sartoris' und Sutpens und Louis Greniers in
zwei Stockwerke georgianischer Ziegel verwandelt, nicht
einmal mehr an einer Nebenstraße lag, sondern an einem
Seitenpfad);

Und also, da es älter war als alles, hatte es alles – die Veränderung und den Wandel – mit angesehen und auch wohl
registriert und bewahrt (wie denn Gavin Stevens, der Anwalt der Stadt und Amateur-Cincinnatus des Bezirks, zu sagen pflegte: wenn man die Geschichte einer Gemeinde in
ununterbrochener – ja, übergreifender – Folge betrachten
wolle, müsse man nicht in Kirchenbüchern und Gerichtsak-
ten lesen, sondern zwischen den Schichten von Kalsomin,
Kreosot und Tünche an den Gefängniswänden; denn nur in
dieser erzwungenen Einkehr finde der Mensch die Muße,
die plumpen und simplen Erinnerungen seines plumpen
und simplen Herzens in den plumpen und simplen Begriffen seiner plumpen und simplen Lüste und Sehnsüchte
aufzuzeichnen); unsichtbar und eingekeilt, nicht nur von
innen, unter dem jährlich erneuerten Tünche-mit-Kreosot-
Verputz in Pferch und Zellen, sondern auch durch die blin-

den Außenwände, erst die einfachen Blockwände mit den schlammverschmierten Ritzen, dann die symmetrischen Ziegelmauern; nicht nur das ewiggleiche analphabetische phantasielose Knüttelversgekritzel und die perspektivelose, fast prähistorische erotische Zeichenschrift, sondern auch die Bilder, das Panorama nicht nur der Stadt, sondern ihrer Tage und Jahre bis an den Tag, da ein Jahrhundert und mehr vollbracht war, angefüllt nicht nur mit ihrer Veränderung, ihrem Wandel von einem Rastplatz zu einer Niederlassung: zu einer Siedlung: einem Dorf: einer Stadt: sondern auch mit den Gestalten und Regungen, den Gebärden von Leidenschaft und Hoffnung und Wehen und Kämpfen der Männer und Frauen und Kinder, Generation über Generation, lange nachdem die Wesen, die sich da widergespiegelt hatten, verschwunden waren und durch andere ersetzt und diese wieder durch andere, etwa wie wenn man allein ist in einem dämmrigen leeren Raum und meint, hypnotisiert unter dem ungeheuren Gewicht des unfaßbaren und beharrlichen menschlichen *Gewesen,* man brauche nur den Kopf zu drehen, um aus dem Augenwinkel im Spiegel etwas sich regen zu sehen – den Schimmer einer Krinoline, ein Handgelenk in Spitzen, auch wohl den Federhut eines Kavaliers – und, wer weiß, vielleicht gar, wenn nur der Wille stark genug ist, das Gesicht selbst, dreihundert Jahre nachdem es zu Staub zerfiel – die Augen, zwei Gallertränen voll Hoffart und Stolz und Ekel und Angst und Todesahnung, den Tod verneinend über zwölf Generationen, immer noch fragend, immer noch die gleiche Frage ohne Antwort, dreihundert Jahre nachdem das widergespiegelte Wesen erkannt hatte; daß es auf die Antwort nicht ankam, oder vielmehr: sein Fragen von einst vergessen hatte – in den schattigen, unergründlichen, traumhaften Tiefen eines alten Spiegels, der zu lange zuviel gesehen hat;

Aber dieser hier, nicht dieser Spiegel, diese Block-stämme, nicht im Schatten: gekauert, jene ersten Sommer lang, in die volle Grelle der stubbenpockigen Lichtung, ein-sam auf dieser Seite der staubigen Verbreiterung, staubig und hie und da geprägt von einem Rad, doch vor allem ge-zeichnet von den Spuren der Menschen und Pferde: von Pettigrews privatem Pony-Expreß (bis an ihre Stelle, Pettig-rews und des Ponys, die monatliche Postkutsche aus Mem-phis trat), von dem Rennpferd, das Jason Compson an Ikke-motubbe, Sohn der alten Mohataha und letzten regieren-den Chikasawhäuptling der Gegend, verkaufte (für ein so großes Stück Land, daß, wie die erste amtliche Vermessung ergab, das neue Gerichtsgebäude nur noch ein Compson-sches Vorwerk mehr gewesen wäre, hätte nicht die Ge-meinde [zu Compsons Preis] genug davon aufgekauft, die Rolle des Unbefugten im eigenen Haus von sich abzuwen-den), von der Reitstute, die Doktor Habershams abge-schabte schwarze Tasche getragen hatte (und den Einspän-ner zog, als Doktor Habersham älter wurde und zu steif war, sich in den Sattel zu schwingen) und dem Maultierge-spann des Wagens, in dem die alte Mohataha (in ihrem Schaukelstuhl, über sich den französischen Sonnenschirm, den ihr die kleine Negerin hielt) sonnabends in die Stadt zu fahren pflegte (und in dem sie auch fuhr, jenes letzte Mal, als sie kam, ihr großes X auf das Papier zu setzen, das die Austreibung ihres Volkes für immer ratifizierte, auch diesmal in ihrem Wagen, barfuß wie stets, doch in dem pur-purnen Seidenkleid, das ihr Sohn Ikkemotubbe ihr aus Frankreich mitgebracht hatte, und in dem Hut mit den prächtigen Federn in den Farben einer Königin obenauf, auch diesmal unter dem Sonnenschirm in der Hand der Sklavin, mit einem zweiten kleinen Sklavenmädchen an ihrer Seite, das die mit ihr altgewordenen Pantoffeln hielt, die sie nie an die Füße gebracht hatte, und hinten im Wa-gen den schäbigen Rest – alles, was davon klein genug war, mitgenommen zu werden – des sinnlosen Empire-Strandgutes, das ihr Sohn ihr geschenkt hatte; so erschien sie zum letzten Male auf der staubigen Verbreiterung vor Ratcliffes Laden, wo der amtliche Bodenmakler aus Washington und sein Amtsdiener mit dem Papier sie erwarteten, und hielt die Pferde an und saß eine Weile schweigend, und die jungen Männer ihrer Leibwache hockten sich nach dem Acht-Meilen-Marsch wortlos rings um den haltenden Wagen, während die Siedlung – die Ratcliffe, Compson, Peabody, Pettigrew [aber nicht Grenier und Holston und Habersham, denn Louis Grenier hatte es abgelehnt, bei dem Schauspiel dabeizusein, und aus dem gleichen Grunde saß Old Alec Holston an diesem heißen Nachmittag allein vor dem schwelenden Klotz im Kamin seiner Gaststube, und Doktor Habersham war tot und sein Sohn bereits unterwegs nach dem Westen, zusammen mit seiner jungen Frau, einer Enkelin Mohatahas, und seinem Schwiegervater, Mohatahas Sohn Ikkemotubbe] – von der Veranda des Ladens und von Holstons Schenke aus zusah und sie betrachtete: das undurchdringliche, alterslose, zerknitterte Gesicht, den dikken unförmigen Leib, gehüllt in die abgelegten Gewänder einer französischen Königin, die an ihr wirkten wie der Sonntagsputz der Madam eines einträglichen Bordells in Natchez oder New Orleans, thronend in einem abgestoßenen Leiterwagen, umgeben von ihren hingekauerten Wachtruppen, den jungen Männern, die für die Reise gleichfalls ihren Sonntagsstaat angelegt hatten: dann sagte sie: „Wo ist dieses Indianerterritorium?" Und sie sagten es ihr: im Westen. „Dreht die Tiere nach Westen", sagte sie, und einer tat's, und sie nahm dem Makler die Feder aus der Hand und machte ihr X auf das Papier und gab die Feder zurück, und der Wagen setzte sich in Bewegung, und die jungen Männer standen vom Boden auf, und so schwand sie dahin durch den Sommernachmittag, um sich das schauerlich langsam mahlende Kreischen und Kriechen der ungeschmierten Räder, selbst unbeweglich unter dem reglosen Parasol, grotesk und königlich, bizarr und todgeweiht, ein

Bild des Verfalls, von der Bühne getragen in seinem eigenen verfallenen Katafalk, ohne nur einmal zurückzusehen, zurück nach der alten Heimat);

Aber am meisten von Menschenspuren – denen der Maßschuhe, die Doktor Habersham und Louis Grenier von der Atlantikküste mitgebracht hatten, der Kavalleriestiefel, in denen Alec Holston mit Francis Marion geritten war, und – myriadischer fast als das Laub von den Bäumen, alle die anderen zusammen an Zahl übertreffend – der Mokassins, der Ledersandalen des Urwalds, nicht der Indianer, sondern der weißen Männer, der Pioniere, der langjährigen Jäger – so als hätten sie nicht nur die Wildnis besiegt, wären nicht nur in die Fußtapfen derer getreten, die sie vertrieben hatten, sondern auch in die Schuhe ihrer Füße (was wohl auch angemessen und richtig war, denn erobert hatte der weiße Mann das Land mit seinen Füßen und Beinen; die geschlossenen und zweigeteilten U's seiner Pferde und Rinder lagen stets über den Fußspuren, besiegelten nur seinen Sieg); es (das Gefängnis) hatte sie alle gesehen, rote Männer und weiße und schwarze – die Pioniere, die Jäger, die Waldläufer mit ihren Flinten, die alle die gleichen leichten raschen lautlosen einwärtsgedrehten, fast absatzlosen Fährten hinterließen wie die roten Männer, die sie vertrieben, und denen es im Grunde nur dadurch gelungen war, die roten Männer zu vertreiben: nicht kraft des gezogenen Laufes, sondern kraft der Tatsache, daß sie das Milieu des roten Mannes zu dem ihren machen konnten und die gleichen Fährten hinterließen wie er; den Landmann, der die harten Absätze seiner Stiefel durch das Gewicht von Axt und Säge und Pflugstock, die er auf seiner Schulter trug, tief in den Boden eindrückte: der wiederum den Waldläufer vertrieb, aber aus einem anderen Grunde: weil er mit seiner Säge und Axt das Milieu, in dem allein der Waldläufer leben konnte, einfach aufhob, vernichtete; dann die Bodenspekulanten und die Händler in Sklaven und Whiskey, die den Landleuten folgten, und die Politiker, die den Bodenspekulanten folgten, und die allesamt den Staub der staubigen Verbreiterung tiefer und tiefer prägten, bis darin schließlich keine Chickasawspur mehr zurückblieb; es (das Gefängnis) hatte sie alle gesehen, seit den ersten unschuldigen Tagen, da Doktor Habersham und sein Sohn und Alec Holston und Louis Grenier erst Gäste, dann Freunde von Ikkemotubbes Chickasawsippe waren; dann ein Indianeragent, ein Vermessungsamt und ein Handelsposten, und plötzlich waren Ikkemotubbe und seine Chickasaws ihrerseits Gäste der Bundesregierung, ohne ihre Freunde zu sein; dann Ratcliffe, und der Handelsposten war nicht länger nur Tauschplatz für die Indianer, obwohl die Indianer natürlich nach wie vor gern bedient wurden (da das Land schließlich ihnen gehörte beziehungsweise sie die ersten darin gewesen waren und darauf Anspruch erhoben), dann Compson mit seinem Rennpferd, und bald darauf gingen die Indianerkonten für Tabak und Drillichhosen und Kochtöpfe in Ratcliffes Büchern nach und nach in Compsons Eigentum über (im Laufe der Zeit sollte es Ratcliffes Büchern ebenso gehen), und eines Tages gehörte Ikkemotubbe das Rennpferd und Compson das Land, wovon die Stadtväter ihm einiges zu seinem Preis abkaufen mußten, um eine Stadt zu begründen; und alle drei Wochen Pettigrew mit seiner Posttasche und dann alle Monate einmal die Postkutsche und die neuen Gesichter, die sich so rasch vermehrten, daß Old Alec Holston, arthritisch und reizbar, selbst in der Sommerhitze vor seinen schwelenden Herd gekauert wie ein alter griesgrämiger Bär (nun allein übriggeblieben von der ursprünglichen Dreiheit, da der alte Grenier nicht mehr in die Siedlung kam und der alte Doktor Habersham tot war und sein Sohn, nach Ansicht der Siedlung, schon mit zwölf oder vierzehn Jahren zum Indianer und Renegaten geworden war), sich schon lange keine Mühe mehr gab noch Lust hatte, sich die dazugehörigen Namen zu merken; und nun verschwand wirklich die letzte

Mokassinspur aus der staubigen Verbreiterung, der letzte absatzlose weiche rasche weitausgreifende Abdruck mit den einwärtsgedrehten Zehen, zeigte noch einen Augenblick lang nach Westen und wurde dann aus den Augen und dem Gedächtnis der Welt getreten von einem schweren Lederabsatz, der nicht dem Abenteuer nachging und dem Kampf um das nackte Leben, sondern dem Geldverdienen –; und mit ihr (der Spur) verschwanden nicht nur die Mokassins, sondern auch die Wildledergamaschen und das lederne Wams der Indianer, denn Ikkemotubbes Chickasaws trugen jetzt Konfektionshosen und Konfektionsschuhe aus dem Osten, die man ihnen in Ratcliffes und Compsons Laden auf Kredit verkauft hatte, und kamen am Sonnabend des weißen Mannes in die Siedlung, die ungewohnten Schuhe unter dem Arm, sorglich eingerollt in die ungewohnten Hosen, hielten an der Brücke über Compsons Bach einen Augenblick inne und badeten ihre Beine und Füße, bevor sie die Hosen und Schuhe anlegten, und gingen dann weiter, um den ganzen Tag auf der Ladenveranda zu hocken, Käse und Keks und Pfefferminz kauend (ebenfalls auf Kredit aus Compsons und Ratcliffes Auslage gekauft); und nun waren nicht allein sie, sondern auch Habersham und Holston und Grenier nur noch geduldet, Anachronismen und Fremdkörper, noch nicht geradezu anstößig, nur einfach unbequem;

Dann waren sie verschwunden; und das Gefängnis sah auch dies mit an: den haltenden ungeschmierten ungestrichenen Wagen, das unterernährte Maultiergespann, vorgeschirrt mit Zaumzeugfragmenten aus dem Osten, mit rohen Wildlederriemen zusammengestückt, und die neun jungen Männer – Wilde, unzähmbar und stolz, die selbst noch die Zeit erlebt hatten, da sie Freie, und deren Väter sich noch erinnerten, daß sie Erben von Königen gewesen waren – um ihn gehockt, abwartend, still und voll Würde, nicht einmal mehr in die alten waldgegerbten Wildhäute aus der

Zeit der Freiheit gekleidet, sondern in die steife Gala des unerklärlichen Sabbatrituals der Weißen: Hosen aus feinem Tuch und weiße Hemden mit gestärkten Brüsten (denn jetzt waren sie unterwegs; sie sollten der Außenwelt zu Gesicht kommen, fremden Menschen) – und auch jetzt trugen sie die Schuhe, in Neuengland hergestellt, unter dem Arm, denn der Weg sollte lang sein und es marschierte sich besser barfuß, die Hemden zwar ohne Kragen und ohne Halsbinde und mit den Zipfeln über der Hose, aber dennoch brettsteif, strahlendweiß, untadelig: und in dem Schaukelstuhl auf dem Wagen, unter dem Sonnenschirm in den Händen der kleinen Negerin, die dicke, unförmige alte Matriarchin in ihrer königlichen schweißfleckigen roten Seide und ihrem Federhut [gleichfalls barfuß natürlich, doch, als Königin, mit einer zweiten Sklavin zur Seite, die ihr die Pantoffeln trug], die ihr Kreuz auf das Papier setzte und dann davonfuhr, langsam und schauerlich hinschwand unter dem langsamen schauerlichen Kreischen und Quieken des ungeschmierten Wagens – scheinbar, und nur scheinbar, denn in Wirklichkeit war es, als hätte sie, statt ein Tintenkreuz auf einen Bogen Papier zu setzen, Feuer gelegt an die Zündschnur einer Mine unter einem Damm, einem Deich, einer Staumauer, die schon zu bersten drohte, sich ausbuchtete, wölbte, die das Land überragte, ja, überschattete, überhing, so nahe dem Einsturz, daß die eine leichte Berührung der Feder in jener braunen, des Schreibens unkundigen Hand genügte, und der Wagen entschwand von der Szene, nicht langsam und schauerlich, zu dem schauerlichen Geräusch der ungeschmierten Räder, sondern wie weggefegt, weggeschnellt, weggewirbelt, nicht nur aus dem Bezirk Yoknapatawpha, sondern aus Mississippi, aus den Vereinigten Staaten, so wie er war, unverändert – der Wagen, die Maultiere, die starre unförmige alte Indianerin und die neun Köpfe rings um sie her – wie ein Wagen in einem Festzug oder ein fahrbares Requisit, rasch in die Kulissen gezerrt, schon umwimmelt, umhastet von

451

Arbeitern, die die Dekoration für die nächste Szene, den nächsten Akt aufbauen, ehe der Vorhang noch Zeit gehabt hat, zu fallen;

Es war keine Zeit; der nächste Akt und die nächste Szene machten sich selbst die Bühne frei, ohne auf die Arbeiter zu warten; oder vielmehr: ohne Rücksicht darauf, ob die Bühne frei war oder nicht, begannen der neue Akt und die neue Szene, inmitten der Phantome, der verblassenden Gespenster der alten Zeit, die erschöpft, aufgebraucht war auf immer, um nie mehr wiederzukehren: als wäre das bloße schlichte gewohnte gewöhnliche Nacheinander der Tage nicht groß genug, böte nicht Raum genug, und als müßten sich Wochen, Monate, Jahre zusammendrängen und zusammenpressen in einen Aufbruch und einen Ausbruch, ein einziges tonloses Aufbrüllen des einen Wortes: Stadt: City: des einen Namens: Jefferson; der Menschen Münder und ungläubige Gesichter [Gesichter, denen Namen geben zu wollen – die überhaupt erkennen zu wollen – Old Alec Holston schon lange aufgehört hatte] waren voll davon; das war gestern gewesen; und kaum war es morgen, hatte der große glänzende Schwung und Schwall die Stadt, wie sie war, einen Block nach Süden gefegt, und im gezeitenlosen toten Arm des Seitengäßchens einer Nebenstraße war das alte Gefängnis zurückgeblieben, das, wie der alte Spiegel, schon zu lange zuviel gesehen hat oder wie der alte Mann, der, ob er nun die Verwandlung des Blockhauses mit den schlammverschmierten Ritzen in einen stolzen Steinbau verfügt hatte oder nicht, sie doch jedenfalls vorausgeahnt hat, nun nicht nur damit zufrieden ist, sondern es sogar vorzieht, in seinem alten Stuhl auf der Hinterveranda zu sitzen, frei vom Rascheln der Baupläne und dem Gewühl streitender Architekten in der schon fast ausgeräumten Wohnung;

Es (das Gefängnis) blieb teilnahmslos, gezeitenlos in seinem toten Arm, isoliert durch jenen Blockbreit leeren

Raums von dem Geburtsgetümmel der Stadt, und die schlammverstrichenen Blockwände umschlossen noch das Strandgut einer älteren Zeit, das nun bald ganz verschwunden sein sollte: einen entlaufenen Sklaven oder einen betrunkenen Indianer oder auch einen lumpigen Möchtegern-Erben der Tradition der Mason und Harpe und Hare (bis der Tag kam, wo das Gerichtsgebäude vollendet war und nun auch das Gefängnis in Ziegelwerk überführt werden sollte, doch – im Gegensatz zum Gerichtsgebäude – nur in eine Verschalung aus Ziegeln; die alten schlammverstrichenen Blockwände im Erdgeschoß sollten erhalten bleiben hinter der gleichmäßig gemusterten Außenhaut); nun schon nicht mehr beobachtend, nur noch wissend, erfahren: gestern noch war da Urwaldwildnis, ein Laden und eine Schmiede; heute schon war da Stadt, nicht irgendeine, nein, *die* Stadt, City: mit einem Namen; nicht irgendeines, sondern *das* Gerichtsgebäude, wachsend, aufschießend, hochfahrend wie eine Rakete, noch nicht vollendet, doch schon ferne leuchtend, Feuerschein, Brennpunkt und Leitstern, höher jetzt schon als alles andere, hochauf, aus der reißend schwindenden Wildnis – nicht, daß die Wildnis gewichen wäre vor den fetten urbaren Flächen, wie eine fallende Flut zurückweicht: sondern es schwollen die Felder selbst, fett und unerschöpflich dem Pflug, sonnenwärts, luftwärts aus Sumpf und Morast, sie vertrieben selbst, überwucherten Dornengestrüpp und Dickicht, Röhricht, Auen und Urwald, samt ihren unsteten Einwohnern – den wilden Menschen und Tieren – die sie einst durchstreift hatten, wunschlos, traumlos, gedankenlos – Leitstern und Pol, der das Volk – Männer und Frauen und Kinder, Jungfrauen, mannbare Mädchen und Jünglinge – an sich zog, und sie strömten herzu, ergossen sich mit ihren Werkzeugen, Waren und Tieren, Sklaven und goldenen Münzen, hinter Ochsen- und Maultiergespannen und auf Dampfern vom Mississippi, Ikkemotubbes Fluß herauf; gestern erst hatte die Postkutsche Pettigrews Pony-Expreß verdrängt, doch schon sprach man von einer Eisenbahn kaum hundert Meilen weiter nach Norden, einer Eisenbahn quer durch das Land von Memphis bis hin zum Atlantik;

Und nun ging alles sehr schnell: nur sieben Jahre, und nicht allein das Gerichtsgebäude war fertig, sondern auch das Gefängnis: nicht ein neues Gefängnis freilich, sondern das alte, mit Ziegeln verschalt, aufgestockt, mit weißem Verputz und eisenvergitterten Fenstern: nur das Gesicht verändert, verjüngt, denn hinter der Außenhaut blieb das alte untilgbare Skelett, das alte untilgbare Gedächtnis: die alten Blockstämme, eingemauert und lichtlos zwischen dem Gleichmaß der Ziegelschichten und übertünchtem Gips, nun auch vom Zuschauenmüssen entbunden, vom Sehen, Beobachten jener neuen Zeit, die dann ein paar Jahre später nichts mehr davon wußte, daß hinter den Ziegeln die alten Stämme noch da waren oder jemals dagewesen waren, einer Zeit, aus der der betrunkne Indianer verschwunden war, in der nur noch der Wegelagerer zurückblieb, der für sein Glück seine Freiheit aufs Spiel setzte, und der entlaufene Nigger, der keine Freiheit einzusetzen und so nichts zu verlieren hatte außer seinem Milieu: so eilends, so schnell: Sutpens unzähmbarer Pariser Architekt war lange schon fort, verschwunden, dahin zurück (so hoffte man), wohin er einst vergebens zurückzugelangen versucht hatte, als er mitten im Sumpf eingeholt und gefangen wurde, nicht (wie die Stadt jetzt wußte) von Sutpen und Sutpens wildem westindischem Aufseher und Sutpens Bluthunden, auch nicht ereilt von Sutpens Bestimmung, nicht einmal von seiner eigenen, sondern von der Bestimmung der Stadt: der Fortschritt selbst hatte mit seinem langen unwiderstehlichen Arm in jenen mitternächtlichen Sumpf eingegriffen, um ihn (den Architekten) dem weitgespannten Kreis von Hunden und nackten Negern und Kienfackeln zu entreißen, hatte die Stadt mit ihm wie einen Namensstempel geprägt und ihn dann entlassen, nicht weggeworfen wie eine ausgequetschte Farbtube, sondern ganz nachlässig bloß die Finger, die Hand geöffnet: da war sein Stempel nicht nur dem Gerichtsgebäude und dem Gefängnis aufgedrückt, sondern der ganzen Stadt, denn der Strom seiner Backsteine floß ohne Unterlaß weiter, und seine Formen und Brennöfen bauten die zwei Kirchen und dann die Akademie für Frauen, deren Abschlußzeugnis alsbald für ein junges weibliches Wesen aus Nordmississippi oder Westtennessee die gleiche mystische Bedeutung haben sollte wie für ein junges weibliches Wesen aus Long Island oder Philadelphia eine Einladung aus Schloß Windsor, unterzeichnet von Queen Victoria.

Alles so schnell: einen Tag weiter, und die Eisenbahn lief wahrhaftig in einem Strang von Memphis bis Carolina, die leichträdrigen holzgefeuerten Lokomotiven mit ihren Zwiebelschornsteinen schrillten durch Sumpf und Röhricht, wo Bär und Panther noch lauerten, und durch die lichten Wälder, wo äsendes Wild noch in dünnen Rudeln dahintrieb wie Rauchfahnen: denn sie – die wilden Tiere, das Wild – sie blieben, sie paßten sich an, sie sollten beharren; noch ein Tag, und sie flüchteten, trollten sich, stoben über die Lichtungen hin, schon überholt und stehengelassen von den Habichtschatten der Postflugzeuge; sie sollten ausharren, allein die wilden Menschen waren verschwunden; ja, noch einen Tag weiter, und es gab erwachsene Männer in Jefferson, die sich nicht entsinnen konnten, je einen betrunknen Indianer im Gefängnis gesehen zu haben; noch einen Tag weiter – so bald, so eilends, so schnell – und sie wußten nichts mehr von Wegelagerern vom alten, echten, blutigen Schrot und Korn der Hare und Mason und der verrückten Harpes; selbst Murrell, ihr dreifach gelehriger Schüler, Epigone und Meister, der sein Erbe an Raubgier und Mordlust in den blutroten Alptraum eines Imperiums der Vogelfreien ohne Recht und Gesetz umgemünzt hatte, war verschwunden, untergegangen, überlebt wie Alexander, nun selber ein Opfer, nicht der Menschen, sondern des Fortschritts, Opfer eine dekorgepanzerten Mittelstandsmoral, die ihm, dem Raubmörder, selbst die letzte Ehre einer Hinrichtung verweigerte und ihm statt dessen nur die Hand brandmarkte wie einem elisabethanischen Beutelschneider – bis zuletzt dem Gefängnis nichts aus den alten Tagen in sich einzusperren übrigblieb als der entlaufene Sklave, für die Stunde, die ihm noch vergönnt war, seine kleine Minute noch, während die Zeit, das Land, die Nation, die amerikanische Erde schneller und schneller kreiste, dem schroffen Absturz ihrer Bestimmung entgegen;

So schnell, so eilend: schon war eine neue Ware im Land, das bisher nur in Indianern gehandelt hatte und dann in Acres und Sections und Grenzen: – eine Kultur, ein System: Baumwolle: König Cotton: allmächtig, allgegenwärtig: Bestimmung, der (nun wurde es offenbar) die Axt und der Pflug nur den Weg bereitet hatten: nicht Pflug und Axt hatten die Wildnis ausgelöscht, sondern die Baumwolle: Spielbällchen des Weltlaufs, schwerelos und unzählig selbst in der Hand eines Kindes, ungeeignet als Ladepfropfen, geschweige denn als Kugel für eine Flinte, und doch mächtig genug, auch die stärksten Wurzeln von Eiche und Hickory und Eukalyptus zu kappen, daß die weithinschattenden Kronen in einem einzigen Sommer unter der stechenden Grelle welkten und untergingen; nicht Pflug noch Gewehr hatten am Ende Bären und Hirsche und Panther vertrieben in die letzten Dschungelfesten der Sümpfe, sondern die Baumwolle; nicht die hochfliegende Kuppel des Gerichtsgebäudes die Menschen ins Land gezogen, sondern eben diese weiße Flut hatte sie hergeschwemmt: jener zarte Gischt über der braunen Wintererde, aufschäumend durch Frühling und Sommer zu der weißen Septemberbrandung gegen die Flanken von Packhaus und Lager, rollend mit silbernem Klang auf die Marmorplatten der Bankschalter:

nicht nur das Gesicht der Landschaft verändernd, sondern ebenso den Teint der Stadt, denn es entsprang aus ihr eine neue Aristokratie von Konjunkturrittern, nicht nur hinter den säulengetragenen Vorhallen der Pflanzervillen, sondern auch in den Kontoren von Kaufleuten und Bankiers und den geheiligten Amtsräumen der Anwälte, und damit nicht genug, letztlich, am Tiefpunkt: in der Verwaltung: den Büros von Sheriff und Steuereinnehmer, Gerichtsdiener, Gefängniswärter und Schreiber; und so wurde über Nacht aus dem alten Gefängnis, was Sutpens Architekt mit all seinem Backstein und Schmiedeeisen nicht zustande zu bringen vermocht hatte – dem alten Gefängnis, das unumgänglich gewesen war, notwendig, wie eine öffentliche Bedürfnisanstalt (und das, wie die Bedürfnisanstalt, allgemein akzeptiert wurde, aber, durch schweigende Übereinkunft, übersehen, nicht angesehen, nach dessen Sinn und Zweck man nicht fragte), und das für die älteren Einwohner trotz der Kosmetikkünste des Architekten immer noch das alte Gefängnis war – ein Faktor, ein Bauer auf dem politischen Schachbrett des Bezirks, wie der Stern des Sheriffs oder das Siegel des Schreibers oder der Stab des Gerichtsdieners: jetzt wahrhaftig verwandelt, erhöht, fast entrückt, zehn Fuß über den Boden der Stadt, so daß die alten eingesargten Blockhauswände nun die Dienstwohnung des Wärters und seiner Familie umgaben, samt der Küche, aus der die Frau, zu soundso viel Cents pro Mahlzeit, die Häftlinge der Stadt und des Bezirks verpflegte – Entgelt nicht für Arbeit oder Tüchtigkeit, sondern für politische Freundschaft und für den Umfang der wahlberechtigten nahen und entfernten Verwandtschaft – ein Aufseher oder Wärter, selbst Vetter von irgendwem und mit genügend viel anderen eigenen Vettern und Schwägern, um seinerseits die Wahl von Sheriff oder Kanzlei- oder Gerichtsschreiber durchzusetzen – ein abgewirtschafteter Farmer, keineswegs Opfer der Zeit, sondern im Gegenteil dieser durchaus gewachsen, da ihn seine ererbte Unfähigkeit, die Seinen durch eigene Anstrengung zu ernähren, zum Teilhaben einer Ära und eines Landes gemacht hatten, wo man in der Praxis so verfuhr, als sei die Behörde in erster Linie ein Asyl für Unbedarfte und Bedürftige, für Verwandte, die im Beruf Schiffbruch erlitten hatten, die man sonst selbst unterstützen mußte – seiner Zeit so gewachsen, so sehr Herr seines Schicksals, daß es ihm in einem Land und zu einer Zeit, wo eines Menschen Fortkommen nicht nur von seiner Fähigkeit abhing, eine gerade Furche zu ziehen und einen Baum zu fällen, ohne sich selbst zu verstümmeln –, daß ihm das Schicksal da ein Kind geschenkt hatte: ein schmächtiges blutarmes Mädchen mit schmalen kraftlosen Händen, unfähig selbst, eine Kuh zu melken: und dann seine (des Schicksals) Niederlage und Unterwerfung für alle Zeiten dadurch besiegelt hatte, daß es ihm als Patronymikon paradoxerweise den Namen jenes Berufes gab, in dem er einst kläglich versagen sollte: Farmer; er war der Pfründner, der Schließer, Wärter; die alten schweren Blockstämme, die Ikkemotubbes betrunkene Chickasaws erlebt hatten, randalierende Fuhrleute, Fallensteller und Prahmschiffer (und – für die eine kurze Sommernacht – die vier Strauchritter, von denen einer möglicherweise Wiley Harpe, der Raubmörder, war), sie gaben nun den Rahmen ab für ein Fenster, in dem, tief in Sinnen versunken, Stunde um Stunde und Tag und Monat und Jahr, das schwächliche blonde Mädchen stand, das nicht nur unfähig war (oder jedenfalls nicht gehalten), ihrer Mutter beim Kochen zu helfen, sondern sogar, das Geschirr zu trocknen, nachdem ihre Mutter (oder vielleicht auch ihr Vater) es abgewaschen hatte – sinnend; soviel die Stadt wußte, ohne auf irgendwen oder auf irgend etwas zu warten; soviel die Stadt wußte, nicht einmal schwermütig: einfach in Sinnen versunken unter dem blonden Haar, während sie da am Fenster stand, das auf die Kleinstadtstraße hinausging, Tag um Tag und Monat um Monat und – soviel die Stadt sich erinnerte – Jahr um Jahr, wohl drei Jahre lang oder vier: und irgendwann

grub sie die zarte und unauslöschliche Spur ihres Sinnens
in eine der Fensterscheiben, ihren schmächtigen kraftlosen
Namen, eingeritzt von einem Diamantring in ihrer
schmächtigen kraftlosen Hand, und das Datum: *Cecilia Farmer, 16. April 1861;*

In einem Augenblick, da das Land, die Nation, der Süden, der Staat, der Bezirk schon wirbelnd tief in ihr Verhängnis stürzten, ohne daß sie, der Staat und der Süden, es
ahnten; denn die ersten Sekunden des Fallens scheinen immer ein Aufschwung: schwereloses Erwägen, dann ein Da-
hinschießen, aufwärts statt abwärts, da der fallende Körper,
diese eine Sekunde lang, seine Richtung geheimnisvoll um-
kehrt, teilhat an dem Höhenflug der Erde; Aufschwung,
Höhepunkt, Selbstverherrlichung des Verhängnisses und
des Stolzes des Südens, und Mississippi und der Bezirk
Yoknapatawpha standen dabei nicht zurück, Mississippi
war unter den ersten der elf, die den Abfall vollzogen, und
das Regiment Infanterie, das John Sartoris in Jefferson aufstellte, ging nach Virginia mit der Nummer zwei in der Liste der Mississippi-Regimenter; auch dies sah das Gefängnis, aber nur von weitem, teilnahmslos kenntnisnehmend
von jenseits des Häuserblocks: jenen Mittag, das Regiment
noch kein Regiment, lediglich eine Vereinigung uner-
probter Freiwilliger, die wußten, daß sie unwissend waren
und hofften, daß sie tapfer sein würden, die vier Seiten des
Platzes gesäumt mit ihren Vätern oder Großvätern und
ihren Müttern und Frauen und Schwestern und Liebsten,
noch keine Uniform bis auf die, in der Sartoris auf dem Balkon des Gerichtsgebäudes stand, mit seinem jungfräulichen
Degen und den blanken neuen Oberstepauletten, ebenfalls
barhäuptig, während der Baptistenpfarrer sein Gebet
sprach und der Musterungsoffizier aus Richmond das Regiment vereidigte; und dann war das Regiment fort; und nun
war nicht allein das Gefängnis, sondern die ganze Stadt wie
in ein stehendes Altwasser eingebannt: nun, da der stür-
zende Körper so weit ins Leere vorgeschnellt war, daß er

keine Bewegung mehr wahrnahm, schwerelos, reglos auf einem leichten Kissen unsichtbarer Luft; nicht mehr schrumpfte des Abgrunds Lippe, nicht mehr wuchs näher und näher die weite stetige Erde: eine Stadt der Frauen und Kinder und alten Männer, manchmal ein blessierter Soldat (John Sartoris selbst, durch Regimentswahl nach der zweiten Schlacht von Manassas seines Kommandos enthoben, kam heim und überwachte die Frühjahrsbestellung und das Einbringen einer Ernte auf seiner Pflanzung, bis es ihm langweilig wurde und er sich einen kleinen Trupp irregulärer Kavallerie zusammenlas und ihn nach Tennessee führte, wo er sich Forrest anschloß) – eine Stadt *in statu quo,* von den Gerüchten des Krieges nur wie im Traum durchzittert, durchmurmelt, wie von einem sehr fernen, unglaublich fernen Sommerdonner: bis zum Frühling des Jahres 64, die einst weite feste unmerkliche stetige harmlose Erde nun ein allesverschlingendes Brüllen aus feurigem Fels (vor sich her, gleich dem Gischt des Maelstroms, Ohnmacht speiend, Schock und Betäubung, so daß der Todeskampf des Leibes nicht einmal mehr gefühlt wird: so gewaltig, so geifernd, daß es den Anfang dieser Begebenheit, ihre erste flüchtige Phase, einschlang und fortriß, nur einen Moment aufkochen ließ an die Oberfläche wie ein kleines Stück Holz, einen Span – etwa ein Streichhölzchen oder eine Luftblase, zu gewichtlos, widerstandslos und damit unangreifbar und unzerstörbar: in diesem Fall, eine Luftblase, eine winzige Kugel, durch sich selbst gegen alles gefeit, denn das, was sie enthielt, hatte nicht teil an der Welt der Logik, achtete nicht der Fakten und war dadurch sogar gefeit gegen die Logik von Fels und Feuer) – eine plötzliche Schlacht, entbrannt rings um Oberst Sartoris' Pflanzung vier Meilen nördlich der Stadt; die Linie eines Bachlaufs, lange genug gehalten, daß sich die Hauptmacht der Konföderierten über Jefferson auf eine stärkere Linie auf den Flußhöhen südlich der Stadt zurückziehen konnte; Nachhutgeplänkel der Kavallerie in den Straßen der Stadt (und das war die Begebenheit, ihr Anfang; und das war auch alles, hätte die Stadt wohl meinen können, wenn sie die Zeit gehabt hätte, eine solche Kleinigkeit zu sehen, zu bemerken, wahrzunehmen und dann im Gedächtnis zu behalten) – Prasseln und Knall von Pistolen, Klappern von Hufen, Staub, brausende Hast einer Handvoll Berittener, von einem Leutnant geführt, die Straße hinauf am Gefängnis vorbei, und die beiden – das schmächtige müßige Mädchen, an die Fensterscheibe gelehnt, in die es Jahre zuvor, drei oder vier vielleicht, mit dem Diamantring der Großmutter seinen paradoxen und sinnlosen Namen geritzt hatte (und hinter der es seither, so schien es der Stadt, immer gestanden hatte), tief in Sinnen versunken unter dem blonden Schleier der Haare, und der Soldat, hager und abgerissen, schlachtbeschmutzt, auf der Flucht, unerschüttert und unbesiegt, sahen sich an, diesen einen Augenblick, mitten im Toben und Wirrwarr der Schlacht;

Dann vorbei; am gleichen Abend wurde die Stadt von Truppen der Union besetzt; zwei Nächte später stand sie in Flammen (die Gebäude rings um den Platz, mit den Geschäften und Läden und den Büros), brannte aus (auch das Gerichtsgebäude), und das geschwärzte gezackte Durcheinander der dachlosen Mauern umschloß gleich einer verwüsteten Kinnlade das geschwärzte Skelett des Gerichtsgebäudes zwischen seinen zwei Reihen kopfloser Säulen, die, stärker selbst als das Feuer, nur geschwärzt und besudelt waren: aber nicht das Gefängnis, es entkam unversehrt, durch sein windstilles Brackwasser isoliert von den Flammen; und nunmehr war auch die Stadt wie durch Feuer isoliert oder auch losgeätzt von dem Toben und dem Getümmel, während das langgezogene Brüllen aus dem allesverschlingenden Schlund mit dem schwindenden Tosen der Schlacht gegen Osten hin schwand: und so war die Stadt eigentlich Appomattox um ein ganzes Jahr voraus (nur die unbesiegten, unbesiegbaren Frauen, schwächer nur als der

Tod, blieben standhaft, hielten aus, unversöhnlich); jetzt schon, sie hatten noch keinen Namen (ihr Prototyp, noch ehe sie als Gattung existierten), gab es in Jefferson Kriegsschieber – einen Mann aus Missouri namens Redmond, Spekulant in Baumwolle und Heeresgut, der im Jahre 61 der Armee aus dem Norden bis nach Memphis gefolgt war und (keiner wußte genau, wieso und in welcher Eigenschaft) zu der Suite des Brigadiers gehörte (oder ihr jedenfalls nahestand), des Generals, der die Truppen befehligte, von denen Jefferson besetzt wurde, worauf er – Redmond – nicht weiter mitzog, anhielt, blieb, auch da wußte keiner wieso, warum er sich gerade Jefferson, diesen ungastlichen, vom Feuer verheerten Fleck (zumal er selbst einer von denen oder doch Helfershelfer derer gewesen war, die das Feuer gelegt hatten) zu seinem künftigen Wohnsitz erkor; und einen gemeinen Soldaten deutscher Abstammung, Hufschmied, Deserteur von einem Regiment aus Pennsylvania, der im Sommer 64 in die Stadt kam, auf einem Maultier mit einer Satteldecke aus (so hieß es später, als seine Nachkommen – allesamt Töchter – Matriarchinnen und Großmütter der neuen Aristokratie der Stadt geworden waren) Bündel über Bündel jungfräulicher, ungeschnittener Unionsbanknoten –, und so hatten Jefferson und der Bezirk Yoknapatawpha ein ganzes Jahr vor der Zeit Golgatha erreicht und Appomattox hinter sich gelassen; desgleichen die Soldaten in der Stadt, nicht allein die Blessierten aus der Schlacht von Jefferson, sondern auch die Gesunden: nicht nur Beurlaubte aus den Armeen Forrests in Alabama und Johnstons in Georgia und Lees in Virginia, auch die Versprengten, das unversehrte Strandgut, Abfall der einen einzigen Schlacht, die ihre letzte tödliche Schlinge enger und enger zog: vom Atlantischen Ozean bei Old Point Comfort nach Richmond: und Chattanooga: und Atlanta: bis zurück zum Atlantischen Ozean bei Charleston: nicht Deserteure, sondern solche, die sich keiner intakten konföderierten Einheit mehr anschließen konnten, weil feindliche Armeen dazwischenstanden; dergestalt, daß in dem fast erloschenen Zwielicht dieses Landstrichs das Grabgeläut von Appomattox ungehört verhallte; als im Frühjahr und Vorsommer 65 nach und nach die formell und offiziell auf Ehrenwort entlassenen Soldaten in den Bezirk zurückströmten, kehrten sie heim in ein Land, das Appomattox nicht nur bereits über ein Jahr hinter sich hatte, es hatte auch so lange Zeit gehabt, es zu assimilieren, dieses ganze Jahr, in dem es die Kapitulation nicht allein schlucken, sondern (wenn die Metapher, das Bild gestattet ist) auch verdauen, dem Stoffwechsel unterwerfen und dann ausscheiden konnte, als Dünger für das Land, das vier Jahre brachgelegen hatte und das man hier schon ein Jahr, bevor das Geläut von Virginia die offizielle Wende einläutete, wieder zu Ehren zu bringen am Werk war, so daß die Männer von 65 heimkehrten und sich heimatlos fühlten in demselben Land, in dem sie erzogen und in dem sie geboren waren und das zu verteidigen sie vier Jahre hindurch gekämpft hatten, und eine Wirtschaft vorfanden, die gut in Gang war und auch schon solvent, basierend auf der Voraussetzung, daß es auch ohne sie ging; (und nun die Fortsetzung dieser Begebenheit, da sie um diese Zeit spielt, sich zuträgt: noch vor dem Juni 65; dieser Mann da hatte wahrhaftig unterwegs keine Zeit verloren: ein unbekanntes Gesicht, allein; die Stadt konnte nicht ahnen, daß sie ihn schon einmal gesehen hatte, denn das lag nun ein Jahr zurück und hatte nur solang gedauert, wie er durch sie hindurchgaloppiert war, rückwärtsfeuernd, mit einer Pistole auf eine Yankeearmee, und er hatte ein Pferd geritten – eine schöne, wenn auch etwas zu kleine und zu empfindliche Vollblutstute –, während er jetzt auf einem mächtigen Maultier saß, welches aus diesem Grunde – seiner Größe wegen – als Maultier mehr wert war als das Pferd als Pferd, aber es war immerhin noch ein Maultier; und daß er seine Stute gegen das Maultier umgetauscht hatte, an demselben Tage, an dem er sich für den Degen seines Leutnants – er hatte immer noch die Pistole –, den Strumpf voll Saatkorn, das er in Pennsylvania auf dem Halm hatte stehen sehen, eingehandelt und seinem Maultier auf dem langen Ritt durch das verwüstete Land von der Atlantikküste nach dem Gefängnis von Jefferson auch nicht eine Handvoll davon zu fressen gegeben hatte, das konnte die Stadt natürlich nicht ahnen, wie er da endlich auf das Gefängnis zuritt, immer noch hager und abgerissen und schmutzig und immer noch unerschüttert, und jetzt nicht mehr auf der Flucht, sondern vielmehr im Begriff, einen Handstreich zu unternehmen oder zumindest vorzubereiten, einen Handstreich angesichts von Widerständen, die jeder logisch denkende Mensch für unüberwindlich gehalten hätte [aber eine Luftblase war seit jeher gegen die Eintagswelt der Fakten gefeit]; vielleicht, vermutlich – zweifellos: anscheinend hatte sie 1864 schon seit drei oder vier Jahren dort am Fenster gelehnt, gestanden, tief in Sinnen versunken; nichts war seither geschehen [verständlich in einem Land, dem sogar Appomattox nicht überraschend gekommen war], nichts, das eine so tiefe, so starke, so erprobte Versunkenheit hätte erschüttern können – sah das Mädchen ihn absteigen und sein Tier an den Zaun binden, und er blickte vielleicht, auf dem Wege vom Zaun zur Tür, einen Augenblick zu ihr hin, aber möglicherweise, ja, wahrscheinlich, auch nicht; denn jetzt ging es ihm nicht um sie [nicht in erster Linie], jetzt im Augenblick hatte er andere Sorgen, denn er hatte ja so wenig Zeit, eigentlich gar keine: er mußte weiter nach Alabama, auf die kleine Farm in den Bergen, die seinem Vater gehört hatte und die nun ihm gehören sollte, wenn – nein, sowie – er zurückkam, falls nicht vier Jahre Krieg und Verwahrlosung sie ruiniert hatten, und selbst wenn der Boden noch gut war, selbst wenn er morgen schon anfangen konnte, seinen Strumpf voll Korn auszusäen, würde er immer noch Wochen, ja, Monate mit der Arbeit im Rückstand sein; während er da zur Tür ging und in dem Augenblick, da er die Hand hob, um dagegenzuklopfen, muß er fast zähneknirschend, in ohnmächtigem Grimm, sich ausgemalt haben, wie er, jetzt schon Monate im Rückstand, nun auch noch einen Tag oder vielleicht sogar zwei oder drei würde vergeuden müssen: solange würde es dauern, bis er das Mädchen hinter sich auf das Maultier laden und endlich nach Alabama weiterreiten konnte – und das in einem Augenblick, wo er nichts so nötig hatte wie Geduld und einen klaren Kopf, wenn er [Höflichkeit auch, auch das erwartete man wohl von ihm] – wenn er den Eltern, geduldig und drängend und höflich, unerschüttert, mit Worten, die sie verstehen oder doch jedenfalls hinnehmen konnten, sein schlichtes Verlangen erklären wollte und wie eilig er's hatte; einer Mutter und einem Vater, die er noch nie gesehen hatte und auch nicht wiederzusehen gedachte – jedenfalls war nicht damit zu rechnen – nicht, daß er etwas gegen sie hatte, durchaus nicht; er würde einfach für den Rest seines Lebens viel zuviel zu tun haben, von dem Augenblick an, wo sie aufsitzen und endlich heimreiten konnten; während er mit den Eltern sprach, bekam er das Mädchen nicht zu Gesicht, und auch als das Gespräch zu Ende war, wollte er sie nicht sehen, denn jetzt brauchte er noch die Heiratslizenz, und dann war der Pfarrer zu holen: so daß sein erstes Wort an sie ein Versprechen war, das ein Fremder ihr übermittelte; erst als sie schon auf dem Maultier saßen – sie mit den zierlichen, müßigen Händen, die anscheinend eben noch so viel Kraft besaßen, wie nötig war, den Trauschein zu falten und in den Ausschnitt ihres Kleides zu schieben und sich dann an den Gurt um seinen Leib zu klammern – sah er sie zum zweitenmal an, fanden sie Zeit, sich zu sagen, wie sie mit Vornamen hießen);

Das war das Ereignis, die Begebenheit, Episode eines Nachmittags Ende Mai, unvermerkt von Stadt und Bezirk, denn auch sie hatten wenig Zeit: die sie (Bezirk und Stadt) Appomattox hinter sich gelassen und diesen Vorsprung auch gehalten hatten, dergestalt, daß Appomattox sie auch späterhin nie mehr einholte; natürlich war es eine schwere Zeit, aber sie hatten ja dieses eine, dieses – wie sie erst später merkten – kostbare, unvergleichliche Jahr: am Neujahrstag des Jahres 1865, als der übrige Süden nach dem nordöstlichen Horizont starrte, hinter dem Richmond lag, wie eine Familie auf die geschlossene Tür eines Krankenzimmers, stand der Bezirk Yoknapatawpha schon im neunten Monat des Wiederaufbaus; zu Neujahr 66 waren die ausgebrannten Mauern (der Regen zweier Winter hatte den Rauch und den Ruß von ihnen abgewaschen) rings um den Platz mit Notdächern versehen und enthielten wieder Geschäfte, Werkstätten und Büros, und man hatte begonnen, das Gerichtsgebäude wiederherzustellen: dieses jedoch nicht notdürftig, sondern ganz und gar, in seiner alten Form, zwischen den säulengetragenen Vorhallen auf der Nord- und der Südseite, die noch stärker gewesen waren als Dynamit und Feuer; denn es war das Symbol: war der Bezirk und die Stadt: und sie kannten sich aus, die diese Arbeit schon einmal getan hatten; Oberst Sartoris war nun zurück, und auch General Compson, der erste Jasonsohn, und wenn auch Sutpen und seinen Stolz eine Tragödie getroffen hatte – nicht durch Schuld seines Stolzes noch seines eigenen Fleisches und Beins, sondern des minderen Fleisches und Beins, das er für fähig gehalten hatte, den stolzen Bau seiner Träume zu tragen –, so hatten sie doch noch die alten Pläne des Architekten und dazu seine Formen, obendrein sogar Geld, nämlich (seltsamer-, komischerweise) Redmond, den domestizierten Schieber der Stadt, Symbol einer blinden Raffsucht, die fast Instinkt war, Naturtrieb, bestimmt, den Süden zu befallen wie eine Heuschreckenplage; hier in der Form, daß ein einzelnes Exemplar ein volles Jahr vor der Zeit auftrat und nun einen guten Teil von dem Ertrag seiner Raffsucht auf die Wiederherstellung desselben Gebäudes verwandte, dessen Zerstörung das Stichwort für seinen Auftritt gewesen war, das offizielle Visum in seinem Freibrief auf Raub; und bis zum

Neujahrstag 76 hatten ebenderselbe Redmond mit seinem Geld, Oberst Sartoris und General Compson eine Eisenbahn gebaut, die von Jefferson nördlich bis hinein nach Tennessee führte, mit Anschluß an die Strecke von Memphis nach der Atlantikküste; und damit noch nicht genug, weder nach Norden noch nach Süden: zehn Jahre weiter (Sartoris und Redmond und Compson bekamen Streit, und Sartoris und Redmond kauften – wahrscheinlich von Redmonds Geld – Compsons Anteil an der Eisenbahn, und ein Jahr später bekamen Sartoris und Redmond Streit, und im folgenden Jahr erschoß, einfach aus physischer Furcht, Redmond Sartoris aus dem Hinterhalt, mitten auf dem Platz, und entfloh, und endlich begannen auch Sartoris' Anhänger – Freunde ahtte er keine: nur Feinde und fanatische Bewunderer – den Ausgang jener Regimentswahl vom Herbst 62 zu verstehen), und die Strecke war Teil jenes großen Verkehrssystems, das, wie die Adern in einem Eichenblatt, den ganzen Süden und Osten durchzog und seinerseits wiederum mit den anderen komplizierten Systemen verbunden war, die die übrigen Staaten durchzogen, so daß man nunmehr in Jefferson in einen Zug steigen und, mit einigem Umsteigen und Warten, innerhalb Nordamerikas überallhin fahren konnte;

Nicht mehr in die Vereinigten Staaten, sondern in die *übrigen* Staaten, den die schweren Zeiten waren nun vorüber; nur die unbesiegten alternden Frauen waren unversöhnt, unversöhnlich, rückwärtsgewandt und unverwandt gegen die ganze erhebende Einhelligkeit des Panoramas eingestellt, dergestalt, daß sie, alte herrenlose geräumte Palisaden über dem Wogen der steigenden Flut, endlich sich selbst in Bewegung wähnten, während sie unversöhnlich hinter sich starrten, auf die alten verlorenen Schlachten, auf die alte verlorene Sache, auf die lange vergangenen vier verlorenen Jahre, deren physische Narben doch zehn und zwanzig und fünfundzwanzig Winter und Sommer wieder eingeschmolzen hatten in die Erde; fünfundzwanzig Jahre, dann fünfunddreißig; nicht allein ein Jahrhundert und eine Epoche starben, sondern auch eine Sinnesart; und die Stadt selbst schrieb den Epilog und Epitaph: 1900, am Ehrentag der Gefallenen der Südstaaten, ruckte Mrs. Virginia Depre, Oberst Sartoris' Schwester, an einer Schnur, und das frühlingsstörrische Tuch fiel und wehte beiseite und gab das Marmorbild frei – den steinernen Infanteristen auf seinem steinernen Sockel, auf derselben Stelle, wo vierzig Jahre zuvor der Offizier aus Richmond und der Baptistenpfarrer der Stadt das Regiment des Obersten gemustert hatten, und die alten Männer im grauen betreßten Waffenrock [nun allesamt Offiziere, keiner geringer an Rang als Hauptmann] wankten ins Sonnenlicht und schossen mit Schrotflinten in den milden Himmel und erhoben die brüchigen Zitterstimmen zu dem schrillen haarsträubenden Feldgeschrei, das in Pulverdampf und Getöse Lee und Jackson und Longstreet und den zwei Johnstons [und, nicht zu vergessen, auch Grant und Sherman, Hooker und Pope und McClellan und Burnside] in den Ohren gegellt hatte; Epilog und auch Epitaph, denn anscheinend hatten weder die Damen der Vereinigten Töchter der Konföderation, die das Denkmal angeregt und gestiftet, noch der Künstler, der es entworfen, noch die Steinmetzen, die es errichtet hatten, bemerkt, daß die marmornen Augen unter der schützenden Marmorhand nicht nach Norden, zum Feinde hin, starrten, sondern nach Süden und also [im besten Falle] etappenwärts – wohl, wie die Witzbolde sagten (sagen konnten, jetzt, da der verlorene Krieg fünfunddreißig Jahre zurücklag und man sogar imstande war, Witze darüber zu machen – nur nicht die Frauen, die Damen, die Unentwegten, Unversöhnlichen, die selbst nach abermals fünfunddreißig Jahren noch fähig waren, aufzustehen und erhobenen Hauptes das Lichtspielhaus zu verlassen, in dem *Vom Winde verweht* gezeigt wurde), um nach Verstärkungen Ausschau zu halten; oder vielleicht gar kein Frontsoldat, sondern ein Feldgendarm, der Deserteure suchte oder vielleicht auch ein gutes Versteck für sich selbst: denn dieser alte Krieg war nun tot; die Söhne dieser wankenden alten Männer in Grau waren bereits in blauen Röcken in Kuba gefallen, und die makabren Mahnmale, Ehrentafeln und Weihestätten des neuen Krieges überzogen schon wieder das Land, ehe noch unter dem Knattern von Platzpatronen aus Schrotgewehren und dem schwebenden Hinsinken wehender Tücher die letzten des alten enthüllt waren;

Nicht allein ein neues Jahrhundert und eine neue Sinnesart, auch eine neue Art zu leben und sich zu geben: nun konnte man in Jefferson in einem Eisenbahnzug zu Bett gehen und am Morgen in New Orleans oder in Chicago erwachen; fast alle Häuser der Stadt, ausgenommen die Hütten der Neger, waren elektrisch beleuchtet und hatten fließendes Wasser; und nun kaufte die Stadt eine Art grauen kleingestoßenen Schotter, Makadam genannt, ließ ihn von weither heranschaffen und pflasterte damit den ganzen Weg vom Bahnhof bis zum Hotel, so daß die Mietkutschen, wenn sie vom Bahnhof kamen, angefüllt mit Vertretern, Rechtsanwälten und geladenen Zeugen, nicht länger mühsam durch die winterlichen Schlammlöcher schlingern und holpern mußten; jeden Morgen kam nun ein Fuhrwerk mit künstlichem Eis vor die Türen, brachte es einem bis in den Eisschrank auf der Hinterveranda, während die Kinder aus der Nachbarschaft in von Haus zu Haus wechselnden Gruppen hinter dem Wagen herliefen und die Eisstückchen aßen, die der farbige Kutscher ihnen zuliebe abhackte; und im Sommer des Jahres machte zum ersten Male ein eigens dafür konstruierter Sprengwagen alle Tage die Runde durch die Straßen der Stadt; eine neue Zeit, eine neue Epoche: es erschienen Gazegitter vor den Fenstern; man konnte (als Weißer) tatsächlich sommers bei offenem Fenster schlafen, fand nichts dabei, fand es unschädlich: als wäre mit einemmal in der Menschheit (jedenfalls in ihrem weiblichen Teil) der Glaube an ihr unveräußerliches Recht erwacht, frei zu sein von Staub und Ungeziefer;

Immer schneller und schneller: von der Geschwindigkeit zweier Pferde beiderseits einer polierten Deichsel zu der von dreißig, dann fünfzig, dann hundert unter einer Blechhaube, nicht größer als eine Waschbütte: die, fast vom ersten Zündungsknall an, unter Polizeikontrolle gestellt werden mußte; schon war in einem Hinterhof am Rand der Stadt ein ehemaliger Schmiedsgeselle, eine ölbeschmierte Gestalt mit den Augen eines schwärmerischen Mönchs, am Werk, einen Benzinwagen zu bauen, indem er sich die Zylinder und Gestänge und Zahnräder selbst goß und bohrte, seine eigenen Kerzen und Spulen und Ventile erfand, wenn er merkte, daß er ihrer bedurfte – einen Wagen, der fahren sollte und es wahrhaftig auch tat: knallend und stinkend aus dem Torweg kroch, just in dem Augenblick, da der Bankier Bayard Sartoris in seiner Kutsche vorüberfuhr: demzufolge noch heutigentags in den Amtsblättern Jeffersons ein Paragraph existiert, der den Betrieb von mechanisch bewegten Fahrzeugen aller Art auf den Straßen im Stadtbereich untersagt: welcher (ebendieser Bankier Sartoris) in einem solchen (das war der Fortschritt, so rasch, so geschwind) umkam, da sein (des Bankiers) Enkel auf einer vereisten Straße die Kontrolle darüber verloren hatte, eben erst heimgekehrt von (das war der Fortschritt) zwei Jahren Kriegsdienst als Flieger an der Westfront, und nun verwittert allmählich der Tarnanstrich von einem französischen 2-Zentimeter-Feldgeschütz, das an der einen Flanke des Konföderierten-Ehrenmals kauert, aber noch bevor er verblaßte, gab es in der Stadt Neon und im Bezirk A.A.A., und C.C.C. und W.P.A. („und XYZ und etcetera", wie „Onkel Pete" Gombault zu sagen pflegte, ein sehniger, ansehnlicher tabakkauender Alter, Inhaber einer politischen Sinekure mit dem Titel eines bundesstaatlichen Gerichtsmarschalls – ein Amt, das in den Jahren nach dem Bürgerkrieg, als der Staat Mississippi ein Militärdistrikt der Unionsregierung war, ein Neger innehatte, der 1925 noch am Leben war – Feuermacher, Aufwärter, Hausmeister und Heizungsmonteur bei fünf oder sechs Rechtsanwälten und Ärzten und einer der Banken – und nach wie vor „Maulbeer" gerufen wurde, nach der Nebenbeschäftigung, der er vor, während und nach seiner Amtszeit als Gerichtsmarschall nachgegangen war: dem Vertrieb mit schwarzgebranntem Whiskey in Halb- und Viertelliterflaschen aus einem Versteck unter den Wurzeln eines großen Maulbeerbaumes hinter dem Drugstore seines vormaligen – bis 1865 – Herrn) in beiden; und W.PA. und XYZ zeichneten Stadt und Bezirk, wie selbst der Krieg es nicht vermocht hatte: verschwunden waren nun die letzten Waldbäume, die das Geviert des Platzes gesäumt und den durchlaufenden Balkon im ersten Stock vor den Räumen der Ärzte und Anwälte überschattet hatte, welcher (der Balkon) seinerseits die Front der Geschäfte darunter und den Gehsteig beschattete; und nun war auch der Balkon selbst verschwunden, samt seiner schmiedeeisernen Balustrade, gegen die an den langen Sommernachmittagen die Anwälte im Gespräch ihre Füße zu stemmen pflegten, und die fortlaufende Eisenkette, die sich von Holzpflock zu Holzpflock rings um den ganzen Vorplatz des Gerichtsgebäudes schlang, so daß die Farmer ihre Gespanne daran anbinden konnten, und der öffentliche Wassertrog, in dem sie sie tränken konnten; denn verschwunden war auch der letzte Planwagen, die während der Frühlings- und Sommer- und Herbstsonnabende und Markttage auf dem Platz hielten, und nicht allein der Platz war nun gepflastert, sondern auch die Straßen, die auf ihn mündeten, und an ihnen standen Schilder mit Verboten und Vorschriften, die nur für Dinge galten, die fähig waren, mehr als dreißig Meilen in der Stunde zurückzulegen; und nun war auch aus dem Vorplatz vor dem Gerichtsgebäude der letzte Waldbaum verschwunden und durch steife synthetische Sträucher ersetzt, die in Treibhäusern in Wisconsin gezüchtet und gewachsen waren, und im Gerichtsgebäude (wie auch im Rathaus der Stadt) saß eine korrupte Juristen- und Bematenclique, *en miniature* zwar (aber das lag nicht an der Clique, sondern an der Kleinheit von Stadt und Bezirk, der geringeren Einwohnerzahl und der größeren Armut), doch durchaus nach dem Vorbild von Chicago und Kansas City und Boston und Philadelphia (und dazu eine, derer – von ihrer Winzigkeit abgesehen – sich weder Philadelphia noch Boston noch Kansas City noch Chicago hätten zu schämen brauchen), die künftig alle drei bis vier Jahre versuchen sollte, das alte Gerichtsgebäude abzureißen, um ein neues zu bauen – nicht, weil sie das alte nicht gemocht oder das neue gebraucht hätte, sondern nur, weil der Neubau Stadt und Bezirk entsprechend größere Mengen unverdienter staatlicher Gelder einbringen würde;

Und nun wird bald auch die Farbe von einer Panzerabwehrkanone abblättern, die auf Gummireifen an der anderen Flanke des Konföderierten-Ehrenmals kauert; und verschwunden sind nun von den Stirnwänden der Geschäfte die alten Ziegel, gebrannt aus einheimischem Lehm in den alten Formen von Sutpens Architekten, und an ihre Stelle getreten sind Glasscheiben, übermannshoch und länger als ein Pferdewagen mitsamt dem Gespann, in Fabriken in Pittsburg in einem einzigen Stück gepreßt, und die Räume dahinter sind nun in eine schattenlose Leichengrelle fluoreszierenden Lichtes getaucht; und verschwunden ist nun, letzten Endes, auch der letzte Rest der Stille; die schlaffe verkommene Luft des Bezirks, ein einziges schallendes Radiodröhnen und Kreischen: und so nicht länger die Luft Yoknapatawphas noch die Masons und Dixons, sondern die Luft Amerikas: das Geplapper von Conferenciers, das Baritonquäken weiblicher Schlagerstars, das geschwätzige Drängen zu kaufen, zu kaufen, immer wieder zu kaufen, schneller als das Licht an Ort und Stelle, über zweitausend

Meilen hin aus New York und Los Angeles; eine Luft, eine Nation: die schattenlose fluoreszierende Leichengrelle ergießt sich über die Söhne und Töchter von Männern und Frauen, die in Zwilchoveralls und Kattun hineingeboren waren und ihr ganzes Leben darin verbracht hatten, Neger so gut wie Weiße, während sie sich gegen bar oder auf Raten Anzüge und Kleider erfeilschen, erst vor einer Woche in Schwitzbuden in New Yorks East Side aus *Harper's Bazaar* oder *Esquire* kopiert: denn eine ganze Generation von Farmern ist verschwunden, nicht allein von der Erde Yoknapatawphas, sondern von der Masons und Dixons: der Selbstverbraucher: die Maschine, die den Menschen verdrängte, weil des Menschen Exodus keinen zurückließ, das Maultier zu lenken, nun die Maschine das Maultier auszurotten drohte; es gab eine Zeit, da standen bei Tagesanbruch die Maultiere herdenweise wartend in den Koppeln der Pflanzungen, nur durch die Straße getrennt von den dichtgedrängten gleichförmigen Reihen zweizimmriger primitiver Hütten, in denen herdenweise mit ihren Familien die schwarzen Pächter oder Häusler oder Mietarbeiter hausten, die es (das Maultier) bei Sonnenaufgang auf der Koppel anschirrten und ihm folgten, ein Auge nach vorn gerichtet, um zu sehen, wo das Maultier hinlief, und das andere auf seine Hinterhufe, durch das schnurgerade Einerlei der gleichmäßigen Furchen und bei Sonnenuntergang zurück auf die Koppel; beide nun, Maultier und Mann, verschwunden: jenes auf die letzten Fünfzehn-, Zwanzig- und Fünfundzwanzig-Hektar-Farmen in den Bergen, unzugänglich am Ende unmarkierter Feldwege, dieser in seine Ghettos in New York und Detroit und Chicago und Los Angeles – das heißt, neun von zehn seinesgleichen, denn der zehnte stieg von den Handgriffen eines Pfluges auf zu dem ungefederten Sattelsitz eines Traktors und verdrängte und ersetzte damit die anderen neun, geradeso wie der Traktor die anderen achtzehn Maultiere verdrängt und ersetzt hatte, deren Ergänzung diese neun gewesen wären; dann

473

verdrängten Warschau und Dünkirchen wiederum diesen
zehnten, und nun lenkte der noch nicht eingezogene Sohn
des Pflanzers den Traktor: und dann verdrängten Pearl Har-
bor und Tobruk und Utah Beach diesen Sohn und setzten
den Pflanzer selbst auf den Sitz des Traktors, für eine
Weile – so glaubte er wenigstens, denn er vergaß, daß beides, Sieg oder Niederlage, um den gleichen ungeheuren
Preis erkauft werden: Wandel und Veränderung; eine Nation, eine Welt: junge Männer, die niemals weiter aus dem
Bezirk Yoknapatawpha herausgekommen waren als bis
Memphis oder New Orleans (und auch das nur selten),
sprachen nun mit Selbstverständlichkeit über Straßenkreu-
zungen in asiatischen und europäischen Hauptstädten und
wollten nicht mehr heimkehren, um die langen eintönigen
endlosen unendlichen Furchen der Baumwollfelder von
Mississippi zu erben, sondern lebten nun (anfangs mit
einer Frau und im nächsten Jahr Frau und Kind und das
Jahr darauf Frau und Kindern) in Wohnwagen oder ausge-
dienten Militärbaracken an der Peripherie geisteswissen-
schaftlicher Colleges, und der Vater und jetzige Großvater
lenkte den Traktor immer noch selbst über die allmählich
kleiner werdenden Felder zwischen den langen gewunde-
nen Strängen der Überlandleitungen, durch die elektrischer
Strom aus den Alleghanybergen, und den unterirdischen
stählernen Adern, durch die das Erdgas aus den Ebenen im
Westen in die kleinen verlorenen abgelegenen Farmen
kam, die von Ölheizungen und Waschmaschinen und Fern-
sehantennen funkelten und blinkten;

Eine Nation: nirgendwo mehr, nicht einmal mehr im Bezirk Yoknapatawpha, ein letztes unversöhnliches festes
Bollwerk und Einfallstor in die Vereinigten Staaten, denn
schließlich war auch die letzte alte vertrocknete unent-
wegte unbesiegte verwitwete oder verjungferte Tante gestorben, und aus der alten unsterblichen verlorenen Sache
war ein verblichener (wenn auch immer noch exklusiver)

Klub geworden, eine Kaste: oder auch eine Umgangsform, auf deren Wahrung man sich gelegentlich aus besonderem Anlaß besann, etwa an Sonnabendnachmittagen, wenn junge Männer aus Brooklyn, Austauschstudenten an den Universitäten von Mississippi oder Arkansas oder Texas, auf überfüllten Fußballtribünen kleine Südstaaten-Kriegsflaggen feilboten; eine Welt: die Panzerabwehrkanone: bei einem deutschen Regiment in einer afrikanischen Wüste erbeutet durch ein Regiment von Japanern in amerikanischen Uniformen, deren Mütter und Väter zur selben Zeit als feindliche Ausländer in einem Internierungslager in Kalifornien saßen, und siebentausend Meilen zurücktransportiert, um auf halbem Wege zwischen Afrika und Kalifornien als eine Art Strebepfeiler neben einem Erinnerungsmal an die Schlachten von Shiloh und The Wilderness aufgestellt zu werden; ein Universum, ein Kosmos: enthalten in einem Amerika: ein ragender rasender Bau, in der Schwebe gleich einem Kartenhaus über dem Abgrund der verschuldeten Generationen; eine Hausse, ein Friede: ein wirbelndes Raketengebrüll, das die glitzernde Mittagshöhe wie mit goldenen Federn füllt, bis die ungeheure Hohlkugel seiner Luft, die ungeheure und furchtbare Bürde, unter welcher er aufrecht zu stehen und sein zerschlagenes unbeugsames Haupt zu erheben sucht – das Element selbst, darin er lebt und ohne das er verenden müßte, sekundenschnell –, von seinen Ängsten und Schrecken schüttert, von Verzicht und Verleugnung, Streben und Träumen und seinen grundlosen Hoffnungen, in Radarwellen auf ihn zurückschlagend von den Gestirnen;

Und blieb doch – das alte Gefängnis – standhaft, seßhaft in seiner Sackgasse fern den Gerüchten, in seinem Altwasser fast ohne Jahreszeit, inmitten dieses Getues und Getöses von staatlichem Fortschritt und sozialem Wandel und Umbruch, gleich einem kragenlosen (und einigermaßen saubereren: lediglich ungepflegten: Eintagsstoppeln und rut-

schende Socken) alten Mann, der in Hosenträgern und
Strümpfen auf den Küchenstufen in seinem Hinterhof
hockt; nicht so sehr durch seinen Ort isoliert als vielmehr
altersvereinsamt: vor dem Exitus zwar (vom Antlitz der
Erde zu verschwinden bestimmt wie mit ihm die ganze
Stadt an dem Tag, da einst ganz Amerika, nachdem es alle
Bäume gefällt hat, alle Hügel und Berge mit Bulldozern ein-
geebnet, unter Tagewird ziehen müssen, um den Autos
Platz zu machen, aus dem Wege zu gehen), aber gleich
dem Schienengänger im Tunnel, in dessen Rücken das
Donnern des Schnellzugs anschwillt und der sich mit
einemmal einer Nische, einem Spalt von genau seiner
Größe in der gewachsenen undurchdringlichen Felswand
gegenüberfindet und sich hineindrückt, unverletzlich und
sicher, während Vernichtung vorüberbrüllt, weiter, dahin,
unabwendbar eingeschient in die spinnengliedrigen Gleise
ihrer Bestimmung; nicht einmal wert – das Gefängnis –, an
die Vereinigten Staaten verkauft zu werden, gegen irgendeine entsprechende Zuwendung aus den Finanzen des
Bundes; nicht einmal mehr (so geschwind, so weit war der
Fortschritt) eine echte Figur, kein Bauer mehr, geschweige
denn Pferd oder Turm auf dem politischen Schachbrett des
Bezirks: einfach eine bescheidene Sinekure für den Mann
von irgend jemands Kusine, der ein Versager gewesen war,
und zwar nicht als Vater, sondern lediglich als viertklassi-
ger Farmer oder Taglöhner;

Es überlebte, blieb standhaft; es hatte seinen unaus-
löschlichen Platz in Stadt und Bezirk; es trug sogar noch
weiter bei, in bescheidenem Maße, nicht nur zu seiner Geschichte, sondern auch zu der der Stadt und des Bezirks:
irgendwo hinter dieser ungepflegten Ziegelfassade, zwischen dem alten dauerhaften handgeformten Backstein und
dem riesigen kreosot-imprägnierten Gips der Innenwände
(obwohl nur noch wenige Menschen in Stadt oder Bezirk
davon wußten) lagen die alten gekerbten und gefugten

Blockstämme, hinter denen einmal (dessen entsannen sich Stadt und Bezirk; es war Bestandteil ihrer Legende) einer gesessen hatte, der vielleicht Wiley Harpe gewesen war; in jenem Sommer 1864 hatte der Brigadier der Union, der den Platz und das Gerichtsgebäude in Brand stecken ließ, das Gefängnis als Wach- und Arrestlokal seines Profosen benutzt; und daran, wie das Gefängnis den Gouverneur des Staates beherbergt hatte, als dieser für seine Weigerung, in einem Alimentenprozeß gegen einen seiner Getreuen auszusagen, eine Freiheitsstrafe von dreißig Tagen wegen Mißachtung des Gerichts verbüßte, erinnerten sich sogar noch die älteren Schulkinder: aber isoliert, abgesondert, absonderlich, selbst seine Legende und Vergangenheit und Geschichte, unbestreitbar authentisch und doch ein wenig verzerrt, elliptisch oder vielleicht auch nur ellipsoid, dünn übertüncht mit einem leichten schwachen Anflug des Apokryphen: denn es gab jetzt Neulinge in der Stadt, Fremde, Menschen von draußen, die in neuen winzigen Häusern mit Glaswänden wohnten, sauber und antiseptisch und ordentlich aufgereiht wie Bettchen in einer Kinderstation, in neuen Vierteln, die Fairfield hießen oder Longwood oder Halcyon Acres und einst Wiesen oder Hinterhöfe oder Gemüsegärten gewesen waren (und die alten überlebten Häuser mit den Säulen davor standen zwischen ihnen wie alte Pferde, plötzlich aus dem Schlaf geschreckt, inmitten einer Herde von Schafen) – Menschen, die das Gefängnis nie im Leben gesehen hatten; das heißt, gesehen hatten sie es, im Vorübergehen, sie wußten wohl, wo es lag, wenn ihre Verwandten oder Freunde oder Bekannten aus dem Osten oder Norden oder Kalifornien sie besuchten oder auf dem Wege nach New Orleans oder Florida durch Jefferson kamen, sie konnten ihnen sogar wiederholen, was sie von seiner Legende oder Geschichte gehört hatten: aber sie waren nicht mit ihm in Berührung gekommen; es war kein Bestandteil ihres täglichen Lebens; sie hatten ihre automatischen Herde und Heizungen, Milchlieferung frei Haus und

Rasenflächen groß wie Teppiche, auf Raten gekauft; sie hatten es niemals nötig gehabt, am Morgen nach einem Zehnten Juni oder Vierten Juli oder Thanksgiving oder Weihnachten oder Neujahr (oder überhaupt an jedem, beinahe jedem, Montagmorgen) zum Gefängnis zu gehen, um die Geldstrafe für Hausmeister oder Gärtner oder „Neger für alles" zu zahlen, damit dieser nach Hause durfte (immer noch leicht verkatert oder mit kaum verharschten Schnittwunden im Gesicht), um schleunigst die Kuh zu melken oder den Ofen auszunehmen oder den Rasen zu mähen;

So kannten das Gefängnis nur noch die alten Bürger, nicht alte Leute, sondern alte Bürger: Männer und Frauen, alt nicht an Jahren, sondern an Verbundenheit mit der Stadt oder mit ihr in Fehde, in Übereinstimmung (nicht zeitlicher freilich, denn die Entstehung der Stadt lag nun einundeinviertel Jahrhundert zurück, aber einmütig gegen dieses Fortschreiten) mit jenem sachten beharrlichen Fortbestehen, einhundertfünfundzwanzig Jahre zuvor geboren aus dem Zusammentreffen einer Handvoll Banditen, die ein bezechter Miliztrupp gefangennahm, eines spöttischen zynischen unbestechlichen Einödpostreiters und eines Monstrums von schmiedeeisernem Schloß – jenem stetigen und beharrlichen unübereilbaren Fortbestehen, gegen das, über das hin die eitlen und glitzernden Ephemeriden von Fortschritt und Wandel in wesenlosen, rastlosen, kraftlosen, flüchtigen Wellen schlugen, wie das Fluten und Flimmern der Neonschrift von dem Hotel (immer noch Holston House genannt) schräg gegenüber, das mit jedem Morgendämmern von den alten Ziegelmauern des Gefängnisses verrann und keine Spur hinterließ; nur die alten Bürger kannten es noch: die Unbeugsamen und Unzeitgemäßen der Stadt, die noch immer an ihren holzgefeuerten Herden festhielten und an Kühen und Gemüsegärten und „Negern für alles", die am Sonntag- und Montagmorgen ausgelöst werden mußten; und jene, die wegen Trunkenheit, Rauferei oder Glücksspiel die Nächte auf Sonntag und Montag selbst hinter den vergitterten Türen und Fenstern von Zellen oder Pferch zubrachten – die Dienstboten, Hausmeister und Gärtner und Neger für alles, die am nächsten Morgen von ihrem weißen Familienvater herausgeholt wurden, und die anderen (was die Stadt den Neuen Neger nannte, ein Wesen frei von Bindungen dieser Art), die dort allnächtlich unter dem schwachen rubinroten schachbrettgegitterten Fluten und Verrinnen des Neonnamens schliefen, bis sie ihre Geldstrafen beim Straßenbau abgearbeitet hatten; und auch der Bezirk, denn seine Viehdiebe und Schwarzbrenner saßen dort in Haft, bis sie dem Richter vorgeführt wurden, und seine Mörder, bis sie – nun auf elektrischem Wege (so geschwind, derart geschwind war der Fortschritt) – von dort in die Ewigkeit eingingen; es war immerhin noch, wenn auch vielleicht kein Faktor, so doch jedenfalls ein Moment, eine Null in der politischen Bilanz des Bezirks; jedenfalls noch der Verwaltung nützlich, wenn nicht als Instrument, so doch jedenfalls als eine Art harte Narrenpritsche, nicht mit der Absicht, Knochen zu brechen, nicht bestimmt, bleibende Narben zu hinterlassen;

So kannten es also nur die Alten, die unentwegten Jeffersoner und Yoknapatawphaer, die an den blauen Montagmorgen nach Feiertagen oder während der halbjährlichen Gerichtstermine persönlich mit ihm zu tun hatten (und ohne Zweifel fest entschlossen waren, auch weiterhin mit ihm zu tun zu haben): – bis plötzlich du, ein Fremder, einer von draußen, aus dem Osten vielleicht oder Norden oder dem fernen Westen, durch die kleine Stadt kamst, nur durch Zufall, oder auch weil du mit einer der Familien von draußen, die erst seit kurzem in einem von den blitzenden neuen Vierteln wohnen, verwandt bist oder bekannt oder befreundet, der du vom Wege abbiegst, langsam durch das Gewirr von Straßenschildern und Tankstellen, nur aus purer Neugier, weil du erfahren willst, wissen, verstehen, was

deinen Vetter oder Freund oder Bekannten dazu gebracht
haben kann, hier sein Leben verbringen zu wollen – nicht
speziell hier, das nicht, nicht speziell in Jefferson, sondern
überhaupt an einem Ort wie diesem, an einem Ort wie Jefferson –, bis du plötzlich erkennst, daß hier etwas Seltsa-
mes vorgeht oder vorgegangen ist: daß diese alten Unentwegten, statt mit der Zeit, wie es eigentlich sein müßte,
auszusterben, sich anscheinend sogar vermehren; als rück-
ten mit jedem Begräbnis für den einen zwei neue nach: wo
im Jahr 1900, nur fünfunddreißig Jahre danach, höchstens
noch zwei oder drei gelebt haben konnten, die dazu imstande waren, sei es aus Erfahrung, sei es durch Erinne-
rungsbruchstücke oder auch nur durch Aufgeschlossenheit
und Neigung, so zählten sie nun, im Jahre 1951, sechsund-
achtzig Jahre danach, nach Dutzenden (und würden im
Jahre 1965, hundert Jahre danach, nach Hunderten zählen;
denn dann – und nun ahntest du schon, begannst zu verstehen, warum dein Verwandter oder Freund oder Bekannter mit seiner Familie auf einen Ort wie diesen verfallen
war und entschlossen, hier sein Leben zu verbringen –,
dann sollten die Kinder jener zweiten Nachkriegsinvasion
von draußen gleichfalls nicht bloß Bürger von Mississippi,
sondern Jeffersoner und Yoknapatawphaer geworden sein:
dann ist wohl, wer weiß, nicht nur die Scheibe, sondern das
ganze Fenster, vielleicht gar die ganze Wand abgetragen
und auf Betreiben eines historischen oder sonstwie kultur-
beflissenen Damenklubs in ein Museum überführt und
darin einbalsamiert – warum, das weiß man dann vielleicht
schon nicht mehr, braucht man auch nicht einmal mehr zu
wissen: nur daß die Fensterscheibe mit dem Mädchennamen und dem Datum darin so alt ist, und das ist genug; so
lange Zeit überdauert hat: ein einziges kleines Geviert
von welligem, rohgepreßtem, fast undurchsichtigem Glas
mit ein paar dünnen Kratzern, scheinbar um nichts beständiger als die dünne getrocknete Schleimspur einer krie-
chenden Schnecke, und doch hundert Jahre alt), die im-

stande sind und auch gern bereit, alles im Stich zu lassen –
was immer sie gerade tun mögen, während sie da auf den
letzten hölzernen Bänken unter den letzten Akazien und
Chinabeerbäumen sitzen, zwischen den Koniferen der
neuen Zeit in ihren Kübeln, die den Platz vor dem Gerichtsgebäude zieren, oder auf den Stühlen entlang dem
schattigen Gehsteig vor Holston House, wo immer ein
leichter Wind weht –, um dich über die Straße zu führen
und in das Gefängnis und (mit höflichen nachbarlichen
Entschuldigungen gegen die Frau des Wärters, die auf dem
Herd eben Erbsen und Grütze und Fleisch – in Mengenra-
batt-Quantitäten auf raffinierten und unermüdlichen Expe-
ditionen von Laden zu Laden erstanden – rührt oder wendet, die sie den Häftlingen, zu soundso viel Cents pro Kopf
– Teller –, zahlbar durch den Bezirk, zum Mittag- oder
Abendessen vorsetzen wird, kein unwesentlicher Faktor in
ihres Mannes sinekureischer Pfründe) in die Küche und
dann vor die blinde Scheibe mit den schwachen Kratzern
darin, die du nach einer Weile als einen Namen und ein
Datum liest;

Nicht gleich freilich, nach einer Weile erst, nach einem
kleinen Zögern, denn zunächst bist du etwas verwirrt, etwas ungehalten, weil es dir peinlich ist, daß man dich so
ohne weiteres, unangemeldet, mitgeschleppt hat in die Küche einer fremden Frau, die am Herd steht; anfangs denkst
du nur *Was denn? Was soll das?*, mißmutig, fast ein wenig
entrüstet; doch da plötzlich, während du es noch denkst,
hat sich etwas ereignet: das schwache, dürftige, nicht zu le-
sende, sinnlose, krause Gekritzel an dem alten minderwer-
tigen Glas, auf das du starrst, hat sich geregt, vor deinen
Augen, während du noch darauf starrtest, hat Gestalt gewonnen, scheint dem Gesicht entrückt in einen anderen
Sinnesbereich: ein Duft, ein Wispern erfüllt dieses heiße,
stickige fremde Gelaß, schon durchzischt vom Geräusch
und Gedünst siedenden Schweinefettes: und sie beide ver-

eint – das alte milchige überlebte Glas und die Kratzer darauf: dieser zarte wesenlose überlebte Mädchenname und das alte tote Datum aus einem April von vor fast hundert Jahren – sprechen, murmeln fernher, tief aus, jenseits von einer Zeit so alt wie Lavendel, älter als Album und Stereooptikum, ebenso alt wie die erste Daguerreotype;

Und es hätte doch schon genügt, Fremder und Gast zu sein, denn als Fremder und Gast hättest du einfach freundlich und höflich nur die Fragen gestellt, die dein Gastfreund oder jedenfalls williger Führer und Begleiter von dir als selbstverständlich erwartet, nachdem er alles im Stich gelassen hat (wenn seine Tätigkeit auch nur darin bestanden hätte, mit anderen seinesgleichen auf einer Bank in den Anlagen vor dem Gerichtsgebäude oder auf dem Gehsteig vor einem Hotel zu sitzen), um dich hierher zu geleiten; nicht zu reden von deinem eigenen Bedürfnis, nicht nach Revanche vielleicht, doch wenigstens nach Ausgleich, Wiedergutmachung, Rechtfertigung für den Schock und Verdruß, ohne weiteres, unangemeldet, in die Privaträume einer Fremden geraten zu sein, sie bei einer so persönlichen Verrichtung wie dem Kochen einer Mahlzeit überrascht zu haben; aber nun hast du inzwischen nicht nur zu begreifen begonnen, wieso dein Verwandter oder Freund oder Bekannter darauf – nicht auf Jefferson, sondern auf einen Ort wie Jefferson – verfallen ist, sich entschlossen hat, hier zu leben, sondern du hast auch diese Stimme vernommen, dieses Wispern, Murmeln, leichter noch als Lavendelduft, doch (diese eine Sekunde wenigstens) lauter als alles Sprudeln und Zischen von siedendem Fett; und so stellst du die Fragen, nicht nur wie sie der andere von dir erwartet, sondern deren Antworten du für dich selber brauchst, sollst du zu deinem Wagen zurückfinden und mit einiger Aufmerksamkeit und Konzentration durch das Gewirr der Straßenschilder und Tankstellen lavieren, um wieder an den Ort zu gelangen, an dem du dich auf den Weg machtest, als dich Zufall oder belangloser Anlaß in Jefferson anhalten ließen, für eine Stunde, einen Tag oder eine Nacht, und dein Gastfreund – Begleiter – antwortet dir, so gut er vermag, aus dem bunten Erbe von Erinnerungen der Stadt an jene ferne Vergangenheit, ihm erzählt, wiederholt, überliefert von seinem Vater; oder eher seiner Mutter: der wieder von ihrer Mutter: oder noch besser ihm selbst, als er noch ein Kind war, unmittelbar von seiner Großtante: einer der vielen alten Jungfern, unverheiratet, kinderlos, aus einer Zeit, da es zu viele Frauen gab, weil zu viele der jungen Männer Krüppel waren oder gefallen: einer der Unbändigen, Unbesiegten, jungfräuliche Erzeugerinnen altjüngferlicher kinderloser Nachkommen, die immer noch fähig sind, aufzustehen und erhobenen Hauptes das Haus zu verlassen, mitten in einer Vorstellung von *Vom Winde verweht;*

Und wieder übernimmt ein einziger Sinn das Amt von zweien, ja dreien: nicht nur Hören, Lauschen, und Sehen, sondern nun stehst du sogar an demselben Fleck, auf denselben Dielen wie sie an dem Tag, als sie ihren Namen in dieses Fenster schrieb, und an dem anderen Tag drei Jahre später, als sie durch diese kleine schwache Entstellung hindurch und hinter ihr das plötzliche Brausen und Donnern sah und hörte: den Staub: das Geknatter, den Knall von Pistolen: dann das Gesicht, hager, schlachtverschmutzt, überstoppelt; in Eile freilich, doch bloß getrieben, gehetzt, unerschüttert, unbesiegt, ihr zugewandt einen flüchtigen Augenblick durch das Getümmel und Toben, dann vorbei: und nach wie vor steht das Mädchen im Fenster (dein Gastfreund – Begleiter – hat kein Wort darüber gesagt; sicher hat das in diesen hundert Jahren im Gedächtnis der Stadt ebensooft gewechselt, von blond zu dunkel und wieder zurück zu blond: aber das ist auch nicht wichtig, denn in deinem eigenen Gedächtnis wird dieses zarte Gespinst, dieser Schleier blond sein für alle Zeit), nicht einmal wartend: in Sinnen versunken; ein Jahr weiter, und nach wie vor nicht

einmal wartend: gedankenverloren, ohne doch geduldig zu
sein: einfach ohne Geduld in dem Sinne, wie Blindheit und
Zenit ohne Farbe sind; und endlich das Maultier, nicht aus
dem weiten nordöstlichen Panorama von Rückzug und
Staub und verwehendem Rauch, sondern ihm entzogen, angezogen von dieser uneinnehmbaren, dieser unüberwindlichen, dieser unglaublichen, dieser erschreckenden Passivität über den ganzen müdelosen unmattenden Weg weither
von Virginia – das Maultier, das im Jahre 1865 als Maultier
besser war als 62 und 63 und 64 die Vollblutstute als Pferd,
eben weil man nun 1865 schrieb; und der Mann, immer
noch hager und unbesiegt: nur gehetzt und eilig und ohne
Zeit, nur bedacht weiterzureiten, heim nach Alabama, zu
sehen, wie es um seine Farm bestellt war – oder vielmehr:
ob seine Farm überhaupt noch stand; und dann das Mädchen, das zierliche müßige Mädchen, nicht nur unfähig,
eine Kuh zu melken, sondern niemals auch nur gebeten, er-
sucht, gehalten, für ihren Vater das Geschirr zu trocknen –
wie es da aufsaß hinter dem Mann, einem auf Ehrenwort
freigelassenen subalternen Kavalleristen aus einer kapitu-
lierten Armee, der sein Dienstpferd gegen ein Maultier umgetauscht hatte und den Degen seines Vorgesetzten und
seinen ungebrochenen Stolz gegen einen Strumpfvoll Saat-
getreide, einem Mann, den sie kaum gekannt, mit dem sie
niemals gesprochen hatte, dessen Vornamen oder Leibspei-
sen ihr ebenso fremd waren wie ihm die ihren, und die
kennenzulernen sie auch jetzt noch nicht Zeit genug hatten: wie sie abritten, eilig, einem Landstrich entgegen, den
sie niemals gesehen hatte, und einem Leben, das (härter als
das der Grenzer, die nur mit dem Urwald zu tun hatten
und mit unbeschuhten Wilden und der milden Hand Gottes) in eine Wüste verwandelt war (wenn überhaupt noch
etwas bestand, in das sie heimreiten konnten) von dem Eisen und Feuer der Zivilisation;

Und das war alles, was dein Gastfreund (Begleiter) dir berichten konnte, weil das alles war, was er wußte, was man ihm überliefert hatte, alles, was die Stadt an Überlieferung besaß: aber es war genug, mehr als genug, weil das alles war, was du brauchtest: das Gesicht, umrahmt von seinem blonden hauchzarten Schleier hinter dem bekritzelten Glas; denn du selbst, der Fremde, einer von draußen, aus Neuengland, aus den Prärien oder von der Pazifikküste, bist nicht länger durch Zufall hier oder aus dem belanglosen Anlaß eines Verwandten, Freundes, Bekannten, einer Straßenkarte, sondern auch du angezogen von weit her, über neunzig Jahre, von dieser unglaublichen und erschreckenden Passivität, der du nun durch das alte verunzierte milchtrübe Glas und hinter ihm jene Gestalt, jenes zarte, zierliche, unnütze Fleisch und Blut auf einem Maultier hintenaufsitzen und arbeiten siehst, ohne nur einmal rückwärts zu blicken, einer verlassenen und gewiß auch verheerten (vielleicht sogar von Fremden an sich gebrachten) Farm in den Bergen von Alabama entgegen – siehst, wie sie für den Ritt über die hundert Meilen auf das Maultier gehoben wird (das erstemal wohl, daß er sie berührte, anders als um den Ring an ihre Hand zu streifen: nicht um sich zu beweisen, nicht einmal um zu fühlen, spüren, ob da unter Kattun und Schals wirklich ein Mädchen verborgen war; dafür war jetzt noch keine Zeit; nur um ihr hinaufzuhelfen, so daß sie sich auf den Weg machen konnten), um einst, selbst ohne Farm, eine Mutter von Farmern zu werden (sie sollte ein Dutzend gebären, alles Jungen, ohne darüber zu altern, immer noch zerbrechlich, immer noch müßig zwischen Butterfässern und Ofen und Besen und Stapeln von Holz, das selbst eine Frau leicht hätte kleinspalten können; unverändert) und ihnen mit ihrem Mädchennamen das Erbe jener unüberwindlichen, unverbesserlichen Unbedarftheit zu hinterlassen;

Dann plötzlich wird es dir klar, daß es damit noch eine andere Bewandtnis gehabt hat, mit diesem Gesicht – nichts von Brautschaft, Mutterschaft, Großmutterschaft, dann Witwenschaft und am Ende dem Grab – dem langen friedvollen ehelichen Wandel hin zum Urmuttersein in einem Schaukelstuhl, in dem kein anderer sitzen durfte, dann einem Grabstein auf einem Dorffriedhof –, mit dieser Passivität, diesem In-sich-Ruhen, dieser unüberwindlichen Erhabenheit der Seele, die es nicht nötig hatte zu warten, sondern nur zu sein, still zu atmen und sich zu nähren – grenzenlos nicht nur an Fassungskraft, sondern auch an Reichweite: diesem Gesicht, dieser langen Mädchenversunkenheit, die aus dem hastenden Wirrwarr eines Reitergefechts einen Mann an sich gezogen hatte, ein ganzes Jahr um den langen eisernen Ring von Pflicht und Eid, vom Bezirk Yoknapatawpha, Mississippi, quer durch Tennessee nach Virginia hin bis an den Rand Pennsylvanias, bis der Ring sich zurückbog seinem Ausgang entgegen längs den Quellen des Appomattox, und ihn endlich entließ aus seinem eisernen Bann: wo, endlich sicher, weitab in die durchregneten Wälder von den Postenketten, eingerollten Fahnen und Musketenpyramiden, eine Handvoll Männer, ihre verbrauchten Pferde am Zügel, die noch warmen Pistolen noch lose rasch bei der Hand in den locker geschnallten Taschen, sich im versagenden Zwielicht sammelte – Gemeine und Rittmeister, Sergeanten, Korporale und Leutnants –, und es ging unter ihnen die Rede von einem letzten verzweifelten Ausfall südwärts, wo (nach letzten Meldungen) Johnston noch kampfbereit stand, und dabei wußten sie, daß es nicht sein konnte, daß sie am Ende waren, nicht nur des vergeblichen Widerstandes, sondern auch ihrer Unbeugsamkeit; eigentlich diesen Morgen schon aufgebrochen nach Texas, dem Westen, New Mexiko: ein neues Land, wenn auch noch ohne (auch sie verbraucht – wie die Pferde – von dem langen Getriebensein und der Qual, unbeugsam zu bleiben und ungeschlagen) neue Hoffnung, der Verlust beider für immer verschmerzt: der jungen toten Braut – daß es ihn (dieses Gesicht) selbst dem noch entzog: der Möglichkeit, nicht länger unbesiegt bleiben zu müssen: ihn, der das Dienstpferd gegen das Maultier umtauschte und den Degen gegen den Strumpf mit Saatkorn: an sich zog durch das ganze verheerte Land und das ganze unselige Jahr kraft dieser jungfräulichen unwandelbaren Passivität, unentrinnbarer als ein Stern;

Dieses Gesicht; eine Bewandtnis ganz anderer Art: nichts von einem Symbol ehelicher Urmütterlichkeit, sondern verhängnisträchtig, ganz und gar unersättliche unvergängliche Sterilität: ehelos, unfruchtbar, ohne Nachkommen; ohne nach mehr zu verlangen: einfach fordernd, alles fordernd – Liliths verlorenes unersättliches Antlitz, wie es das innerste Wesen – Willen und Hoffnung und Traum und Phantasie – aller Männer (auch dich: dich und auch deinen Begleiter) in dieses eine strahlende feine Netz und Gespinst zieht; nicht erhascht, umgarnt mit nur einem unfehlbaren Wurf, sondern sehenden Auges, dichtgedrängt und geduldig, Zeugen des Webens der goldenen Drosselflechten – nun auch euch beide an sich zieht über nahezu hundert Jahre – dich, den Fremden von draußen, Graduierten oder (vielleicht gar) Magister von Harvard oder Northwestern oder Stanford, zufällig in Jefferson oder aus belanglosem Anlaß, unterwegs nach anderswo, und deinen Begleiter, der drei Generationen lang niemals weiter aus Yoknapatawpha herausgekommen ist als zu ein paar ausgedehnten Samstagabenden in Memphis oder in New Orleans, der von Jenny Lind gehört hat (nicht, weil er von Mark Twain gehört hat und Mark Twain gut von ihr sprach, sondern aus dem gleichen Grunde, aus dem Mark Twain gut von ihr sprach: nicht, weil sie Lieder sang, sondern weil sie sie im alten Westen sang in den alten Tagen, und weil der Mann, der kraft öffentlicher Zustimmung eine Pistole offen im Gürtel tragen darf, unablöslicher Teil des stolzen

Traums von Missouri wie auch von Yoknapatawpha ist), aber nie von der Duse oder der Bernhardt oder Maximilian von Mexiko, geschweige denn, ob der Kaiser von Mexiko eine Frau hatte oder nicht (und er sagt – dein Begleiter –: „Sie meinen, sie war eine von denen? Vielleicht sogar die Frau von diesem Kaiser?", und du: „Warum nicht? War sie nicht ein Mädchen aus Jefferson?"), und nun steht ihr hier, in diesem heißen fremden kleinen Gelaß, durchzischt von siedendem Fett, zwischen Archiv und Chronik, um euch das unvergängliche Murmeln der erhabenen und unvergänglichen Namen und die unvergänglichen Gesichter, die alles verschlingenden unersättlichen ewig ungestillten Gesichter: Teufel-Nonnen und Engel-Hexen; Kaiserin, Sirene, Erinnye: Mistinguett, auch sie, unverwüstlich besessen von einem halben Jahrhundert mehr als den bloßen fünf Jahrdutzenden, deren sie sich zu rühmen pflegte: du hast die Wahl, wer von diesen sie war – nicht gewesen sein *mag,* noch gewesen sein *könnte,* nein, *war:* so unermeßlich, so grenzenlos an Kraft ist unsere Phantasie, den Schlackenschutt von Faktum und Eventualität zu zerstreuen und fortzubrennen, daß nichts zurückbleibt als Wahrheit und Traum – dann vorbei, du stehst wieder draußen in der heißen Mittagssonne: spät; du hast schon zuviel Zeit verloren: aus dem Gewirr der Straßenschilder und Tankstellen zurück auf eine Landstraße, die du kennst, zurück in die Vereinigten Staaten; nicht, daß es wichtig wäre, denn du weißt nun wieder, daß keine Zeit ist: kein Raum: keine Ferne: ein müßiges zartes Gekritzel, untief in einem Stück alten fast undurchsichtigen Glases, und (du brauchtest nur eine Weile zu schauen; nun brauchst du dich nur zu erinnern) es ertönt die klare unferne Stimme, wie aus zartem Antennengespinst, weiter als Kaiserin-Thron, herrliche Unersättlichkeit, und selbst friedvoller Urmutter-Schaukelstuhl, über das unermeßliche winzige Dazwischen, aus dem lang lang Vergangenen: *„Höre, Fremder; dies war ich selbst: dies war Ich."*

SZENE I

Im Gefängnis. Halb elf Uhr morgens. 12. März.

Der Aufenthaltsraum oder „Pferch" im ersten Stock des Gefäng-
nisses. Eine schwere Gittertür links ist der Eingang zu diesem
Raum und damit zum gesamten Zellenblock; die Zellen sind ange-
deutet durch eine Reihe von Stahltüren, jede mit ihrem eigenen
kleinen vergitterten Fenster, entlang der rechten Wand. Ein schma-
ler Gang am hinteren Ende der rechten Wand führt zu weiteren
Zellen. Ein einzelnes großes schwervergittertes Fenster in der Rück-
wand blickt auf die Straße. Es ist am späten Vormittag eines son-
nigen Tages.
Die Tür links öffnet sich mit einem wuchtigen Scheppern des stähler-
nen Schlosses und schwingt nach außen zurück. Temple tritt ein,
hinter ihr Stevens und der Gefängniswärter. Temple hat ein anderes
Kleid angezogen, trägt aber noch denselben Hut und den Pelzman-
tel. Der Gefängniswärter ist ein typischer Kleinstadtwachtmeister,
in Hemdsärmeln, ohne Krawatte; er trägt die schweren Schlüssel wie

ein Farmer seine Laterne an einem großen eisernen Ring, der gegen
sein Bein schlägt. Beim Eintreten zieht er die Tür hinter sich zu.
Stevens trägt den gleichen Anzug wie im zweiten Akt.
Temple bleibt unmittelbar an der Tür stehen, wodurch auch Stevens
gezwungen wird, stehenzubleiben. Der Wärter schließt die Tür von
innen ab, mit einem neuen Scheppern und Klirren von Stahl, und
wendet sich um.

WÄRTER: Tscha, Meister, heute abend noch, und dann ist
Schluß mit dem Gesinge was? *Zu Temple.* Sie waren ja ver-
reist, nicht? Sonst wüßten Sie schon, was ich meine. Das
hätten Sie erleben müssen, wie das hier zugegangen ist, wie
sie die ... *Er unterbricht sich hastig; fast hätte er etwas begangen,*
was er für eine grobe Unhöflichkeit halten würde, was nach den An-
standsregeln von seinesgleichen der schwerste Verstoß gegen das feine
Benehmen und den guten Geschmck wäre: in Gegenwart eines Hin-
terbliebenen direkt auf einen Todesfall anzuspielen, noch dazu
einen von dieser Art, obgleich am nächsten Tag um diese Zeit der
Staat selbst diesen Tod durch das Leben des Delinquenten gesühnt
haben wird. Er bemüht sich, seinen Lapsus zu korrigieren. Ich
hätt's ja selber auch nicht anders gemacht, wenn ich die
Mutter von dem ... *Er unterbricht sich abermals; das macht es*
schlimmer statt besser; jetzt blickt er Stevens nicht nur an, sondern
richtet auch das Wort an ihn. Jeden Sonntagabend, und seit
letzten Sonntag jeden Abend außer gestern – ja, Meister,
wo sind Sie überhaupt gestern abend gewesen? Wir haben
Sie sehr vermißt – da hat der Herr Rechtsanwalt hier mit
Nan – mit der Gefangenen in ihrer Zelle Choräle gesungen. Das erstemal, wie er kam, hat er noch draußen auf der
Straße gestanden, und sie in dem Fenster da drüben. Da
war nichts gegen zu sagen, das konnte keinem was schaden,
das bißchen Singen. Wir hier in Jefferson und im Bezirk
Yoknapatawpha, wir kennen ja unseren Meister Stevens,
der ist schon in Ordnung, wenn er auch manchmal komische Sachen macht, so zum Beispiel wenn er – *Er ist schon*
wieder drauf und dran, sich zu vergaloppieren; er bemerkt es wohl,
aber nun ist schon nichts mehr zu machen; er ist wie einer, der auf

490

einem glitschigen Stamm einen Fluß überquert: es bleibt ihm nichts übrig, als so rasch wie möglich weiterzubalancieren, bis er wieder festen Grund erreicht oder wenigstens auf einen anderen Stamm überspringen kann. – so 'ne Niggermörderin verteidigt, noch dazu, wo sie doch seine eigene Nichte – *Und er erreicht einen anderen Stamm und springt auf ihn über, ohne anzuhalten: wenigstens einer, der ein Stückchen im rechten Winkel weiterläuft ins schlicht Generelle.* – Nun stellen Sie sich nur einmal vor, wenn da jetzt irgend so 'n Fremder, irgend so 'n blöder Yankeetourist vielleicht, mit seinem Wagen da vorbeigefahren wäre, wo wir so schon genug blöde Kritik von Yankees zu hören kriegen – und dann auch noch ein Weißer, der da draußen in der Kälte steht, und so 'ne verdammte Niggermörderin hat's hier oben warm und bequem; na, jedenfalls waren wir beide, ich und meine Frau, an dem Abend zufällig mal nicht in der Kirche, und da haben wir ihm gesagt, er soll doch reinkommen; und ehrlich gesagt, wir haben uns auch mit dazugesetzt und zugehört. Denn sowie sie merkten, daß keiner was dagegen sagte, da fingen die anderen Nigger in den Zellen an mitzusingen (ich hab zur Zeit noch Stücker fünf hier, aber ich hab sie extra für Sie in den Kohlenschuppen gesperrt, damit Sie hier ein bißchen unter sich sind), und am zweiten oder dritten Sonntag, da sind die Leute schon draußen auf der Straße stehengeblieben und haben sich hier das Gesinge angehört, statt richtig in die Kirche zu gehen. Natürlich, die anderen Nigger waren meistens nur über Sonnabend-Sonntag hier, wegen Messerstechereien oder wegen Glücksspiel oder Landstreicherei oder weil sie zuviel getrunken hatten, und deswegen hatte der Chor jedesmal andere Mitglieder, kaum daß sie sich mal richtig eingesungen hatten. Ich hab schon mal dran gedacht, ob man nicht mal die Niggerklubs und Kneipen statt auf Betrunkene und Spieler lieber auf Bässe und Baritone durchkämmen lassen sollte. *Er beginnt dröhnend zu lachen, fängt sich wieder; er blickt Temple mit einem fast liebenswürdigen, fast menschlichen Ausdruck an, ergreift – gewissermaßen – das Di-*

lemma seiner unüberwindlichen Schwatzsucht bei den Hörnern, stellt sich ihm frei und offen. Entschuldigen Sie bitte, Mrs. Stevens. Ich wollte nur sagen, es gibt niemand, keinen Mann und keine Frau und Mutter in unserem ganzen Bezirk, oder überhaupt im ganzen Staat Mississippi, der nicht mit Ihnen – mit Ihnen . . . *Er stockt abermals, blickt auf Temple.* Sehen Sie, ich rede schon wieder zuviel. Wenn Sie wollen, bringt meine Frau Ihnen gern eine Tasse Kaffee oder vielleicht ein Coca-Cola? Sie hat immer so 'n paar Flaschen Sprudel im Eisschrank.

TEMPLE: Nein, da danke, Mr. Tubbs. Wenn wir jetzt vielleicht mit Nancy sprechen könnten –

WÄRTER *wendet sich zum Gehen:* Selbstverständlich, selbstverständlich. *Er geht quer durch den Raum nach rechts hinten und verschwindet in dem Seitengang.*

TEMPLE: Wieder die Binde vor den Augen. Diesmal aus einer Coca-Cola-Flasche oder einer Tasse bezirkseigenem Kaffee.

Stevens zieht wieder das Päckchen Zigaretten aus seiner Manteltasche, aber Temple hat abgelehnt, bevor er ihr auch nur anbieten kann.

Nein, danke. Mein Fell ist dicker geworden. Ich merke kaum noch was davon. Menschen. Eigentlich sind sie von innen her, von Geburt, freundlich und mitleidig und nett. Das packt einen, das greift einem . . . irgendwohin. An die Magengrube vielleicht . . . Wie der Mann aus der lynchwütigen Menge, der die ganze Zeremonie für Sekunden, vielleicht sogar Minuten aufhält, weil er ein paar Käfer oder Eidechsen aus dem Klotz scheucht, den er auf den Scheiterhaufen trägt . . . *Rasseln einer stählernen Tür hinter der Bühne: der Wärter hat Nancys Zelle aufgeschlossen. Temple hält inne, wendet den Kopf und lauscht, fährt dann rasch fort.* Und jetzt muß ich zu der Niggerin, die mein kleines Mädchen umgebracht hat, sagen: „Ich verzeihe dir, Schwester." Nein, schlimmer: eigentlich muß ich's umgekehrt sagen. Ich muß mein neues Leben damit anfangen, daß ich wieder um Verzeihung bitte. Wie soll ich das machen? Wie kann ich das? Sag mir. Wie?

Sie stockt wieder und wendet sich weiter um, während Nancy aus dem rückwärtigen Nebengang eintritt, gefolgt von dem Wärter. Er geht an Nancy vorbei und auf Stevens zu, den Schlüsselbund wieder wie eine Farmerlaterne tragend.

WÄRTER *zu Stevens:* Da ist sie, Meister. Wie lange Sprechzeit wollen Sie haben? Halbe Stunde? Stunde?

STEVENS: Eine halbe Stunde dürfte genügen.

WÄRTER *im Weitergehen zum Ausgang links:* Okay. *Zu Temple.* Wollen Sie wirklich keinen Kaffee oder Coca-Cola? Ich bring Ihnen auch gern einen Schaukelstuhl her...

TEMPLE: Vielen Dank, Mr. Tubbs.

WÄRTER: Okay. *An der Tür, beim Aufschließen.* Halbe Stunde also.

Er schließt die Tür auf, öffnet sie, geht hindurch, schließt und verschließt sie hinter sich; das Schloß scheppert, seine Schritte verhallen. Nancy hat ihren Schritt verlangsamt und ist an der Stelle, wo der Wärter sie überholt hat, stehengeblieben; sie steht jetzt ungefähr zwei Meter weiter hinten als Temple und Stevens. Ihr Gesicht ist ruhig, unverändert. Sie trägt noch genau das gleiche Kleid, ohne die Schürze, und noch immer den gleichen Hut.

NANCY *zu Temple:* Sie waren in Kalifornien, hab ich gehört. Ich hab mir oft gedacht, vielleicht komm ich da auch einmal hin, eines Tages. Aber ich habe zu lange gewartet, und jetzt ist es zu spät.

TEMPLE: Ich auch. Zu spät. Zu spät nach Kalifornien gefahren, und zu spät zurückgekommen. Zu spät, jawohl: nicht nur für dich, sondern auch für mich. Von Anfang an, als wir beide hätten davonlaufen sollen, um unser Leben laufen, nur vor der Luft, die irgendwer atmete, der Drake oder Mannigoe hieß.

NANCY: Wir haben's nur nicht getan. Und gestern abend sind Sie zurückgekommen. Das hab ich auch gehört. Und ich weiß, wo Sie letzte Nacht waren, mit ihm zusammen. *Sie deutet auf Stevens.* Sie waren beim Bürgermeister.

493

TEMPLE: O Gott, beim Bürgermeister. Nein: beim Gouverneur, beim Allerobersten persönlich, in Jackson. Natürlich, das hast du dir denken können, als Mr. Gavin gestern abend nicht kam, um dir beim Singen zu helfen, nicht wahr? Das einzige, was du nicht wissen kannst, ist, was der Gouverneur uns gesagt hat. Das kannst du nicht wissen, und wenn du eine Hellseherin wärst; denn wir – der Gouverneur und Mr. Gavin und ich –, wir haben überhaupt nicht von dir gesprochen; der Grund, warum ich – warum wir bei ihm waren, war ein ganz anderer. Nicht, um ihn zu bitten oder zu überreden, zu binden oder zu lösen, sondern ich wollte – ich sollte – ich durfte ... Sieh mich nicht an, Nancy.

NANCY: Ich sehe Sie ja gar nicht an. Es ist auch schon gut. Ich weiß, was der Gouverneur gesagt hat. Vielleicht hätte ich's Ihnen schon gestern abend sagen können und Ihnen den Weg sparen ... Vielleicht hätte ich Ihnen doch – Bescheid sagen sollen, als ich hörte, daß Sie wieder in der Stadt waren. Ich hab's mir ja denken können, was Sie beide – *Abermals deutet sie mit dieser kaum wahrnehmbaren Kopfbewegung auf Stevens, die Hände über dem Leib gefaltet, als trüge sie noch immer die fehlende Schürze.* – vorhatten. Bloß – ich hab's nicht getan. Aber es ist schon gut so ...

TEMPLE: Warum nicht? Ja, sieh mich an. Das hier ist schlimmer, aber das andere ist entsetzlich.

NANCY: Was?

TEMPLE: Warum hast du mir nicht Bescheid gesagt?

NANCY: Weil das Hoffnung gewesen wäre – das, was man sich am schwersten abgewöhnt, aufgibt, ablegt, das Allerletzte, was der arme sündige Mensch aus der Hand gibt. Vielleicht, weil es das einzige ist, was er hat. Jedenfalls hält er bis zuletzt daran fest, klammert sich fest daran. Noch, wenn er nach dem Heil seiner Seele nur die Hand auszustrecken braucht, wenn er nur noch zu wählen hat zwischen beiden; noch wenn das Heil in seiner Hand liegt, und er brauchte nur die Finger zu schließen, auch dann ist die Sünde noch stärker als er, und eh er sich's versieht, hat er das Heil fahren lassen und wieder nach der Hoffnung gegrabscht. Aber es ist schon gut so ...

STEVENS: Du meinst, um das Heil zu gewinnen, muß man die Hoffnung aufgeben?

NANCY: Man braucht sie ja gar nicht. Sie brauchen nur zu glauben. Vielleicht ...

STEVEN: Was glauben?

NANCY: Einfach glauben. – Vielleicht war's das beste so, daß ich gestern abend nichts getan habe, nur an Sie gedacht und mir überlegt, was Sie vielleicht tun könnten. Aber jetzt weiß ich es, und ich weiß, was der Gouverneur Ihnen gesagt hat. Und es ist schon gut so. Das hab ich alles lange hinter mir, seit dem Tag im Gericht. Nein, noch länger: seit dem Abend damals, im Kinderzimmer, schon bevor ich die Hand hob ...

TEMPLE: *jäh:* Nicht! Sei still.

NANCY: Ja. Ich bin schon still. Denn es ist schon gut so. Ich kann mich auch für Jesus hinlegen. Er soll auch Seinen Willen haben.

TEMPLE: Still! Sei still! Lästere wenigstens nicht. Aber wer bin ich, mich darüber aufzuhalten, wie du über Ihn sprichst? Er kann ja selber nichts dagegen sagen; das ist ja die einzige Sprache, die Er dich hat lernen lassen.

NANCY: Ich habe doch nichts Unrechtes gesagt. Jesus ist auch ein Mann. Er muß einer sein. Die Männer hören auf einen Mann wegen dem, was er sagt. Frauen nicht. Denen ist es ganz gleich, was er gesagt hat. Sie hören zu wegen dem, was er ist.

TEMPLE: Dann soll Er doch zu mir sprechen. Er soll auch bei mir Seinen Willen haben, wenn das alles ist, was Er braucht, verlangt, haben will. Ich will ja alles tun, wenn Er mir nur sagt, was ich tun soll. Nein, nicht was: wie. Ich weiß, was zu tun ist, was ich zu tun habe, was ich tun muß. Aber wie? Wir – ich dachte, ich brauchte nichts weiter zu tun als zurückzukommen und zum Alleroberſten gehen

und ihm sagen, daß nicht du mein Kind getötet hast, sondern daß ich es war, vor acht Jahren, damals, als ich heimlich aus dem Zug stieg, und damit wäre alles getan. Aber
wir hatten uns geirrt. Dann dachte ich – dachten wir, ich
brauchte nur noch hierherzukommen und dir zu sagen, daß
du sterben mußt; die ganzen zweitausend Meilen von Kalifornien zurückzukommen, die ganze Nacht wachzusitzen,
nach Jackson zu fahren, ein oder zwei Stunden zu reden
und dann wieder zurückzufahren, um dir zu sagen, daß du
sterben mußt; nicht nur einfach dir die Nachricht zu über-
bringen, das hätte jeder Bote tun können; nein, ich mußte
erst die ganze Nacht wachsitzen und eine Stunde, zwei
Stunden lang reden und dann erst dir die Nachricht über-
bringen. Verstehst du: nicht deinetwegen, nicht um dich zu
retten, darum ging's im Grunde gar nicht; nur meinetwegen, um zu leiden und abzubüßen: nur um ein bißchen
weiterzuleiden, einfach weil noch ein bißchen Zeit war für
ein bißchen mehr Leiden und weil wir schon einmal dabei
waren; und damit, dachten wir, wäre dann alles getan und
erledigt. Aber wir hatten uns wieder geirrt. Damit war alles
erledigt, aber nur für dich. Du wärest um nichts schlechter
dran, wenn ich in Kalifonien geblieben wäre. Um gar
nichts. Und morgen um diese Zeit bist du selber nichts
mehr, gar nichts. Ich aber nicht. Ich lebe, morgen und morgen und dann wieder morgen. Du hast nichts weiter zu tun
als zu sterben. Aber Er soll mir sagen, was ich zu tun habe.
Nein, falsch: ich weiß, was ich zu tun habe, was ich tun
werde; ich weiß es auch seit damals, seit jenem Abend im
Kinderzimmer. Aber Er soll mir sagen, wie. Wie? Ich weiß
nicht, wie ich das machen soll. Morgen und morgen, immer
wieder morgen. Wie?

NANCY: Vertrauen Sie auf Ihn!

TEMPLE: Vertrauen auf Ihn! Sieh dir an, was Er an mir getan
hat! Aber da will ich nichts sagen; vielleicht hab ich's nicht
besser verdient; ich habe jedenfalls nicht das Recht, zu kri-
tisieren oder Ihm Vorschriften zu machen. Aber sieh dir

an, was Er an dir getan hat. Und doch kannst du das noch
sagen. Wieso? Wieso? Weil nichts anderes übrigbleibt?

NANCY: Ich weiß nicht. Aber man muß Ihm vertrauen. Vielleicht ist das der Lohn für das Leiden.

TEMPLE: Wessen Leiden, und wessen Lohn? Jedes einzelnen für sein eigenes?

NANCY: Jedermanns. Alles Leiden. Alles Leiden des armen
sündigen Menschen.

STEVENS: Das Heil der Welt liegt im Leiden des Menschen.
Meinst du es so?

NANCY: Ja, Sir.

STEVENS: Wie das?

NANCY: Ich weiß nicht. Wenn die Menschen leiden, haben
sie vielleicht so viel mit sich selbst zu tun, daß sie kein Unheil anrichten, und keine Zeit, sich gegenseitig Kummer zu
machen und in die Quere zu kommen.

TEMPLE: Aber warum müssen wir leiden? Er ist doch allmächtig, so heißt es wenigstens. Warum konnte Er nicht etwas anderes erfinden? Oder, wenn schon gelitten werden
muß, warum dann nicht jeder für sich allein? Warum kann
man nicht seine eigenen Sünden mit seiner eigenen Qual
bezahlen? Warum müßt ihr leiden, du und mein kleines
Kind, nur weil ich vor acht Jahren zu einem Baseballspiel
gehen wollte? Muß man denn die Schmerzen aller anderen
Menschen auf sich nehmen, nur um an Gott zu glauben?
Was ist das für ein Gott, der seine Kunden mit dem Jam-
mer der ganzen Welt erpressen muß?

NANCY: Er will ja nicht, daß wir leiden. Er mag das Leiden
auch nicht. Aber Er kann nichts machen. Er ist wie ein
Mann, der zu viele Maulesel hat. Eines Morgens plötzlich
sieht Er sich um und sieht mehr Maulesel, als Er auf einen
Sitz auch nur zählen, geschweige denn Arbeit für sie finden kann; er weiß nur, daß es seine sind, denn sonst ist keiner da, der sie haben will, und daß sie am Abend vorher
noch draußen auf der Koppel waren, wo sie weder sich
noch irgendwem anderen den geringsten Schaden tun

konnten. Und daß er, wenn es Montagmorgen wird, hingehen kann und ein paar von ihnen zusammentreiben und
vielleicht auch einfangen, er muß bloß gut aufpassen, daß
er den anderen dabei nicht den Rücken kehrt. Und daß sie,
wenn sie einmal im Geschirr sind, seine Arbeit tun werden,
so, daß er zufrieden sein kann; er muß bloß immer noch
aufpassen, daß er ihnen nicht zu nahe kommt, und immer
dran denken, daß einer von hinten kommen könnte, auch
wenn er ihnen gerade Futter gibt. Auch dann noch, wenn
es wieder Samstagmittag ist, und er sie wieder auf die Koppel läßt; und da merkt sogar ein Maulesel, daß er frei hat,
jedenfalls bis Montagmorgen, um seinen Maultiersünden
und seinem Maultiervergnügen nachzugehen.

STEVENS: Muß man denn auch sündigen?

NANCY: Man muß nicht. Man kann nicht anders. Und das
weiß Er. Aber man kann auch leiden. Und das weiß Er
auch. Er sagt nicht: du darfst nicht sündigen; Er bittet dich
nur, es nicht zu tun. Und Er sagt auch nicht: du mußt leiden. Aber Er gibt dir die Möglichkeit. Er gibt dir das Beste,
was Er sich hat ausdenken können, wozu du imstande bist.
Und dann läßt Er dich in den Himmel kommen.

STEVENS: Auch dich? Eine Mörderin?

NANCY: Ich kann arbeiten.

STEVENS: Die Harfe, das Gewand, der Lobgesang – das mag
nichts für Nancy Mannigoe sein – noch nicht. Aber es gibt
ja auch Arbeit – jemand muß ja auch waschen und fegen,
und vielleicht auch für die Kinder sorgen, sie füttern und
achtgeben, daß sie sich nicht weh tun und daß sie den Großen nicht im Wege sind . . .? *Er hält einen Augenblick inne;
Nancy sagt nichts, steht reglos, sieht vor sich hin.* Und wer weiß,
vielleicht auch für das Kleine? *Nancy bewegt sich, rührt sich
nicht, blickt vor sich hin, mit unbewegtem Gesicht, stumpf, ausdruckslos.* Nicht wahr, Nancy? Denn du hast das Kleine doch
immer liebgehabt, auch in dem Augenblick, als du die
Hand hobst, als du erkanntest, daß dir nichts anderes übrigblieb?

Nancy gibt keine Antwort, rührt sich nicht.

In einem Himmel, wo dieses Kind von deinen Händen nur
noch Gutes weiß, weil dann diese Erde nichts mehr sein
wird als ein Traum, der nicht zählt? Meinst du es so?

TEMPLE: Oder vielleicht nicht gerade dieses Kind, nicht
meins, denn da ich meines selbst vernichtet habe, damals,
vor acht Jahren, als ich heimlich aus dem letzten Wagen
stieg, werde ich selbst alles brauchen, was ein Kind von
sechs Monaten an Vergebung und Vergessen aufbringt.
Aber das andere, deins: das, von dem du mir erzählt hast,
das du über sechs Monate getragen hast, bis dich der Mann
bei einem Picknick oder in einer Tanzdiele oder bei einer
Rauferei in den Bauch trat und du das Kind verlorst? Das
auch?

STEVENS *zu Nancy:* Was? Der Vater des Kindes trat dich in
den Bauch, während du es trugst?

NANCY: Ich weiß nicht.

STEVENS: Du weißt nicht, wer dich getreten hat?

NANCY: Doch, das weiß ich. Ich dachte, Sie meinten, ob er
der Vater war.

STEVENS: Du meinst, der Mann, der dich getreten hat, war
nicht der Vater?

NANCY: Ich weiß nicht. Das hätte jeder von ihnen sein können.

STEVENS: Jeder von ihnen? Du hast keine Ahnung, wer der
Vater des Kindes war?

NANCY *sieht Stevens ungehalten an:* Wenn Sie mit Ihrem Hintern in die Kreissäge kommen, können Sie dann noch sagen, welcher Zahn es gewesen ist? *Zu Temple.* Was wollten
Sie sagen, das auch?

TEMPLE: Wird das Kind auch da sein, um dir zu vergeben?
Das Kind, das niemals einen Vater gehabt hat, das niemals
auch nur zur Welt kam? Kann das Kind auch in einen Himmel kommen, so daß es dir vergeben kann? Gibt es so einen
Himmel, Nancy? Gibt es einen Himmel?

NANCY: Ich weiß nicht. Ich glaube.

TEMPLE: Was glaubst du?

NANCY: Ich weiß nicht. Aber ich glaube.

Alle drei verstummen vor dem Geräusch näherkommender Schritte von jenseits der Eingangstür links; alle drei wenden den Kopf nach der Tür, während der Schlüssel abermals geräuschvoll ins Schloß gesteckt wird, die Tür nach außen aufschwingt und der Wärter eintritt. Er zieht die Tür hinter sich zu.

WÄRTER *während er wieder abschließt:* Halbe Stunde ist um. Halbe Stunde, haben Sie selber gesagt, Meister. Ich habe nichts gesagt.

STEVENS: Ich komme später noch einmal vorbei.

WÄRTER *wendet sich um und geht auf sie zu:* Schieben Sie's nur nicht zu lange auf. Ich meine, wenn Sie bis heute abend damit warten, dann ist es vielleicht zu voll hier; und wenn Sie's bis morgen verschieben, haben Sie keine Klientin mehr. *Zu Nancy.* Ich hab Ihrem Pastor Bescheid gesagt. So gegen Abend will er hier sein, sagt er. Der Stimme nach könnte er sogar ein ganz guter Bariton sein. Da kann man ja gar nicht genug davon haben, vor allem, wenn man am nächsten Tag nichts mehr damit anfangen kann, was? Nichts für ungut, Nancy. Du hast so ziemlich das schlimmste Verbrechen auf dem Gewissen, was bei uns im Bezirk je vorgekommen ist, aber du hast deine Strafe weg, und wenn sogar die eigene Mutter ... *Er gerät ins Stottern, zögert, bleibt fast stehen, fängt sich wieder und spricht lebhaft weiter, wieder im Gehen.* Da, ich red schon wieder zuviel. Komm schon, oder hat Mr. Stevens dir noch was zu sagen? Zeit lassen kannst du dir ab morgen früh, denn du hast vielleicht einen langen Weg vor dir.

Er geht an ihr vorbei und geht lebhaft weiter auf den rückwärtigen Seitengang zu. Nancy wendet sich um, will ihm folgen.

TEMPLE *rasch:* Nancy. *Nancy geht weiter, ohne zu zögern. Temple spricht weiter, hastig.* Und was wird aus mir? Selbst wenn es einen gibt, und jemand ist da, um mir zu vergeben, es bleibt doch immer noch das Morgen und morgen und morgen. Und wenn es nun doch danach nicht mehr weitergeht,

500

und es ist keiner da, und keiner wartet auf mich, um mir zu
vergeben . . . was soll ich machen, Nancy?

NANCY *im Weitergehen:* Glauben.

TEMPLE: Was glauben? Nancy! Sag doch.

NANCY: Glauben.

*Sie verschwindet hinter dem Wärter im Seitengang. Die stählerne
Tür hinter der Bühne scheppert, der Schlüssel klirrt. Dann kommt
der Wärter zurück, geht an Temple und Stevens vorbei zur Aus-
gangstür. Er schließt sie auf und öffnet sie abermals, bleibt stehen.*

WÄRTER: Ja, ja. Ein langer schwerer Weg. Wenn mir mal sowas Dummes passieren sollte und ich würde einen Menschen umbringen und ich sollte gehängt werden, nee, ein
Pastor, das wäre das Letzte. Zehnmal lieber an gar nichts
glauben, tot und dann ist Schluß. *Er wartet, hält die Tür auf,
blickt sich nach ihnen um. Temple steht unbeweglich, bis Stevens sie
leicht am Arm berührt. Dann regt sie sich, strauchelt ganz leicht
und kaum wahrnehmbar, so leicht und so rasch sich fangend, daß
der Wärter kaum Zeit hat, darauf zu reagieren; aber er reagiert
dennoch: spontan besorgt, abermals auf seine fast liebenswürdige,
fast menschliche Art; er wendet sich weg von der Tür, läßt sie sogar
offen, während er hastig auf Temple zugeht.* Kommen Sie, setzen
Sie sich da auf die Bank; ich bring Ihnen ein Glas Wasser.
Zu Stevens. Nee, aber so was, Meister, müssen Sie die auch
unbedingt mit hierher bringen . . .

TEMPLE *hat sich erholt:* Schon vorbei.

*Sie geht mit festen Schritten auf die Tür zu. Der Wärter läßt sie
nicht aus den Augen.*

WÄRTER: Ja? Bestimmt?

TEMPLE *geht mit festen, raschen Schritten an ihm vorbei, ist jetzt an
der Tür.* Ja. Schon gut.

WÄRTER *wendet sich zur Tür:* Okay. Ich hab Verständnis dafür. Weiß der Teufel, wie die's in dem Gestank hier aushält,
egal, ob Niggermörderin oder nicht.

*Er geht weiter durch die Tür und ab, wird unsichtbar, hält aber
noch die Tür auf und wartet, daß er wieder abschließen kann.
Temple, gefolgt von Stevens, nähert sich der Tür.*

501

DIE STIMME DES WÄRTERS *hinter der Bühne, überrascht:* Hallo. Gowan. Ihre Frau kommt gerade.

TEMPLE *im Gehen:* Einer, der es retten kann. Einer, der es haben will. Wenn es keinen gibt, ist es aus mit mir. Mit uns allen. Gerichtet. Verdammt.

STEVENS *im Gehen:* Natürlich. Hat Er uns das nicht seit zweitausend Jahren gesagt?

GOWANS STIMME *hinter der Bühne:* Temple!

TEMPLE: Komme.

Sie gehen ab. Die Tür schließt sich, klirrt, Klirren und Scheppern des Schlosses, während der unsichtbare Wärter wieder abschließt; die dreifachen Schritte entfernen sich und verhallen im Gang.

VORHANG

ANMERKUNGEN

17 *Grant auf seinem Vicksburg-Feldzug* Ulysses Simpson Grant (1822–1885) wurde 1864 Oberbefehlshaber der Unionstruppen im amerikanischen Bürgerkrieg (1861–1865). Versuchte 1862 vergeblich, Vicksburg einzunehmen; im Juli 1863 gelang es ihm nach langer Belagerung, die Konföderierten zur Übergabe zu zwingen. Damit fiel das Mississippi-Tal endgültig in die Hände der Unionstruppen

22 *Tulane* gemeint ist die Tulane University of Louisiana in New Orleans, Louisiana; gegründet 1834

39 *whiskey sour* ein Cocktail, bestehend aus Whiskey, Zitronensaft und Zucker, meist mit einer Orangenscheibe garniert

57 *Yale* gemeint ist die Yale University in New Haven, Connecticut; gegründet 1701

113 *Mrs. Blackstone* ironische Anspielung auf Sir William Blackstone (1723–1780), den bedeutenden englischen Rechtsgelehrten und Verfasser der „Kommentare über die Gesetze Englands" (1765–1769)

132 *Buggy* leichter vierrädriger (oder auch zweirädriger) Wagen

157 *Virginia* Wahrscheinlich ist die University of Virginia in Charlottesville, Virginia, gemeint; gegründet 1819

184 *Avatara* im Hinduismus Verkörperung göttlicher Wesen beim Herabsteigen auf die Erde

215 *John Gilbert* 1810–1889; populärer amerikanischer Schauspieler, der vor allem komische Rollen verkörperte

253 *Delsarte-Tonfall* benannt nach François Delsarte (1811–1871); franzö-
sischer Schauspiel- und Gesangslehrer, der Regeln für die Ästhetik
des dramatischen Ausdrucks erarbeitete. Sein Schüler Steele MacKaye
(1842–1894) machte seine Lehren in den USA bekannt

303 *Rotary und Lions Clubs* Der international verbreitete Rotary Club
wurde 1905 in Chicago gegründet, ihm gehören vorwiegend Vertreter
des Mittelstandes an; der vergleichbare Lions Club wurde 1917 gegründet

303 *Postweg nach Natchez* Straße von Natchez, Mississippi, nach Nashville,
Tennessee; war von den achtziger Jahren des 18. Jahrhunderts bis in
die dreißiger Jahre des 19. Jahrhunderts von ökonomischer und militä-
rischer Bedeutung

304 *Vierter Juli* Unabhängigkeitstag der Vereinigten Staaten. Am 4. Juli
1776 wurde von den Vertretern der ehemaligen britischen Kolonien
die Unabhängigkeitserklärung unterzeichnet

305 *Dillingers* John Dillinger (1902–1934); amerikanischer Bankräuber
und Anführer einer Bande, die 1933 den amerikanischen Mittelwesten terrorisierte

305 *Jesse James* 1847–1882; war der Anführer einer Gaunerbande, die im
amerikanischen Mittelwesten Raubüberfälle auf Banken und Eisen-
bahnzüge verübte

306 *Cumberland-Paß* natürliche Passage durch die Berge, wo die Bundesstaaten Virginia, Kentucky und Tennessee aneinandergrenzen; im
Bürgerkrieg von strategischer Bedeutung

313 *à part* (frz.) besondere, getrennt

326 „*Verwandt mit ihm?*" Anspielung auf Thomas Jefferson (1743–1826),
den Verfasser der vom Geist der Aufklärung geprägten amerikanischen Unabhängigkeitserklärung (1776) und dritten Präsidenten der
USA (1801–1809)

334 *David* Wahrscheinlich ist der französische Maler Jacques-Louis David
(1748–1825) gemeint, der Begründer des französischen Klassizismus

338 *die Söhne Hams* Ham ist nach biblischer Überlieferung einer der drei Söhne Noahs und Stammvater der Äthiopier, Ägypter und Libyer. In den
USA wurden die Schwarzen als „Kinder (oder Söhne) Hams" bezeichnet

342 *erste Schlacht von Manassas* Manassas ist eine Kleinstadt in der Nähe
von Washington. Die erste Schlacht (21. Juli 1861) war das erste große
Gefecht des Bürgerkriegs. Die Unionstruppen wurden von den Konföderierten zum Rückzug gezwungen. Auch die zweite Auseinander-
setzung (29.–30. August 1862) entschieden die Südstaatler für sich.
Beide sind auch als Schlachten am Bull Run bekannt

342 *Jackson* Thomas Jonathan Jackson (1824–1863), General der Konföderierten; zeichnete sich in der ersten Schlacht von Manassas aus und
galt als einer der fähigsten Heerführer der Südstaaten

342 *„Oyez oyez"* „hört, hört"; Ruf der Gerichtsdiener und Herolde vor dem Verlesen einer Proklamation

346 *Cincinnatus* Lucius Quinctius Cincinnatus, römischer Feldherr; war 460 v. u. Z. Konsul; gilt als Symbol altrömischer Tugend und Tapferkeit; übernahm in einer Zeit der Gefahr das Amt des Diktators und zog sich nach erfüllter Pflicht bescheiden ins Privatleben zurück

348 *Country Club* (engl.) Sport- und Gesellschaftsklub auf dem Land

351 *touché* (frz.) getroffen

351 *Highball* (amerik.) ein Cocktail, bestehend aus Whiskey, Soda und Eis

363 *„Die Dame, wie mich dünkt, gelobt zu viel?"* Zitat aus William Shakespeares (1564–1616) Tragödie „Hamlet" (1600), Akt III, Szene 2

376 *Murrell* John A. Murrell (ca. 1804–1844); Bandit und Volksheld, der im alten Südwesten eine Schar von angeblich tausend Leuten befehligte

377 *Mike Finch* 1770?–1823?; Kielbootmann auf dem Ohio und Mississippi; von seinen Taten berichten zahlreiche Lügengeschichten

379 *Gouverneur Claiborne* William Charles Coles Claiborne (1775–1817); Kongreßabgeordneter, 1801 von Thomas Jefferson zum Gouverneur des Mississippi Territory ernannt. War von 1804 bis 1812 Gouverneur des Territory of Orleans, von 1812 bis 1816 Gouverneur von Louisiana

380 *Jackson* Andrew Jackson (1767–1845); Präsident der Vereinigten Staaten von 1829 bis 1837; bekleidete vorher hohe Posten in der amerikanischen Armee und war maßgeblich an der Unterdrückung der Indianerstämme im Süden der USA beteiligt; genannt Old Hickory

380 *Sherman* William Tecumseh Sherman (1820–1891), General der Unionstruppen; er unterstütze General Grant bei der Eroberung von Vicksburg

381 *Henry Clay* 1777–1852; aus Virginia stammender Rechtsanwalt und Staatsmann, Politiker, Gegner Andrew Jacksons; schlug 1850 einen Kompromiß zwischen den Anhängern und Gegnern der Sklaverei vor (Kompromiß von 1850), als dessen Folge die Bestimmungen gegen flüchtige Sklaven verschärft wurden

381 *neuer Bund* Gemeint sind die elf konföderierten Staaten, die sich in der Reihenfolge South Carolina, Mississippi, Florida, Alabama, Georgia, Louisiana, Texas, Virginia, Arkansas, North Carolina und Tennessee dem Sezessionserlaß von 1860 anschlossen und 1861 eine eigene Regierung wählten

381 *General Pemberton* John Clifford Pemberton (1814–1881), General der Konföderierten; ergab sich in Vicksburg den Unionstruppen unter General Grant

381 *Joseph Johnston* Joseph Eggleston Johnston (1807–1891), General der Konföderierten; Gegenspieler von General Sherman im Feldzug von

Atlanta, das 1864 von Shermans Truppen erobert und niedergebrannt wurde

382 *Jefferson Davis* 1808–1889; Politiker und Anhänger der Sklaverei, wurde im Februar 1862 Präsident der Konföderation und blieb bis Ende des Bürgerkrieges im Amt

402 *Vitelli* von ital. vitello = Kalb, Kalbfleisch

437 *Coke* Sir Edward Coke (1552–1634), einer der bedeutendsten Juristen der englischen Rechtsgeschichte

437 *Littleton* Sir Thomas Littleton (1422?–1481), englischer Rechtsgelehrter

455 *Queen Victoria* 1819–1901; Königin von England, regierte von 1837–1901

456 *Acres* 1 Acre = 4046,8 m²

456 *Sections* eine Section ist ein Stück Staatsland von etwa 640 Morgen

460 *Forrest* Nathan Bedford Forrest (1821–1877), General der Konföderierten, später Anführer des ersten, unmittelbar nach dem Bürgerkrieg gegründeten Ku-Klux-Klan

461 *Appomattox* Ort in Virginia; hier ergab sich am 9. April 1865 General Lee den Truppen der Nordstaaten unter General Grant; die Schlacht beendete den Bürgerkrieg

462 *Lee* Robert E. Lee (1807–1870), General der Konföderierten; wurde gegen Ende des Krieges zum Oberkommandierenden ernannt

468 *Longstreet* James Longstreet (1821–1904), General der Konföderierten; nahm an den bedeutendsten Schlachten des Bürgerkrieges teil; wurde nach dem Krieg Anhänger der Politik des Nordens

468 *zwei Johnstons* gemeint sind Joseph Eggleston Johnston (vgl. oben) und Albert Sidney Johnston (1803–1862), ein General der Konföderierten; fiel in der Schlacht von Shiloh (1862)

468 *Hooker* Joseph Hooker (1814–1879), genannt Fighting Joe; Kommandierender der Potomac-Armee, zeigte sich in der Schlacht von Chancellorsville (1863) der Strategie General Lees nicht gewachsen

468 *Pope* John Pope (1822–1892), zeichnete sich als Kommandierender der Mississippi-Armee gegen die Konföderierten aus; wurde in der zweiten Schlacht von Manassas entscheidend geschlagen

468 *McClellan* George Brinton McClellan (1826–1885) war eine Zeitlang Oberkommandierender der Unionstruppen im Bürgerkrieg

468 *Burnside* Ambrose Everett Burnside (1824–1881), Generalmajor der Unionstruppen im Bürgerkrieg, nahm an zahlreichen großen Schlachten teil

468 *„Vom Winde verweht"* 1936 erschienener Bestseller von Margaret Mitchell (1900–1949); spielt während des Bürgerkrieges und der nachfolgenden Rekonstruktionsära

469 *Kuba* gemeint ist der Spanisch-Nordamerikanische Krieg von 1898

zwischen den USA und Spanien um die spanischen Kolonien Kuba, Puertoriko und die Philippinen, den die USA gewannen

470 *A. A. A.* Agricultural Adjustment Administration (etwa: Behörde für die Angleichung der Landwirtschaft), Teil des New-Deal-Programms von Franklin Delano Roosevelt (1882–1945); zu den Aufgaben der A.A.A. gehörte u.a. die Reduzierung der Ernteerträge durch Verkleinerung der Anbaufläche oder Vernichtung der Ernte

470 *C. C. C.* Civilian Conservation Corps, Teil des New-Deal-Programms im Kampf gegen die Arbeitslosigkeit

470 *W.P.A.* Works Progress Administration, im New-Deal-Programm eine Behörde, die sich mit der Eingliederung von Arbeitslosen in die Wirtschaft befaßte

472 *Masons und Dixons* Anspielung auf die Mason-Dixon-Linie, eine von den Landvermessern Charles Mason und Jeremiah Dixon in den Jahren 1763 bis 1767 vermessene Grenze, die Pennsylvania von Maryland, Delaware und dem heutigen West Virginia trennt; wurde zur Grenze zwischen den Sklavenhalterstaaten und den Nordstaaten

475 *Shiloh* Schlachtfeld in der Nähe von Savannah, Tennessee, wo am 6. und 7. April 1862 eine der blutigsten Schlachten des amerikanischen Bürgerkriegs stattfand

475 *The Wilderness* Die Schlacht von The Wilderness fand am 5. und 6. Mai 1864 zwischen den Truppen General Grants und den Truppen General Lees statt

478 *Thanksgiving* Erntedankfest; gesetzlicher Feiertag in den USA, wird am letzten Donnerstag im November begangen

487 *Lilith* ein Nachtgespenst, das im jüdischen Aberglauben eine Rolle spielt; nach rabbinischer Überlieferung die erste Frau Adams; in der jüdischen Folklore ist Lilith ein Symbol der sinnlichen Begierde

487 *Jenny Lind* 1820–1887; schwedische Sopranistin, die in den USA (1850–1852) sensationelle Erfolge errang

488 *Duse* Eleonora Duse (1858–1924); bedeutende italienische Schauspielerin, unternahm zwei Tourneen durch die USA

488 *Bernhardt* Sarah Bernhardt (1844–1923), bedeutende französische Schauspielerin

488 *Maximilian von Mexiko* 1832–1867; österreichischer Erzherzog und Bruder des Kaisers Franz Joseph; war seit 1864 Kaiser von Mexiko und wurde 1867 hingerichtet

488 *Mistinguett* Künstlername des erfolgreichen französischen Music-Hall-Stars Jeanne Bourgeois (1875–1956), die u.a. im Moulin-Rouge und in den Folies-Bergère auftrat

INHALT

WILLIAM FAULKNER